AIMEE AGRESTI

Das Dunkel der Seele

Die Erleuchtete

GOLDMANN
Lesen erleben

Buch

Haven Terra wurde als Fünfjährige halbtot und ohne Erinnerungen am Straßenrand aufgefunden und in ein Krankenhaus eingeliefert. Mittlerweile führt die hübsche, überdurchschnittlich begabte Haven ein behütetes Teenagerleben bei ihrer Adoptivmutter Joan und verschwendet keinen Gedanken mehr an ihr früheres Leben. Bis sie kurz vor dem Schulabschluss steht und wegen ihrer herausragenden Leistungen ein ganz besonderes Stipendium gewinnt: Zusammen mit ihrem besten Freund Dante tritt sie in einem luxuriösen Hotel in Chicago ein Praktikum an. Dort soll sie einer glamourösen Crew junger, ehrgeiziger Geschäftsleute dabei helfen, das altehrwürdige Haus wiederzueröffnen. Haven ist begeistert und verfällt sofort dem Charme ihrer außergewöhnlichen Chefin – und vor allem deren atemberaubendem Assistenten Lucian. Doch bald wird ihr klar, dass hinter der glitzernden Fassade von Ruhm, Luxus und Reichtum ein böses, teuflisches Spiel vor sich geht, bei dem nicht nur sie selbst in Gefahr ist, ihr Herz und ihre Seele zu verlieren …

Autorin

Aimee Agresti ist Journalistin und Autorin. Sie schreibt regelmäßig für *US Weekly* und führte bereits zahlreiche Interviews mit verschiedenen Berühmtheiten. Zudem erscheinen ihre Beiträge in *People*, der *Washington Post*, *Mademoiselle* und dem *New York Observer*. *Das Dunkel der Seele* ist ihr Debüt, momentan schreibt sie am zweiten Band der Serie um Haven Terra. Aimee Agresti lebt in Washington, D.C. Mehr zur Autorin und ihren Büchern unter www.aimee-agresti.com.

Aimee Agresti

Das Dunkel der Seele

Die Erleuchtete

Band 1

Roman

Aus dem Amerikanischen
von Sonja Hagemann

GOLDMANN

Die amerikanische Originalausgabe erschien 2012
unter dem Titel »Illuminate« bei Harcourt, an imprint of
Houghton Mifflin Harcourt Publishing Company, New York.

Das Oscar Wilde-Zitat auf S. 7 ist der deutschen Übersetzung von Hedwig Lachmann und Gustav Landauer entnommen, Leipzig 1909.

Dieses Buch ist auch als E-Book erhältlich

MIX
Papier aus verantwortungsvollen Quellen
FSC® C014496

Verlagsgruppe Random House FSC® N001967
Das FSC®-zertifizierte Papier *Super Snowbright* für dieses Buch
liefert Hellefoss AS, Hokksund, Norwegen.

1. Auflage
Deutsche Erstausgabe Juni 2013

Redaktion: Waltraud Horbas
Umschlaggestaltung: UNO Werbeagentur, München,
nach einem Entwurf von Elizabeth Tardiff
Umschlagmotiv: © 2012 by Thalicer Entertainment
Hand-Lettering: © 2012 by Leah Palmer Preiss
Umschlag Innenseiten: Hintergrund, Flügel, Rahmen:
Übernahme vom engl. Original, Harcourt Verlag
(Elizabeth Tardiff, Thalicer Entertainment; Leah Palmer Preiss);
Rahmen+Feuer: FinePic® München
Th · Herstellung: Str.
Satz: DTP Service Apel, Hannover
Druck und Bindung: GGP Media GmbH, Pößneck
Printed in Germany
ISBN: 978-3-442-47754-8
www.goldmann-verlag.de

Für Brian

Die Seele ist eine furchtbare Wirklichkeit.
Sie kann gekauft werden und verkauft und getauscht.
Sie kann vergiftet werden, sie kann vollkommen
gemacht werden.
In jedem von uns lebt eine Seele, ich weiß es.

Oscar Wilde: *Das Bildnis des Dorian Gray*

Teil Eins

1

Eine einmalige Chance

Bis zu diesem Zeitpunkt war der Englischunterricht ohne nennenswerte Zwischenfälle verlaufen. Wir lasen gerade *Das Bildnis des Dorian Gray*. Mrs Harris hatte es sich mit ihrem ausladenden Hintern auf der Kante des angeschlagenen hölzernen Pults gemütlich gemacht und suchte in den Augen ihrer Schüler nach einem Aufflackern von Verständnis oder zumindest Interesse, blickte aber nur in ratlose Gesichter. Ich rutschte auf meinem Stuhl weiter nach hinten und versteckte mich hinter meinen dünnen langen Haaren, die von der schmuddelig-klammen Winterkälte noch ganz feucht waren. Auf aktive Teilnahme am Unterricht hatte ich noch nie viel Wert gelegt. Ich hätte zwar meistens etwas beitragen können, erregte aber ungern Aufmerksamkeit. Jede richtige Antwort würde meinen Ruf als Bücherwurm und Außenseiterin nämlich noch untermauern, jede falsche bewies nur, dass ich selbst als Streberin eine Niete war. Egal, wie ich es anstellte, ich machte es falsch, also las ich lieber im Buch weiter, blendete Mrs Harris aus und sah nur gelegentlich zur Uhr über der Tafel oder zu den Fenstern hinüber, vor denen sich an diesem eisigen Januartag ein aufgewühlter, kalkweißer Himmel zeigte. Evanston, Illinois. So würde die Tundra rund um Chicago bis April aussehen, aber das störte mich eigentlich kaum. Wer sich einem so wütend peitschenden Wind stellen muss, fühlt sich nämlich automatisch stärker, selbst wenn er sich wie ich leicht herumschubsen ließ.

»Kommen wir also auf die Eigenschaften von Gut und Böse sowie den Hedonismus zu sprechen«, leierte Mrs Harris weiter ihren Text herunter.

Dieses Stichwort ließ mich automatisch zu Jason Abington rübersehen. Der Basketballer mit dem kurz geschorenen Schopf trug sein Trikot mit der Nummer Neun, um für das große Spiel am Wochenende zu werben. Er knabberte gerade an der Kappe eines blauen Kugelschreibers herum – *meines* blauen Kulis. Plötzlich hatte ich Schmetterlinge im Bauch. Und aus genau diesem Grund quoll die Außentasche meines Rucksacks auch immer vor Kugelschreibern über, die ich mir hoffnungsvoll in rauen Mengen zugelegt hatte. Offenbar brachte Jason nie selbst was zum Schreiben mit, und nachdem er sich vor Wochen mal einen Stift von mir geliehen hatte, war es wieder und wieder passiert, bis ich zu seinem offiziellen Kugelschreiberlieferanten avanciert war. Am Tisch neben ihm schwang eine blonde Kreatur – *seine* blonde Kreatur – namens Courtney ihre aufregende Lockenstabmähne nach hinten. Auf so etwas waren Jungen wie Jason gepolt. Ich hatte mit Courtney nichts gemein und konnte mir auch nicht vorstellen, jemals wie sie zu werden, trotz der ach so wundersamen Wandlung, die man doch angeblich in der Highschoolzeit durchmachte. Bei mir waren die Veränderungen noch in vollem Gange, es gab aber keinerlei Anzeichen dafür, dass das Endprodukt jemals einer Courtney gleichen würde.

Inzwischen achtete ich überhaupt nicht mehr auf Harris' Unterricht, bis mich schließlich ihre Stimme aus meinen Träumen riss: »Miss Terra? Haven? Hören Sie mir überhaupt zu?«

Eigentlich nicht. Ich klaubte die Bruchstücke zusammen, die ich von ihrem Vortrag mitbekommen hatte, überlegte, was sie mich wohl gefragt haben konnte, und fabrizierte dann eine

Antwort, die schon irgendwie passen würde. »Äh, Dorian und Lord Henry lassen sich von ihren Gefühlen leiten und tun, wonach ihnen der Sinn steht, ohne Rücksicht auf mögliche Konsequenzen oder, äh, moralische Bedenken?«, schlug ich vor und spürte, wie sich auf meiner Stirn Schweißtröpfchen bildeten. Jason drehte sich ein wenig in meine Richtung um, und jetzt konnte ich auch die Blicke anderer Mitschüler spüren.

»Danke, wunderbar.« In der Hand hielt Mrs Harris einen Zettel, den ihr eine gelangweilte, Kaugummi kauende Schülerin aus der Abschlussklasse überreicht hatte, die gerade schon wieder den Raum verließ. »Aber Sie werden im Büro der Schulleitung erwartet.«

Meine Klassenkameraden ließen ein leises »Oooh« vernehmen, ich packte die Bücher zusammen und schulterte meinen Rucksack. Als ich mich durch den Gang zwängte und an Jason vorbeikam, sah der kurz auf. Mit völlig ausdrucksloser Miene kaute er immer noch an meinem Stift herum.

Ich ging jetzt bereits seit zweieinhalb Jahren auf die Highschool, war aber noch nie ins Büro von Rektorin Tollman zitiert worden – ich gehörte einfach nicht zu dieser Sorte Mädchen. Also fragte ich mich wirklich, was da los war. Meine Schritte hallten in den Gängen wider, und aus den Klassenzimmern, an denen ich vorbeikam, erklang unterdrücktes Gemurmel. In Gedanken spielte ich die Möglichkeiten durch: Ging es um Joan? War ihr vielleicht etwas zugestoßen? Typisch, ich rechnete eben immer mit dem Schlimmsten. Was in meinem Fall aber gerechtfertigt war.

Immerhin hatte man mich im Alter von etwa fünf Jahren mitten im Winter in einem schlammigen Graben irgendwo in der Nähe des Lake Shore Drive gefunden. Eine kleine Miss X, die kaum noch atmete und keinerlei Erinnerungen an die Zeit vor dieser Nacht hatte, nach der niemand suchte. Die liebevolle Krankenschwester aus der Klinik hatte mich bei sich aufgenommen, mir Kleidung und Essen, ein Zuhause und einen Namen gegeben. Wenn man so etwas erlebt hat, dann ist diese Grundsorge mehr als nur ein Reflex, sie wird zur zweiten Natur, die das tägliche Leben überschattet und jedes Mal erdrückend wird, wenn jemand spät nach Hause kommt oder nicht anruft, obwohl er es eigentlich versprochen hatte.

»Miss Terra, nehmen Sie doch bitte Platz«, bat Rektorin Tollman und sah mich über ihre randlose Lesebrille hinweg an, als sie mich in ihrer Bürotür stehen sah. Sie richtete sich in ihrem Stuhl auf. »Offensichtlich sind hier wohl Glückwünsche angebracht.« Unwillkürlich riss ich die Augen auf. »Man hat uns gerade mitgeteilt, dass Sie und zwei Ihrer Mitschüler aus der elften Klasse das Stipendium des Kultusministeriums Illinois für künftige Führungskräfte bekommen haben.«

Ich brauchte etwas länger, bis diese Information bei mir angekommen war.

»Oh, wow. Das ist toll, danke«, brachte ich zurückhaltender hervor, als Tollman vermutlich erwartet hatte, aber die Neuigkeiten verwirrten mich. In Gedanken ging ich alles durch, wofür ich mich im Verlauf des letzten Jahres beworben und eingeschrieben hatte. Da gab es so viel, jedes einzelne Angebot, durch das ich an etwas Extrageld fürs College kommen oder ein Stipendium für eine meiner Traumunis ergattern konnte. Praktika, Stipendien, Essaywettbewerbe – in meinem Posteingang herrschte stets reger Andrang. So viele Anmeldungen und Abgabetermine, so viel Hoffnung, und trotzdem klingelte bei mir gerade gar nichts.

Die Schulleiterin nahm die Brille ab und sah mich mit leisem Lächeln an, während sie von mir offensichtlich irgendeine Reaktion erwartete. »Das klingt super«, beteuerte ich. »Und ich fühle mich auch wirklich geehrt. Aber ich kann mich ehrlich gesagt gar nicht daran erinnern, dass ich mich dafür beworben habe.« Ein nervöses Grinsen umspielte meine Mundwinkel.

Sie lachte, es war ein leises, charmantes Glucksen. »Tja, haben Sie auch gar nicht, das ist ja das Tolle an diesem Projekt. Die suchen sich einfach die besten, brillantesten Schüler aus und bringen sie ein Semester lang bei florierenden Firmen hier in Illinois unter. Es handelt sich um ein Pilotprogramm, das der Staat im Moment noch testet. Jedem von Ihnen wird in den entsprechenden Unternehmen ein Ansprechpartner zugeteilt, der Ihnen in diesem Zeitraum als Tutor und Mentor zur Seite steht. Und …« Sie setzte sich die Brille wieder auf und las von einem Blatt Papier ab: »Sie setzt man offensichtlich im Lexington Hotel in Chicago ein. Also, wissen Sie, das ist wirklich beachtlich. Das Hotel steht kurz vor seiner Neueröffnung, und die Besitzerin hat sich quasi über Nacht zum Liebling von Chicagos Businesswelt gemausert. Vielleicht haben Sie sie schon einmal in der *Tribune* oder in den Nachrichten gesehen. Wir sprechen hier von einem unglaublichen Privileg. Hier steht, dass Kost und Logis mit inbegriffen sind und dass ordentlich mit angepackt werden muss, es aber im Gegenzug auch ein saftiges Stipendium gibt.«

Ihre Worte prasselten zu schnell auf mich ein, um einen Sinn zu ergeben. Ich würde da also wohnen? Im Hotel? Und Vollzeit arbeiten? Ohne richtigen Unterricht? »Saftiges Stipendium«? Das wollte mir alles nicht in den Kopf. Fallen einem solche Dinge denn einfach in den Schoß? Vielleicht zahlten sich meine beinahe makellosen Noten, für die ich so hart arbeitete, mein Nachmittagsjob, den ich seit fast zehn Jahren hatte, und die Samstagabende, an denen ich zu Hause blieb und lernte, langsam doch aus. Vielleicht kam ich den teuren und angesehenen Unis auf meiner Wunschliste ja doch ein Stückchen näher.

»Der Zeitpunkt so mitten im Halbjahr ist natürlich ungünstig – offensichtlich feilt die Schulbehörde noch an den Feinheiten. Aber weil es sich um eine einmalige Chance handelt, drücken wir da mal ein Auge zu.« Dies verkündete sie mit ernster

Miene und zusammengepressten Händen, die verrieten, dass sie im Gegenzug aber schon ein wenig Dankbarkeit und Begeisterung erwartete.

»Vielen Dank, Miss Tollman, das ist ja super. Ich weiß das wirklich zu schätzen.« In Gedanken war ich bereits fünf Schritte weiter und fragte mich, was Joan wohl dazu sagen würde. Ließ sie mich überhaupt gehen? Was musste ich alles einpacken? Und was sollte ich den Leuten im Krankenhaus bloß sagen?

»Sie fangen nächste Woche an. Hier finden Sie alle wichtigen Informationen.« Tollman stand auf und reichte mir einen dünnen braunen Umschlag, dann überraschte sie meine schlaffen, unvorbereiteten Finger mit einem kräftigen Händedruck. »Machen Sie unserer Schule Ehre, Haven!«

Außer bei Notfällen hatte ich noch nie so viele Leute im halbmondförmigen Schwesternbüro der Kinderstation gesehen. Aus allen Ecken und Enden des Evanston General Hospital war mindestens ein Dutzend Menschen mit Krankenhauskitteln in allen Farben des Regenbogens – rosa, blau, mit Disneyfiguren – herbeigeströmt. Alle umringten mich und knabberten an riesigen Stücken *Red Velvet Cake* (das war mein Lieblingskuchen).

Natürlich hatte Joan das Ganze organisiert. Jetzt beugte sie sich über den Blechkuchen mit der Aufschrift HERZLICHEN GLÜCKWUNSCH UND ALLES GUTE, HAVEN! DU WIRST UNS FEHLEN! und teilte in Windeseile und natürlich mit einem breiten Lächeln exakt geschnittene Stücke aus.

Vor ein paar Monaten war sie 50 geworden, aber die grauen Haare, die sie nicht färbte, waren das Einzige, was auf ihr Alter schließen ließ: Ihre Freizeitaktivitäten, vom Buchclub bis hin zu den Bridgeabenden, stellten meine bei weitem in den Schatten. Ich wünschte mir nur, sie würde öfter mal mit Männern ausgehen – von uns beiden schien sie damit mehr Glück zu haben – aber was das betraf, war sie ein ziemlicher Sturkopf. Es war das einzige Thema, auf das sie ganz schön empfindlich reagierte. Joan hatte sich ein oder zwei Jahre vor meinem Auftauchen scheiden lassen, nachdem festgestellt worden war, dass sie keine eigenen Kinder bekommen konnte. Sie sprach kaum darüber, durch die anderen Schwestern hatte ich im Laufe der Jahre aber immer mal wieder etwas mitbekommen, so dass ich mir aus den Bruchstücken die ganze Geschichte zusammengereimt hatte. Ihre Kolleginnen glaubten, dass sie jetzt zu viel Angst vor einer Beziehung hatte, und versuchten erfolglos, sie zu verkuppeln. Aber wenigstens hatte Joan jede Menge Freunde. Sie organisierte immer entweder gerade eine Party oder war auf einer eingeladen. Ich wünschte mir wirklich, eines Tages eine so gute Gastgeberin zu werden. Im Moment hatte ich schon genug damit zu tun, auf diesem Fest im Mittelpunkt zu stehen – eine Rolle, die mir nicht besonders behagte. Aber das war nun wirklich ein denkbar angenehmes Problem – ständig wurde an meinem lachsfarbenen Kittel gezupft, jemand nahm mich ohne jede Vorwarnung in den Arm oder klopfte mir vergnügt auf die Schulter, so dass ich bisher meinen Kuchen kaum angerührt hatte.

»Also, hör mal, ich weiß gar nicht, wie ich das meinen ganzen Patienten beibringen soll. Die werden ja am Boden zerstört sein!«, tönte Kardiologieschwester Calloway mit der blonden Beehive-Frisur. Sie versenkte die Gabel in ihrem Stück Kuchen, während Michelle aus der Pädiatrie – hier am Krankenhaus die Jüngste in der Facharztausbildung und mein großes Idol – und die weißhaarige Schwester Sanders mit feuchten Augen hinter ihren dicken Brillengläsern zustimmend nickten. Das war meine kleine Schwesternschaft. »Damit wirst du so einige Herzen brechen«, fuhr Calloway fort.

»Die ohnehin schon angeschlagen sind«, lieferte Michelle ihr die Pointe. Wir alle lachten. Das ging in der Klinik als Humor durch. Tatsächlich wurde ich hier schon mal »Herzensbrecherin« genannt, aber von Patienten über 80 und mit schwindender Sehkraft. Michelle lächelte. »Du wirst uns hier wirklich fehlen, Haven.« So jung, energiegeladen und winzig, wie sie war – genau wie ich unter 1,60 – konnte sie in ihrer Abteilung fast als Patientin durchgehen.

Sanders schniefte. »Könntest du nicht wenigstens am Wochenende vorbeikommen? Oder abends?«

»So langsam kriege ich ein schlechtes Gewissen«, seufzte ich. »Vielleicht sollte ich doch besser hierbleiben.«

Etwa fünf Meter weiter horchte Joan am anderen Ende des Schwesternbüros auf und wedelte mit dem Messer in der Luft herum. »Ladys, ihr redet meinem Mädchen doch nicht etwa ein schlechtes Gewissen ein?«, rief sie zu uns herüber und schnitt sich endlich auch selbst ein Stück Kuchen ab. Auf dem Tisch hinter ihr stand ein Foto von mir, darauf war ich etwa zehn Jahre alt und steckte in einer Miniaturversion der hiesigen Freiwilligenuniform. Hier gab es überall Bilder von mir: Als jedermanns Ersatztochter lächelte ich von Schreibtischen, Kommoden und Computerbildschirmen herab. Die Klinik war sozusagen mein Hort gewesen, solange ich mich entsinnen konnte. Ich war mit Joan zur Arbeit gekommen, und alle hatten auf mich aufgepasst, bis ich alt genug gewesen war, um mich hier nützlich zu machen. Den Teller in der Hand kam Joan mit vollem Mund zu mir herüber und legte den Arm um mich. »Die Kleine ist jetzt flügge, wir müssen sie loslassen. Aber sie kommt bestimmt gelegentlich vorbeigeflattert.« Sie zwinkerte mir zu.

»Ende Juni bin ich doch wieder zurück. Ihr werdet kaum merken, dass ich weg war«, behauptete ich, doch blutete mir bei diesen Worten das Herz. »Lass mich noch eben eine Runde drehen und allen Tschüss sagen.«

Und das tat ich auch, ich besuchte all meine Lieblingspatienten und hob mir den schwersten Abschied bis zuletzt auf: den auf der Kinderstation. Wie ein Rattenfänger marschierte ich durch die Abteilung und scharte dabei mit jedem Schritt mehr schlafanzugtragende Anhänger um mich, während ich Umarmungen und Küsse verteilte und versprach, bald wiederzukommen. Wir landeten hinten im Spielzimmer und versammelten uns vor dem großen Pinnbrett, das wir zusammen erstellt hatten. Die riesige Tafel mit bunter Borte füllte die ganze Wand aus und zeigte ein Foto von jedem kleinen Patienten. Das Ganze sah aus wie eine riesige Jahrbuchseite, die wir regelmäßig mit neuen Bildern aktualisierten. Das hatte vor einem Jahr ganz klein als Fotoprojekt für die Schule angefangen. Damals hatten sich ein paar Kinder bereit erklärt, mir Modell zu stehen, und irgendwann wollten dann alle gern mitmachen. Jenny, eine Vierzehnjährige mit Bandanastirnband, hatte mal verkündet: »Auf deinen Fotos sehen wir viel besser aus als im Spiegel.« Ich hatte ihr versichert, dass da kein Photoshop mit im Spiel war – die Porträts zeigten einfach nur sie.

Am erstaunlichsten war allerdings die Reaktion in der Schule gewesen. Die meisten meiner Klassenkameraden hatten sich entweder für den Fotokurs entschieden, weil sie auf gute Noten ohne große Anstrengung aus waren, oder sie gehörten zu diesen wirklich leidenden Künstlertypen, die sich ganz in Schwarz kleideten. Und dann gab es da noch Leute wie mich, die Kunst zwar schätzten, dafür aber kein Talent hatten. Durch die Kamera zu schauen und auf den Knopf zu drücken, konnte ja wohl nicht so schwer sein, hatten wir uns gedacht. Und bei diesem Projekt hatte bei mir dann etwas Klick gemacht. Wenn man sich die Bilder anschaute, versank man geradezu in den Augen dieser Kinder und hatte das Gefühl, sie ganz genau zu kennen. In jedem Halbjahr wurde das Werk eines Schülers ausgewählt und in der Vitrine in der Eingangshalle ausgestellt, und irgendwie war in dem Jahr die Wahl auf mich gefallen. Wenn ich an meinen Fotos vorbeikam, sah ich jedes Mal, dass ein paar Kids davor standen und sie sich anschauten, selbst solche Typen, die sonst nie irgendwas mitbekamen. Sogar Jason Abington hatte sie sich angesehen – und zwar mehrfach. Einmal hatte er mich bemerkt (ich drückte mich da ziemlich oft herum), mich mit dem Ellbogen angestoßen und gemeint: »Sind die von dir? Die sind echt cool.« Das bedeutete mir mehr, als ich zugeben wollte. Aber es stimmte, die sanften Gesichter meiner Modelle strahlten auf den Bildern, so als hätte meine Kamera sie auf das Wesentliche reduziert.

Jetzt wandte ich mich an meine kleine Gefolgschaft: »Ich übertrage euch ganz offiziell die Verantwortung für unsere Fotowand.« Ich klopfte mit dem Fingerknöchel dagegen. »Michelle hat versprochen, euch abzulichten, damit ihr regelmäßig neue Porträts aufhängen könnt. Nehmt sie bitte beim Wort, ich will Ergebnisse sehen, wenn ich zurückkomme«, lächelte ich.

»Oooh, hm, so gute Bilder wie du schießt die aber nicht«, flüsterte Jenny. »Erinnerst du dich noch an das Foto von ihr, auf dem ich ein Auge zuhatte? Als du mal nicht da warst? Und dafür haben wir schon eine Stunde gebraucht.«

»Leider wahr. Hoffen wir einfach, dass sie seitdem Fortschritte gemacht hat. Sonst kannst du ja die Kamera übernehmen.« Ich zwinkerte ihr zu. »Ich werde euch so vermissen, Leute. Okay, alle einmal abklatschen!« Ich drehte eine Runde und berührte die sanften Handflächen.

Als wir die Klinik verließen, war es draußen bereits dunkel. Während Joan im windumtosten Evanston durch die gemütlichen kleinen Vorortstraßen fuhr, glommen in der Ferne gedämpft die Lichter von Chicago. Es fühlte sich an, als wäre die große Stadt ganz weit weg von meinem Zuhause, von der bequemen Routine meines Alltagslebens, aber das war sie gar nicht. Die Heizung im Auto lief auf Hochtouren, und ich schwitzte unter meiner Daunenjacke. Ich seufzte.

»Alles klar?«, fragte Joan und sah mich aus dem Augenwinkel an.

»Ja, sorry.« Ich starrte weiter in die frostbedeckte, samtige Nacht hinaus. »Das war viel härter, als ich gedacht hatte.«

»Natürlich, mein Schatz, das ist doch deine Familie. Und bei Abschiedspartys bereut man hinterher immer, überhaupt wegzugehen. Ganz schön fies, was?« Sie lächelte, und ich auch. »Aber weißt du was? Wir sind ja hier, ganz in der Nähe. Es wird schon alles gut gehen.«

»Bestimmt, aber ich bin … na ja, eben aufgeregt.« Ganz leise meldete sich bei mir auch das schlechte Gewissen. Ich wollte nicht, dass Joan sich Sorgen machte, und ich wollte sie nun wirklich nicht daran erinnern, dass sie vor 24 Stunden noch komplett gegen diesen Plan gewesen war. Bei ihr hatten alle vorhersehbaren Alarmglocken geschrillt: Warum musst du denn da schlafen? Wie hart wollen die dich denn rannehmen, wenn du rund um die Uhr zur Verfügung stehen musst, immerhin wohnst du doch nur eine Zugstunde entfernt? Haben die noch nie was vom Jugendschutzgesetz gehört?

Ich hatte sie darauf hingewiesen, dass solche Bestimmungen bei einem Programm des Kultusministeriums doch mit Sicherheit befolgt wurden, die würden uns wohl kaum als Kindersklaven in eine Fabrik schicken. Überzeugt hatte sie aber letztlich, dass das Ganze eine große Ehre war, und natürlich war auch der finanzielle Aspekt ausschlaggebend (Joan hatte ganz schön große Augen gemacht). Ich hatte das Päckchen von Rektorin Tollman mit den Einzelheiten hervorgeholt, die Hochglanzfotos mit dem Hotel in all seiner Pracht und die ausgeschnittenen Artikel, in denen jede einzelne Zeitung, jedes Magazin der Stadt über diese glamouröse Frau berichtete – Aurelia Brown, blond, umwerfend, unglaublich jung und mächtig – die meine Chefin sein würde. Joan hatte einfach zustimmen müssen.

Aber jetzt, als der Freitagabend sich dem Ende neigte und

mich dem intensiven Wochenende mit Vorbereitungen auf dieses neue Kapitel in meinem Leben immer näher brachte, lagen die Nerven bei mir dann doch blank.

»Ich weiß nur einfach nicht, wie die ganze Sache laufen wird«, fuhr ich fort. »Keine Ahnung, ob die mich mögen werden und ob ich meine Sache gut mache. Und es ist auch einfach seltsam. Ich meine, ich war ja noch nie weg, nicht mal im Sommerlager, und jetzt wohne ich auf einmal woanders. Gut, für die Uni hätte ich ja auch zu Hause ausziehen müssen, aber ich hätte ja noch ein Jahr Zeit gehabt, um mich darauf einzustellen. Das fühlt sich alles einfach … komisch an.« Anders konnte ich es nicht ausdrücken. Es kam mir so vor, als sei ich plötzlich im falschen Film gelandet und spielte meine Rolle darin ziemlich schlecht. Der Schein der Straßenlaternen verwandelte die kahlen Bäume in Monster mit dürren Fangarmen. Ich erschauderte und atmete tief durch.

»Mach dir da mal keine Sorgen. Die haben dich doch ausgesucht, oder etwa nicht? Sie wissen, dass du was Besonderes bist«, beruhigte mich Joan. »Außerdem kommt Dante doch mit. Ihr passt schon aufeinander auf.«

»Ich weiß. Sonst würde ich auch völlig ausflippen. Ganz allein bin ich ein hoffnungsloser Fall.«

»Ach was!«

Dante war jetzt bereits seit etwa zehn Jahren mein Rettungsanker und bester Freund. Dass er nun auch fürs Lexington ausgesucht worden war, konnte man für pures Glück halten, allerdings buhlten er und ich ja auch in einem ständigen Kopf-an-Kopf-Rennen darum, Klassenbester zu werden (ganz zivilisiert natürlich). Also hatte es mich nicht gewundert, als er beim Mittagessen zu mir rübergekommen war, unter seinen kinnlangen Dreadlocks hervorgeschaut und eine Fritte von meinem Tablett geklaut hatte.

»Bei dir gibt's nicht zufällig Neuigkeiten, oder?«, fragte er zunächst ganz vorsichtig, legte dann aber mit Vollgas los: »Bei mir nämlich schon! Und ich sterbe, wenn du nicht dabei bist! Sag mir doch bitte, bitte, dass du diesem Kaff den Rücken kehrst und in der Windy City ein gewisses supertolles Praktikum antrittst.« Verschwörerisch wackelte er mit den Augenbrauen in meine Richtung – hoch/runter, hoch/runter. Erleichterung überkam mich.

»Du ziehst doch nicht etwa ins Lexington Hotel, oder?«, erwiderte ich.

»Doch!« Er hopste auf seinem Stuhl herum. »Oh mein Gott, das wird ein Riesenspaß. Ich meine, wer wohnt denn schon in einem Hotel? Nur Rockstars und Promis und diese völlig fertigen Filmsternchen, die vor ihren Eltern flüchten und so. Raus aus dieser furchtbaren Highschool, rein in die Chicagoer Gesellschaft!«

»Ja, bitte«, lächelte ich. Wir betrachteten all die vollbesetzten Tische. Unsere Schulkameraden hatten kein Problem damit, uns zu Vorsitzenden der Französisch-Bestenriege zu wählen, würden sonst aber freiwillig kein Wort mit uns wechseln.

»Und bist du vielleicht auch ein kleines bisschen …«

»Aufgeregt?«

»Ja.«

»Hallo?! Na klar, total. Ich meine, das ist doch eine Riesensache – Tollman war ja ganz aus dem Häuschen, und ich will das auf keinen Fall versauen. Das könnte uns Wahnsinnsempfehlungen fürs College einbringen. Ach, wahrscheinlich könnten diese Leute uns problemlos an jeder Uni unserer Wahl unterbringen: Northwestern, U. Chicago, die kennen da sicher jeden. Aber keine Sorge, wir sind schließlich clever und pflichtbewusst, wir arbeiten hart. Alles wird gut.«

Ich atmete auf. Meiner Meinung nach lag darin Dantes wahres Talent – und für mich war das viel imposanter als sein Anspruch auf die Bestenliste, sein kometenhafter Sieg bei der

Wiederwahl zum Schülervertreter oder das extravagante Kuchenbuffet für Feinschmecker, das er für einen guten Zweck jedes Jahr mit den zauberhaftesten Kreationen organisierte (er war ein Künstler, der Zuckerguss zu seinem Medium erwählt hatte). Wirklich, für mich war seine beruhigende Wirkung auf mich sein größter Triumph. Wie durcheinander ich auch war, er holte mich immer auf den Teppich zurück. Das war schon vor Jahren bei unserer ersten Begegnung im Krankenhaus so gewesen.

Nachdem man mich gefunden hatte, war ich damals durch die Flure der Kinderstation gewandert, um herauszufinden, wer ich war und wohin man mich wohl schicken würde. Dante war mit seiner völlig hysterischen Mutter in der Notaufnahme erschienen, weil er von einem Baum gefallen war. Unten hatte er vorher jede Menge Stöcke und Steine zusammengetragen, um daraus eine Burg zu bauen, deshalb hatte er sich beim Sturz schlimm den Rücken zerkratzt und den Arm zerfetzt. Wegen Problemen mit der Sehne hatte er über Nacht bleiben müssen und hatte plötzlich mit dem Gipsarm in einer Schlinge bei mir im Zimmer gestanden. Wir waren die ganze Nacht aufgeblieben und hatten uns Gruselgeschichten erzählt. Am nächsten Morgen war er entlassen worden, hatte mich im Laufe des nächsten Monats aber regelmäßig in der Klinik besucht. Alle paar Tage war er mit seiner Mutter Ruthie aufgetaucht und hatte mir Malbücher, Stofftiere oder selbstgemalte Bilder mitgebracht.

Jetzt fuhr Joan in die Einfahrt unseres Reihenhauses. Selten hatte es in meinen Augen so heimelig ausgesehen – man weiß eben immer erst in Momenten des Abschieds, was man an den Dingen hat. Unser hohes, schmales Häuschen war vorn in inzwischen verblichenem Blau gestrichen, hatte braune Fensterläden und eine enge, überdachte Veranda. Für uns zwei gab es hier genug Platz, und es war nicht weit bis zum Lake Michigan, der jetzt zwar ruhig unter Eis dalag, bei warmem Wetter aber perfekt für nachmittägliche Sonnenbäder und Picknicks war.

»Geh schon mal rein, ich muss noch ein paar Sachen aus dem Wagen holen«, schickte mich Joan vor.

»Soll ich dir helfen?«

»Nee«, winkte sie ab. »Es dauert nur einen Moment.«

Also rannte ich so schnell wie möglich die Vortreppe hinauf und über die Veranda, denn die eisige Luft ging mir durch Mark und Bein, der Wind heulte und umfing mich fauchend. Meine behandschuhten Finger hatten Schwierigkeiten mit dem Schlüssel, aber schließlich ging die Tür auf, und herausströmende Wärme hieß mich willkommen.

Ich schaltete das Licht ein. Durch das Wohnzimmer konnte ich sehen, dass hinten in der Küche ein silberner Luftballon in der Form einer Sechzehn über dem Tisch tanzte. Dort wartete ein selbstgebackener Kuchen auf mich und außerdem ein in silbernes Geschenkpapier eingeschlagenes Schächtelchen mit passender Schleife, das in eine Hand passte.

Ich ließ den Rucksack auf den Boden plumpsen und hielt direkt auf den Geburtstagstisch zu. Unterwegs zog ich die Jacke aus und warf sie über einen Stuhl im Wohnzimmer. Als ich gerade die luftige Creme auf dem Kuchen probierte, stand Joan auch schon in der Tür.

»Teil zwei deiner Party!«

»Köstlich. Und unglaublich. Aber ich hab doch erst Montag Geburtstag.« Das war zumindest das Datum, an dem wir immer gefeiert hatten, da wir ja nicht wussten, wann ich geboren war. Am Montag jährte sich der Tag, an dem man mich gefunden und ins Krankenhaus gebracht hatte, wo Joan mich als Erste versorgt, meine Schnitte und Schrammen verbunden, mich nach Knochenbrüchen abgetastet und mich langsam zum Sprechen gebracht hatte, obwohl das meine Herkunft auch nicht geklärt hatte.

»Ich habe mir gedacht, wenn wir schon mal in Partystimmung sind, dann machen wir am besten gleich weiter. Lass uns feiern!« Sie stellte ihre Tasche ab, schälte sich aus dem Mantel und hängte ihn neben der Tür an die Garderobe. Ich nahm die glitzernde Schachtel in die Hand und schüttelte sie.

»Darf ich das aufmachen?«

»Das will ich doch schwer hoffen!«, lächelte sie, trat zu mir an den Tisch und probierte selbst von der Creme. »Na los!«

Ich riss das Papier auf und öffnete eine weiße Samtbox. In ihrem Inneren funkelte es.

»Für Schmuck hast du ja nicht so viel übrig, du bist halt ein richtiger Junge«, sagte sie. »Aber 16 wird man schließlich nicht alle Tage, und da wollte ich dir gerne was Hübsches schenken.«

Ich zog eine Halskette hervor und ließ ihre goldenen Glieder meine Finger umfangen. Es stimmte schon, ich trug keinen Schmuck, und die wenigen Stücke, die ich besaß, lagen seit jeher unberührt in ihrer Schatulle. Aber diese Kette fühlte sich irgendwie anders an. Zum einen baumelte daran kein Herzchen oder einer von diesen Geburtssteinen, wie sie die anderen Mädchen in der Schule trugen. Dieser harfenförmige Anhänger, der etwa so lang war wie meine Fingerspitze, stellte hingegen etwas ganz anderes dar: einen einzelnen goldenen Flügel, dessen sanft geriffelte Oberfläche die Federn imitierte.

»Die Kette hab ich aus dem Antiquitätenladen, in den ich dich dauernd mitschleppe«, erklärte Joan.

»Ich weiß schon, das Lädchen neben der Buchhandlung, in die ich mich immer davonmache, wenn du zu lange brauchst?«

»Genau.« Sie lächelte. »Irgendwie ist sie was ganz Besonderes, eben einzigartig, genau wie du.« Sie küsste mich auf den Scheitel. »Der Flügel hat mir deshalb gefallen, weil du es wirklich weit bringen wirst, das weißt du doch, oder? Du bist ein Überflieger, Haven. Und du hast noch so viel vor dir.«

»Danke, Joan. Die ist wunderschön, wirklich.« Ich nahm sie in den Arm und hielt sie etwas länger fest als sonst.

»Vielleicht trägst du sie ja sogar?«, meinte sie und strich mir übers Haar.

»Was ich dir sofort beweisen werde.« Ich ließ die Kette vom Finger baumeln und hob meine Haare hoch. »Könntest du vielleicht?«

»Es ist mir eine Ehre.« Sie machte den Verschluss zu, drehte mich dann bei den Schultern herum und rückte die Kette zurecht, so dass der Anhänger genau in der kleinen Mulde an meinem Hals ruhte. »Perfekt, schau's dir an.«

Ich betrachtete mich im Badezimmerspiegel. Meine Augen wanderten umgehend zu dem Anhänger. Normalerweise war an meinem Aussehen alles unvollkommen oder zumindest unscheinbar. Meine Nase sah immer aus wie ein Klecks roher Plätzchenteig. Die Farbe von Haaren, Haut und Augen lag bei mir nur ein paar Nuancen auseinander: karamellfarbene Haut, schnurgerades honigbraunes Haar, dunkle Bernsteinaugen. Der rosafarbene Krankenhauskittel, der an meiner knabenhaften Figur herunterhing, machte die Sache auch nicht besser.

Und ich hatte das völlig falsche Langarm-Shirt mit V-Ausschnitt an. Meine Lieblingsteile waren alle in der Wäsche, und aufgrund schlechter Planung war mir nur noch dieses mit etwas zu tiefem Dekolleté geblieben. Jetzt sah ich in den Spiegel und fragte mich, ob meine Narben – drei hässliche Streifen mit der Textur von Verbrennungen, die wie Akzente über meinem Herzen prangten – wohl den ganzen Tag so hervorgelugt hatten. Sie waren zwar nur fünf Zentimeter lang, zusammen mit den beiden Striemen auf meinen Schulterblättern gaben sie jedoch ein jämmerliches Bild ab. An diesem unwürdigen Modell hätte die Halskette eigentlich fehl am Platz wirken sollen, aber irgendwie sah sie aus, als sei sie wie für mich gemacht. Das intensiv leuchtende Gold fing das Licht ein und verlieh meinen Zügen einen sanften Glanz, der mir wirklich gut gefiel. Vielleicht wurde ich doch langsam erwachsen, das waren womöglich erste Anzeichen künftiger Reife. 16. Das fühlte sich schwerwiegend an, bedeutend, wichtig.

»Die ist der Wahnsinn«, rief ich, ohne den Blick vom Spiegelbild zu lösen. »Vielen Dank!«

2

Aller guten Dinge sind drei

Wie immer war das Wochenende viel zu kurz, aber dieses Mal kam der Montag mit einem lauten Knall, der mir durch Mark und Bein ging. Nach zwei Tagen frenetischen Packens hatte ich das Gefühl, dass ich zum Südpol aufbrach statt in den Süden von Chicagos naher Innenstadt. Schließlich fand ich mich mit zwei riesigen, viel zu vollen Reisetaschen vor der beeindruckenden Festung des Lexington Hotels wieder.

Mein neues Domizil lag an der Kreuzung South Michigan Avenue/Twenty Second Street, wo sich das Monstrum aus Backstein zehn Stockwerke hoch auftürmte. Auf etwa einem Drittel Höhe lief ein Terrakottaband mit verschnörkelten Elementen einmal rund um das Gebäude. An der Ecke wölbte sich ein Erker mit halbmondförmigen Fenstern hervor, hinter denen vermutlich die besten Räume lagen. Ich hatte mir immer ein Erkerfenster gewünscht – in alten Filmen machten es sich junge Frauen dort doch immer gemütlich, um zu lesen oder in den Tag hinein zu träumen. Ganz oben thronte auf der Spitze des Hotels stolz eine dreieckige Fahne, wie ein Collegewimpel. Da sie sich im Wind nicht rührte, war sie aber vermutlich aus Stahl gemacht. Lichtpunkte darauf bildeten glühend das Wort LEXINGTON.

»Kein schlechter Zweitwohnsitz, mein Schatz«, bemerkte Joan.

»Allerdings.« Die Ehrfurcht in meiner Stimme war unverkennbar, als ich aus dem Autofenster nach oben sah. »Wow. Ja, nicht schlecht.«

Joan hatte vor dem prächtigen Portal gehalten, das Romantik und Stil im Inneren verhieß. Ein blutroter Baldachin überspannte den von zwei Säulen eingefassten Eingang, der außerdem von einer steinernen Borte gerahmt war, auf der goldene Scheiben mit dem Emblem des Hotels leuchteten: den beiden fast aufeinanderliegenden, verschlungenen Buchstaben L und H. Ein paar mit rotem Teppich überzogene Stufen sowie eine Rampe führten zur Drehtür hoch. Im Gegensatz zum Rest des Gebäudes war das Erdgeschoss modern gehalten. Statt mit großen Panoramafenstern hatte man die Wände hier unten mit Milchglas gestaltet, so dass man von außen nicht hineinsehen konnte, sich aber fragte, was wohl dahinter lag.

»Na, dann mal los, oder?«, meinte Joan und stieg aus, um den Kofferraum zu entladen. Ich nickte und öffnete die Beifahrertür.

Über Nacht war die aggressive Winterkälte seltsam mildem, gar nicht zur Jahreszeit passendem Wetter gewichen. Ich zog den Parka aus und rollte die Ärmel hoch. Ich hatte mein Bestes gegeben, um professionell auszusehen, kam mir aber jetzt mit Hemd, schwarzer Hose und flachen Schuhen trotzdem schäbig vor. Nachdem ich das Hotel und meine neue Chefin ausgiebig gegoogelt hatte, war mir aber schon zuvor klar gewesen, dass ich hier nicht mithalten konnte. Diese Aurelia Brown hatte auf allen Fotos einfach perfekt gewirkt – brillant und so schön, wie es alle Mädchen gern wären – und trotzdem sah sie so jung aus, als würde sie eigentlich noch aufs College gehören. Ich nahm an, dass ich hier noch viel zu lernen hatte.

Die Reisetasche, deren Gurt ich mir jetzt über die Schulter schob, wog so viel wie ein Toter.

»Oh Schatz, gib mir das«, protestierte Joan, hob sich die andere Tasche auf die Schulter und griff dann nach meiner, um das Gewicht auszugleichen. »Soll ich mit reingehen? Wann wollte Dante denn hier sein?«

»Vor fünf Minuten.« Ich studierte den Eingang des Gebäudes, und mein Herz begann zu klopfen.

»Typisch Dante«, meinte sie.

Ich schüttelte den Kopf und lächelte. Er kam immer zu spät, aber das gehörte zu seinem Charme. Man konnte ihm einfach nicht böse sein, denn wenn er endlich auftauchte, legte er jedes Mal einen mitreißenden Auftritt hin. Ich sah auf die Uhr: 8.52 Uhr. Man hatte uns für neun Uhr herbestellt.

»Ich denke, ich warte noch eine Minute hier draußen. Wenigstens ist es heute nicht so kalt«, sagte ich. »Aber du solltest dich auf den Weg machen, ich komme schon klar. Wirklich.« Ich schob mir den Parka unter den Arm und nahm ihr die Reisetaschen ab.

»Sicher?«

Nein. Aber ich nickte trotzdem.

»Gibt es hier denn keinen Pagen oder so?«

»Der Laden hat doch noch nicht eröffnet. Außerdem bin ich hier nicht zu Gast. Wahrscheinlich muss *ich* bald den Pagen spielen.«

»Na, hoffentlich nicht. Wie sollst du denn den ganzen Tag so schwere Sachen schleppen?«

»Keine Ahnung, aber eins von diesen flotten Käppis wäre doch ganz cool.«

Joan hörte mir gar nicht zu.

»Lass dich auf keinen Fall zu irgendwas Gefährlichem abkommandieren.« Wie so oft hatte sie den Finger drohend erhoben.

»Es wird schon alles gut gehen, Joan, versprochen.«

»Du brauchst nicht aufgeregt zu sein.« Sie umarmte mich heftig, wiegte mich vor und zurück und küsste mich dann auf die Stirn.

»Joan, es ist wirklich okay!«

»Ich weiß, ich weiß, keine Liebesbekundungen in der Öffentlichkeit, hab verstanden.« Schmunzelnd machte sie sich von mir los. »Du wirst das toll meistern. Und mit der Bahn bist du ja auch schnell zu Hause. Ruf mich nachher an, okay?«

»Mach ich.« Ich biss mir auf die Lippe und blickte über ihre Schulter hinweg die Straße entlang. Keins der heranrollenden Autos war der alte Kombi von Dantes Mutter.

»Noch einen schönen Geburtstag, Haven!« Winkend stieg Joan wieder ein. Ich berührte meinen Anhänger und winkte zurück, sah zu, wie sie sich in den spärlichen Verkehr einfädelte und davonfuhr. Jetzt war ich allein. Obwohl es hier draußen doch so mild war, fuhr ich auf einmal fröstelnd zusammen. An einem Tag wie heute gab mir nichts und niemand so viel Halt wie Dante. Ich brauchte ihn hier, aber er war immer noch nicht aufgetaucht, und jetzt war es neun Uhr. In der Ferne erklangen Glockenschläge, eine Kirche schien sich irgendwo darüber lustig zu machen, dass ich zu spät kam. Damit würde ich nicht gerade einen idealen ersten Eindruck machen. Mir blieb keine Wahl.

Ich schulterte meine Taschen, stampfte die Rampe mit dem roten Teppich hinauf und dann durch die Drehtür. Innen angekommen ließ ich mein Gepäck auf den Boden plumpsen, legte meine Jacke darauf und ließ alles erst einmal stehen, um mich umzusehen. Die unberührte, makellose Lobby des Hotels glitzerte prachtvoll und wirkte irgendwie irreal. Außerdem lag sie völlig verwaist da. Diese Leere fühlte sich beinahe magisch an, als wäre ich hier unversehens in etwas hineingeraten, das gar nicht für meine Augen bestimmt war, an einem geheimen Ort gelandet, der eigentlich unter Verschluss bleiben sollte, bis er schließlich mit aller gebührenden Feierlichkeit enthüllt werden würde.

Ein gold-roter Teppich mit dem LH-Emblem erstreckte sich in alle Richtungen und eine enorme Freitreppe hinauf. Links und rechts von mir verhießen Flure noch zu entdeckende Räume, zauberhafte Säle, in denen die Gäste zusammenkommen würden. Vor mir bot eine Ottomane aus goldenem Plüsch – die in der Mitte zu einer Spitze zusammenlief wie ein riesiger Kreisel – Platz für zwölf oder sogar noch mehr Menschen. Wirklich spektakulär wurde es jedoch direkt über mir: Ein Kronleuchter aus Kristall schimmerte und verteilte mit seinen unzähligen Facetten Lichtreflexe im Raum. Darüber, etwa zehn Stockwerke weiter oben, fielen Sonnenstrahlen durch ein Oberlicht herein und schienen die Eingangshalle ganz ohne Strom zu erleuchten. In jedem Geschoss erlaubte ein hüfthohes Geländer den Gästen, die Lobby unter ihnen oder das Oberlicht hoch oben zu betrachten. Ich nahm auf der Ottomane Platz, sah hinauf, am prachtvollen Lüster vorbei, und hatte das Gefühl, mich in einer riesigen gotischen Kirche zu befinden, einem Ort voller Licht und Luft. Ich war noch nie ganz allein in so weitläufigen und erhabenen Hallen gewesen. Solch herrschaftliche Gebäude waren doch dazu da, von Menschen erfüllt zu sein, die sich darin drängten. Aber jetzt gehörte dieser riesige Saal für einen Moment mir ganz allein. Dieses Gefühl der Freiheit war aufregend, es kribbelte bis in die Fingerspitzen. Wenigstens in diesem Augenblick musste ich mich keinen Regeln oder Erwartungen beugen. Ich hätte eigentlich nicht gedacht, dass mir dieses Gefühl behagen würde, denn es brachte auch eine gewisse Unsicherheit mit sich. Aber es gefiel mir.

Trotzdem wusste ich natürlich, dass in meinem opulenten zukünftigen Zuhause irgendwo jemand auf mich wartete, um mich in meine neuen Aufgaben einzuweisen. Und diesen Jemand musste ich nun finden. Ich hatte zwar nicht gerade ein Begrüßungskomitee erwartet, fand es aber doch seltsam, hier keine Menschenseele anzutreffen. Der eindrucksvolle Empfangstresen aus Marmor gegenüber der Treppe war nicht besetzt. Niemand stand auf dem schmalen Podest aus Eichenholz, das für den Pagen vorgesehen war, niemand trat aus dem Aufzug. Konnte es denn sein, dass vielleicht längst alle in irgendeinem Konferenzraum hockten?

»Hallo?«, rief ich, aber meine Stimme ertönte in diesem grandiosen Szenario nur ganz schwach und leise. »Hallo?« Ich ging zum Empfangstresen hinüber und fuhr mit den Fingerspitzen über den kühlen, glatten Marmor. Der Tisch war ziemlich hoch, und ich stellte mich auf die Zehenspitzen, um dahinterzuspähen. Dann hörte ich es – ein ganz leises Flüstern. Hinter dem Tresen befand sich ein bogenförmiger Durchgang, und dahinter ein Flur, der in fast völliger Dunkelheit dalag. Plötzlich blitzte im düsteren Gang kurz Licht auf – eine Tür wurde geöffnet – und der Umriss einer Frau mit Sanduhrfigur war zu sehen. Dann erfüllte eine samtige Männerstimme die Luft: »Du hast da noch was vergessen.« Eine Hand berührte die Frau am nackten Oberarm, dann trat ein großer, schlanker Typ im Anzug ins Licht, zog sie zu sich heran und hauchte: »Das hier.« Er küsste sie direkt unter dem Ohr, fuhr ihr mit den Fingern durch das schulterlange gelockte Haar und gab ihr dann noch einen Kuss.

Die Frau hob mit zarten Fingern sein Kinn an und sah ihm in die Augen. Ich war so fasziniert, dass ich das Rauschen der Drehtür gar nicht mitbekam.

»Da ist sie ja!«, ertönte eine Stimme und riss mich aus meiner Versunkenheit. Unwillkürlich zuckte meine Hand vom Empfangstresen zurück, als hätte man mich beim Stehlen ertappt, und ich kehrte stolpernd zum Eingang zurück. Dort erwarteten mich Dante mit seinem dreiteiligen Kofferset im Leopardenmuster und der stille Typ, mit dem wir zusammen in Europäischer Geschichte saßen. Mein bester Freund streckte die Arme aus: »Herzlichen Glückwunsch zum Geburtstag, Süße!«

»Danke!« Mir klopfte das Herz immer noch bis zum Hals, und ich musste mich erst mal beruhigen.

Dante nahm mich in den Arm und küsste mich auf die Wange. »Tut mir leid, dass ich zu spät komme. Haben wir irgendwas verpasst?«

Ich schüttelte den Kopf. »Noch habe ich niemanden gesehen.«

»Hey, du erinnerst dich doch sicher an Lance?«, meinte Dante und wies auf den Jungen an seiner Seite.

»Na klar, hi.« Ich erkannte ihn zwar wieder, war mir aber nicht sicher, ob wir je miteinander gesprochen hatten.

»Hey«, grüßte Lance kaum hörbar und nickte in meine Richtung. Unser dünner Mitpraktikant trug Jeans und ein T-Shirt der Cubs. Er überragte Dante und mich bei weitem, schien seine Körpergröße jedoch durch eine gebeugte Haltung ausgleichen zu wollen und lehnte sich vor, als wollte er mit der Brust einen schützenden Käfig bilden. Die Hände hatte er tief in den Hosentaschen vergraben. »Und, äh, herzlichen Glückwunsch.« Er schob sich die Hornbrille höher auf die Nase.

»Danke.« Ich lächelte kurz und verlegen. Wir beäugten uns einen Augenblick, dann senkte er den Blick.

»Er ist der Dritte im Bunde, damit ist unsere Truppe dann wohl komplett«, verkündete Dante. »Aller guten Dinge sind drei, heißt es doch so schön!«

»Außer beim Streichholz«, stellte ich klar. »Na, du weißt schon, angeblich stirbt jemand, wenn man drei Kerzen mit demselben Streichholz anzündet, oder? Wie war das noch gleich?«

»Wie bitte?« Dante klang irritiert; er konnte es nicht leiden, wenn ich begann, banale Alltagsfakten in eine bis dahin angenehme und entspannte Unterhaltung einzustreuen (was ziemlich oft passierte).

»Ja, das bringt Unglück«, stimmte Lance zu und schielte hinter seiner Brille zu mir herüber, fing noch einmal kurz meinen Blick ein. Die riesigen Gläser ließen sein Gesicht winzig wirken. Wenn ich ihn ansah, konnte ich einfach auf nichts anderes mehr achten.

»Na, zum Glück hatte ich sowieso keine Zeit mehr, noch eine Kerze aufzutreiben.« Dante streckte mir einen Plastikbehälter entgegen und schüttelte ihn vorsichtig, feierlich. »Ta-da! Für dich, meine Freundin«, verkündete er und überreichte ihn mir. Unter der durchsichtigen Kuppel entdeckte ich einen einzigen, perfekten Cupcake – mit rosafarbener Creme und übersät mit runden, konfettiähnlichen Zuckerperlen und einer Sechzehn aus essbaren Ziffern.

»Dan, das war doch nicht nötig.«

»Also, bitte, das hab ich doch gern gemacht.«

»Danke, du bist der Größte!«, sagte ich, aber er hatte mich längst stehen lassen und drehte fasziniert eine Runde durch die Lobby.

Er schaute hinauf zum Oberlicht. »Wow!«

Ähnlich beeindruckt kniete sich Lance auf das Plüschsofa und sah zu den Hunderten von winzigen Lichtern rund um die Kabel hinauf, an denen der Lüster hing. Er bewegte die Lippen, so als würde er zählen. »Das sind 1482 – nein ... 83, 1483 Lichter. Na, wie ist das?«, murmelte er. »Wie sie da wohl die Birnen auswechseln?« Dann schlenderte er zur Rezeption hinüber. Über dem Empfangstresen zeigte ein Bildschirm Artikel, die in der *Tribune* und anderen lokalen Zeitungen und Magazinen erschienen waren.

»Das ist alles total krass«, sprudelte Dante hervor.

»Ja, ich weiß. Wahnsinn, oder?«, entgegnete ich.

»Schön, dass es euch gefällt«, erklärte jemand hinter mir. Diese tiefe und süße Reibeisenstimme hatte ich vorhin flüstern hören. Die dazugehörige Frau schwebte groß und schlank, mit Model-Proportionen vom zweiten Stock aus die Treppe hinunter. Sie trug ein figurbetontes schwarzes Jackett über einem knielangen schwarzen Kleid, aus dessen Ausschnitt ein wenig

Spitze hervorschaute. Die Haare trug sie zu einer Bananenfrisur hochgesteckt, und sie hielt ein Klemmbrett in der Hand. Zarte Locken umspielten ihre feinen, unwirklichen Züge. Wir blickten sie wortlos an. Lance schlurfte herbei und stellte sich neben Dante und mich, wie Soldaten waren wir drei nun Seite an Seite aufgereiht.

»Hallo, ich bin Aurelia Brown, die Besitzerin des Lexington Hotels. Schön, euch kennenzulernen.« Sie kam herbei und schüttelte jedem von uns die Hand. Ich hatte noch nie jemanden, der so atemberaubend war, aus nächster Nähe gesehen. Ihre blauen Augen waren warm und strahlend, funkelten geradezu. Ihre Haut war wie feinstes Porzellan, glatt und straff, ohne eine einzige Falte. »Sehr erfreut«, brachte ich schließlich hervor. Zunächst fühlten sich ihre Finger an wie dünne Zweiglein, aber dann packte sie fester zu und zerquetschte mir fast die Hand.

»Darf ich vorstellen …«, sie wies mit einer Geste hinter sich. Ich hatte nicht einmal bemerkt, dass dort ein Mann erschienen war. Mit übereinandergeschlagenen Beinen lehnte er sich auf der riesigen Ottomane zurück, gerade weit genug, um zu zeigen, dass es ihn keine große Anstrengung kostete, so auszusehen, wie er aussah. Er trug einen eng geschnittenen grauen Anzug und eine karierte Krawatte in Rosa und Lila. Seine Kleidung war so perfekt auf ihn zugeschnitten, dass ich es im ersten Moment gar nicht bemerkt hatte, aber tatsächlich sah er so aus, als hätte er gerade erst die Highschool hinter sich. Seine Züge waren makellos – eine beinahe zu schmale Nase, kantige Wangenknochen, volle Lippen. Die Gelfrisur ließ ihn aussehen, als sei er einem alten Film entsprungen. Bis zu diesem Zeitpunkt wäre ich nie auf die Idee gekommen, einen Mann als schön zu bezeichnen, aber er war es. »Das ist mein Stellvertreter, Lucian Grove.« Nun stand der junge Mann auf, knöpfte sich das graue Jackett zu und rückte sich die Aufschläge zurecht. Als er näher kam, um uns zu begrüßen, wurden mir die Knie weich.

»Angenehm«, sagte er zu Lance und schüttelte ihm die Hand. Sie waren auf einer Augenhöhe. Warum waren hier bloß alle so schrecklich groß? Ich kam mir winzig und unbedeutend vor.

Völlig unbeeindruckt grüßte Dante mit: »Schön, Sie kennenzulernen, ich freue mich wirklich, hier zu sein.« Aber meine Finger zitterten bereits, noch bevor Lucian überhaupt danach griff. Als er es dann tat, durchfuhr mich eine Art Stromstoß und spannte jeden einzelnen Nerv meines Körpers an. Ich hoffte nur, dass seine warme Hand mein Zittern nicht spürte. Seine grauen Augen mit blauen Sprenkeln brannten sich in die meinen, dann zog er – spielerisch, wissend – eine Augenbraue hoch und grinste. Mir blieb fast das Herz stehen. Was sollte das denn heißen? Er hatte doch wohl nicht bemerkt, dass ich Aurelia und ihn vorhin beobachtet hatte, oder? Ich meine, es war ja nur ein winziger Augenblick gewesen, kaum ein paar Sekunden. Und trotzdem verriet mir sein Blick, dass ich entlarvt war.

Dante bekam die Szene aus dem Augenwinkel mit. »Hoffentlich gibt es hier noch mehr von der Sorte«, flüsterte er mir ins Ohr, nachdem Lucian uns den Rücken zugedreht und wieder seinen Platz an Aurelias Seite eingenommen hatte. »Ich will auch so einen.« Ich atmete tief durch, spürte, dass ich nach und nach wieder festen Boden unter den Füßen bekam und mein Puls sich endlich verlangsamte. Aurelia sprach weiter, also riss ich mich zusammen und wandte meine Aufmerksamkeit wieder ihr zu.

»Ihr werdet eng mit einer Gruppe zusammenarbeiten, die wir als Teil unseres Stabs für Öffentlichkeitsarbeit bereits zusammengestellt haben – wir nennen sie das ›Syndikat‹.« Bei diesen Worten öffneten sich rechts und links von uns Türen und wie choreografiert glitt eine Gruppe Menschen herein. Die zehn Männer und Frauen vom Format Aurelias und Lucians waren alle perfekt gestylt und trugen schwarze Anzüge oder Kleider. Ich hätte geschätzt, dass sie durch die Bank vielleicht 18, 19 waren, oder höchstens Anfang 20, trotzdem kamen sie mir so viel älter vor als ich selbst. Das hatte etwas mit ihrer Körperhaltung zu tun: Mit stolz vorgerecktem Kinn standen sie majestätisch da. Sie umringten uns, umfingen uns drei. Keiner sprach ein Wort oder sah uns an, alle Blicke klebten an Aurelia. Mit ihren ruhigen Mienen strömten sie unendliche Gelassenheit aus. Nachdem wir Praktikanten uns verwirrt angesehen hatten, wandten auch wir uns wieder Aurelia zu.

»Wenn ihr eure Karten richtig ausspielt, seid ihr vielleicht bald die jüngsten Neuzugänge dieses exklusiven Verbandes«, erklärte Aurelia. »Hier in Chicago will jeder bei uns dazugehören. Dafür würden die Leute ihre Seele geben. Ihr solltet wissen, dass ihr wirklich großes Glück habt. Und jetzt folgt mir, wir haben viel zu besprechen.«

3

Eure neue Umgebung

»Also, willkommen«, rief Aurelia, als wir unseren offiziellen Rundgang begannen. Ihre tiefe Stimme klang melodisch und beruhigend. Dante, Lance und ich gerieten in den Sog des Syndikats, das uns immer noch umfing, und wir folgten unserer Chefin am Empfangstisch und der großen Freitreppe vorbei mitten in die Lobby. Inzwischen hatte man uns mit Präsenttüten versorgt, randvoll mit Stiften, Tassen, Notizblöcken, Postkarten, T-Shirts und Süßigkeiten, alles mit dem goldenen LH-Logo des Hotels auf schwarzem Grund. »Heute werden wir besprechen, was hier zu euren Aufgaben zählt, und euch eure Zimmer zeigen. Ihr solltet euch erst einmal ein allgemeines Bild machen und euch ein wenig einrichten.« Sie hielt inne, wandte sich um und blickte uns an. Hinter der offenen Tür zu unserer Rechten entdeckte ich Wände voller Bücher. Davor war eine Leiter an einer goldenen Metallschiene befestigt, die nahe der hohen Decke am Regal entlanglief. Neben einem Kamin und einem smaragdgrünen Sofa stapelten sich auch am Boden die Bücher.

»Es ist schon fast alles für die große Eröffnung bereit, wir müssen aber noch einige Projekte in Angriff nehmen, und dabei sind wir auf euch und das Syndikat angewiesen.« Aurelia wies mit zarter Hand auf die Gruppe. »Ihr werdet einen privilegierten Einblick in die Führung unseres Hauses erhalten. Was wir von euch erwarten? Alles und jedes. Deshalb haben wir euch ausgewählt – wir wissen, dass ihr zu den Besten und Klügsten gehört. Wir sind stolz darauf, euch hier zu haben und hoffen, ihr seid ebenso stolz, uns hier zur Hand gehen zu dürfen.« Ihre Stimme hatte hypnotische Kräfte, ihr Auf und Ab wirkte auf mich wie ein Wiegenlied. Lucian stand neben ihr und beobachtete uns, die Hände in den Taschen vergraben. Ich schob mir die Ärmel hoch und hoffte nur, ich sah nicht allzu verschwitzt aus. »Wir haben euch Kost und Logis angeboten, weil wir darauf zählen, dass wir euch auch gelegentlich zu ungewöhnlichen Uhrzeiten einsetzen können. Für diese Mühe werdet ihr jedoch angemessen entschädigt. Gut geleistete Arbeit hier kann zu Reichtum und Erfolg in anderen Bereichen führen, wir können euch nämlich viele Türen öffnen.«

Bei diesem letzten Versprechen drückte ich die Schultern durch und stand so hoch aufgerichtet wie nur möglich da. Aurelia hatte jetzt meine ungeteilte Aufmerksamkeit, und das schien sie auch zu wissen. Sie wandte den Blick nicht von mir ab. Ich hatte das Gefühl, dass sie einen Menschen nur anzusehen brauchte, um zu wissen, ob er sie enttäuschen würde oder nicht.

Mit klappernden Absätzen drehte sie sich wieder um und wir hasteten hinter ihr her. »Es gibt da ein paar Dinge, die ihr vielleicht schon wisst, oder auch nicht, die euch aber bewusst sein sollten. Wir haben hier das ursprüngliche Lexington Hotel wieder ins Leben gerufen und versuchen, sein historisches Erbe so weit wie möglich zu respektieren und zu berücksichtigen. Wir beziehen uns oft auf den legendären Gangster Al Capone, der einst hier residiert hat, versuchen aber gleichzeitig, uns als Vertreter eines gewagten, hochmodernen Stils zu etablieren, als Vorreiter in den Bereichen Kunst, Gastronomie und Nachtleben. Wir wollen das Schöne und das Gefährliche zelebrieren, denn danach sehnen sich die Menschen. Somit werden wir nicht nur für Besucher von außerhalb, sondern auch für die Einwohner Chicagos eine Anlaufstelle sein. Wir eröffnen schon in einigen Wochen, am 14. Februar, zu Ehren des Valentinstag-Massakers. Ich kann wohl davon ausgehen, dass ihr mit der Geschichte vertraut seid?«

Ich wusste in etwa, dass bei dem Vorfall Mitglieder von Capones Gang Angehörige einer rivalisierenden Bande getötet hatten, war aber viel zu eingeschüchtert, um auf die Frage zu antworten. Vor all diesen Menschen etwas Falsches zu sagen, hätte ich nicht ertragen können. Mit einem Kloß im Hals sah ich meine Mitstreiter an, auf deren Gesichtern der gleiche gequälte Ausdruck lag wie bei mir. Stille. Aurelia blieb schlagartig stehen und drehte sich kopfschüttelnd um. »Du meine Güte«, rügte sie uns. »Ihr solltet eure Kenntnisse über die Geschichte Chicagos wirklich aufpolieren, meine Lämmchen. Immerhin repräsentiert ihr uns jetzt.« Ihre Stimme war eiskalt.

»Ich dachte, das wäre eine rhetorische Frage«, warf Dante ein. Ich hätte beinahe aufgekeucht, riss mich aber gerade noch zusammen und warf ihm einen Blick zu. Ein schwaches Lächeln umspielte Aurelias Lippen, während sie meinen Freund musterte.

»Ihr werdet noch herausfinden, dass es die bei mir eher selten gibt. Ich erteile entweder Anweisungen oder stelle Fragen, auf die ich auch eine Antwort erwarte.« Diese Worte kamen in süßem Tonfall, was ihnen ein wenig von ihrer Schärfe nahm. Das Syndikat stand die ganze Zeit schweigend und reglos da und umfing uns wie die Figuren einer Scherenschnittgirlande. Aurelia marschierte weiter.

»Jeder von euch bekommt einen Mentor, der euch eure Aufgaben zuteilt. Diese Projekte sind, sofern möglich, auf eure persönlichen Interessen und Talente zugeschnitten. Lance …« – er zuckte bei der Erwähnung seines Namens zusammen – »… du wirst Lucian zur Hand gehen und verschiedene Alltagstätigkeiten für ihn übernehmen. Man wird dir einen Teil der Verantwortung fürs Management übertragen, und du wirst dich um verschiedene Projekte innerhalb unserer Einrichtungen – dem Nachtclub, der Galerie und der Bibliothek – kümmern.«

»Danke«, sagte Lance schüchtern zu ihrem Hinterkopf. Lucian sah sich um und nickte ihm bestätigend zu.

»Dante, dein Mentor ist unser Chefkoch Etan. Er hat einige innovative Ideen für das Angebot in unserem Restaurant und der Lounge. Im Moment ist er noch geschäftlich unterwegs, aber er wird in ein oder zwei Tagen wieder hier sein. In der Zwischenzeit besteht deine Aufgabe darin, dich mit den Küchen vertraut zu machen – du kannst mit der anfangen, die zum Parlor gehört, unserem zwangloseren Restaurant.«

»Natürlich. Ich freu mich drauf«, erwiderte Dante fröhlich.

»Und du, Haven, wirst mir assistieren.« Wir hatten das Erdgeschoss jetzt komplett durchquert und waren an einem Aufzug mit Glaskasten angelangt.

»Toll, vielen Dank!« Ich erwartete eigentlich, dass sie dies näher ausführen würde. Ich wollte gerne genau wissen, was Aurelia sich von mir erhoffte, damit ich ihre Erwartungen noch übertreffen und sie beeindrucken konnte. Aber das war alles.

»Jetzt werfen wir einmal einen Blick in unseren Nachtclub, den Tresor.« Sie drückte auf den Liftknopf. »Er hat letzten Monat bei seiner Eröffnung großes Aufsehen erregt, und das Geschäft boomt.« Das stimmte, ich erinnerte mich daran, was ich über den Club gelesen hatte. Hier ließ sich jeder gern sehen: Hollywoodstars, die in der Stadt einen Film drehten, jeder auch nur halbwegs wichtige Sportler aus der Gegend, Musiker auf Tournee. »Uns ist natürlich bewusst, dass ihr noch nicht volljährig seid …« Aurelia verstummte kurz und suchte vielleicht nach einer Art und Weise, uns schonend beizubringen, dass Highschool-Kids hier nicht willkommen waren. »Aber …«

Wir starrten sie mit neu erwachtem Interesse an. Der Aufzug

kam, und sie trat ein. Lucian folgte ihr, und schließlich taten wir es ihm zögernd gleich, Dante zuerst.

»… ihr dürft trotzdem in den Club, solange ihr euch verantwortungsbewusst benehmt.«

Wie bitte? Ich dachte, ich hörte nicht recht. Neben mir konnte ich spüren, wie Dante aus jeder Pore strahlte. Das Syndikat drehte sich um, ging dann in einer Reihe, wie eine lange, sich elegant windende Schlange, auf einen Seitengang zu und war verschwunden.

»Die Mitglieder des Syndikats haben hier spezielle Pflichten, und es kann durchaus vorkommen, dass man auch euch hier unten eine Aufgabe zuteilt.«

»Okay!« Mir war klar, dass Dante nun nicht länger an sich halten konnte, und der Ausruf war ihm einfach so entfahren.

Aurelia fuhr zu ihm herum und sah ihn an. Beinahe verschwörerisch lehnte sich Lucian zu Dante vor und bemerkte: »Es ist wirklich der helle Wahnsinn, du wirst nicht enttäuscht sein.«

»Und los«, kommandierte Aurelia. Die Lifttüren schlossen sich, und wir sanken hinab in die Tiefe.

Als wir endlich unten waren, zeigten sie uns jedoch nur die verschlossene Tür des Nachtclubs – eine schwarz gestrichene Stahlplatte, wie man sie sich vor dem Tresorraum einer Bank vorstellt – und es blieb uns überlassen, uns auszumalen, was wohl dahinterlag.

Der Rest der Tour kam mir endlos vor, elegante Räume und eine Lawine von Fakten und Zahlen überrollten uns. In einem der oberen Stockwerke stieß plötzlich wie durch Zauberei das Syndikat wieder zu uns und umringte uns auf eine Art, die mich immer noch nervös machte. Ich wünschte, mir würde irgendeine intelligente Frage in den Sinn kommen, irgendetwas, das mein großes Interesse zeigte – und das außerdem Lucians Aufmerksamkeit auf mich lenken würde. Sein Blick hing an Aurelia, schwappte über ihr Gesicht wie Wogen, die einen Felsen liebkosen, während er mit hingebungsvoller Aufmerksamkeit ihren Worten lauschte. Und wer konnte es ihm schon verdenken? Sie hatte so eine starke Präsenz. Ihre Stimme, ihre zackigen Bewegungen und ihr direkter, sicherer Gang zeugten von unendlicher Macht. Sie war so ganz anders als die Frauen, die ich kannte, all die pragmatischen, praktischen Krankenschwestern wie Joan, die eben tat, was die Situation erforderte. Aurelia hingegen war so elegant und geschliffen. Konnte man das lernen? Oder war es etwas, über das man verfügte, oder eben nicht? Ihr Auftreten und ihre Haltung erinnerten mich daran, dass sich in der Schule einige Mädchen über Nacht in Kreaturen verwandelt hatten, die selbst die schwer zu fassenden Typen locker um den Finger wickelten.

Es ging immer weiter, und schließlich schweifte ich in Gedanken ab, viel mehr, als mir eigentlich lieb war. Aber ich war eben müde. Das waren wir alle. Irgendwann erwischte ich Lance bei einem unterdrückten Gähnen. Dieses Gebäude war einfach riesig, und wir hatten inzwischen schon so viel gesehen.

Trotzdem hätte ich einige dieser faszinierenden Räumlichkeiten gerne noch genauer unter die Lupe genommen. Im Erdgeschoss gab es neben der Bibliothek außerdem noch ein Restaurant namens Capone und die Parlor-Lounge – Letztere waren rechts und links vom Haupteingang angeordnet. Im hinteren Bereich lag in der Nähe des Aufzugs zum Tresor hinter einer Glastür die hauseigene Galerie, abgeschirmt durch einen dicken Vorhang in Gold und Weinrot. Sie sollte zu einem Museum werden, das makabre Artefakte aus Chicagos düsterer Vergangenheit mit Originalwerken und Fotografien lokaler Künstler mischte. Im Moment waren dort allerdings nur weiße Wände und Glaskästen zu sehen, die darauf warteten, mit dem Schönen und Speziellen bestückt zu werden. Ein weiterer Aufzug führte zu einem edlen und ruhigen Spa hinunter.

Im ersten Stock lag am Ende der großen Freitreppe hinter elfenbeingeschmückten Türen der Ballsaal mit einer Decke, die die Antwort des Hotels auf die Sixtinische Kapelle zu sein schien. Statt der dort dargestellten himmlischen Kreaturen war der Himmel hier jedoch mit schweren, düsteren Wolken verhangen, und dazwischen zuckten so realistische Blitze, dass man beinahe den knisternden Donner zu vernehmen meinte, der sie begleitete. Durch die Lüfte flatterten Raben und Krähen sowie andere geflügelte Wesen mit zum Teil menschlichen Zügen, schöne, aber tödliche Kreaturen, die Speere schleuderten.

Als Aurelia uns schließlich die Treppe wieder hinunterführte, taten mir die Füße weh – ich war nicht daran gewöhnt, in etwas anderem als Turnschuhen so viel zu laufen.

Schließlich entließ sie uns. »Ich möchte, dass ihr euch für den Rest des Tages mit den vielfältigen Annehmlichkeiten eurer neuen Umgebung vertraut macht, eure Zimmer bezieht und so weiter. Falls wir euch für irgendetwas brauchen sollten, wissen wir schon, wo wir euch finden.« Wir dankten ihr einhellig, während das Syndikat geräuschlos davonglitt. Lucian schob sich wieder in den berüchtigten dunklen Flur hinter dem Rezeptionstresen und Aurelia eilte zur Bibliothek hinüber. Lance, Dante und ich suchten in unseren Präsenttüten nach den Schlüsselkarten zu unseren Zimmern, als das scharfe Klappern der Absätze plötzlich verstummte und ich wieder die dunkle Reibeisenstimme vernahm.

»Haven, kommst du bitte noch kurz mit?«, rief Aurelia von der Mitte der weitläufigen Lobby hinüber und winkte mich heran.

»Natürlich, Miss Brown«, antwortete ich in meinem heitersten, respektvollsten Tonfall. Ich bedeutete Dante und Lance mit einer Geste, doch ohne mich vorzugehen, während meine Nerven langsam eine nicht aufzuhaltende Achterbahnfahrt antraten.

»Aurelia, bitte«, korrigierte meine Chefin mich, während sie wieder losmarschierte, ohne auf mich zu warten. Ich verfiel jetzt in einen Laufschritt, um sie einzuholen.

»Natürlich, Aurelia«, entgegnete ich versuchsweise, aber es klang irgendwie komisch. So konnte ich diese Frau doch nicht nennen! Dabei hätte ich sie, wenn wir uns unter anderen Umständen kennengelernt hätten und sie mehr wie ich angezogen gewesen wäre, vielleicht sogar für eine Gleichaltrige gehalten. Keuchend holte ich sie endlich ein.

»Ich hätte schon gleich zu Beginn ein Projekt für dich – wenn es dir recht ist.«

»Ich kann es kaum erwarten!« Ich nickte ein wenig zu heftig, zu eifrig, mit wackelndem Kopf, und stolperte dann hinterher, denn sie war einfach viel zu schnell für mich.

»Die Galerie ist für das Lexington sehr wichtig, ich würde sie als kulturellen Eckpfeiler bezeichnen, und es gibt da etwas, an dem du in den nächsten Tagen für mich arbeiten sollst. Soweit ich weiß, bist du Fotografin.«

»Oh, na ja. Also, ich meine …«, stammelte ich. Ich war verblüfft, dass sie davon wusste.

»Also, fotografierst du nun oder nicht?«, fragte sie mit fester Stimme. »Ich hatte eigentlich gedacht, dass ich hier Schüler mit Talent eingestellt habe.«

Jetzt reiß dich mal zusammen, Haven, ermahnte ich mich selbst, *und sei nicht so bescheiden.* »Ja«, erklärte ich und imitierte ihren Tonfall, so gut ich konnte. »Ich bin gut. In der Schule habe ich auf Bezirksebene bei einem Wettbewerb gewonnen, und zwar mit einer Reihe über …«

Sie schnitt mir das Wort ab. »Wunderbar. Weißt du, warum wir unsere Gruppe Syndikat nennen?«

Keine Ahnung. Sobald ich die Gelegenheit dazu hatte, würde ich jedes Fitzelchen Information über diesen Ort zusammentragen. Aber dafür brauchte ich eben mehr Zeit. »Nein, das weiß ich nicht, aber ich freue mich darauf, alles darüber zu hören.«

»Damit erinnern wir an unsere Verbindung zu Al Capone und seiner Gang. Wie bei ihm geht es auch bei unserem Syndikat um Exklusivität, und wir haben ebenfalls einen gewissen Unterwelt-Touch.« Mit raschen Schritten marschierte sie die Eingangshalle entlang, der Stoff ihres Kleides raschelte, und ihre Absätze klapperten auf dem Marmorboden. Wir erreichten den Samtvorhang, der den Eingang zur Galerie verdeckte. Sie raffte die Gardine und zog eine Schlüsselkarte hervor.

»Aber ohne all die, äh, Maschinenpistolen und so?« Mein Witz blieb unbemerkt wie eine Amsel in der Nacht. Aurelia zog die Karte durch den senkrechten Schlitz.

»Unsere Galerie ist weniger ein Schurkenkabinett, eher ein Fürstenhof. Sie trägt zum Flair des Hotels bei. Es gibt einen Grund dafür, dass unsere Angestellten gut aussehen – sie sind schließlich unsere Botschafter. Ganz Chicago sieht zu uns auf und spricht über uns. Aber anders als bei Capone ist es gesellschaftlich anerkannt, unserer Vereinigung beitreten zu wollen. Und genau das wünscht sich auch jeder.«

In der Tastatur leuchteten Lämpchen auf, und ein Schloss wurde entriegelt. Aurelia hielt mir die Glastür auf und trat dann ebenfalls in den leeren Innenraum. Sie rauschte an mir vorbei ins Dunkel, und dann erhellte ein Licht einen Raum, den wir bei unserer Tour ausgelassen hatten. Ich ging darauf zu, es handelte sich um einen Bereich, der für ein Fotoshooting vorbereitet worden war. Eine gekrümmte weiße Leinwand bildete einen nahtlosen Hintergrund. Scheinwerfer waren mit Schirmen abgedeckt, die ihr Licht in die gewünschte Richtung lenkten. Sie erhellten die Kulisse, in deren Mitte ein einzelner hölzerner Hocker seiner Modelle harrte. Auf einem Stativ wartete eine Kamera, fertig zum Abdrücken, und auf einem Tisch lag eine zusätzliche Sammlung von Linsen.

»Wir selbst sind unsere beste Werbung. Wir verkörpern die Jugend und Vitalität, von der alle gern ein Stück abhaben möchten. Wir sind wild, unvorhersehbar und unbezähmbar, und danach sehnen sich die Menschen. Also werden wir genau das zelebrieren, und uns dadurch noch mehr Macht sichern.« Aurelia zog ihren Blazer aus, hängte ihn an einen unbenutzten Scheinwerfer und nahm dann vor mir auf dem Hocker Platz. »Im Laufe der nächsten Tage wirst du alle Vertreter des Syndikats, Lucian und mich fotografieren. Diese Bilder werden wir dann in der Galerie ausstellen.« Sie faltete die Hände im Schoß, hakte einen Absatz auf der Sprosse des Hockers ein und drehte sich zu mir um.

»Vielen Dank, es ehrt mich, dass Sie mich mit dieser Aufgabe betrauen.«

»Dann mal los!«

»Ach?«

»Du fängst heute mit mir an. Morgen kümmerst du dich dann um den Rest.« Ihr Blick war hart und kalt. *Jetzt mach schon!*, forderte er mich heraus. »Hier hast du alles, was du brauchen wirst. Ich gehe davon aus, dass du mit dem Material vertraut bist?«

Ich nickte, nur ein einziges Mal – nicht sehr überzeugend, aber ich fand, dass ich lieber nicht so dick auftragen und Aurelia dann später mit meiner Leistung überzeugen sollte. Den Lexington-Beutel stellte ich ab und nahm dann meinen Platz hinter der Kamera ein. Ein kurzer Blick auf all den Schnickschnack verriet mir, dass diese Ausrüstung weitaus komplexer war als alles, was ich je benutzt hatte. Meine eigene Digitalkamera war ein Secondhandmodell, das ich schon seit Jahren besaß. Sie bot nur wenige Optionen und war gelegentlich ein wenig langsam (manchmal hatte ich das Gefühl, ein Porträt in Marmor zu meißeln ginge schneller), aber sie machte ganz passable Aufnahmen, und das reichte mir schon. Als ich mir diesen

Apparat jetzt genauer anschaute, wurde mir klar, dass ich ihn schon einmal gesehen hatte, und zwar in der Auslage des Fotogeschäfts, in dem ich Stammkundin war. Es handelte sich um ein professionelles Modell, eine Spiegelreflexkamera, und der Typ im Laden hatte immer erklärt, dass die so einiges ausglich, was das Licht anging – von zu dunkel bis viel zu hell. Das beruhigte mich, dann ich hatte keine Ahnung, wie man diese riesigen Scheinwerfer einstellte, und wollte mich nicht lächerlich machen, indem ich unbeholfen daran herumfummelte.

»Eine tolle Kamera«, bemerkte ich. Ich redete vor allem mit mir selbst, aber Aurelia hörte es trotzdem.

»Freut mich, dass sie dir gefällt. Du wirst nämlich viel Zeit mit ihr verbringen.« Sie strich sich über den Rock und führte die Hand an ihre Frisur, berührte sie aber kaum. Vermutlich hatte sie gar nicht bemerkt, dass ich bereits ein erstes Foto geschossen hatte – diese Kamera war so leise und verstohlen. Ich blickte meine Chefin durch den Sucher an. Die Linse zwischen uns verschaffte mir eine gewisse Distanz, und ich spürte vielleicht zum ersten Mal an diesem Tag, dass sich der Knoten in meiner Magengrube zu lösen begann. Von hier aus sah Aurelia nicht mehr ganz so einschüchternd aus. Jetzt hatte ich die Kontrolle über sie. Oder wir arbeiteten zumindest zusammen. Ich änderte ein paar Einstellungen, zoomte an sie heran, wählte den passenden Bildausschnitt und legte die Belichtungszeit fest.

»Wenn Sie fertig sind, können wir gerne anfangen«, erklärte ich und tat mein Bestes, um möglichst professionell zu klingen.

»Dann mal los.«

Ich begann rasch zu knipsen und schien in Sekundenschnelle bereits eine Million Aufnahmen gemacht zu haben. Diese Kamera war so temperamentvoll, dass ich kaum mithalten konnte. Aurelia änderte ihre Pose ein wenig. Sie lachte nie strahlend, sondern nahm stets einen Ausdruck an, der zwischen sanftem

Lächeln und einem wehmütigen Sehnen lag. Ihre hohlen Wangen, die glatte Linie ihrer zarten Nase, das winzige Grübchen an ihrem Kinn, dies alles fing das Licht auf, das über ihre Züge tanzte und ihr mal den Eindruck von Stärke und Härte verlieh, sie dann wieder gedankenverloren, beinahe melancholisch erscheinen ließ. Ich war mir bereits seit einer Minute ziemlich sicher, dass ich längst im Kasten hatte, was ich brauchte, vermutlich sogar noch viel mehr.

Sie befreite ihr Haar aus der Hochsteckfrisur und schüttelte ihre Locken aus. Ich knipste noch ein paar Minuten weiter, bis sie schließlich erklärte: »Das reicht. Dann lass uns mal deine Arbeit anschauen. Komm mit.« Hastig stand sie vom Hocker auf und verschwand hinter der Leinwand.

Mit zitternden Händen ging ich die letzten Bilder durch und bekam so eine Bestätigung für das, was ich eigentlich längst wusste – sie waren wunderschön. Ich schraubte die Kamera vom Stativ und hielt sie im Arm wie ein Baby.

Der Raum ganz hinten war nichts weiter als ein Kämmerchen, ein winziges Büro mit weißen Wänden. Darin standen ein Tisch, ein Computer mit einem so dünnen Monitor wie bei einem Flachbildfernseher und einem doppelt so großen weiteren Bildschirm, der an der Wand hing. Aurelia hatte sich den Blazer wieder übergestreift und zugeknöpft, setzte sich vor den Computer und wartete darauf, beeindruckt zu werden. Ich schloss die Kamera an, und nun erschienen Hunderte von Fotos in Briefmarkengröße. Aurelia klickte auf das erste Bild: Darauf fasste sie sich gerade ans Haar, bevor sie wusste, dass ich sie beobachtete. Jetzt sah sie mich an, und ein Hauch von Bewunderung flackerte in ihrem Blick auf, dann wandte sie sich wieder dem Monitor zu. Sie gehörte zu den glücklichen Menschen, die gegen schlechte Fotos immun waren. Ich hingegen konnte selten eine Aufnahme von mir ertragen. Tatsächlich hatte ich systematisch jeden fotografischen Beweis meiner Existenz aus meinem zwölften und dreizehnten Lebensjahr vernichtet – die Bilder aus der Zeit waren besonders übel gewesen.

»Schön. Damit bist du für heute fertig. Morgen lichtest du dann die anderen ab.«

Aurelia klickte die Bilder weg, und der Computer wurde wieder schwarz.

»Toll, danke.«

Sie stellte den Wandmonitor ab, machte das Licht aus und hielt mir die Tür auf. Hastig griff ich nach meinem Präsentbeutel, der noch immer neben dem Stativ stand, und holte sie dann am Eingang der Galerie ein.

Sie verabschiedete sich mit den Worten »Morgen um acht hier unten in der Lobby« von mir, stürmte dann davon und verschwand durch die seltsame Tür hinter dem Rezeptionstisch.

Meine Schritte führten mich zur Bibliothek, die mir wie ein Leuchtturm mitten im Sturm vorkam. Aus dem Raum erklang das leise Geräusch von Büchern, die ins Regal gestellt wurden. Ich schaute hinein und entdeckte Lance, der auf einer Leiter stand, mehrere Bände im Arm hielt und sie einen nach dem anderen in Lücken im Regal schob. Er sah zu mir herüber, als er mich hereinkommen hörte.

»Hi, sorry, lass dich nicht stören. Du steckst hier ja mitten in der Arbeit.« Ich wollte schon wieder gehen.

»Hey, nee«, beruhigte er mich und wandte rasch den Blick ab. »Kein Problem.« Als er beruhigend abwinkte, fiel eines der Bücher herunter. Ich kam zurück ins Zimmer, hob das Buch auf und reichte es ihm. »Danke. Lucian hat mich damit beauftragt, alles in alphabetischer Reihenfolge einzuordnen.«

»Wow.«

»Ja, dafür werde ich ewig brauchen. Gegen das hier ist die Harold Washington Library ein Witz. Und da wird immer behauptet, die Leute würden nicht mehr lesen.«

»Soll ich dir helfen?« Ich schlenderte durch den Raum und ging einen Stapel auf einem langen Holztisch neben der Tür durch. Shakespeare, Marlowe, Oscar Wilde.

»Nö, damit verschon ich dich lieber. Ich wette, du hast selber viel zu tun.« Er warf mir einen verschwörerischen Blick zu.

»Mich haben sie als Fotografin engagiert.«

»Und, wie ist es gelaufen?«

»Bis jetzt ganz gut, glaube ich. Frag mich morgen noch mal. Ich denke, ich hab für den Rest des Tages frei. Was irgendwie komisch ist.«

»Stimmt. Um diese Zeit würden wir sonst in Europäischer Geschichte sitzen.«

Ich sah auf die Uhr. Er hatte recht, und da fiel mir etwas ein.

»Also, weißt du, ich glaube, ich sollte mich mal lieber in die Geschichte von Chicago einlesen. Nach heute Morgen …« Das brauchte ich nicht weiter auszuführen.

»Ich weiß, was du meinst.« Er schob sich die Brille wieder hoch und schüttelte beim Gedanken an den gemeinsamen peinlichen Moment den Kopf. »Ich habe versucht, zwischendurch den einen oder anderen Band zur Seite zu legen. Da drüben sind ein paar ganz gute. Tolle Geschichtsbücher und auch ein paar wirklich gute Bildbände über Architektur in Chicago, aber die sind für mich reserviert.« Er deutete auf einen zierlichen hölzernen Sekretär mit einem Stapel Bücher.

»Darf ich mir die mal ansehen?«

»Na klar«, meinte er und kehrte zu seinem Regal zurück. Ich setzte mich und blätterte durch ein Buch mit dem Titel *Chicago während der Prohibition*. Eine körnige, sepiafarbene Fotografie auf dem Cover zeigte Männer mit Anzügen im Stil der 1920er Jahre und Hüten vor einer Kneipe.

»Das hätte ich fast vergessen.« Lance sah wieder zu mir rüber und stieg dann die Leiter hinunter. Die ächzte und knarzte bei jedem Schritt. »Ich hab da was für dich gefunden.«

»Für mich?« Ich drehte mich auf dem Stuhl um.

Er ging suchend die Stapel auf dem langen Tisch durch. Schließlich griff er nach einem schmalen, gebundenen Bändchen in Schwarz, das ganz allein dalag. Er zupfte an einem Stück Papier auf dem Cover.

»Na ja, so sieht es zumindest aus. Ich bin die Kisten durchgegangen und habe das hier mit deinem Namen drauf entdeckt.« Er streckte mir das alte, abgenutzte Büchlein aus Leder entgegen, dessen Rücken und Ecken mit goldenen Radierungen verziert waren. Tatsächlich, auf dem Deckel klebte eine Schwarzweißpostkarte der Michigan Avenue aus vergangenen Zeiten, und darauf stand in einer unbekannten Handschrift »Für Haven Terra«.

»Hm? Danke.« Ich griff danach und blätterte es durch. Die dünnen Seiten mit Goldrand waren weiß und leer. Lance nickte und kehrte mit knarrenden Schritten zu seinem Platz oben auf der Leiter zurück.

»Bist du sicher, dass das für mich ist?«

»Es stand jedenfalls dein Name drauf. Das ist alles, was ich weiß.«

»Ich meine, das ist völlig leer.«

»Ja, das ist mir auch aufgefallen.« Er kratzte sich achselzuckend am Kopf. »Vielleicht ein Geburtstagsgeschenk?«

»Kann sein«, überlegte ich und sah mir noch einmal die Postkarte an, während er sich wieder an die Arbeit machte. Ich schlug das Buch erneut auf und blätterte nun jedes seidenpapierdünne Blatt einzeln um. Sie knisterten und raschelten unter meiner vorsichtigen Berührung und kamen mir beinahe zu zart vor, um überhaupt darauf zu schreiben.

Plötzlich ertönte ein Glockenklang, Ding-dong-ding.

Lance und ich sahen uns mit gerunzelter Stirn an und schauten dann in Richtung Flur, aus dem das Geräusch immer lauter zu hören war.

Dante erschien in der Tür – er hatte sich eine Schürze umgebunden und seine Dreadlocks unter einer runden, pilzförmigen Kochmütze versteckt. In der Hand schwang er eine schrille goldene Glocke. Sprachlos starrten wir ihn an.

»Guckt mal, cool, nicht?« Er grinste breit, ganz offensichtlich von sich selbst begeistert.

»Die Mütze find ich gut«, sagte Lance.

»Ja, aber die Glocke ist wirklich das I-Tüpfelchen«, bemerkte ich.

»Danke, ich fühle mich geschmeichelt. Nun, also.« Er räusperte sich und verbeugte sich mit ausladender Geste. Übertrieben verkündete er: »Das Mittagessen! Ist serviert!«

»Im Ernst?«, rief ich ihm hinterher.

Lance eilte die Leiter hinunter, und wir folgten Dante ins Parlor, wo er auf einem Tisch drei Teller mit riesigen silbernen Servierglocken abgedeckt hatte. Augenblicklich enthüllte er unsere Mahlzeit. Irgendwie hatte es etwas Königliches, dass wir uns überall so frei bewegen konnten, auf makellos weißen Tischdecken aßen und es uns dabei in plüschigen Sesseln zwischen einer Armee von Topfblumen bequem machten. Natürlich hatten wir uns die besten Plätze ausgesucht, direkt neben dem langen Panoramafenster mit getönten Scheiben, das einen Blick auf die Straße darunter bot.

»Ich glaube ›Mach dich mit der Küche vertraut‹ können wir fortan getrost als ›Koch was für deine Kollegen‹ auffassen«, beschloss ich und biss in mein Sandwich. »Die sind umwerfend, D.«

»Wenn ihr nett zu mir seid, bekoche ich uns weiter – diese Küche ist wirklich super ausgestattet. Das hier ist noch gar nichts.« Er wies auf die drei Teller mit Hähnchen-Gruyère-Happen auf Brioche und dünnen, knusprigen Pommes. In Weingläsern aus Kristall sprudelte Mineralwasser, mit dem wir alles runterspülten. Nur für mich hatte Dante außerdem einen

Schokoladenmilchshake mit jeder Menge geschlagener Sahne gezaubert. »Ich hab mir eben ein paar Kaviarschnittchen gemacht.«

»Dan! Nicht, dass wir noch Ärger kriegen!«

»Also bitte, das war doch nur ein Löffelchen voll. Wirklich lecker, diese Fischeier!«

»Iihh.« Ich verzog das Gesicht. »Aber die sind toll!« Ich hielt einen Tortilla-Chip aus blauem Mais in der Form der Hotel-Insignien hoch. Dann tauchte ich ihn in ein Schälchen mit Salsa-Soße und schob ihn mir in den Mund.

»Ich weiß. Ich hab da diese Ausstechförmchen gefunden.«

»Offensichtlich«, bemerkte ich und griff nach einem Plätzchen in derselben Form, wenn auch etwas größer, und dann auch noch nach einem Brownie, den ich auf einem anderen Teller entdeckt hatte.

»Na ja, vielleicht habe ich da ein bisschen die Kontrolle verloren.«

»Worüber ich äußerst froh bin. Das ist einfach fantastisch.«

»Danke, Mann, ich war völlig ausgehungert«, murmelte Lance, der mit seiner Brioche schon fast fertig war.

»Gern«, erwiderte Dante huldvoll. »Das Vergnügen war ganz meinerseits.«

Wir sprachen über die Ereignisse des Tages und schwelgten in den Köstlichkeiten, bis kein Krümel mehr übrig war. »Hatte hier eigentlich noch jemand so einen Mordshunger und ist jetzt völlig k. o.?«, wollte Lance wissen.

Dante und ich hoben die Hand. Nachdem wir jetzt endlich saßen und nicht mehr Aurelias prüfenden Blick spürten, konnte ich mir wenigstens eingestehen, wie erschöpft ich war. Zu unserer Verteidigung musste man sagen, dass es inzwischen schon nach drei Uhr war.

»Wie schön, dass ich da nicht der Einzige bin«, meinte Lance und rieb sich hinter seiner Brille das Auge.

»Aber nichts bringt das Blut so schnell wieder in Wallung wie ein bisschen Klatsch und Tratsch.« Dante wandte sich an mich. »Das Wichtigste zuerst – Aurelia und Lucian. Die konnten also kaum die Finger voneinander lassen, oder?« Dante sprach mit vollem Mund; das machte er nur, wenn er wirklich aufgeregt war.

»Na ja, ganz so extrem würde ich das jetzt nicht ausdrücken, es war nur ein Kuss«, stellte ich klar. Dante hörte auf zu kauen und sah mich enttäuscht an. »Aber trotzdem interessant, oder?«

»Allerhöchstens ein kleines bisschen, Hav. Also bitte. Ich meine, sieh dich doch mal um. Natürlich fallen die früher oder später alle übereinander her. Das ist hier wie eine Reality Show: Sperr einen Haufen umwerfender Typen zusammen und sorg für Alkohol und einen Nachtclub in unmittelbarer Nähe, das ganze Programm eben. Das würde doch der menschlichen Natur völlig widersprechen, wenn die nicht aufeinander anspringen würden. Jetzt sei mal nicht so prüde, Hav.«

Lance zuckte mit den Achseln und nickte in schweigender Zustimmung.

»Okay, okay, dann ist mein Tratsch eben keine Sensation«, räumte ich resigniert ein. »Also, wie sind unsere Zimmer?«

4

Hier schaut man doch gerne mal vorbei

Es stellte sich heraus, dass Dante und Lance sich ein Zimmer teilten. Ich war mir nicht sicher, was das für mich bedeutete. Im ächzenden Aufzug machte ich mich auf den Weg nach unten: Home, sweet Home.

»Eure Zimmer gehören zu den Personalräumen und sind nicht so luxuriös wie die restliche Einrichtung des Hotels«, hatte uns Aurelia erklärt. »Trotzdem bin ich mir sicher, dass sie zu eurer Zufriedenheit ausfallen werden.« Sie hatte auch erwähnt, dass die Mitglieder des Syndikats im selben Stockwerk untergebracht waren, deshalb erschien es mir logisch, dass ich vermutlich mit einer Syndikat-Angehörigen zusammenwohnte. Wirklich begeistert war ich davon nicht. Einerseits würde ich so vielleicht schnell eine Freundin finden, andererseits hatten sich diese Leute bisher ja nicht besonders herzlich gezeigt, und ich hatte auch nicht das Gefühl, dass die Distanz jemals kleiner werden würde, egal wie viel Zeit wir miteinander verbrachten. Ich hoffte zwar, mich getäuscht zu haben, aber bei solchen Dingen lag ich meistens instinktiv richtig, ob es mir nun passte oder nicht.

Die Tür zu meinem Zimmer befand sich ganz am Ende eines weiten, düsteren Korridors. Auf der linken Seite lag der Raum, in dem Dante und Lance schliefen. Ich war froh, sie in der Nähe zu haben. Mit einer kurzen, raschen Bewegung zog ich meine Schlüsselkarte durch den Schlitz. Vorsichtshalber klopfte ich leise an, während ich die Tür aufschob. Nichts. Ich sah hinein und entdeckte meine Reisetaschen und meine Jacke auf einem breiten Bett – dem einzigen im Raum. Erleichtert atmete ich auf: Ich war also allein untergebracht. Ich ließ mich auf das Bett sinken, das längs an der Wand stand, schlüpfte aus meinen Folterschuhen und wackelte mit den Zehen, um darin langsam wieder ein Gefühl zu bekommen.

An die Wand gelehnt betrachtete ich mein kleines Reich. Ich hatte wirklich nicht so etwas Prachtvolles erwartet wie die Zimmer der Gäste, die wir bei unserem Rundgang gesehen hatten, daher erschien mir das hier ganz in Ordnung. Joan sagte oft, dass man sich im Leben selbst viel Freude damit machen kann, seine Erwartungen nicht zu hoch zu stecken. Ich war eine Träumerin und wollte das nur ungern wahrhaben – in diesem Fall hatte sie aber recht behalten.

Mein Zimmer war ein Schuhkarton, lang, schmal und fensterlos, aber zusätzlich zum Bett war darin noch Platz für einen (an den Kanten schon ein wenig abgenutzten) Schreibtisch, der aussah wie die in der Bibliothek, einen eleganten Sessel mit lavendelfarbenem Samtbezug und eine Kommode mit vier Schubladen und diesen Klauen als Beinen, die man manchmal bei alten Möbeln sah. Am anderen Ende des Raumes gab es einen Einbauschrank von der Größe einer Telefonzelle und ein nicht viel größeres Bad.

Die Farben waren denen der größeren Suiten nachempfunden, die wir vorher besichtigt hatten: Lavendel und Grün von der Tapete über den abgetretenen Teppich mit Hotellogo bis hin zur geblümten Bettdecke und den Gardinen, die einen weißen, fensterlosen Bereich an der Wand einrahmten. (Warum man sich diese Mühe gemacht hatte, war mir allerdings schleierhaft.) Aurelia hatte uns darüber informiert, dass es sich dabei um die Originalfarben des Lexington handelte, dass nun aber nur noch ein einziger Raum pro Stockwerk so gestaltet worden war – der Rest hingegen in opulenterem Weinrot, Schwarz und Gold. Es war schön, in meiner Unterkunft ein wenig Geschichte zu atmen, auch wenn sie nicht so schick war wie die restlichen renovierten Zimmer im Gebäude. Das ganze Untergeschoss war gar nicht so schlimm, wie ich mir das vorgestellt hätte. Der Teppichboden und die Tapete an der oberen Hälfte der Wand waren in denselben Farben gehalten, die untere Hälfte bedeckte eine Holzvertäfelung aus Mahagoni, wie in einer Mondscheinkneipe.

Ich schob den Fuß in die Schlaufe einer Reisetasche und zog sie dann über das Bett zu mir heran. Es sprach schließlich nichts dagegen, schon mal meine Sachen auszupacken. Ich hatte gerade angefangen, Pullover, Jeans und zusammengerollte Socken hervorzuholen, als hastiges Klopfen mich zusammenfahren ließ und mir die Tür dann quasi entgegenkam, als ich aufmachen wollte. Dante stürmte herein und ließ sich aufs Bett plumpsen.

»Ich fasse es nicht, dass du deine eigene Junggesellinnenbude hast, während Lance und ich uns ein Zimmer teilen müssen«, klagte er schmollend.

»Sorry … so leid tut's mir dann aber auch wieder nicht.« Ich lächelte.

»Wusstest du, dass dieser Typ bei den SAT-Prüfungen beinahe 2400 Punkte abgesahnt hat?«

»Warum ist das eigentlich immer die erste Frage, die du allen stellst? Wenn du nicht so ein charmantes Kerlchen wärst, würden die Leute dich wirklich hassen.«

»Lass es gut sein, 1500.«

»Ich bin eben nicht gut in Prüfungen. Und du bist gemein.«

»Also bitte, du vergötterst mich doch. Ich habe gerade ein paar von diesen Glamazonen in der Eingangshalle gesehen. Vielleicht könnten wir uns noch mal drüber austauschen, warum hier alle so umwerfend aussehen?«

»Die tun bestimmt irgendwas ins Wasser.«

»Na, hoffentlich. Dann trink mal schön, Schwester.«

»Du sagst es. Aber jetzt im Ernst, was ist los mit denen?«

»Da bin ich überfragt. Außerdem sind sie vielleicht sexy, aber absolute Langweiler. Ich habe das Gefühl, unter der schönen Fassade verbirgt sich wirklich null Persönlichkeit.«

»Das sollte ich mir vielleicht merken: Persönlichkeit wird überbewertet.« Kopfschüttelnd leerte ich eine Reisetasche und griff dann nach der zweiten. Ich breitete alles um Dante herum auf dem Bett aus, der einfach nur dalag und sich nicht an den wachsenden, schwankenden Wäschebergen um ihn herum störte. Dann nahm ich mir einen Armvoll Klamotten, kniete mich auf den Fußboden und begann, sie in Schubladen einzuordnen.

»Wer braucht schon Persönlichkeit, wenn er *so* aussieht?«, sinnierte er. »Ich wusste nicht einmal, dass sie so etwas im Mittleren Westen überhaupt noch herstellen. Wenigstens ist da der eine oder andere Augenschmaus für mich dabei, und für dich auch, je nachdem, wie die ticken.«

Ich musste lachen, das liebte ich so an Dante. Er hatte sich im ersten Highschooljahr geoutet – er behauptete gern, dass es ja gute Gründe haben musste, wenn er sich nicht in mich verliebt hatte. Das war zwar reine Koketterie, aber das störte mich nicht. Natürlich trug sein offener Umgang mit seiner sexuellen Orientierung nicht gerade zu seiner Popularität bei. Es gab bei uns an der Schule nicht viele Jungen mit seinem Selbstbewusstsein. Aber uns schweißte das nur noch enger zusammen – wir konzentrierten uns auf die Schularbeit und auf unsere Freundschaft. Der Mangel an sonstigen Freizeitaktivitäten brachte uns näher zusammen.

Plötzlich kam mir Lucian in den Sinn, auch wenn ich diesen Gedanken lieber schnell verdrängte. Das war einfach keine gute Idee. Er sah zwar aus, als würde er in die Highschool gehören, aber er hatte hier diese unglaubliche Verantwortung, einen echten Klassejob. Vielleicht war er ja so eine Art Wunderkind? Er kam mir vor wie jemand, der in der Highschool ein paar Klassen übersprungen hatte oder der vielleicht vor der Uni ein Jahr Pause einlegte, so wie man das in Europa machte. Oder vielleicht war sein Vater ja auch ein hohes Tier und hatte ihm hier den Posten verschafft. Wie auch immer, für ihn zu schwärmen war so oder so unpassend, aber ich konnte nicht anders.

Dante deutete mein Schweigen richtig: »Oh-oh! Mir ist aufgefallen, dass unser superheißer Quasiboss jemandem ganz tief in die Augen geschaut hat.«

Er kannte mich eben zu gut. »Also, bitte.« Ich sah ihn nicht an, meine Wangen glühten jedoch verräterisch. »Du bist ja verrückt. Außerdem wüsste ich gar nicht, was ich mit dem oder einem anderen von diesen Syndikat-Typen überhaupt anfangen sollte. Wie du vielleicht bemerkt hast, spielen die in einer ganz anderen Liga.«

»Ah!«, knurrte Dante und stampfte mit dem Fuß auf dem Bett auf. »Jetzt reicht es mir aber mit dir und deinen Minderwertigkeitskomplexen.« Er warf mir ein Paar zusammengerollte Socken an den Kopf.

»Hey!«

Aber es regnete weiter Strümpfe, er ließ die Wurfgeschosse auf mich einprasseln wie eine Ballmaschine. Quiekend schlug ich um mich und hob schützend die Hände, bis schließlich jedes einzelne Paar Socken – und davon hatte ich so einige – um mich herum auf dem Fußboden lag und der Ansturm vorbei war.

»Das hattest du wirklich verdient.«

»Wie erwachsen.« Ich lachte und warf eine Strumpfkugel zurück in seine Richtung.

»Haven, Mädchen, du bist so langweilig. Du glaubst doch immer, dass alle in einer ganz anderen Liga spielen. Dabei bist du jetzt 16, also benimm dich auch so!«

»Hm-hm, klar.« Gähnend warf ich mich aufs Bett. Es war erst kurz nach sieben, aber ich war fix und fertig. Selbst nach einem lang Tag im Krankenhaus hatte ich mich noch nie so erledigt gefühlt.

»Wie feiern wir das überhaupt?«, fragte Dante. Wir betrachteten beide die Decke, die wie rissige Eierschalen aussah.

»Oh, ich weiß auch nicht, eigentlich machen wir gar …«

»Und ob! Dein Geburtstag wird auf jeden Fall gefeiert, darauf kannst du Gift nehmen.« Er setzte sich auf und schnippte mit den Fingern. »Ich hab da eine Idee. Wir gehen aus.«

»Definiere doch mal ›aus‹.«

Er musterte mich prüfend. »Wenn ich eine jungenhafte Sechzehnjährige mit nur eingeschränkter Auswahl an Klamotten wäre, was würde ich zu so einem Anlass wohl anziehen?«

»Das hier wahrscheinlich nicht?« Ich rollte mich auf die Seite, stützte den Kopf ab und deutete auf das eher legere Business-Outfit, das ich den ganzen Tag getragen hatte.

»Um Gottes willen, nein. Ich bin sicher, wir finden da schon irgendwas.« Jetzt hatte er eine Mission, sprang auf und begann, in der Kommode herumzuwühlen, in die ich gerade alles so ordentlich eingeräumt hatte. Was er da vorfand, begeisterte ihn nicht gerade, was mich nicht überraschte. Er wusste ganz genau, dass mir nicht viel an Shoppingtouren lag. Einkaufen hieß für mich, hinter ihm her zu trotten und ihm dann Sachen in allen Größen und Farben in die Umkleide zu bringen. Er hingegen hatte für so etwas Talent, für seinen eigenen, unverkennbaren Stil. Ich beschränkte mich beim Anziehen gern auf die praktischen Aspekte. »Sag mir doch bitte, dass du auch eine gute Jeans mitgebracht hast, und nicht nur diese ausgeleierten, die du sonst immer anhast. Und wo ist dein weißes T-Shirt mit dem V-Ausschnitt?«

»Irgendwo da drin.« Ich deutete auf die Schublade, über die er sich gerade beugte, machte aber keine Anstalten, ihm beim

Suchen zu helfen. »Morgen ist hier unser erster kompletter Arbeitstag – ich habe sogar schon ein Projekt – meinst du nicht, wir sollten uns lieber ein bisschen Ruhe gönnen?«

Er hörte gar nicht zu – sonst hätte es bestimmt Spott und Hohn gehagelt.

Mit dem Rücken zu mir zog er das oberste Schubfach auf, überflog den Inhalt rasch und machte es dann wieder zu. Dann versuchte er es mit der mittleren Lade – holte eine Jeans heraus und warf sie sich über die Schulter – und nahm schließlich das untere Fach in Angriff, in dem er etwas länger herumwühlte, bis er schließlich ein Oberteil gefunden hatte. Beides schleuderte er in meine Richtung, und das Shirt baumelte jetzt von meinem Kopf wie von einem Garderobenständer.

»Zieh das an. Ich gebe dir gleich noch einen Gürtel, dann gehst du als so eine Art Rockerbraut.«

»Im Ernst?«

Er warf mir seinen typischen Verzweiflungsblick zu, der keinen Zweifel daran ließ, wie sehr ich gerade seine Geduld auf die Probe stellte. Dann deutete er auf das Schrankkabuff und schnipste mit den Fingern.

»Okay, okay, okay«, lenkte ich ein. Ich verschwand hinter der Tür des begehbaren Kleiderschranks und zog an der Schnur, um die kahle Glühbirne einzuschalten.

»Danke. Du weißt ja, ich lebe dafür, von Zeit zu Zeit den Stylisten für dich zu spielen. Außerdem war da ein gewisser Jemand mit meiner Arbeit auch immer äußerst zufrieden.«

»Ich weiß, ich weiß. Also, wohin willst du mich überhaupt entführen?«, rief ich zu ihm hinaus, schlüpfte aus Hose und Hemd und streifte die Jeans über – natürlich hatte er sich für die allerengste entschieden. Ich zog das T-Shirt an und steckte es in den Hosenbund. »Werde ich damit nicht frieren? Nach Einbruch der Dunkelheit ist es draußen bestimmt ganz schön kalt. Ich glaube, da brauche ich noch …«

»Wir gehen gar nicht raus«, entgegnete er und schnitt mir damit das Wort ab. »Wir feiern nämlich … im Tresor.«

Ich stürmte aus dem Schrank. Dante lag zusammengerollt auf dem Bett und spielte mit einem Paar Socken herum, das ich wohl übersehen hatte, hielt aber inne, um mich von oben bis unten zu begutachten. »Süß«, urteilte er, offensichtlich, um mich abzulenken. Mein Blick verriet ihm trotzdem, dass ich drauf und dran war, eine seiner brillanten Ideen zu boykottieren – oder einfach die Flucht zu ergreifen.

»Ich bin 16, nicht 21«, gab ich zu bedenken.

Mit einer Geste brachte er mich zum Schweigen. »Also bitte, ich ja wohl auch, komm drüber weg. Insgeheim wünschst du dir das auch. Das machen die coolen Kids auch alle«, zog er mich auf. Dieser Spruch fiel bei uns oft, vor allem bei Tätigkeiten, die die coolen Kids nicht einmal in Erwägung ziehen würden. »Jetzt komm schon, mal im Ernst, die haben doch gesagt, dass wir da reindürfen, also lass es uns austesten.« Er lehnte sich vor, zog mir das Shirt wieder aus der Hose und ließ nur vorn einen Zipfel im Hosenbund stecken. »Schluderschick, gefällt mir.«

Ich bekam es kaum mit. Mit verschränkten Armen ging ich die Sache in Gedanken durch. Eigentlich war es traurig, dass ich zu so etwas überhaupt überredet werden musste, das war mir schon klar. Und dann überraschte ich mich selbst.

»Okay«, begann ich vorsichtig. »Nehmen wir mal an, dass ich mir ganz hypothetisch vielleicht schon ansehen möchte, worum es bei dieser ganzen Tresor-Geschichte geht …«

»Echt?! Wow, da hätte ich jetzt mit mehr Widerstand gerechnet. Das ist ja wirklich fantas …«

Ich hob eine Hand, um ihn zu bremsen.

»Stopp! Nehmen wir mal an, ich sage ja. Dann musst du mir aber versprechen, dass du nicht einfach abhaust und mich alleinlässt, wenn es dich erst mal gepackt hat.«

Bei den wenigen Partys, auf denen wir bisher gewesen waren, hatte irgendwann Dantes ADS eingesetzt, und dann hatte ich plötzlich allein dagestanden und mich nach ihm auf die Suche machen müssen. Ich hatte ihn dann meistens beim einsamen Abrocken auf der Tanzfläche entdeckt oder noch häufiger bei einer von ihm angeleierten Pokerrunde, bei der er den armen, nichtsahnenden Partygästen auch den letzten Penny von Mamis und Papis Geld aus der Tasche gezogen hatte. Ein Mathe-Ass zu sein hatte auch seine Vorteile, pflegte er gern zu sagen. Wie auch immer, ich hatte keine Lust, mich heute Abend allein durchzuschlagen.

Er ließ sich meine Bedingung nicht eine Sekunde durch den Kopf gehen.

»Abgemacht!«

Ich betrachtete mich im bodenlangen Schrankspiegel.

»Also, meinst du wirklich, das ist okay?«

»Ja, wir haben hier ganz klar das Beste aus deiner Garderobe rausgeholt. Und ich hab da noch einen Gürtel, der wäre dafür perfekt. Aber mal im Ernst, wenn wir jetzt jeden Abend im Tresor abhängen wollen, müssen wir dir wirklich ein paar neue Klamotten besorgen.«

»Wir werden sehen.« Ich ließ mich neben ihm nieder.

»Und wo wir gerade dabei sind … ooooh, was ist denn das?« Er streckte die Hand aus und griff nach dem Anhänger meiner Kette, den er nun von allen Seiten betrachtete. »Gefällt mir. Der passt gar nicht zu dir, aber irgendwie dann wieder doch.« Er lehnte sich zurück und ließ den Gesamteindruck auf sich wirken.

»Ja, gut, nicht? Der ist von Joan. Ein Geburtstagsgeschenk.« Ich ließ die Finger über die sanften Rillen des Flügels wandern. Ich konnte mir nicht einmal vorstellen, was Joan wohl zu meinen Nachtclubplänen sagen würde.

Wir warteten eine angemessene Uhrzeit ab – Dante zufolge war das so gegen elf –, um im Tresor die Party zu stürmen. In der Zwischenzeit schlugen wir bei mir die Zeit tot, während Lance im Zimmer der Jungen ein Nickerchen machte. Dante hatte sich vor einer Weile hineingeschlichen, während Lance – mit der Brille auf der Nase – im unteren Teil ihres Hochbetts geschlafen hatte, und den versprochenen Gürtel geholt. Er war aus dickem, abgewetztem schokoladenbraunem Leder und hatte eine fette Schnalle, auf der in Glitzersteinen DANTE stand.

»Ist das dein Ernst?«, fragte ich, als er mich mit dem Gürtel ausstattete und ihn durch die Schlaufen meiner Jeans schob.

»Der sieht richtig verwegen aus«, beteuerte er.

Bei ihm vielleicht, aber ich war in Modedingen nicht so abenteuerlustig. »Das kommt mir vor wie einer von diesen Gepäckanhängern: Im Falle des Verlustes bitte zurückgeben an …«

»Na ja, du hast mich doch gebeten, dich nicht alleinzulassen, oder?«, lachte er. Dass das so gar nicht mein Stil war, fand er unglaublich amüsant. »Du siehst toll aus!«

Schließlich holten wir Lance ab. Ich wartete an der Tür, während Dante seinen Zimmergenossen knuffte. Er bekam ganz schön was ab, bevor er endlich aufschreckte, wild mit den Armen um sich schlug und aus dem Bett rollte. Er landete zu unseren Füßen, und wir versuchten erfolglos, ein Kichern zu unterdrücken.

»Hoch mit dir, du Sonnenschein, jetzt ist Partytime!«, rief Dante.

Lance setzte sich auf und rieb sich erst die Augen, dann den Ellbogen. Er war wohl auf dem Musikknochen gelandet, aber er lachte auch.

»Danke auch. Au«, maulte er und beugte den Arm.

Da er weitaus weniger Aufwand als Dante und ich betrieb, war er im Handumdrehen fertig – er rollte buchstäblich einfach nur aus dem Bett und war startklar. Dante hingegen hatte ein rosafarbenes Hemd angezogen und seine beste Jeans, die enge dunkelblaue, die er sich für besondere Gelegenheiten aufsparte. Wir drei machten uns auf den Weg zum Aufzug ganz hinten in der Lobby, fuhren schweigend hinunter und malten uns aus, was wir dort unten wohl vorfinden würden.

Die Musik umfing uns, noch bevor sich die Türen wieder öffneten, sie waberte die Liftkabel entlang und erfüllte pulsierend die Kabine. Als das Maul des Aufzugs endlich aufriss, schickte es uns hinaus zu dieser imposanten Stahltür. Da wir direkt aus dem Hotel kamen, brauchten wir nicht anzustehen. Die meisten Clubgäste mussten sich draußen auf der Straße zwischen Müllcontainern und der ein oder anderen Ratte in die Schlange einreihen und wurden dann zu einem anderen Lift gebracht, der sie hinunterbeförderte – wir hatten den Eingang bei unserem Rundgang gesehen, und er war nicht besonders einladend. Trotzdem ging die Schlange manchmal um den ganzen Block herum.

Der Aufzug vom Straßeneingang öffnete sich nun und spuckte ein paar Partygänger aus – drei Frauen mit Stöckelschuhen und kurzem Rock sowie zwei Männer im Blazer und mit offenem Hemdkragen. Alle flirteten miteinander, flüsterten sich gegenseitig ins Ohr und machten sich Komplimente über ihre Klamotten. Die waren allerdings nur ein Vorwand, um die Pailletten am Kleid zu berühren, über den Aufschlag eines Jacketts zu streichen oder frech einen Hemdknopf zu öffnen. Dante, Lance und ich wechselten Blicke. Wir wurden ebenfalls gemustert, aber es sagte niemand etwas. Die Gruppe passierte die Kontrolle und wurde in den Hauptraum gelassen – Musik schwappte zu uns heraus, als sich die Türen öffneten und der Club die Truppe verschluckte.

Ich konnte spüren, wie der Beat meinen Herzschlag dominierte und ihm einen neuen Rhythmus aufzwang. Mit diesen synkopischen Tönen hatte mein Körper so seine Probleme. Irgendwie schien meine Lunge plötzlich vergessen zu haben, wie man atmete, erinnerte sich dann zu spät wieder daran, und ich holte keuchend Luft. An der Tür stand die blonde Frau, die uns vorhin die Geschenktüten gereicht hatte, mit einem Klemmbrett in der Hand. Neben ihr thronte ein makelloses männliches Syndikat-Mitglied. Bislang hatte ich nicht einmal gewusst, dass solche Wesen außerhalb von Kino und Zeitschriften überhaupt existierten. In der Schule brauchte man viel weniger, um etwas Besonderes zu sein. Inzwischen hatte ich das Gefühl, dass ich längst nicht mehr so eingeschüchtert wäre, wenn ich nun in ein Klassenzimmer mit all den Schulkameraden zurückkehren würde, die ich zuvor für so perfekt gehalten hatte. Denn diese Leute hier wirkten wie aus einer völlig anderen Dimension.

»Hallöchen. Dante und seine Mitpraktikanten«, stellte mein Freund uns vor. In den dunkel geschminkten Augen der Frau flackerte kein Wiedererkennen auf. Trotzdem nickten sie und der Mann – ein dunkelhaariger, hohlwangiger Typ, der genauso in Form war wie Lucian – uns nur zu. Sie blickten uns aber nicht direkt an, es war eher so, als würden sie *durch uns hindurchsehen*. Dante scherte das nicht, er starrte mit riesigen Augen auf etwas ganz anderes: »Wow, Mann, coole Treter!« Er deutete auf die Schuhe des Mannes, Sneakers aus glänzendem schwarzem Lackleder, die ich völlig unscheinbar fand. »Das sind doch ganz klar Palindromes, die limitierte Auflage, oder? Davon gibt's nur 50 Paar?!« Er hockte sich hin, um sich die Sache aus der Nähe anzusehen. »Whoa!« Der Mann nickte wieder, gab aber keine Antwort. Dante zeigte auf die Tür. »Es ist also okay, wenn wir uns da drin mal ein bisschen umsehen?« Die Frau sagte kein Wort, der Mann griff aber nach dem Rad von der Größe eines Steuers an der schwarz angemalten Stahltür und zog sie für uns auf. »Danke, Mann«, rief Dante. Begeistert tauschten wir

Blicke – das erschien uns fast *zu* einfach. Wir waren drin! Ich lächelte dem Mann schüchtern zu, als ich an ihm vorbeikam.

Nun befanden wir uns in einem engen, schlauchartigen Flur mit noch mehr schwarzem Stahl und gingen langsam auf die wild zuckenden Lichter zu. In der Ferne kamen tanzende Menschen in Sichtweite. Die Musik umfing uns, strömte in jede Pore.

»Wow, hier ist unter der Woche ja ganz schön was los«, meinte ich, aber meine Stimme klang nur wie ein leises Flüstern. Ob sie es nun gehört hatten oder nicht – meine Begleiter waren ohnehin viel zu fasziniert, um zu antworten. Als wir das Ende des Ganges erreicht hatten, der uns direkt in den Club befördern würde, leuchtete Schwarzlicht auf, erleuchtete den gesamten Tunnel und ließ etwas aufblitzen, das an den Wänden geschrieben stand. Schließlich hielt es an einem Flecken zu unserer Rechten inne. In üppiger Schrift, die an Zuckerguss erinnerte, stand auf diesem etwa anderthalb Meter breiten Abschnitt das Wort *Lust*, das nun schillerte und pulsierte.

»Nett«, urteilte Dante und zeigte darauf.

Aurelia hatte uns beim Rundgang erklärt, dass sich hier unten die sieben Todsünden abwechselten und jeden Abend eine andere gefeiert wurde. Das hatte etwas mit Markenentwicklung zu tun – es war ein Werbegag, auf den die Leute ansprangen, ein Vorwand, um teure, exklusive Drinks zu servieren.

»Das ist auf jeden Fall die beste von den sieben«, fand ich. Aber was wusste ich schon? Andererseits klang Lust einfach spannender als Trägheit oder Völlerei. Ich hätte wetten können, dass hier unten oft Lust angesagt war. Die war bestimmt gut fürs Geschäft.

Das Licht erlosch genauso schnell wieder, wie es aufgeflackert war, und wir traten mit ein paar weiteren Schritten in den Clubbereich. Es kam mir vor, als würden wir auf einem anderen Planeten landen. Einen Moment standen wir wie angewurzelt da und nahmen alles in uns auf, während um uns herum die Party tobte. Der Club war im Prinzip so groß wie ein Ballsaal, aber ohne dessen steife Formalität. Dieser Raum hier unten wirkte wie eine Höhle und erinnerte an etwas Wildes, reizvoll Primitives. Obwohl er aussah wie von der Natur erschaffen, glänzten die Oberflächen dennoch wie dunkle Lakritze. Vom Boden bis zur Decke war alles in dieses triefende Schwarz gehüllt, aber der Schein wogender Lichter in Rot- und Orangetönen wurde überall von der Haut der Besucher reflektiert und erzeugte ein teuflisches, unheimliches Leuchten. Die Wände wölbten sich wie Felsformationen. Im hinteren Bereich war eine vollgepackte, dunstige Tanzfläche mit einer Kordel abgetrennt. Dahinter flackerte eine Feuerwand wie ein Wasserfall von der Decke bis zum Boden. Hier vom Eingang aus wirkte es so, als würde da eine Aufnahme an die Wand projiziert, aber wer konnte das schon sagen?

Rund um die Tanzfläche waren halbkreisförmig Sitzgelegenheiten angeordnet, die dazu einluden, es sich gemütlich zu machen und zu feiern. Ölschwarze Stalagmiten erhoben sich als riesige, bedrohliche Kegel vom Boden aus. Manche waren hohl und hatten im Inneren Platz für samtbezogene Bänke, auf denen Pärchen nach dem Tanzen ihren müden Füßen etwas Ruhe gönnen oder aber andere Wege finden konnten, um den Puls zum Rasen zu bringen. Stalaktiten jeder Länge, Breite und Dicke hingen wie riesige Dolche oder feingliedrige Klauen von der Decke. Am äußeren Rand waren Tische und Bänke in die Wand eingelassen und glühten im rubinroten Licht.

Aber all das war nichts im Vergleich zu dem explosiven Zentrum des Raumes. Dort erhob sich eine runde Plattform mit hüfthoher Umrandung mindestens drei Meter in die Luft. Sie ruhte auf einer weiteren felsbrockenartigen Formation und war groß genug für eine Bar und eine Tanzfläche in der Mitte. Dieser Bereich wimmelte nur so von Syndikat-Vertretern. Denen konnte man einfach stundenlang dabei zusehen, wie sie tanzten, tranken und sich gegenseitig auf dem Schoß ihrer Kollegen drapierten. Und als ob das noch nicht reichte, um die allgemeine Aufmerksamkeit auf diese Bühne zu lenken, gab es da noch etwas anderes, das mir erst nach den Syndikat-Leuten auffiel: Rund um diesen Bereich brannte ein niedriger Flammenkreis.

»So sieht es vermutlich in der Hölle aus. Und das ist jetzt gar nicht negativ gemeint«, verkündete Dante schließlich, nachdem wir viel länger schweigend verharrt hatten, als mir bewusst gewesen war. Wir hatten dagestanden, als würden wir darauf warten, im Sportunterricht in eine Mannschaft gewählt zu werden.

»Ja, man schaut direkt gerne mal vorbei«, nickte ich.

»Aber würdest du auch hier leben wollen?«, wandte Lance ein.

»Das kommt darauf an, was die Nacht noch mit sich bringt«, grinste ich.

Dante versetzte mir einen Stoß mit dem Ellbogen. »Und so etwas von dem Mädchen, das doch eigentlich gar nicht ausgehen wollte.«

»Ich weiß, ich weiß.« Ich schüttelte den Kopf. Das war ja alles nur Gerede.

»Also … was nun?«, fragte Lance, der die Hände in den Taschen vergraben hatte, als wäre das hier nur ein weiterer Arbeitstag.

»Ich weiß schon«, verkündete Dante. Er klang ganz aufgeregt. Ich wandte mich von dem wirbelnden Taumel vor uns ab und sah ihn an, folgte seinem Blick.

»Nein, Dan, das ist jetzt nicht dein Ernst, oder?«

Er starrte direkt zu der Syndikat-Plattform hinüber.

5

Willkommen im Feuerring

Dann wollen mir mal sehen, ob die uns da raufllassen!«, schlug Dante vor. Er wartete unsere Antwort gar nicht erst ab, sondern schoss wie eine Kugel direkt in die Mitte des Raumes davon. Lance hatte seine Brille abgenommen und putzte sie mit seinem Cubs-Shirt. Er konnte nur in die grobe Richtung blinzeln, in die Dante verschwunden war.

»Sollen wir?«, fragte ich.

Er zuckte mit den Achseln und lächelte.

Wellen von Partygästen umfingen mich mit Gläsern in der Hand, strömten um mich herum, während ich mich zwischen ihnen hindurchschob und beinahe in einen Laufschritt verfiel, um Dante einzuholen. Ich blickte über die Schulter zurück und entdeckte Lance, der seine Brille jetzt wieder trug und fast alle im Raum überragte. Er behielt sein eigenes, lockeres Tempo bei, schaute sich in aller Ruhe um, nahm das Ganze in sich auf. Dante war schon zur Hälfte die Wendeltreppe hinaufgestiegen, die zwischen Felsmassen verborgen zur Plattform hinaufführte.

»Hey!«, brüllte ich ihm von unten hinterher.

»Worauf wartest du noch? Komm rauf!«, rief er zurück. Er grinste breit, und seine perfekten weißen Zähne leuchteten im Licht ganz pink.

Ich stieg die gewundene Treppe hinauf und packte ihn am

Arm, als ich nahe genug dran war, um ihn aufzuhalten. Ungeduldig blickte er auf mich herab.

»Ich weiß ja, dass du mich für eine Spielverderberin hältst, aber glaubst du wirklich, dass sie uns da oben reinlassen?«

»Es gibt nur einen Weg, das herauszufinden.« Er strahlte. »Komm schon, wo bleibt deine Abenteuerlust? Im Ernst, Haven, sie können höchstens nein sagen.« Er stürmte weiter voran, und ich ließ ihn los.

Er hatte recht – ich machte eine viel zu große Sache daraus. Wir hatten es doch schon in den Club geschafft, also schien unsere Anwesenheit hier niemanden groß zu stören. Ich folgte ihm Runde um Runde. Unten entdeckte ich Lance, der kurz lächelnd zu mir heraufsah.

Als ich nur noch ein paar Stufen von der Plattform entfernt war, entdeckte ich Dante bereits auf einer mit schwarzem Samt bezogenen Bank, die den ganzen Kreis umgab. Die Syndikat-Vertreter, die wir vorher gesehen hatten, tanzten in der Mitte oder schauten zur großen Tanzfläche hinunter, wo sie mit einigen der Gäste Blickkontakt aufnahmen. Dante winkte mich heran und klopfte auf ein winziges freies Plätzchen auf der Bank zwischen ihm und einem Tisch, auf dem alle möglichen halbleeren Flaschen standen.

»Sieht so aus, als wären wir drin«, bemerkte ich.

»Die Streber machen einen drauf!« Triumphierend reckte er beide Arme in die Luft. Dann hielt er abrupt inne, ließ sich auf die plüschige Bank zurücksinken und nahm wieder seine Partypose ein.

»Okay, das Wichtigste ist jetzt nämlich, uns ganz cool zu geben und so auszusehen, als würden wir dazugehören«, witzelte ich.

»Das versteht sich doch von selbst.«

»Also, wie hast du das gemacht?«

»Ich hab einfach gefragt, und die haben mich nur wieder

so angeguckt.« Er imitierte ihren typischen Blick, dieses leere Starren über meine Schulter. Mir entfuhr ein kurzes Lachen, und dann vergewisserte ich mich schnell, dass es niemand mitbekommen hatte. Aber es achtete sowieso keiner auf uns.

Lance erschien am oberen Rand der Treppe. Da wir zwischen dem Tisch auf meiner Seite und der Schaar langbeiniger Syndikat-Damen neben Dante eingeklemmt waren, suchte er sich einen Platz am gegenüberliegenden Rand des Kreises.

»Hier fehlen noch Requisiten«, fand Dante. »Tausch mal den Platz mit mir, dann mache ich mich mit der Bar vertraut.« Er stand auf, und ich rutschte rüber.

»Hm, ich denke nicht, dass wir …«

»Ganz locker, für dich keinen Alkohol. Hey, Lance!«, rief er durch die wogende See von Syndikat-Mitgliedern zu unserem Mitpraktikanten hinüber. Dante machte eine Trinkbewegung mit der leeren Hand und deutete dann auf Lance. »Auch was für dich?«

Unwillkürlich hielt ich mir die Hand vors Gesicht, als ob ich mich hinter dieser kleinen Geste verstecken könnte. Eigentlich dachte ich, wir sollten hier nicht zu viel Aufmerksamkeit erregen. Ich wurde das Gefühl nicht los, dass Aurelia alles herausfinden würde, was heute Abend passierte. Das mit dem Alkohol war vermutlich nicht die beste Idee.

»Klar, danke. Ich lass mich überraschen«, rief Lance zu uns rüber. Er lehnte sich zurück und war schon damit zufrieden, dabei zuzusehen, wie es zwischen all den Menschen um uns herum knisterte.

Dante nickte im Takt und sah aus, als würde er im Chemieunterricht ein Experiment durchführen – er hielt ein Glas hoch, gab eine Flüssigkeit nach der anderen hinein und legte gedankenversunken den Finger an die Lippe, während er überlegte, was er als Nächstes hinzufügen sollte. Ich musste lachen, als ich ihn so ansah: In Wirklichkeit hatte er keine Ahnung, was er da machte. So etwas gehörte absolut nicht zu unseren üblichen Freizeitaktivitäten. Wir hatten schon früh beschlossen, dass wir einfach nicht zu diesen Kids gehören wollten, die sich am Wochenende gehen ließen und sich betranken. Unsere Wahl zu Mitvorsitzenden des Komitees von Schülern gegen selbstzerstörerisches Handeln hatte unser Schicksal nur besiegelt – ich hatte in meinem ganzen Leben nicht mehr als ein paar Schluck Alkohol getrunken.

Als Dante endlich mit seiner Rezeptur zufrieden war, schlängelte er sich zwischen all den schönen Menschen hindurch und reichte Lance das Gebräu – im hohen Glas leuchtete eine bernsteinfarbene Flüssigkeit. Lance nickte anerkennend, und Dante kehrte zu mir zurück. »Du bist als Nächstes dran!« Er zeigte mit Fingerpistolen auf mich.

Ich beobachtete, wie Lance auf der anderen Seite seinen Drink probierte. Er nahm einen ersten Schluck, spuckte ihn aber sofort wieder ins Glas. Dann zog er eine Grimasse und wischte sich mit dem Handrücken über den Mund. Als er meinen Blick bemerkte, schüttelte er nur den Kopf. Ich kicherte leise, und Dante hatte die Reaktion auf seine Künste als Barkeeper zum Glück gar nicht mitbekommen. Er ließ sich wieder auf der anderen Seite des Tisches nieder und mixte fröhlich weiter. Die nächste bernsteinfarbene Mischung nahm Form an, und er genehmigte sich einen tiefen Schluck. Dann sah er mich mit rollenden Augen an.

»Ich weiß schon, was du denkst. Aber schließlich soll man sich örtlichen Gepflogenheiten anpassen. Lass uns ausnahmsweise mal ein bisschen Spaß haben. Hier kennt uns doch niemand, das ist einfach Wahnsinn! Wir können ganz neu anfangen, Baby!«

Mit erhobenen Händen gab ich mich geschlagen. »Ich hab ja gar nichts gesagt.«

Ein Song mit hämmerndem Maschinengewehr-Beat erklang, und um uns herum begannen alle, sich mit wiegenden Hüften im Takt zu bewegen. Mit dem Glas in der Hand sprang Dante von seinem Platz auf und eroberte die Tanzfläche. Jetzt war er ganz in seiner eigenen Welt. Ich blieb allein zurück und betrachtete die Menge um mich herum. Einige der Männer hatten die Ärmel hochgekrempelt, wer mit Jacke gekommen war, hatte sie ausgezogen und zeigte nun perfekt geformte, stählerne Muskeln. Die Frauen tanzten mit den höchsten Absätzen, die ich je gesehen hatte, und wirkten dabei völlig locker und trittsicher. Ich achtete genau auf jedes Detail: den Schnitt der Kleider, wie sie ihr Haar gescheitelt hatten, die Länge der Wimpern. Eine der Frauen wirbelte herum und kam mit dem Rücken vor mir zum Stehen. Sie trug ein pflaumenfarbenes Kleid mit nur einem Träger, das auf Oberschenkellänge endete. Als sie ihre glänzenden, rotbraunen Locken schüttelte, konnte ich einen Blick auf ihre bloße Schulter erhaschen: Sie schien zurückzustarren. In die Haut war ein so lebensechtes Auge eintätowiert, dass ich das Gefühl hatte, es würde gleich blinzeln. In der weißen Pupille thronte als Iris ein schwarzes Pentagramm, und das Auge war von orangefarbenen und roten Wimpern umgeben, die an lodernde Flammen erinnerten. Irgendwie kam mir das Motiv bekannt vor. Ein Blick in die Menge machte mir schnell klar, warum: Ich bemerkte eine weitere dieser Zeichnungen auf dem Bizeps eines Typen, sie lugte unter seinem Ärmel hervor, und noch eine auf dem Fußgelenk einer blonden Frau mit ellenlangem Haar.

Die Frau mit dem Knöcheltattoo und der unglaublichen Mähne ließ die Gruppe langsam hinter sich und kam rüber zu meinem Tisch. Ich versuchte, sie nicht anzustarren, als sie eine offene Champagnerflasche aus einem Eiskübel zog und nach einem Sektkelch griff, der im hinteren Bereich des Tisches zusammen mit anderen Gläsern sauber aufgereiht war. Ich erkannte sie aus den Artikeln über das Hotel wieder, die ich gegoogelt hatte: Raphaella. Sie war ein Model und It-Girl, das immer zu den tollsten Partys ging und mit wichtigen Leuten fotografiert wurde. Wenn ich jetzt so darüber nachdachte, waren mir bei meiner Recherche so einige dieser Gesichter untergekommen. Über die mit der Schultertätowierung, Calliope, hatte etwas in einem Kunstmagazin oder so gestanden.

Mit zierlichen Fingern hielt mir Raphaella ein Glas hin. »Prost!«, rief sie. »Das ist flüssiges Gold. Aurelias Lieblingsgetränk. Was Besseres wirst du nicht finden.« Die Geste war herzlich, der Tonfall jedoch nicht. Es kam mir eher so vor, als gehöre das zu ihrem Job. Ich wies mich selbst zurecht, bevor ich mich zu sehr in die Sache verrannte – *Haven, nicht so empfindlich, okay?* – und griff nach dem Glas in Raphaellas Hand.

»Wow, danke.« Obwohl sie sich so kühl gab, war es doch irgendwie nett. Ich fand es schön, mit einbezogen zu werden, selbst wenn ich das Zeug nun wirklich nicht trinken wollte. Ich sah zu Lance hinüber. Er hatte seinen Drink nicht mehr angerührt, saß beinahe unsichtbar da und nahm hinter seinen Brillengläsern alles in sich auf. Seine Haare waren von dem Nickerchen noch ganz verstrubbelt. Wie zwei Buchstützen rahmten wir die wilde Party zwischen uns ein.

Raphaella goss sich selbst ein Glas Champagner ein und ließ sich neben mir nieder. Sie schlug ihre endlosen Spinnenbeine übereinander und nippte anmutig an ihrem schlanken Glas. Ich beschloss, es mit freundlicher Konversation zu versuchen: »Sie sind Raphaella, stimmt's?« Sie nickte und lächelte mich sanft an. Ihre mit Kajal umrahmten Augen waren wie zwei wunderschöne blanke Knöpfe. »Ich habe Sie in Zeitschriften und so gesehen. Sie müssen als Model ja wirklich ein aufregendes Leben führen. Sind Sie oft hier? Ich fange gerade mein Praktikum an und finde das alles so spannend.« Mir wurde klar, dass ich jetzt nur noch vor mich hinplapperte. Dann herrschte lange peinliches Schweigen.

»Ohne Aurelia und das Syndikat wäre ich gar nichts«, erklärte Raphaella schließlich in etwa so gleichgültig, wie sie auch »Hier in Chicago ist es im Winter kalt« hätte sagen können. Es klang wie eine offensichtliche und banale Tatsache, die sie schon tausendmal wiederholt hatte.

»Aurelia hat ja angedeutet, dass uns der Aufenthalt hier viele Türen öffnen kann. Das hat sie dann wohl ernst gemeint.«

»Hat sie, das kann ich dir versichern.« Diese Worte klangen eindringlich, so als wolle Raphaella sichergehen, dass ich auch wirklich zuhörte. Dann lächelte sie wieder und nahm noch einen Schluck.

»Das ist gut zu wissen. Stehen bei Ihnen denn bald wieder tolle Projekte an?«

»Ja, nächsten Monat bin ich in der Sonntagsbeilage der *Chicago Tribune* auf dem Titel, dann mache ich noch die Frühlingsmoden-Sonderausgabe von *Chicago* und Doppelseiten in *Glamour* und *Seventeen*.« Sie zählte das alles weitaus tonloser auf, als ich solche Neuigkeiten verkündet hätte. »Entschuldige«, bat sie schließlich, bevor sie sich abwandte, um einem Mädchen mit superglatten schwarzen Haaren und mandelförmigen Augen etwas zuzuflüstern.

Ich tat so, als betrachte ich fasziniert die prickelnden Champagnerperlen. Die Flammen hinter mir wärmten meinen Nacken. Diese Leute waren eine eingeschworene Truppe, hart zu knacken, aber auf ganz andere Art und Weise als die Typen bei uns in der Schule. In der Highschool ging es schlicht rau und unfreundlich zu, ohne jegliche Manieren, hier kam aber noch etwas anderes dazu, eine Gefühlskälte, die ich einfach nicht verstand. Ich wollte zu gern wissen, wo all diese Leute, die sich so seltsam ähnlich sahen, wohl herkamen. Dante tanzte mitten in einer Gruppe, aber für sich allein. Ich sah durch die Meute hindurch zu Lance hinüber. Er zuckte mitfühlend mit den Achseln – er hatte mit angesehen, wie man mir buchstäblich die kalte Schulter gezeigt hatte. Ich antwortete mit einem Kopfschütteln, und das Schamgefühl ließ langsam nach, ich war jetzt wieder ruhiger. Raphaella warf einen verführerischen Blick über ihre Schulter, hinunter auf die große Tanzfläche. Den Gedanken, uns hier noch länger weiter anzuschweigen, fand ich schlimmer, als es auf einen erneuten Versuch ankommen zu lassen. Also probierte ich es noch einmal. Immerhin kannte uns hier ja niemand, wie Dante vorhin festgestellt hatte. Ich konnte mutig sein.

»Ihre, äh, Ihre Kette finde ich schön«, bemerkte ich also. Ich klang wie ein Kind. Aber es war *wirklich* ein beeindruckendes Schmuckstück: eine Kropfkette aus steifem schwarzem Samt, die mit etwas verziert war, das wie ein walnussgroßer Amethyst aussah. Ich warf noch einmal einen raschen Blick zu der jungen Frau auf der Tanzfläche, Calliope, hinüber – ja, die trug auch so eine. Auf der anderen Seite der Plattform entdeckte ich weitere an anderen schwanengleichen Hälsen. Ich stellte mir vor, wie diese Frauen alle gemeinsam shoppen gingen, in Scharen ins Einkaufszentrum am Walter Tower Place einfielen oder vielleicht diese schicken Boutiquen beim Wicker Park aufsuchten, in die Joan mich so gern locken wollte. Ich konnte geradezu vor mir sehen, wie sie mit Einkaufstaschen in der Hand die Straße entlangstolzierten, plauderten und über Insiderwitze lachten, und dabei die Blicke der Passanten nicht einmal bemerkten. Raphaella berührte den Stein mit braun lackierten Nägeln und lächelte wieder.

»Danke.«

Calliope, die vom Tanzen genug zu haben schien, tauchte mit einem Getränk in der Hand auf, und Raphaella rutschte rüber, um zwischen uns Platz zu machen.

»Ich bin Calliope«, stellte sie sich vor und reichte mir die Hand. Ihre lavendelblauen Augen wirkten irgendwie lebhafter als Raphaellas. Ich erwiderte ihren festen Händedruck.

»Hi, ich bin …«

»Haven, natürlich«, überraschte sie mich. »Wirst du hier angeworben?«, fragte sie mit einer Ernsthaftigkeit, die ich mir nicht erklären konnte, und lehnte sich zu mir hinüber. Ich verstand die Frage nicht so ganz.

»Oh, na ja, wir sind nur …«

»Man kann hier so viel lernen«, erklärte Calliope freimütig. Raphaella legte ihr die Hand auf den Arm und sah sie an. Es schien ein Zeichen zu sein, ihre Unterhaltung zu beenden, von nun an sprach Calliope nämlich kein einziges Wort mehr. Sie nickte Raphaella nur mit leerem Blick zu und schaute dann über die Flammen hinweg zur Szenerie unter uns hinunter. Ich guckte ebenfalls hinab, bis ich bemerkte, wie sie ihn mit Blicken umgarnte. Er gehörte nicht zum Syndikat, sondern war einfach nur ein Typ, der mit seinen Kumpel einen draufmachte. Und dann entdeckte er sie.

Calliope lächelte bloß, perfekt und strahlend. Sie neigte leicht den Kopf, und das reichte auch schon. Der Mann schlenderte zur Plattform hinüber und starrte hinauf. Calliope lockte ihn mit dem Finger. Dann sahen ihre Nachbarin und sie sich wissend an. Raphaella beherrschte diesen Paarungsruf vermutlich ebenso gut. Ich hatte mir immer gewünscht, eins von diesen Mädchen zu sein, die nur lächeln mussten, um alle um den Finger zu wickeln, jeden für sich zu gewinnen. Begehrt zu sein war schon die halbe Miete, oder vielleicht sogar mehr, ein großer Schritt auf dem Weg zu dem, was man sich erträumte. So ein Lächeln verhalf zu augenblicklichem Selbstvertrauen. Der Rest der Menschheit sah sich gezwungen, stattdessen Persönlichkeit zu entwickeln, was Zeit und Anstrengung kostete. Das war ein viel langsamerer Prozess, bei dem man lange herumprobieren musste.

»Schönen Abend noch, Haven. Entschuldige mich bitte«, verabschiedete sich Calliope. Mit einer eleganten Bewegung erhob sie sich und schob sich zur Wendeltreppe hinüber. Und da war er auch schon, nervös und begeistert.

Irgendwer nahm mir das Champagnerglas aus der Hand, und ich fuhr herum. Lucian.

Am Anfang begriff ich nicht einmal, dass er gerade mit mir sprach. Was war das eben? Es klang wie »Hallo, Haven«, aber vielleicht lag ich da auch falsch. War es denn möglich, dass er sich noch an meinen Namen erinnerte? Er setzte sich neben mich, auf den Platz, den Calliope gerade geräumt hatte. Es war ziemlich eng, und Lucians Arm berührte mich an der Schulter, als er es sich bequem machte. Eine Woge aus Moschus und Zederndurft umfing mich, und mir wurde ganz schwindelig. Er trug einen schwarzen Anzug, ein weißes Hemd und eine schmale schwarze Krawatte. Hier waren alle immer so aufgestylt. Die Haare hatte er sich jetzt weniger streng zurückgegelt, und ihm fiel eine blonde Stirnlocke über das linke Auge.

»Willkommen im Feuerring.«

»Hi. Hm, danke.« Ich brachte die Worte nur mühsam hervor. Meine Lippen zitterten, deshalb presste ich sie lieber aufeinander.

»Und herzlichen Glückwunsch zum Geburtstag«, gratulierte er mir langsam, mit einer Stimme, die imstande war, mich in einen tiefen, warmen Schlaf zu lullen.

»Danke. Woher wussten Sie das denn?« Ich konnte ihn immer nur kurz anschauen. Ich sah ein oder zwei Sekunden zu ihm hinüber und wandte den Blick dann wieder ab, ließ meine Augen irgendetwas anderes fokussieren, bevor sie erneut zu ihm rüberwanderten. Er machte mich ganz nervös, und meine Wangen begannen zu glühen.

»Wir wissen hier eben alles. Und Haven, sag doch Lucian und du.« In seinen grauen Augen glitzerte wieder der Schalk. Ich konnte die Überraschung darüber, dass er sich tatsächlich an meinen Namen erinnerte und mir jetzt auch noch das Du anbot, nicht verbergen. »Champagner«, er hielt das Glas hoch, das er mir abgenommen hatte, »ist für so einen Tag viel zu gewöhnlich, fürchte ich. Hier.« Er reichte mir eine Art Kelch mit einer Flüssigkeit, auf der eine blaue Flamme tanzte. Anscheinend hatte er diesen flambierten Drink die ganze Zeit in der Hand gehalten, es war mir nur nicht aufgefallen, so sehr lenkte dieser Mann mich ab.

»Wow, danke.« Ich griff mit beiden Händen danach und sah zu, wie die Flammen in der Luft züngelten und zwischen Blau- und Orangetönen changierten. Was sollte ich damit bloß anfangen? Ich befürchtete sogar, mich selbst in Brand zu stecken – ich war ja ziemlich zitterig. Lucians Arm streifte meinen wieder. »Hm, eigentlich bin ich erst 16«, platzte es aus mir heraus. Keine Ahnung, warum. Uncooler ging es wohl kaum. Ich musste an mich halten, um das Gesicht nicht zu einer bescheuerten, gequälten Grimasse zu verziehen. Mein größtes Problem bestand eben darin, dass ich mir selbst Steine in den Weg legte und alles auch nur entfernt Aufregende in meinem Leben boykottierte.

»Ich weiß. Prost!« Er nahm einen Schluck aus meinem Champagnerglas. »Wenn du nichts sagst, verrate ich auch nichts.« Der war doch selbst nie im Leben 21. Auf gar. Keinen. Fall.

»Was genau ist denn das?« Ich versuchte, so locker und unbeschwert wie möglich zu klingen, um meinen vorherigen Patzer wieder auszugleichen. *Das hier? Oh, das ist doch gar nichts. Ich trinke jeden Tag solche Feuercocktails.*

»Eine Spezialität des Hauses. Du wirst begeistert sein.«

»Mit den Brandschutzvorschriften nehmen die es hier nicht so genau, was?«

»Wohl eher nicht.« Er lachte und trank noch ein Schlückchen Champagner. »Also los, wünsch dir was.«

Mir was wünschen. Hm, wo sollte ich da bloß anfangen? Ich

sah den Drink brennen und schaute Lucian dann rasch in die Augen. Mein Herz begann zu schlagen, als mir klar wurde, dass er mich noch immer ansah. »Hm …«

»Entspann dich, du hast Zeit. Warte einfach, bis die Flammen von selbst ausgehen. Dann verbrennt auch der Alkohol.« Er zog wieder die Augenbrauen hoch, so wie heute Morgen.

»Oooh. Gut zu wissen.«

»Keine Sorge, wir spielen hier nach den Regeln. Meistens zumindest.« Er leerte das Champagnerglas und streifte mich, als er es auf den Tisch stellte.

»Das freut mich.« Denn es gibt ja auch nichts Betörenderes als eine Frau, die sich an die Regeln hält.

»Aber Vorsicht«, warnte er in lockerem, beinahe spöttischem Ton. Mit einer raschen Bewegung warf er mir die langen Haare über die Schulter und schob eine Strähne außer Reichweite der Flammen. Ich musste mich konzentrieren, um den Becher nicht fallen zu lassen. »Viel Spaß«, wünschte mir Lucian und stand auf. Dann beugte er sich kurz zu mir herunter, strich mir mit der Hand übers Kinn und drückte mir einen Kuss auf die Wange. Seine warmen Lippen auf meiner glühenden Haut versetzten mich in einen Schockzustand, und auf einmal kam es mir vor, als wären diese paar Zentimeter Haut alles, was zählte. Ich war mir sicher, dass ich tiefrot anlief. All das sah und spürte ich wie in Zeitlupe, was den Geschehnissen eine gewisse Bedeutsamkeit verlieh, als sei da etwas Wichtiges, ganz Besonderes zwischen uns. Aber ich war natürlich ein schlaues Mädchen und konnte mir denken, dass er vermutlich jeden Tag Millionen solcher Küsse verteilte. Oder etwa nicht? Lucian verschwand so rasch, wie er gekommen war, wurde von der Gruppe auf der Plattform verschluckt, lief dann die Stufen hinunter und war fort. Ich starrte ihm hinterher, sah aber eigentlich nichts.

Stattdessen setzte sich nun Dante neben mich und tippte mir auf die Schulter, was ich zuerst überhaupt nicht realisierte. Ich wandte mich zu ihm um und versuchte zu verstehen, was er da zu mir sagte. Seine Lippen bewegten sich schnell, aber meine kleinen grauen Zellen arbeiteten so langsam. Die Musik dröhnte inzwischen lauter. Der Drink, dieses lächerlich riesige Glas in meinen Händen, wog mit einem Mal Tonnen. Ich versuchte mich zu konzentrieren.

»… ich konnte überhaupt nicht wegschauen, das war ja unglaublich … da sehe ich hoch und entdecke dich bei einem kleinen Tête-à-Tête mit dem Boss. Der ist so was von scharf, es ist der helle Wahn. Also?«

Er war vom Tanzen ganz verschwitzt.

»Also?« Ganz langsam bekam ich wieder einen klaren Kopf.

»Also, was sollte das Ganze? Ich sterbe hier gerade vor Neugier!« Er lehnte sich vor und gestikulierte ausladend. »Ich will alles hören.«

»Ich glaube, ich mag diesen Feuerring.«

»Ich habe zwar keine Ahnung, wovon du da sprichst, aber es hört sich gut an.«

»Da sind wir gerade – das hier ist der Feuerring, so hat er ihn zumindest genannt.«

»Und was noch? Erzähl schon!«

»Dieser Drink ist ein Geburtstagsgeschenk. Hast du das gesehen? Das hat eben noch gebrannt!« Langsam begann ich zu schwitzen. Die Flammen im Glas waren zwar längst erloschen, aber ich pustete zur Sicherheit trotzdem noch einmal hinein und wühlte die Oberfläche auf. Ich hob den Kelch, um einen Schluck zu trinken, hielt dann aber inne. »Er meinte, der Alkohol würde verbrennen. Klingt überzeugend, oder, was meinst du?«

»Theoretisch schon«, antwortete Dante. »Soll ich mal?« Er nahm mir das Glas ab und nippte daran. »Keine Sorge, das kannst du trinken.«

»Danke.« Auch ich probierte nun vorsichtig. Das Getränk

schmeckte wie Fruchtsaftbowle mit Kohlensäure. Mir war gar nicht klar gewesen, dass ich so großen Durst gehabt hatte – ich kippte das Zeug runter wie einen Sportdrink nach einem Marathon.

»Was hat er denn *gesagt*?«, drängte Dante.

»Eigentlich nicht viel. Er hat vorgeschlagen, dass ich mir was wünsche.«

»Lässig. Der ist so was von lässig«, urteilte Dante anerkennend. »Das war ja zu erwarten.«

»Ja, vermutlich«, sagte ich, aber in meiner Stimme klangen weniger Begeisterung und wilder Optimismus mit. Mir war klar, dass ich dem Vorfall zu viel Bedeutung beimaß. Also versuchte ich lieber, auf den Boden der Tatsachen zurückzukehren. »Ich bin sicher, dass das gar keine so große Sache war.«

Dante zuckte mit den Achseln und ließ sich das Ganze durch den Kopf gehen.

Dann fing ich wieder an: »Aber ich meine, hast du gesehen, was er da mit meinen Haaren gemacht hat?« Er nickte. »War das wirklich nur zur Sicherheit, oder steckte noch was anderes dahinter?«, wollte ich wissen. Dante nahm meine Frage ernst und dachte lange darüber nach, das Kinn in die Hand gestützt.

Endlich: »Also, ich würde ja gerne behaupten, dass es etwas anderes war.«

»Du denkst also …«, strahlte ich.

Er fuhr fort: »Aber die Vernunft gebietet mir, erst mal abzuwarten, bevor wir uns zu früh freuen.«

»Könnten wir uns denn nicht wenigstens ein kleines bisschen freuen?«

»Ein kleines bisschen ist an deinem Geburtstag wohl erlaubt.«

Ich lächelte breit und flüsterte: »Ja!«

Er lachte, und ich lehnte mich in der weichen Bank zurück. Friedliche Wogen umfingen mich. Es kam mir so vor, als würde ich aus jeder Pore strahlen, und meine Haut glühte, fühlte sich aber gleichzeitig hellwach an. Was man von meinem Kopf nicht sagen konnte. Obwohl mir die Musik durch Mark und Bein ging, lullte sie mich auch ein, die blitzenden Flammen und das hektische Treiben um mich herum trugen mich davon. Mir mussten wohl kurz die Augen zugefallen sein, zumindest konnte ich mich nicht mehr daran erinnern, was die letzten paar Minuten so alles passiert war.

»Die Blonde da drüben redet schon eine ganze Weile auf Lance ein, dabei hockt der einfach nur da. Ich glaube, ihr braucht wirklich mal ein bisschen Nachhilfe im Flirten«, knurrte Dante.

»Sicher«, nickte ich. Inzwischen waren meine Augen auf jeden Fall zu. Und ich bekam sie einfach nicht mehr auf.

»Oh-oh, stürzt da etwa jemand ab?«

»Wer denn?«, hörte ich mich lallen.

Als ich mit Dantes und Lance' Hilfe endlich mein Zimmer erreichte, war es schon nach zwei. Ich erinnerte mich nur noch dunkel daran, was zwischen meiner Unterhaltung mit Dante im Feuerring und dem Moment, als sie mich ins Bett steckten, eigentlich passiert war. Auf unserem Weg durch die Lobby war mir jedoch aufgefallen, dass der Kronleuchter in der majestätischen Eingangshalle nachts sogar noch besser aussah als tagsüber. Die weißen Lämpchen, die Lance gezählt hatte, wurden vom Oberlicht reflektiert, so dass noch mehr Sterne am Himmel zu stehen schienen. Allerdings konnte es auch sein, dass einige dieser glühenden Punkte nur meiner wirren, unsteten Fantasie entsprungen waren. Kurz vor unserem Aufbruch im Club hatte auf einmal alles angefangen, sich zu drehen, und aus dem Augenwinkel hatte ich Lichter blitzen sehen, die für alle anderen unsichtbar waren.

Dante brachte mich mit meiner kompletten Partykluft ins

Bett und machte das große Licht aus. Seine Worte drangen nur gedämpft an mein Ohr, aber es hörte sich wie das Versprechen an, am Morgen nach mir zu sehen. Mein Kopf ruhte schwer wie Blei auf dem Kissen, und mein Körper versuchte gar nicht erst, sich zur Wehr zu setzen. Mir taten alle Knochen weh, und der Schweiß lief mir jetzt in Strömen herunter. Jeder Muskel schmerzte, als würde er gezerrt und zöge sich zusammen, verdrehe sich wie ein Lappen, der ausgewrungen wurde. Mein Magen gluckste und brodelte, und ich fürchtete, mich gleich übergeben zu müssen. Ich war jedoch viel zu erschöpft, um noch einmal aufzustehen, und versuchte deshalb einfach, die Übelkeit zu ignorieren. Mit geschlossenen Augen konnte ich noch immer spüren, wie sich alles drehte – es fühlte sich an, als würde ich in diesem Karussell auf der Sommerkirmes, dem Scrambler, herumgeschleudert. Langsam döste ich ein. Am nächsten Morgen musste es mir doch einfach besser gehen.

6

Das wird vermutlich ganz grässlich

Als ich aufwachte, wusste ich erst gar nicht, wo ich eigentlich war. Ich ließ den Blick durch den Raum wandern, und dann fiel es mir langsam wieder ein: das Lexington! Ich bewegte mich versuchsweise, veränderte vorsichtig meine Position und rollte mich auf die Seite. Au, überall au, aber vor allem im Kopf. Ich berührte vorsichtig eine Stelle an der rechten Schläfe – wieder au – die sich ein wenig matschig anfühlte, wie eine braune Banane. Was war denn bloß los mit mir? Ich ging die letzte Nacht noch einmal durch: der sich drehende Raum, der Club, Lucian und dieser Drink – der Drink! War das etwa mein erster Kater? Konnte es denn sein, dass in dem Kelch noch genug Alkohol gewesen war, um mir das hier anzutun? Langsam kehrte die Erinnerung an den gestrigen Tag zurück. Ich hatte mich gar nicht bei Joan gemeldet, oder? Wie konnte ich das nur vergessen? War es für einen Anruf jetzt noch zu früh?

Die Nachttischlampe war noch immer an und blendete mich. Das Ziffernblatt der Uhr sah mich an, und die Zeiger wiesen drängend auf die Zeit hin. Das konnte doch gar nicht sein, oder? Vor Sekunden war es doch noch zwei Uhr morgens gewesen! Ich zog den Wecker näher heran. Er zeigte tatsächlich 7.45 Uhr an.

Auf diese Schrecksekunde folgte die kürzeste Dusche der

Welt, bei der ich mir nicht einmal die Haare wusch. Ich zog meine gute graue Hose und einen Pullover an, rannte zum Lift rüber, fuhr zur Lobby hinauf und sprintete zur Ottomane, die unter dem Oberlicht wie eine Sonnenuhr aussah. Meine Armbanduhr zeigte 8.02 Uhr an. Ich war allein. Mit einem Seufzer atmete ich auf.

Ich ließ mich auf das riesige Sofa sinken und tankte Kraft für den Tag, der vor mir lag. Irgendwie fühlte ich mich, als ob mich ein LKW hinter sich hergeschleift hätte. Hätte ich heute in die Schule gemusst, wäre ich wohl zu Hause geblieben – und das machte ich sonst nie. Vom blauen, wolkenlosen Himmel fielen durch das Glasdach morgendliche Strahlen herein. Mit geschlossenen Augen hielt ich das Gesicht in die Sonne, ließ mich von ihr wärmen und döste einen Moment ein. Ich musste wirklich Joan anrufen. Wenn ich nämlich nicht aufpasste, stand sie hier bald auf der Matte, um nach mir zu schauen. Ich sah sie direkt vor mir, wie sie mit ihrem alten Camry vor dem Hotel hielt, einfach hereinspazierte und behauptete, sie sei zufällig gerade in der Nachbarschaft gewesen. Ich lachte leise vor mich hin, bis mir die Rippen zu sehr wehtaten, aber das Lächeln lag mir auch dann noch immer auf den Lippen.

Trotz meiner Übelkeit und Unsicherheit waren die letzten 24 Stunden vermutlich die aufregendsten meines ganzen Lebens gewesen. So etwas hatte ich gebraucht – dass man mich mal aus meinem gemütlichen, sicheren Zuhause rausholte, mich vor neue Herausforderungen stellte. Und in dieser Hinsicht erwartete mich noch so einiges, da war ich mir sicher. Von den Aufzügen her ertönte verräterisches Rascheln. Ich machte die Augen wieder auf. Mit entschlossenen, energischen Bewegungen stolzierte Aurelia mit Stöckelschuhen und einem eleganten, ärmellosen schwarzen Wickelkleid auf mich zu. Ich stand auf, legte die Hände hinter dem Rücken zusammen und versuchte, wie die perfekte Mitarbeiterin auszusehen.

»Guten Morgen, Miss … Aurelia«, verbesserte ich mich schnell.

»Ja, es ist wirklich ein guter Morgen, nicht wahr, Haven?«, meinte sie, als sie herankam. Ein kaum wahrnehmbares Lächeln umspielte ihre Lippen. Die Locken fielen ihr sanft über die Schultern, und ihre strahlend blauen Augen funkelten, als wollten sie mir sagen, wie sehr sie sich schon darauf freute, mich heute in die Mangel zu nehmen. »Wir haben so viel vor. Ich kann doch davon ausgehen, dass du gefrühstückt hast und startklar bist?«

Beim bloßen Gedanken an etwas zu essen begann mein Magen zu rebellieren. Fester Nahrung fühlte ich mich wirklich noch nicht gewachsen. Wenn ich Hunger und mehr Zeit gehabt hätte, wäre ich wohl in der Küche neben dem Parlor auf Erkundungstour gegangen. Gestern hatte man uns schließlich versichert, dass wir dort essen konnten, wann immer uns danach war. Ganz hinten stand neben dem Kühlraum für Fleisch ein Arbeitstisch, an dem wir außer Sichtweite der Gäste waren. Im anderen Lokal, dem Capone – dem exklusiveren Restaurant des Hauses – waren wir hingegen nicht willkommen. Dort würde es in der Küche stressig und hektisch zugehen, und Aurelia hatte uns klargemacht, dass wir stören würden, wenn wir auch nur in die Nähe des Ladens kamen.

»Ich, äh, danke, ich bin bereit.«

»Sehr schön, dann komm doch bitte mit in mein Büro. Da habe ich Material für dich.«

Sie war bereits losmarschiert, also stolperte ich hinterher.

»Danke«, murmelte ich schüchtern, und dann fiel es mir wieder ein. »Oh, hm, wo wir gerade von Material sprechen, Sie haben nicht zufällig ein Notizbuch für mich in der Bibliothek hinterlegt, oder?«

»Hast du etwa jetzt schon etwas verloren, mein Lämmchen?« Sie klang sowohl verärgert als auch verwirrt.

»Nein, ich meinte nur … egal, tut mir leid.« Offensichtlich war das Buch mit den leeren Seiten also nicht von Aurelia. Sie öffnete eine Tür – und zwar dieselbe, in der ich am Vortag sie und Lucian beobachtet hatte.

Auf den ersten Blick sah das Zimmer dahinter eher aus wie das Büro eines grantigen alten Mannes, der Zigarren rauchte und damit prahlte, wie er sich durch die Prohibition gesoffen hatte. Die Wände hatte man mit demselben Kirschholz getäfelt, aus dem die Regale in der Bibliothek waren, und ein Schlachtschiff von einem Schreibtisch dominierte den Raum, ein riesiges, klobiges Möbelstück, für das man vermutlich einen ganzen Wald geopfert hatte. Die Seiten und die Ränder der Tischplatte waren mit eingravierten Ranken verziert, und das Stück sah antik aus, war aber auf Hochglanz poliert. Dahinter zeigte ein Fernsehbildschirm alte und neue Aufnahmen des Hotels in Endlosschleife. Den einzig femininen Touch verliehen dem Raum ein schmales rotes Samtsofa mit goldenen Füßen und Kissen mit Goldruten- und Tigerprint sowie zwei dazu passende, ebenfalls getigerte Sessel.

Aurelia ließ sich hinter dem Schreibtisch nieder, und ich setzte mich rasch auf einen der Stühle gegenüber.

»Heute wirst du die Syndikat-Mitglieder, Lucian und deine Mitpraktikanten fotografieren, so wie du mich gestern porträtiert hast. Ich habe hier einen Zeitplan vorbereitet.« Sie reichte mir eine endlose Liste poetisch klingender Namen – einige kannte ich bereits vom Vortag, andere, wie Genevieve, Celine, Sebastian oder Finn, waren mir neu. Daneben waren Uhrzeiten notiert, der früheste Termin war für zehn angesetzt. »Alle werden sich bei dir fertig und vorbereitet einfinden. Deine Fotokleidung findest du auch schon vor. Schaffst du es, dein eigenes Foto zu machen, oder brauchst du dafür Hilfe?«

Mir drängten sich so viele Fragen auf. Wir nahmen also auch an dem Projekt teil? Und was meinte sie mit »Fotokleidung«?

Schließlich antwortete ich aber nur: »Sicher, die Kamera hat ja einen Selbstauslöser, und ich glaube, ich habe da auch irgendwo eine Fernbedienung gesehen.«

»Fantastisch. Abgesehen vom Chefkoch sind alle anwesend, daher kannst du die Aufnahmen wohl heute schon abschließen.« Sie schob sich eine Strähne hinters Ohr und lehnte sich im Stuhl zurück. Wie selbstsicher sie doch war, jedes einzelne Wort wurde mit so viel Beherrschung und Bestimmtheit vorgebracht. »Die Auswahl der Fotos treffen wir dann morgen. Wenn es sonst nichts mehr gibt, kannst du jetzt gehen.« Sie schob mir eine Schlüsselkarte herüber.

»Danke.« Als ich aufstand, schaute Aurelia bereits einen Stapel Papiere durch.

Das Fotostudio sah beinahe genauso aus wie am Tag zuvor. Der einzige Unterschied: Auf einem Hocker lag sauber gefaltet ein weißes Feinripp-Trägerhemd, an dem man mit einer Stecknadel einen Zettel befestigt hatte. Darauf stand »Haven«. Als ich danach griff, stellte ich mit Schrecken fest, dass es einen ziemlich tiefen Ausschnitt hatte. Ich konnte schlecht sagen, wie das bei mir aussehen würde, legte das Shirt aber erst mal beiseite und verdrängte den Gedanken daran.

Um Punkt zehn Uhr erschien Raphaella, sie musste sich lautlos hereingeschlichen haben. Irgendwann drehte ich mich um, und sie stand einfach da. »Hi«, sagte ich. »Für Sie muss das ja das reinste Kinderspiel sein, oder? Sie sind schließlich ein Profi.«

»Ich werde mein Bestes geben«, erwiderte sie. Jetzt wirkte sie viel verschlossener als am Vortag. Vielleicht konnte sie mich auch einfach nicht leiden. Sie trug heute eine dunkle, enge Jeans, die ihre Figur umschmeichelte, und auch so ein weißes Trägershirt – das bei mir allerdings nicht so toll aussehen würde. Bei ihr war es einfach spektakulär. Und diese Kette mit dem Amethyst glitzerte im Licht.

»Sind Sie gestern Abend noch lange geblieben?«, versuchte ich es wieder. »Als ich gegangen bin, war ich ziemlich k. o.«

»Noch ein Weilchen«, erklärte sie höflich, aber irgendwas stimmte hier trotzdem nicht. Vielleicht war das ja einfach nur die übliche Distanz zwischen Praktikanten und fest angestellten Mitarbeitern. Möglicherweise lief das in jedem Büro so. Im Krankenhaus wirkten einige der Ärzte ja manchmal auch unnahbar. Ich versuchte, es nicht persönlich zu nehmen. Raphaella ließ sich auf dem Hocker nieder, und ich beschloss, mich lieber auf meinen Job zu konzentrieren, statt noch groß herumzureden. Also knipste ich los. In kürzester Zeit hatte ich, was ich brauchte, Raphaella war zur Tür hinausspaziert, und mein nächstes Modell war eingetroffen.

Und so fanden sie sich einer nach dem anderen ein, alle tadellos pünktlich und hartnäckig schweigsam – ein endloser Aufzug von Designerjeans, die aus der Denim-Abteilung der schicksten Läden an der Michigan Avenue stammten. Die Männer trugen alle makellos weiße T-Shirts mit V-Ausschnitt und die Frauen Trägertops. Bis auf zwei oder drei hatte hier jeder dieselbe Tätowierung, das Auge mit der Pentagrammpupille und den Flammenwimpern. Ein paar der Frauen trugen die Amethystkette, und bei etlichen Männern zierte eine dicke schwarze Ledermanschette mit gekreuzten Knochen und silbernem Totenschädel, in dessen Augenhöhlen winzige schwarze Steine glitzerten, das Handgelenk. Ich musste wirklich rausfinden, wo die einkaufen gingen. Nur bei den Tattoos war ich mir nicht so sicher – das sah bei mir bestimmt albern aus. Und Joan würde mich mit Sicherheit umbringen.

Da auf meine Versuche, ein wenig Konversation zu betreiben, kaum jemand reagierte, gab ich es schließlich auf. Selbst Calliope, die zuvor doch so nett gewesen war, wirkte heute wesentlich reservierter. »Ich würde wirklich gerne mal was von Ihrer Arbeit sehen«, sagte ich zu ihr. »Es muss toll sein, malen oder zeichnen zu können; ich selbst habe einfach gar kein Talent in der Richtung.«

Sie lächelte nur und meinte: »Vielleicht irgendwann mal.« Es kam mir fast so vor, als hätte sie eigentlich ganz gern mit mir geplaudert und müsste sich auf die Zunge beißen, um nicht mehr zu sagen. Ich gab es auf. Was blieb mir auch anderes übrig?

Das Gute an der Sache war, dass keiner von diesen Leuten irgendwelche Anweisungen brauchte: Wie man sich bewegte und posiert, wussten sie alle, das schien ihnen im Blut zu liegen. Falls Aurelia auch noch eine Model-Agentur aufmachen wollte, hatte sie hier alles, was sie brauchte.

Die Vertreter des Syndikats hielten sich so rigoros an den Zeitplan, dass ich um zwei Uhr schon den letzten von ihnen ablichtete. Es war Beckett, der Türsteher von gestern Abend, für dessen Schuhe Dante so geschwärmt hatte. So ein Muskelpaket hatte ich noch nie aus der Nähe gesehen – sein Bizeps wölbte sich und schien das T-Shirt fast zu sprengen. Als ich mit ihm fertig war, ging ich ein paar der bisherigen Bilder durch – so weit alles bestens –, als Dante zur Tür hereinstürmte.

»Dann lass uns mal loslegen, Schätzchen!«, rief er und verneigte sich vor mir. »Aber diesen Bösewicht musst du auf jeden Fall wegretuschieren.« Er deutete auf einen winzigen Pickel an seinem Kinn. Ich schüttelte nur lachend den Kopf.

Danach beschlossen Dante, Lance und ich, dass es an der Zeit für die Mittagspause war, und nahmen unseren Tisch im Parlor ein. Der gegrillte Käse und die Fritten würden hoffentlich gegen meinen Kater helfen. Langsam bekam ich wieder Appetit.

»Ich hab gehört, dass mein Boss morgen eintrifft, also halten wir uns besser ran, solange wir noch können«, erklärte Dante. In seiner Stimme schwang ungewohnte Nervosität mit.

Wir aßen auf, und dann verschwand Lance, um das weiße T-Shirt anzuziehen. Wir wollten uns im Studio treffen, wo er schließlich höflich an die Tür klopfte.

»Hey, alles klar?« Ich winkte ihn herein.

»Ich denke schon. Ich wusste nur nicht, dass wir hier mit zur Dekoration gehören würden.«

»Wem sagst du das, ich bin auch nicht begeistert.«

»Schön, dass ich nicht der Einzige bin.« Ein paar Sekunden verstrichen, und er bewegte sich nicht von der Tür weg. »Also, wie läuft das Ganze?«

Ich deutete auf die Leinwand. »Du kannst dich da hinsetzen oder auch stehen bleiben. Dann mache ich ein paar Aufnahmen, und das war's auch schon. Klingt das gut?«

»Klar. Ich soll also, irgendwie, hier stehen?« Er nahm den Platz neben dem Hocker ein und schlenkerte mit seinen dünnen Armen und Beinen herum, als wären sie aus Gummi.

»Perfekt.«

Wie so oft stand er ein wenig gekrümmt da und hatte die Hände in den Taschen vergraben. Er lächelte nur ein ganz kleines bisschen und rührte sich keinen Millimeter. Ich knipste ein paar Fotos, bemerkte dann aber ein Problem: Die Brille verschattete sein Gesicht, und ich wusste außerdem, dass ich die Lichtreflexe auf den Gläsern später nicht retuschieren konnte, so gut war ich einfach nicht. Was ich allerdings ungern zugeben wollte.

»Super!«, lobte ich. »Wir sind fast fertig, aber vielleicht sollten wir noch ein paar Bilder ohne Brille machen.« Er wirkte augenblicklich angespannt und trat mit hängenden Armen einen Schritt zurück. »Weißt du«, erklärte ich leise, falls noch jemand in Hörweite sein sollte, »ich habe manchmal eben Probleme mit der Spiegelung, und Aurelia bringt mich um, wenn man statt deiner Augen nur Blitzlichter sieht.«

Er entspannte sich ein wenig. »Das wäre doch gar nicht

schlecht, so in Richtung moderne Kunst«, witzelte er – glaubte ich zumindest.

»Stimmt … aber ich denke nicht, dass wir hier auf Avantgarde aus sind.«

»Na ja, wenn das so ist.« Er nahm die Brille ab, blinzelte ein paar Mal, um sich an die neuen Umstände zu gewöhnen, und hängte das Gestell dann in den Ausschnitt seines T-Shirts. Auch wenn er jetzt in meine Richtung schaute, sah er mich nicht richtig an. Eine Hand schob er in die Tasche, mit der anderen hielt er sich ungelenk den Arm, als wolle er die Sache so schnell wie möglich hinter sich bringen. Während ich die Kamera neu einstellte, bemerkte ich zum ersten Mal einen dünnen Strich unter seinem Auge. Normalerweise verdeckte seine Brille den etwa kaugummilangen Streifen. Nach ein paar Minuten sah ich von meiner Kamera auf und nickte.

»Ist das gut genug?«, fragte er.

»Ja, auf jeden Fall.«

Lance lächelte schüchtern und setzte sich die Brille wieder auf. Dann sah er mich an und schnell wieder weg. »Danke. Ich denke, ich werde dann mal …« Er deutete auf die Tür und setzte sich in Bewegung.

»Klar, bis später.« Ich winkte, und da war er auch schon weg.

Jetzt war ich heute zum ersten Mal allein und konnte ein Gähnen nicht länger unterdrücken. Aber es gab immer noch einiges zu tun. Ich lud die Fotos auf den Computer und zog dann das Trägershirt an. Als ich schließlich die teure Fernbedienung gefunden hatte, hockte ich mich im Schneidersitz auf den weißen Fußboden. Wenn ich ganz still dasaß, bemerkte man die Narbe vielleicht trotz des Ausschnitts nicht. Ich lächelte, drückte auf den Knopf und hörte das leise Klicken.

Was ich nicht hörte, war das sanfte Klopfen an der Tür.

»Hallo?«, rief eine Stimme, die ich hörte, noch bevor ich ausmachen konnte, woher sie stammte.

Als ich schließlich erstaunt hochsah, hatte ich längst noch einmal abgedrückt, und der Apparat schoss mit einem Klick-klick-klick weitere Bilder.

Hinter der Kamera erschien plötzlich Lucian.

»Tut mir leid, ich wollte nicht stören«, entschuldigte er sich mit dieser tiefen, vollen und honigsüßen Stimme. »Ich komme später wieder, wenn es dir besser passt.«

»Nein, hi, äh, nicht nötig. Ich war sowieso gerade fertig.« Ich stürzte mich auf meinen Pullover, streifte ihn über, glättete mir dann das elektrisierte Haar und sprang auf. »Also, ja … äh, dann sollten wir wohl mal die Plätze tauschen. Du gehörst da vorn ins Scheinwerferlicht und so.« Ganze Sätze bekam ich gerade nicht so gut hin. »Das geht auch ganz schnell. Ich bin sicher, dass du viel zu tun hast.« Ich stellte die Kamera neu ein und änderte den Winkel ein wenig, um ihn perfekt in Szene zu setzen.

Er blieb neben dem Hocker stehen, lockerte seine Krawatte und sah mich an. »Was meinst du: Ist der Schlips übertrieben? Zu bieder?« Er verzog das Gesicht wie ein Kind, das nicht mochte, was es zum Abendessen gab.

Dass ihn meine Meinung interessierte, schmeichelte mir. Zunächst starrte ich ihn nur an, dann sah ich aber wirklich hin, nahm ihn unter die Lupe.

»Na ja, viel falsch machen kannst du eigentlich nicht«, überlegte ich laut und vielleicht etwas zu freimütig. »Es sieht so oder so toll aus. Wie wär's mit einem Kompromiss? Du könntest eventuell den Knoten lösen, aber den Schlips irgendwie hängen lassen?« Es hörte sich wie eine Frage an, obwohl es nicht so gemeint war. Vielleicht wollte er ja, dass ich ihm dabei zur Hand ging? Vorsichtshalber trat ich vor. Dante würde jetzt sagen: »Natürlich, Dummerchen, worauf wartest du noch?« Aber mehr als diesen einen Schritt bekam ich dann doch nicht hin. Lucian wartete einen Moment ab, was vielleicht als Einladung gemeint war, löste den Knoten aber schließlich selbst. Er setzte sich auf den Hocker, stützte einen Fuß am Boden ab und den anderen auf der Querstrebe. »Okay, äh … lächeln!«, rief ich.

»Wie du meinst.« Er grinste eine Sekunde, und dann nahm sein Gesicht einen entspannten Ausdruck an. Statt zu posieren saß er einfach nur da und sah mich an. Ich fotografierte drauflos, ließ dem Klicken freien Lauf und schoss ein Bild nach dem anderen. Ta-ta-ta.

»Sehe ich dich dann heute Abend im Tresor?«, fragte Lucian, so als hätte er völlig vergessen, dass er hier doch eigentlich für mich posieren sollte.

Ich sah hoch. »Äh, ich weiß nicht so recht.« Und dann wandte ich mich wieder der Kamera zu. Ra-ta-ta-ta.

»Ach, tatsächlich?«, sagte er in einem Tonfall, als zierte ich mich absichtlich und wollte nur überredet werden.

»Ich erhole mich gewissermaßen immer noch von gestern Abend«, gab ich zu.

»Das beste Zeichen, dass es ein toller Geburtstag war«, meinte er mit einem Funkeln in den Augen. Ich knipste weiter, obwohl vermutlich jede bisherige Aufnahme von ihm für eine Ausstellung perfekt gewesen wäre.

»Na ja, dann war meiner wahrscheinlich total genial.«

»Richtig oder falsch: Angeblich musste man dich zu deinem Zimmer zurücktragen?«, neckte er mich.

»Was das betrifft, möchte ich die Aussage lieber verweigern«, murmelte ich schüchtern. Er lachte wieder, und ich lief rot an.

»Klar, du willst dich ja nicht selbst belasten.«

»Danke«, murmelte ich, und dann fiel mir noch etwas ein: »Und vielleicht könntest du das Aurelia gegenüber nicht erwähnen …« Mein kleiner Schwips musste sich ja nicht noch weiter herumsprechen.

»Das würde mir im Traum nicht einfallen«, erwiderte er todernst.

»Danke.« Erleichtert atmete ich auf. »Ich weiß wirklich nicht, was ihr Leute hier in die Drinks tut.«

»Das hätte wirklich alles abbrennen sollen.«

»Tja, dann war das wohl so eine Art unbefleckte Alkoholvergiftung.« Ich fummelte wieder an der Kamera herum.

»Du bist witzig«, befand er freimütig.

»Danke.« Ich war mir ziemlich sicher, dass ich schon wieder rot wurde. Damit hatte ich nun wirklich nicht gerechnet, aber es sah so aus, als würde ich hier flirten, und es lief gar nicht schlecht. Gute Arbeit, Haven.

»Also, was meinst du?« Er stand vom Hocker auf und ging auf mich zu. Ich machte noch ein letztes Foto, bevor er zu nahe herankam.

»Oh. Ja, wir sind hier so weit fertig, danke.«

»Nein, ich meinte den Tresor heute Abend. Obwohl ich ja verstehen kann, dass du nur ungern an den Ort des Verbrechens zurückkehrst.« Er machte sich über mich lustig, aber so behutsam, dass ich nicht eingeschnappt war. Ich lächelte und schüttelte den Kopf. »Wenn ich also nachher mal auf einen Kaffee statt auf einen Drink bei dir vorbeischauen würde, wärst du dann dabei?«

»Ich denke … dafür stehen die Chancen nicht schlecht.« Dante würde begeistert sein.

»Eine gute Antwort.« Lucian band sich die Krawatte wieder um. »Danke für die Sitzung, ich bin gespannt auf mein Bild. Hoffentlich ist es okay.«

»Ja, als Model bist du eine Katastrophe. Wahrscheinlich muss ich alles retuschieren.« Er lachte kurz auf. »Dann sehen wir uns später.«

Sobald er zur Tür hinaus war, fiel mir auf, dass ich in den letzten Minuten kaum geatmet hatte. Meine Lunge brannte, als sie sich wieder zu ihrer vollen Kapazität entfaltete.

Ich war fertig mit meiner Arbeit für heute, daher beschloss ich, eine letzte persönliche Pflicht in Angriff zu nehmen: Ich musste endlich Joan anrufen. Da ich weder in meinem Zimmer noch in der kompletten Lobby Empfang hatte, ging ich schließlich nach draußen. In der bitteren Kälte fröstelte ich augenblicklich. Sobald ich erst im Freien war, zeigte das Display sieben Anrufe in Abwesenheit von Joan. Sieben. Weniger, als ich eigentlich erwartet hatte. Ich wickelte mich fester in meinen Pullover, kuschelte mich hinein, wählte schnell die Nummer und zog mir dann die Ärmel über die Hände.

Joan ging ran, noch bevor das erste Läuten verklungen war, und wollte natürlich alles hören. Ich gab eine leicht geschönte Version meiner Geburtstagsfeier zum Besten und antwortete auf all die typischen Fragen darüber, ob ich denn auch genug aß (ja), oder zu viel arbeitete (nein), und ob sie mich denn mal besuchen könnte (noch nicht). Obwohl ich bei jeder einzelnen Frage mit den Augen rollte, war es doch nett, wie sie sich um mich sorgte. Sie fehlte mir.

Nachdem diese Aufgabe erledigt war, kehrte ich in mein Zimmer zurück. Jetzt, wo die Möglichkeit für ein Nickerchen in erreichbare Nähe gerückt war, fielen mir auch schon die Augen zu, aber da wurde dreimal kurz an meine Tür geklopft. Ich machte das Licht an und schüttelte mich, um wieder munter zu werden. Ein Blick durch den Spion verriet mir, dass draußen Lance stand, der die Hände mal wieder in den Taschen vergraben hatte und etwas unter dem Arm trug. Er schob sich die Brille höher auf die Nase und wiegte sich auf den Fersen vor und zurück. Ich warf rasch einen Blick in den Spiegel, strich mir über das wirre Haar und öffnete die Tür.

»Hey.«

»Hey. Tut mir leid, wenn ich störe.«

»Tust du nicht. Ich bin ja froh, dass ich nicht die Einzige bin, die heute schon freihat.«

»Stimmt, ich hab auch Schluss gemacht. Irgendwie ist nie so recht klar, wann wir Feierabend haben, oder? Also, so ohne Klingeln zum Schulschluss.«

»Genau. Vielleicht könnten wir ja Dante dazu bringen, dass er um eine bestimmte Uhrzeit jeden Tag eine Runde mit seiner Glocke dreht.«

»Das ist doch mal eine Idee. Oder, na ja, unsere Chefs könnten uns vielleicht einfach was sagen.«

»Ja, das wäre auch hilfreich.« Darüber musste er lachen. Ich beschloss anzusprechen, was mir durch den Kopf ging: »Wie ist der überhaupt so? Lucian, meine ich.« Ich spürte, wie mein Herz zu klopfen begann. Was hätte ich nur getan, wenn man ihn mir als Mentor zugeteilt hätte? Dann wäre ich vermutlich viel zu durcheinander gewesen, um mich überhaupt auf irgendetwas konzentrieren zu können.

»Das weiß ich auch nicht so genau«, versetzte Lance, nachdem er über meine Frage nachgedacht hatte. »Er scheint ganz okay zu sein. Im Moment läuft es meistens so, dass er mir eine Aufgabe zuteilt, dann plötzlich verschwindet, weil er was Wichtigeres zu tun hat, und dann nie wieder auftaucht.«

Ich nickte. »Mit Aurelia ist es genauso.«

Einen Moment lang schwiegen wir. Dann schüttelte Lance plötzlich den Kopf, weil er sich an etwas erinnerte. »Oh, also, ich hab das hier gefunden, und das ist wirklich gut. Ich dachte, daran hast du vielleicht auch Interesse.« Er hielt mir ein zerfleddertes Buch entgegen. Auf dem abgenutzten, staubigen Titelblatt stand *Das geheime Chicago*.

»Cool, danke.« Ich nahm es und überflog den Klappentext. »Bist du sicher, dass du es nicht lieber zuerst lesen willst?«

»Ich habe schon ein bisschen darin gestöbert. Stell dir mal vor, früher gab es hier unter dem Gebäude jede Menge Geheimgänge. Während der Prohibition wurde in diesen Tunneln Alkohol transportiert.«

»Echt?« Ich blätterte das Buch durch.

»Ich weiß, verrückt, oder? Wirst schon sehen.«

»Vielen Dank.«

»Kein Ding.« Er trat wieder den Rückzug an. Wir lächelten uns an, und er winkte. »Bis später.«

Ich sah ihm nach, bis er in seinem Zimmer verschwunden war. Er war so unbeholfen, aber irgendwie auch süß. Sowas dachten die Leute vielleicht auch über mich, wenn ich Glück hatte. Für unbeholfen hielten sie mich zweifellos, aber vielleicht ja auch für süß.

Dante schaute vorbei, als er für heute Schluss gemacht hatte, und war natürlich von meiner Verabredung zum Kaffee begeistert. Er improvisierte sogar ein angemessenes Outfit für mich, das im Prinzip aus meinen Fotoklamotten plus einer seiner Krawatten als Gürtel bestand. Und natürlich durfte die verbale Unterstützung nicht fehlen.

»Also, womit fängst du das Gespräch an?«, drängte er, während er mir den rosafarbenen Schlips um die Taille band.

»Wie jetzt?«

»Was hast du dir als Einstiegssatz überlegt?« Er hielt inne und starrte mich an. Meine mangelnde Vorbereitung passte ihm anscheinend gar nicht.

»Äh, brauche ich sowas denn?«

»Halloooo, ja!«

»Tja, ich weiß nicht. Ich hab einfach gedacht, überhaupt Zeit mit ihm zu verbringen, reicht doch schon für den Anfang. Und dann wollte ich sehen, was er so sagt, und …«

»Meine Liebe, du musst hier schon ein bisschen pokern. Und deshalb sollten wir uns auch über solche Dinge Gedanken machen. Es geht einfach nicht, dass du wertvolle Gelegenheiten ungenutzt verstreichen lässt – wie zum Beispiel die Chance, ihm die Krawatte zu lockern.«

»Gut. Hab's kapiert.«

»Dieser Schlips hier«, er zupfte an meinem improvisierten Gürtel, »ist eine unterschwellige Botschaft an ihn und für dich ein Signal zu handeln!«

Er schob mich vor den Spiegel. Trotz seiner Beteuerungen hatte ich an meinem Outfit gezweifelt, aber es sah wirklich gar nicht übel aus.

Wir ließen uns aufs Bett fallen.

»Er hat also keine Uhrzeit genannt?«, fragte Dante zum millionsten Mal.

»Nein!«

»Okay, okay, sorry, ich wollte ja nur sichergehen.«

Den Rest des Nachmittags verbrachten wir mit Quatschen und Warten … und warteten und warteten darauf, dass jemand an die Tür klopfen würde. Als wir gegen elf anfingen, abwechselnd zu gähnen und einzunicken, beschlossen wir, endlich das Handtuch zu werfen.

»Dan, ich bin ein lebendes Klischee«, grummelte ich und gähnte. »Ich kann nicht fassen, dass ich plötzlich eine von diesen Frauen bin, die rumsitzen und auf einen Typen warten. Ich hasse mich dafür. Über so was haben wir vorher immer unsere Witze gerissen.«

»Ja, schon. Aber das ist doch dein erstes Vergehen in der Richtung. Außerdem, sieh's mal positiv – so ganz daneben ist es auch wieder nicht. Wenn du hier schon rumhängst, um auf irgendeinen Kerl zu warten, dann sollte es wenigstens ein superheißer Typ sein. Falls dir das ein Trost ist: Ich bin total neidisch, denn ich werde ja nicht mal versetzt. Ich muss mir unbedingt auch einen Schwarm zulegen.« Seine Stimme klang plötzlich nicht mehr so flirrend wie sonst, und er hatte den Blick gesenkt.

»Ich kann dir versprechen, dass irgendwann der Richtige kommt. Aber in der Zwischenzeit musst du dich wenigstens nicht wie ein Idiot fühlen, so wie ich.«

»So etwas passiert manchmal eben. Und es war ja auch gar keine richtige Verabredung; vermutlich gibt es eine Erklärung dafür. Aber ich hoffe wirklich, dass *er* beim nächsten Mal *auf dich* wartet.«

»Ich hab dich lieb, Dante, du dicker fetter Lügner.«

»So fett bin ich doch gar nicht.« Er küsste mich auf die Stirn. »Nacht, Haven. Und versprich mir, dass du jetzt nicht länger schmollst, okay? Sein Pech!«

Ich seufzte. »Danke. Nacht. Ich bin dir was schuldig.«

»Keine Sorge, ich werde dich daran erinnern!«

Ich zog mich um und schlüpfte in den alten aquamarinblauen Krankenhauskittel, den ich als Nachthemd benutzte. Dann machte ich es mir mit dem Buch im Bett bequem, das Lance mir geliehen hatte. Hoffentlich lenkte mich diese Lektüre vom enttäuschendsten Abend meines Lebens ab. Ich blätterte bis zum Kapitel über die unterirdischen Gänge vor, von dem Lance mir erzählt hatte. Angeblich hatte es irgendwann einmal ein ganzes Netz solcher Tunnel unter dem Hotel gegeben, und irgendwo mitten darin lag Capones Tresor, der mit Bargeld und ausgewählten Schätzen gefüllt werden sollte. Auch wenn ich dagegen ankämpfte, fielen mir schon nach ein paar Seiten die Augen zu. Es hatte ja doch keinen Sinn, die Müdigkeit hatte längst gewonnen.

Aber nicht für lange.

7

Was hat mehr Glamour und Glanz als die Sünde?

Mitten in der Nacht wachte ich wieder auf. Ein Dröhnen durchbrach die Stille und riss mich aus dem Schlaf. Es fühlte sich an, als würde mich ein Schlag am Kopf treffen und noch lange nachhallen. Schweißüberströmt fuhr ich im Bett hoch und suchte im Dunkeln nach der Nachttischlampe. Mit pochenden Schläfen – an denen das feuchte Haar klebte – versuchte ich keuchend, wieder zu Atem zu kommen. Mir zitterten die Hände, und mein Herz klopfte wild. Meine Augen versuchten, sich an das schwache Licht zu gewöhnen, es gelang ihnen aber nicht, da ein rauchiger Dunst in der Luft hing.

Ich hatte geträumt, dass ich im Bett lag und einen Schlag hörte, und dann ein Kratzen, als ob jemand etwas den Flur entlang schleifte. Den Schlag und das Kratzen. Immer und immer wieder. Und dann ein Bum-Bum-Bum an meiner Tür. Im Traum war ich zur Tür gegangen und hatte sie geöffnet – unvorstellbar in der Realität – hatte aber nichts entdeckt, obwohl die Schläge und das schleifende Geräusch weiterhin zu vernehmen waren. Jetzt saß ich aufrecht im Bett und konnte es noch immer hören. Mir taten die Schultern weh, und die beiden Narben auf meinem Rücken fühlten sich an, als hätte man sie mir mit einem heißen Eisen eingebrannt. Meine Wange brannte, als hätte ich eine frische Wunde, und an den Fingerspitzen spürte ich etwas Feuchtes, Klebriges. Blut!

Ich rannte ins Bad, tupfte die Verletzung ab und säuberte sie. Unter dem verschmierten roten Fleck war es gar nicht so schlimm: Ein dünner Schnitt von drei bis vier Zentimetern zog sich über meine Wange. Als ich das Blut erst einmal abgewaschen hatte, war kaum noch etwas davon zu sehen. Ihre Form gab wenig Aufschluss darüber, was diese Wunde wohl verursacht hatte. Meine Fingernägel vielleicht? Aber die waren doch so kurz. Ich holte das Desinfektionsmittel und die Heftpflaster hervor, die Joan in mein Erste-Hilfe-Päckchen gelegt hatte – ohne das lässt eine Krankenschwester ihre Kinder niemals aus dem Haus. Ich drückte das Pflaster fest auf die Wunde und betrachtete mein Spiegelbild. Was für ein Anblick: Schmutzig und verschwitzt steckte ich in diesem alten Kittel, dazu kam die wunderschöne, aber völlig unpassende Halskette und jetzt auch noch das Pflaster auf meiner Wange.

Ich kroch wieder ins Bett und sah auf die Uhr – es war 4.47 Uhr. Dann machte ich das Licht aus und ließ meinen angeschlagenen Kopf aufs Kissen sinken. Ich machte mich klein wie ein Fötus, rollte mich zu einem Ball zusammen, als mich plötzlich etwas Hartes, Spitzes in die Rippen stieß. Meine Hand fuhr wieder zum Lichtschalter, und dieses Mal hätte ich dabei fast die Lampe vom Nachttisch gefegt. Ich sprang auf die Füße, hockte mich dann wieder aufs Bett und zog vorsichtig die Decke zurück, so als erwartete ich, dass mich von dort etwas anspringen würde.

Da lag das Buch mit den geöffneten Seiten nach unten.

Nicht der Band über die Geschichte Chicagos, in dem ich gelesen hatte, sondern das leere schwarze Notizbuch mit meinem Namen darauf, das Lance entdeckt hatte. Ich griff danach und schaute es noch einmal durch. Die Seiten flatterten vorbei wie schneeweiße Flügel.

Bis auf ein paar, die voller Kritzeleien in schwarzer Tinte waren.

Ich schlug das Buch zu und ließ es fallen, als hätte es mich gebissen. Dann kroch ich in eine Ecke des Bettes und lehnte mich dort so weit entfernt wie möglich von diesem Ding an die Wand. Ich hatte mir das Buch doch vorher ganz genau angesehen. Diese vollgeschriebenen Seiten konnte ich gar nicht übersehen haben, das war absolut unmöglich. Vorsichtig streckte ich die Hand danach aus und zog es an einer spitzen Ecke zu mir herüber. Langsam schlug ich es auf und blätterte dann das weiße Vorsatzpapier um. Auf der nächsten Seite fand ich diese Worte geschrieben:

Sei stark, Himmelsbotin.

Und darunter:

Und hüte dich vor dem Schönen.

Mir rutschte das Herz in die Hose. Aber jetzt konnte ich nicht mehr aufhören. Also blätterte ich von der seltsamen Widmung weiter zu einer Seite, die komplett mit dieser unordentlichen, runden Schrift bedeckt war. Sie sah fast so aus wie meine eigene. Auf dem Blatt stand oben rechts das Datum von heute. Ich zog die Beine an, schlang die Arme um die Knie und begann zu lesen:

Herzlichen Glückwunsch nachträglich zum Geburtstag. Du bist jetzt 16, und große Veränderungen bahnen sich in deinem Leben an. Noch ahnst du nicht, in was du dich einst verwandeln wirst; du kannst zur Legende werden. Noch fühlst du dich schwach, aber bald wirst du trunken sein vor Einfluss und Macht, wirst staunen, welche Stärke und Kraft in dir stecken. Aber hör auf meine Worte, Haven …

Ich konnte nicht fassen, dass der geheimnisvolle Schreiber tatsächlich meinen Namen nannte. Aber ich zwang meinen Blick zurück auf die Seite. Mein Puls raste, und ich las mit der Hand vor dem Mund weiter:

Du hast nun so einiges zu lernen. Und zwar schnell, denn du schwebst in Gefahr.

Ich zog die Knie noch enger an die Brust und versuchte mich zu beruhigen. Das war offensichtlich irgendein seltsamer Scherz – vielleicht steckte Dante dahinter, er machte sich bestimmt über mich lustig, weil ich immer so übervorsichtig war und alles mit einem Ernst in Angriff nahm, als ginge es um Leben oder Tod. Aber die Schrift war nicht so ordentlich und sauber wie seine, sie war nicht so lebendig und sprudelnd. Trotzdem hätte ich am liebsten genau in diesem Augenblick an seine Tür gehämmert und ihn geweckt, Lance geweckt, meinetwegen das ganze Stockwerk geweckt, oder was auch immer ich tun musste, um wieder einen klaren Kopf zu bekommen. Aber ich konnte den Blick einfach nicht abwenden.

Du bist eine kluge junge Frau, Haven, und fragst dich nun sicher, was es mit diesem Buch und der Schrift auf sich hat. Du musst mir vertrauen. Um dir zu beweisen, wie vertrauenswürdig ich bin, werde ich dir Dinge verraten, die sonst niemand weiß. Zunächst einmal: Du hast drei Narben, bestehend aus jeweils drei Streifen. Eine davon trägst du über dem Herzen, zwei auf dem Rücken.

Ich atmete aus. Gut, beruhigte ich mich selbst. Das ging ja tatsächlich ganz schön ins Detail. Das wussten wirklich nicht viele Leute über mich, aber einige schon – Dante, Joan, das ganze Krankenhaus und jeder, der mich beim Sportunterricht in der Umkleide beobachtet hatte. Ich las weiter:

Außerdem stechen und brennen diese Narben bei Angst oder Nervosität.

Das hingegen hatte ich noch nie jemandem erzählt. Meine Finger begannen zu zittern, ich ballte die Hände zur Faust, öffnete sie dann wieder und schüttelte sie aus. Aber es stimmte. Das passierte zwar nicht häufig, aber wie oft am Tag hat man schon wirklich Angst? Mit so einer überfürsorglichen Mutter gab es ja kaum Gelegenheiten, sich richtig zu fürchten. Eine unsichere Zukunft, die Befürchtung, auf keinem guten College angenommen zu werden oder seinen SAT-Test zu verhauen – so etwas ging in meiner Welt als Angst durch, und das zählte nicht. Das war nicht die hier gemeinte Art von lähmender Angst. Bei dem wahren Grauen, das sich nun langsam bei mir einzuschleichen drohte, handelte es sich um ein ganz anderes Monster. Und es ging noch weiter:

Ich weiß auch, woher die Narben stammen und welchen Zweck sie einst erfüllen werden. Ich weiß vieles, das du nicht einmal über dich selbst weißt. Noch ist der Zeitpunkt für diese Enthüllungen nicht gekommen. Jetzt musst du mir einfach vertrauen. Davon wird dein Leben abhängen, und du darfst nicht darüber sprechen, kein Sterbenswörtchen verraten.

Das war alles.

Mit einem Keuchen klappte ich das Buch zu und schleuderte es unwillkürlich quer durch den Raum. Mit einem dumpfen Laut knallte es gegen die Schranktür und fiel zu Boden.

Ich brauchte Sonne. Ich brauchte Licht und Luft und Menschen um mich herum, eine frische Brise, die diese seltsamen Dinge davonpusten würde. Duschen und Anziehen ging heute sogar noch schneller als gestern, und dann hastete ich auch schon den Flur entlang. Wie sollte ich denn nach dieser Entdeckung noch schlafen? Wie sollte mein Leben nach diesen Worten ganz normal weitergehen? Selbst wenn das nur eine Art Witz sein sollte … Ich wusste es einfach nicht. Den Gedanken konnte ich nicht einmal zu Ende führen, so echt erschien mir das alles. Wer konnte denn bloß davon wissen, dass meine Narben brannten? Denn das hatte ich doch keiner Menschenseele erzählt!

Ich rannte durch die leere Lobby. Der Tag brach gerade an, und durch das Oberlicht fielen erste helle Strahlen. Durch die Drehtür gelangte ich nach draußen, wo mich ein eisiger Wind kräftig durchschüttelte. Streifen in Lila, Lavendelblau und Orange durchzogen den Himmel, und die Umrisse der Wolken erglühten rosafarben. Wenn es nicht so kalt gewesen wäre, hätte ich es hier draußen stundenlang ausgehalten, aber die niedrigen Temperaturen zwangen mich schließlich wieder ins Hotel.

Es war kurz nach sechs. Ich stand ganz allein in der Lobby und betrachtete den riesigen Flachbildschirm in der Nähe der Tür, über den in Endlosschleife Schnappschüsse von Aurelia und Lucian bei Veranstaltungen im Tresor und Zeitungsartikel über das Hotel flimmerten. Ich blieb lange genug, um jeden einzelnen Bericht lesen zu können. Trotzdem schweifte ich in Gedanken ab.

Einmal angenommen, dieses alberne Buch hatte irgendwie doch recht, und ich schwebte hier tatsächlich in tödlicher Gefahr. Ich konnte nicht fassen, dass ich so etwas auch nur dachte. *Du solltest das alles nicht so ernst nehmen*, redete ich mir ein. *Es gibt sicher eine Erklärung, und du findest bestimmt bald heraus, was …*

Das Rauschen der Lifttüren ließ mich zusammenfahren. Ich drehte mich um. Makellos wie immer trat Aurelia im eng geschnittenen Kleid mit Blazer, glattem, offenem Haar und hohen Absätzen aus dem Aufzug.

Offensichtlich stand mir die Überraschung im Gesicht geschrieben.

»Oh Haven, guten Morgen!«, grüßte meine Chefin mich mit völlig ruhiger Stimme. »Ich hatte ja keine Ahnung, dass du so eine Frühaufsteherin bist. Das behalte ich im Hinterkopf. Ich respektiere das, ich fange den Tag auch gern früh an.«

Ich war erleichtert, auf ein weiteres menschliches Wesen zu treffen, auch wenn dies nicht meine erste Wahl gewesen wäre.

»Guten Morgen, Aurelia«, brachte ich hervor. Wie immer erschien mir mein Aufzug jetzt völlig unangemessen. Aber ich war immerhin Schülerin und ging auf die Highschool – für Kleider, Kostüme und Stöckelschuhe hatte ich wenig Verwendung.

Aurelia nahm mich unter die Lupe, musterte mich prüfend und fragte schließlich: »Ist alles in Ordnung, mein Lämmchen?«

»Oh, klar, es ging mir nie besser«, behauptete ich mit zittriger Stimme. Ich schob mir eine ungewaschene Strähne hinters Ohr und streifte dabei meine Wange. Das Pflaster. Ich hatte vergessen, es abzumachen. »Oh, das? Da habe ich mich wohl im Schlaf gekratzt.«

»Pass gut auf dich auf, wir brauchen dich hier in Bestform.«

»Natürlich.«

Sie sah auf die Uhr und spielte mit ihren manikürten Nägeln am Verschluss des Platinarmbandes herum. Ich wandte mich einen Moment ab, riss mir mit einem heftigen, schmerzhaften Ruck das Pflaster von der Wange und schob es in die Tasche. Aurelia sah auf.

»Komm mit«, forderte sie mich auf. Ich folgte ihr schweigend zum Parlor, während sie weitersprach, den Blick geradeaus gerichtet. »Wie schön, dass wir unseren Arbeitstag so einläuten können. Heute kann ich zwei weitere Augen wirklich gut gebrauchen. Und für etwas Süßes ist es meiner Meinung nach nie zu früh. Außerdem hatten wir bisher ja auch kaum Gelegenheit, uns richtig kennenzulernen.«

Sie führte uns an Palmen in Blumenkübeln vorbei zu einem runden Tisch in der Mitte des Lokals, der für zwei gedeckt war. Dort nahm sie Platz, faltete ihre Serviette auseinander und legte sie sich auf den Schoß. Weniger lautlos tat ich es ihr gleich. Dann trat schweigend eine dunkelhaarige Syndikat-Schönheit – ich versuchte mich an ihren Namen zu erinnern, ach ja, Celine – aus der Küche und brachte ein Tablett mit, auf dem zwei Teekannen mit Kirschblütenmuster standen. Celine hatte sich die Haare zu einem endlosen Pferdeschwanz zusammengebunden und trug ein figurbetontes, kurzärmeliges schwarzes Kleid, das aussah wie eine enge, maßgeschneiderte Stewardessenuniform. Die rechte Brusttasche und der linke Ärmel waren in Rot mit den LH-Insignien bestickt. Sie stellte die Kannen mit passenden Teetassen vor uns ab. »Dankeschön«, murmelte ich, aber die brünette Schönheit marschierte einfach davon, ohne mich auch nur anzusehen.

»Das ist die neue Uniform. Hübsch, nicht?«

Ich nickte. »Wirklich schön.« Ein paar Sekunden verstrichen in peinlichem Schweigen. Aurelia setzte das silberne Sieb auf ihre Tasse und goss das brodelnde Getränk hindurch, dann stellte sie den kleinen Filter mit den Teeblättern auf den dazugehörigen Halbmond aus Porzellan. Während ich jede ihrer Handbewegungen imitierte, kam mir in den Sinn, dass dies vielleicht meine einzige Gelegenheit sein würde, so viel Zeit mit ihr allein zu verbringen. Ich musste versuchen, meine Nervosität zu überwinden und sie ein bisschen besser kennenzulernen. Statt mich bei jedem einzelnen Wort zu fragen, ob es vielleicht nicht schlau oder perfekt genug war, sollte ich besser einfach drauflosreden und auf das Beste hoffen.

»Ist die auch für uns Praktikanten?«

»Ja, so ist es. Jeder wird sie tragen, unabhängig von seiner

Verantwortung. Ich glaube fest daran, dass eine Uniform die Menschen zu noch mehr Fleiß und Pflichtbewusstsein anhält.«

»Das kann ich mir vorstellen«, stimmte ich zu. »Haben Sie auch eine?«

»Nein, ich brauche die nicht.« Sie führte die Tasse zum Mund, und der Dampf umfing ihre Züge, als sie einen tiefen Schluck nahm.

Ich versuchte, das Gefühl zu ignorieren, dass ich etwas Blödes gesagt hatte, und erhob ebenfalls meine zarte Porzellantasse – ich hoffte nur, Aurelia würde nicht auffallen, dass meine Finger zitterten. Ein tröstlich warmes Bett und geruhsamer Schlaf ohne Albträume hätte ich jetzt zwar besser gebrauchen können, vielleicht tat es aber auch ein Koffeinschub. Der Tag hatte doch gerade erst angefangen, aber der Schlafmangel saß mir jetzt schon in den Knochen. Ich presste mir die heiße Tasse an den Mund und nippte daran. Augenblicklich gingen Lippen, Zunge und Kehle in Flammen auf, und ich hatte den starken Verdacht, dass sich Brandblasen entlang meiner Speiseröhre bildeten. Aurelia schien es gar nicht zu bemerken.

»Also, erzähl doch mal, gefällt es dir bisher bei uns?«

Ich lächelte und räusperte mich, um herauszufinden, ob meine Stimme imstande war, ihren Weg durch meinen verbrannten Sprechapparat zu finden.

»Ja, und wie!« Es klang ein wenig kratzig. »Es ist einfach unglaublich hier. Die Arbeit an den Fotos gestern hat richtig Spaß gemacht; ich freue mich schon darauf, sie heute durchzugehen. Wie viele Aufnahmen möchten Sie denn von jedem sehen? Ich habe so viele tolle …«

»Eine einzige. Triff eine sorgfältige Wahl, aber such pro Person nur ein Bild aus. Und zeig sie mir morgen früh.«

»Natürlich.«

Sie schaute mich prüfend an, so als sei ich die Röntgenaufnahme einer winzigen Haarfraktur.

»Wundert es dich, dass ich dir so vertraue?«

Das fühlte sich wie eine Fangfrage an, die mich etwas aus der Bahn warf. Nach ein oder zwei Sekunden sagte ich schließlich: »Ihr Vertrauen ehrt mich, danke. Ich werde Sie nicht enttäuschen.« In diesem Moment kam Celine mit zwei weiteren Tabletts aus der Küche und setzte sie vor uns ab. Darauf war in drei Reihen zauberhaftes Backwerk angeordnet: Scones, Rosinenbrötchen, Petit-Fours, Plätzchen und kleine Sandwiches mit dünn geschnittener Gurke, Lachs oder Hummersalat, außerdem mundgerechte Obsttörtchen und Käsekuchenhappen, lauter kleine Kunstwerke.

»Du wirst schnell merken, dass deine Verantwortung hier wächst, wenn mir deine Arbeit gefällt«, erklärte Aurelia. Als sie nun einen Scone aus der obersten Reihe auswählte und ihn mitten auf ihrem Teller platzierte, stand ihr kleiner Finger ab wie eine Antenne. »Ich will dich jetzt nicht mit einem dieser ›Du erinnerst mich an mich selbst‹-Monologe langweilen. Du solltest aber wissen, dass ich dich nicht umsonst als Mentorin betreue. Ich denke, dass du es mal weit bringen wirst.«

Darauf war ich nicht gefasst gewesen. Es ratterte hinter meiner Stirn, während ich fieberhaft nach einer passenden Antwort suchte. Ich hatte aber gar keine Gelegenheit, etwas zu erwidern, da Aurelia augenblicklich weitersprach: »Siehst du den Balkon dort oben?« Sie deutete auf einen Vorbau in einer Ecke, in der Nähe der Fenster. Er sah groß genug aus, um zwei Personen Platz zu bieten. »Von dort aus könnte vielleicht ein Harfenspieler den Nachmittagstee begleiten. Was hältst du davon?«

»Ich glaube, das würde den Leuten gefallen.« Ich stellte es mir wirklich hübsch vor, wenn das Hotel erst einmal eröffnet war und hier elegant gekleidete Gäste zu den zarten Tönen des Instruments ihren Tee tranken. Irgendwie würde sich hier dann alles viel lebendiger anfühlen. Im Moment war das Hotel ja eher ein Schatten seiner selbst.

»Und zu den Cocktails vielleicht eine Jazzband«, überlegte Aurelia.

»Das stelle ich mir auch sehr schön vor.«

»Sag, Haven, was glaubst du, warum heben wir hier jemanden wie Al Capone auf ein Podest?«

So langsam fühlte sich das wie eine Quizshow an. Zu schade, dass ich gestern mit dem Buch über Chicago nicht weit gekommen war. Ich versuchte es einfach mal: »Um aus dem geschichtlichen Erbe des Gebäudes Kapital zu schlagen.«

»Das ist aber noch längst nicht alles.« Meine Chefin nahm einen weiteren, tiefen Schluck. Ich berührte meine Tasse und zog die Finger schnell wieder zurück. Das würde ich mir nicht noch einmal antun. Stattdessen wartete ich einfach darauf, dass Aurelia fortfuhr, obwohl sie sich dieses Mal Zeit ließ. »Was hat denn mehr Glamour und Glanz als die Sünde?«

»Ich ... ich glaube nicht, dass ich darüber irgendetwas weiß.«

»Nein, vermutlich nicht«, entgegnete sie in einem Tonfall, der vor Enttäuschung nur so triefte.

Ich hatte keine Ahnung, was ich darauf erwidern sollte. Sie sprach weiter. »Vom geschäftlichen Standpunkt aus betrachtet holen wir das Optimum heraus. Fast jeder findet es faszinierend, was wir hier bieten – Capone sowie all die Geschichten und Legenden, die sich um ihn ranken. In Wirklichkeit kommen sie aber hierher, um mit dem Feuer zu spielen. Hier spüren sie die Gefahr, sind näher dran als in ihrem täglichen Leben und können sich endlich einmal einbilden, ein ganz anderer Mensch zu sein.« Sie zupfte den Scone auseinander, gab einen Löffel Himbeermarmelade darauf und nahm dann winzige Bissen. Ich tat dasselbe und imitierte ihre Handgriffe im Abstand von nur wenigen Sekunden. Es war ein Zitronenscone mit Preiselbeerstückchen, und er war noch so warm, dass er im Mund zerschmolz wie Zuckerwatte. Wenn ich allein gewesen wäre, hätte ich viel schneller gegessen.

»Es ist vermutlich wie mit den Achterbahnen in Vergnügungsparks. Die finden die Leute gerade deshalb so schick, weil sie eine Heidenangst davor haben. Das gibt ihnen den ultimativen Kick«, warf ich ein. Ich wollte ihr so gerne beweisen, dass ich sie verstanden hatte.

»Ein netter Vergleich. Ja, es mag so ähnlich sein, unsere Gefahr ist aber viel dunkler. Und du fährst nicht mal gern Achterbahn, oder?«

»Doch, natürlich.« Von wegen. Ganz und gar nicht. Das hatte ich mit zwölf mal ausprobiert und bei jedem Looping Angst gehabt, rausgeschleudert zu werden. Die eine Fahrt hatte mir mehr als gereicht.

»Das Gefährliche, Makabre hat auch etwas Reizvolles. Es elektrisiert und senkt die Hemmschwelle.«

Ich nickte nur, aber sie durchschaute mich.

»Du bist dir wohl nicht so sicher, ob du mir da zustimmen sollst.« Sie knabberte an ihrem Scone.

»Wahrscheinlich arbeite ich einfach schon zu lange im Krankenhaus. Da habe ich jede Menge Draufgänger gesehen, Leute, die zu viele Risiken eingegangen sind, weil sie sich für schlauer als andere hielten und dachten, dass sie sich nicht an die Regeln halten müssen. Solche Leute fahren zu schnell und bauen Unfälle, stürzen irgendwo runter oder tun sich gegenseitig Furchtbares an. Wenn man die Folgen so genau vor Augen hat, ist man dankbar für sein eigenes, sicheres Leben.«

Sie dachte über meine Worte nach. »Das kann ich nachvollziehen. Aber du willst doch wohl nicht behaupten, dass es dir nicht von Zeit zu Zeit auch mal in den Fingern juckt?«

»Ich bin nicht sicher, ob ich verstehe, worauf Sie hinauswollen.«

»Du bist noch so wunderbar jung, Haven.« Ein breites Lächeln legte sich über ihre Züge. Sie strahlte nun so, wie sie vielleicht ein Kind angelacht hätte. Und dieses Kind hätte sogar geglaubt, dass die Geste von Herzen kam. »Hat dich denn niemals die Gier oder Leidenschaft so gepackt, dass du für deine Sehnsüchte am liebsten alles getan hättest?« Ich dachte darüber nach. Mir ging es eigentlich nie um die schnelle Befriedigung. Mein Leben war darauf ausgerichtet, das Vergnügen hintanzustellen und lieber hart für meine Ziele zu arbeiten. Eine tolle Schule, ein tolles Leben, eine tolle Karriere – ich wollte etwas aus mir machen, Großes erreichen. Auf einmal fühlte ich mich tatsächlich unglaublich jung. Solche Wünsche hielt Aurelia bestimmt für naiv und langweilig.

»Hast du denn gar keine Träume, keine Sehnsüchte? Bist du wirklich immer so glücklich?« In ihrer Stimme lag eine Schärfe, die ich nicht verstand und die ich meiner Meinung nach auch nicht verdient hatte. Langsam geriet mein Blut in Wallung, obwohl ich mich mit meiner Chefin doch nun wirklich nicht streiten sollte.

»Natürlich habe ich Wünsche. Und die sind mir so wichtig, dass ich dafür einiges opfere.« Sonst würde ich jetzt wohl kaum in diesem leeren Hotel hocken. Stattdessen würde ich zur Schule gehen und hätte dort einen großen Freundeskreis. Nachmittags würde ich durchs Einkaufszentrum bummeln oder mir ein Footballspiel anschauen, statt mit Tunnelblick auf meine Zukunft hinzuarbeiten.

»Irgendwann begreifst du sicher, dass Moral dich nicht immer weiterbringt, und dass es durchaus Spaß machen kann, gelegentlich mal über die Stränge zu schlagen.«

»Wahrscheinlich haben Sie recht.« Inzwischen hielt ich es für das Beste, so wenig wie möglich zu sagen. Aurelia goss sich eine weitere Tasse Tee ein, und ich probierte es noch einmal mit meiner ersten. Der zweite Schluck brannte weniger, aber vielleicht waren meine Lippen inzwischen einfach taub.

»Es würde mich nicht wundern, wenn selbst du insgeheim auf einen Kick aus wärest. Das ist doch nur menschlich. Jeder wünscht sich doch, mal bei einem Höhenflug der Sonne gefährlich nahe zu kommen. Na, wie klingt das?«

Ich kannte mich in griechischer Mythologie aus und wusste, dass Ikarus seinen Höhenflug mit dem Tod bezahlt hatte. Und ich konnte inzwischen auch beim besten Willen nicht mehr sagen, was Aurelia eigentlich von mir wollte. »Ich, äh … Tut mir leid, ich bin mir nicht sicher, ob ich Ihnen folgen kann.«

»Irgendwann wird das alles schon einen Sinn ergeben.« Aurelia verzog den Mund zu einem wissenden, triumphierenden Lächeln.

Bevor ich noch einmal nachhaken konnte, öffnete sich die Küchentür wieder, aber dieses Mal war es nicht Celine. Beim Anblick der Kochuniform mit Mütze wünschte ich mir so sehr, es wäre Dante – den hätte ich jetzt wirklich gut gebrauchen können – stattdessen stand jedoch ein Mann vor uns, von dem ich als beste Freundin sofort wusste, dass er Dantes Typ sein würde. Tatsächlich sah er jung genug aus, um einer von uns sein zu können, seine Haut war glatt und absolut perfekt. Aber er war viel größer und kräftiger als Dante, und ich hatte den Eindruck, dass sein Schädel unter der Mütze kahl rasiert war. Mit dieser versteinerten Miene und dem ernsten Blick wirkte er nicht besonders herzlich, aber viel versierter und reifer als sonst jemand unseres Alters. Er trat an unseren Tisch heran, ohne mich zu beachten. Stattdessen wandte er sich an Aurelia.

»Mademoiselle, ich hoffe, die traditionelle Tee-Auswahl, die Sie bestellt hatten, ist Ihren Ansprüchen gerecht geworden«, erklärte er in ehrfürchtigem Tonfall. Er hatte die Hände auf Hüfthöhe verschränkt und erwartete mit geneigtem Kopf ihr Urteil. »Lassen Sie es mich doch bitte wissen, wenn Sie noch irgendetwas brauchen.« Wie alle hier war er einfach makellos, geradezu auf Hochglanz poliert. Mir fiel auf, dass da etwas aus dem Ärmel seiner Kochuniform hervorlugte. Als er Aurelia nachschenkte, konnte ich es besser erkennen: Diese Augentätowierung, die ich jetzt schon so oft gesehen hatte, zierte sein Handgelenk. Er musste bemerkt haben, dass ich ihn anstarrte, er drehte sich nämlich zu mir um, sobald er den Tee fertig eingegossen hatte. Ich sah, dass seine Uniform in Rot mit dem Namen »Etan« bestickt war.

»Hallo, ich glaube, wir kennen uns noch nicht. Ich bin Etan D'Armour.« Er sprach es »Äh-tong« aus und streckte mir die Hand entgegen, neben der das Tattoo jetzt zu pulsieren schien. Nachdem er sein Lächeln nun endlich angeknipst hatte, wirkte es tief und geheimnisvoll. »Ich bin der Chefkoch. Es ist mir eine Freude, dich hier bei uns im Parlor begrüßen zu dürfen.«

»Danke«, sagte ich. »Sehr erfreut. Ich glaube, mein Freund Dante wird mit Ihnen zusammenarbeiten.« Ich platzte fast vor Begeisterung. Das musste ich Dante sofort erzählen!

»Stimmt, so ist es. Ich freue mich schon darauf, ihn heute kennenzulernen. Er hat ein paar Plätzchen für mich gebacken.«

»Ja, das sieht ihm ähnlich.«

»Damit ist er mir jetzt schon sympathisch.« Etan wandte sich wieder an Aurelia. »Im Allgemeinen werden unsere Gäste ihren Tee ja zwischen zwei und fünf am Nachmittag zu sich nehmen, aber ich wusste, dass Sie heute ein volles Programm haben, und wollte das gern heute Morgen schon klären. Ist alles zu Ihrer Zufriedenheit ausgefallen?«

»Alles ganz vorzüglich.« Sie nickte mit Bestimmtheit. »Und, Haven, was meinst du?« Jetzt sahen mich beide an.

»Es war köstlich und wirklich schön anzusehen.« Mein Blick wanderte zu den fast unberührten Tabletts hinüber.

»Danke. Na, dann möchte ich Sie nicht länger aufhalten und lasse Sie mal lieber aufessen. *Bon appétit, Mesdemoiselles.*« Er verneigte sich leicht und verschwand wieder in Richtung Küche.

Aurelia lehnte sich auf ihrem Stuhl zurück und verkündete mit verschränkten Armen: »Er ist ja so reizend und so talentiert.«

»Das strahlt er auch aus.«

»Gut, wo sind wir stehen geblieben?«

Dazu sagte ich lieber nichts und schenkte mir stattdessen noch einmal nach. Der Tee blieb im Netz des Filters hängen. Die Kanne war immer noch so heiß, dass ich mich am Henkel verbrannte. Jetzt lehnte Aurelia sich vor und sah mir direkt in die Augen. Ich legte die Hände im Schoß zusammen, drückte die Schultern durch und harrte dem, was nun kommen würde. »Wer den Teesatz liest, sieht darin womöglich geschrieben«, sagte sie und deutete auf die dunklen, nassen Blätter vor mir, »dass du hier bei lebendigem Leibe verschlungen werden könntest.« Ich spürte, wie mir das Herz in die Hose rutschte. Außerdem klappte mir gerade die Kinnlade herunter. »Aber das muss nicht so sein. Überhaupt nicht.« Aurelia lächelte, faltete ihre Serviette zu einem perfekten gleichschenkligen Dreieck zusammen und stand schließlich auf. »Vielen Dank für deine Gesellschaft. Ich bin schon gespannt auf deine Arbeit.«

Sie rauschte hinaus, und ich sah ihr nach, bis sie verschwunden war. Dann ließ ich den Kopf nach hinten fallen und atmete lautstark aus. Ich bekam das einfach nicht auf die Reihe, sie hatte so vieles gesagt, mir so viele verwirrende Fragen gestellt, die noch immer in meinem Kopf herumschwirrten. Ich hatte das Gefühl, dass ich mein Leben von nun an in eine Zeit vor und nach Aurelia einteilen würde.

Das einzig Gute an diesem Morgen war, dass ich in der Gesellschaft meiner Chefin das Buch und seine seltsamen Warnungen vergessen hatte.

8

Was ist das für eine Geschichte mit diesem Buch?

Es passte mir ganz gut, dass ich mich jetzt in die Galerie zurückziehen konnte, also warf ich dort den Computer sowie den riesigen Fernsehbildschirm an und machte mich an die Arbeit. Die Fotos zogen an mir vorbei, und was das Syndikat anging, war jeder Schuss ein Treffer. Wahrscheinlich hätte es gereicht, die Bilder in Briefmarkengröße aufzurufen und blind darauf zu zeigen, und ich hätte trotzdem eine Ansammlung von atemberaubenden Porträts bekommen, mit der ich Aurelia am nächsten Tag beeindrucken konnte (wenn sie denn überhaupt irgendetwas beeindruckte). Das war viel zu einfach und nahm mich nicht so in Anspruch, wie ich es jetzt gebraucht hätte. Ich beschloss, stattdessen einen Ausflug in die Bibliothek zu unternehmen, die Regale dort nach weiteren Geschichtsbüchern zu durchforsten und auf Lance zu warten.

Der wirkte überrascht, mich dort anzutreffen. »Hey, guten Morgen, wie sieht's aus? Hast du schon gefrühstückt? Ich bin am Verhungern, und ich dachte, ich schaue mir mal die Küche im …«

Ich hörte ihm gar nicht zu. Am Saum meines Pullovers hatte sich ein Faden gelöst, den ich mir jetzt um den Finger wickelte. Wenn ich nicht aufpasste, würde ich noch das ganze Ding aufribbeln. Ich hielt es einfach nicht länger aus: »Hi, ja, also, was ist das für eine Geschichte mit diesem Buch?« Für mich klang das ziemlich feindselig, bei ihm schienen die Worte jedoch anders anzukommen.

»Das ist echt gut, nicht? Ich hatte mir schon gedacht, dass es dir gefällt. Hier hab ich noch eins.« Er ließ den Blick über den langen Tisch voller Bücher wandern. »Hast du schon den Teil über den Tresor gelesen?«

»Ja. Nein. Ich meinte nicht das Buch. Sondern das andere«, flüsterte ich. Ich wusste auch nicht so genau, warum eigentlich – es kam mir einfach so vor, als würde es definitiv echt und wirklich werden, wenn ich es laut aussprach.

»Was meinst du denn?«

»Sag mir einfach nur, dass du mir damit keinen Streich spielen wolltest.«

»Was? Wovon redest du?« Er sah mich an, als würde ich langsam den Verstand verlieren. Ich betrachtete ihn prüfend, um auf seinen Zügen Anzeichen dafür zu entdecken, dass er vielleicht doch noch gestehen würde, aber es sah nicht so aus.

»Vergiss es.« Ich schüttelte den Kopf. »Vielleicht waren das ja die vom Syndikat oder so.«

»Hm?«

»Egal.« Einen Moment dachte ich nach. »Das klingt jetzt verrückt, aber könntest du mir vielleicht noch mal zeigen, wo du das Buch mit meinem Namen drauf entdeckt hast?«

»Ja, klar«, antwortete er verwirrt. Er winkte mich zu seiner Seite des Tisches herüber. »Ich hab schon fast alle Kartons leer geräumt, aber dieses Buch lag in dem hier, ziemlich weit oben. Tu dir keinen Zwang an.«

»Danke.« Ich stand davor und starrte die Kiste an, als wäre sie ein Brunnen, der mir gleich Münzen entgegenspucken würde. Dann kniete ich mich hin und ging die Stapel darin durch, fand aber nur noch mehr Geschichtsbücher und alte Klassiker. Ehrlich gesagt wusste ich gar nicht, was ich eigentlich erwartet hatte. Lance hatte inzwischen weiter Bücher eingeräumt, schien jetzt aber zu bemerken, dass ich nicht länger herumkramte. Anscheinend hatte er mich die ganze Zeit im Auge behalten.

»Ist bei dir alles in Ordnung?«, fragte er schließlich. »Irgendwie benimmst du dich komisch.«

»Ja, ich weiß«, gab ich zu. »Tut mir leid. Gut, danke.« Ich gab da gerade keine besonders überzeugende Vorstellung. Tatsächlich hätte ich ihm die ganze Sache gern erzählt, ihm alles über diese komischen Drohungen anvertraut. Vielleicht würden die ja sogar etwas von ihrem Schrecken verlieren, wenn ich sie laut aussprach. Aber es erschien mir am sichersten, zunächst nichts zu sagen. »Danke noch mal.«

»Kein Thema.« Er zuckte mit den Achseln und machte sich wieder an die Arbeit.

Und das tat ich auch. Ich zog mich in die Galerie zurück, band mir das Haar zum Pferdeschwanz zusammen – was bei mir dem arbeitsbereiten Ärmelhochkrempeln gleichkam – und beschloss, nicht eher wieder aufzuhören, bis ich ordentlich voran gekommen war. In kürzester Zeit hatte ich Bilder vom kompletten Syndikat ausgewählt und sie auf 20 x 25 cm-Hochglanzpapier ausgedruckt. Mit Lucians Fotos hatte ich mich länger als eigentlich nötig aufgehalten. Mein Lieblingsbild war schließlich das, auf dem er am Schluss auf mich zuging. Vielleicht interpretierte ich da zu viel hinein, aber ich mochte die Bewegung darin. Ich überlegte sogar, für mich auch ein Exemplar auszudrucken. Aber wie peinlich wäre es denn, wenn jemand herausfand, dass ich eine Aufnahme von ihm in meinem Zimmer aufbewahrte, als hätte ich ein Bild aus einer Zeitschrift ausgeschnitten und mir in den Spind geklebt. Ich hielt mich gerade noch zurück und versuchte, mich wieder zu konzentrieren.

Inzwischen war später Nachmittag, und ich bearbeitete gerade Dantes kaum sichtbaren Pickel mit Photoshop, als ganz sanft an die Tür geklopft wurde. Obwohl das Geräusch so leise ertönte, zuckte ich keuchend auf meinem Stuhl zusammen.

Mit erhobenen Händen erschien Lance in der Tür. In einer Hand hielt er eine weiße Papiertüte mit den LH-Insignien.

»Tut mir leid«, beteuerte er.

»Nein, nein, das liegt an mir.« Ich zog meinen Pferdeschwanz wieder stramm, schob mir ein paar lose Strähnen aus dem Gesicht und atmete tief durch. »Ich bin heute einfach nervös. Was gibt's denn?«

»Dante hat Sandwiches für uns gemacht.« Er reichte mir den Beutel.

»Wie lieb von ihm.« Ich sah hinein. »Er wird mal eine tolle Mutter. Wie läuft es denn mit seinem Boss?«

»Das weiß ich auch nicht. Er hat nur für eine Sekunde vorbeigeschaut. Dir hätte er auch gern hallo gesagt, aber er wollte so schnell wie möglich wieder zurück.«

»Tja, über meinen Arbeitseifer macht er sich immer lustig, dabei ist er genauso schlimm. Er kann es nur besser verstecken.«

Lance nickte und lehnte sich an den Türrahmen, die Hände in den Taschen vergraben. Er wandte einen Moment den Blick ab, schaute dann wieder zu mir herüber, sah wieder weg. Schließlich meinte er: »Also, ich würde dich ganz gern um einen Gefallen bitten. Sozusagen.«

»Okay, schieß los.« Ich drehte mich mit dem Stuhl zu ihm um. »Was kann ich für dich tun?«

Er atmete geräuschvoll aus und war dann endlich bereit, damit rauszurücken: »Ich bin mir nicht sicher, ob du das gestern bemerkt hast, also, bei den Fotos. Aber ich hab da diese üble Narbe.« Er berührte die Stelle unter seiner Brille, ganz dicht am rechten Auge.

»Oh. Nein, ich meine, schon, aber das fällt ja kaum auf.«

Er schob die Hände wieder in die Taschen und sah weg. »Ich hab mich nur gefragt, also, wenn es nicht zu viel Aufwand ist, ob du eventuell … ich meine, du hast doch Photoshop und so, oder?«

»Habe ich.« Ich führte den Gedanken für ihn zu Ende. »Und ich kann die gern wegretuschieren. Wenn du das möchtest.«

Wieder fuhr er sich im Nacken durch die Haare, und er wirkte erleichtert. »Das wäre wirklich toll, wenn du die einfach wegmachen könntest. Die stört mich irgendwie.« Er sah hoch. »Danke.«

»Jederzeit. Ich kann das gut verstehen«, erwiderte ich feierlich. Ich überlegte sogar, ihm von meinen Narben zu erzählen, war mir dann aber doch nicht so sicher, ob ich es tun sollte. Vielleicht irgendwann mal.

»Danke. Das ist wirklich toll«, meinte er wieder. »Ich, hm«, er zeigte auf die Tür, »ich lass dich dann mal wieder arbeiten.«

Sobald er verschwunden war, sah ich mir seine Bilder an. Wie ich längst vermutet hatte, waren die ohne Brille bei weitem die besten. Sie zeigten in seinem Gesicht Ecken und Kanten, auf die man sonst kaum achtete, zum Beispiel seinen markanten Kiefer. Auf den Bildern war nicht zu erkennen, wie ungelenk er sich bewegte. Und dass er die Augen – in einem tiefen, schmelzenden Braun – ein ganz kleines bisschen zusammenkniff und angestrengt nach der Kamera suchte, ließ ihn besorgt und ernst, sogar fürsorglich wirken. Ich beschloss, dass mir seine klobige Brille dann am besten gefiel, wenn sie ihm am Hemdkragen hing. Dort sah sie so viel besser aus als auf seiner Nase, wo sie das Gesicht völlig verdeckte.

Nachdem ich das Foto ausgesucht hatte, zoomte ich mich an mein Ziel heran und vergrößerte die Narbe, um sie mir mal genauer anzusehen. Ich fragte mich, wie er wohl dazu gekommen war. Die Textur war ähnlich wie bei mir, seine Narbe sah ebenfalls aus wie eine Verbrennung, war jedoch viel blasser und bestand nur aus einem einzigen Streifen, nicht aus einem unschönen Trio wie bei mir. Haben eigentlich immer alle das Gefühl, dass es sie schlimmer getroffen hat als den Rest? Aber er hatte die Narbe ja auch mitten im Gesicht und wurde trotz der

Brille sicher ständig daran erinnert. Er war so höflich gewesen, nicht nach meiner Schramme zu fragen. Jetzt verstand ich auch, warum.

Leises Klopfen ertönte an der Tür, und ich fuhr zwar wieder zusammen, aber wenigstens blieb mir dieses Mal nicht das Herz stehen wie noch Minuten zuvor. Ich machte Fortschritte.

»Da ist aber plötzlich jemand anspruchsvoll«, rief ich, während ich mit der Maus husch, husch, husch das Bild wieder kleiner klickte – Lance musste ja nicht wissen, dass ich mir seine Narbe aus nächster Nähe angesehen hatte. »Also, was soll ich jetzt noch ändern?«

»Na ja, meine Manieren zum Beispiel. Die könnten wirklich mal überholt werden.«

Das war nicht die Stimme von Lance.

Ich fuhr auf meinem Stuhl herum. Lucian stand auf der Türschwelle, er trug wieder einen Anzug und eine diesmal perfekt sitzende Krawatte.

»Hi ... hi«, stammelte ich. Ich konnte meine Überraschung nur schwer verbergen.

»Tut mir leid, wenn ich störe.« Er trat einen Schritt ins Innere der Galerie. »Aber ich glaube, nein, ich weiß, dass ich dir noch eine Entschuldigung schulde.« Er ging neben mir in die Hocke, und mich umfing sein Moschus- und Zederngeruch.

»Ach, echt? Ich weiß nicht, was du meinst«, versuchte ich, mich cool zu geben.

»Gestern Abend ...« Er verstummte bedeutungsschwer. »Ich musste mich da um eine Angelegenheit kümmern, und die Sache hat einfach kein Ende gefunden. Es tut mir sehr leid.« Seine grauen Augen umfingen mich, packten mich und ließen mich nicht wieder los.

»Oh, das war doch keine große Sache.« Ich zuckte mit den Achseln.

»Na ja, ich glaube trotzdem, dass ich dir was schuldig bin.«

Ich sah keinen Grund, ihm das auszureden. »Na ja, ich lasse eigentlich jedem gern seinen Glauben.«

Er lächelte. »Gut zu wissen.« Sein Blick wanderte zum Schreibtisch hinüber und blieb an dem Stapel Fotos hängen, den ich bereits ausgedruckt hatte. Er stand auf, griff über mich hinüber und nahm sie in die Hand.

»Ich bin aber noch nicht fertig.« Ich fuchtelte wild herum, um die Aufnahmen wieder an mich zu bringen, er hielt sie aber einfach weiter weg.

»Ist meins schon dabei? Habe ich denn gar kein Vetorecht?«

»Ich bin eigentlich davon ausgegangen, dass die kreative Kontrolle hier ganz bei mir liegt«, bemerkte ich mit genau dem richtigen scherzhaften Unterton.

»Ach, tatsächlich? Tja, das wird sich zeigen.« Mir zugewandt lehnte er sich an den Schreibtisch. Ganz oben lag das Bild von Dante, das er jetzt hochhielt und eingehend betrachtete. »Schön.«

»Danke.« Das war mir so peinlich. Und es kam noch schlimmer, sein Foto war nämlich das nächste.

»Dann wollen wir mal sehen.« Mit der Hand am Kinn sah er sich die Aufnahme von nahem an. »Hm, nun stecke ich allerdings in einem Dilemma«, erklärte er. Ich zog ein langes Gesicht. »Wie mache ich der Fotografin jetzt ein Kompliment, ohne furchtbar eitel zu klingen?«

»Ich glaube, das hast du gerade bereits getan.« Ich lächelte und wandte unwillkürlich den Blick ab. »Freut mich, dass es dir gefällt.«

Er sah den restlichen Stapel durch, studierte die Fotos vom Syndikat eins nach dem anderen und legte sie dann auf den Tisch. »Du scheinst wirklich zu wissen, was du da tust.«

»Das sieht nur so aus. In Wirklichkeit muss ich nur die richtigen Leute aussuchen, die erledigen dann die eigentliche Arbeit vor der Kamera.«

Lucian stand fast einen Meter von mir weg, und trotzdem spürte ich seinen Atem. »Dann hast du wirklich gut gewählt. Oder du hast womöglich doch Talent.«

»Wer weiß? Danke jedenfalls.«

Mit Komplimenten konnte ich gar nicht gut umgehen, die schmetterte ich gerne ab oder gab sie zurück. Lucian sah mich an, erforschte meine Züge – aber hoffentlich nicht diesen furchtbaren Kratzer. Ich redete einfach weiter, vielleicht würde ich ihn damit zumindest ablenken. »Wenn ich die Leute durch die Linse ansehe, verändern sie sich irgendwie, das gefällt mir. Und die Aufnahme scheint dann mehr einzufangen als nur das Äußere dieser Person.«

»Also hast du so eine Art Röntgenblick? Ich wusste doch, dass an dir irgendwas anders ist.«

Verlegen schüttelte ich den Kopf. »Nein, ich meinte nur …« Ich griff nach dem Bild von Dante und sah es prüfend an. »Manchmal kommt es mir so vor, als könnte man die Seele dieser Menschen auf den Fotos erkennen. Als würde sie hervorlugen, wenn man sie in einem unbeobachteten Moment ertappt.«

Lucian nahm sein Bild in die Hand und hielt es hoch. »Und, hast du meine erwischt?«

Ich blickte vom Foto zum echten, makellosen Lucian mit dem honigfarbenen Teint hinüber und wieder zurück. »Noch bin ich mir nicht so sicher.« Und das stimmte tatsächlich. Ich wusste einfach zu wenig über ihn, wollte aber so viel wie möglich in Erfahrung bringen. Am liebsten hätte ich jede freie Minute mit ihm verbracht, und ich wünschte mir so sehr, dass es ihm genauso erging. Dieses Kribbeln unter der Haut wollte ich für immer spüren.

»Verstehe.« Nachdenklich nickte er. »Damit wäre dann alles klar. Ich fürchte, jetzt läuft es wohl auf ein Abendessen hinaus.«

»Abendessen?«

»Ich sehe einfach keine andere Lösung. Freitag?« Er warf mir diesen Blick zu, den, nach dem ich langsam süchtig wurde.

»Sicher.« Ich konnte mich selbst kaum hören, so laut klopfte mein Herz.

»Dann also Freitag.« Er löste sich vom Schreibtisch.

»Freitag«, wiederholte ich, obwohl das noch nicht so ganz bei mir angekommen war. Er lächelte.

»Und pass auf dich auf, ja?« Er lehnte sich vor, und seine Lippen fanden die wunde Stelle auf meiner Wange. Selbst nachdem er sich von mir gelöst hatte und durch die Tür verschwunden war, konnte ich die Hitze des Kusses auf meiner Haut noch immer spüren.

Erstaunlicherweise arbeitete ich nach diesem Überraschungsbesuch mit neuer Energie weiter. Vielleicht lag das an dem Adrenalin, das Lucians Nähe bei mir freigesetzt hatte. In Windeseile bearbeitete ich das Foto von Lance und suchte eins von mir aus. Ich entschied mich für die Aufnahme, bei der mich Lucian gerade unterbrochen hatte. Nach etwas Photoshop-Arbeit waren auch meine Narben, die aus dem Ausschnitt des Tops hervorgeschaut hatten, nicht mehr zu sehen. Als ich mich danach zurück auf den Weg in mein Zimmer machte, wurde mir erst im Untergeschoss klar, dass ich da jetzt ungern allein rumhocken wollte. Also klopfte ich stattdessen an der Tür nebenan. Lance machte auf.

»Hey, wie geht's?«

»Hi. Ich wollte nur mal gucken, ob Dante vielleicht schon wieder da ist.« Meine Stimme klang etwas atemlos und zittrig.

»Leider nicht«, bedauerte er. »Mir scheint, die nehmen ihn heute ganz schön ran.« Auf seinem Bett lag ein aufgeschlagenes Buch und daneben eine alte Schwarzweißpostkarte von Chicago.

»Wahrscheinlich.« Ich wusste nicht, was ich noch sagen sollte, aber ich konnte mich jetzt einfach nicht diesem Buch stellen. »Hey, möchtest du vielleicht, na ja, zusammen abhängen? Ich meine, ich wollte nur ein bisschen lesen, du könntest dein Buch auch mitbringen. Das wäre dann wie eine Lerngruppe … oder so.« Selbst für meine Verhältnisse klang ich komisch, aber ich konnte ihm ja schlecht sagen, dass ich Angst hatte, in meinem Zimmer allein zu sein.

»Klar«, meinte er. »Bei dir ist es sicher netter als bei uns. Und vermutlich sauberer.« Er hielt die Tür mit dem Fuß auf und griff nach dem Buch auf seinem Bett. »Ich werde den Ordnungsquotienten in deinem Zimmer drastisch senken.«

»Na ja, so aufgeräumt ist es bei mir auch nicht, du wirst dich also wohlfühlen«, erklärte ich, während ich meine Tür aufschloss, dann verstummte ich kurz. »Und heute hab ich nicht einmal das Bett gemacht. Tut mir leid, ich bin echt unmöglich.«

»Ich habe mein Bett schon seit Jahren nicht mehr gemacht.«

»Na ja, trotzdem.« Ich warf das Laken zurück, stopfte es seitlich unter die Matratze und schüttelte Kissen und Federbett auf. Lance ließ den Blick durch das Zimmer wandern und stellte wohl Vergleiche mit seiner eigenen Unterkunft an.

»Weißt du, was wir hier gut gebrauchen könnten?«

»Fenster?«

»Genau. Und eine Glotze.«

»Das kannst du laut sagen.«

»Mir kommt es vor, als wären wir hier bei einer von diesen Realityshows, bei denen man nicht fernsehen darf, weil das für die Zuschauer zu Hause viel zu langweilig wäre.«

»Schon besser«, sagte ich zu dem frisch gemachten Bett. Dann griff ich nach meinem zerknitterten Schlafkittel, faltete ihn zusammen und schob ihn in die oberste Schublade. Plötzlich fiel mir noch ein, dass dieses Buch besser nicht offen herumliegen sollte, aber ein rascher Blick zeigte mir, dass es seltsamerweise auch nirgends zu sehen war.

»Frage: Wo hat Capone im Gefängnis gearbeitet?«, testete mich Lance.

»Das weiß ich – in der Wäscherei.«

»Richtig«, bestätigte er. »Frage: Wo sollen wir hier im Hotel unsere Wäsche waschen?«

»Da bin ich überfragt. Auf jeden Fall irgendwo im Untergeschoss.«

»Ja, mehr weiß ich auch nicht. Wir sollten uns mal schlaumachen.«

»Klingt gut.« Ich schlüpfte aus meinen Schuhen, setzte mich und zog die Beine an. Er ließ sich in derselben Haltung auf der Bettkante nieder. Eine Zeit lang sagte niemand etwas, wir lasen beide schweigend, und das war völlig in Ordnung. Ich war einfach nur froh, Gesellschaft zu haben. Nach etwa einer Stunde erklang an der Tür beherztes Klopfen.

»Zimmerservice!«, ertönte Dantes Stimme. Lance machte ihm auf. Dante grinste uns an und rollte einen Wagen mit weißem Tischtuch, abgedeckten Tellern und mit Wasser gefüllten Weingläsern in den Raum.

»Vielleicht will er dich gar nicht mögen, fühlt sich aber trotzdem irgendwie zu dir hingezogen und weiß nicht so recht, warum?«, mutmaßte Dante. Ich hatte es einfach nicht mehr ausgehalten und meine Begegnung mit Lucian peinlich genau geschildert. »Und das ist jetzt gar nicht negativ gemeint. Vielleicht findet er deinen scharfen Verstand eben unwiderstehlich?«

»Das hört doch jedes Mädchen gern«, witzelte ich zurück.

»Ich versteh die ganze Aufregung nicht«, warf Lance achselzuckend ein. Frauengespräche waren offensichtlich nicht sein Ding. Wenn ich recht darüber nachdachte, konnte ich es sowieso kaum fassen, dass ich hier mit diesem Typen aus Europäischer Geschichte, den ich doch kaum kannte, über meinen neuesten Schwarm sprach.

Dante hopste auf seinem Platz auf und ab wie ein kleines Kind. »Können wir mal bitte über mich reden?«, fragte er und wackelte mit den Augenbrauen – rauf/runter, rauf/runter. Das musste ja wirklich was Tolles sein.

»Als ob du da noch fragen müsstest«, meinte ich.

»Also, mein Chef …«

»… Etan«, verkündete ich gedehnt. Ich war wirklich gespannt.

»Wie ist der so? Cool?«, fragte Lance.

»Der ist superheiß!«, sprudelte es aus Dante heraus.

»Ich wusste doch, dass er dein Typ ist.« Ich stieß ihn mit der Gabel an. »Na ja, er ist ja offensichtlich jedermanns Typ, aber ganz besonders deiner. Du stehst doch auf geheimnisvolle Kerle.«

»Und ob!«

»Und auf Muskeln«, fügte ich hinzu.

»Ganz genau. Und wo du es gerade sagst …« Dante sah auf die Uhr. »Oooh, ich muss los. Wir wollen heute mal probehalber Häppchen im Tresor anbieten, und dafür hat Etan schon jede Menge Ideen. Er ist eben ein Visionär.«

»Im Ernst, du hast immer noch keinen Feierabend?«, staunte ich. Er stapelte die Teller auf dem Wagen.

»Ich denke, ich werde so viele Überstunden machen wie möglich, falls du verstehst, was ich meine.« Er zwinkerte. Wir wünschten uns gute Nacht, und Dante versprach, für uns Lucian und Raphaella im Auge zu behalten.

Nachdem Lance sich wieder in sein Zimmer verzogen hatte, schlüpfte ich in meinen Kittel und machte mich bettfertig. Ich hatte fest vor, wenigstens ein paar Stunden ohne Albträume durchzuschlafen. Aber als ich mich unter die Decke kuschelte, begann ich mich dann doch zu fragen, wo dieses Buch überhaupt steckte. *Nicht* zu wissen, wo es war, machte die Sache für mich nur noch schlimmer. Also schob ich meine müden Knochen wieder aus dem Bett und begann, überall nach dem Ding zu suchen, selbst an Stellen, von denen ich ganz genau wusste, dass ich es dort nicht hingelegt hatte. Ich sah im Schreibtisch nach, in der Kommode, im Nachttischchen, in meinem Rucksack, dem Wäschekorb und absurderweise sogar unter der Dusche. Nichts.

Als ich mich gerade wieder hingelegt hatte, fiel mein Blick auf den Schrank.

Ich zog an der Kordel, um die Lampe darin einzuschalten, und hatte die Schnur plötzlich in der Hand. Na toll, aber eigentlich brauchte ich das Licht auch gar nicht. Der enge Raum war fast leer. Ich holte die Reisetaschen heraus, und da lag es auf dem Fußboden – das in Leder gebundene Büchlein. Ich griff danach und schob die Taschen dann zurück in eine Ecke.

Autsch.

Mit den Händen war ich an etwas Hartes, Metallisches gestoßen. Ich legte das Buch wieder hin und fuhr über den abgetretenen, knubbeligen Teppichboden. Flach, flach, flach – und dann traf meine Handfläche wieder auf dieses Ding. Es war eine etwa dreißig Zentimeter lange Metallkante, die nur ganz leicht hervorstand. Ich tastete mit den Fingern herum, um zu sehen, wo sie endete. Rundherum entdeckte ich einen ganz schmalen Spalt, durch den kaum ein Stück Pappe gepasst hätte. Ich fummelte daran herum, schaffte es schließlich, einen Fingernagel in die Öffnung zu schieben, und zog dann an der Kante. Mit einem schrillen Quietschen ging wie ein Maul eine Luke auf. Sie war so groß, dass eine Person hindurchgepasst hätte. Ich wollte sie nicht ganz öffnen, weil ich darunter sowieso nichts erkennen konnte, und ohne Licht im Schrank war auch nicht auszumachen, wie weit es da in die Tiefe ging.

Im Moment hatte ich erst einmal genug, also schlug ich die Luke wieder zu, stellte meine Reisetaschen darauf, schloss dann die Schranktür und stolperte ein paar Schritte rückwärts. Die

Sache gefiel mir ganz und gar nicht. Ich schob den Schreibtischstuhl unter den Türknauf. Gut, eine relativ primitive Maßnahme, aber sie sicherte ein wenig meinen Seelenfrieden.

Der jedoch augenblicklich schwand, als ich dieses Buch wieder aufschlug.

Erneut stand darin etwas geschrieben, es war eine komplette Seite hinzugekommen. Ich atmete tief durch und begann zu lesen:

Du hast den Gang also gefunden. Bald wirst du noch begreifen, dass es nichts bringt, Dinge unter den Teppich zu kehren und so zu tun, als wären sie nicht da. Das gilt auch für die Zeichen, die deinen Körper zieren. (Du nennst sie Narben, aber nur, weil du nicht weißt, welch großes Ansehen damit einhergeht.)

Du wirst auch lernen, gegen Regeln zu verstoßen: Davon hängt dein Leben ab. Du wirst verbotene Orte erforschen und Wege finden, die man vor dir verbergen wollte. Du wirst zu innerer Stärke finden – zu weitaus größerer Kraft, als du je gekannt hast – und auch deinen Körper stählen. Es wird nicht einfach sein, ist aber unumgänglich.

Heute beginnt deine Ausbildung, und du wirst dich nun vor allem und zuallererst vor mir, diesen Worten, verantworten. Deine Fragen nach der Herkunft dieser Anweisungen müssen leider noch warten. Aber du bekommst deine Antworten, wenn es dafür an der Zeit ist. Bald wirst du sehen, dass deine Rolle hier viel größer ist, als du dir je erträumt hast. Glaub an diese Worte, glaub an dich selbst, und du wirst nicht zaudern.

Nun hielt ich inne. Glauben – dieses Wort konnte ich nur schwer verdauen, das klang mir ganz stark nach Manipulation. Dieses Buch maßte sich an, hier über mich entscheiden zu dürfen, fiel ohne große Einleitung gleich mit der Tür ins Haus, sprach von Lebensgefahr und verbot mir auch noch, mit irgendwem darüber zu sprechen – das war ein ganz schön dicker Brocken. Dieses Büchlein und ich, wir hatten keinen guten Start. Woher sollte ich denn wissen, dass es nicht der Schreiber selbst war, der mich in Gefahr brachte? Je länger ich darüber nachdachte, desto wütender wurde ich. Ich steckte in der Falle. Endlich las ich weiter:

Natürlich möchtest du jetzt am liebsten alles in Frage stellen. Du bist jemand, der gern analysiert, und fragst dich deshalb, warum du diesen Worten Beachtung schenken solltest. Fass dir ein Herz, Himmelsbotin!

Was sollte das bloß heißen?

Es gibt so vieles, was du noch nicht weißt und selbst herausfinden musst. Jeder Gedanke in diesem Buch lässt Spielraum für Interpretationen. Nur eins solltest du nicht vergessen: Gib dich nie auf, was auch immer man dir einzureden versucht!

Also hatte das Buch schon mit meiner Skepsis gerechnet, beantwortete meine Fragen jedoch nur mit neuen Rätseln. Es würde sich wirklich was Besseres einfallen lassen müssen. Es musste sich noch beweisen. Aber im Moment stand da noch mehr:

Deine Aufgabe für morgen: Entzieh dich in der Früh allen Verpflichtungen und leg dir stattdessen einen Notfallvorrat an. Kauf, was dich nährt, schützt, heilt und deine Sinne stärkt. Dann kehr zurück, um dir neue Anweisungen zu holen, und bewahre weiter über alles Stillschweigen. Man weiß nie, wem man vertrauen kann. Zum Abschied noch ein letzter Hinweis: Deine Halskette hat eine tiefere Bedeutung. Sie definiert dich und ist einmalig. Dieses Schmuckstück ist dazu bestimmt, dich stets auf deinem Weg zu begleiten. Hüte es gut und lass dich von ihm an deine Stärke erinnern.

Ich blätterte noch ein paar Seiten weiter, aber das war alles.

Dann glitt mir das Buch aus den Händen. Mit zitternden Fingern suchte ich auf dem Nachttisch nach dem goldenen Anhänger, den ich abgenommen hatte, bevor ich ins Bett gegangen war. Erst nach drei Versuchen bekam ich den winzigen Verschluss im Nacken zu, aber sobald die Kette um meinen Hals baumelte, schwor ich mir, sie nie wieder abzunehmen. Dann presste ich sie mir hart gegen die Brust und spürte mein Herz darunter schlagen.

Ich ließ das Licht an, griff nach dem Buch über die Geschichte Chicagos und begann zu lesen, bis ich schließlich eindöste.

Die Stunden verstrichen ohne Albträume, und mir stieß diese Nacht auch nichts zu, als friedlich hätte ich meinen Schlaf aber trotzdem nicht bezeichnet.

9

Unter »Paradiso« stelle ich mir eigentlich was anderes vor

Das Piepen des Weckers bohrte sich um sieben Uhr in mein Hirn und weckte mich. Ich konnte nicht fassen, dass ich überhaupt ein paar Stunden die Augen zugemacht hatte, nach gestern Abend hatte ich eigentlich eine schlaflose Nacht erwartet. Anscheinend hatte mich die emotionale und körperliche Erschöpfung einfach umgehauen, und selbst die Angst hatte mich nicht mehr wach gehalten.

Jetzt hoffte ich, dass die schockierenden Worte des Vorabends im Morgenlicht vielleicht nicht mehr ganz so bedrohlich wirkten, und griff nach dem Buch auf dem Fußboden. Zu meiner Erleichterung fand ich zumindest keine neuen Zeilen. Ich duschte, wusch mir zum ersten Mal seit Tagen die Haare und band sie noch feucht zusammen. Mir fiel auf, dass der Kratzer auf meiner Wange zu einem dünnen rosafarbenen Halm verblasst war.

Erst in Aurelias Büro kam mir in den Sinn, dass das Buch unser morgendliches Treffen vielleicht als einen dieser Termine ansah, die ich heute nicht wahrnehmen sollte. Aber das war doch lächerlich, oder? Ich konnte mir überhaupt nicht vorstellen, wie ich mich bei Aurelia rausreden sollte.

Eins nach dem anderen betrachtete sie die Fotos, die ich ausgewählt hatte, und hielt bei jedem Bild inne – besonders bei ihrem eigenen Porträt. Ich hatte mich für die einzige Aufnahme entschieden, die bei ihr eine gewisse Verletzlichkeit erahnen ließ. Sie starrte darauf nicht direkt in die Kamera, sondern hatte das Kinn geziert an die Schulter gelehnt. Ihr Kopf war ein wenig nach links geneigt, und ihre Haltung wirkte beinahe nachlässig. Dies alles erweckte den Eindruck, dass sie ausnahmsweise mal nicht alles so perfekt unter Kontrolle hatte. Sie sah kurz vom Foto hoch, was ich für ein gutes Zeichen hielt. Die einzige weitere Reaktion zeigte sie, als sie bei meinem eigenen Porträt ganz unten im Stapel ankam und einmal kurz nickte. Dann gab sie mir die Bilder zurück.

»In der Galerie findest du die Kontaktdaten der Agentur, die diese Aufnahmen drucken und rahmen wird. Dort hat man bereits alle Anweisungen, schick ihnen einfach die Dateien und vereinbare einen Termin für die Lieferung und Installation, aber bitte nicht später als Montag.«

»Natürlich.«

»Und dann mach dich auf die Suche nach Lucian, er braucht dich für ein Projekt.«

Meine Nerven lagen augenblicklich blank, und ich fragte mich, ob sie das wohl bemerkt hatte.

»Selbstverständlich.« Diese Antwort versuchte ich mit meiner professionellsten, selbstsichersten Stimme vorzubringen.

»Ich mache mich sofort an die Arbeit.« Ich ging auf die Tür zu.

»Und, Haven?«

Ich drehte mich um.

»Gute Arbeit!«

»Danke.« Dieses Lob kam unerwartet.

»Ich möchte gern, dass du die Kamera mitnimmst und heute Abend anfängst, im Tresor Bilder zu schießen.« Mit wissendem Lächeln presste sie die Lippen aufeinander. »Ich denke, du bist mit der Einrichtung ja schon vertraut.«

Ich verließ ihr Büro und fragte mich, was sie wohl von meinem betrunkenen ersten Abend gehört hatte. Da sie mich nun wieder in den Club schickte, konnte es so schlimm ja nicht sein.

Ich entdeckte Lance, der vor dem Eingang zur Galerie auf und ab marschierte.

»Hey«, grüßte er, als er mich durch die Lobby auf sich zukommen sah.

»Hey, was machst du denn hier?«

»Ich soll hier auf Lucian warten. Ich glaube, wir beide arbeiten heute zusammen.«

»Ja. Irgendeine Ahnung, worum es geht?«

»Nein, weil …« Er senkte die Stimme und schaute sich kurz nach allen Seiten um. »Was ist nur los mit diesem Typen? Der ist so was von unzuverlässig. Ich habe ihn während der ganzen Woche etwa für zehn Minuten gesehen. Heute hat er mich für acht Uhr hierherbestellt, und, ich meine«, er hielt mir seine Uhr entgegen, »jetzt ist es neun. Ich schnall das nicht.«

Ich zuckte mit den Achseln. »Vielleicht hat er einfach wirklich viel zu tun.«

»Es ist echt frustrierend, nicht zu wissen, was man von mir erwartet. Hast du nicht auch das Gefühl, dass hier ein ziemliches Chaos herrscht?«

»Ja, aber andererseits haben wir auch keine Ahnung von Hotelmanagement, oder?«

»Ein gutes Argument.« Er sah zum Restaurant hinüber. »Hey, hast du eigentlich gewusst, dass Dante heute Nacht nicht vor vier im Bett war?«

»Im Ernst?«

»Ja, ich konnte es auch nicht fassen.«

»Und ich wette, dann wollte er sich unbedingt noch mit dir unterhalten.«

»Ja, das hat er zumindest versucht. Dieser Typ ist ein echtes Energiebündel, aber ich hab mich einfach umgedreht und weitergeschlafen. Als ich heute Morgen aufgestanden bin, hat er noch tief und fest geschlafen.«

»Also kein Frühstück für uns, hm?«

»Stimmt, und dabei bin ich völlig ausgehungert.«

Ich sah auf die Uhr. »Wir haben bestimmt noch genug Zeit …«

Wir machten jeden einzelnen Küchenschrank auf, gingen die Speisekammer Regal für Regal durch und stellten eine gründliche Untersuchung aller Kühlschränke in der Parlor-Küche an, bevor wir uns auf eine Schachtel Lucky-Charms-Frühstücksflocken einigten, die Lance von einem hohen Brett heruntergeholt hatte.

»Zuhause darf ich die nie essen«, erklärte er.

»Ich auch nicht. Zu viel Zucker, stimmt's?«

»Ja. Wissen unsere Eltern eigentlich nicht, dass wir in der Schule die Einzigen sind, die nicht trinken und kiffen? Und dann lassen sie uns noch nicht mal unsere Lucky Charms!« Ihn über sich selbst lachen zu hören war ansteckend, und ich fiel mit ein. Schließlich stellte ich zwei Schälchen auf den Tisch, die er beide füllte.

»Erzähl mir doch mehr darüber. Ich mag diese wilde Seite an dir, Lance. Wer hätte gedacht, dass in dir ein Rebell steckt?« Ich schüttete Milch aus dem Kanister – hier hatte alles riesige Restaurantdimensionen – in die beiden Schüsseln und stellte ihn dann zurück in den Kühlschrank. Lance setzte sich neben der hölzernen Arbeitsplatte auf einen Hocker.

Ich probierte erst einmal. »Das Zeug ist gut.«

Gedankenverloren drückte Lance mit dem Löffel eins von den Marshmallow-Stücken hinunter. »Hast du eigentlich rausgefunden, von wem dieses Buch war?«, erkundigte er sich beiläufig, ohne mich anzusehen.

»Nein«, erwiderte ich und hoffte nur, dass er das Zittern in meiner Stimme nicht bemerkte. »Ist eine komische Geschichte, aber keine große Sache.« Ich wollte so schnell wie möglich das Thema wechseln.

Er ließ den Löffel sinken, verschränkte die Arme auf der Tischplatte und sah mich unverwandt an. Jetzt war seine Stimme nur noch ein Flüstern, und er ließ kurz den Blick durch den Raum wandern, so als könnte dort jeden Augenblick jemand auftauchen.

»Es ist nur, ich weiß auch nicht, irgendetwas … stimmt hier einfach nicht.« Er suchte in meinen Augen nach Bestätigung. »Vielleicht liegt es auch nur daran, dass das Hotel so leer ist. Wenn wir in ein paar Wochen endlich Gäste haben, fühlt es sich vielleicht normaler an, aber hast du nicht auch den Eindruck, dass irgendwas nicht ganz koscher ist?« Er blickte wieder auf seine Schüssel und griff erneut nach dem Löffel. »Vielleicht bin ich aber auch einfach albern.«

»Nein, als albern würde ich das nicht bezeichnen.« Vorsichtshalber drückte ich mich so unverbindlich wie möglich aus, aber seine Worte erfüllten mich mit Hoffnung. Wenigstens gab es hier noch jemanden, der die Augen offen hielt. Ich konnte ihm nicht anvertrauen, worüber ich so gerne mit ihm reden wollte, aber ich fühlte mich nicht mehr so allein.

Wir hatten immer noch keine Ahnung, was wir eigentlich tun sollten, also machte Lance sich auf die Suche nach Lucian, während ich Aurelias Auftrag erfüllte und dabei zum ersten Mal seit Tagen meine E-Mails checkte. Ich würde die Gelegenheit nutzen und Joan schreiben. In meinem Posteingang überflog ich die neuesten Nachrichten der College-Maillisten, auf denen ich mich eingetragen hatte – von der Northwestern, U. Chicago, Princeton, Harvard, Yale, und so weiter und so weiter –, und las die Neuigkeiten von den kleinen Patienten aus der Kinderstation, denen ich rasch antwortete.

Außerdem gab es da noch so viele Mails von Joan, dass ich kaum Zeit hatte, sie alle zu lesen. Stattdessen öffnete ich einfach ein neues Nachrichtenfeld und schrieb *Hi, Joan. Ich hatte endlich Zeit, mal meine E-Mails zu checken, und wollte dir nur Bescheid sagen, dass hier alles super läuft.* Ich schüttelte den Kopf. Sehr überzeugend. *Wir werden ganz schön auf Trab gehalten, lernen aber so einiges. Schöne Grüße von Dante. Es ist toll, dass er hier bei mir ist. Und der andere Praktikant, Lance, ist auch ein netter Typ. Meine Chefin ist* – Tja, was sollte ich dazu sagen? Dass sie der einschüchterndste Mensch war, dem ich je begegnet war, und mich aus irgendeinem Grund nicht zu mögen schien? – *eine clevere Businessfrau und sieht auch noch toll aus, wie eine Seifenoper-Heldin.* Darauf würde Joan total anspringen – sie liebte Soap Operas. Die nahm sie jeden Tag auf, und wir sahen sie uns dann abends zusammen an – oder sie schaute vielmehr zu, während ich im selben Raum meine Hausaufgaben machte, gelegentlich ein Aah oder Ooh einwarf und mit ihr die neuesten Entwicklungen diskutierte. *Ich hoffe, dass es im Krankenhaus gut läuft – grüß alle von mir und sag ihnen, wie sehr sie mir fehlen. Alles Liebe, Haven.* Dann drückte ich auf »Senden«. Wir waren erst seit ein paar Tagen hier, aber mir erschien es wie eine halbe Ewigkeit. Das Lexington Hotel schien auf seltsame Art und Weise vom Rest des Universums abgeschnitten zu sein. Vielleicht kam mir das aber auch nur so vor, weil es sich um eine ganz andere Welt handelte als die, an die ich gewöhnt war.

Ich sah zu, wie die Minuten verstrichen, und überlegte, ob ich mich vielleicht davonschleichen und den seltsamen Auftrag des Buches erledigen sollte, als Lance schließlich mit Lucian erschien und wir drei uns zu einer Besprechung in die Galerie zurückzogen. Sie war immer noch fast leer – an den Wänden hingen nur ein paar Porträts und verträumte Landschaftsbilder. In einem Glaskasten am Eingang war über Nacht eine Maschinenpistole aufgetaucht.

»Die gehörte angeblich Capone«, erklärte Lucian, als er bemerkte, wie interessiert ich hinübersah. Capones oder nicht, aus so unmittelbarer Nähe hatte ich jedenfalls noch keine Feuerwaffe gesehen.

»Ist die geladen?«, wollte ich wissen.

»Das kommt immer darauf an, wer fragt«, erwiderte Lucian spielerisch, bevor er weiter in die Galerie vordrang.

Wir blieben vor der Rückwand stehen, die wie eine unfertige Seite in einem Malbuch aussah – wenn auch in einem ziemlich düsteren, makabren Malbuch. Ein Gemälde erstreckte sich über die ganze Breite, es war nicht fertig ausgemalt, aber komplett vorgezeichnet. Es handelte sich um eine Art Triptychon, um drei im Werden begriffene Tafeln. Wir waren erst kürzlich hier vorbeigekommen, und da war außer ein paar Bleistiftstrichen und einer Vorlage auf einem Blatt Papier noch nicht viel zu sehen gewesen. Das Ganze war quasi über Nacht entstanden.

Lucian stand hinter uns und ließ uns Zeit, dieses Mammutwerk zu bewundern.

»Aufgrund unerwarteter Umstände konnte die Künstlerin dieses bei ihr in Auftrag gegebene Werk leider nicht zum Abschluss bringen. Die Situation ist nicht ideal, aber da die Details weitestgehend ausgearbeitet sind und wir unter einem gewissen Zeitdruck stehen, möchten wir gerne, dass ihr zwei es zu Ende malt.«

Unsere beiden Köpfe fuhren zu ihm herum.

»Ich weiß, dass das nach ziemlich viel weißer Leinwand aussieht, aber wenn ihr es euch mal genauer anseht, werdet ihr feststellen, dass ihr eigentlich nur den Hintergrund ausfüllen müsst.« Er deutete auf die Seiten und die Räume zwischen den Figuren. Es stimmte schon: Die Personen und Schlüsselszenen waren fertig, aber mit der Landschaft im Hintergrund – die aussah, als würde man dafür vor allem verschiedene Schwarz- und Grautöne sowie Rot und Orange für einige Verzierungen brauchen – hatte jemand nur angefangen und weite Flächen weiß gelassen, die noch ausgemalt werden mussten. »Das Material dafür findet ihr dort im Schrank.« Er zeigte ihn uns. »Das wird sicher einfacher, als ihr befürchtet. Ich kann euch sogar versprechen, dass es ziemlich schwer zu vermasseln ist.« Er lächelte uns aufmunternd zu. »Dann lasse ich euch damit mal allein, aber falls ihr noch irgendwelche Fragen habt …« Er verstummte. Dann fing sein Blick ein, zwei Sekunden lang den meinen ein, bis meine Wangen brannten, und schließlich stolzierte er mit den Händen hinter dem Rücken und widerhallenden Schritten durch die Galerie und zur Tür hinaus.

»Na, das kann ja heiter werden.« Lance betrachtete das Wandbild, nahm jedes Detail in sich auf.

»Wie machst du dich so im Kunstunterricht?«, erkundigte ich mich.

»Geschichte und Theorie liegen mir da mehr als die Praxis.«

»Tja, wenn wir die Sache versauen, nennen wir das Ganze einfach abstrakte Kunst.«

Dann sagte lange niemand ein Wort. Stattdessen wanderten unsere Blicke über das Bild, das abgesehen von einem Rand oben und unten fast die gesamte Wand einnahm. Es musste etwa drei Meter hoch und fast acht Meter breit sein. Jeder von den drei deutlich abgetrennten Bereichen war unten mit einer Schriftrolle versehen, auf der in altmodischen Lettern ein Wort stand. Im ersten Bereich mit dem Begriff »Purgatorio« sah man abgezehrte Männer und Frauen in Lumpen, die wie die Überreste mittelalterlicher Gewänder aussahen. Diese Menschen hatte man in Ketten geschlagen. Einige waren auf totem, braunem Gras ausgestreckt, so als wären sie dem Tode nahe, andere waren auf Hüfthöhe an dürre Bäume gefesselt und krümmten und wanden sich noch. Wieder andere krabbelten auf allen vieren über glühende Felsen. Es gab keinen nennenswerten Himmel. Die drei Abschnitte teilten sich einen gemeinsamen Hintergrund, der aus schwarzen und grauen Strudeln bestand – und natürlich den weißen Flecken, die wir weitestgehend mit noch mehr Schwarz und Grau ausfüllen sollten.

Die Szene rechts außen hatte man mit dem Wort »Paradiso« versehen. Die Figuren hier waren kräftig und robust, sie stolzierten weitestgehend leicht bekleidet umher, feierten ausgelassen und zeigten sich in allen möglichen anstößigen Posen. Die Kulisse war hier jedoch kein idyllischer Garten Eden – stattdessen bestand sie komplett aus schwarzem Fels und dunklem Himmel (oder würde zumindest daraus bestehen, sobald wir unsere Aufgabe erfüllt hatten). Auf einem Gewässer von der Farbe getrockneten Blutes trieben leblose Körper. Fast ganz oben war eine Silhouette des modernen Chicago zu sehen – die Stadt stand in Flammen.

»Fegefeuer, Paradies«, las ich.

»Unter ›Paradiso‹ stelle ich mir eigentlich was anderes vor«, bemerkte Lance.

»Ja, das ist vermutlich der Witz an der Sache.« Ich zuckte mit den Achseln. »Aber was geht denn hier ab?« Ich zeigte auf den mittleren Bereich. Auf der entsprechenden Schriftrolle stand »Metamorfosi«, und es waren dort große, starke, mächtige Menschen in schwarzen Umhängen zu sehen, deren Körper ein rotes und orangefarbenes Leuchten umgab. Einige von ihnen schwebten etwa einen halben Meter über dem Boden und wurden von Figuren verehrt, die sich vor ihnen verneigten. In der Mitte streckte einer von diesen Leuten die Hand zu einer in einen Umhang gehüllten, in der Luft schwebenden Figur aus, so dass sich ihre Zeigefinger berührten. In dem zum Teil schwarz angemalten Himmel verharrte eine Schattenfigur mit ausgebreiteten Obsidianflügeln.

»Eine gute Frage«, war alles, was Lance dazu sagte.

»Metamorphose? Was soll das denn heißen?«

»Ich bin mir nicht sicher, ob ich das überhaupt wissen will.«

Endlich wandten wir den Blick ab und machten uns wortlos daran, Farbe, Pinsel, Farbwannen, Planen und Leitern aus dem Schrank zu holen. Wir fanden dort alles, was wir brauchten, mal abgesehen natürlich vom künstlerischen Talent.

Als endlich alles vorbereitet war – die Planen auf dem Boden lagen, wir verschmierte Kittel übergestreift und die Farbe ausgegossen hatten –, diskutierten wir darüber, wo wir am besten loslegen sollten.

»Wir könnten oben beginnen.« Ich deutete auf den weißen Himmel, der noch schwarz werden sollte. »Und uns dann nach unten vorarbeiten.«

Lance verschränkte die Arme und analysierte, was alles getan werden musste. »Oder wir fangen unten an«, schlug er vor.

»So eine Art Aufwärtstrend. Find ich auch gut«, stimmte ich zu. Er sah erleichtert aus. »Im Moment würde ich wirklich nur sehr ungern auf diese Leiter steigen.«

»Geht mir genauso«, gab er nun zu.

Wir waren bereits ganz gut vorangekommen und hatten bestmöglich den Pinselstrich der ursprünglichen Künstlerin imitiert, als wir auf dem Marmorfußboden Absätze hörten, deren scharfes Klappern wie Pistolenschüsse klang. Das Geräusch kam näher und näher, bis wir uns schließlich umdrehten, und sie vor uns stand. Selbst ihre Schritte konnten jeden in die Knie zwingen. Den Pinsel in der Hand hielten wir beide inne.

Aurelia nahm unter die Lupe, was wir bis jetzt zustande gebracht hatten, schüttelte den Kopf und schloss für eine Sekunde die Augen. Als sie sie wieder aufschlug, sah sie nur mich an, und ein Lächeln – das kühlste, das ich je gesehen hatte – umspielte ihre Lippen.

»Kunst ist der kürzeste Weg zur Seele«, erklärte sie, den Blick auf mich geheftet. »Sie soll Emotionen wecken. Warum nutzt du die Macht der Gefühle nicht, wo bleibt da die Leidenschaft?«

Bis zu diesem Zeitpunkt hatte ich eigentlich gedacht, dass wir hier ganz passable Arbeit ablieferten.

»Tut mir leid«, erwiderte ich reflexartig, auch wenn es mich ärgerte, wie dürftig das klang. »Fotografieren kann ich eben besser als malen. Ehrlich gesagt hab ich es damit überhaupt nicht so.« Ich fummelte am Pinsel herum und spürte, wie mir die Farbe leise auf die Turnschuhe tropfte.

»Wir tun hier unser Bestes«, brachte Lance hervor, murmelte dann etwas Unverständliches und rückte seine Brille zurecht. Dabei landete ein Klecks grauer Farbe auf seiner Wange.

»Zeigt niemals Angst oder Unsicherheit. Das ärgert mich mehr als der Mangel an Feuer in eurer Arbeit.«

Sie sah weiterhin nur mich an. Dazu hatte ich nichts zu sagen, es erschien mir jetzt sicherer, den Mund zu halten.

»Ihr beiden, ihr werdet dem Art Institute einen Besuch abstatten. Wisst ihr, wer Hieronymus Bosch ist?«

»Ein deutscher Maler«, platzte es aus Lance heraus.

»Ein holländischer Maler«, korrigierte ich sanft.

»Ein holländischer Maler, geboren als Jeroen Athoniszoon van Aken«, versuchte er mit leiser Stimme, seinen Schnitzer wiedergutzumachen. Ich blickte ihn aus dem Augenwinkel an.

»Schaut euch seinen *Garten der Lüste* und *Die sieben Todsünden* an. Die sind im Moment als Leihgabe des Prados dort ausgestellt. Deren Hölle will ich hier auch sehen.« Sie deutete auf die Wand. Ihre Standpauke ging mir noch mehr zu Herzen, weil ihre Stimme dabei so ruhig und ernst war. Wenn überhaupt, lag genauso viel Sehnen und Enttäuschung darin wie Wut.

Wieder hörten wir Schritte näher kommen: Lucian.

»Hast du eine Minute Zeit?«, flüsterte er Aurelia zu und berührte sie dabei leicht am Ellbogen. Sie nickte, und die beiden entfernten sich gemeinsam.

Lance und ich warfen uns verunsicherte Blicke zu und machten uns dann wieder an die Arbeit. Mein Mitpraktikant schüttete die Farbe von den Wannen zurück in die Dose, während ich die Pinsel einsammelte und mich damit auf den Weg zum Schrank machte, in dem sich auch ein Waschbecken verbarg. Als ich gerade den Hahn aufdrehen wollte, vernahm ich leises Murmeln. Ich hielt den Atem an. Das kam durch einen Lüftungsschlitz – der Schrank stand genau an der Wand zu meinem kleinen Büro. Und es war Lucian, der da sprach, seine honigsüße Stimme hatte jedoch plötzlich einen harten Unterton, wie ein Faden, an dem man zu fest zog.

»Wenn es dir nicht passt, dass jemand anders an dem Bild arbeitet, dann hättest du Calliope eben verschonen sollen.«

Ich dachte an das verrückte Gekritzel unter dem Wandbild. Ich würde noch mal genau hinsehen, aber ich war mir ziemlich sicher, dass ich richtiglag: Das war Calliopes Signatur. Also hatte sie dieses Bild begonnen. Warum führte sie es dann nicht zu Ende? Weshalb sollte jemand so viel Arbeit in ein Projekt stecken, den schwierigsten Teil meistern und es dann nicht fertigstellen?

»So etwas muss ich mir von dir nicht anhören.« Aurelias Stimme bebte. »Ich muss mich vor dir nicht rechtfertigen – es gibt hier ein Protokoll, und daran halte ich mich.«

»Was ja auch wunderbar ist, aber jetzt hat sich nun mal diese Situation ergeben, obwohl wir unsere Anstrengungen bei der Rekrutierung verstärken. Das ist eben der momentane Stand der Dinge.«

»Ich befürchte, dass das alles unseren Zeitplan durcheinanderbringt.«

»Ich arbeite ja, so schnell ich kann, Aurelia.«

»Wir reden später weiter. Und jetzt kümmere dich endlich um sie.«

Darauf erwiderte Lucian nichts mehr.

Ich drehte den Hahn auf und fuhr mit den Fingern durch die Borsten, mein Blick war jedoch auf die Lüftung gerichtet. Scharfes, spitzes Absatzklappern verließ die Galerie. Zehn Sekunden später folgte ein langsameres Schlendern. Nach ein paar Schritten verstummte es, als ob Lucian es sich noch einmal anders überlegt hätte, doch dann ging er weiter, durch die Tür hinaus, die hinter ihm zufiel.

Auf dem Weg zur L, Chicagos Stadtbahn, sprachen Lance und ich kaum ein Wort. Die bittere Januarkälte gab uns einen guten Grund zu schweigen, es brachte schließlich nichts, durch klappernde Zähne hindurch etwas über den brausenden Wind hinwegzubrüllen, der an uns zerrte.

Es war ruhig im Art Institute, bis auf ein paar Schulklassen war kaum jemand da, und als wir das Museum erst einmal betreten hatten, verspürte ich eine gewisse Leichtigkeit. Die eiserne Kralle, die mein Herz umfangen hatte, löste sich, und ich fühlte mich wieder wie ich selbst. Lance schien es auch so zu gehen – sein Schritt verlangsamte sich, er ließ die Schultern sinken, die er die ganze Zeit angespannt bis zu den Ohren hochgezogen hatte, und nahm wieder seine typische schlaksige Haltung ein. Wir griffen nach einer Karte der Räumlichkeiten und stiegen die riesige Treppe in der Mitte des Gebäudes hinauf. Endlich durchschritten wir einen von Säulen umgebenen Bogengang, der uns zu dem gesuchten Raum führte.

»Wieso kanntest du denn Boschs richtigen Namen, wenn du nicht einmal wusstest, dass er Niederländer ist?«, fragte ich flüsternd. Der ganze Marmor nahm jedes Geräusch auf und verstärkte es, so dass meine Stimme viel kraftvoller klang.

»Ich war eben aufgeregt«, wisperte Lance zurück und suchte die Wände nach den beiden Bildern ab, die wir uns ansehen sollten.

»Mich macht sie auch ganz nervös.«

»Also, Lucian gegenüber hast du dich ja ganz cool gegeben.« Lance konnte ein Grinsen nicht unterdrücken.

»Ich bekenne mich schuldig.«

Endlich entdeckten wir, was uns hergeführt hatte. Die beiden Werke waren so wichtig, dass man ihnen jeweils eine eigene Wand zugestanden hatte. Erstaunt stellte ich fest, dass der Garten der Lüste dem Paradiso-Teil des Triptychons ziemlich ähnlich sah, aber eben im Grünen und nicht in einer kargen, hässlichen Landschaft mit einem Blutsee angesiedelt war. Zwei Drittel davon waren ein Garten, das letzte Drittel zeigte eine Höllenlandschaft – da wurde eher wenig poussiert. Die *Sieben Todsünden* waren eine wilde, runde Angelegenheit, die in die einzelnen Verstöße unterteilt war. Vier Kreise stellten den Tod, das Jüngste Gericht und ähnlich Einschneidendes dar.

»Ich bin froh, dass wir uns die mal angeschaut haben«, flüsterte ich, nachdem wir beide Bilder in aller Ruhe studiert hatten. »Aber deshalb kann ich es trotzdem noch lange nicht nachmachen. Ich fürchte, ich würde nicht einmal die Farben so hinbekommen.«

»Ich weiß. Ich bin mir gar nicht sicher, was die eigentlich von uns wollen.«

»Aber es ist schön, mal rauszukommen.«

»Ich muss nicht gleich wieder zurück, also, wenn du es auch nicht eilig hast …« Und so schlenderten wir in den nächsten Saal und dann noch weiter zu den anderen. Wir betrachteten Werk für Werk sorgfältig und in aller Ruhe, um auch ja nichts zu verpassen, trennten uns in jedem Raum, schlugen aber nie völlig gegensätzliche Richtungen ein.

Gerade hatten wir den Saal mit französischen Künstlern des 19. Jahrhunderts betreten, als es mich plötzlich packte. Das Gemälde hing ganz hinten an der Wand, starrte zu mir herüber, und ich marschierte schnurstracks darauf zu, ohne links und rechts noch irgendetwas anderes wahrzunehmen. Die junge

Frau auf dem Bild lag in seichtem, dunklem Wasser, ihr waren die Hände gebunden, und ein Heiligenschein umgab ihr Haupt. Es war Nacht. In einiger Entfernung wachte ein dunkler Schatten über sie, er war nur ein Umriss hoch auf einem Hügel, wirkte aber bedrohlich. Die Figur im Wasser sah so aus, als sei sie etwa in meinem Alter. Auch wenn sie mir nicht unbedingt ähnelte – ihr Haar war viel heller als meins, ihre Haut fahl – hatte das Bild etwas … Vertrautes an sich. Auf eine Art und Weise, die ich selbst nicht begriff, fühlte es sich *wie ich* an.

Wie hatte ich wohl ausgesehen, als man mich damals gefunden hatte? Ich hatte nicht im Wasser gelegen, aber rund um das schneebedeckte Stückchen Gras abseits der Straße war der Boden vereist gewesen. Ich war nur ein einziges Mal dorthin zurückgekehrt. Vor ein paar Jahren hatte ich Joan gebeten, mit mir dort hinzufahren. Ich fand einfach, dass ich die Stelle mal sehen sollte, auch wenn Joan das überhaupt nicht gepasst hatte. Vermutlich hatte die Szene damals ein bisschen so ausgesehen wie dieses Gemälde. Ein Mädchen, das man halbtot am Fuße eines Hügels zurückgelassen hatte.

Ich weiß nicht, wie lange ich vor diesem Gemälde gestanden hatte, aber Lance war inzwischen weitergegangen, hatte sich den Rest der Ausstellung angeguckt und kam nun zurück.

Ein paar Minuten lang stand er schweigend neben mir und starrte das Bild an. Schließlich flüsterte er: »Als Nächstes könnten wir die italienische Renaissance in Angriff nehmen, die ist ein Stockwerk über uns.«

»Hast du hiervon schon mal gehört?«

Er beugte sich zu dem Schild neben dem Werk vor und las laut: »*La Jeune Martyre*.«

»Die junge Märtyrerin«, übersetzte ich den Titel nachdenklich, obwohl Lance ihn natürlich auch so verstand.

»Von Paul Delarouche, 1855, Öl auf Leinwand. Musée du Louvre, Paris.« Er trat einen Schritt zurück, um das Bild noch mal in Augenschein zu nehmen. »Nein, nie gehört. Ziemlich unheimlich, nicht?«

Ich nickte, ein Schaudern überkam mich, und ich gab mich noch einem letzten langen Blick hin, bevor ich mich endlich losriss.

10

Du wirst dort unten nämlich viel Zeit verbringen

Als Lance und ich das Art Institute endlich verließen, wurde es draußen schon dunkel. Wir hatten jeden Zentimeter des Museums erkundet, sogar in der Cafeteria eine Kleinigkeit gegessen und uns im Souvenirladen herumgedrückt. Ich hatte den Postkartenständer mit all den üblichen Verdächtigen – Van Gogh, Picasso und Monet – durchgesehen, bis ich sie schließlich gefunden hatte: eine Karte der *Jeune Martyre*. Dieser Dollar war gut angelegtes Geld.

Auf dem Weg zum Hotel waren wir gerade um die letzte Ecke gebogen, und ich hatte bei dem heftigen, beißenden Wind mein Gesicht tiefer im Kragen meines Daunenparkas vergraben, als mir plötzlich siedend heiß etwas einfiel. Ich war so beschäftigt gewesen und hatte mich in Gedanken gerade auf die Standpauke vorbereitet, die uns wegen des Zuspätkommens vermutlich im Hotel erwartete. Aber jetzt überkam mich eine gewisse Unruhe – und gleichzeitig ein Kribbeln in der Narbe über meinem Herzen, das schließlich zu einem richtiggehenden Brennen wurde. Während ich versuchte, mir dort einen Eiswürfel vorzustellen, der das Feuer besänftigte, blieb ich jäh auf dem Gehsteig stehen. Lance ging noch ein paar Schritte weiter, sah plötzlich so aus, als hätte er irgendetwas verloren, hielt inne und schaute zu mir zurück.

»Wenn du dich bewegst, ist es nicht so kalt. Vom Stillstehen bekommt man viel eher Frostbeulen, das ist wissenschaftlich erwiesen.«

»Ja, schon klar«, erwiderte ich kopfschüttelnd. »Ich muss noch mal eben in die Drogerie. Ich habe vergessen, ein paar Sachen einzupacken, und die wollte ich schon seit Tagen besorgen, aber du weißt ja, dass hier alles drunter und drüber geht.«

»Ich glaube, wir sind eben an einem CVS vorbeigekommen«, meinte er.

»Brauchst du irgendwas, oder …?«

»Nein, ich denke nicht, aber soll ich dich vielleicht begleiten? Es ist ja schon ziemlich dunkel. Ich komme wohl besser mit.« Wenn ich jetzt so darüber nachdachte, wäre mir das tatsächlich ganz recht gewesen. Ich hätte gern Gesellschaft gehabt, und zwar ab sofort bis zu dem Moment, an dem dieses Buch mit seinen Drohungen aufhörte – ich befürchtete aber, dass mein Einkauf mehr Fragen aufwerfen würde, als ich im Moment beantworten konnte.

Hey, dieses Buch hat mir gesagt, ich soll so eine Art Bunker/Luftschutzkeller/Panikraum anlegen, also muss ich dafür noch ein paar Besorgungen machen, keine große Sache. Das war ein zu dicker Brocken, als dass ich ihn einfach so locker-flockig rüberbringen konnte.

»Nein, das geht schon. Es ist ja nicht weit, und ich bin sofort wieder zurück.«

»Sicher?«

Jetzt versuchte ich ganz besonders angestrengt, locker-flockig zu wirken.

»Wir sehen uns dann nachher, wenn ich zurück bin.«

»Okay. Schon verstanden, dir macht man besser keine Vorschriften.« Bei diesen Worten musste ich lächeln. Vor diesem Job und dem Buch hatte ich das auch mal gedacht. »Sag Bescheid, wenn du wieder da bist, okay?«

»Klar.«

Wir winkten zum Abschied ein wenig unbeholfen, und dann marschierte Lance weiter.

Im Drogeriemarkt beschloss ich, am besten jeden einzelnen Gang abzulaufen und dabei die wenigen Hinweise des Buches im Hinterkopf zu behalten. Schon nach kurzer Zeit hatte ich so viele Sachen zusammengetragen, dass sie kaum in meinen Korb passten. Ein Erste-Hilfe-Set hatte ich ja längst, die medizinische Grundausstattung war also vorhanden, ich hielt mich aber bei allem anderen ran. Unter meiner Beute befanden sich unter anderem Sechserpacks Wasser und Gatorade, mehrere Schachteln Proteinsnacks, ein Mini-Feuerlöscher, ein Klappmesser, ein Feuerzeug, ein Pfefferspray, eine Taschenlampe, mehrere Packungen Batterien, Studentenfutter und ein paar Schokoriegel. (Ich hatte Hunger, das war also vielleicht nicht der beste Zeitpunkt für einen Einkauf.) Das reichte doch bestimmt. Ich wollte gerade zur Kasse, als ich doch noch beschloss, etwas zusätzlichen Verbandsmull und eine Brandsalbe für meine kribbelnden Narben mitzunehmen.

Bis auf mich war der Laden fast leer, aber mir fiel ein Typ im Parka auf. Das war nicht einfach nur eine Winterjacke, das schwarze Ding hüllte ihn vielmehr von Kopf bis Fuß ein. Und der Kerl war riesig – mindestens 1,95 m. Er war mir zuerst im Gang mit den Snacks aufgefallen, ich hatte ihm jedoch nicht weiter Beachtung geschenkt, jetzt aber lungerte er vor dem Regal mit Pflastern und Scheren herum und schaute offensichtlich zu mir herüber. Er hatte die Kapuze aufgesetzt, also konnte ich nichts weiter sehen als seine Füße: Er trug diese superseltenen Schuhe aus schwarzem Lackleder, die Dante so toll fand. Wie die von Beckett. Das beruhigte mich. Es war doch sicher der Türsteher aus dem Club, oder? Sollte ich es vielleicht wagen, hallo zu sagen? Aber wenn er es dann doch nicht war oder nicht das geringste Interesse daran hatte, sich mit mir zu unterhalten, dann wäre das furchtbar peinlich.

Ich konzentrierte mich also wieder auf die Mullbinden und überlegte, welche Größe ich mitnehmen sollte, als am Ende des Ganges ein Rascheln ertönte und eine Plastikverpackung aufgerissen wurde. Ich schielte durch ein paar Haarsträhnen rüber. Dann ging ich langsam in die andere Richtung weiter, behielt dabei aber das Regal mit den Scheren im Auge, die zum Zuschneiden von Verbänden benutzt wurden. Sie schwangen alle hin und her. Der Typ im Parka machte sich an irgendetwas zu schaffen, das ich nicht erkennen konnte, und schließlich fielen das Plastik und Papier einer Scherenverpackung zu Boden.

Dann rannte er los.

Er schoss an mir vorbei und versetzte mir dabei einen Stoß, bei dem mir die Luft wegblieb. Ich knallte mit der Stirn gegen das Regal und sah einen Moment lang Sterne. Dann sackte ich auf dem Fußboden zusammen, und Schachteln mit Pflastern, Brandsalbe und Desinfektionsmittel regneten auf mich herab. Der Inhalt meines Korbes war um mich herum verstreut. Mühsam schlug ich das rechte Auge auf. Es fühlte sich an, als ob man darüber die Haut aufgeschlitzt und einen Tennisball in die Öffnung gezwängt hätte. Ich berührte die Stelle und konnte bereits spüren, dass sich da eine Beule bildete.

Dann ertönte der Schrei. Noch nie hatte ich etwas Vergleichbares gehört. Ein Schauer lief mir eiskalt über den Rücken; das Gefühl war so intensiv, dass es schmerzte.

Bis ich mich wieder rühren konnte, verstrichen ein paar Minuten. Irgendwann hörte ich am Eingang des Ladens die Stimme eines Mannes: »... ja, zwischen der Einundzwanzigsten und der State Street ... an der Ecke ... ja, da liegt eine Frau am Boden ... Kommen Sie bitte schnell ... danke.«

Ich richtete mich langsam zu einer sitzenden Position auf. Draußen zerrissen Sirenen die Nacht. Hier im Gang herrschte völliges Chaos. Ich wusste nicht, ob ich mich frei bewegen konnte, ob ich mich besser verstecken oder vielleicht sogar fliehen sollte. Wenn der Angestellte Hilfe rufen konnte, dann war dieser Typ bestimmt längst über alle Berge, aber vielleicht kam er ja wieder zurück? Jetzt hörte ich vorn eine zweite, murmelnde Stimme. Ich kroch zum Ende des Ganges und sah zum vorderen Bereich des Ladens hinüber. Der Kassierer sprach mit einer Frau, einer weiteren Kundin.

»Und dann ist er einfach mit einem Messer oder etwas in der Art hier rausgelaufen. Hat sie wohl damit angegriffen, vermute ich. Sie ist zusammengebrochen, hat ihm aber noch eins aufs Auge gegeben, bevor er verschwunden ist.« Der Verkäufer atmete tief durch, und dann sahen beide durch das Schaufenster hinaus. »So was ist mir in all den Jahren noch nie passiert. Wahrscheinlich hatte ich einfach nur Glück.«

»Wo ist er denn hin?«, fragte ich von meinem Platz im Gang aus. Ich hatte noch zu viel Angst, um mich von dort wegzubewegen. Meine Stimme klang so schwach, dass ich mich selbst kaum hörte. Draußen lag eine Frau am Boden, und ein anderer Kunde hatte sich über sie gebeugt. Sie musste wohl noch am Leben sein, da der Mann mit ihr zu sprechen und eine Antwort zu erhalten schien. »Haben sie ihn erwischt?«

»Das weiß ich nicht, Liebes«, antwortete der Kassierer, die Ellbogen auf dem Tresen aufgestützt. »Geht's dir gut?« Ich nickte. »Ich hab uns eingeschlossen, bis die Polizei hier ist. Ich hoffe, das macht dir nichts aus; aber ich fand es einfach sicherer.«

Ich nickte wieder und ließ den Blick über die Szene draußen vor dem Schaufenster wandern. Gleißende Lichter wirbelten, und es ertönten noch mehr Sirenen, als ein Krankenwagen vorfuhr. Aber noch bevor die Sanitäter aussteigen konnten, kam plötzlich Leben in das Opfer, die Frau richtete sich vorsichtig auf, suchte mit ihren Absätzen Halt, wickelte sich in ihren schwarzen Mantel und rannte dann los, und zwar so schnell, dass ich ihr Gesicht nicht erkennen konnte und nur ihr dunkles Haar im Wind wehen sah. Jetzt wurde mir klar, dass sie bei meiner Ankunft im Laden am Geldautomaten gestanden hatte. Der Sanitäter auf der Beifahrerseite sprang aus dem Wagen und lief hinter ihr her, blieb dann aber stehen und starrte in die Dunkelheit. Sie hatte ihn offenbar abgehängt.

»Also, warum läuft die denn weg?«, wunderte sich der Kassierer kopfschüttelnd.

Ich sah ihr hinterher und erwartete eigentlich, dass die Frau zurückkommen würde. Jetzt waren noch mehr Sirenen zu hören, und ein Polizeiauto fuhr mit Blaulicht vor.

Ich sprach mit einem Beamten, der etwa Mitte vierzig war, einen kräftigen Bauch sowie einen dichten Schnurrbart hatte und mit breitem Chicagoer Akzent sprach. Er strahlte so viel Stärke aus, was ich irgendwie tröstlich fand. Ich gab zu Protokoll, was ich von dem Mann gesehen hatte, erwähnte aber nicht, dass ich ihn zu kennen glaubte. Denn das war doch nicht wirklich Beckett gewesen, oder? Dann fuhr ich zum ersten Mal in einem Polizeiwagen mit (was sich auf meinem Platz vorn vermutlich ganz anders anfühlte als auf dem Rücksitz). Der Polizist erzählte mir, dass sie den Täter nicht gefasst hatten und dass auch er nicht verstehen konnte, warum die Frau davongerannt war. »Vielleicht stand sie unter Schock«, überlegte er. »Aber wenn sie schon wieder laufen konnte, dann konnte es ihr ja so schlecht nicht gehen. Und du pass bloß auf dich auf, klar?« Ich nickte. Für ihn war das Ganze einfach nur ein weiterer Raubüberfall, aber wenn man so etwas nicht regelmäßig – oder überhaupt je – mitbekam, dann hinterließ ein solcher Vorfall einen bleibenden Eindruck. Und nach der Warnung dieses Buches hatte sich die Szene erst recht in mein Gedächtnis eingebrannt und ließ mich nicht mehr los.

Ich war nur froh, dass ich den kurzen Weg zum Hotel nicht allein zurücklegen musste.

Dante arbeitete mal wieder im Tresor, aber fünfzehn Minuten nach meiner Rückkehr klopfte Lance an meine Zimmertür – und zwar laut und mit Nachdruck. Ich machte auf, und er sprudelte bereits los, noch bevor ich hallo sagen konnte.

»Du hast ja vielleicht gedacht, dass ich einfach nur höflich sein wollte, als ich dich gebeten habe, dich bei mir zu melden, aber nur damit du es weißt, das war tatsächlich ernst gemeint. Na ja, jedenfalls bin ich froh, dass du jetzt wieder da bist.« Er war eindeutig eingeschnappt und stolzierte auch schon wieder davon.

»Ich bin gerade erst zurück«, rief ich ihm hinterher. Er blieb stehen und drehte sich um. »Tut mir leid. Das war ein langer Abend.«

»Ja, ich weiß. Es ist zwei Stunden her, dass wir uns das letzte Mal gesehen haben. Wo hast du denn nur gesteckt?« Er hatte sich offenbar wirklich Sorgen gemacht, was mich zwar überraschte, ich aber auch irgendwie rührend fand. Das half, meine mitgenommenen Nerven etwas zu beruhigen.

»Es tut mir leid, aber ich …«

»Was ist das denn?«, unterbrach er mich und lehnte sich vor, um mein Gesicht genauer unter die Lupe zu nehmen.

»Ein Andenken an … Abenteuer in der Drogerie«, seufzte ich. Seine Miene wurde finster. Ich legte los und erzählte ihm eine Kurzversion der Geschehnisse. Lance stand einfach nur in der Tür und hörte zu. »Also wurde ich zumindest stilvoll zum Hotel eskortiert«, versuchte ich nun, meinen Bericht wenigstens mit einer heiteren Note abzuschließen. Der klägliche Witz verbarg das Zittern in meiner Stimme aber so gar nicht.

»Ist bei dir alles in Ordnung?«

»Ja.« Ich seufzte wieder. »Ich bin nur fix und fertig.«

»Das glaub ich gern. Na ja, jedenfalls lasse ich dich nie wieder Ausflüge nach Einbruch der Dunkelheit machen.« Er klang schuldbewusst.

»Vermutlich steht dir jetzt ein ›Ich hab's dir ja gesagt‹ zu.«

»Pass nur einfach auf dich auf.«

Ich nickte, und dann fiel mir noch etwas ein: »Sag mal, haben unsere Chefs überhaupt gemerkt, dass wir so lange weg waren?«

»Nein. Die waren wie vom Erdboden verschluckt, als ich zurückkam.«

»Da bin ich aber erleichtert.«

»Ich auch.« Wir schwiegen kurz. Dieser Abend hatte mich so viel Kraft gekostet; vermutlich war mir das auch anzusehen. »Na ja, dann lass ich dich mal ein bisschen ausruhen«, sagte Lance, aber er zögerte trotzdem noch ein, zwei Sekunden, so als überlege er, ob er aussprechen sollte, was ihm durch den Kopf ging. Doch stattdessen sah er einfach nur zu Boden, schüttelte den Kopf und guckte mich dann noch einmal an. »Nacht!«

»Nacht!«, erwiderte ich und machte die Tür zu.

Ich schob meine Einkäufe in den Schrank, um sie aus dem Weg zu haben, und dann fiel es mir wieder ein: Ich hatte ja die Anweisung, heute Abend noch mal in das Buch zu schauen. Eine gewisse Unruhe überkam mich, wie jedes Mal, wenn ich diesen in schwarzes Leder gebundenen Mentor in die Hand nahm. Bevor ich mich darum kümmerte, hielt ich jedoch einen Waschlappen unter kaltes Wasser, wrang ihn aus und legte ihn mir einmal gefaltet als feuchten Umschlag auf die Stirn. Den Lappen auf einem Auge lag ich auf dem Rücken da und hielt das Buch hoch. Langsam blätterte ich Seite um Seite um. Tatsächlich, es war ein neuer Eintrag hinzugekommen.

Der heutige Tag hat dir vielleicht gezeigt, dass du den Anweisungen besser genau Folge leistest, und zwar zum vorgegebenen Zeitpunkt. Es gibt einen Grund für jede Tätigkeit, die man dir aufträgt, du musst diesem Buch blind vertrauen. Wenn es dir nicht gelingt, diese Aufgaben zu erfüllen, ist es nur zu deinem eigenen Schaden. Du läufst jeden Tag Gefahr, dein Leben zu verlieren.

Diese Zeile ließ mich erschaudern. Ich las sie dreimal, bevor ich mir den Rest des Textes ansah. Wer schrieb mir bloß so was?

Aber wenn du auf diese Worte hörst, wird dir nichts geschehen. Es gibt so vieles, das du noch nicht weißt. Sei geduldig, und es wird dir zu gegebener Zeit enthüllt werden.

Das musste ich erst einmal verdauen: Dieser Mann im Laden hätte mich also umbringen können, wenn er gewollt hätte. Und das Buch behauptete jetzt, dass sich dieser Vorfall ereignet hatte, weil ich meinen so banal wirkenden Einkauf nicht bereits am Morgen getätigt hatte. Gut, ich hatte also einen Vorgeschmack darauf bekommen, was passierte, wenn ich mich nicht ganz genau an die Regeln hielt. Jetzt musste ich nur noch herausfinden, was geschah, wenn ich die Anweisungen exakt befolgte.

Sieh deine Verpflichtungen für heute Abend als gestrichen an.

Was stand denn bei mir noch auf dem Programm? Ich zermarterte mir den Kopf, und dann fiel es mir wieder ein: Aurelia wollte, dass ich im Tresor Fotos machte. Mir drehte sich der Magen um, als ich an das morgige Treffen dachte, bei dem ich mit leeren Händen vor meiner Chefin erscheinen würde, aber mir blieb wohl keine Wahl. Morgen war der Tresor ja auch noch da, und am Abend danach, und dem folgenden …

Erkunde nun, was sich unter der Luke im Schrank befindet. Steig hinab, bis du festen Boden unter den Füßen hast. Folge danach dem Gang. Sobald er sich verzweigt, solltest du jeden Ausläufer untersuchen, bis du den Grundriss zu verstehen beginnst. Mach dich mit dieser neuen Umgebung vertraut, du wirst dort unten nämlich viel Zeit verbringen.

Reparier morgen noch vor Ablauf des Tages die Lampe im Schrank. Dann hol dir hier weitere Anweisungen.

Ich machte das Buch zu, rührte mich aber nicht. Ich wollte da nicht runter. Schließlich zog ich meine Turnschuhe wieder an und stattete die neue Taschenlampe mit Batterien aus. Dann holte ich alles aus dem Schrank: meine Reisetaschen und den Mantel sowie die Vorräte aus der Drogerie. Ich fand die Ritze im Boden wieder, schob dieses Mal das Taschenmesser dazwischen und zog an der Luke. Modrige, abgestandene Luft waberte hervor. Ich dachte an Lance. Was ich jetzt vorhatte, würde ihm überhaupt nicht passen. Nicht dass ich ihm davon erzählen würde, aber allein der Gedanke ließ mich auflachen. Obwohl mich doch panische Angst erfüllte.

Ich konnte nicht fassen, dass ich das wirklich machen würde.

Mit der Funzel leuchtete ich in das schwarze Loch hinein, aber das Licht wurde von der Dunkelheit verschluckt. Ich konnte nur eines erkennen, nämlich dicke Holzbretter, die an der einen Seite des Schachtes an die Wand genagelt waren und als Leiter dienten. Aber alles, was darunter lag, verschwand in diesem finsteren Abgrund. Man konnte unmöglich ergründen, wie weit es da in die Tiefe ging. Ich musste es selbst herausfinden.

Also band ich mir die Schlinge der Taschenlampe ums Handgelenk, nahm auch den neuen Schlüsselring mit Pfefferspray mit (das ich hoffentlich nicht brauchen würde) und begab mich dann in die Klauen des düsteren Schachtes. Ich tastete mit dem Fuß herum, bis ich eine Sprosse fand, und dann mit dem anderen. Mit jedem langsamen Schritt nach unten wurde die dicke, abgestandene Luft wärmer, so als würde ich tiefer in einen Schlafsack hineinkriechen. Meine nervösen Finger lösten sich vom Boden des Schrankes und suchten einen sicheren Halt auf der obersten Strebe – sie war fast überall glatt geschmirgelt und hatte nur hier und da ein paar raue Stellen. Hoffentlich zog ich mir nicht zu viele Splitter ein. Das Holz war über fünf Zentimeter breit, so dass ich genug Platz zum Festhalten hatte, und ich bohrte meine Fingernägel hinein, so gut es ging. Die Taschenlampe baumelte an meinem Handgelenk und warf einen schwachen Schein in die Dunkelheit unter mir. Ich konnte spüren, wie mich der Schacht verschluckte. Ringsumher hatte ich etwa 30 Zentimeter Platz.

Es kam mir vor, als wären Jahre verstrichen, als ich endlich keine neue Planke mehr fand, mit dem Fuß herumsuchte und schließlich den Boden erreichte. Sehnsüchtig schaute ich hinauf, zur Luke in meinem Schrank, aber oben war kein Licht mehr zu erkennen.

Ich atmete schwere Luft ein, in der der Staub von zerfallendem Backstein und Mörtel tanzte. Offensichtlich befand ich mich am Ende eines Ganges. Als ich ihn jetzt zu erkunden begann, erleuchtete meine Taschenlampe ihn zittrig, bis ich schließlich eine offene Tür erreichte, durch die dunstiges Licht fiel. Ich trat hindurch und stand in einem weiteren Korridor, der mindestens drei Meter breit war und Wände aus Beton hatte. Unter der Decke schlängelten sich hier Rohre entlang. Wieder hatte ich das Gefühl, verschluckt zu werden. Der einzige Laut, der zu vernehmen war, stammte von meinen Schritten auf Jahrzehnten von Schmutz und Schutt, und die Stille ging mir durch Mark und Bein.

Schließlich verzweigte sich der Gang. Auf beiden Seiten war er mit bloßen Glühbirnen erhellt, die zwar nur schwach leuchteten, aber immerhin. Zwischen den Lampen hingen endlose dünne, flaumige Spinnweben. Ich wählte den Pfad zu meiner Rechten – weil ich aus Kindheitsbesuchen in Maisfeldlabyrinthen noch wusste, dass man irgendwann aus jedem Irrgarten herausfand, wenn man sich immer rechts hielt – und folgte dem Gang, bis er sich zu etwas öffnete, das wohl einmal ein Raum gewesen sein musste. Die Wände waren zum Teil beschädigt und zeigten die unter dem Putz liegenden hölzernen Balken. An einigen Stellen gähnten große Löcher, während andere Teile fast komplett erhalten waren und sogar stellenweise noch Reste einer abblätternden, vergilbten Tapete zu sehen waren, die zu der in meinem Zimmer passte. Ganz hinten entdeckte ich eine rot gestrichene Tür mit einem großen waagerechten Riegel davor.

Ich verließ den Raum, bog um eine scharfe Ecke und entdeckte nichts weiter als ein paar mit Brettern vernagelte Stellen, wo wohl früher einmal Türen gewesen waren. Inzwischen schwitzte ich ganz schön, hier unten mussten es um die 30 Grad sein. Ich zog die Strickjacke aus, die ich über dem T-Shirt trug, und schlang sie mir gerade um die Hüfte, als ich in einer Sackgasse an einer zugenagelten Wand landete. Dahinter konnte ich das Dröhnen und Pochen gedämpfter Musik hören, sie klang wie die knisternden Töne eines Plattenspielers.

Ich berührte die Bretter, und es gelang mir, eines davon ächzend zur Seite zu schieben. Dann schlüpfte ich hinein und musste mich dahinter zwischen freistehenden Regalen durchzwängen – offensichtlich wussten die Besitzer dieses Lokals nichts von dem Gang. Jetzt ertönte die Musik in voller Lautstärke, Blasinstrumente, ein Bass, Schlagzeug und Klavier, außerdem konnte ich Stimmengemurmel und das Klirren von Gläsern und Flaschen hören. Dieser Raum war kaum größer als mein eigenes Zimmer und vom Boden bis zur Decke mit Kisten verschiedener Alkoholfabrikanten vollgepackt, neben Regalen voller Schachteln mit Lebensmitteln – hier gab es Chips und Erdnüsse in Großmarktmengen. In einer Ecke stand ein Kühlschrank. Eine wackelige hölzerne Treppe führte hinauf zum Ursprung der Musik. Ich ging nur ein paar Stufen hinauf, weit genug, um Gläser in einem niedrigen Regal hinter einer Theke erkennen zu können. Als ich direkt neben der Treppenöffnung ein paar Füße in Turnschuhen entdeckte, machte ich schnell die Taschenlampe aus und schlich wieder zurück. Auf dem Weg zur L waren Lance und ich vorhin an ein paar üblen Spelunken vorbeigekommen; ich fragte mich, ob das wohl eine davon war. Noch konnte ich mich aber nicht gut genug orientieren, um das Lokal einordnen zu können, diese Gänge hier unten waren viel zu labyrinthisch. Ich verließ den Lagerraum und verschloss die Lücke hinter mir wieder mit dem Brett.

Und dann hörte ich es: ein sanftes Rascheln, Tritte, die als Echo zurückgeworfen wurden und in meiner Brust wie Kanonenschüsse widerhallten. Ich konnte nicht einmal sagen, woher sie kamen. Die Akustik hier unten führte dazu, dass jeder einzelne Schritt aus einer anderen Richtung zu kommen schien.

Ich war wie erstarrt, und meine Nerven standen unter Hochspannung. Schließlich riss ich mich aber zusammen und trat hastig den Rückweg an. Als ich mich dem Raum mit der roten Tür näherte, wurden die Schritte lauter. Ich hockte mich hin, hielt den Kopf gesenkt und kroch auf die Wand mit den fehlenden Brocken zu. Meine Knie schienen gegen den schweren Beton zu klappern. Die Hitze und die Angst machten mich ganz schwindelig, und es kam mir auf einmal vor, als hätte ich Fieber. Jetzt verstummten die Schritte: Die Person stand offensichtlich in dem heruntergekommenen Raum.

Hinter der halbverfallenen Wand schaute ich mit angehaltenem Atem zwischen den morschen Balken hervor und entdeckte Beckett, der im Profil zu mir stand. Er wählte gerade einen Schlüssel vom klimpernden Bund in seiner Hand, wandte sich dann ab und öffnete zuerst den stählernen Riegel, dann die Tür selbst. Er zog sie mit beiden Händen auf, und ein Dröhnen erklang, der donnernde Zorn von Wind oder Feuer. Ich sah ein rotes Leuchten und spürte zugleich Hitze, so große Hitze, dass sie meine Haut austrocknete, die augenblicklich zu spannen begann. Beckett wandte sich einen Moment ab und schaute dabei in meine Richtung. Und da sah ich es, konnte einen kurzen Blick darauf erhaschen: Sein rechtes Auge war geschwollen, das Lid gebläht wie ein rosafarbenes Kissen. Mein Blick wanderte unwillkürlich zu seinen Schuhen: Ja, sie waren schwarz, glänzend und nur allzu vertraut. In mir stieg Übelkeit auf, was nur bestätigte, dass dies kein Zufall sein konnte. Nachdem er sich an die Hitze gewöhnt hatte, ging Beckett wieder ein paar Schritte auf die Tür zu, schützte sich aber mit dem Arm vor der Glut und dem blendenden Licht. Ich bemerkte, dass er in der anderen Hand ein glitzerndes, schwingendes Pendel hielt, welches das Licht auffing. Es sah aus wie eine von diesen Amethysthalsketten. Er holte aus und warf sie hinein, dann machte er die Tür mit vollem Körpereinsatz wieder zu, schob den Riegel vor und rüttelte einmal daran, um sicherzugehen, dass alles gut verschlossen war.

Er drehte sich um.

Ich duckte mich.

Gerade noch rechtzeitig. Die Chancen, dass er jetzt auf mich zukam, standen fifty-fifty, und im Fall eines Zusammentreffens hatte ich keine Ahnung, was ich tun oder sagen sollte. Mein Herz schlug so heftig, als wolle es aus seinem Gefängnis unter den Rippen ausbrechen, und ich befürchtete, hier und jetzt umzukippen. Wenn er meine Richtung einschlug und mir genug Zeit blieb, konnte ich vielleicht durch dieses Loch in der Wand kriechen, aber mit den hölzernen Balken würde das ziemlich knapp werden. Ich war nicht sicher, ob ich da reinpasste und ob ich schnell und leise genug war. Also hielt ich einfach den Atem an und betete, Beckett würde nicht näher kommen.

Die Schritte erreichten den Eingang zum Raum. Ich presste den Rücken gegen die Wand und wünschte mir, mit ihr zu verschmelzen. Und lauschte. Beckett ging noch ein, zwei Schritte weiter, und dann schien er seine Meinung zu ändern oder sich plötzlich dessen bewusst zu werden, wo er eigentlich war.

Er verschwand in die andere Richtung, ging den Tunnel entlang, den ich noch nicht erforscht hatte. Ich wartete ab, bis ich ihn nicht mehr hören konnte, und harrte dann noch ein wenig länger aus. Endlich verließ ich mein Versteck und betrat den Raum, ging auf diese Tür zu. In dem waagerechten Riegel entdeckte ich eine Öffnung, in die ein pentagrammförmiger Schlüssel passen würde. Die Tür selbst hatte ein größeres Schloss in demselben Design. Ich berührte sie und zuckte zurück, sie war nämlich kochend heiß. Als ich meine Hand ausschüttelte, um sie abzukühlen, tat mir auch noch das Gelenk weh. Ich musste hier raus.

Aber da gab es einen weiteren Pfad, den ich noch nicht erkundet hatte. Also folgte ich Beckett und kam dabei an ein paar verschlossenen sowie einer offenen Tür vorbei. In diesem engen Gang stammte das einzige Licht von schmalen Streifen im oberen Bereich der Wände. Ich nutzte sie als Richtschnur und tastete mich abgesehen davon blind voran. Um die Taschenlampe einzuschalten hatte ich viel zu viel Angst. Aber da war auch noch eine andere Furcht, die mich antrieb: der Gedanke daran, was wohl passieren würde, wenn ich diesem Weg nicht folgte, wenn ich meine Aufgabe für heute Nacht nicht gut genug erfüllte, um den Ansprüchen dieses schrecklichen Buches gerecht zu werden. Die Temperatur sank mit jedem Meter, und langsam bekam ich wieder einen klaren Kopf. *Du musst hier einfach noch bis zum Ende weitergehen, und dann darfst du zurück in dein Zimmer, von wo aus Dante und Lance nicht weit sind.*

Zuerst fühlte ich den Bass, der in meiner Brust hallte und dröhnte, dann in meinem Kopf. Die Musik wurde lauter, und der Name des Songs lag mir auf der Zunge. Plötzlich gab es unter der Decke keine Leuchten mehr, und ich blieb stehen. In einiger Entfernung flackerten Flammen auf.

Ich hatte den Tresor erreicht. Das war die Rückseite der Feuerwand.

Ich rannte los, floh, bevor mich hier noch irgendjemand entdecken würde, lief durch den dunklen Gang und die Tür und den Korridor und dann zu den Leitersprossen, die in mein Zimmer hinaufführten. Mit den ersten Streben hatte ich Probleme, meine Hände waren so verschwitzt, dass sie keinen Halt fanden, und ich rutschte auch mit den Füßen ab. Aber bei meinem Weg hinauf kam noch etwas hinzu, das beim Abstieg gefehlt hatte: ein Adrenalinschub. Hier unten hielt ich es nämlich keine Sekunde länger aus. Meine Haut kribbelte, jede Faser meines Körpers brannte darauf, endlich mein Zimmer zu erreichen und diese Luke hinter mir zu schließen. Ich schaffte es ein paar Sprossen hoch und verfiel dann endlich in einen Rhythmus. So schnell ich konnte, stieg ich hinauf und stellte fest, dass ich gar nicht nach dem perfekten Halt suchen musste. Solange ich nur in Bewegung blieb, ging es immer weiter. Schweiß rann mir aus jeder Pore, das T-Shirt klebte am Körper, die Haare hingen mir ins Gesicht. Endlich sah ich das Licht aus meinem Zimmer. Mit letzter Kraft zog ich mich hoch, ließ mich im Schrank auf den Fußboden sinken und machte die Luke mit dem Fuß zu. Ich konnte mich nicht mehr bewegen. Mit bebender Brust schloss ich die Augen. Alles tat mir weh. Muskeln, von deren Existenz ich nicht einmal gewusst hatte, brüllten vor Schmerz.

Ich schlief direkt auf dem Fußboden ein.

Nach all den schrecklichen Szenen des heutigen Tages drängten sich die Bilder in meinem Kopf und versuchten sich gegenseitig zu übertrumpfen. Aber eines flackerte am häufigsten vor meinem geistigen Auge auf.

Es war das Letzte, was ich erwartet hätte: Immer wieder sah ich vor mir dieses Gemälde, *La Jeune Martyre*.

11

Vergib mir, oder ich lass dich nie wieder gehen

Ich wachte auf dem Fußboden auf – also hatte ich die Ereignisse des gestrigen Abends wohl doch nicht geträumt. Ich hatte gehofft, dass es sich nur um einen weiteren Albtraum gehandelt hatte, aber nein. Ich lag in Jeans und T-Shirt auf dem abgetretenen, matten Teppichboden. Die einzig positive Überraschung: Erstaunlicherweise war die Schwellung am Auge über Nacht zurückgegangen. Wenigstens mein Gesicht war jetzt wieder in halbwegs normalem Zustand, selbst wenn in meinem Kopf immer noch das übliche Chaos herrschte. Ich duschte, zog mich an und machte mich dann auf den Weg zu unserem allmorgendlichen Treffen in Aurelias Büro. Mit der Hand auf dem Bauch versuchte ich, meine Unruhe zu bekämpfen, weil ich nämlich immer noch an einer Ausrede dafür arbeitete, dass ich im Tresor keine Fotos gemacht hatte. Das machte mich nervös, und außerdem hatte ich Muskelkater, nach der ganzen Kletterei fiel mir jeder Schritt schwer. Den Arm zu heben, um an Aurelias Bürotür zu klopfen, erforderte schon einiges an Anstrengung.

»Ja, herein?«, rief sie. Ich machte die Tür auf und entdeckte sie mit einigen Papieren in der Hand am Schreibtisch. »Bist du mit diesem Wandbild fertig?«

»Nicht einmal annähernd.«

»Gut, dann komm erst wieder, wenn das erledigt ist.«

Ich nickte und zog die Tür wieder hinter mir zu. Glück gehabt! Sobald ich allein im dunklen Flur stand, hatte sich mein Magen auch schon wieder beruhigt, und ich stellte fest, dass ich tatsächlich Hunger hatte. Genauer gesagt war ich fast am Verhungern. Ich musste sofort was zwischen die Zähne kriegen. Dieses Wandbild konnte sicher auch noch ein paar Minuten warten.

Lance hatte offensichtlich die gleiche Idee gehabt. Ich traf ihn in der Küche bereits an der Arbeitsplatte an, wo er sich über eine Schüssel Frühstücksflocken beugte.

»Hey«, grüßte er.

»Morgen«, erwiderte ich, während er mir die Schachtel Lucky Charms rüberschob. »Danke. Wir brauchen heute Energie, um unseren inneren Hieronymus Bosch zu finden.« Ich holte eine Schüssel aus dem Schrank, nahm mir einen Löffel, ließ mich neben Lance nieder und füllte die Schale.

»Allerdings.« Nach einem kurzen Moment fragte er: »Also, was hast du gestern noch so gemacht?«

»Ich bin eigentlich gleich schlafen gegangen. Nach, na ja, der ganzen Aufregung war ich fix und fertig.« Was ja auch nicht gelogen war, ich hatte zwischendrin nur ein paar Details ausgelassen.

»Ich habe noch mal bei dir vorbeigeschaut, weil ich nicht schlafen konnte. Es brannte zwar Licht, aber du hast nicht aufgemacht.«

»Da hab ich wahrscheinlich schon tief und fest geschlafen.«

»Vermutlich.« So wie er in seiner Schale herumstocherte, stellte ihn meine Antwort anscheinend nicht zufrieden.

»Willst du vielleicht, du weißt schon, über gestern Abend reden?«

»Hm …«

»Gut, kein Problem, dann lass uns eben über was anderes sprechen.«

»Danke.« Es passte mir gar nicht, dass ich ihm so ausweichend antworten musste. Ich wäre am liebsten jetzt sofort mit allem herausgeplatzt, aber ich hatte keine Ahnung, wo ich da anfangen sollte. Nach den gestrigen Vorfällen, Beckett und der Drogerie, wollte ich mich lieber nicht noch mal selbst in Todesgefahr bringen. Das Buch hatte mich gewarnt, also hielt ich den Mund.

Schließlich lenkte Lance ein und sprach weiter: »Also, Themenwechsel: Wer ist George Phillips?« Er klang jetzt besonders locker, so als wüsste er, dass ich ein bisschen Ablenkung gut gebrauchen konnte.

Ich sprang auf seinen Tonfall an und stieß ein dramatisches Keuchen aus. »Ich wollte nicht, dass du es so erfährst – aber wir lieben uns! Und wir werden zusammen durchbrennen!« Ich klimperte mit den Wimpern.

»Sehr witzig.« Er rollte mit den Augen.

»Also bitte. Das war der Deckname von Al Capone, als er hier abgestiegen ist.«

»Hast du schon den Teil über die Geister gelesen, die er hier angeblich gesehen hat? Seine Spießgesellen dachten, er würde langsam durchdrehen.«

»Jap. Er fühlte sich von den Opfern des Valentinstag-Massakers verfolgt.«

Wenn ich jetzt so darüber nachdachte, empfand ich eine seltsame Verbundenheit mit Al Capone. Der arme Kerl hatte diese Narben, wurde von Visionen heimgesucht, und niemand glaubte ihm. Obwohl er das irgendwie auch verdient hatte, oder? Ich machte bei dem Ratespielchen mit: »Ich hab auch was: In welchem Stock hat er gewohnt?«

»Im vierten. Du bist gut.«

»Wirklich übertrumpfen können wir uns nur, wenn wir mal unterschiedliche Bücher lesen.«

»Gute Idee.« Das gefiel ihm wohl. »Dann können wir unsere

Aufzeichnungen vergleichen. Okay, wir sind jetzt offiziell eine Lerngruppe.«

»Abgemacht.«

Lance und ich arbeiteten bis zum Nachmittag am Wandgemälde, und zwar die meiste Zeit schweigend. Wir hatten an entgegengesetzten Seiten angefangen und bewegten uns aufeinander zu. Letztendlich hatten wir beschlossen, dass es doch am sinnvollsten war, oben anzufangen. Nach gestern Abend hatte ich vor Leitern auch nicht mehr so viel Angst.

Den ganzen Tag kam ich aus dem Gähnen nicht mehr heraus, ich war müde und angeschlagen. Von Zeit zu Zeit fiel mir auf, dass Lance zu mir rübersah und sich wohl fragte, ob jemand so Übernächtigtes überhaupt in drei Metern Höhe den Pinsel schwingen sollte. Und er wunderte sich bestimmt auch, warum ich denn so müde war, wenn ich doch angeblich früh schlafen gegangen war. Aber wahrscheinlich ließen diese monotone Arbeit, der pechschwarze Himmel und das stundenlange Streichen mit derselben Farbe wohl jeden ein wenig abstumpfen. Und ich war in Gedanken auch ganz woanders. Wenn ich zu sehr abschweifte – an das Buch dachte und daran, dass ich irgendwann wieder den Gang in meinem Schrank aufsuchen musste –, dann schob ich diese Gedanken beiseite und versuchte stattdessen, an etwas Schönes zu denken, sofern mir denn etwas in den Sinn kam. Und damit war ich gerade beschäftigt, als mich jemand rief. Die ersten Male hatte ich es wohl nicht gehört, denn als Lucians Stimme endlich an mein Ohr drang, sah Lance mich bereits kopfschüttelnd an.

»Das sieht gut aus, Leute!« Lucian kam auf uns zu. Dieses Mal trug er das Haar nicht so streng zurückgegelt, sondern eher wie am ersten Abend im Tresor. Er hatte auch keinen seiner typischen Anzüge an, sondern trug Jeans und einen dünnen Pulli mit V-Ausschnitt, unter dem ein Hemd hervorschaute, dessen offener Kragen und hochgerollte Ärmel genauso lässig und mühelos wirkten wie der Rest des Looks. Diese Klamotten unterstrichen nur noch, wie jung er aussah. Aber wie man es auch drehte und wendete, er war einfach eine Nummer zu groß für mich.

»Mach Platz, Michelangelo!«

»Eigentlich ist es ja Bosch«, korrigierte ihn Lance, aber gar nicht besserwisserisch, sondern völlig sachlich.

»Bye-bye, Bosch«, verbesserte sich Lucian.

Ich hatte es bis jetzt noch nicht fertiggebracht, etwas zu sagen. »Hi«, grüßte ich schließlich.

»Hi.« Lucian hielt meine Leiter mit einer Hand fest, während Lance sich wieder dem Bild zuwandte. »Ich wollte dich da oben nicht erschrecken, also …«

»Nein, schon okay.« Ich lächelte zu ihm herunter.

»Hey, könnte ich vielleicht …?« Mit einer Geste bedeutete er mir, die Leiter doch mal zu verlassen.

»Oh … ja, klar«, antwortete ich, während ich langsam begriff und dann die Tatsache zu genießen begann, dass er scheinbar gekommen war, um mit mir zu reden. Doch als Erstes konzentrierte ich mich auf einen möglichst eleganten Abstieg. Wenn es je einen passenden Moment für sicheres Auftreten gab, dann war der jetzt gekommen. Ich war noch ein paar Sprossen vom Boden entfernt, als er mir Hilfe anbot. Ich blickte auf diese eleganten Finger, die ich jetzt berühren sollte. Dann verlagerte ich das Gewicht, griff schnell nach seiner Hand und nahm die letzten Stufen viel zu hastig, eins-zwei-drei. Ich rutschte beinahe hinab und machte dann noch einen federnden Satz. Vielleicht hatte das ja besonders dynamisch ausgesehen und nicht, als sei ich die letzten Stufen runtergeschlittert, aber tatsächlich wäre ich beinahe gestürzt. Trotzdem grinste Lucian, und ich verlor mich in seinen grauen Augen voll blauer Sprenkel.

Mit einer Kopfbewegung deutete er auf die Tür der Galerie, und ich folgte ihm.

»Ihr beiden macht das gut«, bemerkte er auf dem Weg hinaus.

»Danke.« Ich konnte ihn kaum ansehen. »Ich glaube, das wird besser, als wir befürchtet hatten. Solange es nicht nach Jason Pollock aussieht, werden unsere Erwartungen auf jeden Fall übertroffen.«

Er lachte.

»Heute sind ein paar tolle neue Stücke reingekommen, die muss ich dir unbedingt mal zeigen«, erklärte er. »Und angeblich kriegen wir auch noch einen von Capones alten Hüten.« Er hielt die Galerietür für mich auf, und ich trat hinaus.

»Na dann ... Hut ab!« Ich lächelte.

»Allerdings«, antwortete er mit einem Blick, in dem wieder dieses spielerische Funkeln lag, das mich so faszinierte. Wir standen jetzt vor der Galerie und gingen durch die Lobby, die wir ganz für uns allein hatten, langsam auf den Hoteleingang zu. »Mir ist zu Ohren gekommen, dass Aurelia mit deinen Fotos vom Syndikat sehr zufrieden war.«

»Oh? Das freut mich.«

»Sie würde das zwar nie zugeben, aber ihr eigenes fand sie besonders toll. Sie hat sogar in der Druckerei angerufen und darum gebeten, dass die Bilder in einem noch größeren Format gedruckt werden als eigentlich vorgesehen.« Er verstummte kurz und senkte dann die Stimme. »Aber das hast du nicht von mir.«

»Was denn?«, spielte ich mit und stellte mich ahnungslos.

»Eben«, flüsterte er zurück.

Dann blieb er stehen und sah mich an. »Aber ich bin nicht vorbeigekommen, um mit dir über Aurelia oder die Fotos zu sprechen.«

Jetzt wirkte er auf einmal sehr ernst. »Es tut mir ganz furchtbar leid, aber könnten wir unser Abendessen eventuell verschieben? Jetzt wo die Eröffnung kurz bevorsteht, ist hier alles so hektisch. Ich weiß, dass das eine lahme Ausrede ist, aber vielleicht kann ich es ja irgendwie wiedergutmachen?« Er rechnete scheinbar damit, dass ich mich jetzt furchtbar aufregen würde. In was für einem Paralleluniversum waren wir hier bloß gelandet, in dem er all seine Überredungskünste aufbrachte, damit ich mich mit ihm traf? Diese letzten paar Minuten waren bisher das Highlight meines Jahres gewesen. Oder sie kamen zumindest direkt nach meinem Geburtstag. Und ja, tausendmal ja, natürlich durfte er das jederzeit wiedergutmachen.

»Sicher.« Der Gedanke an unsere Verabredung machte mich sowieso nervös, und ich konnte eine Gnadenfrist ganz gut gebrauchen – dieses anberaumte Dinner war nämlich mein erstes richtiges Date. Und zwar das allererste, denn aus offensichtlichen Gründen zählte der Abschlussball letzten Herbst mit Dante ja wohl nicht. »Das verstehe ich völlig.«

»Danke.« Er sah immer noch ernst aus, mit einem Mal wirkte er richtig bedrückt. »Hier ist im Moment … einfach so viel los.«

»Das kann ich mir vorstellen. Diese Gala soll ja unglaublich toll werden.«

»Das hoffen wir alle.«

»Es wird komisch sein, wenn hier erst alles voller Leute ist.«

»Ich weiß.« Zerstreut ließ er den Blick durch die Lobby wandern.

»Als ob man zu Hause allen Tür und Tor öffnet und plötzlich dreihundert Übernachtungsgäste hat.«

»Ja, so ungefähr wahrscheinlich.«

»Was findest du hier am besten?«

»Ich weiß auch nicht so recht. Was sagt mir zu?«, überlegte er und blickte einen Moment in die Ferne, so als müsste er sich die Sache durch den Kopf gehen lassen. »Du?«

»Ich?« Es platzte aus mir heraus, noch bevor Logik da ein Wörtchen mitzureden hatte. Irgendwie war ich hier gerade in eine Welt zwischen Wachen und Traum geraten. Aber nein, jetzt mal langsam – so hatte er das natürlich nicht gemeint. »Ich meine, oh, was ich am besten – hmmm – den Kronleuchter finde ich toll.« Ich zeigte darauf. »Der sieht nämlich zu jeder Tageszeit anders aus. Er hat richtig Persönlichkeit.«

»Ja, ich denke, das könnte man so sagen.«

Immer noch verlegen zuckte ich mit den Achseln. Jetzt standen wir wieder an dem Vorhang, der den Zugang zur Galerie verdeckte.

»Na ja, ich fürchte, ich kann Lance nicht die ganze Arbeit allein machen lassen …« Nervös fummelte ich an meinen Fingern herum.

»Nein, leider nicht, oder?« Mit ausgestrecktem Arm zog Lucian den dicken Samtstoff zur Seite, um mich vorbeizulassen, dann rollte er uns jedoch mit einer einzigen raschen Bewegung darin ein, so dass wir vom Rest der Welt abgeschirmt waren. Sein Zederndufts machte mich ganz schwindelig, und ich glühte. Der Schock war mir bestimmt im Gesicht geschrieben.

»Vergib mir wegen Freitag, oder ich lass dich nie wieder gehen«, sagte er.

»Hm, da bin ich mir jetzt gar nicht sicher, was mir lieber wäre.«

»Gut.« Er küsste mich rasch auf die Wange.

Und dann wickelte er uns wieder aus. Ich stolperte auf die Galerietür zu.

»Das mit dem Essen machen wir bald, versprochen«, rief er.

Ich nickte. Zwar war ich immer noch ganz benommen, aber es fühlte sich gut an.

Dann schob Lucian sich am Vorhang vorbei und war auch schon verschwunden.

Lance stand noch immer auf der Leiter, als ich hereinkam. Ich musste mich erst einmal sammeln, bevor ich da wieder hochkonnte. Ich hatte nämlich ganz weiche Knie, fühlte mich wie aus Gummi. »Ein wichtiges geschäftliches Meeting, Miss Terra?«, frotzelte Lance und sah mich nur einen winzigen Augenblick an, bevor er sich mit einem Grinsen erneut seiner Arbeit zuwandte.

Wir malten ohne Unterlass weiter und legten nur gegen Mittag eine Pause ein, um uns ein paar Sandwiches zurechtzumachen (nicht so lecker wie Dantes, aber essbar), bis der Nachmittag irgendwann in den Abend überging.

Lance sah auf die Uhr und verkündete: »Feierabend. Sechs Uhr. Eine angemessene Zeit, oder?«

»Klingt gut.« Ich pinselte noch eben einen milchig grauen Fetzen Himmel über dem Blutsee zu Ende. So lange auf dieses Bild zu starren, würde womöglich noch mehr Albträume anlocken.

Während wir langsam alles zusammenräumten, begann ich mich bereits in die nächtliche Version von mir zu verwandeln – in das verängstigte Mädchen, das sich diesem seltsamen Buch unterwerfen musste. Mir taten von der Kletterpartie im Schacht noch immer die Hände weh. Meine Muskeln hatten sich langsam beruhigt, waren für eine neue Runde aber längst noch nicht bereit.

»Also, was hast du heute Abend so vor?«, erkundigte sich Lance. Wir hatten die Regale des Materialschranks neu organisiert, und mein Mitpraktikant stand jetzt mit Farbkanistern in der Hand da, während ich die Pinsel im Spülstein auswusch.

Das hatte ich ja fast vergessen: »Ich soll im Tresor Fotos machen.«

»Da findest du sicher viele willige Modelle.«

»Und ob.« Die Clubgäste wirkten alles andere als schüchtern. Vielleicht würde ich ja sogar mal Dante zu Gesicht bekommen. Unsere Arbeitszeiten waren so unterschiedlich, dass er mir langsam wirklich fehlte. »Und ich würde gern mal die Snacks und das ganze Zeug probieren, das Dante so für den Club kreiert. Das ist doch viel besser, als selbst was zu improvisieren, oder? Du solltest auch mitkommen.«

»Hab ich da gerade ›Snacks‹ gehört? Schon überredet!«

»Das habe ich mir gedacht. Vielleicht wieder so gegen elf?«

»Alles klar.«

Ich wusch die Pinsel komplett aus und holte dann die Kamera. Vielleicht konnte ich mich noch kurz hinlegen, bevor meine Schicht als Fotografin anfing.

Auch Lance war jetzt fertig und machte im Materialschrank das Licht aus.

»Ich denke, damit war's das hier«, meinte er. Da fiel mir plötzlich noch etwas ein.

»Eine Frage.« Ich zögerte. »Meinst du, es würde irgendjemanden stören, wenn ich mir hier ganz kurz eine Leiter ausleihe?«

Er sah mich zweifelnd an, und auf seinem Gesicht stand »Was hast du denn jetzt wieder vor?« geschrieben.

»Bei der Lampe in meinem Kleiderschrank ist die Schnur gerissen. Und ist dir schon mal aufgefallen, wie unglaublich hoch hier die Decken sind?« Vermutlich nicht, immerhin war er über 1,80. »Ich meine, nicht für dich, aber …«

»Frag doch einfach, wenn du Hilfe brauchst.«

»Nein, ich wollte gar nicht …«

»Ja, ich weiß schon, du hast deinen Stolz. Dann mal los.«

Lance schleppte die Leiter zum Aufzug rüber. Irgendwie war es ja auch nett, das nicht allein machen zu müssen. Ich hätte dafür wohl doppelt so lange gebraucht, die Leiter vielleicht gar nicht tragen können und bei dem Versuch wahrscheinlich ein paar Lampen oder so umgehauen. Lance bestand auch darauf, die Schnur selbst wieder zu befestigen. Ich stand unten und leuchtete mit der Taschenlampe, während er mit flinken Fingern ans Werk ging.

»Ich bin echt beeindruckt, dass du eine Taschenlampe dabeihast«, meinte er. »Ich hätte gedacht, dass so was eher Kerle mitbringen würden.«

»Na ja, ein paar Plüschtiere hab ich auch eingepackt.«

»Echt?« Er sah zu mir herunter.

»Nein.«

»Oh.« Meine mangelnde Mädchenhaftigkeit schien ihn zu enttäuschen.

»Nicht, dass ich dir nicht dankbar wäre, aber nur, damit du's weißt: Ich hätte das auch alleine hinbekommen.« Er hörte mir gar nicht zu.

»Wie viele Einserschüler braucht man, um eine Glühbirne auszuwechseln?«

Ich fiel ihm ins Wort: »Die muss gar nicht ausgewechselt werden, es ist ja nur die Schnur, die …«

»Zwei. Einen, der sich darum kümmert, und eine, die klarstellt, dass sie eigentlich gar keine Hilfe braucht.«

»Ich brauche wirklich keine Hilfe«, beteuerte ich, musste aber über mich selbst lachen.

»Genau.«

»Aber wenn du hier unbedingt den Macho geben willst, ich werde dich bestimmt nicht daran hindern.« Ich fuchtelte mit der Taschenlampe herum.

»Licht bitte. Hier oben.«

Ich richtete den Schein direkt auf ihn und blendete ihn einen Moment. Er hielt sich die Hand vors Gesicht. »Ja, danke.«

Es war gar nicht meine Absicht gewesen, mich so anzustellen. Ich wollte die Sache nur so schnell wie möglich erledigt sehen. Noch war ich mir nicht sicher, ob das Buch es als Regelverstoß werten würde, dass ich die Lampe nicht selbst repariert hatte. Mit einem Klicken ging das Licht an.

»Fertig!«, verkündete Lance und zog zur Sicherheit noch ein paar Mal an der Schnur.

»Danke.«

»Kann ich sonst noch was für dich tun?«, fragte er, als er von der Leiter herabstieg.

»Nein.« Ich lachte. »Ich denke, das war es im Moment, aber ich werde mich schon melden. Nochmal danke.«

»Kein Problem.« Er hauchte seine Brille an und putzte sie sich mit dem T-Shirt. »Da oben ist es ganz schön staubig.« Ohne die Gläser wirkten seine Augen größer und sein Blick ein wenig ziellos, weil er nicht viel sehen konnte. Seine Narbe war gar nicht so schlimm. Vielleicht war ich einfach egozentrisch und mochte sie nur, weil ich selbst drei fette Narben hatte, aber sie stand ihm wirklich nicht schlecht. Dass sie ihn so sehr störte, tat mir in der Seele weh.

»Ja, der Zimmerservice ist hier unten ja nicht besonders«, bemerkte ich mit leicht sarkastischem Anflug.

»Ich warte immer noch darauf, dass sie *uns* als Putzkolonne abkommandieren.«

»Sehr witzig«, antwortete ich. »Hoffentlich bleibt es auch bei dem Witz. Bei unserem Ordnungssinn würden die uns nämlich schnell feuern.«

»Wenigstens hast du angefangen, dein Bett zu machen.«

»Ha-ha.«

»Also um elf?«

»Elf Uhr«, bestätigte ich.

Er machte sich schon auf den Weg hinaus, drehte sich dann aber noch einmal um. »Kommst du allein klar?«

Da meldete sich wohl wieder sein Beschützerinstinkt.

»Auf jeden Fall. Ich werde noch ein bisschen lesen und mich ausruhen.« Ich dachte an das Buch und war dankbar, dass es hier nicht offen herumgelegen hatte. Aber andererseits war es ja immer plötzlich wie vom Erdboden verschluckt, wie ein schüchternes Kätzchen, das sich bei jedem Klingeln an der Tür versteckte.

Er nickte, meine Antwort schien ihn zufriedenzustellen. »Dann bis nachher.«

Ich winkte und bedankte mich noch einmal. Die Leiter hatte er stehen lassen, aber die würde bis morgen früh wohl niemand vermissen, also machte ich einfach das Licht im Schrank aus und schloss die Tür.

Im Tresor war heute Trägheit angesagt, was ich irgendwie ironisch fand, denn ich war ja zum Arbeiten hier. Die beiden Syndikat-Mitglieder an der Tür – die gleiche Frau wie immer, diesmal allerdings kein Beckett – winkten Lance und mich durch, kein Problem. Da ich quasi beruflich hier war, hatte ich mir nicht die Mühe gemacht, irgendetwas Passendes anzuziehen. Jeans und Langarmshirt mussten eben reichen. Außerdem gab es ohne Dantes Stylingkünste für mich wenig Hoffnung. Auch Lance überraschte mich in dieser Hinsicht nicht. Er tauchte in denselben Sachen auf, die er den ganzen Tag angehabt hatte – Jeans und ein T-Shirt über einem langärmeligen Teil –, die sogar ein, zwei schwarze Farbspritzer abbekommen hatten. Er blieb an meiner Seite, während ich durch den Raum schlenderte und Fotos schoss – von den lärmenden Partygästen, den sexy Tänzern und den Pärchen, die sich in die ausgehöhlten Stalagmiten zurückgezogen hatten.

Wir waren bereits ein paarmal um den Feuerring gewandert, bis jetzt hatte aber noch keiner von uns vorgeschlagen, da raufzugehen. Bei unserer zweiten Runde fiel mir auf, dass Raphaella Lance entdeckt hatte und ihm mit Blicken durch den Club folgte. Er sah gelegentlich zu ihr hoch, schaute dann aber schnell wieder weg. Schließlich blieb ich stehen, als mir auffiel, dass die blonde Schönheit ihn von ihrem Aussichtspunkt weiterhin anstarrte.

»Raphaella guckt sich schon wieder die Augen nach dir aus.«

»Echt?« Er sah hinauf, und da war sie.

»Als ob du das nicht bemerkt hättest«, zog ich ihn auf.

Plötzlich war er ganz schüchtern.

»Na, geh schon.« Mit einer Kopfbewegung deutete ich auf den Ring. »Dass sie mich ignoriert, muss ja nicht heißen, dass sie mit dir auch nicht redet.« Mit Schrecken dachte ich an meinen misslungenen Versuch, mit dieser Frau Smalltalk zu betreiben.

Er schaute kurz zum Feuerring hinauf und überlegte. Ich blickte ebenfalls hoch – ich hatte bereits den ganzen Abend da raufgeschielt, aber immer noch keine Spur von Lucian entdeckt. Die Kamera war ein guter Vorwand, damit konnte ich so tun, als sei ich nicht nur hier, um nach ihm Ausschau zu halten. Eigentlich war mir seine Abwesenheit fast ein Trost – vielleicht hatte er ja wirklich so viel zu tun.

»Kommst du hier unten allein klar?«, fragte Lance, der sich endlich entschieden hatte.

»Na klar. Ich schieße noch ein paar Bilder und verschwinde dann wahrscheinlich. Na los!« Ich lächelte. »Wir sehen uns dann morgen!«

Er nickte und schlenderte mit den Händen in den Hosentaschen auf die Wendeltreppe zu. Dann eilte er mit federnden Schritten die Stufen hinauf. Ich war von so vielen Menschen umgeben, fühlte mich aber trotzdem seltsam verlassen, wie ein einsamer Baum auf ödem, kargem Feld. Ich hatte mich einfach so an Lance' Gesellschaft gewöhnt. Wir konnten gut miteinander reden, aber auch einfach schweigen, das machte gar nichts. Mit ihm zusammen war es so ungezwungen. Ich hätte ihm einfach hoch auf die Plattform folgen können und wäre dort in jedem Fall mit so vielen sehnsüchtigen Blicken bedacht worden, selbst wenn ich nur allein rumhockte. Jeder hier im Raum hätte zu mir aufgeschaut und sich eine Einladung für den Feuerring gewünscht. Die hatten ja alle keine Ahnung von der eisigen Kälte dort oben oder von der Hierarchie hier im Hotel oder von der Tatsache, dass Dante, Lance und ich eigentlich nicht dazugehörten. Im Ring wurden wir automatisch zu beneidenswerten Geschöpfen. Von außen sah eben alles viel eindrucksvoller aus.

Ich hatte schon zu lange einfach nur dagestanden und mich umgesehen, als mir plötzlich jemand einen spielerischen Klaps auf den Arm verpasste.

»Hey, dich hab ich ja seit Ewigkeiten nicht gesehen!«, rief Dante mit breitem Grinsen, als ich mich zu ihm umdrehte. In einer Hand hielt er ein Tablett mit absolut perfekten kleinen Häppchen.

»Hey!« Ich drückte ihm die Hand. »Du wirkst ja schon richtig heimisch. Hier verbringst du also deine Nächte.«

»Total verrückt, aber ich bin begeistert.«

»Das kann ich mir vorstellen. Wie geht es dir?«

»Fantastisch! Ich bin fix und fertig, aber es läuft wirklich super. Oh, das hier musst du unbedingt probieren!« Er hielt mir das Tablett entgegen.

»Aber davon ist ja nur noch eins da.«

»Ja, weil die so gut sind. Greif zu, es gehört ganz dir!«

»Was ist das denn überhaupt?« Ich griff nach dem warmen, hauchzarten Teigwölkchen mit Soße und Gewürzen. Das Gebäckstückchen war kaum größer als ein Schokoriegel.

»Ein kleines Stück vom Himmel.«

Ich schob es mir auf einmal in den Mund. »Hmmm«, schnurrte ich. Das sah nicht nur hübsch aus, sondern war auch noch köstlich – es hatte eine Käsefüllung, zerschmolz im Mund geradezu und war süßlich mit einer zarten scharfen Note. Was auch immer es war, ich hätte noch zehn mehr davon verputzen können. »Gut, nicht? Aber jetzt muss ich los. Etan nimmt mich ganz schön ran. Lass uns morgen quatschen, okay?« Er küsste mich auf die Wange.

»Auf jeden Fall. Noch ganz viel Spaß!«

Er winkte, balancierte dann das Tablett auf einer Hand und schob sich damit durch die Menge. Er sah aus, als wäre das seine Party und er der perfekte Gastgeber.

Ich beobachtete weiter die ausgelassene Feier um mich herum. Irgendwie gehörte ich ja jetzt auch dazu, aber ich selbst begriff es immer noch nicht ganz und hatte ständig das Gefühl, gleich als Eindringling entlarvt zu werden.

Im Laufe des Abends hatte ich noch öfter die Gelegenheit, Snacks und Häppchen aus Dantes und Etans Testküche zu probieren, die von umwerfend schönen Kellnern herumgereicht wurden. Ich hatte so viel gegessen, dass Völlerei heute eigentlich besser gepasst hätte als Trägheit, aber ich hatte dabei die ganze Zeit Fotos geschossen, um bei Aurelia etwas vorweisen zu können. So langsam konnte ich beruhigt Feierabend machen, aber es gab da noch eine Sache, die ich fotografisch festhalten wollte. Die letzte Aufnahme ist immer die gewagteste, weil man danach die Flucht antreten kann und nichts zu verlieren hat.

Ich ging also die Treppe zum Feuerring hoch und musste gar nicht weit hinaufschleichen, um Raphaella und Lance zu entdecken. Er redete auf sie ein, und sie starrte ihn einfach nur an, während ihre Finger mit dieser Halskette herumspielten und zart darüberfuhren. Lance bekam nicht einmal mit, dass ich ein Foto machte. Ich war aber ziemlich sicher, dass er sich darüber freuen würde.

Dann sah ich mich noch kurz um: kein Lucian. Stattdessen entdeckte ich Beckett. Er hatte ein Glas in der Hand und schaute über die Flammen hinweg zur Tanzfläche hinunter. Sein Blick ließ mich vermuten, dass man ihm heute zum ersten Mal erlaubt hatte, seinen Posten an der Tür zu verlassen und dies alles vom privilegierten Standpunkt hier oben aus zu betrachten. Zunächst sah ich ihn nur von der Seite, doch dann drehte er sich zu mir um: Er trug eine Augenklappe.

12

Richte dich nicht zu gemütlich ein

Ich schlich die Treppe der Plattform wieder hinunter und eilte aus dem Club. Dabei ging ich so schnell, wie ich konnte, ohne Aufmerksamkeit zu erregen oder irgendjemanden aufzuscheuchen. Ich musste da einfach raus. Vermutlich war meine Reaktion übertrieben, aber ich wollte gerne von meinem vertrauten Zimmer aus überreagieren, nicht in der Nähe eines Typen, der mich wahrscheinlich im Gang einer Drogerie umgerannt und danach eine Frau überfallen hatte. Aber als ich meine Unterkunft endlich erreichte, fühlte ich mich dort furchtbar allein, und ich wusste auch nicht, ob ich nach alldem wohl einschlafen konnte. Dann fiel es mir wieder ein: Die Entscheidung, ob ich jetzt die Augen zumachen konnte oder nicht, lag ja gar nicht in meiner Hand. Langsam begann dieses Buch wirklich zu nerven. Ich kuschelte mich damit an die Wand und blätterte die vertrauten Seiten um, eine nach der anderen. Und da war es, wie erwartet, das heutige Datum und ein neuer Eintrag.

Nach den Anstrengungen der letzten Nacht bist du erschöpft. Ruh dich aus, Himmelsbotin. Aber richte dich nicht zu gemütlich ein, für das, was dich nun erwartet, brauchst du all deine Kraft.

Morgen wird dein Training erst richtig beginnen. Steig am

Abend in den Gang hinunter, den du entdeckt hast, und lauf vom Beginn am Fuße der Leiter bis zum entferntesten Punkt –

Ich ging in Gedanken den Weg durch, stellte mir die Kneipe mit der Musik und den Lagerraum vor – der war also die Ziellinie.

Und dann joggst du wieder zurück. Trainier eine Stunde lang so hart du kannst, und zwar jeden zweiten Tag, bis du neue Anweisungen erhältst.

Ich wusste nicht so genau, wie schnell ich laufen konnte, außerdem konnte ich auch die Entfernung dort unten schlecht abschätzen. Es kam mir aber ziemlich weit vor, und ich war beileibe keine Leichtathletin. So langsam hatte ich den Eindruck, dass das Buch sich über mich lustig machte, weil ich nicht in Form war, und das passte mir gar nicht. Trotzdem las ich weiter.

Auf diesem Training sollte in der nächsten Woche dein Hauptaugenmerk liegen. Ansonsten tu einfach, was man von dir verlangt. Verhalte dich unauffällig und bewahre über mögliche Entdeckungen der nächsten Tage Stillschweigen. Du enthältst entsprechende Anweisungen, wenn es an der Zeit ist, sie zu ergründen.

Wappne dich, denn bald stellt man dich auf eine dir völlig unbekannte Weise auf die Probe.

Ich blätterte weiter, um zu sehen, ob da noch etwas kam, aber nein. Diese kurze Nachricht war noch vager als die vorherige und traf mich mehr als alles, was das Buch mir seit dem furchtbaren ersten Eintrag verkündet hatte. Auf ein furchtbares Ereignis zuzuschlittern und nichts dagegen unternehmen zu können, war für mich das Schlimmste.

Aber heute Abend konnte ich ohnehin nichts mehr tun, also legte ich das Buch auf den Nachttisch. Da bemerkte ich, dass das Licht im Schrank noch an war und ging hinüber, um an der Schnur zu ziehen. Wie eine zerspringende Gitarrensaite kam sie mir geräuschvoll entgegen. Ich holte meine Taschenlampe hervor und stieg die Leiter hinauf. Dann leuchtete ich nach oben, fädelte die Schnur durch das Loch an der Lampe und fixierte sie mit einem vierfachen Knoten, an dem ich versuchsweise ein paarmal zog. Dabei geriet ich ins Wanken und hielt mich an der Decke fest. Zu meinem Erstaunen gab die Platte mit einem ächzenden Laut nach. Augenblicklich bekam ich Bauchschmerzen. Langsam schob ich das komplette dünne Paneel zur Seite und sah in das Loch hinein. Mein Licht erhellte Staubmäuse, Spinnweben und einen engen Gang, der aber groß genug war, um hindurchzukriechen. Keine Ahnung, wohin der wohl führte, aber das musste ich früher oder später mit Sicherheit auch noch ergründen. Doch heute Abend war ich offensichtlich noch mal davongekommen. Also blockierte ich wieder die Schranktür mit dem guten alten Stuhl und kroch ins Bett.

So wie das Buch es befohlen hatte, verhielt ich mich am nächsten Tag möglichst unauffällig und kümmerte mich wieder um das Gemälde, nachdem ich Aurelia die Fotos aus dem Club gezeigt hatte. Sie war zufrieden und erklärte mir, dass Lance die Bilder zur Endlosschleife auf dem Flachbildschirm am Empfang hinzufügen sollte. Dann verkündete sie noch, dass ich auch bei der großen Gala zur Hoteleröffnung fotografieren würde, ein Vertrauensbeweis, der mich stolz machte. Trotzdem durchlebte ich den größten Teil des Tages wie eine Schlafwandlerin. Ich konnte die Furcht nicht abschütteln, hatte einen Kloß im Hals, und in meinen Gedanken zogen dunkle Wolken auf, wenn ich an den immer näher rückenden Abend dachte. Bald würde ich wieder gezwungen sein, in den Gang hinabzusteigen und dort unten zu trainieren. Ich betete, dass ich einfach nur laufen und nicht vor jemandem *davonlaufen* würde. Die Sache mit Beckett war ganz schön knapp gewesen, und ich wollte gar nicht daran denken, was wohl passieren würde, wenn ich bei unserer nächsten Begegnung nicht so schnell ein Schlupfloch fand. Ehrlich gesagt wollte ich dort unten lieber keinem Syndikat-Mitglied begegnen und auch sonst niemandem.

Am Ende des Tages räumten Lance und ich auf und machten uns in der Küche des Parlor ein Sandwich. Ich brauchte jetzt ein bisschen Abwechslung, wollte an irgendetwas anderes denken, egal was, also machte ich ihm bei einem Thema ein bisschen Druck, das er den ganzen Tag noch nicht erwähnt hatte.

»Also ... wie ist es gestern Abend eigentlich mit Raphaella gelaufen? Die ist irgendwie so irre schön. Unterwäsche-Model-schön.«

Er zuckte mit den Achseln und biss von seinem Brot ab. »Allerdings.« Er kaute und nahm dann noch einen Bissen, dann kaute er wieder und biss erneut ab. Ich sah ihn an und erwartete eigentlich, dass er das noch näher ausführen würde. Aber da kam nichts weiter, es erklang einzig das mahlende Kaugeräusch. Allerdings? Mehr hatte er dazu nicht zu sagen? Aber ich ließ es ihm durchgehen, wir beendeten unser Abendessen, sagten uns gute Nacht und zogen uns in unser jeweiliges Zimmer zurück.

Sobald ich dort allein war, konnte ich das Unausweichliche nicht länger hinauszögern. Ich zog Jogginghose und T-Shirt an, griff nach der Taschenlampe und öffnete die Schranktür.

Der Weg hinunter war dieses Mal nicht unbedingt einfacher, aber zumindest war ich damit jetzt etwas vertrauter – ich konnte mich auf schmerzende, stechende Finger und das seltsame Gefühl, in völlige Dunkelheit einzutauchen, einstellen. Als meine Füße festen Boden erreichten, gratulierte ich mir zum gelungenen Abstieg.

Das Joggen hätte besser laufen können. Ich war schon nach Minuten – Minuten – außer Atem und musste zehn Meter gehen, bevor ich wieder zu traben anfing, dieses Mal aber so langsam, dass ich mit strammem Marschieren wohl schneller gewesen wäre. Genau deshalb hatte meine bislang rebellischste Tat auch darin bestanden, beim Langstreckenrennen im Sportunterricht einen verstauchten Knöchel vorzutäuschen, weil ich es nicht ertragen konnte, von allen beobachtet und angetrieben als Letzte ins Ziel zu hecheln.

Als ich die Tür des Vorratskellers erreichte, verschnaufte ich nur kurz und rannte dann direkt wieder los. Sobald die vorgeschriebene Stunde verstrichen war, kehrte ich zur Leiter zurück. Ich wollte so schnell wie möglich ins Bett und meinen schmerzenden Muskeln etwas Ruhe gönnen. Wenn es doch bloß zu Beginn des Trainings nach oben gegangen wäre und am Ende nach unten! Aber ich kraxelte hinauf – verharrte auf halber Höhe keuchend, klammerte mich mit jeder Faser meines Körpers fest und schaffte es hoch in den Schrank und in mein halbwegs sicheres Zimmer.

Die Tage verstrichen nun rasch. Lance und ich waren mit dem Wandbild fertig – das gar nicht schlecht aussah – und erledigten jetzt alle möglichen kleineren Tätigkeiten: Wir richteten hier und da Zimmer ein, packten das Goldrandporzellan fürs Capone-Restaurant aus, schüttelten Kissen mit LH-Insignien auf und übernahmen noch zahlreiche andere, wenig glanzvolle Aufgaben. Lucian hatte ich schon seit Tagen nicht mehr zu Gesicht bekommen, und auch Aurelia sah ich immer nur für ein paar Minuten, wenn sie mir neue Anweisungen erteilte.

Dante führte immer noch ein Leben wie ein Vampir. Er fing nachmittags an zu arbeiten, feilte mit Etan am Menü für die Gala und fütterte dann bis spät in die Nacht die Gäste im Tresor. Danach schlief er die meiste Zeit des Tages. Wir waren wirklich wie zwei Schiffe, die sich nachts kreuzten – oder vielmehr morgens, wenn er nach der Arbeit im Club zurückkam und ich auf dem Weg zu Aurelia war, um neue Instruktionen entgegenzunehmen. Das nächtliche Joggen machte mich fertig, aber ich blieb dabei und freute mich, wenn ich ein paar Sekunden schneller war als beim letzten Mal oder morgens aufwachte und nicht mehr ganz so schlimmen Muskelkater hatte.

Am Freitagnachmittag vor der großen Eröffnungsgala hatte man uns alle in der Bibliothek zu einem Mitarbeitertreffen zusammengerufen. Dazu sollten wir, quasi als Generalprobe, die neuen, extra vom Hotel angefertigten Uniformen anziehen. Davon hatte jeder sieben Stück und konnte so ohne Wäscheprobleme durch die Woche kommen. Eine Stunde vor dem Meeting probierte ich die neue Arbeitskleidung in meinem Zimmer zum ersten Mal an. Ich schlüpfte in das eng geschnittene schwarze Kleid, das ich vor Wochen an Celine bewundert hatte, und machte den Reißverschluss zu. Dante kam vorbei, um mir seinen neuen Look zu zeigen: Er trug eine Küchenuniform mit eingesticktem Namen und hatte auch seine eigene Kochmütze.

»Du siehst richtig scharf aus. So rausgeputzt machst du echt was her, Kleine!« Er ließ sich auf mein Bett sinken und sah dabei zu, wie ich erfolglos versuchte, einen halbwegs vorzeigbaren Haarknoten hinzubekommen.

»Findest du das nicht zu kurz?«, fragte ich, zog den Saum herunter und sah dann im Spiegel erst mich an, bevor ich seine Reaktion checkte. Er schüttelte den Kopf und rollte mit den Augen.

»Ah! Also, bitte. Das ist überhaupt nicht zu kurz, Omi. Könntest du vielleicht noch etwas prüder sein?«

»Sorry, mein Gott, das war ja nur eine Frage.«

»Und seit wann hast du eigentlich so tolle Beine? Sind das etwa Muskeln?«

Ich konnte ein Lächeln nicht unterdrücken. »Vielleicht.«

»Sieh mal einer an!«

»Du siehst aber auch toll aus. Die Mütze ist der Wahnsinn!«

»Danke, ich weiß. Sexy, nicht?« Er verzog das Gesicht zu einer Grimasse.

»Absolut.« Ich lachte. Dann verdrehte ich noch einmal meinen Pferdeschwanz und sicherte ihn mit einem Haarband, aber irgendwie hielt das alles nicht. Aurelia hatte mich angewiesen, die Haare zu einem Dutt hochzustecken, aber ich hatte keine Ahnung, wie ich das hinkriegen sollte. Was Dante natürlich nicht entging.

»Okay, jetzt mach mal Platz für jemanden, der was davon versteht.« Er stand auf und forderte mit einer Handbewegung Gummiband, Haarklemmen und Bürste von mir ein. Er setzte mich mit Blick zum Spiegel auf den Schreibtischstuhl, drehte, lockerte auf und steckte fest – bis ich in Nullkommanichts genauso aussah, wie Aurelia sich das vermutlich vorgestellt hatte.

»Voilà!«, rief Dante aus.

»Nicht schlecht«, meinte ich und nahm mein Spiegelbild unter die Lupe.

»Ich hoffe, du hast aufgepasst, denn jeden Morgen mache ich das nicht für dich.«

Ich schlüpfte in die hohen Schuhe, die auch zur Uniform gehörten – schwarz, mit Riemchen und einem mindestens zehn Zentimeter hohen Absatz. Sie drückten, scheuerten hinten am Absatz, quetschten meine Zehen zusammen und taten bei jedem einzelnen Schritt höllisch weh. Au. Ich musste nach einem Blick in den Spiegel trotzdem zugeben, dass all diese Elemente sich zu einem geschliffenen Gesamtbild zusammenfügten. Ich kam mir vor wie eine etwas erwachsenere Version von mir selbst, wie jemand, der ernster und vollkommener war. Ich dachte an Aurelias Bemerkung, dass eine Uniform die Einstellung zur Arbeit veränderte. Tatsächlich strebte ich jetzt nach noch mehr Perfektion, ich wollte meiner Arbeitskleidung Ehre machen.

Dante und ich holten Lance ab, der sich noch die Hemdärmel zuknöpfte, während er die Tür aufmachte, und seine Krawatte nicht trug. Die Uniform der Männer bestand aus einer schwarzen Hose, einer bestickten Weste über einem Hemd und eben einem roten Schlips. Den hielt Lance jetzt kleinlaut hoch: »Mit diesen Dingern hatte ich immer schon meine Probleme.«

In der Uniform wirkte er kräftiger, immer noch groß und schlank, aber muskulöser als in seiner üblichen Jeans mit T-Shirt. Oder vielleicht fiel mir auch jetzt erst auf, wie fit er eigentlich war.

Dante eilte ihm zu Hilfe und band ihm mit raschen Bewegungen die Krawatte. »Leute, ich weiß wirklich nicht, was ihr ohne mich anfangen würdet. Wer soll euch hier denn morgens fertig machen? Ich jedenfalls nicht!«

»Danke«, erwiderte Lance leise.

»Ich gebe dann später noch einen Workshop in Haar- und Krawatten-Origami«, fügte Dante hinzu.

»Wir sind dabei«, sagte ich.

Als wir die Bibliothek erreichten, war das Syndikat bereits versammelt, in Uniform hatten sie sich dort Seite an Seite aufgereiht. Ich versuchte zu ignorieren, wie viel besser diese Frauen in den Klamotten aussahen, die ich jetzt auch anhatte. Auch sie trugen das Haar jetzt nicht mehr offen – einige hatten es zu einem Pferdeschwanz zusammengebunden, andere zu einem Knoten gedreht oder als Dutt hochgesteckt –, und die Männer hatten es mit Gel zurückgekämmt wie Lucian. Normalerweise halfen Uniformen doch dabei, die Menschen gleich zu machen, weil sie ihnen Schutzschild und Pfauenfedern nahmen. Aber im Vergleich zu diesen Leuten, die einfach in allem toll aussahen, konnte ich mir höchstens zu einer kleinen Aufwertung meines Äußeren gratulieren.

Aurelia stolzierte mit Lucian an ihrer Seite herein und nahm uns unter die Lupe.

»Morgen Nachmittag um drei öffnet unser Zuhause seine Pforten«, begann sie langsam, nachdenklich, so als wolle sie nun über etwas sehr Ernstes, fast Lebenswichtiges sprechen. »Deshalb treten von nun an neue Regeln in Kraft. Ich möchte euch ab jetzt nicht mehr ohne Uniform sehen. Ausgenommen davon ist nur der Tresor, wo ihr euch auch nach Dienstschluss auf eine Art und Weise zeigen werdet, die dem Hotel zuträglich ist. Benutzt bitte die Treppe hinter der Galerie, um den Club zu erreichen. Zu euren Zimmern könnt ihr mit dem Lastenaufzug fahren. Andere Gemeinschaftsräume – wie die Bibliothek, das Parlor und das Capone sowie die Galerie – sind von nun an tabu, außer man hat euch dort eine Aufgabe zugeteilt. Die Mahlzeiten können noch immer hinten in der Küche eingenommen werden, aber bitte nicht während der Stoßzeiten. Im Umgang mit den Gästen solltet ihr eine allgemeine Aura von Hilfsbereitschaft, Professionalität und Unbeschwertheit ausstrahlen, aber nicht sprechen, bis man sich an euch wendet.«

Lucian lehnte sich gegen einen der Schreibtische und blickte uns an. Dabei trafen sich unsere Blicke, und ich schaute rasch weg. Einmal tief durchatmen.

»Jeder von euch wird Anweisungen über seine Aufgabe am Abend der Gala erhalten. Viele werden einfach nur zu Dekorationszwecken anwesend sein und wie Hintergrundmusik zur guten Stimmung beitragen. Das ist bei so einer Veranstaltung ein wichtiger Part.«

Starr und steif standen wir da und nickten jetzt alle gleichzeitig. Aurelia ging auf die Tür zu. »Bis auf weiteres …« Sie führte den Satz nicht zu Ende und ließ ihn stattdessen im Raum stehen, während Lucian und sie verschwanden, gefolgt vom Syndikat.

Am nächsten Morgen schickte Aurelia mich in die Galerie, um dort die Aufsicht zu übernehmen. Damit war gemeint, dass ich rumstehen und aufpassen sollte, damit beim Aufhängen der frisch gerahmten Fotos kein Unglück passierte. In der Gruppe sahen sie noch beeindruckender aus – hier war das Ganze wirklich mehr als die Summe seiner Teile. Aurelias Bild war natürlich das Größte, in seinem 1,80 x 1,20 m-Format hing es neben dem Eingang der Galerie genau in der Mitte der Wand. Lucians Porträt kam als Nächstes. Es war etwa halb so groß, obwohl die Aufnahme von ihm in meinen Augen viel beeindruckender war: Bei seinem Anblick hatte ich selbst jetzt noch das Gefühl, dass er mich ansah. Die Bilder der restlichen Syndikat-Mitglieder waren kreisförmig darum angeordnet. Und an den Rändern dieser Galaxie schwebten Lance, Dante und ich. Wir waren nur eine Art Begleiterscheinung und im Vergleich zum Herzstück drittrangig. An einer Seite war ein kleines Schild mit der Aufschrift »Fotografie: Haven Terra« angebracht. Für einen Moment dachte ich, dass meine Augen mir da einen Streich gespielt hatten, und trat näher heran. Aber nein, das stand da wirklich. Damit hatte ich nun wirklich nicht gerechnet!

Als alles an seinem Platz war, verließ ich die Galerie und trat in die Lobby hinaus. Für einen Moment fühlte ich mich als Teil dieses großen Ganzen – ich war mittendrin in all dem Trubel und der Aufregung und wollte nur zu gerne bei der großen Veranstaltung am Abend glänzen. Immerhin würde sie alles, was ich in meinem bisherigen Leben erlebt hatte, in den Schatten stellen. Eine gewisse Spannung, ein Knistern lag in der Luft. In Erwartung all dieser Fremden, die hier auf der Suche nach etwas Besonderem absteigen würden, schien die Lobby zu vibrieren, und es sah alles noch viel zauberhafter aus als sonst. Blumenarrangements mit den exotischsten, ungewöhnlichsten Blüten in kräftigen Farben zierten jede nur verfügbare Oberfläche, dazu kamen all die Kerzen, die bereits entzündet waren und flackernd brannten, obwohl doch erst Nachmittag war. Der Kronleuchter funkelte und glänzte, und alles wurde von beschwingter Jazzmusik umfangen.

Auf dem Weg zum Lastenaufzug, mit dem ich mal eine Probefahrt machen wollte, drehte ich in der Lobby eine Runde und bewunderte alles. Dabei entdeckte ich Lucian, der jetzt wieder einen Anzug trug und gerade bei einem Gesteck auf dem Empfangstresen letzte Hand anlegte. Hinter ihm zeigte der Flachbildschirm die Fotos, die ich im Tresor geschossen hatte. Jeder neue Gast würde sie hier sehen, genauso wie alle Besucher der Galerie meine Arbeit zu Gesicht bekommen würden, und in diesem Fall sogar offiziell unter meinem Namen. Ich hatte hier meinen Beitrag geleistet. Lucian bemerkte mich, lächelte und winkte mich heran.

»Haven«, sagte er, als ich näher kam. »Hast du schon die Galerie gesehen?«

»Da war ich gerade. Das ist ja echt unglaublich. Ich hatte keine Ahnung, dass dort mein Name erwähnt würde.«

»Du hast es dir verdient.«

»Danke.« Ich spürte, wie ich rot wurde, sah deshalb lieber weg und wechselte das Thema. »Also, gleich geht die Show los.«

»Ich weiß, kaum zu fassen. Lass dich von Aurelia heute Abend nicht zu hart rannehmen. Du sollst schließlich auch ein bisschen Spaß haben.«

»Na ja, wenn du darauf bestehst …«

Er lehnte sich vor und hantierte wieder mit den Blumen herum – das Gesteck bestand aus bauchigen, orchideenartigen Blüten in Schwarz und Weiß sowie einer Art vielblättriger schwarzer Rosen. Lucian suchte eine aus, strich mir die Haare hinters Ohr und steckte dann die Blume dahinter. Ihre Blüte war so riesig, dass sie mich an der Wange kitzelte.

»Auf jeden Fall. Dann sehen wir uns also heute Abend?«

»Natürlich«, nickte ich, während er sich langsam rückwärts entfernte, mich dabei aber immer noch ansah.

»Gut.« Er grinste wieder. »Alles Liebe zum Valentinstag!«

In meinem Zimmer kam die Blume – die einzige, die mir je ein Junge geschenkt hatte – erst einmal in ein Glas Wasser, das ich auf den Nachttisch stellte. Ich hatte gerade die Nase in den Blütenblättern versenkt, um ihren fast lavendelartigen Duft in mich aufzunehmen, als an der Tür geklopft wurde. Durch den Spion entdeckte ich Dante in Küchenuniform und mit einer Pflanze in der Hand. Ich machte auf.

»Warum denn so förmlich?«, witzelte ich. Wenn nicht abgeschlossen war, klopfte er normalerweise nicht an.

»Schö-nen Valentinstag!«, grüßte er, hielt mir die Topfpflanze entgegen und marschierte herein. Dann machte er zwischen all den Chicagobüchern auf meinem Schreibtisch ein wenig Platz. »Guck mal, die hab ich im Garten entdeckt. Sie ist genauso zauberhaft wie du, und ich habe mir gedacht, dass sie dir vielleicht gefällt.«

»Die ist ja wunderschön. Dan, das ist so lieb von dir!« Ich lehnte mich vor, um daran zu schnuppern. Sie roch nach ofenwarmen Plätzchen. »Also gibt es hier auch einen Garten?«

Es schien ihn zu überraschen, dass ich das nicht wusste. »Äh, ja.«

»Wer hätte das gedacht?« Ich berührte die blutrote Blume, die sich ganz warm anfühlte. Die Blüte war fast so groß wie meine Hand, sternförmig und über fünf Zentimeter tief. »So was habe ich noch nie gesehen, ist das eine Orchidee oder so?«

»So ähnlich, das ist eine Kreuzung aus …«, er wurde langsamer, »aus … irgendwas und irgendetwas anderem.«

»Aaaah, na ja, darauf hätte ich bei einer Kreuzung auch getippt.« Ich verstummte und wartete auf eine Reaktion, Dante blickte aber nur etwas pikiert drein. »Ich mache doch nur Spaß.

Die ist super, vielen Dank. Die bringt wenigstens ein bisschen Farbe ins Spiel. Und hör mal, heute ist echt mein Glückstag, das ist nämlich schon die zweite …«

Er unterbrach mich: »Oh, und die brauchst du nicht zu gießen, die ist zäh.«

»Wie, überhaupt nicht?«

»Erst mal nicht«, meinte er.

»Okay, also wie bei einem Kaktus.« Ich streichelte die Pflanze, als wäre sie ein Haustier. »Macht es denn nichts, dass es hier unten kein Sonnenlicht gibt? Wie betreibt die Kleine denn ihre Fotosynthese?«

»Sie ist hart im Nehmen.«

»Wie wir alle«, witzelte ich. »Also, setz dich. Wie läuft es so? Das ist alles ganz schön verrückt, nicht? Ich war nicht mehr oben, seit die Leute einchecken konnten – ist viel los?«

»Ja, hm, ich muss wieder los, ich habe mit Etan noch so viel zu tun … aber du solltest dich wirklich amüsieren. Wir sehen uns nachher!« Er küsste mich auf die Wange und rannte hinaus, noch bevor ich ihn aufhalten konnte. Er stand wohl wirklich unter Stress. Ich sog wieder den süßen Duft der Pflanze ein – so ein komisches Ding hatte ich noch nie gesehen.

Ich kam gerade aus der Dusche und ergötzte mich noch immer an meinen Valentinsblumen, als mein Zimmer plötzlich von einem Knistern erfüllt wurde, das gar nicht mehr aufhörte. Es war eine Art altmodisches Rauschen, wie von einem Schwarm Bienen, aber viel geräuschvoller. Nicht wie ein Feueralarm, aber laut genug, um mich wahnsinnig zu machen. Das musste ich unbedingt abstellen. Aber dafür musste ich erst einmal herausfinden, woher es stammte. Es kam aus dem hinteren Bereich des Raumes, von dort, wo sich das Fenster befunden hätte, wenn wir nicht im Keller wären. Ich griff nach dem Vorhang und zog ihn mit einer raschen Bewegung zurück. Und tatsächlich, da war sie: eine kleine silberfarbene Box, die mich irgendwie an die 1950er erinnerte. Sie hatte ein paar Knöpfe und einen runden Lautsprecher. Wieso hatte ich denn nicht gewusst, dass es in meinem Zimmer eine Gegensprechanlage gab? Ich drückte den Sprechen-Knopf.

»Hallo?«

»Haven, Haven, Haven.« Lucians harmonische Stimme ertönte, erfüllte den Raum, erhob sich über das Rauschen und versetzte mich augenblicklich in verträumte Stimmung. Gedankenverloren begann ich an meiner Kette herumzuspielen und wickelte mich fester in das Handtuch ein, so als befände sich Lucian tatsächlich hier im Raum.

»Hi ... Lucian, äh ... wie geht's?«

»Ich bin schon richtig aufgeregt wegen heute Abend und natürlich supergestresst.« Das brachte er mit so seelenruhiger Stimme vor, als wollte er jemanden in den Schlaf wiegen. »Ich wollte dir nur eine Nachricht übermitteln: Aurelia«, er sprach ihren Namen gedehnt aus, so dass ich genug Zeit hatte, ganz nervös zu werden, »würde dich gern sehen. Sie ist in ihrer Dachwohnung – Penthouse eins.«

»Oh, klar, ich mache mich sofort auf den Weg.« Im Geiste ging ich rasch durch, was ich noch erledigen musste, um halbwegs vorzeigbar zu sein. »Hm, ist alles ...«

»Klar, alles in Ordnung, versprochen.« Ich konnte das Lächeln in seiner Stimme hören. »Sie hat da was für dich. Für heute Abend. Mach dir also wegen der Klamotten keine Sorgen. Geh einfach so, wie du jetzt bist, das ist perfekt.« Mein Blick wanderte durch den Raum, aber nein, das war doch verrückt. Ich meine, er konnte mich auf keinen Fall sehen. Wenn mir jemand wirklich gefiel, dann hatte ich manchmal das Gefühl, dass er mich ständig beobachtete und mich sehen konnte, selbst wenn ich ganz allein war. Ich glaube, so was passiert, wenn man jemandem in seinem Kopf zu viel Platz einräumt.

Dann war er eben fast immer in meinen Gedanken zugegen, und ich hielt nach ihm Ausschau und versuchte, mich mit seinen Augen zu sehen. Das war anstrengend, aber es machte mich glücklich. Die Spannung, das Kribbeln unter der Haut, die Schmetterlinge im Bauch und im Herzen, das alles kann einen schon durch den Tag bringen.

»Hm, okay, wenn du es sagst.«

»Tu ich.«

»Dann bin ich so gut wie unterwegs.«

Das war's. Das Knistern und Lucian waren verschwunden.

13

Schönheit ist Genialität

Die Aufregung und das Feuer, das Lucians Stimme in mir entfacht hatte, ebbten schnell ab und verwandelten sich in Angst. Plötzlich glühte ich vor Stress. So würde ich mich natürlich nicht auf den Weg zu Aurelias Penthouse machen. Was sie wohl für mich hatte? Ich zog meine Uniform an, trocknete mir so schnell wie möglich die Haare und steckte sie so gut es ging zu einem Knoten – oder vielmehr »Chignon«, vielen Dank – hoch und versuchte dabei, Dantes Handgriffe nachzuahmen.

In Rekordzeit eilte ich zur Tür hinaus und nahm den Lastenaufzug in den obersten Stock, den ich bisher nur auf unserer Tour am ersten Tag gesehen hatte. So nah am Oberlicht handelte es sich quasi um ein ganz anderes Hotel, und ich musste jetzt bei Einbruch der Dunkelheit einfach mal stehen bleiben und hochsehen. Von diesem Punkt aus war klar, welche der Lichter von den Sternen stammten und welche nur Spiegelungen des Kronleuchters waren – wie viele Lämpchen hatte Lance da noch mal gezählt? Aber sie funkelten alle, um mir zu versichern, dass dies ein magischer Ort war.

Der Teppichboden auf dem Gang fühlte sich weich und üppig an, hatte aber einen gewissen Treibsandeffekt und verlangsamte meine Schritte auf dem Weg zu Penthouse eins. Irgendwann kam ich dann doch endlich an, klopfte und wartete. Die Tür öffnete sich knarrend.

»Hallo, Haven«, hauchte Aurelia mit rauer Stimme.

»Hallo …« Eigentlich wollte ich ihr ja mit »Sie sehen toll aus« ein Kompliment machen, aber da sie im Moment noch einen Frisiermantel aus schwarzem Satin trug, verkniff ich mir die Bemerkung, und auf die Schnelle fiel mir auch nichts Neues ein. Vom Hals aufwärts war sie jedoch bereits fertig. Ihre Haare hatte sie zu einer loseren, lockigeren Version dessen festgesteckt, was ich bei mir eigentlich im Sinn gehabt hatte, aber seitlich statt im Nacken. Es sah sexy und perfekt aus, ein paar Strähnen umrahmten an genau der richtigen Stelle ihre zarten Gesichtszüge. Ihr Make-up war angemessen düster: Sie hatte kajalumrandete Augen, die mit allen möglichen Grau- und Schwarztönen zu Smokey Eyes verwischt waren. Ihr Look war sinnlich und glühend, wie aus einer Parfumwerbung. Endlich fand ich meine Stimme wieder: »Ihre Frisur finde ich toll.«

»Danke. Deine wird dir gleich auch gefallen. Komm rein.«

Sie winkte mich heran und musterte mich mit einem leeren Blick, den man wohl als höfliche Kritik auffassen konnte. Ich folgte ihr und sah mich rasch im Raum um: kein Lucian. Keine Ahnung, ob ich darüber froh sein sollte oder nicht – vielleicht war ich sogar erleichtert. Denn sonst hätte ich mir die beiden ja doch nur zusammen vorgestellt – und dieses Bild wollte ich mir lieber nicht vor Augen führen.

Nicht dass ich diesen Gedanken wirklich verdrängen konnte. Aber jetzt bewunderte ich erst einmal das Penthouse in seiner vollen Pracht. Durch eine Fensterfront sah man hinab auf die glänzenden Lichter Chicagos, und in der Tiefe pulsierte die Michigan Avenue mit den winzigen Autos. Gut, dass ich nicht auch so ein Zimmer hatte, sonst würde ich den ganzen Tag nur verträumen. Aurelia führte mich zu einem Frisiertisch mit Spiegeln, vor dem ein hübscher kleiner Hocker stand, und auf dem in sauberen Reihen jede Menge Kosmetika, Haarprodukte und Utensilien angeordnet waren. Ich blieb stehen und wartete, während sie in ihrem Schrank herumstöberte, eine Kleiderhülle herausholte und an einen goldenen Garderobenständer hängte. Sie öffnete den Reißverschluss, zeigte mir den Inhalt aber nicht.

»Also, dann mal los, setz dich«, forderte sie mich auf und deutete auf den Hocker vor dem Tischchen. Ich tat wie geheißen.

»Das ist ja ein herrliches Zimmer«, schwärmte ich und versuchte, unauffällig einen Blick durch die Tür neben dem begehbaren Schrank zu werfen. Dort war die Ecke eines mit Satinwäsche in Lavendelblau und Salbeigrün bezogenen Bettes zu sehen. Es waren dieselben Farben wie in meinem Zimmer, aber hier war natürlich alles viel üppiger und luxuriöser. Da musste man ja was Schönes träumen. Und die Wirklichkeit war sicher auch angenehm.

Aurelia ignorierte meine Versuche, Smalltalk zu betreiben. »Heute Abend übernimmst du die Rolle meiner rechten Hand. Du wirst dich an meiner Seite halten, tun, was ich dir sage, das Hotel repräsentieren und wichtige Persönlichkeiten der Stadt treffen.« Sie verstummte. Es verstrich genug Zeit, um mir klarzumachen, dass dies der Moment für eine Bemerkung meinerseits war, bevor sie fortfuhr.

»Vielen Dank. Das klingt fantastisch!« Ich konnte nicht verhehlen, dass ich völlig perplex war.

»Du klingst überrascht.«

»Oh nein, überhaupt nicht.« Beim Versuch, mich selbstsicher zu geben, klang ich jetzt leider überheblich und egoistisch, also schaltete ich schnell um. »Ich bin begeistert … wirklich … Was soll ich tun?«

»Zunächst einmal sollte dein Aussehen auch deiner Aufgabe entsprechen.« Mit den Händen auf meinen Schultern stand sie hinter mir und betrachtete mein Spiegelbild. »Wenn ich dich heute Abend als meinen Schützling präsentiere, dann sollte dein Auftreten auch dazu passen.« Mit einer raschen Bewegung löste sie meinen Dutt, ließ mir die lange Mähne auf die Schultern fallen und zerzauste sie mit den Fingern. Schon nach dieser einen Geste sah mein Haar bereits voluminöser aus als nach allem, was ich je damit anzustellen versucht hatte. Aurelia musterte mich mit hartem Blick und zusammengekniffenen Lippen, als ginge sie in Gedanken eine Million verschiedener Möglichkeiten durch, diese leere Leinwand zu füllen. Schließlich verkündete sie: »Im Schrank hängt an der Tür ein Morgenmantel. Zieh den an.«

Ich nickte und verschwand im begehbaren Kleiderschrank. Außerhalb eines Bekleidungsgeschäftes hatte ich noch nie so viele Klamotten auf einmal gesehen. In diesem Schrank befanden sich in den Regalen und an den Stangen makellose und perfekt gefaltete Kleidungsstücke, alle in Schwarz oder Dunkelblau, einige auch mit von einem dieser beiden Farbtöne dominierten Mustern. Hier waren vor allem Seide und Satin, die beiden luxuriösesten, verführerischsten Stoffe, zu finden. Ich fuhr mit den Fingern über einige der Kleider, die so unschuldig da hingen. Sie warteten nur darauf, angelegt zu werden, um sich augenblicklich in etwas zu verwandeln, das nach Aufmerksamkeit heischte und sie auch von allen Seiten bekam. In den Regalen waren mehr Schuhe – mit riesigen, haushohen Absätzen – aufgereiht, als ein einziger Mensch jemals tragen konnte.

»Hast du ihn gefunden, Haven?«, rief Aurelia durch die Tür. Rasch schlüpfte ich aus meiner Uniform und ließ sie einfach auf dem Fußboden liegen.

»Ja, hier ist er ja schon«, antwortete ich und nahm das Kleidungsstück aus dünnem Stoff vom Haken. Es roch nach ihr, genau wie Lucians würzige Blume. Ich band mir den Mantel um, dessen Satinmaterial sich auf der Haut kühl anfühlte.

Als ich ins Zimmer zurückkehrte, hatte Aurelia bereits einen Kamm und eine Sprühflasche in der Hand. Sie deutete auf den

Hocker, auf dem ich schweigend Platz nahm, und dann drehte sie mich zu sich um, vom Spiegel weg.

»Schönheit«, erklärte sie, umfing mein Kinn mit der Hand und sah mich prüfend an, »ist eine Form von Genialität. Meinst du nicht auch?«

»Sicher«, behauptete ich, obwohl ich gar nichts verstand. Für mich waren Genies eben geniale Menschen – Nobelpreisträger, Hirnchirurgen oder Künstler. Aber Schönheit an sich? Schön zu sein? Das war ja nicht einmal eine Tätigkeit, sondern völlig passiv. Und Genialität war niemals passiv. Aber ich hatte nicht den Eindruck, dass ich da jetzt widersprechen sollte. »Wahrscheinlich.«

»Durch Schönheit kann man alles erreichen, und zwar immer und immer wieder«, fuhr sie fort. Sie befeuchtete mein Haar mit der Sprühflasche, gab einen Klacks Gel darauf und verteilte es, dann fuhr sie mit dem Kamm hindurch und scheitelte es auf der Seite – nicht in der Mitte, wie ich es sonst trug. Sie glättete mein feuchtes Haar mit den Zinken, und dann schien sie es mit den Fingern in Wellen zu legen, die sie gegen die Kopfhaut presste. »Schönheit ist das ultimative Mittel der Manipulation. Durch sie kann man sich so vieles erlauben. Schönheit zieht Menschen an, weil jeder hofft, dass sie auf ihn abfärbt. Sie ist mächtig, wenn man damit richtig umzugehen weiß.« Nachdem sie mit den Wellen fertig war, griff sie nach einer dicken Strähne und wickelte sie um einen breiten Lockenstab.

»Die größte Sünde ist nicht, sie sich zu Nutze zu machen, sondern vielmehr keine Ahnung zu haben, wie man sie am besten einsetzt.« Sie befeuchtete mein Haar wieder und wickelte nun ein weiteres Büschel auf. Ich fragte mich, ob sie das wohl ganz allgemein feststellte oder mich damit meinte. Wenn es hier um mich ging, konnte ich mich zumindest geschmeichelt fühlen – es wäre mir nie in den Sinn gekommen, dass ich schön genug war, um irgendjemanden zu manipulieren. Und vermutlich war genau das mein Problem. »Ich muss dir ja wohl nicht sagen, dass du mit so einigem durchkommen könntest, wenn du nur wolltest.« Bei diesen Worten suchte mein Blick automatisch den ihren. Sie sah mich erst an, als sie den Lockenstab wieder abgesetzt hatte. Mit flinken Fingern verdrehte sie mein Haar und steckte es dann zu einem tiefen, seitlichen Knoten zusammen. Vielleicht wartete sie ja darauf, dass ich noch etwas erwiderte. Und das wollte ich auch. Ich hätte so gerne noch mehr darüber gewusst. Aber eines hatte mir dieses Praktikum im Lexington nur zu deutlich gezeigt – ich war nicht wie die Leute hier. Ich hatte sie nach bestem Wissen analysiert und studiert, um ihr Geheimnis zu ergründen. Aber ich glaubte kaum, dass ich da irgendwie rankommen konnte.

»Tatsächlich?«, fragte ich endlich. Aurelia ließ die Hände einen Moment auf meinem Scheitel ruhen und fuhr dann fort, bändigte einzelne Strähnen und steckte schließlich alles eng am Kopf fest.

»Oh ja«, versicherte sie. Diese Idee gefiel mir. Ich ließ sie mir durch den Kopf gehen und beleuchtete sie von allen Seiten. In Gedanken sah ich mich schon auf einer Höhe mit diesen Lichtgestalten, ich benahm mich so wie sie, bewegte mich mit derselben Eleganz und strahlte diese verführerische Abgeklärtheit aus, die all die Blicke und die Bewunderung mit sich bringen. Sie ahnte wohl, was mir durch den Kopf ging. »Aber dafür muss man sich bewusst entscheiden«, fuhr sie fort. »Dazu musst du dich uns völlig hingeben und uns vertrauen.« Sie sah mir direkt in die Augen. Dann griff sie nach einer Puderdose und fuhr mir mit einem plusterigen Pinsel über die Wangen.

»Oh?« Tat ich das nicht längst? Irgendwie wollte ich mich jetzt gerne verteidigen, ohne gleich beleidigt zu klingen. »Ich möchte Ihnen so gerne beweisen, dass ich alles daransetze, meine Sache gut zu machen.« Sie wandte mir den Rücken zu, um ihr nächstes Schönheitsutensil auszuwählen.

»Wir wissen, dass du hart arbeitest, Haven.« Mit einem spitzen Stift – einem Eyeliner – beugte sie sich vor. Ich schloss die Augen, und der Stab fuhr warm meine Lider entlang. »Du bekommst in Zukunft noch oft Gelegenheit, deine Loyalität unter Beweis zu stellen. Beim Rekrutierungsprozess wirst du eine entscheidende Rolle spielen.«

»Was denn für eine Rekrutierung?«

»Das wirst du schon noch sehen.« Sie bearbeitete auch das andere Auge und fuhr dann mit einer Reihe von Bürstchen über meine Lider, mit denen sie mich bemalte und verzierte. Dann trug sie kräftiges, rosafarbenes Rouge auf meinen Wangen auf, klappte die Puderdose zu und betrachtete all die perfekt aufgereihten Lippenstifte auf dem Schminktisch. Endlich entschied sie sich für einen Farbton, griff dann nach einem Pinsel, der so dünn war wie ein kleiner Zweig, bedeckte ihn mit einem tiefen Weinrot und tupfte es mir auf die Lippen.

»Das größte Gut ist die Jugend.« Sie seufzte. »Es gibt keine größere Tragödie, als sich mit einer langweiligen Jugendzeit zufriedenzugeben.«

»Ich denke eben, dass ich in Zukunft ernten kann, was ich gesät habe, wenn ich jetzt in der Gegenwart auf Nummer sicher gehe und mich auf meine Ziele konzentriere«, wandte ich ein. Aber es klang zögerlich, so als versuchte ich nicht nur sie, sondern auch mich selbst zu überzeugen.

»Und wo bleibt da die Leidenschaft? Man lebt doch für den Moment!«

Dies war das genaue Gegenteil von allem, was man mich je gelehrt hatte – an die Zukunft zu denken, jetzt den Grundstein für später zu legen, zu wissen, welchen Weg man einschlagen will. Mein Leben war nicht auf schnelle Befriedigung ausgerichtet, aber ich hatte eigentlich nie das Gefühl gehabt, etwas zu verpassen. Bis jetzt.

Aurelia wirbelte mich herum, so dass ich mich endlich im

Spiegel betrachten konnte. Zum zweiten Mal in nur zwei Tagen erkannte ich mich selbst nicht wieder. Ich war begeistert. Meine Chefin hatte mir die gleiche Frisur verpasst, die sie auch trug: eine Art Wasserwelle im 1920er-Stil mit einem tiefen, leicht zerzausten seitlichen Knoten. Meine Lider hatte sie mit verschiedensten Lagen schwarz und grau geschmückt. Dazwischen war das Braun meiner Augen nur noch ein schmaler Schlitz und glühte wie die Pupille einer Katze. Meine Lippen waren in einem glänzenden Rotton lackiert und wirkten voller, als ich es je für möglich gehalten hätte.

»Danke, das ist einfach umwerfend«, staunte ich mein Spiegelbild an.

Aurelia schien es gar nicht zu hören, offensichtlich war sie in Gedanken ganz woanders. »Bist du es denn nie leid, immer … das Richtige zu tun?« Das schien sie wirklich zu interessieren.

»Äh, irgendwie hab ich darüber noch nie nachgedacht. Das mache ich ja nicht bewusst«, erklärte ich, wandte mich vom Spiegel ab und sah sie an. »Und ich bin ganz bestimmt nicht perfekt.«

»Findest du das alles denn nicht ermüdend?«

»Für mich ist es … ganz natürlich.« Langsam bekam ich das Gefühl, dass ich sie verärgert hatte.

»Scheinbar hast du noch nicht begriffen, wie aufschlussreich es sein kann, wenn man seine Grenzen austestet. Ab und zu aus seiner sicheren Ecke rauszukommen macht Spaß. Jemand hat sogar einmal gesagt, dass man Mut braucht, um zu sündigen.«

Wieder einmal hatte unsere Unterhaltung eine reichlich seltsame Richtung eingeschlagen, und ich wusste nicht, wie ich mich geschickt aus der Affäre ziehen sollte. Ich hatte keine Ahnung, worauf sie da abzielte, was sie von mir wollte oder erwartete. Ich versuchte immer noch, eine Antwort zu formulieren, als sie plötzlich das Thema wechselte.

»Zieh das an!«, befahl sie und deutete mit einer Kopfbewegung auf die Kleiderhülle an der Garderobe, während sie begann, die Schminkutensilien wegzuräumen.

Ich griff nach dem schweren Beutel und zog mich wieder in den Schrank zurück. In der Hülle befand sich ein glänzendes schwarzes Flapper-Kleid mit langen, perlenverzierten Fransen und einer passenden winzigen Handtasche. Es raschelte, als ich es vom Bügel nahm. Ich schlüpfte hinein und stellte fest, dass es wie angegossen saß, was überhaupt keinen Sinn ergab, wenn es doch Aurelia gehörte. Weder war ich so groß wie sie, noch hatte ich ihre Rundungen, und trotzdem schien es wie für mich gemacht. Ich betrachtete mich rasch im bodenlangen Spiegel. Dieses Kleid war ganz schön kurz – der Saum bedeckte meine Oberschenkel nur bis zur Hälfte –, aber da war wohl nichts zu machen. Und ich musste mich trotz der breiten Träger vorsehen, damit meine Narben im Ausschnitt nicht zu sehen waren. Da würde ich ganz schön aufpassen müssen, das konnte ich jetzt schon sagen. Dann drehte ich mich um und betrachtete mich von hinten – meine vernarbten Schultern waren zum Glück bedeckt. Vorsichtig trat ich ein paar Schritte aus dem Schrank und wappnete mich für Aurelias Kritik. Sie nickte, als wollte sie »Gar nicht schlecht« sagen.

»Das ist wirklich ein tolles Kleid, danke, dass ich es heute tragen darf.« Ich strich den Stoff glatt und hoffte, das würde auch Einfluss auf die Länge haben. Unwillkürlich zupfte ich am Saum herum, dann bemerkte ich Aurelias Blick – eisig wie ein gefrorener See – und ließ es gut sein, drückte die Schultern durch und richtete mich gerade auf.

Sie sprach kein Wort und rauschte nur an mir vorbei, ging in den Schrank und hinüber zu einer schmalen hölzernen Kommode, die mir dort aufgefallen war. Aurelia öffnete die obere Flügeltür, und es erstrahlten Reihen von Halsketten und bezaubernde Edelsteine in allen Schattierungen, die wohl eher ins Field Museum gehört hätten. Dann zog sie eine Schublade auf und griff nach einem Ring mit einem kanariengelben Stein, der fast so groß wie ein Golfball war. Sie schob ihn sich auf den Finger und wählte dazu passende Ohrringe, zitronengelbe Steine an einer Schnur aus Diamanten.

»Unseren Gästen soll klar sein, dass du eine von uns bist«, erklärte sie, während sie die Lade wieder zuschob. »Du hast doch Ohrlöcher, hoffe ich?«

»Ja, hab ich«, sagte ich erleichtert. Wenigstens auf diese eine Frage konnte ich die richtige Antwort geben. Joan hatte an meinem dreizehnten Geburtstag eine große Sache daraus gemacht, mir die Löcher stechen zu lassen, aber ich nutzte sie selten.

Aurelia schob mir die Ohrringe durch die Läppchen, nahm dann den Ring ab und steckte ihn mir an den Finger. Ich sah in den Spiegel und funkelte mich selbst an. Neben dem ganzen Schmuck konnte ich kaum auf etwas anderes achten. Die Ohrringe waren etwas länger als meine Haare, schwangen bei jeder Bewegung hin und her und blitzten hervor. Ich berührte sie mit ringgeschmückter Hand. Jetzt erkannte ich mich erst recht nicht wieder. So gar nicht mehr. Es kam mir wirklich vor, als würde ich hier eine Rolle spielen – und zwar die einer weitaus interessanteren Person, als ich selbst es war.

Aurelia hingegen sah nicht sehr überzeugt aus. Bedächtig neigte sie den Kopf. »Ich denke … besser keine Halskette«, sprach sie ihr Urteil.

Ich sah zu meinem glänzenden kleinen Engelsflügel hinunter, der neben den gelben Diamantohrringen und dem Ring so unbedeutend wirkte. Den konnte ich doch nicht abnehmen! Aus welchem Grund auch immer, das Buch hatte darauf bestanden, dass ich ihn immer trug.

»Mir gefällt es irgendwie. Ich finde, das … hm … passt doch alles perfekt zusammen.« Mein Versuch, mich hier als Modeexpertin auszugeben, war nicht sehr überzeugend.

»Weg mit der Kette«, befahl Aurelia jetzt mit schärferer Stimme. Ich nahm sie ab und steckte sie in das Handtäschchen. »Aber ich lasse mich gern auf einen Kompromiss ein: Wie wäre es mit einem Armband als dezenterer Note?« Ich verharrte still, während sie wieder in ihrem Schmuckschrank herumsuchte und mit einem schmalen goldenen Armreif zurückkehrte. »Dies ist ein ganz besonderes Stück, das ich schon seit vielen Jahren besitze.« Sie griff nach meiner Hand und quetschte sie durch den Metallring. Er lag eng an meinem Handgelenk an und war mit blassen Radierungen in Herzchenform verziert. »Es ist diesem berühmten, teuren Armband nachempfunden, das man nur mit einem speziellen Schraubenzieher öffnen und schließen kann, das kennst du doch sicher?«

Ich schüttelte den Kopf. Woher sollte ich denn so was wissen?

»Na ja, ich wollte unbedingt so eins, also hat jemand das für mich anfertigen lassen.« Sie sprach jetzt ganz ungezwungen und frei, wandte sich direkt an das Armband um mein Handgelenk. Anscheinend war ihr gar nicht bewusst, dass sie diese Dinge nicht nur dachte, sondern laut aussprach. Ich wollte ihre Trance nicht stören, also schwieg ich und hoffte, sie würde weiterreden. Das tat sie auch. »Es war immer ein Lieblingsstück von mir. Er war ein netter Mann. Wahrscheinlich hätte ich es ihm zurückgeben sollen, als …« Sie verstummte. »Aber das konnte ich einfach nicht. Ich glaube kaum, dass er es danach einer anderen geschenkt hätte, aber trotzdem.« Sie schüttelte sich. »Leider hat er immer noch den Schraubenzieher, also haben wir Glück, dass deine Hände so klein sind wie meine.«

»Waren Sie in ihn verliebt?« Ich hatte mir die Frage nicht verkneifen können. Es gab so vieles, das ich über sie wissen wollte. Aber jetzt machte sie plötzlich wieder dicht.

»Natürlich. In dem Alter ist man doch ständig verliebt.« Mit ihrer typischen, harschen Stimme spielte sie die Sache nun herunter. Ich wusste nicht so recht, was sie meinte. In was für einem Alter denn? So lange konnte das noch nicht her sein. »Du verliebst dich doch sicher tausend Mal am Tag.«

Ich hatte keine Ahnung, was ich darauf erwidern sollte. Sie klang jetzt fast ein bisschen durcheinander, so als sei sie mitten in einem seltsamen Traum aufgewacht.

»Du bist jetzt fertig«, verkündete sie nun, ohne mich anzusehen, und rückte die Puderdosen auf dem Frisiertischchen zurecht. »Wir treffen uns in der Lobby unter dem Kronleuchter.«

Sobald ich den Raum verlassen hatte, holte ich die Halskette wieder hervor und schlang sie mir neben dem Armreif ums Handgelenk. Ich konnte sie dreimal herumwickeln, und es sah gar nicht schlecht aus. Durch das Dachfenster funkelten die Sterne, und die Lichter des Kronleuchters tauchten die Lobby, in der Gäste im 20er Jahre-Look Smalltalk betrieben und an ihren Drinks nippten, in ein himmlisches Glühen. In der Mitte unterhielt eine Jazzband die Leute mit einem klassischen Thema voller Schwung und Elan, einem Lied, zu dem man sich Tänzer beim Charleston vorstellen konnte. Während ich auf den Lift wartete, drehte ich an dem Armreifen herum, und dabei fiel mir eine Gravur im Inneren des Ringes auf. Ich wand die Hand durch die Öffnung, um mir das mal genauer anzusehen. Darin stand »In Liebe, N.«. Ich streifte das Schmuckstück wieder über. Irgendwie hatte ich das Gefühl, als hätte ich gerade meine Nase in Dinge gesteckt, die mich nichts angingen. Dann öffnete sich die Aufzugtür.

Auf dem Weg nach unten hielt der Lift mehrmals, um Fahrgäste aufzunehmen. Im siebten Stock kam ein herausgeputztes Paar herein, das den Knopf für das Zwischengeschoss drückte – die Frau trug ein bodenlanges, schwarzes Abendkleid, wühlte in ihrer Handtasche herum und würdigte mich keines Blickes. Der Mann im Smoking hingegen, der vielleicht Mitte oder Ende 40 war, aber attraktiv und distinguiert wirkte, sah mich an und schenkte mir ein kleines Lächeln.

Ich schaute weg, beschloss dann aber, mit ihnen zusammen im Zwischengeschoss auszusteigen. Ein kleiner Umweg konnte nicht schaden, und ich musste mir einfach den Ballsaal ansehen. Das Paar schritt voran und holte sich an einem langen, mit Blumen dekorierten Tisch seine Platzkarte. Ich schob mich durch die Menge und steckte den Kopf zur Tür herein: Hier umstanden runde Tische mit riesigen Gestecken in Schwarz und Weiß eine Tanzfläche mit einer weiteren Band. Der Ball fing gerade an, die Lichter waren gedämpft, und die Menge lachte und trank bereits ausgelassen. Der eine oder andere schwang sogar schon das Tanzbein, während viele geduldig auf ihrem Platz saßen und darauf warteten, dass die Kellner, die aus einer Tür im hinteren Bereich des Saals hervorquollen, die Teller mit Salaten brachten. Hier würden Wohlhabende und Prominente zusammenkommen – sie hatte man nicht wie die Partygäste im Parlor, Capone, der Galerie und dem Tresor dazu angehalten, in passenden Kostümen zu kommen. Ich hatte noch nie so viele Berühmtheiten auf einmal gesehen und fühlte mich durch ihre Nähe plötzlich auch ein klein bisschen wichtig.

Aurelia hielt Wort und stellte mich allen vor: den Präsidenten der besten Universitäten in der Stadt, Chicagos Football-, Baseball- und Basketballstars, Künstlern, Modedesignern und Musikern aus der Region, Journalisten und Fernsehmoderatoren, einer endlosen Reihe von Mitgliedern des Stadtrats und dem Bürgermeister. Sie nannte mich ihre »Starassistentin und größte Investition in die Zukunft«. Ich hatte keine Ahnung, womit ich die ganze Aufmerksamkeit eigentlich verdiente, suhlte mich aber darin, ließ mich davon einlullen und verspürte heute Abend per Prokura Aurelias Macht. Jeder lächelte mich an, weil er *sie* anlächelte. Man wollte mich kennenlernen, weil *sie* mich herumreichte. Die ganze Gala schien nur dem Zweck zu dienen, dass ich mich wie das Zentrum des Universums fühlte.

Aurelia hatte mich sogar wie eine kleinere, dunkelhaarige Version von sich selbst zurechtgemacht. Ihr Kleid ähnelte meinem, wirkte aber mit dem tieferen Ausschnitt und in den Stoff eingewebten Goldperlen noch eine Spur glamouröser. Ihre Schuhe waren etwas offener und höher, und sie hatte den Look mit einer Art Stirnband und einer in die Höhe ragenden schwarzen Feder vervollständigt. Mit diesem Kopfschmuck war sie in der Menge immer leicht auszumachen. Ich gab mein Bestes, um nicht die ganze Zeit an meinem Ausschnitt herumzuzupfen und damit das Gesamtbild zu zerstören, aber es fiel mir schwer – bei jedem Schritt spürte ich, wie mein Oberteil verrutschte, und sicher sah gleich ganz Chicago meine fürchterlichen Narben. Zumindest führte das dazu, dass ich kerzengerade dastand, langsam voranschritt und dabei nicht wie so oft den Blick senkte, sondern den Leuten in die Augen sah.

Als wir endlich die Galerie betraten, kam es mir vor, als hätten wir inzwischen jedem einzelnen Gast die Hand geschüttelt. Im Ausstellungsraum tummelten sich feiernde Kostümierte, nahmen die Werke dort unter die Lupe und kommentierten Symbolik und Stil. Diesen anspruchsvollen Gesprächen hätte ich den ganzen Abend zuhören können. Insgeheim war ich richtig aufgeregt, als alle das Wandbild auf sich wirken ließen, an dem Lance und ich gearbeitet hatten, und meine Fotos so andächtig studierten, dass sie darin offensichtlich Tiefe und etwas Wertvolles sehen mussten.

In der Nähe des Eingangs stand ein Mann, der an einem bernsteinfarbenen Getränk nippte und die Szenerie in sich aufnahm. Mit seinem perfekt sitzenden Smoking war er so imposant, dass er selbst wie ein Kunstwerk aussah. Mir kam er wie eine ältere, hochgewachsene Version von Lucian vor. Er hatte das gleiche zurückgegelte Haar und die scharfen Gesichtszüge, aber eine stärkere Präsenz – er betrachtete seine Umgebung, als sei er hier der Chef und als würde er alle anderen nur dulden.

Allein die Art, wie er nach seinem Glas griff, oder wie unbeirrt sein Blick auf den Menschen ruhte, strahlte Stärke aus.

Aurelias Blick traf den seinen, und sie schwebte mit mir im Schlepptau zu ihm hinüber.

»Ihr habt es also doch noch geschafft«, bemerkte sie, während er sie zu sich heranzog und auf die Lippen küsste. Ich wandte mich ab, hatte aber genug gesehen: Für ihn war die Geste eindeutig Zeichen einer gewissen Vertrautheit, so wie man sich vielleicht in Europa begrüßte, Aurelias Haltung verriet mir aber, dass der Kuss für sie viel mehr bedeutete. Ich konnte mir einfach nicht vorstellen, jemand anderen als meinen festen Partner so zu begrüßen. Ich wäre gern eins von den Mädchen gewesen, bei denen so was keine große Sache zu sein schien, weil die Geste etwas Machtvolles an sich hatte, aber das kam mir völlig utopisch vor.

»Ich hatte dir schließlich mein Wort gegeben. Du weißt doch, wie ernst ich meine Versprechen nehme.« Seine Stimme war unglaublich tief, und dennoch so weich, beinahe wie ein Flüstern.

»Da habt ihr recht«, nickte Aurelia.

»Und wer ist das?«, wollte er wissen und richtete den Blick auf mich – seine Augen waren stechend und von so unglaublich hellem Blau, dass ich direkt durch sie hindurchzuschauen schien.

»Das ist Haven Terra, die Zukunft des Lexington Hotels«, stellte sie mich mit großer Geste vor; ich war nicht sicher, ob sie es ernst meinte. Wie bei Lucian ließ mich auch der Blick dieses Mannes erglühen. Ich spürte, dass ich rot wurde. Er reichte mir die Hand, die fest und weich war – und unglaublich warm.

»Hallo, Haven.«

»Freut mich, Sie kennenzulernen«, brachte ich hervor.

»Du siehst bezaubernd aus.«

»Vielen Dank.«

»Amüsierst du dich gut?«

»Ja, auf jeden Fall. Es ist ein wunderschöner Abend, ein tolles Hotel, und ich lerne hier so viel.«

»Da bin ich mir sicher.«

Jetzt sah Aurelia mich an. »Ich habe sie jedem vorgestellt, daher kann ich ihr für den Rest des Abends wohl freigeben. Sie muss ja auch noch im Tresor vorbeischauen und ein paar Fotos schießen.«

»Oh …«

»Na, dann lauf, viel Spaß! Wir sehen uns morgen früh.«

»Danke«, sagte ich zu ihr und hätte mich aus irgendeinem Grund beinahe verbeugt. »Sehr erfreut«, wandte ich mich noch einmal an den Mann. Erst nach ein paar Schritten fiel mir auf, dass ich seinen Namen gar nicht mitbekommen hatte – ich war zu überwältigt gewesen, um danach zu fragen. Er hätte gut ein Hollywoodschauspieler sein können, der gerade für einen Dreh in der Stadt war, aber mir kam sein Gesicht nicht bekannt vor, er wirkte eher wie jemand, von dem ich – oder vielmehr alle – gehört haben sollten.

Durch die Menge hindurch entdeckte ich einen uniformierten Lance neben der Vitrine mit Capones altem Hut. In der Hand hielt mein Mitpraktikant ein Tablett mit zwei flammenden Schnapsgläsern: Miniaturversionen meines Geburtstagsdrinks.

»'ne tolle Party, nicht?«, bemerkte ich, als ich an ihn herantrat.

»Wenn du und ich je eins von diesen Dingern trinken«, erklärte er, ohne den Blick von den hereinströmenden Gästen zu lösen, an die er die Getränke loszuwerden versuchte, »dann kann ich hier Schluss machen.«

Ich griff nach beiden. »Erledigt und erledigt. Bring das mal weg.«

»Danke. Bin gleich zurück«, rief er und eilte mit dem leeren Tablett davon.

So sieht man sich wieder, dachte ich und hielt eines der Gläschen hoch, um es mir mal genauer anzusehen. Ich stand ganz still da und tat so, als würde ich mir den Hut anschauen, in Wirklichkeit betrachtete ich jedoch die zuckenden Flammen. Lance kehrte innerhalb kürzester Zeit zurück und nahm mir ein Schnapsglas ab.

Er bedankte sich noch einmal und starrte den Flammendrink dann an. »Sollen wir es wagen?«

»Ich weiß nicht so recht. Der große Bruder von diesem Kerlchen hat mir an meinem Geburtstag jede Menge Ärger bereitet. Diesen Fehler möchte ich nicht noch mal machen.«

»Oooh, ja.« Auch er erinnerte sich nur zu gut an den Abend. »Wie hast du's eigentlich geschafft, dich vor der Uniform zu drücken? Das ist echt nicht fair.«

»Damit hab ich nichts zu tun, das war Aurelias Idee.«

»Du siehst gut aus«, murmelte er und wandte den Blick ab.

»Danke.« Ich zupfte schon wieder an meinem Ausschnitt herum, hörte aber sofort auf, als ich mich dabei ertappte. »Du auch.«

»Ja, klar.«

»Nee, echt.« Es stimmte tatsächlich.

Wir schauten dabei zu, wie elegant gekleidete Partygäste ihre Runden drehten, ihre Getränke in sich hineinkippten und dabei die Kunstwerke sowie die makabren Ausstellungsstücke bewunderten. Zu meiner Rechten zeigte ein Glaskasten ein blutbespritztes Hemd, das angeblich vom Valentinstag-Massaker stammte.

»Oh, und schönen Massaker-Tag«, wünschte mir Lance und prostete mir zu.

»Ebenso«, erwiderte ich und erhob wie er mein Schnapsglas.

»Der Valentinstag ist doch wirklich zum Gruseln, oder nicht?«

»Prosit!« Ich rollte mit den Augen.

»Mal im Ernst, Leichen und Märtyrer pflasterten seinen Weg.«

»Ach, Quatsch!«

»Ich meine, ganz früher, so im vierten Jahrhundert.«

»Im dritten – aber das ist doch wirklich Schnee von gestern. Gut, dann wurde eben ein Priester gesteinigt, weil er Leute trotz Verbot getraut hat. Komm drüber hinweg«, scherzte ich. So hörte sich das an, wenn man in Europäischer Geschichte zu gut aufpasste.

Wir schlenderten zur Fotoausstellung hinüber, die neben ein paar Schwarzweißbildern des alten Lexington auch meine Aufnahmen des Syndikats umfasste.

»Ich hätte dazu noch einiges zu sagen: ein Feiertag mit einer Geschichte voller Folter und Ungerechtigkeit.«

»Und Pralinen.«

»Und Kommerz.«

»Okay, okay, schon geschnallt.«

Einen Moment studierten wir schweigend die Fotowand, von der so viele perfekte Gesichter zurückstarrten. Ich überlegte, ob ich vielleicht das Spiegelbild meiner Kamera in Lucians Pupille entdecken konnte, wenn ich nahe genug ranging.

»Was habe ich da gerade über Ungerechtigkeit gesagt?«

»Hm?« Ich war völlig in die Porträts vertieft und versuchte, einen tieferen Sinn darin zu erkennen. *Schönheit ist Genialität, Schönheit ist Macht.* So hatte ich das noch nie gesehen.

»Du hättest doch einfach sagen können, dass du mein Bild nicht retuschieren wolltest.« Plötzlich schwang in Lance' Stimme unterdrückter Ärger mit. Das holte mich aus meiner Träumerei zurück. Ich drehte mich zu ihm um.

»Was?«

»Deshalb musstest du mich doch nicht anlügen.« Seine Stimme klang tonlos, während seine Augen sich verdunkelten und einen verletzten Ausdruck annahmen.

»Wovon redest du?«

Er klopfte mit dem Fingerknöchel auf sein Bild und marschierte dann ans andere Ende der Ausstellung, wo er neben der Aufnahme von Raphaella verharrte. Das Foto zeigte seine Narbe, eine kleine, knubbelige Linie unter seinem tiefbraunen Auge. Sie versetzte mir einen Stich, der mir im Herzen wehtat.

»Die hatte ich doch gelöscht!«, rief ich etwas lauter als beabsichtigt. Mit versteinerter Miene starrte er mich an. Offensichtlich fühlte er sich hintergangen. »Ich schwöre dir, ich hab das heute noch – heute Morgen habe ich das Bild noch gesehen, und da war es perfekt.« Ich schüttelte den Kopf. »Das ist ein anderes Foto, es muss ein anderes sein. Ich weiß nicht, was …« Ich brach ab, ging ein paar Schritte weiter, blieb vor meinem eigenen Porträt stehen und sah es an.

Nein!

Da war er, der Zipfel meiner eigenen Narben, er schaute aus dem Ausschnitt des gefürchteten weißen Tops hervor, wie dicke, rosafarbene Finger, die nach dem Betrachter griffen. Mir blieb fast das Herz stehen. Jeder einzelne Besucher, der heute Abend hier hereingekommen war, hatte sie gesehen, diese hässlichen Striemen auf meiner Brust, die ich doch so sorgfältig entfernt hatte, und derentwegen ich sogar in genau diesem Moment an meinem Ausschnitt zog.

»Hey«, rief ich Lance wieder zu. Er starrte mich an. Offensichtlich versuchte er, Haltung zu bewahren, unter der Oberfläche brodelte es bei ihm aber gewaltig. »Komm mal her.«

Er stakste herbei – sein Gesichtsausdruck verkündete jedoch: *Du kannst froh sein, wenn ich mir auch nur ein einziges Wort von dem anhöre, was du zu sagen hast.*

»Guck dir das an«, befahl ich. Es klang kurz angebunden, beinahe barsch. Ich klopfte unter meinem Bild an die Wand. »Und dann sag mir eins: Glaubst du wirklich, dass ich das hier in der Ausstellung haben wollte?«

Er lehnte sich zu meinem Porträt vor und bemerkte es zunächst nicht – er wusste ja nicht, wonach er Ausschau hielt – aber dann entspannten sich seine Züge, als sein Blick auf die seltsamen Brandzeichen fiel. Er sah mich an, und hinter seiner Brille wurde sein Ausdruck weicher, zeugte von Sympathie und auch Verwirrung.

Ich schaute mich um. Jeder hier in der Galerie achtete im Alkoholdunst nur auf seine eigenen Scherze, und wir standen als Einzige in der Nähe der Fotos. Also trat ich näher an Lance heran, sah zu ihm hoch, nahm all meinen Mut zusammen und zog den Saum meines Ausschnitts ein paar Zentimeter herunter, um ihm genau diese Stelle zu zeigen, ein kleines Stück der entstellenden Narben. Er warf einen kurzen Blick darauf, riss unwillkürlich die Augen auf und schaute dann genauso schnell weg, während ich rasch mein Kleid wieder zurechtzupfte. Wir wandten uns erneut den Fotos zu und sprachen kein Wort. Aber es war mir wichtig gewesen, ihm zu zeigen, dass ich ihn verstand. Und dass ich ganz genau wusste, wie er sich fühlte, weil es mir ebenso erging.

Und jetzt hatte ich Angst.

14

Vielleicht hast du auch eine dunkle Seite

In Gedanken ging ich den letzten Tag noch einmal durch, überlegte, wer seit heute Morgen alles in der Galerie gewesen war und wer Zugang zu meinem Computer hatte. Wer würde denn so etwas tun? Diese Bilder hatten vorhin noch anders ausgesehen. Was war im Verlauf dieser wenigen Stunden passiert? Ich hatte mir jede Aufnahme so gründlich angeschaut und war so stolz gewesen.

Lance und ich standen lange schweigend vor der Fotowand. Ich versuchte immer noch, Ordnung in meine wirren, unzusammenhängenden Gedanken zu bringen, als er sanft, gequält »Tut mir leid« murmelte.

»Mir tut es auch so leid – ich weiß einfach nicht …«

»Jetzt ist ja klar, dass du nichts damit zu tun hast. Das ist schon okay.« Er sah mich endlich an und nickte. »Vielleicht sollten wir die jetzt einfach nicht mehr anstarren. Das ist bestimmt das Beste.«

Ich nickte ebenfalls zustimmend, obwohl ich nicht so nachsichtig war. Langsam ging Lance davon. Ich atmete einmal tief durch, zog an meinem Ausschnitt und marschierte ebenfalls los, bis ich bemerkte, dass mein Mitpraktikant von der hoch aufragenden blonden Schönheit abgefangen wurde. Wie angewurzelt blieb ich stehen, als sie quasi auf ihn zuschoss. Die Uniform saß bei ihr wie angegossen, ihr Haar fiel ihr in flachsfarbenen Wellen auf die Schultern, und sie schien Lance jedes Wort vom Munde abzulesen, während sie diese seidige Haarpracht schüttelte. Er hingegen gab sich cool, was er gar nicht schlecht hinbekam – man kaufte ihm wirklich ab, dass er kaum Interesse an ihr hatte. Dieses eine Mal zappelte und schlackerte er nicht herum wie sonst. Er sah einfach nur so aus, als könnte er jetzt zugreifen oder es sein lassen – sie sich nehmen oder eben nicht. Gut gemacht, Lance. Von dem konnte ich mir wohl eine Scheibe abschneiden.

Das ging mir durch den Kopf, als plötzlich *er* auf der Bildfläche erschien: Lucian. Mit einem Glas in der Hand stand er direkt hinter Lance und Raphaella, neben dem endlosen Wandbild. Ich wandte den Blick ab und schaute zu der Stelle, wo ich eben noch Aurelia mit diesem Mann gesehen hatte. Die beiden waren verschwunden. Ich konnte spüren, wie Lucian zu mir herübersah. Ich wartete ab, bis ich es nicht mehr aushielt – was kaum länger dauerte als ein paar Sekunden –, und dann kehrte mein Blick automatisch zu ihm zurück. Das schwache Licht glitzerte auf seiner perfekten Haut und dem zurückgegelten Haar, und er hatte einen Smoking an, den er ganz lässig trug. Er kam ein paar Schritte auf mich zu. Ich hingegen zog mich in eine dunklere Ecke neben den Syndikat-Fotos zurück, denn als er sich näherte, schrillten in meiner bebenden Brust alle Alarmglocken.

»Dieses Wandbild ist ja doch noch ganz gut geworden«, flüsterte Lucian dicht an meinem Ohr. Ich spürte, wie der Boden unter meinen Füßen ins Wanken geriet, und fürchtete, ganz einfach dahinzuschmelzen, dann aber riss ich mich zusammen. »Die Hölle habt ihr perfekt hinbekommen. Ich bin wirklich beeindruckt, und das bin ich nicht oft. Wenn ich es nicht besser wüsste, würde ich jetzt denken, dass du vielleicht auch eine dunkle Seite hast.«

Während ich verzweifelt nach Worten rang, konnte ich noch

immer seinen Atem spüren. Ich fragte mich, ob ich mich wohl zu ihm umdrehen sollte, stand aber wie festgenagelt da. Also starrte ich einfach weiter geradeaus auf die Bilder, die ich mir ohnehin schon viel zu lange angeschaut hatte. *Bitte sieh dir nicht mein ruiniertes Bild an*, flehte ich innerlich.

Falls sich da noch jemand im Raum befinden sollte, auch nur eine einzige Menschenseele, bekam ich es jedenfalls nicht mit. Ich nahm nichts mehr wahr außer uns beiden und der Musik aus der Lobby – die sich mit klagenden Hörnern langsam, anzüglich und verführerisch in die Galerie ergoss. Mein Puls nahm Fahrt auf.

»Tja, danke.« Ich schürzte kurz die Lippen, um ihr Zittern zu unterbinden. »Aber ich glaube, da war ich nicht so ganz in meinem Element. Mit diesem *Garten der Lüste* hätte ich vielleicht mehr Glück gehabt.«

Aus dem Augenwinkel sah ich, wie sich seine Lippen bewegten. »Das Thema Lüste liegt dir bestimmt, wenn du dich daran erst versuchst.«

Er umrundete mich und trat dann noch ein, zwei Schritte vor, womit er mich weiter in die Ecke drängte.

Ich wusste nicht genau, wie ich darauf reagieren sollte. »Danke, gleichfalls?« Er schien meine Unsicherheit als Koketterie aufzufassen, was mir ganz recht war.

Dann lächelte er. Benommen trat ich einen weiteren Schritt zurück und fand mit den Händen die Wand hinter meinem Rücken. Ich wünschte wirklich, ich hätte dieses Schnapsglas irgendwo abstellen können – damit musste ich mich ja früher oder später bekleckern. Lucian lehnte sich mit einer Schulter an die Wand, so dass wir einen rechten Winkel bildeten. Er ließ das restliche Eis in seinem Glas klirren und beobachtete, wie es in der verbleibenden Flüssigkeit herumwirbelte, die zu der Farbe meiner Augen passte. Mit der Spitze des Zeigefingers berührte ich die Stelle auf meiner Brust, an der meine Narbe in

Flammen stand, und wünschte mir, sie irgendwie beschwichtigen zu können. Ich fragte mich, ob der Stoff dort vielleicht die Haut irritiert hatte, dabei handelte es sich doch um allerfeinste Seide. Mein Körper hatte meine Nervosität offensichtlich als Angst aufgefasst. Lucian griff nach meiner Hand.

»Oh, wie schön.« Er zog meine Finger näher zu sich heran, um sich den Ring anzuschauen. Der riesige Diamant funkelte und glänzte mit seinen Augen um die Wette, die schlugen ihn aber um Längen.

»Ich weiß. Der gehört natürlich Aurelia. Bei dem ganzen Klunkerkram bräuchte ich eigentlich einen Bodyguard. Wirklich großzügig von ihr, dass sie mir ihre Sachen leiht.«

»Die stehen dir gut«, erwiderte er mit feuriger Stimme.

»Danke.« Er ließ meine Hand sinken, die sich plötzlich gar nicht mehr anfühlte wie ein Teil meines Körpers. Ich wusste nicht, was ich damit machen sollte, also kehrte sie zu ihrem vorherigen Platz hinter meinem Rücken zurück. »Aurelia war heute Abend echt toll, sie hat mich allen vorgestellt.«

»Mir ist da zu Ohren gekommen, dass sie dir in Zukunft gern noch mehr Verantwortung übertragen will.«

»So was hat sie mir gegenüber auch erwähnt. Das wäre natürlich fantastisch«, erklärte ich und beschloss dann, ihn einfach zu fragen. »Sie hat mir heute Abend einen Gentleman im Smoking vorgestellt. Die beiden standen ziemlich lange da drüben.« Ich wies auf den Eingang der Galerie. »Aber ich hab seinen Namen gar nicht mitbekommen. Ich habe mich gefragt, ob du vielleicht …«

»Das ist nur der Fürst«, unterbrach er mich, und in seiner Stimme schwang plötzlich eine gewisse Gereiztheit mit. Mir stellte sich auf einmal die Frage, ob ich vielleicht nur in den Genuss von Lucians Gesellschaft kam, weil Aurelia gerade mit einem anderen Mann beschäftigt war – ehrlich gesagt scherte mich das aber nicht. Ich wollte einfach nur seine Aufmerksamkeit, mich in diesem Blick sonnen, seine Gedanken beherrschen, egal warum. Und je mehr Zeit ich mit ihm verbrachte, desto gieriger wurde ich.

»Einfach nur der Fürst?«

»Ja.«

»Woher kommt er?«

»Davon hast du bestimmt noch nie gehört, und es ist auch nicht so wichtig. Er ist einfach nur ein Freund«, bemerkte er für meinen Geschmack ein wenig zu spitz und höhnisch. Ich war eingeschnappt, aber nur ganz kurz. Wahrscheinlich hätte ich das Thema gar nicht zur Sprache bringen sollen. Warum konnte ich die wenigen Augenblicke mit Lucian nicht einfach genießen, ohne sie zu sabotieren?

»Tja, das hört sich ja an, als hättest du Freunde ganz oben.« Ich spielte mit meinen Fingern herum und wandte den Blick ab.

»Vielleicht«, meinte er und grinste, während er an seinem Drink nippte. »Oder auch ganz unten.« Er sah mich an. »Du bist anders als die Frauen, die ich sonst so kenne.« Es war eine Feststellung, er konstatierte nur eine Tatsache, eine erstaunliche neue Entdeckung, die er gerade gemacht hatte. Und wahrscheinlich hatte er recht. Ich war ganz und gar nicht wie die Syndikat-Glamazonen mit ihren endlos langen Beinen. Aber war das wirklich ein Kompliment? »Du bist lieb«, sagte er in diesem Augenblick, so als hätte er meine Gedanken gelesen. »Das gefällt mir.«

Ich konnte die Röte nicht unterdrücken, die sich über meine Wangen legte, und auch das Lächeln nicht, das meine Mundwinkel umspielte.

»Wie ist es denn, so wie du zu sein?«, fragte er, und es lag ein scherzhafter Unterton in der Frage.

»Wie ich?«

»Wie ist das, wenn man so lieb und gut ist?«

»Das weißt du doch sicher selbst, bestimmt bist du auch …«

»Leider habe ich keine Ahnung.«

»Besonders aufregend ist es eigentlich nicht«, flüsterte ich kokett. »Aber so bin ich eben gepolt, denke ich.« Ich zuckte mit den Achseln. »Und ich bin auch wirklich keine Heilige.«

»Tatsächlich? Kaum zu glauben.«

»Aber wahr.«

»Sag mal, was meinst du – ist es den Menschen eigentlich vorherbestimmt, gut oder böse zu werden, oder kann man so ein Schicksal vielleicht abwenden?«

»Ich weiß nicht. Das kommt wohl auf jeden Einzelnen an, und darauf, wie wichtig es ihm ist.«

Inzwischen durchbohrten mich seine Augen geradezu. Ich schaute lieber zur Seite, aber er sah nicht weg.

»Vielleicht hast du recht«, überlegte er. Er ließ seinen Blick noch einmal über die Fotos wandern und nahm sie als Ganzes in sich auf. Wenn er auf meinem etwas Ungewöhnliches bemerkt haben sollte, dann war er ein absoluter Gentleman, denn er sprach den Makel nicht an.

»Weißt du, bei den amerikanischen Ureinwohnern glauben einige Stämme, dass man ihnen die Seele raubt, wenn man ein Foto von ihnen macht«, erklärte ich, nur um ihn von den Porträts abzulenken. Und er wandte sich jetzt wirklich wieder mir zu. Zuerst war ich erleichtert, dann aber nervös.

»Die sind wirklich toll geworden. Ich weiß, dass du das gern auf die Motive schiebst, aber da muss ich dir widersprechen. Natürlich mit dem gebotenen Respekt.«

»Natürlich.«

»Weißt du, ich denke, dass ein Fotograf in jedes Bild auch etwas von sich selbst mit einbringt. Diese Bilder spiegeln auch etwas von dir wider, ob es dir nun passt oder nicht. Also kannst du dafür ruhig auch die Lorbeeren einstreichen.«

»Wenn du darauf bestehst.«

»Und ob.«

»Na dann, danke.«

»Gern geschehen.«

Wir schwiegen einen Moment, und dann kam mir etwas in den Sinn: »Willst du mich damit nur daran erinnern, dass ich wieder an die Arbeit muss?« Ich erhaschte einen Blick auf Lance, der noch immer mit Raphaella sprach. Oder eigentlich redete sie, während er mit ernster Miene und gerunzelter Stirn zu mir rüberstarrte. Er schaute nicht einmal weg oder änderte den Gesichtsausdruck, als er meinen Blick bemerkte. Dann sprach jedoch wieder Lucian, also verbannte ich Lance aus meinen Gedanken und meinem Blickfeld.

»An die Arbeit machen? Was soll das denn heißen?«, fragte Lucian.

»Oh, nur … dass ich heute Abend im Tresor Fotos schießen soll.«

»Ach, echt?«

»Allerdings.«

»Na, dann.« Er schüttete den Rest seines Getränks runter und stellte dann sein leeres und mein volles Glas auf ein Tablett, das gerade vorbeigetragen wurde. Dabei berührte er meine Finger. »Worauf warten wir noch?«

Bei dem »Wir« legte ich den Kopf schief und fragte mich, ob ich da gerade richtig gehört hatte.

»Schnell«, zischte er. »Bevor mich noch jemand entdeckt und ich hier aufgehalten werde.«

Schnell? Schnell, hatte er gesagt. Nur zu gerne.

Nachdem ich die Kamera hinten aus dem Büro geholt hatte, führte Lucian mich die Treppe hinunter, womit wir geschickt die Schlange vor dem Aufzug umgingen. Als unsere Schritte im Treppenhaus widerhallten, taten mir die Füße schon fast gar nicht mehr weh. Lucian hatte mir den Vortritt gelassen, und seine Hand ruhte in einer beschützenden Geste auf meinem Rücken. Ich war mir seiner Gegenwart mit jeder Faser meines Körpers bewusst, spürte mit allen Sinnen die zarte Berührung seiner Fingerspitzen. Als wir die Tür ganz unten erreichten, hielt er sie mir auf. Jetzt konnten wir bereits die Musik aus dem Club hören, die so schnell pochte wie mein Herz.

»Weißt du eigentlich, woher der Name ›Tresor‹ stammt?«

Und ob, ich hatte meine Hausaufgaben gemacht. »Sicher. Als Capone hier gelebt hat, soll er angeblich Geld und andere Schätze in einem Safe hier unten aufbewahrt haben.«

»Du bist gut«, meinte Lucian. »Vor Jahren haben sie die Räume geöffnet und nichts weiter gefunden als leere Flaschen und ein paar Einschusslöcher.« Die Musik wurde lauter, als wir den leeren Flur entlanggingen. Dieses Mal nahmen wir nicht den üblichen Weg, sondern näherten uns dem Club von der anderen Seite.

»Wie schade.«

»Finde ich auch.«

»Aber sollte es hier unten dann nicht aussehen wie in einem Banktresor oder so?«

»Nein.« Er lachte. »Wer würde denn schon gerne in einem Tresor feiern? Es soll sich hier unten anfühlen wie eine ganz andere Welt, wie ein Ort, an dem Gefahren lauern. Die Besucher sollen nicht so recht wissen, worauf sie sich da einlassen.«

»Oooh. Na, dann würde ich mal sagen, Ziel erreicht.« Plötzlich fühlte ich mich ziemlich verwegen; mir kam es vor, als könnte ich einfach alles tun, um noch mehr Zeit mit ihm zu verbringen. Die magnetische Anziehungskraft war beinahe zu groß.

»Man weiß doch nie so genau«, erklärte er und legte mir wieder die Hand auf den Rücken, während die Türsteher das riesige Tor für uns öffneten, »was alles in den Menschen steckt. Oft verbergen sie viel mehr oder weniger, als es den Anschein hat.«

Jetzt gingen wir durch den Tunnel, der bis auf die Lichtblitze pechschwarz war. Vor uns tanzte die Menge im Club, hinter uns warteten andere darauf, eingelassen zu werden, aber einen glücklichen, berauschenden Moment lang waren Lucian und ich ganz allein. Er blieb stehen und sah mich wieder an. Ich musste mich an der Wand festhalten.

»Und was steckt in dir, Haven Terra?« Er lehnte sich zu mir vor, und selbst in fast völliger Dunkelheit leuchtete das Blau in seinen grauen Augen.

Ich machte den Mund auf, aber es dauerte ein paar Sekunden, bis ich tatsächlich etwas hervorbrachte. »Ich glaube, ich weiß gar nicht so genau, was du meinst.« Irgendwie hatte ich das Gefühl, dass er da in einer fremden Sprache mit mir redete, die ich so gern verstehen wollte, aber noch längst nicht beherrschte. »Jeder hat doch irgendwas zu verbergen. Du auch, da bin ich sicher.«

»Oh, na ja, also …« Was gab er mir da zu verstehen? Hatte er etwa von diesem Buch Wind bekommen? Während er mich anstarrte, knisterte die Luft um uns herum, mein ganzes Leben schwamm in diesen stechenden graublauen Seen. Ich hätte so gerne gewusst, was ich jetzt sagen musste, damit er den Blick nie wieder von mir abwandte.

Und dann war auf einmal alles vorbei.

Die Lichter gingen aus, völlige, undurchdringliche Dunkelheit umgab uns, die Musik brach harsch ab. Beim Schock der plötzlichen Stille, in der man eine Stecknadel fallen hören konnte, rauschten mir die Ohren. Und mit einem Mal fanden seine Lippen die meinen – drängend und warm trafen sie mich, so hart und unbeirrbar, dass mir die Luft wegblieb. Er schmeckte nach Minze. Die Kameratasche rutschte mir aus der Hand und fiel zu Boden, aber das war mir jetzt völlig egal. Lucian legte mir eine Hand um die Hüfte und drückte mich so fest an sich, dass ich keuchte. Seine andere Hand schoss nach oben, fuhr mir durchs Haar und umfing meinen Nacken. Alles zerfloss. Ich zerschmolz zwischen ihm und der Wand und war nicht mehr so sicher, ob meine Füße überhaupt noch den Boden berührten. Ich hatte nicht den Eindruck – er war so groß und hielt mich so eisern umschlungen, dass ich zu schweben schien. Ich war in diesem heftigen, wilden, perfekten Kuss gefangen. Und irgendwie wussten meine Lippen, was sie zu tun hatten, so als ob ich nie etwas anderes gemacht hätte und immer schon in dunklen Ecken von plötzlichen, geheimnisvollen Küssen übermannt worden wäre. Meine Hand machte sich selbstständig, fand seinen Nacken und zog ihn zu meiner großen Überraschung weiter zu mir hinunter. Meine Haut prickelte, jeder einzelne Nerv stand unter Hochspannung, und mein Herz klopfte so laut, dass es in meinen Ohren dröhnte und ich mich fragte, ob er wohl auch hören konnte, wie ungestüm es vorangaloppierte.

Er drückte mir einen harten Kuss auf den Nacken, und mein Puls raste, als ich wieder nach seinem Mund suchte. Aber dann ließ er mich genauso rasch, wie er mich an sich gezogen hatte, auch wieder los – er gab mich so plötzlich frei, dass ich ins Straucheln geriet und atemlos gegen die Wand sank. Plötzlich wurde der Ton vom Rest der Welt wieder eingeblendet. Im Club erkundigten sich Stimmen, was denn mit dem Licht, der Musik und dem Strom passiert war. Am Ende des Tunnels konnte ich die Flammenwand ganz hinten flackern sehen, und ich nahm an, dass auch der Feuerring weiterbrannte, aber danach hielt ich nicht Ausschau. Wohin war Lucian verschwunden? Jetzt war ich gierig geworden. Ich wollte mehr, einen weiteren, endlosen Kuss, und ich wünschte mir, dass die Lichter nie wieder angehen würden. Diesen Moment wollte ich ein ums andere Mal neu durchleben. Wenn ich nur daran dachte, hatte ich schon Schmetterlinge im Bauch, und in meinem Kopf drehte sich alles.

Schließlich kamen Schritte näher, die Clubbesucher murmelten vor sich hin und schoben sich an der Wand entlang. Irgendjemand streifte im Vorbeigehen meinen Arm. »Sorry«, entschuldigte sich eine Frauenstimme. Ich stand wie angewurzelt da – und wenn mich die Menge nun niedertrampeln würde, ich konnte mich einfach nicht rühren. Die Leute wurden unruhig. Sie wollten hier raus und begannen, in den Tunnel zu strömen, pressten sich gegeneinander und gegen die Wand. Ich wurde mitgerissen, stolperte ein paar Schritte voran und stieß dabei gegen etwas. Als ich mich bückte und auf dem Boden herumsuchte, fand ich dort die Kameratasche. Ich griff danach und schlang schützend die Arme darum. Genau in dem Moment gingen überall die Lampen wieder an. Einen Augenblick hielten alle gleichzeitig inne und starrten in das grelle Licht. Sobald sie sich an die Helligkeit gewöhnt hatten, begannen die Partygäste jedoch, in Massen aus dem Club zu strömen. Sie schienen das als Zeichen aufzufassen, dass die Veranstaltung jetzt vorbei war. Ich löste mich aus der Menge, sobald ich Gelegenheit dazu hatte, und schlich mich zur Treppe davon. Jetzt, wo ich die Stufen allein hochstieg, quälten mich meine Schuhe gnadenlos und bohrten sich so tief in mein Fleisch, dass ich befürchtete, ich würde sie nur mit der Kneifzange wieder abbekommen. Aber das war es wert gewesen.

Irgendwann dämmerte mir, dass ich nicht ein einziges Foto geschossen hatte, aber in diesem Moment war mir das völlig egal, auch wenn ich wusste, dass die Sache beim morgendlichen Treffen in Aurelias Büro ganz anders aussehen würde. Jetzt gerade bereitete mir das kein Kopfzerbrechen. Ich schwebte auf Wolke sieben und wünschte mir nur, dieser Glückszustand würde nie wieder aufhören.

Während ich die Treppe ganz langsam, Schritt für Schritt, hinaufschlich, ging ich in Gedanken die Szene durch, spielte sie als Endlosschleife in meinem Kopf ab.

Dann schaute ich noch rasch in der Lobby vorbei. Ich befürchtete allerdings, dass ich ziemlich zerzaust aussah, deshalb strich ich mein Kleid glatt und zupfte wieder zurecht, was sich verschoben hatte, als Lucian mich gepackt und umschlungen hatte. Meine Haare hatten sich inzwischen fast völlig aus dem Knoten gelöst und waren nur noch ein loses Nest. Da ich diese Frisur sowieso selbst nie wieder so hinbekommen würde, zog ich einfach die Haarnadeln heraus und ließ die Haare offen.

Ich schlüpfte in die Galerie und fand sie leer vor – offensichtlich hatten wie im Club auch hier alle Besucher die Flucht ergriffen, als das Licht wieder anging. In der Lobby hingegen drängten sich die Gäste, und jeder war wegen des Stromausfalls in heller Aufregung. Ich brachte die Kamera zurück ins Büro, schloss sie in der Schublade ein und griff dann nach meiner Handtasche, die ich hier liegen gelassen hatte. Da es in der Galerie so still und friedlich war, beschloss ich, ein paar Minuten zu verschnaufen, meine Gedanken zu ordnen und mich noch ein wenig an dem unverhofften Glücksgefühl zu berauschen. Ich hatte nämlich den Eindruck, dass es mit jeder Minute ohne Lucian mehr verblasste und dass ein Raum voll lauter Menschen den Prozess noch beschleunigen würde.

Ganz hinten in der Galerie begann ich langsam eine Runde zu drehen. Das Wandbild, das ich mir heute Abend noch nicht wieder angesehen hatte, war wirklich besser geworden als erwartet. Es wirkte leidenschaftlicher und viel professioneller als in dem Moment, als Lance und ich es fertiggestellt und unsere Pinsel verstaut hatten. Darin lag so viel Leben – und Tod, würde ich mal sagen. Es erschien mir fast unmöglich, dass sich unser Beitrag so nahtlos in Calliopes Arbeit eingefügt hatte. Ich schlenderte durch den Ausstellungsraum und genoss meine Zeit allein, kehrte dabei in Gedanken aber immer wieder zum Zwischenfall im Tunnel zurück. Wohin war Lucian nur verschwunden? Ich dachte an den Moment, an dem er all die seltsamen Dinge zu mir gesagt und sich dann selbst zu dem Ausflug mit mir in den Tresor eingeladen hatte. Hatte er da schon vorgehabt, mich zu küssen?

Mir wurde klar, dass ich schon seit einiger Zeit angenehm benommen ins Nichts starrte. Im Glas vor Aurelias Foto konnte ich ganz schwach mein Spiegelbild erkennen, auf dem Porträt reflektierte ihr schwarzes Kleid meine Züge, und es schien so, als sähe mein Lippenstift noch ganz in Ordnung aus. Ein weiteres Wunder. Dann fokussierte ich wieder die Fotografie und wurde nur daran erinnert, wie viel schöner als ich Aurelia doch war. Aber da blieb mein Blick an etwas hängen, auf ihrer Wange entdeckte ich einen dunklen Fleck. Was war das denn? Das sah ja fast aus wie ein Soßenklecks von Dantes und Etans zauberhaften Canapés. Genau aus diesem Grund war es mir gar nicht recht gewesen, dass man bei der Gala Essen und Trinken in der Galerie erlaubt hatte, aber bei dem Thema hatte ich natürlich kein Mitspracherecht gehabt. Ich lehnte mich weiter vor und streckte den Finger aus, um den hässlichen Spritzer zu entfernen – und dann erstarrte ich.

Es war viel schlimmer, als ich befürchtet hatte. Dieses Ding, der Fleck, klebte nicht an der Oberfläche, wo man es wegwischen konnte: Es befand sich tatsächlich in ihrem Gesicht. Es war etwa so groß wie eine Vierteldollarmünze und hatte einen rötlich-gelben Rand wie eine schwelende Wunde. Die hatte ich bei ihr in Person noch nie gesehen – das wäre mir doch aufgefallen – und auf dem Porträt auch nicht. Andererseits hatte ich mir ihre Bilder auch gar nicht so genau angeschaut, weil die so perfekt gewesen waren. Aber diese Vergrößerung war natürlich riesig. Hatte Aurelia selbst das etwa auch übersehen? Es war wirklich übel, ich begriff nicht, wie uns das entgangen sein konnte. Und so aus der Nähe sah die Aufnahme ohnehin schlechter aus, als ich sie in Erinnerung hatte. Darauf hatte Aurelia nämlich erste Fältchen und blutunterlaufene Augen mit dunklen Ringen.

Plötzlich fand ich mein eigenes Bild gar nicht mehr so schlimm. Ich sah es mir noch einmal an. Die Narbe störte mich jetzt kaum noch – vielleicht war das vorhin einfach nur der Schock gewesen. Und dabei war mir gar nicht aufgefallen, wie sehr meine Haut auf dem Porträt strahlte, als ergieße sich ein inneres Licht aus jeder Pore. Und mein Gesichtsausdruck war auch so sanft. Ich wirkte zufrieden in meiner Haut. Gar nicht schlecht. Vielleicht lag es auch nur an meinem gestärkten Selbstbewusstsein, an den schwindelerregenden Nachwirkungen des Kusses.

Ich schwebte zu Lucians Bild hinüber. Er war natürlich atemberaubend, aber bei näherem Hinsehen wirkten seine Augen ein wenig müde – oder vielleicht senkte er einfach nur verführerisch die Lider? Ich war durcheinander, konnte mir die Sache aber nicht mehr in Ruhe durch den Kopf gehen lassen.

Ein Schrei zerriss nämlich die Luft und zerstörte augenblicklich die traumgleiche Atmosphäre des Abends. Es lief mir kalt über den Rücken. Dieser Laut erinnerte mich an den Vorfall in der Drogerie: Es war der gleiche furchteinflößende Schrei einer Frau, ein schrilles Warnsignal.

Meine Füße setzten sich ohne mein Zutun einfach in Bewegung. Aber statt wegzulaufen – ein Überlebensinstinkt, mit dem ich eigentlich gerechnet hätte – rannte ich auf das schmerzerfüllte Heulen zu, näherte mich dem unbekannten Schrecken. Ich schob mich durch die brabbelnde Menge in der Lobby und durch die Drehtür hinaus, bis ich unter der Markise und ganz vorn bei den Schaulustigen stand. Seltsamerweise spürte ich die arktische Kälte kaum an meiner nackten Haut. Auf dem roten Teppich vor dem Hotel lag ein lebloser Körper. Wenn man das überhaupt so nennen konnte.

Das lange dunkle Haar und die Stiefel mit hohen Absätzen verrieten mir, dass es sich um eine Frau handeln musste. Selbst im Krankenhaus hatte ich noch nie jemanden gesehen, der so zugerichtet war, sie wirkte ja kaum noch wie ein Mensch. Ihre Haut war grau, und soweit ich das erkennen konnte, war jeder einzelne Zentimeter davon mit Beulen, schwärenden Wunden und Schnitten übersät. Einige Teile ihres Körpers sahen verbrannt und verkohlt aus. Das Schlimmste daran: An ihrer rechten Schulter klaffte in ihrer Bluse ein Brandloch, das Knochen, Muskeln und Gewebe freilegte. Es erinnerte an die Fleischtheke im Supermarkt. Mir wurde schwarz vor Augen, und ich musste den Blick abwenden. Niemand schien irgendetwas zu tun, selbst ich war wie erstarrt. In den wenigen langen Minuten seit dem Schrei stand jeder einfach nur zusammengekauert, schweigend und verängstigt da. Aber dann klatschte auf einmal ganz hinten jemand. Aurelia marschierte zur Tür heraus, die Menge teilte sich, ihre zarten Hände applaudierten und lösten damit auf ihrem Weg brandenden Beifall aus, als jeder mit einfiel. Sie postierte sich unter der Wärmelampe direkt vor der Drehtür – bei dem in sich zusammengesunkenen Körper – und wandte sich mit einem Lächeln an die Gäste.

»Wir hoffen sehr, dass Ihnen der Abend und die Show gefallen haben.« Ihre Stimme war laut und deutlich zu hören, während sie mit ausgestrecktem Arm auf die Figur am Boden deutete. Bei diesem Stichwort erschienen durch die Drehtür vier Männer in Hoteluniform – Syndikat-Vertreter, unter ihnen Beckett -, umrundeten den Körper, hoben ihn hoch, sicherten jede einzelne zerbrechliche Extremität und trugen ihn – sie – dann durch den Seiteneingang davon.

Aurelia fuhr fort, wandte sich wieder an die Menge: »Danke, dass Sie unsere Eröffnung mit uns gefeiert haben. Wir freuen uns darauf, bald für Sie da zu sein. Und jetzt wünsche ich Ihnen allen eine gute Nacht!« Aus der Gruppe erklang wilder Jubel, und Aurelia schob sich wieder durch die fröhliche Meute.

Danach ging jeder seiner Wege, zog sich entweder oben in die eleganten Zimmer zurück, gab den Hoteldienern ein Zeichen, den Wagen vom Parkplatz herzubringen, oder stieg in ein wartendes Taxi oder eine Limousine. Das Lächeln kehrte auf die Gesichter zurück, man fing wieder an zu plaudern, und ich schnappte hier und dort Bruchstücke von Unterhaltungen auf, in denen man den gelungenen Abend lobte. »Ich hätte zwar eher eine Schießerei erwartet, aber das war auf jeden Fall gewagt und anspruchsvoll«, fand eine steife Dame der feinen Gesellschaft im smaragdgrünen Abendkleid.

»Das sah so echt aus«, bemerkte eine junge Frau im Flapper-Kostüm.

»Performancekunst: wirklich ausgefallen«, nickte ein älterer Herr mit unglaublich ausgebeulter karierter Hose, die ich aus einem meiner Bücher als die clownhaften »Oxford Bags« der 1920er wiedererkannte.

Ich stand einfach nur da, während sich die Menge langsam verlief, und verdaute erst einmal diese Achterbahnfahrt der Gefühle, die von einem Extrem (Glückseligkeit) zum anderen (Panik) und dann zu einem Mittelding umgeschlagen waren (also ist jetzt doch alles okay?). Ich war völlig fertig.

Als mir die klirrende Kälte zu viel wurde, ging ich schließlich wieder hinein. Einige Gäste bestellten sich im Parlor noch einen Schlummertrunk oder aßen im Capone einen Mitternachtssnack. Ich watete durch die Menschenmenge, ließ mich treiben und hielt nach einem bekannten Gesicht Ausschau – Dante, Lance oder Lucian –, denn ich wollte jetzt nicht allein sein. Irgendwann lockerten die Männer ihre Krawatten, die Frauen schüttelten ihre Haare aus, streiften die Schuhe ab, und mit der Zeit zogen sich immer mehr Gäste auf ihre Zimmer zurück. Nach einer halben Stunde vergeblichen Suchens tat ich endlich das Gleiche.

Teil Zwei

15

Immer schön cool bleiben

Am nächsten Morgen fühlte sich das Hotel irgendwie anders an. Obwohl ich früher auf war als viele der Gäste, lag eine gewisse Spannung in der Luft, es kam mir vor, als lauerten überall Leute, ob man sie nun sah oder nicht. Ich spielte hier eine Rolle in einer Show, stellte die perfekte, hilfsbereite Angestellte dar. Dass ich das Lexington heute mit anderen Augen sah, hatte aber nichts mit der Eröffnung zu tun – bei mir war etwas anders. Ich hatte meine Haare nicht so richtig hinbekommen, ohne Aurelias Make-up-Arsenal war meine Schminkroutine mal wieder fast bei null, und ich füllte die Uniform auch nicht mehr aus als am Vortag. Aber eines hatte sich geändert: Ich fühlte mich begehrt. Selbst wenn das nur eine einmalige Sache gewesen wäre, selbst wenn das mein erster und einziger Kuss von Lucian blieb – in diesen kurzen Minuten hatte ich mich begehrt gefühlt, und darin lag große Macht. Trotzdem wünschte ich mir sehnlichst ein Zeichen, dass der gestrige Abend wirklich passiert war.

Da wir uns ja jetzt im Hintergrund halten sollten, mied ich den Haupteingang in der Lobby und ging durch die Hintertür in die Küche des Parlor. Auf unserer Arbeitsplatte ganz hinten entdeckte ich drei Gedecke und daneben eine mir nur allzu bekannte Figur mit Kochuniform und Bandanatuch im Haar.

Er griff nach der Pfanne, löste das Omelett mit sanftem Rütteln und drehte es dann schwungvoll um. Ich hatte mich immer gefragt, ob Dante beim Kochen wohl auch so eine Show hinlegte, wenn ihm niemand zusah – das war wie mit dem Baum, der im Wald umfällt. Ich fand es toll, dass er auch ohne Publikum ein Spektakel daraus machte – das war eben unser Dante.

»Sag mir doch bitte, dass da Brokkoli und Cheddarkäse drin ist und dass ich was abhaben kann«, bat ich seinen Rücken. Mein Freund drehte sich um.

»Hey, du!« Er lächelte, die Pfanne immer noch in der Hand. »Ja und ja, natürlich.«

»Du bist so gut zu mir. Wie kann ich mich da bloß je revanchieren?«

»Ich weiß, wenn ich erst anfange, bei dir all meine Gefallen einzufordern, dann steckst du ganz schön in der Klemme. Was hast du mir denn schon zu bieten? Kochen kannst du jedenfalls nicht«, bemerkte er scherzhaft.

»Ich weiß, ich stehe mit leeren Händen da. Wenigstens hab ich dieses tolle Foto von dir geschossen, das gestern Abend alle bewundert haben.«

»Stimmt. Vielleicht solltest du das meiner Mutter mailen.«

»Ist so gut wie erledigt!«

»Das ist doch schon mal ein Anfang.«

Ich stützte mich neben ihm an einem Küchentresen auf, während er sich auf das Omelett konzentrierte und Schinken, Käse, grüne Paprika sowie Zwiebeln darüberstreute.

»Und … ich habe auch etwas Klatsch und Tratsch für dich, denn dafür bist du doch immer zu haben.«

Gespannt sah er mich an und verschränkte die Arme vor der Brust. »Ich höre.«

»Er hat mich geküsst«, flüsterte ich. Ich fand es noch immer seltsam, das laut auszusprechen.

»Wer?« Er schien wirklich keine Ahnung zu haben.

»Wer?!«

Jetzt war bei ihm der Groschen gefallen.

»Im Ernst?« Er klang skeptisch und brach die Omelettdrehung ab, zu der er gerade angesetzt hatte.

Ich nickte.

»Wie zum Teufel ist das denn passiert?«

»Das frage ich mich auch!«

Ich musste mich setzen, also nahm ich auf einem der Hocker an der Arbeitsplatte Platz.

»Oh! Der erste Kuss! Mein Baby wird erwachsen!« Dante klatschte in die Hände, packte mich bei den Schultern und schüttelte mich. »Besser spät als nie, Mädchen!« Jetzt wurde mir die Sache langsam peinlich. Ich rollte mit den Augen, obwohl ich das ganze Theater insgeheim auch genoss. »Also, wie hat das alles angefangen, was ist das für eine Geschichte?« Er lehnte sich zu mir hinüber. Unser Frühstück, das immer noch auf dem Herd brutzelte, war jetzt vergessen. »Übrigens habe ich schon gehört, dass du gestern Abend um-wer-fend ausgesehen hast.«

»Ach, echt?«

»Lance hat's mir erzählt.«

»Oh.« Ich lächelte in mich hinein. Wie süß von ihm.

»Aber jetzt warte mal. Also, was? Ich meine, wie?«

»Na ja, ich habe Lucian in der Galerie entdeckt, und dann hat er mich gesehen, und …«

»Sorry, nein, bitte die Kurzfassung – nur die Action, nicht jeden einzelnen schmachtenden Blick. Etan hält mich nämlich an der kurzen Leine – nicht dass mich das stören würde, Gott, ich liebe diesen Mann! –, aber mir bleiben nur noch so etwa fünf Minuten.« Er fuchtelte mit der Hand in der Luft herum, um mir zu bedeuten, ich solle in die Gänge kommen.

Ich gehorchte und fasste nur die wichtigsten Einzelheiten zusammen. Er las mir jedes Wort von den Lippen ab. Bis ich plötzlich Rauch roch.

Ich stupste ihn am Arm. »Du, da brennt was an.«

»Ich würde eher sagen, dass du nichts anbrennen lässt. Die Sache zwischen euch ist offensichtlich heiß, und jetzt hat er dich auch noch geküsst, aber …«

»Nein«, unterbrach ich ihn, »da brennt wirklich was an.« Ich deutete zum Herd und rannte schließlich hinüber. Das Brokkoli-Cheddar-Omelett wurde langsam schwarz. »Also bitte, als ob du da viel ausrichten könntest.« Ungerührt schob Dante mich auf dem Weg zum Herd beiseite und ließ mein Omelett auf einen Teller gleiten. »Hättest du gern ein neues? Dieses ist ziemlich knusprig geworden.«

»Knusprig find ich gut.«

»Dann wirst du das hier lieben.« Er schob es mir herüber und bereitete dann eine zweite Portion zu. Ich haute rein – innen hatte der Käse die perfekte Konsistenz.

»Das ist ja der helle Wahnsinn! Die Technik solltest du patentieren lassen.«

»Das so genannte Rundum-Sorglos-Omelett.«

»Das ist einfach brillant. Vier Sterne.«

»Aber zurück zu dir und Lucian.«

»Gefällt mir, wie das klingt.«

»Das kann ich mir vorstellen!«

»Also? Ich warte auf deine Analyse – warum ist er wohl direkt nach dem Kuss verschwunden?«

»Hmmm, ich weiß auch nicht«, erklärte er vorsichtig. »Ich meine, das könnte durchaus praktische Gründe gehabt haben – vielleicht musste er eine Sicherung auswechseln oder so?«

»Wahrscheinlich.«

»Oder das ist alles ein Spielchen, und er macht jetzt einen auf ganz cool.«

»Hm-hm.« Diese Möglichkeit gefiel mir überhaupt nicht.

»Oder er wollte es möglichst dramatisch halten, wie bei dieser bizarren Szene mit der Attrappe oder Puppe oder Frau mit gruseligem Make-up, oder was auch immer das da draußen war.« Er bestreute das nächste Omelett mit Paprika, Käse und Brokkoli.

»Ja, was sollte das eigentlich?«

»Keine Ahnung. Das war komisch, oder? Ich stand ziemlich weit hinten, von da aus wirkte es sehr merkwürdig.«

»Ganz vorn war es genauso seltsam.«

»Hm.«

Er ließ auch das zweite Omelett auf einen Teller gleiten und stellte es auf den Platz neben meinem. »Dafür reicht unser Kunstverständnis wohl nicht.«

»Aber im Ernst, die ganze Sache hat mich richtig mitgenommen.« Eigentlich hätte ich doch von den angenehmeren Momenten des vergangenen Abends träumen sollen, stattdessen sah ich immer wieder diese Szene vor mir. Dante manövrierte uns jedoch zurück in sichere Gewässer. »Also … Lucian. Hast du den heute schon gesehen?«, fragte er mit einem Funkeln in den Augen.

»Noch nicht.« Nervös sog ich die Luft ein.

»Immer schön cool bleiben«, mahnte Dante und drehte das dritte Omelett um.

»Natürlich. Was denn sonst?« Ich konnte nicht mal ernst bleiben.

Mit dem Pfannenwender gab mir Dante eins auf den Arm.

»Cool«, wiederholte ich. »Schon verstanden.«

»Und ich will ja auch kein Spielverderber sein«, begann er behutsam. Ich ahnte schon, was jetzt kam. »Aber ich dachte eigentlich, dass er vielleicht, eventuell was mit Aurelia am Laufen hatte?«

Es war mir ganz gut gelungen, diese Tatsache zu ignorieren, aber jetzt drängte sie sich mir langsam wieder auf. Der Kuss hatte mich einfach jeder Logik beraubt.

»Ja, gutes Argument. Ich weiß auch nicht so genau. Eigentlich versuche ich, nicht darüber nachzudenken. Ich kann dir nur sagen, dass er mich geküsst hat, und ich hab zurückgeküsst.« Ich zuckte mit den Achseln.

»Und dafür bist du meine Heldin. Ich bin so stolz auf dich, mein Mädchen!« Er klopfte mir auf die Schulter und schüttelte mich noch einmal durch. Lance erschien in der Tür. In seiner Uniform sah er zwar schnieke aus, aber er gähnte wenig elegant und kratzte sich am Kopf.

»Morgen«, grüßte er mit halb offenem Mund.

»Oh-oh, jetzt sollten wir besser aufhören, über Lance zu lästern!«, rief Dante mit lauter Stimme.

»Er macht nur Spaß«, stellte ich klar.

»Das ist für dich, Mann. Du kommst mir vor wie jemand, der ein gefülltes Omelett zu schätzen weiß, stimmt's?«, fragte Dante.

»Danke – wow, das sieht ja toll aus.«

»Gestern spät geworden?«, erkundigte ich mich, und dann wurde mir klar, dass ich ihn zuletzt mit Raphaella gesehen hatte.

»Ich glaub schon«, murmelte er und widmete sich seinem Frühstück.

»Jetzt erzähl!«, drängte ihn Dante aufgeregt, während er mit seiner eigenen Portion in der Hand Platz nahm.

»Da gibt's nicht viel zu erzählen, ich bin nach gestern Abend nur ziemlich fertig.«

»Wir ergötzen uns hier gerade an der Schilderung von Havens Rendezvous mit Lucian.« Dante wackelte mit den Augenbrauen.

Jetzt war ich auf einmal schüchtern. »Nein, das war echt keine große Sache. Aber du sahst so aus, als hättest du Spaß mit Raphaella.«

»Ja«, erwiderte er, und das war's. Solche Dinge behielt Lance offensichtlich lieber für sich. »Also, was ist heute angesagt? Worin besteht nach der Eröffnung eigentlich unsere Aufgabe?«

Nachdem wir das Frühstück hinter uns hatten, atmete ich einmal tief durch und klopfte bei Aurelias Büro an. Aus dem Inneren erklang ein leises, gelangweiltes »Ja?«. Ich steckte den Kopf zur Tür herein. »Los, los, wir haben heute nicht viel Zeit«, erklärte meine Chefin.

»Guten Morgen, Aur …«

Sie schnitt mir das Wort ab und ratterte ihren Text bereits herunter, noch bevor ich ihren Schreibtisch erreicht hatte.

»Der gestrige Abend hatte eine phänomenale Berichterstattung in der Presse.«

»Das war wirklich ein unglaubliches Erlebnis, und ich kann Ihnen gar nicht genug dafür danken, dass Sie …« Sie unterbrach mich schon wieder.

»Ich möchte, dass du jeden Morgen die Artikel über uns zusammenträgst und mir zumailst.«

»Natürlich.«

»Da wir unseren Bekanntheitsgrad auf diesem Wege verstärken möchten, werde ich dir Listen wie diese«, sie reichte mir einige Blätter, »von Pressevertretern geben. Dann werden du und/oder Lucians Praktikant …«

»Lance.«

»Ja, du und Lance, ihr werdet ihnen persönlich einen Gruß mit einer kleinen Aufmerksamkeit überbringen. Wende dich an Etans Jungen …«

»Dante.«

»Genau, Dante. Der bereitet die Präsente vor«, fuhr sie fort und wedelte mit einem anderen Blatt Papier herum. »Das hier ist der Grußtext, und der kommt hier drauf.« Sie reichte mir einen Stapel Karten mit ihrem Namen und Umschläge, auf denen als Absender die Adresse des Lexington aufgedruckt war. »Lern meine Schrift.«

»Verstanden.«

»Nach der Eröffnung müssen wir jetzt jeden Tag neue

Schlagzeilen schreiben. Es ist wichtig für uns, dass diese Leute wiederkommen, wir müssen die Sache vorantreiben. Und dabei wollen wir neue Wege beschreiten.«

»Okay.« *Die Sache vorantreiben.* Das gefiel mir. Genau das brauchte ich auch – ich musste einen Weg finden, die Sache mit Lucian voranzutreiben. Aber zunächst einmal musste ich mich hier wieder konzentrieren.

»Dein offizieller Arbeitsplatz ist ab jetzt das Büro in der Galerie. Halt Augen und Ohren offen, wenn du dort bist. Für den richtigen Preis ist dort alles verkäuflich, und wenn jemand ein Angebot für ein Kunstwerk oder ein Sammlerstück macht, dann möchte ich darüber informiert werden.«

»Okay.«

»Noch Fragen?«

Ich schüttelte den Kopf.

»Gut.« Sie wandte sich wieder den Unterlagen auf ihrem Schreibtisch zu, was ich als mein Stichwort auffasste, den Rückzug anzutreten. Ich hatte das Büro schon beinahe verlassen, als ihre Stimme ertönte: »Liege ich da falsch, oder hast du noch etwas für mich?«

Ich erstarrte und drehte mich langsam um.

»Nein, da haben Sie schon recht.« Ich wollte das vorbringen, ohne es wie eine armselige Ausrede klingen zu lassen. »Aber aufgrund einiger … technischer Schwierigkeiten und … Probleme mit dem Licht …«, begann ich. Sie wusste doch sicher noch, dass der Strom ausgefallen war, kurz nachdem sie mir den Auftrag erteilt hatte. Aber sie sah mich immer noch triumphierend an, schien das amüsant zu finden und wollte offensichtlich sehen, ob ich die Sache wohl durchstand, ohne mich zu winden und um Gnade zu flehen. »… ist es mir gestern Abend nicht gelungen, meine Aufgabe zu erfüllen. Ich beabsichtige aber, das wiedergutzumachen und Ihnen morgen neue Bilder aus dem Club vorzulegen.«

»Wie du dir vorstellen kannst, bin ich enttäuscht«, erwiderte sie steif und mit einem Seufzen. »Sag in dem Fall Lucians Jungen Bescheid, dass er die Artikel aus der *Tribune* und der *Sun-Times* auf den Monitor beim Empfang laden soll. Deine Aufnahmen habe ich dann aber morgen auf dem Tisch.«

»Selbstverständlich.«

»Dann geh jetzt.«

Da war ich ja noch mal ganz knapp davongekommen; es hätte schlimmer werden können.

Lance ausfindig zu machen war gar nicht so einfach, da er im Hotel umhergewandert war und vergeblich nach Lucian Ausschau gehalten hatte. Er war erleichtert, als ich ihm Bescheid sagte, dass ich über unsere heutige Aufgabe im Bilde war.

»Ich bin echt sauer, weil mein blöder Mentor sich scheinbar vorgenommen hat, mich jeden Tag zu versetzen«, erklärte er, als wir durch die Lobby gingen, in der sich inzwischen die Frühaufsteher auf ihrem Weg zum Morgenkaffee im Capone tummelten.

»Ich glaube, er hat einfach nur viel zu tun«, verteidigte ich ihn. Ehrlich gesagt war ich aber auch enttäuscht, weil heute noch niemand was von Lucian gehört hatte. Gestern Abend hatte ich noch daran geglaubt, dass er sich wirklich für mich interessierte, aber diese Überzeugung war in den letzten Stunden kläglich geschrumpft.

»Egal, ich habe bei diesem Typen jedenfalls ein ganz merkwürdiges Gefühl.« Lance sah mich schon wieder so vorwurfsvoll an wie am Abend zuvor.

Das ignorierte ich einfach und zog am Eingang zur Galerie meine Schlüsselkarte durch. »Also, lassen wir die Tür jetzt offen, damit die Leute hereinschauen können?«, überlegte ich, um das Thema zu wechseln.

»Es ist schon komisch, wie viel hier plötzlich los ist. Das

kommt mir so vor, als hätte irgendwer eine Ameisenfarm fallen lassen, und jetzt wuseln die Viecher überall rum.«

»Ich weiß, was du meinst. Wir sind wohl nicht die besten Gastgeber, was?«

»Wohl eher nicht.«

»Okay, dann geben wir uns doch mal ganz gastfreundlich und lassen die Tür offen«, beschloss ich. Ich schob sie weit auf und zog den Vorhang zurück.

Wir fanden die erwähnten Zeitungsartikel und noch viele weitere online. Da gab es etliche Bilder von Aurelia und Lucian und dem Syndikat und zahllose Aufnahmen von tanzenden, trinkenden Partygästen. Auf einem Foto entdeckten wir sogar Dantes Hand, die ein Tablett mit Canapés festhielt (ich erkannte ihn an der Uniform und der Uhr). Lance verschwand kurz, um die Ausschnitte auf den Bildschirm vorn zu laden. Das war eigentlich eine einfache Aufgabe, um die ich ihn aber trotzdem nicht beneidete, weil er dafür den Computer eines Syndikat-Mitglieds an der Rezeption in Beschlag nehmen musste. Diese Leute hatten noch immer nicht viel für ein Schwätzchen übrig. Wenn Raphaella da war, würde die Sache jedoch ganz anders aussehen, oder? Warum Lance nie über sie reden wollte, war mir allerdings ein Rätsel. Man hätte doch meinen können, dass die meisten Kerle bei jeder sich bietenden Gelegenheit damit herumprotzen würden, wenn so eine Sexbombe ihnen Aufmerksamkeit schenkte.

Wie auch immer, ein paar Minuten hatte ich das Büro für mich allein. Ich sah mir den Gruß an, den Aurelia in ihrer eleganten Handschrift mit den weiten Bögen zu Papier gebracht hatte. Die nachzuahmen würde gar nicht so einfach werden. Ich studierte den Schwung der einzelnen Buchstaben, die schlanke Rundung des As, den Giraffenhals des kleinen Ls, die exakte Neigung jedes einzelnen Wortes. Dann holte ich mir ein Blatt

Papier aus dem Drucker, um erst einmal zu üben. Dabei sagte ich mir das Gleiche wie immer: Mach's lieber langsam, aber dafür vernünftig. Es gefiel mir, mich zurückziehen zu können, hier mein eigenes kleines Büro zu haben, in dem ich mich meinen Aufgaben widmen, die Dinge in meinem eigenen Tempo erledigen konnte. Dieses Kämmerchen wurde von allen als mein kleines Reich angesehen, wie jetzt ein Klopfen an der Tür bewies.

Ich fuhr auf meinem Stuhl herum und entdeckte auf der Schwelle Lucian, der wieder einmal in einem schmal geschnittenen Anzug steckte. Unter dem Arm trug er meine gefaltete Uniform, die ich in Aurelias Schrank zurückgelassen hatte.

»Ich dachte mir schon, dass ich dich hier finden würde«, meinte er, kam unaufgefordert herein und lehnte sich an die Schreibtischkante. Ganz nah bei mir. Ich versank in diesen grauen Augen und suchte darin nach einem Zeichen, dass er mich heute irgendwie anders ansah – als hätten wir eine Grenze überschritten und ganz neues Terrain betreten, in dem es zum Beispiel völlig in Ordnung wäre, mich aus keinem besonderen Grund und ohne jede Vorwarnung noch einmal leidenschaftlich zu küssen.

»Hey.« Ich versuchte mir vorzustellen, dass ich immer noch so aussah wie gestern Abend, und mich zu benehmen wie eine junge Frau, die – erfolgreich – mit diesem Typen geflirtet hatte. »Verstehe.« Mit einer Kopfbewegung deutete ich auf die Uniform in seiner Hand, die er offensichtlich ganz vergessen hatte. »Du bist eifersüchtig, weil du selbst keine hast, stimmt's? Ich kann sie dir gern mal leihen, ich habe noch mehr davon. Aber ich fürchte, dir steht der Schnitt nicht so gut.«

Er lächelte. »Die hier«, sagte er und reichte mir meine Dienstkleidung, »ist von Aurelia. Sie meinte, dass du sie bei ihr vergessen hast.« Er legte sie auf den Tisch. »Aber eigentlich hätte ich eher ein Geschenk mitbringen sollen.« Er schlug beschämt die Augen nieder. »Als Erstes wollte ich noch unbedingt sagen, dass es so wirklich nicht laufen sollte. Also, gestern Abend.«

Jetzt wusste ich beim besten Willen nicht, ob er damit sein Verschwinden meinte oder den Kuss an sich. Ich antwortete nicht und wartete lieber darauf, dass er etwas konkreter wurde. »Mein übereilter Aufbruch.«

»Oh, das.« Puh. »Kein Problem. Ich hatte im Tresor schon so eine Art Bermudadreieck vermutet. Irgendwann würdest du wohl wieder auftauchen … und da bist du ja nun.« Es klang so locker, wie ich gehofft hatte. Vor allem war ich unendlich erleichtert darüber, worauf sich sein Bedauern bezog.

»Bermudadreieck, genau.« Er lachte. »Und ich muss wohl kaum erwähnen, dass mich der Wechsel der Lichtverhältnisse ein wenig aus der Bahn geworfen hat.«

»Völlig verständlich.«

»Wenn du jetzt also das Motto für einen Abend im Tresor stellen solltest, dann hoffentlich nicht den Zorn?«

Ich lachte ebenfalls. »Nein, ganz bestimmt nicht.« Und das stimmte auch.

»Gut, denn ich habe mir gedacht, dass wir es vielleicht noch mal versuchen könnten – irgendwie habe ich das Gefühl, dass ich mich ständig bei dir entschuldige.« Den letzten Satz sagte er eigentlich mehr zu sich selbst. Ich fand's toll. »Dann also heute Abend.« Es war eine Feststellung, keine Frage.

»Heute Abend.«

»Ich weiß, dass dich da jemand«, er deutete in die Richtung von Aurelias Büro, »wieder als Paparazzo abkommandiert hat, oder?«

»Richtig.« Ich ließ nur ein kleines bisschen Enttäuschung durchscheinen.

»Na ja, wenn wir mal ehrlich sind, geht es im Club doch ohnehin erst nach Mitternacht richtig ab, also haben wir vorher noch jede Menge Zeit. Und irgendwann musst du ja mal was essen. Richtig?«

»Wieder richtig.«

»Also sehen wir uns heute zum Abendessen. Soll ich dich um sieben abholen?«

»Mich abholen?«

»Ich weiß ja, wo du wohnst.«

»Also um sieben.«

Nachdem das geklärt war, ging er ein paar Schritte auf die Tür zu und sah hinaus. »Ja, da kommt er auch schon. Ich habe ihn losgeschickt, um Material zu besorgen.«

»Was denn für Material?«

»Das für euren kleinen Ausflug. Damit hatte er was zu tun und war mir hier nicht im Weg.«

»Schlau eingefädelt.«

»Ich weiß. Dann bis um sieben!«

Mit diesen Worten – und einem letzten spielerischen Grinsen, das unsere kleine Flirtszene zum Abschluss brachte – ging er zur Tür hinaus. Ich hörte, wie er an Lance vorbeikam und ihm für irgendetwas dankte. Innerhalb von Sekunden erschien nun mein Mitpraktikant, der schmale rote Schachteln im Arm hielt, und zwar mindestens zwanzig Stück. An beiden Armen baumelten dazu passende glänzende Geschenktütchen, und aus einer davon schaute Seidenpapier hervor.

»Also«, begann er und setzte die beiden schwankenden Türme vor mir ab, die wir dann mit vereinten Kräften vor dem Umsturz bewahrten, »die liefern wir wohl aus.«

»Was genau …« Ich zog eine Schachtel zu mir heran. Den Deckel zierte eine Aquarellmalerei des Hotels, deren Original hier bei uns in der Galerie hing. Bis auf eine waren alle Schachteln mit einem Goldbändchen verschlossen. Bei dieser einen hob ich nun den Deckel hoch und entdeckte fast ein Dutzend kleiner Schokowürfel. Jeder davon war mit den allgegenwärtigen Lexington-Insignien – in Rot auf dunkler Schokolade – versehen. »Ooooh.«

»Pralinen!«

»Wir sind heute also quasi Hochglanz-Osterhasen.«

»So ausgedrückt klingt das ganz schön schmierig.«

»Hm, was ist denn hier passiert?« Ich hielt Lance die Schachtel hin, in der mich neben elf Pralinen auch eine verdächtig leere Vertiefung anlachte.

»Erwischt. Die können wir allerdings behalten, das hat Dante für uns gedreht.«

»Danke, Dante.« Ich griff nach einem der mundgerechten Schokoladenhäppchen und schob es mir in den Mund. Darin verbarg sich eine Trüffelmasse, die weich und cremig und ein kleines bisschen bitter war, wie immer bei dem teuren Zeug. Lance nahm sich auch noch ein Stück.

»Die sind echt gut«, meinte er mit vollem Mund. »Eigentlich bin ich ja sonst eher der herbe Typ, aber …«

»Ja, du bist wirklich ziemlich herb«, grinste ich.

»Das bekomme ich ständig zu hören.«

»Da bin ich mir sicher.«

»Quatsch, aber die hier sind echt unglaublich. Ich möchte wirklich wissen, was für Magie die in dieser Küche betreiben.« Er griff noch mal zu. »Also, was machen wir jetzt damit?«

16

Das warst du?

Lance und ich teilten die Namen auf der Liste zunächst untereinander auf, aber da fast alles nahe beieinander lag, machten wir uns schließlich gemeinsam auf den Weg. Mal aus dem Hotel rauszukommen war wirklich eine schöne Abwechslung. Seit dem Tag, als die schlimme Sache in der Drogerie passiert war, hatten wir das Lexington nicht mehr verlassen. Aber dieser Ausflug machte all die verlorene Zeit wieder wett: Unser Spaziergang führte uns erst am Chicago River vorbei, dessen Wasser immer noch still und fast gefroren dalagen und auf dem die Boote für die Architekturrundfahrt noch einen weiteren Monat leer vertäut daliegen würden. Dann erreichten wir die Michigan Avenue, die *Magnificent Mile*, auf der dick vermummte Einkäufer ungerührt vom scharfen Wind, der uns durch Mark und Bein ging, in die teuren Boutiquen schlüpften, und schließlich die Büros im John Hancock Center und im Sears Tower.

Die Empfänger unserer Lieferung freuten sich durchweg über unseren Besuch. Da wir jung und harmlos wirkten und in unseren Uniformen so schick herausgeputzt waren, gelang es uns jedes Mal, bis direkt in die Büros vorzudringen. Wir mussten unser kleines Präsent nicht beim Büroboten abgeben, der mürrisch hinter einem Schalter saß und nicht einmal eines Blickes würdigte, was man ihm da reichte. Vor unserem Aufbruch hatte Aurelia uns noch mit strengem Tonfall und geschürzten Lippen angewiesen, die Geschenke niemand anderem zu überlassen als der Person, deren Name auf dem Umschlag stand: »Ich will, dass ihr Eindruck auf sie macht, wenn ihr in Uniform und mit dem Geschenk zur Tür hereinkommt. Ihr sollt sie einen Moment lang aus ihrem Alltagstrott reißen, sie nachdrücklich an den schönen Abend erinnern, den sie hier verlebt haben, und in ihnen den Wunsch wecken, möglichst bald wieder herzukommen.« Nachdem wir es bis in sein Büro geschafft hatten, sollten wir dies dem Empfänger mit nicht mehr als einem Lächeln und der vorgegebenen Grußformel »Guten Tag, herzliche Grüße vom Lexington Hotel« vermitteln.

»Sie sollen nach mehr lechzen«, hatte Aurelia uns gedrängt. So lautete offensichtlich ihr allgemeines Mantra, und ich musste zugeben, dass es kein schlechtes Motto war. Das half vielleicht auch mir weiter, wenn ich je herausfand, wie man es umsetzte.

Also marschierten wir kreuz und quer durch die Stadt. Inzwischen taten mir die Füße in den Stöckelschuhen so weh, dass die Strumpfhose bestimmt längst durchgescheuert war. Ich sah ständig nach unten und war jedes Mal erstaunt, dass bei mir alles noch dran war. Aber in gewisser Weise hatte Aurelia ja recht – beim Besuch in diesen Büros, in denen sich unglückliche Menschen über hässliche Schreibtische beugten, wurde mir erst klar, wie verwöhnt ich eigentlich war. Ich arbeitete in diesem wunderschönen Palast, in einer Fantasiewelt voll absolut perfekter Menschen, die es bis ganz nach oben geschafft hatten und ihre Arbeit mit so leichter Hand erledigten, dass es gar nicht nach Arbeit – oder wahrem Leben – aussah. Ich fragte mich, ob Lance wohl das Gleiche dachte.

Wir sprachen kaum miteinander, hielten es nicht für nötig, in der bitterkalten Luft den Atem für Smalltalk zu vergeuden. Aber das brauchten wir auch gar nicht. Ich empfand unser

Schweigen nie als peinlich, so wie es mir bei anderen Leuten oft ging. Vielleicht weil wir beide so linkisch waren, dass sich die doppelte Unbeholfenheit gegenseitig aufhob. Es fühlte sich seltsam tröstlich an.

Unser nächster Halt führte uns zur Schülerzeitung der Kunstakademie im Art Institute. Die Herausgeber hatten die Galerie in ihrer Internetausgabe ausführlich besprochen und planten laut Webseite, in der nächsten Ausgabe mehrere Seiten dazu zu bringen. Lance war mit den Pralinen dran, ich begleitete ihn aber zum Empfangstresen, wo wir unsere Besucherausweise abholten. Auf dem Weg zum Aufzug, der uns zu den Büros bringen würde, kamen wir an der Haupttreppe vorbei, und plötzlich nagte die Erinnerung an unseren letzten Besuch hier im Museum an mir, und die Versuchung wurde zu groß.

»Hey, würde es dir vielleicht was ausmachen – ich meine, du schaffst das doch sicher auch allein, oder? Könnten wir uns nachher einfach am Ausgang treffen?«

»Äh, klar.« Er sah verwirrt aus. Jetzt kam der Lift, Lance zögerte eine Sekunde und trat dann ohne mich hinein.

»Ich will mir nur ganz schnell was anschauen.«

Ich konnte einfach nicht widerstehen, also zog ich los, um mir noch einmal *La Jeune Martyre* anzusehen.

Auf dem Weg zur Monroe-Street-Station, an der wir für unsere letzte Lieferung die L nehmen wollten, blieb uns fast die Luft weg, als uns der peitschende Wind traf. Wir hatten mit unseren behandschuhten Händen Schwierigkeiten, die Karte durchzuziehen, gingen dann gleichzeitig durch das Drehkreuz und traten schließlich auf den Bahnsteig hinaus. Warum baute so eine kalte Stadt eigentlich den Großteil ihres Transportsystems draußen und nicht unterirdisch? Das hatte ich mich seit jeher gefragt.

Lance konnte immer noch nicht fassen, dass ich mir dieses Gemälde noch einmal hatte ansehen müssen.

»Was ist das nur mit dir und diesem Ding?«, fragte er und lehnte sich vor, um einen Blick in den Tunnel zu werfen. In diesem Moment kündigte ein Windstoß den herankommenden Zug an. Die Scheinwerfer näherten sich, und dann fuhr er mit ohrenbetäubendem Dröhnen ein. Ich wartete mit meiner Antwort, bis er ganz zum Stehen gekommen war, weil mich Lance bei dem Lärm sowieso nicht verstanden hätte.

»Passiert dir das nie? Dass du plötzlich von irgendwas total besessen bist und es dir nicht mehr aus dem Kopf geht?«

»Doch, sicher. Bei mir dreht sich doch alles nur um Mathe, Ingenieurwesen, Architektur und allgemein um Naturwissenschaften, auch wenn ich es so gut wie möglich vertusche. Das ist nämlich alles nicht so cool wie Kunst. Also, bleib ganz locker.«

»Schon verstanden. Aber das fühlte sich so … das klingt jetzt sicher verrückt, aber …« Es musste einfach raus: »Es fühlte sich irgendwie vertraut an.«

»Wie meinst du das?«

Der Zug ratterte durch die Tunnel, fuhr immer weiter hinauf und rüttelte uns dabei tüchtig durch. Ich überlegte, wie viel ich ihm verraten wollte, und dachte dann: Was soll's?

»Na ja, man hat sie halbtot an diesem seltsamen Ort zurückgelassen … und so was in der Art ist mir wohl auch passiert, als ich klein war.«

»Warte mal.« Er sah mich besorgt an. »Das warst du?«

In meinen Augen stand offensichtlich *Was soll das denn heißen?* geschrieben.

»Nein.« Er schüttelte den Kopf – so sollte das wohl nicht klingen. »Nein, ich meine, als wir kleine Kinder waren, haben wir immer diese Geschichte von dem Mädchen in unserem Alter gehört, das im Wald gefunden wurde. Aber ich hatte ja keine Ahnung, dass du das warst.«

»Ja, das war damals bestimmt eine große Sache. Aber inzwischen wissen nicht mehr viele Leute davon. Joan hat mich bei sich aufgenommen, und wir haben quasi vereinbart, darüber Stillschweigen zu bewahren. Als ich mit der Schule angefangen habe, haben sie meine Identität geheim gehalten, und irgendwann hat wohl niemand mehr darüber gesprochen.«

Lance' braune Augen sausten hin und her und musterten mich hektisch. Es sah aus, als hätte er tausend Fragen, wüsste aber gar nicht, wo er anfangen sollte.

»Und stammen daher auch die – du weißt schon.« Er legte sich die Hand aufs Herz, an der Stelle, an der ich die Narben hatte.

»Ich weiß es nicht. Die hatte ich schon, als ich gefunden wurde, vermutlich also ja.« Ohne darüber nachzudenken zog ich den Reißverschluss an meinem Mantel höher, dann aber überkam mich ein Schaudern. Was hatte ich mir gestern Abend nur dabei gedacht, ihm die Narben zu zeigen? Aber in diesem Kleid, mit all dem Schmuck, dem Make-up und der tollen Frisur war ich eben viel mutiger gewesen als sonst. Innerhalb der Hotelmauern war ich wohl ein ganz anderer Mensch.

»Na ja«, fuhr Lance fort und zupfte an der Lehne vor uns herum. »Nur, damit du's weißt … ich finde die ziemlich cool.«

»Danke.« Ich wurde rot. Es war das merkwürdigste Kompliment, das ich je bekommen hatte, und trotzdem eins der schönsten. »Ich deine auch.« Ich deutete mit dem Handschuh auf sein Auge.

Er nickte nur, und ein kurzes Lächeln flackerte bei ihm auf. Dann schwiegen wir den Rest der Fahrt über.

Der Letzte auf der Liste lag weitab vom Schuss, es handelte sich um einen Blogger in einem Bürogebäude an der Grand Avenue, ganz in der Nähe des Navy Pier, einem Kai voller Vergnügungsparks, Geschäften und generellem Touristenschnickschnack, der sich wie ein Speer in den Lake Michigan bohrte. Nachdem wir die letzte Pralinenschachtel abgegeben hatten und endlich die Hände frei hatten, beschlossen wir, noch ein paar Blocks weiter zu schlendern.

Hier draußen zu sein rief mir in Erinnerung, dass es da ja noch eine Welt jenseits der Drehtür, des roten Teppichs und der insignienverzierten Markise gab, und ich bekam langsam wieder einen klaren Kopf. Ich wünschte mir viel mehr freie Zeit wie diese, um so in der Stadt herumzulaufen, während jeder andere, den ich kannte, in der Festung einer Vorortschule gefangen war. Wenn ich mir das Ganze mal in Ruhe und mit etwas Abstand durch den Kopf gehen ließ und die Ungereimtheiten in meinem Leben – die mich in Angst und Schrecken versetzten – einfach ausklammerte, dann war doch sonnenklar, was für eine aufregende neue Welt sich mir hier bot. Lance empfand es offenbar ähnlich, denn er hatte trotz der bitteren Kälte nichts dagegen, auf dem Weg zur L einen kleinen Abstecher zu machen.

Jetzt rückten die Karussells des Navy Piers langsam näher, und das Riesenrad erhob sich in den weißen Winterhimmel.

»Das kommt mir gerade vor wie Schuleschwänzen«, sagte ich.

»Geht mir genauso. Umso besser, oder?«

»Auf jeden Fall.« Ich wunderte mich immer noch über diese kleine Rebellion, schließlich hielten wir uns sonst peinlich genau an Regeln.

»Hey, dreht sich das etwa immer noch?« Lance deutete zu dem Riesenrad in der Ferne hinauf. »Selbst bei dem Wetter?«

»Sicher, an 363 Tagen – glaube ich – im Jahr. Ich bin mir ziemlich sicher, dass die nur an Thanksgiving und Weihnachten geschlossen haben.«

»Hm.« Nachdenklich starrte er ins Leere, die behandschuhten Finger in den Taschen vergraben.

»Damit bin ich schon seit Jahren nicht mehr gefahren.« Auf Achterbahnen war ich zwar nicht scharf, aber gegen das Riesenrad am Navy Pier hatte ich nichts einzuwenden, weil man da nicht mit den Füßen in der Luft hing und so rumgeschleudert wurde. Das war eine viel zivilisiertere Angelegenheit – man bekam seine eigene kleine Gondel, einen fast völlig geschlossenen Raum, wie ein altmodisches Zugabteil oder eine Pferdekutsche. Das fühlte sich irgendwie abgeschirmter, sicherer an. Eine Art Schutzhülle, die uns in den Himmel beförderte. Und sich dabei unglaublich langsam bewegte – genau mein Tempo.

»Ich bin noch nie damit gefahren«, gab Lance verlegen zu.

»Wieso das denn? Du bist doch hier aufgewachsen, oder?«

»Ja, warum?«

»Dann ist das völlig inakzeptabel. Komm mit, das sind nur ungefähr sieben Minuten.«

»Echt jetzt?«

»Klar, warum nicht?«

Er zuckte mit den Achseln, was ich als Ja auffasste, und tatsächlich, unsere Füße trugen uns weiter die Grand Avenue entlang, obwohl wir doch eigentlich umdrehen und zurückgehen sollten. Mitten im Winter war auf dem Pier nicht so viel los wie im Sommer, aber es waren trotzdem erstaunlich viele Leute unterwegs, die offenbar fest entschlossen waren, die Minusgrade zu ignorieren, Hot Dogs aßen und ihr Gesicht in Zuckerwatte versenkten. Das Riesenrad blieb nie stehen – worin ich immer schon eine hübsche Metapher gesehen hatte, wenn ich auch nicht so genau wusste, wofür. Vielleicht für das Dasein an sich? Auch im Leben rückten immer neue Veränderungen und Gelegenheiten näher, weil sich alles immer weiter drehte, während ein Menschenstrom ein- und wieder ausstieg. Ob die restlichen Wartenden wohl auch solche Überlegungen anstellten?

Aber die standen vermutlich mit beiden Füßen auf dem Boden und genossen einfach ihren Tag im Vergnügungspark. In meinem Kopf hingegen sausten die Gedanken ständig in tausend verschiedene Richtungen. Ich konnte manchmal ganz schön anstrengend sein.

Endlich schwebte unsere Gondel sanft zu uns herab und war jetzt auf einer Höhe mit der Rampe. Ich stieg als Erste ein und setzte mich auf die hölzerne Bank, Lance ließ sich mir gegenüber nieder. Die Kabine wurde geschlossen, und dann ging es hinauf, Zentimeter für Zentimeter schoben wir uns in die Höhe, immer weiter und weiter, während eisige Luft durch den Spalt über der Tür ins Innere drang. Durch das Plexiglas beobachtete ich, wie die Menschen und Häuser am Boden zu Puppenhausgröße zusammenschrumpften.

»Also sieben Minuten?«, fragte Lance.

»Genau. Uhrenvergleich?« Das war nur ein Witz.

»Und wie hoch ist das Ganze, so 45 Meter?«

»Ich denke schon.«

»Hm.« Sein Blick verlor sich irgendwo am Himmel. Inzwischen wusste ich, dass das sein Denkergesicht war. »Sieben Minuten für eine Umdrehung bei einem Durchmesser von 45 Metern, das würde bedeuten, wir bewegen uns mit einer Geschwindigkeit von …«

»Nein«, unterbrach ich ihn entschlossen. »Mathe verboten, du verpasst ja die ganze Aussicht. Los, guck mal!« Ich deutete auf die Stadt unter uns. Er tat, wie ihm geheißen, und wir sahen still zu, wie Chicago vorbeiglitt, entdeckten so viele Orte, an denen wir heute schon gewesen waren. Das, dies alles, war viel besser als Schule. Und dabei ging ich doch gerne zur Highschool.

»Also, wie kann es denn sein, dass du in der Gegend aufgewachsen bist und noch nie hier oben warst?«

»Ich weiß auch nicht. Wir waren schon am Pier, sind dann aber zum Beispiel ins Kindermuseum gegangen.« Er zeigte es mir in der Tiefe, ein ausladendes Gebäude neben dem Kai.

»Wir waren immer so viele, dass es ewig gedauert hätte, uns alle anzustellen.«

»So viele? Du hast also eine große Familie?«

»Sozusagen. Weißt du, ich bin in einem Waisenhaus aufgewachsen, drüben an der Lake Street.«

»Wow.«

»Ja, aber die Leiterin der Einrichtung hatte mich gern – ich glaube, ich hab einfach nie geweint, selbst als Baby nicht. Ich war immer eher ruhig und so. Also haben ihr Mann und sie mich selbst adoptiert.«

»Wow. Ich hatte ja keine Ahnung.«

»Ja, ich meine, woher denn auch?«

»Hast du je nach deinen Eltern gesucht?« Ich fragte mich, ob er wohl mehr über seine Erzeuger wusste als ich über meine.

»Daran gedacht habe ich schon, es aber noch nie probiert. Für mich sind die Leute, die mich aufgezogen haben, meine richtigen Eltern. Und wo sollte ich da überhaupt anfangen? Ich wurde bei einer Feuerwache gefunden, da haben sie mich vermutlich ausgesetzt.«

»Echt?«

Er nickte.

»Ich habe schon mal gehört, dass Leute so was machen, aber ausgerechnet bei der Feuerwehr – ich meine, die Sirenen und das Blaulicht und all die Kerle – woher sollen die denn wissen, was man mit einem Baby anfängt?«

Er zuckte mit den Achseln. »Die sind aber echt nett. Als Kind habe ich da ab und zu mal vorbeigeschaut. Mit 16 bin ich jetzt alt genug, um mich als Freiwilliger zu melden, vielleicht mache ich das ja. Nach dem Praktikum.«

»Das hört sich ganz schön gefährlich an.«

»Ich weiß. Stimmt. Eigentlich war ich über das Stipendium ganz froh, jetzt habe ich noch ein bisschen Bedenkzeit.«

»Würden deine Eltern das denn erlauben?«

»Begeistert wären sie wahrscheinlich nicht, aber sie mögen die Truppe. Und wenn es mir wichtig ist, stimmen sie sicher zu. Wir werden sehen, denke ich.« Jetzt hingen so viele Fragen und Sorgen in der Luft, dass ich die Unterhaltung lieber in eine andere Richtung lenkte. »Na ja, da würdest du bestimmt kochen lernen. Und vielleicht bringen sie dann einen von diesen Kalendern raus, und du könntest dafür posieren«, schlug ich vor. »Wahrscheinlich sind das alles nur Klischees, aber das sind wenigstens die guten.«

»Die Kalenderfotos knipst du dann aber bitte!«

»Ich stehe zur Verfügung!« Wir lachten beide.

Jetzt war unsere Gondel ganz oben angekommen, wir verfielen unbeabsichtigt in Schweigen und gaben uns ganz der Aussicht hin: Vor uns erstreckten sich der endlose See und die zerklüftete Silhouette der Stadt. Langsam setzte die Dämmerung ein und färbte den wolkenschweren Himmel von Weiß zu Grau. Ich hatte das Gefühl, dass wir einfach nur schwebten, uns nichts mehr zurückhielt. Wenn mir beinahe ein bisschen schwindelig wurde, dann lag das nicht an der Höhe, sondern vielmehr an dem Gedanken, dass wir hier oben unerreichbar waren.

Die zweite Hälfte der Fahrt, den Abstieg, verbrachten wir schweigend und starrten einfach nur aus dem Fenster. Aber das war nicht die übliche Stille zwischen uns. Von Zeit zu Zeit wanderte mein Blick zu Lance hinüber, um zu schauen, ob er sich immer noch mit der schönen Aussicht zufriedengab, und er blickte tatsächlich hinaus, wie erwartet. Wenn ich mich dann aber abwandte, konnte ich spüren, dass er zu mir rüberlugte. So ging das eine Weile hin und her. Woher stammte plötzlich dieses seltsame Gefühl? Sonst war es mir doch immer egal gewesen, ob wir miteinander sprachen oder nicht. Warum wurde das jetzt auf einmal kompliziert? Was war hier los?

Endlich erreichten wir unten die Rampe und stiegen immer noch schweigend die Metalltreppe hinunter.

Als wir zurückkamen, war das Hotel zum Leben erwacht. Im Parlor drängten sich Anzugtypen mit ihren Drinks bei lauter Jazzmusik um die Theke, während sich im Capone Pärchen und Vierergruppen zum frühen Abendessen einfanden. In der Lobby war so einiges los: An der Rezeption checkten neue Gäste ein und fuhren dann mit ihrem Gepäck zu ihren Zimmern hoch, andere traten auf dem Weg zu ihren Abendunternehmungen aus dem Aufzug, überall stolzierten Leute mit schicken Schuhen und Handy am Ohr auf und ab. Lance machte sich auf die Suche nach Lucian oder Aurelia, für den Fall, dass sie heute noch eine Aufgabe für uns hatten, und ich ging zur Galerie hinüber.

Obwohl er immer noch für die Hotelgäste geöffnet war, lag der Ausstellungsraum bis auf einen einzigen Besucher verwaist da. Es handelte sich um den Mann, dem ich am Abend vorher im Lift begegnet war. Auf den ersten Blick hatte ich ihn gar nicht wiedererkannt, da er heute statt Smoking eine dunkle Hose mit Sakko trug. Er stand vor den Fotos des Syndikats und studierte sie so gründlich, dass er beim Klang meiner Schritte aufschreckte, als hätte ich ihn bei etwas Verbotenem ertappt. Aber dann lächelte er.

»Guten Abend«, grüßte ich mit meiner professionellsten Stimme. Es klang völlig übertrieben. »Falls Sie an irgendwas Interesse haben sollten – hier steht alles zum Verkauf. Sagen Sie mir einfach Bescheid, wenn ich Ihnen behilflich sein kann.«

»Danke«, entgegnete er sanft.

Ich wollte ihn nicht stören und zog mich in mein Büro zurück. Den Wunsch, ein Kunstwerk ganz für sich allein zu haben, verstand ich nur zu gut. Wieder kam mir dieses Gemälde, *La Jeune Martyre*, in den Sinn, und dann musste ich an Lance und seine Kindheit denken, die so ungewöhnlich war wie meine. Ich räumte den Schreibtisch auf, stapelte Aurelias leere Grußkarten und Umschläge sorgfältig und legte einen Ordner für die Liste mit Kontakten an, die sie uns heute gegeben hatte. Dann schloss ich die Schublade mit der Kamera auf und packte das Material für meinen Einsatz als Fotografin zusammen. Aber daran konnte ich jetzt noch gar nicht denken – denn zuerst war ich ja mit Lucian zum Essen verabredet. Irgendwie hatte ich es im Laufe des Tages tatsächlich geschafft, den Gedanken daran zu verdrängen, denn sonst hätte ich wohl kaum etwas auf die Reihe gekriegt. Aber jetzt überkamen mich Vorfreude und Aufregung mit voller Wucht. Ich hatte keine Ahnung, was ich heute Abend anziehen sollte, oder auch nur was ich sagen oder tun würde. Da holte mich eine Stimme wieder in die Gegenwart zurück.

»Miss? Entschuldigung?« Es war der Mann in der Galerie. »Sind Sie noch da, Miss?«

Ich eilte aus meinem Büro und traf ihn neben der Tür an. Um nicht aufdringlich zu wirken, hielt er extra ein paar Meter Abstand.

»Hi, da bin ich.« Nachdem ich ein paar Minuten gesessen hatte, taten meine Füße jetzt mit jedem Schritt höllisch weh.

»Wie kann ich Ihnen helfen?«

»Ich habe Interesse an einer Fotografie«, erklärte er. »Darf ich sie Ihnen mal zeigen?«

»Selbstverständlich, schauen wir uns das doch an«, nickte ich und folgte ihm. Er führte mich zu der Wand mit meinen Bildern vom Syndikat. Mein Herz begann zu klopfen. Schließlich blieb er vor der riesigen Aufnahme von Aurelia stehen.

»Das hier würde ich gerne kaufen. Ich frage mich, was Sie dafür wohl verlangen.«

»Wow, vielen Dank«, sagte ich. Ich konnte es mir einfach nicht verkneifen: »Diese Fotos habe ich nämlich alle gemacht.«

Jetzt war mir die Sache peinlich, aber es war mir einfach so rausgerutscht.

»Sie sind sehr talentiert«, bemerkte er in väterlichem Tonfall.

»Vielen Dank.« Ich biss mir auf die Zunge, um mich nicht wie sonst selbst runterzumachen. Wenn dieser Mann für eins meiner Bilder zahlen wollte, dann sollte ich ihm jetzt besser nicht auseinandersetzen, dass ich eigentlich gar nicht so gut war. Ich sah mir Aurelias Porträt noch einmal an: Es war wirklich nicht besonders. Ich war gestern Abend so erstaunt gewesen, als ich die Falten und die leicht geröteten Augen, aber vor allem diesen seltsamen Fleck auf ihrer Wange bemerkt hatte. Und da waren all diese Makel auch schon wieder und sprangen uns ins Gesicht. Aber dieser Mann schien das Bild aus irgendeinem Grund zu mögen, egal, wie fehlerhaft und ungenau es war. Der Kunde war eben König.

»Also, was würde das kosten?«, musste er noch einmal fragen.

»Oh, tut mir leid, stimmt. Also …« Ich hatte absolut keine Ahnung. Und ich fand auch nicht, dass ich mir hier einfach eine Summe aus den Fingern saugen sollte. »Die Preisliste wurde heute Morgen erst fertiggestellt.« Ich hoffte nur, man merkte mir nicht an, dass ich mir das gerade ausdachte. »Wenn Sie noch einen Moment Zeit haben, gehe ich sie schnell holen.«

»Sicher, danke.«

Ich nickte und eilte zur Tür hinaus, hetzte am Empfang mit den Rezeptionistinnen vom Syndikat vorbei und schob mich in den dunklen Flur. Dann klopfte ich laut und hastig bei Aurelia an. Nichts. Ich legte das Ohr an die Bürotür, konnte drinnen aber nichts hören. Also sprintete ich zurück zur Galerie. Der Mann hatte sich nicht vom Fleck gerührt und starrte immer noch das Foto an.

»Es tut mir leid, Sir, aber ich fürchte, die Besitzerin ist zurzeit, äh, außer Haus.« *Nicht schlecht.* »Aber wenn Sie mir Ihre

Kontaktdaten geben, wird sie sich morgen früh als Erstes mit Ihnen in Verbindung setzen.«

»Das wäre perfekt.« Er holte seine Brieftasche hervor und zog eine Visitenkarte heraus, die er mir reichte: Neil Marlinson. Er war Anwalt und lebte in Boston. »Ich bin noch bis Freitag hier.«

»Toll. Vielen Dank.«

Mit einem letzten Blick auf das Bild von Aurelia verließ er die Galerie.

17

Ein Abend in Alcatraz

Im Flur zu unseren Zimmern war die Beleuchtung nicht besonders – der Keller verfügte nicht wie das restliche Hotel über eine Öffnung zum Oberlicht hin oder über die vielen Wandstrahler, die in den neuen oberen Stockwerken verteilt waren. Hier unten gab es nur ein paar fächerförmige alte Leuchten, die dumpfes Licht ausstrahlten. Aber es war immer noch hell genug, um zu erkennen, dass jemand etwas vor meiner Tür abgestellt hatte. Es handelte sich um eine weiße Schachtel von der Größe eines schmalen Koffers. Ein dunkles Band war darum geschlungen und hielt ein Kuvert fest.

Meine Schritte wurden schneller, und ich erreichte die Tür in Sekunden – plötzlich spürte ich meine Füße, die mich doch den ganzen Tag gequält hatten, überhaupt nicht mehr. Den Umschlag zog ich als Erstes heraus. Darauf stand in sauberer, kräftiger Handschrift mein Name. Die raschelnde cremefarbene Karte im Inneren übermittelte mir diese Nachricht:

Deine Uniform für heute Abend.
Ich hoffe, sie gefällt dir …
Lucian

Ich zog meine Schlüsselkarte durch, warf die Tür auf und schloss sie dann mit dem Fuß, während ich die Schleife löste und den Deckel der Schachtel aufriss. Ich wusste nicht, ob es in meinem Zimmer so heiß war wie im Zentrum der Sonne, oder ob das nur an der Aufregung lag, aber ich glühte förmlich.

Vorsichtig, andächtig griff ich nach dem Inhalt des Pakets und ließ die untere Hälfte der Schachtel einfach fallen.

Es war ein Kleid.

Ich hielt den blutroten Satinfummel am Oberteil fest und streckte die Arme aus. Der Stoff war so glänzend, dass ich darin beinahe mein Spiegelbild erkennen konnte. Das Kleid war knielang und fast gerade geschnitten, nur an der Taille wurde es etwas enger, das Oberteil war gerafft und gerüscht. Aber irgendetwas stimmte damit nicht, was war das nur? Ich sah es mir noch einmal ganz genau an, dann schüttelte ich mich, um auf den harten Boden der Tatsachen zurückzukehren: Es war trägerlos. Und so was trug ich aus offensichtlichen Gründen nicht. Mit dem Kleid in der Hand ließ ich mich aufs Bett sinken. Jetzt war ich nervös und hatte Bauchschmerzen. Warum musste bloß immer alles so kompliziert sein? Konnte ich mich nicht einfach darauf freuen, dieses tolle Kleid zu tragen und so, wie ich war, darin völlig okay auszusehen? In Gedanken ging ich die Strickjacken durch, die ich mitgebracht hatte. War vielleicht eine dabei, die von der Farbe her passte? Ich tätschelte das Kleid, als wollte ich mich bei ihm entschuldigen, dabei spürte ich jedoch, dass sich das Oberteil an einer Stelle ausbeulte. Das sah zunächst wie ein Fabrikationsfehler aus, dann aber zog ich daran und entdeckte einen einzigen Träger mit Rüschen, den man beim Zusammenfalten in das Kleid geschoben hatte. Freude überkam mich genauso schnell wieder, wie sie vorher verpufft war. Dieses Kleid war wie für mich gemacht, der Träger saß sogar links. Hatte Lucian meine Narben auf dem Bild also doch entdeckt? Es war mir egal, ich war nur einfach dankbar für die Fügung des Schicksals, die mir dieses für mich perfekte Kleid beschert hatte.

Jetzt konnte ich es kaum erwarten, es anzuziehen. Ich schälte mich aus meiner Uniform und zerrte daran, weil es mir gar nicht schnell genug gehen konnte. Es war hier im Zimmer immer noch so warm – irgendwann würde ich mich mal auf die Suche nach dem Thermostat machen, es musste hier doch eins geben. Ich spritzte mir etwas Wasser ins Gesicht. Mein Wecker zeigte 18.20 Uhr an – wenn ich mich beeilte, konnte ich noch kurz unter die Dusche springen.

Nachdem ich in das Kleid geschlüpft war, erkannte ich mich im Spiegel kaum wieder – langsam wurde das zur Gewohnheit, in letzter Zeit starrte mich ständig eine völlig neue Haven von meiner Schranktür aus an.

»Whoa!«, sagte ich zu mir selbst. »Das ist aber ganz schön rot.«

Ich besaß selbst gar nichts Rotes, wenn ich jetzt so darüber nachdachte, aber ich verstand plötzlich, warum sich Frauen rote Sachen kauften. In dieser Farbe konnte man unmöglich übersehen werden. Sie drängte sich einem frech und gnadenlos auf, wurde immer intensiver, je länger man sie ansah. Und ich war auch nicht das schlechteste Modell dafür. Der Reißverschluss ließ sich problemlos hochziehen, und der Stoff schmiegte sich sogar ein wenig so an meinen Körper an, wie das wohl vorgesehen war. Mit dem einen Träger und den Rüschen hatte das Ganze etwas Göttinnenhaftes. Nicht schlecht, dachte ich, wirklich nicht schlecht.

Allerdings hatte ich ohne meinen Stylisten keinen Schimmer, was Make-up und Frisur betraf – Dante arbeitete mal wieder, wie üblich. Ich löste den Knoten, fuhr mit den Händen durch mein offenes Haar und versuchte, es ein wenig aufzulockern. Das schien zu funktionieren, ich bekam diesen unbändigen, verwuschelten Look, den ich bei einigen der Syndikat-Girls gesehen hatte. Was das Schminken anging, musste ich mit dem arbeiten, was ich hatte: mit meinem braunen Eyeliner, den ich gelegentlich auftrug, und rosafarbenem Lipgloss.

Um zehn vor sieben war ich fertig und griff nach Aurelias Handtasche – zum Glück hatte ich ihr die Sachen vom Vortag noch nicht zurückgegeben. Die würde ich ihr dann morgen vorbeibringen. Ich setzte mich aufs Bett und wartete. So langsam verkrampfte sich in meiner Magengrube alles. Das Buch, dieses Buch, lag plötzlich neben mir, es sah mich ganz unschuldig vom Kopfkissen aus an. Ich starrte zurück: Nein! Da wollte ich jetzt nicht reinschauen. Ich wollte auf keinen Fall darüber nachdenken, was mit diesen Fotos passiert war, und ich musste auch nicht an mein nächtliches Trainingsprogramm in den Tunneln erinnert werden, das ich später noch absolvieren würde. *Verdirb dir damit nicht den Abend*, redete ich mir ein. *Lass dir nicht die gute Laune nehmen.*

Es hätte schon geholfen, wenn es nicht so warm gewesen wäre. 18.55 Uhr. Noch fünf Minuten. Ich packte mein Schminkzeug ein und räumte das Chaos auf, das ich beim Auspacken des Kleides hinterlassen hatte. Als ich danach den Stuhl wieder vor den Schrank schob, lief es mir kalt über den Rücken. Zum Schluss legte ich noch das Buch wieder in den Nachttisch. Lucians Blume hielt weiter durch und sah sogar noch besser aus als gestern. Ich wechselte ihr Wasser. Da auch Dantes Pflanze blühte und gedieh, folgte ich seinem Rat und ließ sie in Ruhe. Eine Minute nach sieben. Ich setzte mich wieder aufs Bett und begann, an Haaren, Fingernägeln und Kleid herumzufummeln. Irgendwie musste ich einen kühlen Kopf bekommen, und zwar in jeder Hinsicht. Zwei Minuten nach sieben.

Länger hielt ich es nicht aus, also griff ich nach der Tasche, stand vom Bett auf und huschte zur Tür hinaus.

Ich hatte gerade den Eingang der Galerie erreicht, als ich Lucian – im perfekt geschnittenen schwarzen Anzug – auf dem

Weg zu mir entdeckte. Ein Lächeln erhellte sein Gesicht wie die Sonne, die am Horizont aufsteigt.

Durch die Lobby gingen wir aufeinander zu und hatten plötzlich für nichts und niemand mehr Augen, nur noch für uns. Ich fürchtete sogar, es nicht einmal mehr bis zu ihm zu schaffen. Ich musste mich auf jeden Schritt konzentrieren, um mit meinen weichen Knien nicht dahinzusinken wie die Mädchen in den Romanen aus dem 18. Jahrhundert, die ich so gern las. Die schoben das alle aufs enge Korsett – was war meine Ausrede?

Den Eingangsbereich fand ich auf einmal riesig, und wir schienen ihn in Zeitlupe zu durchqueren, bis wir uns endlich auf halbem Wege trafen. Mir kam es wie die exakte geometrische Mitte der Lobby vor – Lance hätte mir das sicher sagen können, danach würde ich ihn mal fragen.

»Hi.« Er sprach als Erstes und verschlang mich mit Blicken, während alles andere um uns herum verschwamm und verblasste.

»Hi.«

»Ich wäre auch runtergekommen, um dich abzuholen. Du bist einfach zu pünktlich.«

»Ja, Pünktlichkeit ist einer meiner größten Fehler.«

»Da kannst du ja von Glück reden.«

Ich besann mich auf meine guten Manieren. »Das ist wunderschön, vielen Dank dafür.« Ich strich mir über den Rock des Kleides und versuchte, seinen Gesichtsausdruck zu deuten.

»Keine Ursache.« Das war alles, kein Kompliment. Dabei dachte ich eigentlich, dass Verabredungen so liefen – was auch passierte, als Erstes sagte der Typ doch immer: »Du siehst toll aus.« Offensichtlich hatte ich zu viele romantische Komödien gesehen. Nach einer kurzen Pause fuhr Lucian fort: »Also, wir spielen jetzt ein Spiel. Ich hoffe, du spielst gern.«

»Nur wenn ich gewinne«, erwiderte ich kokett, noch bevor ich darüber nachdenken konnte.

»In diesem Fall …«

Er führte mich zum Eingang des Capone und erklärte: »Und das Spiel geht so: Wenn wir jetzt gleich vorbeigehen, wird sich jeder nach dir umdrehen. Pass auf.« Seine Lippen verzogen sich zu einem Lächeln, als ob das alles ein großer Insiderwitz wäre. Nur leider kapierte ich ihn nicht so ganz.

»Wie bitte?«

»Sieh einfach hin.«

Wir betraten das vollgepackte Restaurant und schoben uns durch die Menschenmenge vor der Bar. Jeder einzelne Stuhl war besetzt, und viele geduldig Wartende lungerten an den Seiten herum und starrten zu den glücklichen Gästen hinüber, die einen Tisch ergattert hatten, so als könnten sie sich damit einen freien Platz erzwingen. Lucian marschierte einmal quer durchs ganze Restaurant, und ich folgte ihm. Nach ein paar Schritten hielt er mir die Hand hin, ich griff danach, und so gingen wir gemeinsam weiter. Seine Finger fühlten sich ganz warm an, ich konnte die Hitze von Kopf bis Fuß spüren.

Wenn ich es nicht mit eigenen Augen gesehen hätte, hätte ich es nicht geglaubt, aber es stimmte: Die Leute hielten mitten in der Unterhaltung inne, um uns anzuschauen. Sie drehten sich zu uns um, eine Frau zeigte sogar auf uns. Ich dachte eigentlich, dass sie auf Lucian deutete, denn der zog ja beim Betreten jedes Raums die Blicke auf sich. Dann aber sah ich, wie mir die elegante Frau mit Perlenkette und im Abendkleid beifällig zunickte. Ja, als ich es endlich wagte, die Leute anzuschauen, wurde mir klar, dass alle Augen auf mich gerichtet waren. Ich fragte mich, ob man mir den Schock wohl anmerkte. Durch eine Durchreiche in der Wand konnte man hinten die Küche sehen, und dort erhaschte ich einen Blick auf Dante, der gerade etwas in einer Pfanne flambierte. Er schaute hoch, und das Feuer tauchte sein Gesicht in einen wilden Schein. Sein Blick sprach Bände, ich las darin: *Nicht schlecht, Haven, und ich will später alles darüber hören.* Wir bogen um eine Ecke, und jetzt waren Lucian und ich endlich allein, Seite an Seite. Er hakte sich bei mir unter, so dass meine Hand in der Kuhle seines Ellbogens ruhte.

»Was habe ich dir gesagt?«, fragte er.

»Die haben doch alle *dich* angeguckt.« Das klang schüchtern oder vielleicht auch ein bisschen keck. Er schüttelte den Kopf. »Oder ich habe vielleicht irgendwas im Gesicht, und du hast mir nichts gesagt.« Er musterte mich einen Moment.

»Ich glaube, du hast recht.« Dann schob er mir das Haar hinters Ohr und küsste mich auf die Wange, sanft und warm. »Jetzt hab ich's.«

Ich bekam so weiche Knie, dass ich ganz bewusst die Beine durchdrücken musste, damit sie nicht nachgaben. Und dann setzten wir uns auch schon wieder in Bewegung.

»Wohin geht es?« Es gelang mir, die Frage nicht allzu atemlos vorzubringen.

»Nach Alcatraz natürlich.«

»Natürlich.« Meine Antwort klang, als wüsste ich, worüber er da redete, dabei hatte ich keine Ahnung.

»Da warst du bisher noch nicht, weil da noch gebaut wurde, aber jetzt ist alles fertig, und du bist der erste Gast.«

»Sollte ich dann nicht lieber schwarz-weiße Streifen tragen?«

»Nein, so siehst du toll aus.«

Wir erreichten das Ende des düsteren Korridors und standen nun vor einem Aufzug, der sich hier hinten verbarg. Lucian drückte auf den Knopf, und die Türen öffneten sich. Das Innere war ganz aus Glas gemacht. Er ließ mir den Vortritt und folgte mir dann.

»Alcatraz also?«, begann ich, als sich die Türen schlossen. Vor den Scheiben verschluckten uns die dunklen Wände des Aufzugschachtes, als wir in die Tiefe sausten.

»Alcatraz.« Er ließ es einfach so im Raum stehen, um dem

Geheimnis noch mehr Nachdruck zu verleihen, während die Aufzugkabel ächzten.

Nervös brabbelte ich: »Capone hat da einige Zeit abgesessen, viereinhalb Jahre, glaube ich. Die Teufelsinsel, richtig?«

»Ja, so wurde sie tatsächlich genannt. Unser Alcatraz ist allerdings viel angenehmer als Capones. Bei unserem handelt es sich nämlich um ein exklusives Separee«, erklärte er. »Capone hat im Knast vier Jahre abgesessen, der Aufenthalt hier dauert vier Gänge. Das Ganze kostet mehr, als du dir vorstellen kannst, mehr, als eigentlich legal sein sollte, und trotzdem sind wir für die nächsten zwei Monate schon ausgebucht. Heute Abend dürfen wir als Erste alles ausprobieren. Sieh es als letzten Testlauf vor der großen Enthüllung an.«

Die Türen öffneten sich, und wir standen vor einer schmalen Gangway aus Metall, die mit Tauen eingefasst war. Sie erstreckte sich vom Lift bis zu einer kleinen, mit Gitterstäben eingefassten und von Wasser umgebenen Insel in der Mitte. Der ganze riesige Raum, wenn man das denn so nennen wollte, war viel zu groß. Ich hatte nicht den Eindruck, dass er überhaupt zwischen die vier Wände des Hotels passte. Rund um die Insel tat sich ein Graben auf, und an dessen Ufern strotzte üppige Natur. Wenn ich es nicht besser gewusst hätte, ich hätte geschworen, dass wir das Gebäude verlassen und einen Teich im Freien aufgesucht hatten, der von moosigen Bäumen und knolligen Pflanzen, die Dantes Geschenk recht ähnlich waren, umstanden wurde.

»Willkommen in Alcatraz.« Lucian trat auf den Steg hinaus.

Ich nahm alles in mich auf, aber die Fülle an Eindrücken war so groß, dass ich sie kaum verarbeiten konnte. »Von hier will doch bestimmt niemand fliehen.« Als wir die schmale Gangway überquerten, leuchteten die Planken unter unseren Füßen auf.

»So war es auch gedacht.«

Wir gingen auf die Insel in der Mitte zu, die uns als symbolische Mischung aus Romantik und Gefahr lockte. Da würde ich jetzt also ganz allein mit Lucian essen? Mein Puls raste. Der Bereich, dem wir uns jetzt näherten, war vergittert – mit einer so buchstäblichen Interpretation des Alcatraz-Themas hatte ich eigentlich nicht gerechnet. Hinter den Gitterstäben erwartete uns jedoch ein lauschiges Inneres: ein kleiner Essbereich mit einer Lounge. Auf einem Damasttuch war der Tisch mit glänzendem Porzellan gedeckt, und alles wurde von Kerzenschein erleuchtet. Auf jeder Seite stand ein samtener Sessel, der wie ein Thron aussah. Hinter dem Tisch bildeten eine dazu passende Chaiselongue, ein Stuhl und ein Beistelltischchen mit Spiegel ein gemütliches Wohnzimmer. Das war wirklich die schönste Gefängniszelle, die man sich vorstellen konnte. Die Metallstangen ragten rundherum etwa vier Meter in die Höhe, gingen aber nicht bis zur Decke, die hoch über uns glitzerte und funkelte wie ein Sternenhimmel.

Als wir das Schloss des Gitters erreichten, zog Lucian einen altmodischen Schlüsselring von der Größe eines Armreifs aus seiner Jackentasche. Daran hing ein einzelner, lachhaft riesiger Schlüssel, den Lucian nun um seinen Finger wirbeln ließ. Dann schob er ihn geräuschvoll ins Schloss und öffnete die Käfigtür für mich.

»Danke sehr.«

Er zog sie hinter uns zu, steckte die Hand durch eine Öffnung, um uns einzuschließen, drehte sich dann zu mir um und steckte sich den Schlüssel wieder in die Tasche.

»Jetzt sind wir offiziell vom Rest der Welt abgeschlossen.«

Das hörte sich zwar gut an, die Narbe über meinem Herzen zuckte und brannte jedoch. Ich legte beruhigend die Hand darauf.

»Und was passiert, wenn dir der Schlüssel jetzt ins Wasser fällt oder so?«

»Dann haben wir ein Problem und müssen für immer hierbleiben«, behauptete er todernst. Ich sah ihn an und wurde ein ganz kleines bisschen nervös. Zu meiner Erleichterung grinste er nun. »Keine Sorge, alles nur Show, das Gitter ist in Wirklichkeit offen. Es gibt einen Schalter, mit dem man sich aussperren, aber niemals einschließen kann.« Er schob sich an mir vorbei zur Sitzecke.

»Komm mal rüber.« Dann setzte er sich auf den Stuhl, öffnete eine Klappe an dem runden Beistelltisch und drückte ein paar Knöpfe. Ich ließ mich auf die Chaiselongue nieder und strich mein Kleid glatt. Er klappte die Luke ganz herunter. »Guck dir das an.«

Aus dem Inneren des Möbelstücks erklang ein Klappern und Rauschen. Innerhalb von Sekunden erschien auf der Tischplatte eine Glaskuppel, die sich wie ein Kiefer in der Mitte öffnete und dann wieder verschwand. Zurück blieben zwei Weingläser und eine blaue Flasche ohne Etikett.

»Wow!«

»Nicht schlecht, oder?« Er schenkte mir ein und reichte mir das Glas, das jetzt mit einer sprudelnden, durchsichtigen Flüssigkeit gefüllt war.

»Willst du das nicht erst noch anzünden oder so?« Das war meine Art zu fragen, worum es sich da handelte.

»Das ist Mineralwasser.« Er goss sich selbst auch ein Glas ein.

»Oh.« Jetzt kam ich mir wie ein Idiot vor. »Wie exotisch.«

»Ich habe mir schon gedacht, dass es dir gefällt.« Er grinste und stieß mit mir an, dann sprach er weiter: »Im Allgemeinen können die Leute hier bestellen, worauf immer sie Lust haben, so ist es zumindest gedacht.« Er stand vom Stuhl auf und zog mich hoch. Seine warme Hand berührte mich sanft, während er einen der Sessel vom Tisch abrückte, damit ich darauf Platz nehmen konnte. Dann schob er mich wieder ran, bewegte mich und den Stuhl ganz mühelos und setzte sich mir schließlich gegenüber. »Ich habe mir jedoch erlaubt, ein Degustationsmenü mit den besten Gerichten vorzubestellen, damit du dich zwischen all den leckeren Sachen nicht entscheiden musst – für dich nur das Beste, für Körper *und* Seele. Wir sprechen hier von einem Lebensstil. Aber ich schweife ab. Ich hoffe, es macht dir nichts aus, dass ich die Bestellung übernommen habe.«

»Überhaupt nicht, das ist schon okay«, beteuerte ich. Das Beste für Körper und Seele – dieser Satz ging mir nicht mehr aus dem Kopf.

»Das habe ich mir schon gedacht.« Er lehnte sich vor, hantierte an seiner Seite des Tisches an irgendetwas herum und klappte dann etwas zu. Wieder erklang ein Rauschen, dieses Mal aus dem Inneren des Esstisches. Das Besteck klapperte leise. Eine weitere Kuppel schoss hervor, wurde vom Damasttuch ausgespuckt und nahm beinahe die gesamte Tischplatte ein, abgesehen von einem äußeren Ring, auf dem unser Gedeck stand. Die Kuppel öffnete sich und verschwand, und darunter kamen mindestens ein Dutzend baseballgroße Tellerchen zum Vorschein.

»Whoa!«

»Und das ist noch gar nichts. Jetzt pass mal auf!« Lucian drückte auf einen anderen Knopf auf seiner Tischseite, die Lichter im Graben um uns herum wurden immer heller, ein blubberndes Leuchten erstrahlte aus dem Wasser und umfing uns. Auch die funkelnden Nadelspitzen unter der Decke glühten nun immer intensiver und erinnerten bald an das Adler-Planetarium in der Stadt. Ich entdeckte den Gürtel des Orion, Kassiopeia und den Großen Wagen. Lucian hantierte immer noch an der Steuerung herum, und schon erklang heitere, fröhliche Musik. »Sind Evergreens okay? Im Moment haben wir nur Musik aus der Capone-Ära.«

»Die muss dann wohl reichen«, lächelte ich. Ich war von allem noch immer ganz benommen.

»Das war es dann wohl mit den Tricks«, erklärte Lucian schließlich und ließ sich im Stuhl zurücksinken.

»Gar nicht schlecht.«

»Hoffentlich gefällt dir das hier genauso gut.«

Er ging mit mir das kulinarische Angebot durch und erklärte mir jedes einzelne Gericht – Mini-Straußen-Cheeseburger, Klapperschlangenravioli, Alligatorensuppe – Spezialitäten, von denen ich nie geglaubt hätte, dass ich sie mal probieren würde. Diese Ansammlung von Köstlichkeiten war einfach überwältigend. Ich nahm mir vor, mich abenteuerlustig zu geben und alles zu kosten, dabei aber am besten nicht allzu sehr darüber nachzudenken, welche Tierchen ich da gerade verspeiste.

»Das ist ja wie ein Ausflug in den Zoo«, bemerkte ich, als er fertig war. »Wenn auch mit einer tragischen Note.«

»Ein ziemlich stiller und ruhiger Zoo.« Er lachte. »Also, dann würde ich mal sagen, *bon appétit*!«

»*Bon appétit*!«, nickte ich.

Er schnitt sich auf dem Teller mit dem Rehfleisch eine Scheibe ab, und ich spießte mit der Gabel ein paar Klapperschlangenravioli auf, aber in dem Moment ruckelte die Tischplatte und begann sich zu drehen. »Ach du je!«, rief ich, als meine Gabel, die in den Nudeln steckte, im Uhrzeigersinn zu Lucian rüberwanderte. Er musste ein Grinsen unterdrücken.

»Okay, das war jetzt aber wirklich mein letzter Trick.« Mit erhobenen Händen gab er sich geschlagen.

»Hey!« Die Ravioli und meine Gabel waren vor ihm zum Stehen gekommen. »Habe ich hier drüben denn gar keine Knöpfe? Ist das nicht wie bei diesen Fahrschulautos mit zwei Steuerrädern und Bremsen?« Ich hob die Tischdecke auf meiner Seite hoch, entdeckte aber nur ein würfelförmiges Podest, in dem offensichtlich ein Aufzug unser Essen transportiert hatte.

»Nein, ich fürchte, hier sitze ich ganz allein am Steuer.« Er lächelte. »Aber die hättest du wohl gern wieder.« Er griff nach meiner Gabel, doch anstatt sie mir einfach zurückzugeben, hielt er sie mir so hin, dass ich davon abbeißen konnte. »Und, was meinst du?«, fragte er.

»Lecker«, erklärte ich, nachdem ich das zähe Fleisch endlich runtergeschluckt hatte. »Ein bisschen wie Hühnchen.«

»Fand ich auch.« Er lachte leise. »Also, erzähl doch mal, Haven«, begann er, ohne den Blick von mir abzuwenden. »Was wünschst du dir am meisten?«

Ich hielt einen Moment inne. »Hm, na ja, vielleicht sollte ich als Nächstes die Schnecken probieren?«

Er lächelte, ein echtes, breites Lächeln, ließ den Tisch rotieren, bis die Schnecken vor mir standen, und fuhr dann fort: »Eigentlich meinte ich ja eher, was du dir so vom Leben erwartest.«

»Wow.« Ich ließ die Gabel sinken, sah ihn an und schaute schnell wieder weg. »Das hatte ich jetzt total falsch verstanden, oder?«

Wir lachten beide in einem ähnlichen Tonfall. Ich suchte nach diesem Fauxpas immer noch nach einer intelligenten Antwort, als er mir zu Hilfe eilte: »Erinnerst du dich noch an deinen Geburtstag? Da habe ich dir doch gesagt, dass du dir was wünschen sollst.«

»Klar.«

»Also, was war das für ein Wunsch?«

Ich war mir nicht sicher, ob ich ihm das verraten wollte – das war schließlich der Tag meiner Ankunft gewesen. Nachdem ich ihn kennengelernt hatte, hatte ich an gar nichts anderes mehr denken können als an die Frage, ob er wohl je Interesse an mir haben könnte. Also sagte ich einfach: »Ehrlich gesagt habe ich mir nicht direkt was gewünscht. Ich war nämlich ziemlich abgelenkt. Und irgendwann war mir dann auch schlecht.«

»Schade.«

»Das ist schon okay. Also, das war es mir wert.« Und jetzt überkam mich schon wieder dieselbe warme Benommenheit wie nach diesem feurigen Getränk. Da ich nur Wasser intus hatte, konnte ich mir das wirklich nicht erklären. Vielleicht erging es mir einfach in Lucians Gegenwart so. Wenn er noch ein bisschen weiterbohrte, würde ich gleich damit herausplatzen, dass ich ihn liebte und ihm bis ans Ende der Welt folgen würde. Er machte mich geradezu süchtig.

»Und, wie gefällt es dir hier?«, fragte er. »Würdest du gern zum Syndikat gehören?« Das fragte er einfach so, ganz beiläufig.

»Also, jetzt hypothetisch gesprochen, oder …« Ich ertappte mich dabei, wie ich ihn mit leuchtenden Augen anstarrte. Gedankenverloren spielte ich mit meiner Gabel herum, drehte sie wieder und wieder.

»Im Moment erst mal hypothetisch.«

»Na ja, da wäre doch jeder gerne dabei, oder?«

»Ja, aber du denn auch?«

»Ich weiß nicht so recht. Ich meine, mir war nie klar, dass diese Möglichkeit besteht.«

»Ich bin noch gar nicht lange dabei.«

»Echt?«

»Ja, das ist ja gerade das Reizvolle hier. Wenn man seine Arbeit gut macht, klettert man die Karriereleiter ziemlich schnell hoch. Und dann ist man plötzlich ganz oben, hat in der Stadt Einfluss, kennt jeden, verfügt über alles, was das Herz begehrt – Ruhm, Erfolg, die ganze Palette. Man ist wichtig. Einige bringen es natürlich nie so weit, aber manche Menschen …«, er sah mich durchdringend an, hielt meinen Blick eine Sekunde, »… manche Menschen muss man nur in die richtigen Bahnen lenken, dann sind sie nicht mehr aufzuhalten. Und zu der Sorte gehörst du, Haven, das wissen wir alle.«

»Äh, schön, das zu hören.«

»Also, wofür würdest du alles geben? Was wünschst du dir im Leben am meisten? Was würde dich glücklich machen?«

»Aber ich bin doch glücklich.«

»Das weiß ich. Aber was würde dein Leben völlig auf den Kopf stellen? Wenn du alles haben könntest, was du dir wünschst, egal was? Heute, morgen, für immer. Wovon träumst du?«

Ich dachte darüber nach. Heute oder morgen war etwas ganz anderes als für immer. Heute, in genau diesem Moment, sehnte ich mich nach ihm. Aber das konnte ich ihm schließlich schlecht verraten, und es gefiel mir auch, dass wir hier über so tiefschürfende philosophische Themen sprachen, also beschloss ich, mitzumachen und ihm eine ernsthafte Antwort zu liefern. »Also, ich denke, dass ich gerne etwas Wichtiges leisten möchte. Ich möchte Medizin studieren und Ärztin werden. Über die Fachrichtung bin ich mir noch nicht ganz im Klaren, aber wenn ich ehrlich bin …«

»Ja?«

»Weißt du, am liebsten würde ich die Welt aus den Angeln heben! Den Krebs besiegen, Menschen retten, ihr Schicksal im ganz großen Stil verändern. Ich habe das Gefühl, dass so viele Leute in meinem Leben etwas bewegt haben. Ich war so sehr auf andere angewiesen, und wenn diese Personen keine guten Absichten gehabt hätten, dann wäre ich jetzt nicht hier.«

Er lehnte sich zurück und musterte mich, schien irgendetwas in meinen Augen oder unter meiner Haut, tief in mir drin, zu suchen. Endlich sprach er wieder, mit langsamen, sorgfältig ausgewählten Worten: »Was wäre denn, wenn ich dir jetzt sage, dass ich dir all das geben könnte?« Was er da sagte, wirbelte in meinem Kopf herum und umfing mich wie eine Sommerbrise, viel zu sanft und perfekt. Das alles verstand ich nicht. Inzwischen glühte meine Haut. »Und mehr. Ich könnte dir sogar noch mehr geben.«

»Ich bin nicht sicher, ob ich …«

Er lehnte sich vor, so als wolle er mir ein Geheimnis anvertrauen, und flüsterte mit honigsüßer Stimme: »Dein Leben könnte perfekt sein, und du könntest haben, was auch immer du willst, alles und jeden.« Er wandte den Blick nicht eine Sekunde von mir ab.

»Ich denke, dann wäre meine einzige Frage …«

»Wo muss ich da unterschreiben?« Er berührte meine Hand.

»Oder vielleicht: Wo ist da der Haken?« Ich lachte nervös.

»Natürlich hat jeder Vertrag auch sein Kleingedrucktes, denke ich. Aber ist es das nicht wert?«

»Das kommt ganz darauf an.«

»Das ist nicht die Antwort, die ich erwartet hatte«, erklärte er lächelnd, so als würde ich schon noch darauf kommen. »Denk noch mal drüber nach.«

»Worüber?«

»Darüber, wie es sich wohl anfühlen würde, alles zu bekommen, was du dir je gewünscht hast.«

»Okay.«

»Und vergiss nicht, dass es sich bei manchen Dingen lohnt, einen hohen Preis dafür zu zahlen.«

Ich nickte.

»Du hast ja keine Ahnung, was im Leben noch alles auf dich warten könnte. Wozu du fähig bist.« Ich war erstaunt, aber geschmeichelt darüber, wie ehrfürchtig seine Worte klangen. »Ich glaube, du weißt gar nicht, wie bemerkenswert du bist.«

Der letzte Satz war schwer zu glauben.

»Danke«, sagte ich.

»Keine Ursache«, entgegnete er ernst. »Und Haven … es ist wahr.«

Damit lehnte er sich wieder im Sessel zurück und sah sich an, was auf den Tellern noch übrig war.

Wir aßen auf, dann wurde unser Abendessen mit einem

Knopfdruck abgeräumt, und eine Nachtischplatte nahm seinen Platz ein. Jetzt plauderten wir ganz locker über das Hotel, die Eröffnungsgala und darüber, wie anders sich das Lexington jetzt mit all den Gästen anfühlte. Dann zeigte mir Lucian den Mechanismus, mit dem unser Tisch das Essen servierte.

»Willst du das wirklich wissen?«, fragte er.

»Na klar.«

»Macht das denn nicht den ganzen Zauber kaputt?«

»Ich finde gerne heraus, wie Sachen funktionieren.«

»Im Prinzip ist es nichts anderes als ein Aufzug, und am anderen Ende sitzt jemand, der die Kommandos ausführt. Komm her, ich zeig's dir.« Ich durfte mich auf seine Seite setzen und die Befehle eingeben, die unser Dessert verschwinden ließen und uns wieder eine weiße, mit Damasttuch bedeckte Leinwand bescherten.

Als unser Mahl beendet war und ich aufstand, war mir schummerig zumute, und ich hielt mich nicht mehr ganz gerade. Lucian bot mir den Arm an, so dass wir zusammen durch das Tor und über die Brücken schritten.

»Danke. Ich glaube, ich verfalle gerade ins Essenskoma.«

»Verständlich.«

»Vielleicht sollte ich zurückschwimmen.« Ich deutete auf das Wasser. »Womöglich macht mich das wieder munter.«

»Von mir aus gern, aber das wäre dann eher waten als schwimmen. Das Wasser ist nur 30 cm tief. Von mir weißt du das allerdings nicht; es macht sonst die ganze Illusion kaputt.«

»Und die ist doch das Wichtigste. Im Leben ist alles nur Schall und Rauch, oder?«

»Wie wahr.«

Wir gingen zum Lift hinüber, wobei der Steg mit jedem Schritt aufleuchtete, und erreichten den Aufzug, auf dessen Knopf Lucian jetzt drückte. Ich war zwar ziemlich benommen und hatte Schmetterlinge im Bauch, wusste aber trotzdem, dass unsere Verabredung sich jetzt dem Ende näherte. Die Türen gingen auf, und wir traten hinein.

»Das müssen wir wieder mal machen«, meinte Lucian.

»Auf jeden Fall.« Ich nickte mit einem schüchternen, erwartungsvollen Lächeln. Dann umfing mich sein Blick, er ging ein paar Schritte auf mich zu, bis seine sanften, warmen Lippen auf die meinen trafen. Mit der Hand suchte er nach meinen Fingern.

Aber was war dieses Mal bloß anders? Ich konnte es nicht benennen, mir war nur klar, dass ich diesen Kuss ganz bewusst miterlebte. Es war nicht wie am Abend vorher, als irgendetwas anderes die Kontrolle übernommen hatte, ich mich ihm hingegeben und er mich gepackt hatte. Das war reine Ekstase gewesen, pures Gefühl. Da war kein Platz mehr für einen einzigen Gedanken gewesen. Dies hier war irgendwie viel schüchterner.

Dann hielt der Aufzug, und Lucian löste sich von mir. Meine Augen öffneten sich wieder, kurz bevor es die Lifttüren taten und Lucian uns durch eine Nebentür des Restaurants zurück in die Lobby führte.

»Also, ich denke, das heißt dann wohl gute Nacht«, sagte er und lehnte sich vor, um mich noch mal zu küssen, dieses Mal aber ganz rasch und höflich.

»Gute Nacht.«

Er winkte und ging davon, die Hände in den Taschen vergraben. Ich sah ihm nach, starrte ihm viel zu lange hinterher und holte dann endlich die Kamera aus der Galerie. Ich musste schließlich noch arbeiten.

18

Wir dürfen sie nicht unterschätzen

Als ich im Tresor eintraf, kochte die Stimmung dort bereits. Die Leuchtbuchstaben auf der Tunnelwand verrieten mir, dass der Abend der Habgier gewidmet war. Ich fragte mich, ob das wohl ein Zeichen war. War ich bei meiner negativen Analyse des Kusses zu gierig gewesen? Immerhin war ich jetzt in zwei Tagen schon dreimal geküsst worden. Ich holte auf jeden Fall schnell nach, was ich bisher verpasst hatte, aber vielleicht sollte ich nicht ganz so kritisch sein und mich lieber dankbar dafür zeigen, dass meine Lippen jetzt doch noch gut genutzt wurden.

Ich knipste drauflos, ohne groß nachzudenken, und fand mehr Blicke auf meine Kamera gerichtet als erwartet. All die Clubgäste mit ihren Designerklamotten, perfektem Haar und Make-up schienen bereits zu mir herüberzuschauen, wenn ich sie ins Visier nahm. Heute Abend war ich nicht die Fliege an der Wand, sondern eine weitere Mitspielerin – eine Rolle, an die ich nicht gewöhnt war. Das musste wohl an dem Kleid liegen. Aber es war vielleicht gar nicht so schlecht, alle Augen auf mich gerichtet zu sehen. Die gesammelte Kraft dieser Blicke wirbelte mich herum, ließ es in mir brodeln und machte mich beinahe glauben, dass ich mich wirklich sehen lassen konnte. Ich war noch nicht völlig überzeugt, aber so langsam freundete ich mich mit dem Gedanken an.

Ich hatte allerdings nicht erwartet, dass sogar jemand winken würde, um meine Aufmerksamkeit zu erregen. Aber als ich eine Runde um die vollgestopfte Tanzfläche drehte und Bilder von all den Menschen machte, die im Takt der Musik zappelten, sich wiegten und drehten, entdeckte ich ganz am Rand, mitten in einer Gruppe junger Frauen mit schwarzen Hosen und Glitzertops, jemanden, der mir ein Zeichen gab. Ich stellte die Kamera neu ein, zoomte heran und entdeckte ein lächelndes, nur allzu vertrautes Gesicht: Michelle! Ich musste noch mal hingucken, um sicherzugehen, aber tatsächlich, ich hatte richtig gesehen. Sie legte die Hand an den Mund und schien etwas zu rufen, auch wenn ich bei der ohrenbetäubenden Musik kein Wort verstand. Ich winkte zurück und brüllte: »Bleiben Sie da!«, obwohl ich mich nicht einmal selbst hören konnte und die wogende Masse der Tänzer immer wieder unser Blickfeld durchkreuzte.

Dann schlängelte ich mich durch die Menge, wobei ich von herumwirbelnden Armen und gelegentlich überschwappenden Getränken getroffen wurde, bis ich Michelle endlich erreicht hatte. Plötzlich wurde mir klar, dass ich sie noch nie außerhalb des Krankenhauses gesehen hatte. Sie trug ein hellblaues Neckholdertop mit Pailletten, eine schwarze Hose und ein deutlich kräftigeres rosa Lipgloss als sonst. Die Haare hatte sie zwar zusammengebunden, sie trug den Pferdeschwanz aber tiefer als bei der Arbeit.

»Hey, Haven!« Sie umarmte mich heftig. Sie hier zu treffen fühlte sich so gut an, dass ich für einen Moment alle und alles vermisste, sogar die Schule. »Das ist unsere beste Freiwillige im Krankenhaus«, stellte sie mich den Frauen aus ihrer Clique vor, die lächelten und winkten, aber weitertanzten. »Ich musste an dich denken, als Katie vorgeschlagen hat, hierherzukommen …«

»Ich hab heute Geburtstag!«, lallte Katie, eine Blondine mit Glitzerdiadem und einer pinkfarbenen Federboa; offensichtlich war sie bereits ein wenig beschwipst. »27! Aaah, ich bin sooo aaaaalt!«

Michelle schüttelte den Kopf. »Egal, jedenfalls dachte ich eigentlich, dass man 21 sein muss, um hier reinzudürfen, deshalb hatte ich nicht damit gerechnet, dir über den Weg zu laufen. Aber da bist du ja nun, lass dich mal anschauen! Du siehst toll aus!« Sie trat einen Schritt zurück, um mich unter die Lupe zu nehmen. »Ich wette, dass du deinen Kittel so gar nicht vermisst!«

»Ich würde sagen, das Praktikum hat schon seine Vorteile.«

»Und ob! Aber keine Sorge, ich werde Joan nicht verraten, dass du dich in ein verrücktes Partygirl verwandelt hast!«

»Danke, das weiß ich zu schätzen. Außerdem bin ich ja beruflich hier.« Ich hielt die Kamera hoch. »Hey, lasst mich doch eine Aufnahme von euch allen machen.« Ich bat zum Gruppenbild, sie legten den Arm umeinander und rückten zusammen. »Bitte lächeln!« Das taten sie, und ich knipste drauflos. Da ertönte ein neues Lied aus den Lautsprechern, und sie begannen alle, auf und ab zu hüpfen und zu kreischen. Michelle schüttelte wieder den Kopf, so als sei sie die einzig Vernünftige in der Gruppe. »Sagt Bescheid, wenn ihr irgendwas braucht«, sagte ich und genoss es, hier die Gastgeberin spielen zu können, auch nur ein kleines bisschen Einfluss zu haben. »Viel Spaß und – ach ja – könnten Sie Joan vielleicht einfach erzählen, dass wir uns in der Hotelhalle oder so begegnet sind?«, bat ich noch, nur für alle Fälle.

»Worauf du dich verlassen kannst! Es ist so schön, dich zu sehen, Haven. Du fehlst uns in der Klinik wirklich!« Sie nahm mich noch einmal in den Arm und winkte, als ich davonschlenderte und mich auf die Suche nach meinem nächsten Opfer machte.

In der Mitte des Tresors brannte hell der Feuerring. Ich beschloss, dort mal vorbeizusehen, schob mich durch die Clubbesucher und knipste unterwegs weiter. Heute Abend drängte sich dort oben eine solche Menschenmenge, dass die Plattform aus allen Nähten zu platzen schien. So ein Gedränge hatte ich im Feuerring noch nie gesehen – und vor allem nicht so viele neue Gesichter. Ich ließ den Blick wandern und hielt nach jemand ganz Bestimmtem Ausschau, entdeckte Lucian aber nicht. Irgendwie beruhigte mich das. Unser Date und der ganze heutige Abend hatten mich mutiger gemacht, also ging ich die Treppe allein hoch und mischte mich unter all diese zauberhaften Kreaturen, die tanzten, flirteten, tranken und die Blicke der weniger illustren Partygäste unten suchten.

Brust raus, Haven, bewahr wenigstens einmal Haltung und tu so, als würdest du dazugehören.

Ich knipste Dutzende Fotos. Die Syndikat-Vertreter beachteten mich gar nicht, und alle anderen posierten nur zu gern für mich. Ich schob mich durch die Gruppen von jungen Frauen und Männern, die sich gegenseitig musterten und diesen stillen Tanz absolvierten, der entscheiden würde, wer wohl zu wem passte. Ich ließ mich mehrere Minuten treiben, warf noch einen letzten Blick von der Plattform nach unten und kehrte dann auf die Hauptebene zurück, obwohl mich diese Aura und das Leuchten noch immer umgaben.

Ich schlängelte mich an den Rändern der Tanzfläche entlang, um noch eine letzte Runde zu drehen. Insgesamt war ich länger geblieben als geplant, aber komischerweise hatte ich mich hier heute Abend tatsächlich amüsiert. So langsam klang die Benommenheit ab, und ich glühte auch nicht länger, nur das Glücksgefühl war geblieben. Zum Abschied schaute ich noch mal kurz zum Ring hinüber, musste aber direkt zweimal hinsehen – dort saß jetzt nämlich Lucian. Er hielt sich in der Nähe der Bar auf, hatte ein Glas in der Hand und starrte ins Leere. Aus irgendeinem Grund machte ich nicht auf mich aufmerksam. Er wusste ja, dass ich hier sein würde, hatte aber nicht erwähnt, dass er auch kommen wollte. Hatte er vielleicht gehofft, mich hier anzutreffen? Oder sich ganz im Gegenteil gar nicht erst nach mir umgesehen? Ich kämpfte gegen die Versuchung an, mir den tollen Abend zu verderben, konnte Lucians Gesichtsausdruck aber einfach nicht deuten. Während rings um ihn her reges Treiben herrschte, starrte er einfach nur ins Nichts, so als hocke er in seinem eigenen kleinen Kämmerchen.

Ich schlich davon, ging durch die dicke Stahltür hinaus und machte mich auf den Weg zu meinem Zimmer. Jetzt drängten sich mir wieder all die unbeantworteten Fragen auf. Ich war noch immer so tief in Gedanken und ging die Entwicklungen und Wendungen des Abends durch, dass ich eine Ewigkeit brauchte, um die Schlüsselkarte aus meinem Täschchen zu kramen und durch den Schlitz zu ziehen. Der Flur lag in völliger Stille da, bis auf ein Knistern, das ich nicht einordnen konnte. Das hörte sich beinahe so an, als käme es aus meinem Zimmer, aber das war doch Quatsch. Es klang nämlich wie Wind, der an Fenstern rüttelte, aber so was gab es hier unten ja nicht. Das Schloss klickte, und ich öffnete die Tür. Ein Schrei entfuhr mir, noch bevor ich wirklich begriffen hatte, was ich da sah.

Feuer! Der Raum stand in Flammen, oder zumindest ein Teil davon.

Das Lodern entsprang der Pflanze, die Dante mir gegeben hatte, und schien sie zu verzehren. Eine knisternde Feuersäule schoss aus dem Blumentopf auf und flackerte fast bis unter die Decke. Dichter, baumwollgrauer Rauch erfüllte die obere Hälfte des Zimmers. Ich ließ meine Tasche auf den Boden fallen und rannte zum Schrank, zog den Minifeuerlöscher hervor und riss den Sicherungspin heraus. Dann richtete ich die Düse auf die zuckende Asche und setzte eine Fontäne aus weißem Schaum frei. Er bedeckte die Pflanze und erstickte die Glut, bis nichts mehr übrig war als ein verkohlter Stiel. Rauch und neblige Schwaden hingen in der Luft und füllten meine Lunge.

Ich machte die Tür weiter auf und wedelte mit den Händen, um den Qualm zu vertreiben. Die heiße, bittere, verbrannte Luft ließ mich heftig husten.

Die verkohlte Pflanze schob ich vom Tisch direkt in den Mülleimer, und dann floh ich durch die offene Tür hinüber zu Dante und Lance. Würgend und gekrümmt pochte ich mit schmerzendem Magen an ihre Tür. Ich wollte einfach nur weg von diesem Zimmer. Nach kurzem Warten nutzte ich einen hustenfreien Moment und legte das Ohr an die Tür. Als jedoch niemand antwortete, gab ich es schließlich auf und trottete davon.

Zurück in meinem Zimmer, dessen Tür noch weit offen stand, sank ich aufs Bett. Selbst in dieser kurzen Zeit hatte sich schon viel Rauch verzogen, und mein Husten ließ langsam nach. Schutzsuchend rollte ich mich zusammen. Auf dem Nachttisch neben mir stand ganz ungerührt Lucians Blume, die sogar noch üppiger erblüht zu sein schien. Inzwischen hatte die Blüte die Größe einer glänzend schwarzen, prächtigen Grapefruit. Durch den Qualm hindurch konnte ich noch immer ihren würzigen Duft wahrnehmen. Als ich ihn in mich aufsog, fühlte ich mich mit einem Mal todmüde. Ich hätte jetzt gleich in diesem Kleid eindösen können, ohne mir auch nur darüber Gedanken zu machen, wie das alles überhaupt in meinem unschuldigen kleinen Zimmer passieren konnte. Das konnte ich mir nämlich so gar nicht erklären. Hatte die Pflanze das Feuer etwa ganz allein ausgelöst? Was genau war dieses komische Ding überhaupt gewesen? Ich drehte mich auf die Seite, und dabei stieß mir etwas in die Rippen. Ich griff danach: das Buch. Mir blieb kaum noch Kraft, es aufzuschlagen, geschweige denn, zu tun, was es jetzt unausweichlich von mir verlangen würde. Aber blieb mir denn eine Wahl? Ich machte mich auf so einiges gefasst und blätterte endlich bis zum neuesten Eintrag vor.

Dein Abend fängt gerade erst an, Himmelsbotin. Klettere die Leiter hinauf, ja, nach oben, und folge dem Tunnel, bis du Stimmen vernimmst. Dann hör gut zu. Sei wachsam.

Nach oben. Nun fing ich endlich an, mich in den mit Brettern übersäten Gängen unter dem Hotel zurechtzufinden, und jetzt schickte man mich plötzlich nach oben, in neue, unbekannte Gefilde.

Na, in diesem Aufzug würde ich mich da nicht ranwagen, so viel war sicher, also tauschte ich Kleid und Stöckelschuhe gegen meine übliche Freizeituniform aus Jeans und einem langärmeligen T-Shirt. Dann griff ich im Schrank nach der Taschenlampe, zog an der Schnur, um das Licht einzuschalten und atmete einmal tief durch – zu tief. Die rauchgeschwängerte Luft kratzte in meiner Lunge, und ich musste mich keuchend an der Leiter festhalten. Es hinauszuzögern würde die Sache aber nicht einfacher machen, deshalb kletterte ich nun Sprosse um Sprosse zur Decke hinauf, bis ich nahe genug dran war, um das Brett zur Seite zu schieben. Mit der Taschenlampe leuchtete ich in diese neue Dimension unergründlicher Dunkelheit. Nichts weiter als Balken, die die Wände verstärkten, und ein hölzerner Boden. Ich befühlte die Seiten der Öffnung. Sie war wohl gerade so groß genug für mich, wenn ich auf Händen und Knien kroch. Ich kletterte hinauf, bis mich der muffige Tunnel komplett verschluckt hatte.

Mit der Taschenlampe in der Hand kroch ich voran und blieb mit dem T-Shirt an den hölzernen Balken hängen. Die Spinnweben und die abgenagten Stückchen der aufgequollenen Isolierung – überhaupt jeden Hinweis auf Gesellschaft aus dem Tierreich – ignorierte ich lieber. Der klaustrophobische Tunnel strömte einen modrigen Geruch aus, der aber immer schwächer wurde, je weiter ich mich voranschob. Jetzt dehnten sich die Wände wie geblasenes Glas zu den Seiten hin aus. Langsam richtete ich mich auf, ging zunächst noch gebückt, konnte dann aber irgendwann stehen, was meine schmerzenden Hände und Knie dankbar zur Kenntnis nahmen. Ich bemerkte, dass der Gang anstieg, und irgendwann waren neue Geräusche zu hören, die die ansonsten unheimliche Stille durchdrangen. Da war Musik, deren heiteren Takt ich aus der Lobby wiedererkannte, und fröhliches Geplauder, in dem ich keine einzelnen Worte ausmachen konnte, das mir aber zumindest einen Eindruck von Trubel und allgemeiner Geschäftigkeit vermittelte.

Zum Glück gab es hier, anders als bei den Tunneln unter meinem Zimmer, nur eine einzige Richtung, also ging ich einfach weiter, bis wieder Stille herrschte und ich plötzlich nüchternes Murmeln vernahm, nicht mehr die Stimmen der Gäste, die von der Aufregung des Hotellebens mitgerissen wurden. Der Gang bog nach rechts ab, und ich entdeckte in einiger Entfernung ein ganz schwaches Leuchten. Dort fiel ein schmaler Lichtstrahl in die erdrückende Dunkelheit. Ich kam näher, und das Licht kristallisierte sich eindeutig zu zwei winzig kleinen Öffnungen in der Wand heraus. Als ich weiterging, wurden die Stimmen so laut, dass ich beinahe einzelne Worte ausmachen konnte: Da sprachen ein Mann und eine Frau. Der trällernde, dunkle Tonfall der Frau verriet mir, dass es sich um Aurelia handelte.

Noch ein paar Schritte auf die Mauer zu, und ich konnte erkennen, dass man sie mit zwei Gucklöchern ausgestattet hatte. Ich sah hindurch und fuhr zurück. Dort bot sich mir eine etwas verschwommene Aussicht auf Aurelias Büro. Meine Chefin hatte auf dem kleinen Sofa Platz genommen, und der Mann saß mit dem Rücken zu mir auf einem Stuhl. Sie hatte die Beine übereinandergeschlagen, lehnte sich zurück und stützte das Kinn in ihre zarten elfenbeinfarbenen Finger. Irgendwie wirkte sie niedergeschlagen. Er stand auf, ging zu ihr hinüber, setzte sich neben sie und umfasste ihr Kinn mit der Hand, während er ihr in die Augen sah. Es war der Fürst, der Mann von der Gala. »Wir sind sicher, dass sie es ist«, bekräftigte Aurelia. »Sie trägt die Zeichen. Deren Existenz kann ich Euch zusichern, auch wenn sie sie verzweifelt zu verstecken versucht. Und unsere Strategie steht. Wir werden sie auf unsere Seite ziehen, noch bevor sich ihre Kräfte voll entwickeln.«

»Na, bei Lucian haben wir es doch auch noch rechtzeitig geschafft – ebenso wie bei dir, nicht wahr? Unsere Erfolgsbilanz kann sich also sehen lassen.«

»Allerdings.« In ihrem Lächeln schwang nur ein Hauch von Melancholie mit.

»Ich muss dich wohl nicht daran erinnern, dass deine gesamte Zukunft vom erfolgreichen Ausgang dieser Sache abhängt?«, erklärte er streng. »Also wird es eben klappen, so einfach ist das.«

Die Gucklöcher mussten sich in der Wand mit dem Flachbildschirm befinden, aber wo genau? Würde man meine braunen Augen bemerken? Da die Löcher ziemlich klein waren, hielt ich dieses Risiko für eher gering, aber ich würde mir das am nächsten Morgen mal ganz genau von der anderen Seite ansehen, um die Gefahr einer Entdeckung einzuschätzen.

»Wie schlägt sich denn ihr Verehrer so?«, wollte der Fürst mit einer Stimme wissen, die die Luft liebkoste.

»Er scheint weder so mächtig noch so entschlossen zu sein, wie wir gehofft hatten.«

»Na, dann sollte er sich besser schnell anpassen«, erwiderte der Fürst in düsterem Tonfall. »Und das Mädchen?«

»Sie fühlt sich zwar geschmeichelt, ist aber auch misstrauisch. Ganz anders als die anderen. Wirklich merkwürdig.«

»Wirklich überraschend finde ich das nicht, genau deshalb interessiert sie uns doch. Wir dürfen sie auf keinen Fall unterschätzen und müssen auch damit rechnen, dass sie ihre neue Rolle recht schnell akzeptiert«, fuhr der Mann fort.

Auf Aurelias Zügen lag ein Ausdruck, den ich bei ihr noch nie gesehen hatte – er zeugte von Demut und Unsicherheit – sie runzelte die Stirn, senkte den Blick und starrte ins Leere. »Wir dürfen ihr keine Sekunde den Rücken kehren, sonst werden wir noch unterworfen und neigen bald das Haupt vor *ihr*. Bewahre!«

»Das ist mir bewusst, und ich kann Euch versprechen, dass wir alles in unserer Macht Stehende dagegen tun. Diese Haven ist jetzt schon mächtiger, als wir je erwartet hätten.«

Mir wurde schwarz vor Augen, und ich nahm plötzlich alles – jedes Geräusch, jedes Wort – ganz verschwommen wahr. Ich konnte nur noch hören, wie mein Herz immer schneller schlug, während meine Narben brannten. Es ging hier um mich? Wie kamen die beiden nur auf solche Ideen? Was sollte ich denn ihrer Meinung nach so Schreckliches tun? Und von was für einer Rolle war da die Rede? War es denn möglich, dass solche Kraft in mir steckte? Dass ich stark genug war, um für sie so eine Bedrohung darzustellen, dass man mich aufhalten musste?

Jetzt pumpte mein Körper Angst durch jede Ader. Ich wollte mich davonmachen, hier verschwinden, das Hotel hinter mir lassen, einfach irgendwohin laufen und nie wieder zurückkehren. Aber das ging nicht, so viel war klar. Diese Geschichte würde mir überallhin folgen, was auch immer es damit auf sich hatte. Ich zwang mich, ins Hier und Jetzt zurückzukehren. *Pass auf! Du musst da jetzt zuhören.*

»Ich werde dir nicht noch einmal erklären, wie viel davon abhängt. Sie *muss* eine von uns werden.« Jetzt hatte sich seine Stimme verändert, war voll dunkler Schatten und eiskalter, jedoch brennender Schärfe.

»Natürlich, mein Gebieter.«

»Ich vertraue darauf, dass du das allein hinbekommst, und zwar rasch, und wir die Rekrutierung danach verstärkt vorantreiben können.«

»Ich gebe Euch mein Wort.«

Für den Bruchteil einer Sekunde blinkten die Lampen, als hätte es einen Wackelkontakt gegeben – ich hätte schwören können, dass ich eine Stichflamme gesehen hatte –, und dann funktionierte alles wieder wie vorher, ohne dass es jemand anderem im Hotel auch nur aufgefallen wäre. Er aber war nicht mehr da. Ich hatte ihn nicht gehen sehen oder hören, er war einfach verschwunden. Aurelia versuchte, sich ein wenig zu fangen, sie führte ihre zarte Hand an die Stirn, als würde sie gleich in Ohnmacht fallen. Ich hatte sie noch nie so besorgt und zerbrechlich gesehen. Dann stand sie von der Couch auf und verließ den Raum. Sie machte das Licht aus und schloss die Tür hinter sich.

Ich schaltete meine Taschenlampe wieder ein und kehrte so schnell wie möglich zurück. Tatsächlich fing ich bald an zu laufen und fürchtete schon, vielleicht durch die Holzbohlen unter meinen Füßen durchzubrechen. Dann wurde der Tunnel enger, und ich kroch auf lädierten, böse zugerichteten Knien und zerkratzten Händen weiter. Endlich kam ich bei der Leiter wieder heraus, stieg wie auf einem Xylophon Strebe für Strebe hinunter in den Schrank und landete mit einem Satz auf dem schäbigen Teppich. Ich war von oben bis unten schweißüberströmt und zitterte trotzdem am ganzen Körper. *Wach auf, Haven. Wach endlich auf*, rügte ich mich selbst. *Du hast wie eine Schlafwandlerin vor dich hingelebt und die Augen vor der Realität verschlossen, weil du sie nicht wahrhaben wolltest. Aber hier stimmt etwas nicht. Dieses Buch hat recht – hinter diesen schönen Gesichtern und Fassaden lauert Gefahr.* Ich spürte, wie mein Herz erstarrte, als gieße man Beton über lebende Erde.

Aber Aurelia und der Fürst hatten offenbar auch Angst … und zwar vor mir. Das ergab doch überhaupt keinen Sinn! Ich wusste nicht, wovor sie sich fürchteten, was für eine Art von Kontrolle ich hier angeblich über sie ausüben konnte. Aber es sah auf jeden Fall so aus, als hätten sie eine Strategie, um mit mir fertigzuwerden.

Während mein Puls vor Entsetzen zu rasen begann, spürte ich, wie in mir das Grauen wuchs. Lucian gehörte zu ihnen. Er hatte es wörtlich gemeint, als er mich um meine Seele bat. Seine Weisung war, meine Seele – mich –, meine angeblichen Kräfte für sie zu gewinnen. Wir hatten diesen Abend miteinander verbracht, und er hatte mir dabei nur etwas vorgemacht. Und ich war auf diese Show so komplett hereingefallen, dass es jetzt in mir kochte und brodelte. Ich war so blöd. Auf wackeligen Beinen stolperte ich zum Bett hinüber. Trotz meiner völligen Erschöpfung hatte ich viel zu große Panik, um jetzt einzuschlafen. Konnte ich wohl um diese Uhrzeit – es war schon nach drei – rübergehen und mich bei Dante und Lance einquartieren? Wie sollte ich bloß weitermachen, ohne ihnen etwas davon zu erzählen? Hastig blätterte ich im Buch herum und hielt wütend nach neuen Informationen Ausschau, aber da gab es keinen neuen Eintrag. Plötzlich hatte ich das Gefühl, dass man mir alles genommen hatte, was mir jetzt ein wenig Trost hätte spenden können. Ich schwebte über dem Abgrund, war drauf und dran, hinunterzustürzen, und es gab niemanden, der mich auffangen würde, keinen, der mir versicherte, dass ich unten nicht hart aufschlagen würde oder überhaupt eine Chance hatte, das Ganze zu überleben.

Obwohl ich gegen den Schlaf ankämpfte, verloren meine schweren Lider diese Schlacht, und ich sauste kopfüber in eine dunstige Zwischenwelt. Langsam war ich einfach nicht mehr sicher, wo der Traum aufhörte und die bittere Wirklichkeit begann. Im Flur erklang das vertraute dumpfe Poltern, und ich stand auf, um die Tür zu öffnen. Eine glühende Erscheinung kam auf mich zu und zog ihre leblosen Glieder hinter sich her wie sperrige Baumstümpfe. Ihr Gesicht war nach unten gewandt, aber es war eindeutig eine Frau mit langen, dunklen

Haaren. Als sie hochschaute, konnte ich sehen, dass ihre Züge so verstümmelt waren wie ihre Glieder, irgendwie kamen sie mir jedoch auch bekannt vor. Ich hatte diese Kreatur schon einmal gesehen. Sie war es, die am Vorabend vor dem Hotel zusammengebrochen war – ich wusste nämlich mit jeder Faser meines Körpers, dass es sich um keine Schauspielerin gehandelt hatte, und das war auch keine Attrappe gewesen, weder Schaufensterpuppe noch Dummy. Es war mir egal, was die Leute glaubten. Die Sache nagte an mir, ging mir durch Mark und Bein: Das war eine echte Leiche gewesen.

Aber das war nicht die einzige Erkenntnis. Plötzlich war meine Angst wie weggeblasen, so wie das nur im Traum passiert, und ich hatte Gelegenheit, die Frau in Ruhe zu betrachten: Es war die, die man auch vor der Drogerie angegriffen hatte. Aus irgendeinem Grund knallte ich in diesem Traum die Tür nicht zu, sondern sah lange genug hin, bis das Wesen in all seiner grauenhaften Pracht zu mir aufblickte. Und genau da verwandelte es sich für einen Moment zurück zu dem, was es einmal gewesen war. Und ich erkannte sie wieder: Es war Calliope.

Meine Augen flogen auf, und mein Zimmer war von milchigem Nebel erfüllt. Ich saß im Bett und versuchte ihn wegzublinzeln, aber stattdessen verzog sich der Dunst einfach, kroch durch die Ritzen der Tür und ließ mich allein, während ich versuchte, meine Panik unter Kontrolle zu bekommen.

Es ist ein komisches Gefühl, so erschöpft zu sein, dass sich jeder einzelne Knochen im Körper nach Ruhe sehnt, und dennoch keinen Schlaf zu finden. Aber es gelang mir nicht, diese Traumbilder zu verscheuchen, weil es nicht einfach nur ein Traum gewesen war. Calliope war etwas zugestoßen, über das niemand sprechen wollte. Ich konnte nicht vergessen, was der Fürst zu Aurelia gesagt hatte. Diese dunklen Gestalten, deren Geheimnis die Schwelle zu etwas viel Bestürzenderem überschritten hatte, schienen sich nun gegen mich zusammenzurotten. Und dann war da der Brand in meinem Zimmer. Ich konnte das alles überhaupt nicht begreifen, ich wusste nur, dass ich gute Gründe hatte, mich zu fürchten.

Ich duschte, zog meine Uniform und die hohen Schuhe an und griff nach der Kamera. Ich würde mich eben in die Arbeit stürzen, immerhin musste ich noch Hunderte von Fotos hochladen. Die besten davon würde ich ausdrucken, um sie Aurelia vorzulegen. Bei dem Gedanken an unser tägliches Meeting in demselben Raum, in dem ich sie nur ein paar Stunden zuvor heimlich ausspioniert hatte, lief es mir kalt über den Rücken, und zwar Wirbel für Wirbel mit eisiger Präzision.

Im Hotel schliefen noch alle, als ich die Lobby erreichte. Die ersten Sonnenstrahlen fielen bereits durch das Oberlicht und die Drehtür herein. Alles war relativ ruhig. Durch die Lautsprecher ertönte sanfte Musik, und das gedämpfte Klappern von Besteck war aus dem Capone zu hören, wo man die Tische für den baldigen Frühstücksservice deckte. Am Empfangstisch tippten zarte Finger etwas auf einer Tastatur – eine wunderschöne, uniformierte Rothaarige von Syndikat-Kaliber hatte die erste Schicht übernommen. Ich kannte sie nicht und hatte sie auch nicht porträtiert, also war ich nicht sicher, ob es sich um ein offizielles Mitglied handelte. Ich schob mich durch den Samtvorhang vor der Galerie und zog meine Schlüsselkarte durch den Schlitz. Ein rotes Lämpchen leuchtete auf, und der Zugang blieb mir versperrt, also versuchte ich es noch einmal, diesmal langsamer. Wieder verhöhnte mich das rote Licht. Ich probierte es noch drei Mal und wurde dabei immer frustrierter. Schließlich zog ich am Knauf, rüttelte an der Tür und schaute hindurch. Ich hatte kein Glück, es war niemand da.

Mit flatternden Nerven marschierte ich an der Rothaarigen vorbei direkt zu Aurelias Büro. Ich klopfte an und hätte schwören können, dass ich im Inneren Gemurmel hörte. Ich pochte noch einmal an die Tür. Nichts. Die Stimmen schienen eine Sekunde zu verstummen und fuhren dann fort. Fürs Erste gab ich es auf.

In der Küche des Parlor bereiteten ein paar Mitglieder der Küchenmannschaft mit Uniform und Mütze schon mal einiges für den Tag vor, putzten und hackten leise Gemüse. Ich lächelte sie an, bevor ich mir wie üblich Frühstücksflocken und Milch holte und an der Arbeitsplatte Platz nahm. Ich hatte überhaupt keinen Hunger, stattdessen setzte jetzt die Müdigkeit ein, und mir fielen die Augen zu.

Als mir von hinten jemand die Hände schwer auf die Schultern legte, zuckte ich zusammen, schrie los, sprang vom Hocker auf und fuhr herum.

»Sorry, meine Güte«, murmelte Dante und klopfte mir auf den Rücken.

»Morgen«, keuchte ich. Wenigstens war ich jetzt wach. »Tut mir leid, ich hatte nur eine harte Nacht.«

Er trug bereits seine Kochuniform und lief auf Hochtouren, wie immer. Pulsierende Energie ging von ihm aus, als er sich auf den Stuhl neben mir schwang. »Eine harte Nacht? Heißt das, dein Date ist gut oder schlecht gelaufen?«

»Sehr witzig.«

»Du sahst total heiß aus.«

»Danke.«

»Also.« Seine Augenbrauen fuhren hoch und runter; ganz offensichtlich dürstete er nach Details.

»Die Verabredung war gut. Die Nacht hingegen war … da weiß ich gar nicht, wo ich anfangen soll.« Jetzt überkam mich ein tröstliches Gefühl, Erleichterung darüber, dass ich nicht länger allein war. Nun fühlte sich alles schon nicht mehr so verstörend und verwirrend an. Ich konnte meinen Ängsten Luft machen, und er würde sie auffangen und für mich zerstreuen.

»Einfach nur gut?«

»Warte mal. Bevor ich dazu komme – was ist denn das für eine Geschichte mit dieser Pflanze, die du mir gegeben hast?«

»Ich weiß, echt toll, oder? Etan meinte: ›Die sind so schön‹, warum bringst du deiner Freundin nicht eine mit?« Und ich so: ›Super Idee!‹« Sein Tempo war derart atemberaubend, dass ich kaum dazwischenkam. »Und wo wir gerade dabei sind, ich muss dir *unbedingt* von meinem Valentinstag erzählen! Ich bin sooooo verliebt, Haven. Ich bin einfach …«

Normalerweise war ich immer für Frauengespräche zu haben, aber jetzt war ich viel zu kaputt und durcheinander. Zunächst brauchte ich ein paar Antworten. »Dan, das will ich ja auch alles irgendwann hören, aber was war mit dieser Pflanze los?«

»Hmm? Komm schon, Süße, es geht hier um Liebe. Du siehst müde aus. Ich koche dir mal einen Kaffee.« Er klatschte in die Hände, stand auf, schüttete Bohnen in die Maschine und stellte sie dann an. »Ich weiß ja, dass du gar keinen Kaffee magst, aber du wirst es mir noch danken.« Die Mühle brummte und knirschte, deshalb sprach er einfach lauter, während er zwei Tassen aus dem Regal holte. »Jetzt lass uns über Etan reden, und dann musst du mir alles von Lucian erzählen! Kannst du es fassen, dass …«

Etan hatte ihm die also für mich mitgegeben.

»Dan! Diese Pflanze ist irgendwie in Flammen aufgegangen.«

»Hm?« Er sah mich verdutzt an, wie damals, als ich einen Tag zu früh im Schlafanzug in der Schule aufgetaucht war, nur um festzustellen, dass nicht Pyjama- sondern Huttag war. Genau so.

»Ich weiß, dass das jetzt komisch klingt.« Ich schüttelte den Kopf. »Aber in meinem Zimmer hat es letzte Nacht gebrannt, und es sah so aus, als hätte die Pflanze das Feuer verursacht.

Ich meine, du wusstest doch nicht, dass so was passieren würde, oder?«

Das Mahlgeräusch verstummte, und dann herrschte einen Moment Stille, bevor die Kaffeemaschine zu spucken und filtern begann.

»In deinem Zimmer hat es gebrannt? Geht's dir gut?«

»Ja, ja, alles klar, ich war nur furchtbar erschrocken.«

»Ich habe den Feuermelder gar nicht gehört.«

»Stimmt.« Wenn ich jetzt so darüber nachdachte – hätte der ganze Rauch nicht wirklich den Alarm auslösen müssen? »So schlimm war es auch nicht, ich habe mich selbst darum gekümmert. Aber du hast doch nicht etwa …« Ich brach mitten im Satz ab, weil mir plötzlich etwas klar wurde.

Er sprach weiter und füllte die Stille. »Ich schwöre, dass ich nichts damit zu tun habe. Ich weiß ja immer noch nicht …«

»Etan.« Es kam wie aus der Pistole geschossen, ohne dass ich den Schlag abmildern konnte. Ich musste an das Gespräch denken, das ich vor so wenigen Stunden in Aurelias Büro mit angehört hatte. »Also muss er es gewesen sein.«

Dante warf mir einen Blick zu, der mir durch Mark und Bein ging.

»Was soll das denn heißen? Glaubst du etwa, er wusste, dass dieses Ding verbrennen würde? Du bist ja verrückt. Das hast du bestimmt zu nah an die Heizung gestellt oder so. So bescheuerte Sachen machst du doch ständig.« Es tat mir in der Seele weh, wie er mir das entgegenschleuderte. Wir stritten uns sonst nie, so redeten wir einfach nicht miteinander.

Ich versuchte, ruhig zu bleiben. »Ich sage ja nur, dass es mir seltsam vorkommt. Hier ist einiges komisch.«

Jetzt kochte Dante vor Wut. »Ich werde mir nicht anhören, wie du so über Etan sprichst!«

»Dan, es tut mir leid, ich wollte ja nicht …«

»Du schnallst es nicht, oder? Dieser Typ ist einfach der tollste … Er versteht mich. Er weiß, dass das niemand sonst tut, aber er versteht mich.«

»*Ich* verstehe dich«, wandte ich leise und gekränkt ein.

»Du hast keine Ahnung, wie schwer es ist, in meiner Haut zu stecken.«

»Dan, du weißt doch, dass ich immer für dich da bin.«

»Ach, echt?«

»Ist das dein Ernst? Was soll das alles auf einmal? Was ist hier los?«

»Er versteht meine Situation. Für mich läuft es hier wirklich gut, und damit kommst du einfach nicht klar.«

»Das ist es überhaupt nicht, ich schwöre es.« *Verrat ihm, was du gehört hast*, dachte ich. *Erzähl ihm von dem Buch.* Aber ich war viel zu mitgenommen, um überhaupt eine passende Antwort zu finden. »Ich freue mich für dich, das ist doch wohl klar.«

»Er hat mich davor gewarnt«, erwiderte Dante leise und schüttelte den Kopf.

Jetzt fiel bei mir der Groschen. »Hör mal, so langsam mache ich mir Sorgen. Redet Etan dir vielleicht lauter Sachen ein, die gar nicht stimmen? Sprich mit mir! Kannst du ihm wirklich vertrauen, Dan?«

»Ich wusste, dass du so was sagen würdest, er hat mich vorgewarnt. Du bist bloß eifersüchtig, weil ich meine Zeit mit ihm verbringe. Und weil ich verliebt bin.«

Dieses Argument enthielt vielleicht sogar ein Körnchen Wahrheit.

»Natürlich fehlst du mir, aber du weißt auch, dass ich mich für dich freue.«

»Ich habe keine Ahnung, was da in deinem Zimmer passiert ist, und es ist mir auch egal. Geh aber bitte nicht auf meine Freunde los, nur weil du selbst keine hast.«

Das tat weh. Ich hatte das Gefühl, dass man mir gerade

ein Messer mitten ins Herz gerammt hatte. Wenn der beste Freund einem so etwas entgegenschleudert, sich dann umdreht und ohne ein weiteres Wort verschwindet, dann fühlt man sich wirklich allein.

»Dan!«, rief ich ihm hinterher, aber meine Stimme brach unter dem Gewicht der Verzweiflung und erklang viel zu leise. Ich rannte zur Tür, doch zu spät. Dante stolzierte durch die Lobby davon und schob sich zwischen den Gästen durch, die auf der Suche nach Frühstück und den aufregenden Abenteuern des Tages aus ihren schicken Zimmern kamen. Die Sonne fiel durch das Oberlicht herein. »Dan!«, rief ich wieder. Er sah sich nicht einmal um. Stattdessen bog er zum Kücheneingang des Capone scharf ab, und ich ließ ihn gehen. Mir blieb nichts anderes übrig, oder? Mit blutendem Herzen trottete ich zurück in die Parlor-Küche, völlig leer, schwach und verloren. Allein.

19

Gib mir doch bitte deine Seele

Ich versuchte es noch einmal bei Aurelias Büro. Dieses Mal bat sie mich beim ersten Klopfen herein.

»Guten Morgen, Aurelia«, grüßte ich sie auf dem Weg zu dem Stuhl, auf dem noch vor wenigen Stunden der Fürst gesessen hatte. Die Kamera behielt ich auf dem Schoß.

»Hier hast du die heutige Liste mit den Empfängern unseres kleinen Präsents.« Meine Chefin reichte mir ein Blatt Papier. Ihre Hand zitterte, und sie wandte für einen Moment den Blick ab. Normalerweise schaute sie doch so stechend drein wie eine Lupe, die an einem Sonnentag eine Ameise versengte.

»Danke.« Ich griff nach der Liste und stellte fest, dass darauf nur ein paar Namen standen und nicht so eine lange Reihe wie am Vortag.

»Wenn du möchtest, kannst du Lance diese Aufgabe übertragen.«

»Danke.«

Während sie die Papiere auf ihrem Schreibtisch durchsah, betrachtete ich die Wand hinter ihr. Auf dem Flachbildschirm leuchtete das animierte LH-Logo. Die Höhe des Monitors ließ mich vermuten, dass sich meine Gucklöcher mittig direkt darüber befanden – dort meinte ich einen Schatten auszumachen, eine Vertiefung im Design des Rahmens, der den Bildschirm umgab. Wenn das die Stelle war, dann konnte dort wohl kaum jemand ein Augenpaar entdecken, so klein wie sie war. Aurelia fand offensichtlich nicht, wonach sie suchte, und gab es auf.

»Ich habe später noch eine Aufgabe für dich, aber ich muss dazu noch das Material zusammentragen.« In ihrer Stimme fehlte heute etwas von der Lebenskraft und Autorität, die sie sonst ausstrahlte. So nervös hatte ich die Hotelchefin noch nie gesehen. Die ersten Risse in der Fassade, die ich gestern entdeckt hatte, schienen ihr aufs Gemüt zu schlagen. »Es geht um ein Projekt zur Öffentlichkeitsarbeit, wir werden die Abschlussbälle einiger Highschools aus der Gegend bei uns ausrichten. Deine Schule ist auch darunter.«

»Oh wow.« Ich war eher schockiert als begeistert und fragte mich, ob man mir das wohl anmerkte. Dieses Praktikum hatte mir zum Teil deshalb so gut gefallen, weil ich damit dem ganzen Theater um den Abschlussball und den Aktivitäten zum Ende des Schuljahrs entfliehen konnte und mich nicht wie ein Loser fühlen musste, weil ich sie verpasste – und auch nie groß Interesse daran gehabt hatte. Aber jetzt wurde ich bis hierher verfolgt. »Ich, äh, ich freue mich schon darauf.«

»Noch brauchst du dich auf gar nichts zu freuen. Das steht ja alles erst im Mai an. Deshalb reicht es sicher auch, wenn du dich ab morgen darum kümmerst. Ich gebe dir nachher die entsprechenden Informationen.« Sie trommelte wieder mit den Fingern auf dem Schreibtisch herum und sah mich an, als wollte sie mich jetzt rauswerfen. »Danke.«

Ich nickte und stand auf, aber dann fiel es mir wieder ein: »Oh, und … ich glaube, meine Schlüsselkarte funktioniert nicht. Ich habe versucht …«

»Die Galerie ist heute geschlossen.«

»Für das Publikum geschlossen?«

»Ja.«

»Aber … für mich auch?«

»Vorläufig schon. Versuch es in etwa einer Stunde noch einmal. Wir nehmen einige Reparaturen vor, und dann kannst du wieder in dein Büro, die Gäste bleiben aber weiter draußen«, erklärte sie mit ihrer üblichen scharfen Autorität, mit der sie Glas hätte schneiden können. Offensichtlich wollte sie damit verhindern, dass ich nochmal nachhakte. Aber ich konnte nicht anders, eine einzige Frage erlaubte ich mir doch. Die Abenteuer der letzten Nacht hatten mir ja deutlich gezeigt, dass ich hier so viel wie möglich herausfinden sollte.

»Aus einem bestimmten Grund?«

Sie hielt inne und sah mich jetzt an wie eine lästige Fliege. »Einige der Bilder wurden … mutwillig zerstört.«

»Zerstört? Aber …«

»Wir werden die Syndikat-Porträts ersetzen müssen.«

»Oh, ich kann bei diesem Fotoladen anrufen und neue drucken lassen, das ist kein …«

»Nein, danke.« Sie schnitt mir so nachdrücklich das Wort ab, dass es mir kalt über den Rücken lief. »Das wird nicht nötig sein, wir finden schon etwas anderes. Versuch es noch einmal in etwa einer Stunde«, wiederholte sie. »Das Material für die Geschenklieferungen findest du derweil im Schrank des Souvenirshops. Danke.« Sie betrachtete die Papiere auf ihrem Schreibtisch. Offensichtlich war das ein Zeichen, dass ich jetzt verschwinden sollte. Sie wollte mich unbedingt loswerden, aber da war noch eine Sache.

»Noch etwas.« Ich zog die Visitenkarte aus meiner Tasche. »Gestern Abend hat in der Galerie ein Gast vorbeigeschaut und wollte Ihr Porträt kaufen, Sie waren aber gerade nicht im Büro.« Ich reichte ihr die Karte. »Ich weiß nicht, ob dieses Bild auch beschädigt wurde, aber …«

»Nein.« Sie starrte die Karte an und hielt sie so vorsichtig fest, als wäre sie aus Glas.

»Oh, gut.«

»Nein, ich meine, nein. Es steht nicht zum Verkauf. Tatsächlich wurde es auch in Mitleidenschaft gezogen.«

»Oh, na ja, wenn Sie möchten, kann ich es noch einmal drucken und rahmen lassen, er war wirklich sehr interessiert.«

»Nein. Sag ihm, dass diese Bilder nicht zum Verkauf stehen. Biete ihm einen Rabatt auf irgendetwas anderes in der Galerie an.«

»Selbstverständlich. Ist die Preisliste zufällig schon fertig? Sie erwähnten ja, dass Sie eine zusammenstellen wollten, also …«

»Finde einfach nur heraus, ob ihm noch irgendetwas anderes gefällt, egal was. Um die Liste kümmere ich mich später.« Ihre Stimme klang jetzt abgehackt. Sie gab mir die Karte zurück. »Im Moment ist das alles.«

Ich nickte und ging ohne ein weiteres Wort, ich wollte hier so schnell wie möglich raus.

Vor dem Eingang der Galerie marschierte Lance mit verschränkten Armen auf und ab. Jetzt sah er auf die Uhr.

»Ich brauche unbedingt auch eine Schlüsselkarte für diese Tür«, erklärte er, als ich nur noch wenige Schritte von ihm entfernt war.

»Egal, die würde dir heute sowieso nichts nützen – im Moment sind wir ausgesperrt. Es gab irgendwelche Probleme mit den Syndikat-Fotos.«

»Im Ernst? Was denn?«

»Keine Ahnung. Aurelia hat von ›mutwilliger Zerstörung‹ gesprochen.«

»Komisch. Hast du schon gehört, dass wir diesen blöden Abschlussball planen sollen?«

»Ich weiß.« Ihm passte das offensichtlich auch nicht – damit ging es mir gleich viel besser. »Na, das wird ein Spaß.«

»Heißt das eigentlich, dass wir da auch hinmüssen?«

»Wahrscheinlich. Aber immerhin werden wir dafür bezahlt«, erwiderte ich.

Er schob seine Brille hoch. »Immer positiv denken!«

»Gut. Heute stehen noch ein paar Lieferungen an, ich denke, das können wir jetzt machen. Und dann habe ich noch ein paar Fotos für den Bildschirm, du weißt schon, vorn an der Rezeption.«

»Klingt gut. Soll ich bei Dante vorbeischauen und die Pralinen besorgen?«

»Ja … danke.« Ich war erleichtert, dass ich das nicht übernehmen musste. Wir brauchten wohl erst mal ein bisschen Abstand, obwohl mich der Gedanke an unseren seltsamen Streit traurig machte.

Schreibzeug und das restliche Material holte ich in der Zwischenzeit aus dem Souvenirshop, in dem sich so einige Gäste Andenken mit dem LH-Logo zulegten. Bedient wurden sie von einer gertenschlanken Mitarbeiterin aus dem Syndikat. Sie wirkte hinter ihrer Kasse mindestens zwei Meter groß. Sie sah zwar in meine Richtung, als ich ihr erklärte, dass Aurelia mich schickte, reagierte aber in keiner Weise. Als hingegen das Pärchen, das sich die Stoffbeutel angesehen hatte, mit vollen Händen an die Kasse trat, knipste sie ihr verführerischstes Lächeln an. Wie schön für die.

Mit Materialien beladen hatte ich den Shop gerade verlassen, als plötzlich mein Name erklang: »Haven …«

Ich blieb wie angewurzelt stehen, holte tief Luft und drehte mich dann zu ihm um. Langsam schlich er wie eine Katze heran und wandte dabei den Blick keine Sekunde von mir ab.

»Lucian, hi, guten Morgen«, grüßte ich verlegen. Er küsste mich auf die Wange, meine Narben gingen in Flammen auf, und ich ignorierte sie jetzt nicht mehr.

»Wo willst du denn damit hin?« Er nahm mir eine der gefalteten Geschenktüten ab, öffnete sie und legte die anderen Sachen nach und nach hinein.

»Wow, gute Idee. Offensichtlich bist du hier nicht umsonst stellvertretender Chef.« Mir ging heute Morgen so viel durch den Kopf, und ich hatte überhaupt nicht damit gerechnet, ihm über den Weg zu laufen.

»Ich wollte gerade zum Parlor«, erklärte ich und ging ein paar Schritte in diese Richtung. Er begleitete mich, während ich angestrengt nach vorn starrte.

»Hast du heute viel zu tun?«

»Erst mal verteile ich die hier an ein paar Journalisten, und dann werden wir sehen. Falls du also später noch irgendetwas brauchst …«

»Nein. Ich wollte nicht sehen, ob du für dein Geld auch was tust, sondern nur ein bisschen plaudern.« Er verstummte kurz und lockte dann: »Komm doch mal her.« Mit Daumen und Zeigefinger zog er auf Taillenhöhe ganz sanft an meiner Uniform, und ich folgte ihm in die Nische hinter der Parlor-Küche.

»Ich hatte gestern Abend wirklich viel Spaß«, verkündete er äußerst überzeugend, ich blieb aber wachsam, auch wenn ich das Spielchen im Moment noch mitmachen musste.

»Ich auch.«

Er sah mich an, seine Augen ruhten auf mir, liebkosten meine Züge. Mit dem Finger zeichnete er die Insignien auf meinem Ärmel nach, fuhr sanft über die Kurven der Buchstaben. Unter meiner Uniform brannten meine Narben wie frische Wunden.

»Komisch«, sinnierte er mit verträumter Stimme. »Ist dir je aufgefallen, dass das unser eigenes, ganz persönliches Logo sein könnte? L und H.«

»Stimmt, darauf wäre ich gar nicht gekommen.« Was mich allerdings wunderte. So was hätte ich doch normalerweise sofort bemerkt, hätte es in einem ruhigen Moment womöglich in ein Notizbuch gekritzelt. Der Teil von mir, der auf der Hut war, wusste aber ganz genau, dass wir über solche Oberflächlichkeiten längst erhaben waren. *Denk an das, was Aurelia und der Fürst gesagt haben.* Das alles wollte ich aber nicht glauben. Stattdessen wollte ich mich so gern an den Gedanken klammern, dass Lucian mich vielleicht wirklich mochte und es sich hier nicht um ein seltsames Spiel handelte, welches ich nicht verstand. Er ließ von der Stickerei ab und sah mir wieder in die Augen. Als er näher herantrat, stieg mir der Zedern- und Moschusgeruch in die Nase, den ich so liebgewonnen hatte. Einen Moment wandte ich den Blick ab. Lucian drückte die Schultern durch, so als wappnete er sich dafür, mir etwas Wichtiges anzuvertrauen.

»Also, hast du dir mal durch den Kopf gehen lassen, worüber wir gestern geredet haben?«, fragte er sanft.

»Ich musste ja arbeiten – du weißt schon, die Fotos – und danach war ich so müde, dass ich einfach weggenickt bin.«

»Denk gut darüber nach, Haven. Wir können dir so vieles bieten.«

»Ich glaube, ich bin einfach nicht sicher, was du von mir erwartest.«

Er lehnte sich vor, um mir etwas ins Ohr zu flüstern. Als ich seinen heißen Atem spürte, lief es mir kalt über den Rücken, meine Narben erwachten schon wieder zum Leben und stachen. »Deine Seele«, hauchte er. »Gib mir doch bitte deine Seele.«

Dann küsste er mich erneut, schnell und sanft. Ich war so erstaunt, dass ich den Kuss nicht erwiderte. Das klang wie etwas, das ein Dichter aus alter Zeit für seine Geliebte geschrieben haben könnte. Aber dann verflog all die Romantik: Da war nämlich noch etwas anderes, in seiner Stimme schwang ein harter Unterton mit, ganz anders als gestern Abend. Oder vielleicht lag es auch an mir, wahrscheinlich hatte *ich* mich seitdem verändert. Ich musste jetzt alles in Frage stellen, selbst diese Worte, für die ich vor ein paar Tagen noch alles gegeben hätte. Er drückte mir die Hand.

»Ich will dich heute Abend sehen.« Es war ein als süße Schwärmerei getarnter Befehl. Bevor ich irgendetwas erwidern konnte, küsste er mich noch einmal auf die Wange und gab mir dann den Beutel zurück, der mir beinahe aus den schlaffen Fingern geglitten wäre. Mein Verstand arbeitete fieberhaft. Als Lucian sich umdrehte und mit den Händen in den Taschen davonschlenderte, ging ich durch die hintere Tür in die Küche und entdeckte dort bereits Lance an einem der Tische. Darauf stand ein Stapel Pralinenschachteln und ein Teller mit zwei Cupcakes.

»Wartest du schon lange? Tut mir leid.«

»Kein Problem«, sagte er und lehnte sich auf seinem Stuhl zurück. Ich stellte die Tüte mit dem ganzen Material ab, holte die Sachen heraus und begann, sie auf dem Tisch auszubreiten.

»Was ist das denn?« Ich deutete auf die Cupcakes, deren Schokoladenglasur mit dem Hotellogo in rotem Zuckerguss verziert war.

»Von Dante.«

Ein Friedensangebot? Das gab mir Hoffnung. »Wie hat er auf dich gewirkt?«

»Vor allem hellwach. Ich weiß auch nicht, wie er das macht – geschlafen hatte er jedenfalls nicht. Er hat drüben das Kommando übernommen und brüllt Befehle durch die Küche. Von Etan keine Spur. Dem Jugendarbeitsschutzgesetz entspricht das jedenfalls nicht.«

»Wirkte er denn … okay?«

Lance nickte nur. Er fand meine Fragen offenbar komisch, und das konnte ich ihm nicht verübeln. Ich ließ es gut sein.

Obwohl dieses Mal nur ein paar Geschenktüten ausgeliefert werden mussten, machten Lance und ich das zusammen. Es gefiel mir, dass wir jeden Tag die Gelegenheit zu einem kleinen Ausflug in die Freiheit hatten, solange wir diesen Botendienst übernahmen. Inzwischen begriff ich, was gemeint war, wenn jemand »einen klaren Kopf kriegen« musste. Erst beim Verlassen des Hotels merkte ich, dass ich jeden einzelnen Muskel meines Körpers angespannt hatte. Und mir kam plötzlich noch etwas ganz anderes in den Sinn – mir fiel auf, dass ich Joan schon seit Ewigkeiten nicht mehr angerufen hatte. Wir hatten uns zwar gemailt, also wusste sie, dass ich gesund und munter war, aber ich musste mich später wirklich mal bei ihr melden.

Heute verliefen wir uns nicht mehr so oft und fanden alles auf Anhieb. Ein echter Fortschritt. Aber wir schwiegen fast den ganzen Weg über. Lance kam mir vor wie immer, mir ging jedoch viel zu viel im Kopf herum, um mich auf eine normale Unterhaltung konzentrieren zu können. Und dann waren wir im Handumdrehen wieder im Hotel, wo alles erneut auf mich wartete.

Obwohl auf einem Schild an der Galerietür »Vorübergehend geschlossen« stand, funktionierte meine Schlüsselkarte jetzt wieder.

»Ich denke, wir sind drin«, verkündete ich und machte die Tür auf.

»Was ist das denn?« Lance bückte sich und griff nach einem Blatt Papier mit Hotellogo, das man unter der Tür durchgeschoben hatte. Als ich eintrat, folgte er mir und las die Nachricht laut vor: »›H & L: Spielt ihr mal für mich Versuchskaninchen? In der Parlor-Küche steht für euch Shepherd's Pie im Kühlschrank – aber mit Wildschwein statt Lamm. *Bon appétit!* Dante.‹ Das klingt jetzt gar nicht so schlecht – ich muss wohl echt Hunger haben.«

Wir blieben stehen.

»Whoa!«, stieß ich aus und blickte auf die Wand, an der vorher die Bilder des Syndikats gehangen hatten. Sie war komplett leer. Lance war immer noch mit dem Zettel beschäftigt.

»Wildschwein ist bestimmt ziemlich eklig, oder?«, überlegte

er. »Ich weiß auch nicht.« Endlich sah er hoch. »Oh, die machen hier aber keine halben Sachen.«

»Das muss ja ziemlich schlimm gewesen sein. Ich frage mich, was da wohl passiert ist.«

Wir standen da und starrten die weiße Fläche an. Irgendwie nahm ich das Ganze auch ein kleines bisschen persönlich. Immerhin war ich auf diese Bilder so stolz gewesen. Und jetzt … nichts. Warum konnten die Randalierer sich nicht an irgendetwas anderem austoben? Natürlich war das ein egoistischer Gedanke, aber trotzdem. Lance schien zu ahnen, was hinter meiner Stirn vorging.

»Das ist echt übel. Aber vielleicht zeugt es ja auch nur vom guten Geschmack der Vandalen.«

Ich lachte. »Danke.« Plötzlich wurde draußen leise und sanft an die Tür geklopft. Ich drehte mich um und erkannte Neil Marlinson, der die Augen am Glas mit den Händen abschirmte. Er winkte mir zu und lächelte. Diese vertraute Geste fiel Lance natürlich auf.

»Wer ist das denn? Dein geheimer älterer Freund?«

»Genau, mein Sugar Daddy. Du weißt ja, wie das so läuft.«

»Das hätte ich mir denken können, stille Wasser sind tief.«

»Du musst es ja wissen.«

»Sehr witzig. Aber wahr.«

»Nein, das ist nur dieser Typ, der gestern vorbeigekommen ist und das Foto von Aurelia kaufen wollte«, erklärte ich, während wir auf die Tür zugingen. »Aber ich fürchte, daraus wird jetzt nichts mehr.«

»Nimm ihn so richtig aus, verkauf ihm irgendwas anderes!«

»Du klingst ja schon wie Aurelia.«

»Echt?« Er war von sich selbst beeindruckt.

»Gern geschehen.«

Lance öffnete die Tür und sah den Mann an, dann ging er an ihm vorbei und blieb noch einen Moment stehen.

»Hi. Haven, richtig?«

»Hi, Mr Marlinson.« Über seine Schulter hinweg sah ich Lance an. »Ich komme gleich nach, fang schon mal allein an.« Mein Mitpraktikant winkte verlegen und machte sich schließlich auf den Weg zum Mittagessen.

»Tut mir leid, wenn ich mich aufdränge«, erklärte Neil höflich und wohlerzogen, aber nicht auf diese aalglatte Art, die hier so viele Leute zur Schau trugen.

»Aber nein, ich bitte Sie«, beschwichtigte ich ihn. »Ich wollte mich sowieso bei Ihnen melden, aber es war ein merkwürdiger Vormittag.« Ich deutete auf das Geschlossen-Schild.

»Ja, das habe ich mir schon gedacht.«

»Genau. Und ich fürchte, dass das Foto, das Sie wollten, gar nicht zum Verkauf steht. Sorry.«

»Oh.« Jetzt klang seine Stimme matt, und sein Blick verdüsterte sich. »Das ist aber schade.«

»Es tut mir wirklich leid.« Ich verstummte kurz. »Irgendwie wurde es beschädigt oder so, deshalb können wir es jetzt nicht mehr anbieten. Aber vielleicht gibt es noch irgendetwas anderes, das Ihnen zusagt? Die Besitzerin würde Ihnen gerne ein gutes Angebot machen, für was auch immer.«

Nach dieser Ankündigung schwieg Mr Marlinson erstaunlich lange. Schließlich erklärte er: »Nein, nein, das ist schon in Ordnung. Ich hatte mich einfach auf dieses Bild versteift. Es hat mich an jemanden erinnert …« Seine Stimme wurde leiser. »Es sah aus wie sie. Ganz, ganz genauso. Wissen Sie, wie das ist, wenn man irgendwo etwas entdeckt und plötzlich all die Erinnerungen zurückkehren?« Das murmelte er vor sich hin, als würde er eigentlich eher mit sich selbst reden, mit lauter Stimme denken. Ich erwiderte nichts. Irgendwann riss er sich wieder zusammen, schüttelte den Kopf und lächelte. »Entschuldigen Sie, Sie müssen mich ja für völlig verrückt halten. Und für uralt. Und zu nostalgisch, als gut für mich ist.« Er lachte leise über sich selbst. »Aber danke, dass Sie es versucht haben.«

»Tut mir leid«, entschuldigte ich mich noch einmal. Ich wünschte, ich hätte irgendetwas Tröstlicheres vorbringen können. »Aber schauen Sie doch einfach vorbei, falls Sie Ihre Meinung noch ändern.«

»Das werde ich tun. Danke.« Er schlich mit hängendem Kopf davon. Offensichtlich hatte es ihm das Herz gebrochen. Eigentlich hatte ich gar keinen Hunger, also kehrte ich in mein Büro zurück und begann, nach Artikeln über das Hotel zu suchen – trug die Geschichten von Journalisten zusammen, die wir gerade beliefert hatten, und formatierte sie, falls Aurelia sie heute für den Bildschirm in der Lobby wollte. Dann lud ich meine Fotos aus dem Tresor hoch. Es waren sogar noch mehr, als ich erwartet hatte, und viele waren richtig gut geworden. All diese wunderschönen Menschen, die ausgelassen feierten. Natürlich waren die Bilder aus dem Feuerring die besten. Die Flammen warfen einen rosigen Schein auf die Wangen, und die natürliche Auslese im Club führte ja auch dazu, dass dort oben nur die perfektesten Exemplare landeten.

Ich suchte 50 Aufnahmen aus und druckte sie. Dann kam mir plötzlich eine Idee: Und wenn ich einfach eine Kopie von Aurelias Porträt für Mr Marlinson ausdruckte? Natürlich nicht in so einer riesigen Größe, die einen völlig erschlug, und auch mit weniger Glanz und ohne Rahmen – aber das Bild bedeutete ihm ja offensichtlich viel, also konnte ich wenigstens das für ihn tun. Es wäre ein Ersatz für das Original, so wie die Postkarte mit *La Jeune Martyre* für mich. Gerade als ich das Bild aufgerufen hatte und auf Drucken gegangen war, kam Lance wieder herein. Er zog beim Gehen die Füße nach und ließ sich auf einen der Stühle in der Ecke sinken.

»Mir geht's nicht gut«, wimmerte er und legte sich die Hand auf den Bauch.

Ich drehte mich um und sah ihn an.

»Das ist jetzt nicht böse gemeint, aber du siehst auch nicht gut aus.« Lance war bleich geworden, und auf seiner schweißbedeckten Haut lag ein fiebriger Glanz. Er lehnte sich mit dem Kopf an die Wand und schloss die Augen.

»Mir ist sterbenselend.«

»Liegt das am Wildschwein?«

»Keine Ahnung. Lebensmittelvergiftungen setzen theoretisch viel später ein, also kann ich mir das gar nicht erklären«, lallte er und verzog vor Schmerz das Gesicht. »Und es war echt lecker.« Er verstummte kurz. »Ich glaube, ich muss gleich kotzen.«

Mit dem Fuß schob ich ihm den kleinen Papierkorb aus Metall rüber. »Du solltest dich hinlegen, ich meine, falls du es zurück in dein Zimmer schaffst. Meinst du, das geht? Ich kann dich sonst auch begleiten.«

»Nein, das ist schon okay.« Langsam schob er sich hoch. »Bist du sicher? Ich weiß ja, dass ich eigentlich noch das mit den Fotos machen sollte und so.«

»Vergiss es, das ist in Ordnung, echt. Jetzt geh schon. Bitte.« Er konnte kaum noch die Augen offenhalten. Sie sahen aus wie Briefschlitze in einer Haustür.

»Danke«, flüsterte er und schlich gebeugt aus meinem Büro. »Darum kümmere ich mich morgen als Allererstes, versprochen. Lass das ruhig für mich liegen …« Er murmelte weiter vor sich hin, während er davontrottete. Das Geräusch seiner schweren Schritte wurde leiser, nachdem er durch die Tür getreten war. Ich sah ihm noch lange nach und fragte mich, ob ich ihn nicht doch besser begleitet hätte. So war es ihm vermutlich an dem Abend ergangen, als ich in die Drogerie wollte. Ich würde später noch mal nach ihm sehen.

Zurück im Büro nahm ich an meinem Schreibtisch Platz und zog ein leeres Blatt aus dem Drucker – zwischen weißem

Papier und dem mit Aurelias Briefkopf erschien mir Ersteres angebrachter. Ich begann zu schreiben:

Lieber Mr Marlinson,
ich weiß, dass es nicht ganz dasselbe ist, aber ich habe gedacht, dass Ihnen das hier sicher gefällt.
Ihre
Haven

Dann steckte ich diese Nachricht und das gedruckte Foto in einen Umschlag, besorgte mir an der Rezeption Marlinsons Zimmernummer und schob das Kuvert unter seiner Tür durch.

Auf der Suche nach etwas Trost lief ich kurz nach unten, holte mir Mantel und Handy und verschwand nach draußen, wo ich an der kalten Backsteinmauer des Hotels ein geschütztes Plätzchen fand. Es war eine verborgene Ecke, an der ich endlich mal verschnaufen konnte, auch wenn mir der heftige Wind beinahe den Atem verschlug.

Joan ging augenblicklich ran, sie war so aufgeregt und dankbar, meine Stimme zu hören. Das wärmte mich in der klirrenden Kälte und unter dem dunklen Himmel.

»Haven, Liebes! Wie geht es dir? Wie war die große Eröffnung? Ich habe alles darüber in der *Trib* gelesen. Du bist da mitten drin im Getümmel, was? Sie haben es sogar in den Abendnachrichten gebracht! Im Krankenhaus sind alle total begeistert. Also, erzähl schon, schieß los, wie war's?«

»Ja, echt super.« Mir wurde augenblicklich klar, dass ich für Joan wohl etwas mehr Enthusiasmus aufbringen musste.

Tatsächlich herrschte jetzt erwartungsvolles Schweigen in der Leitung.

»Super? Das ist alles? Komm schon, Haven, du bist mein Fenster zur großen weiten Welt. Meine Güte!«

»Nein, ja, sorry. Natürlich war es der Hammer. Meine Mentorin hatte dieses tolle 20er-Jahre-Kleid für mich …«

»Diese Aurelia? Ich habe sie im Fernsehen gesehen. Die ist ja der Wahnsinn. Die Typen da wirken alle ein bisschen überirdisch, oder?«

»Ja, irgendwie schon.«

»Sie hatte also ein Kleid für dich …«, wiederholte sie gedehnt und wartete auf weitere Einzelheiten.

»Ja, und dann hat sie mir die Haare gemacht und mich geschminkt und so.«

»Oh! Ich hoffe, du hast ein paar Fotos.«

Ich überlegte und musste lachen. Es war mir überhaupt nicht in den Sinn gekommen, diesen Abend für mich selbst zu dokumentieren. »Weißt du, ehrlich gesagt habe ich das ganz vergessen. Ich hatte ziemlich viel zu tun.«

»Oh, na ja, es kommt ja bestimmt noch mal so eine Gelegenheit.«

»Sicher.« Autos bogen um die Ecke und rasten aneinander vorbei, jemand fing an zu hupen, und ein weiteres langes, lautes, unbarmherziges Tröten antwortete darauf. Ein nicht enden wollender Strom von Taxis brachte Leute für einen Drink nach der Arbeit oder ein frühes Dinner vorbei oder nahm Gäste auf, die unter der Markise gewartet hatten und ein Theaterstück, ein Konzert oder irgendeine andere Veranstaltung in der grell erleuchteten Stadt besuchen würden. Vorfreude lag auf allen Gesichtern. Und dann war da noch ich – ich hatte das Hotel heute zwar schon zum zweiten Mal verlassen, befand mich aber trotzdem in der Gewalt unbekannter Dämonen und wurde von einem seltsamen Buch bedroht. Außerdem quälte mich die Vorstellung, dass ich angeblich irgendein seltsames Wesen war, das man überwachen und beherrschen musste. Und dennoch durfte ich über das alles nicht mit Joan sprechen, einem der wenigen Menschen auf dieser Welt, der mich aufmuntern konnte.

»Schätzchen, irgendwie klingst du komisch. Ist alles in Ordnung? Hat das mit dem Valentinstag zu tun? Mach dir da mal keine Sorgen, Haven, davon liegen doch noch so viele vor dir, und die werden sicher alle wunderschön!«

»Nein, das ist es nicht, ich meine, irgendwie schon …« Es war unmöglich, die ganze Geschichte zu einer leicht verdaulichen, knappen Information zusammenzufassen, das war alles viel zu kompliziert. »Vergiss es.«

»Was mir *jetzt* ziemlich schwerfallen wird.«

»Könntest du es denn wenigstens versuchen?«

»Okay, ich sehe schon, dass du nicht darüber reden willst.«

»Danke.«

»Sag mal, was hältst du davon, wenn wir uns demnächst zum Mittagessen treffen? Ich könnte in die Stadt kommen und dich in den Water Tower Place oder in die Cheesecake Factory oder so einladen. Du fehlst mir so, mein Schatz.«

»Ich weiß, du mir doch auch. Vielleicht bald, okay? Hier war einfach … so viel los.« Wenn ich ihr erst mal gegenüberstand, konnte ich ihr nämlich nichts mehr vormachen.

»Na gut, dieses Mal lasse ich es dir noch durchgehen, aber in ein paar Wochen probiere ich es wieder, und dann akzeptiere ich bestimmt kein Nein.«

»Na gut.« Ich lachte.

»Ich mache mir einfach nur Sorgen. Du klingst furchtbar müde und überarbeitet.«

»Es geht mir gut, versprochen. Ich hab dich lieb, Joan.«

»Ich dich auch, mein Schatz.«

Auf dem Weg zurück in mein Zimmer sah ich noch kurz in der Parlor-Küche vorbei. Da herrschte gerade Hochbetrieb, jetzt war die Zeit für Cocktails. Ich lächelte den Köchen, die da hackten, brutzelten und die typischen, klassischen kleinen Bar-Häppchen auf Tellern verteilten, schüchtern zu. Was würde ich nicht alles geben, um rüberzugreifen und eine von diesen knusprigen Fritten in Logo-Form zu stibitzen – oder vielmehr *Pommes frites*, wie die hier hießen. Stattdessen warf ich einen Blick in den Kühlschrank, um mir mal den Shepherd's Pie anzusehen, den ich vorhin verpasst hatte. So was hatte ich noch nie gegessen, es war wirklich ein ulkiges Gericht: eine Lage Fleischmasse und darauf eine Wolke aus Kartoffelpüree. Hm. Wohl eher nicht. Ich nahm mir einen Apfel sowie eine Flasche Wasser und zog die halbvolle Schachtel Lucky Charms vom Regal herunter. So still und leise, wie ich gekommen war, verschwand ich auch wieder aus der Küche.

Dann ging ich zu Lance hinunter und klopfte. Er antwortete mit dumpfer Stimme.

»Hm?«

»Hey, hier ist Haven«, rief ich. »Alles okay?«

Lance machte zwar die Tür auf, die Augen aber nicht. Es sah aus, als schlafe er eigentlich noch immer. Keine Brille und ein strubbeliger Schopf, der in alle Richtungen abstand – ich hätte ja nicht gedacht, dass kurze Haare so chaotisch aussehen konnten. »Es geht mir gut, ich bin gerade nur echt fertig, aber ich fühl mich schon etwas besser, danke.«

»Gut. Tut mir leid, äh, dass ich dich geweckt habe. Dann lass ich dich mal weiterschlafen.«

Er wedelte mit einer Hand taumelig in meine Richtung und verschwand dann wieder in der Dunkelheit. Ich hörte das Bett ächzen, als er sich darauf fallen ließ.

Als ich meine Zimmertür öffnete, war ich nur froh, dass nichts in Flammen stand. In letzter Zeit war ich wirklich leicht zufriedenzustellen.

20

Mein Gott, jetzt verführ sie doch endlich

Ich zog mich um und schlüpfte in meine Sportsachen, um wie üblich mein Training in den Gängen zu absolvieren. Nachdem ich den Apfel und die Frühstücksflocken verschlungen hatte (trocken aus der Schachtel wie ein Biest in einem Käfig), warf ich noch kurz einen Blick ins Buch, in *das Buch*, nur für den Fall, dass es mir noch irgendeine furchteinflößende Information mit auf den Weg geben wollte, fand darin aber keinen neuen Eintrag.

Also stieg ich wieder einmal Sprosse um Sprosse hinunter. So langsam hatte ich mehr Kraft in den Beinen, und die hölzernen Planken waren mir inzwischen vertrauter. Ich kannte jede Rille, die meinen Fingern Platz bot, und meine Füße wussten, wo sie Halt fanden, wenn ich hinabsauste oder wieder hochkroch. Als ich unten ankam, stellte ich meine Stoppuhr ein und rannte im Höchsttempo los. Mein Körper schien den Weg langsam zu lernen, sich die Kurven und geraden Teilstücke einzuprägen. Im Notfall schaffte ich das vielleicht bald auch ohne Taschenlampe.

Ich erreichte die Abzweigung mit dem verfallenen alten Raum und bremste so abrupt, dass ich beinahe gestürzt wäre.

Neben der geheimnisvollen, verschlossenen Tür lehnte dort an den freiliegenden Balken der Wand das beste Stoppschild, das ich mir vorstellen konnte: die Fotos. Das wusste ich sofort, selbst als ich sie noch nicht richtig sehen konnte, weil sie mit einem Tuch aus Samt abgedeckt waren. Unter dem Stoff konnte man die Umrisse von etwas über zwanzig großen und kleinen Rechtecken erkennen. Die Ecke eines Rahmens schaute hervor, lockte und reizte mich. Reflexartig schaute ich über meine Schulter – als würde mich von dort jemand ermahnen, meine Nase nicht in fremde Dinge zu stecken – und hielt langsam darauf zu. Ich griff nach der Abdeckung und zog sie mit einer raschen Bewegung zurück, womit alle Bilder gleichzeitig enthüllt wurden.

Im selben Augenblick schrak ich taumelnd und keuchend zurück.

Ich ließ den Blick über die Geschöpfe wandern, die da zurückstarrten, und nahm diese einzige große Horrorshow in mich auf. Am liebsten hätte ich geschrien, aber der Schock ließ mich verstummen. Ich schüttelte mich und schloss kurz die Augen, um wieder einen klaren Kopf zu bekommen. Aber dieser Anblick hatte sich längst in meine Hornhaut eingebrannt. Die Fotos hatten sich in etwas Furchtbares verwandelt: Sie waren nur noch verwestes, sich zersetzendes Fleisch. Diese Bilder schienen aus einer Monstrositätenschau zu stammen statt von den schönsten Menschen, die ich je gesehen hatte.

Ich nahm all meine Kraft zusammen, kroch wieder zu ihnen rüber und ging die Aufnahmen durch, um zu sehen, ob vielleicht einige verschont geblieben waren. Aber nein, jedes einzelne Porträt der Syndikat-Mitglieder hatte sich in etwas Groteskes verwandelt. Das war mehr als nur mutwillige Zerstörung. Es sah aus wie die Abbilder von wahren Monstern. Mir zitterten die Hände, alles bebte. Das Grauen schlich sich in jeden Zentimeter meines Körpers ein. Diese Bilder zeigten mir einst perfekte Menschen voll eitriger Wunden, deren Augen in ihren Höhlen zerflossen. Einige ihrer Gesichtszüge waren blutig oder fehlten völlig, und die fransig amputierten Gliedmaßen schienen von wilden Hunden abgenagt worden zu sein. Manche dieser Wesen sahen fast aus, als hätte man sie durch den Fleischwolf gedreht. Ihr Haar war dünn und spärlich, zum Teil auch überhaupt nicht mehr vorhanden. Stattdessen zeigten sich auf ihren Schädeln Läsionen und knollige Geschwulste in Lila- oder Grüntönen. Ihre Kleidung war zerrissen, in einigen Fällen war sogar der ganze Körper aufgeschlitzt, und die Organe quollen aus den Wunden. An Lucians Innereien tat sich ein rasender Geier gütlich.

Nachdem ich mir die ganze Sammlung angeschaut hatte, in der sich ein Bild gruseliger als das andere zeigte, entdeckte ich ganz hinten schließlich die Porträts von Dante und Lance. Auf Lance' Bild hatte sich seit dem letzten Mal nichts verändert: Die Narbe an seinem Auge war zu sehen, aber ansonsten war mit dem Foto alles in Ordnung. Wenn überhaupt, dann sah er ein bisschen ätherischer und imposanter aus als am Abend der Gala. Seine Augen funkelten, sie waren friedlich und voller Tiefe, sicher und selbstbewusst hielt er meinem Blick stand. Wie er dastand, die Haltung seiner Arme und Schultern, das alles ließ ihn kräftiger, stärker wirken. Dantes Foto hingegen sah irgendwie ein kleines bisschen … seltsam aus. Sein breites Grinsen war nicht mehr so strahlend. Ich hatte nicht den Eindruck, dass ich mir das einbildete oder es an unserer Kabbelei heute Morgen lag. Sein Bild war getrübt. Ich betrachtete es einen Moment und lehnte dann die anderen Porträts wieder daran. Auch wenn sich mir dabei die Zehennägel kräuselten, ging ich sie trotzdem noch einmal eins nach dem anderen durch. Aber nein, ich hatte nichts übersehen: Mein Bild war nicht dabei und Aurelias auch nicht. Wo steckten die bloß? Waren sie etwa verschont geblieben? Nicht so verzerrt wie der Rest? Oder sahen sie vielleicht noch schlimmer aus? Mit einer raschen, zittrigen Bewegung zog ich die Abdeckung wieder über die Rahmen und trat zurück. Stolpernd und strauchelnd behielt ich die

Samtmasse im Auge, als würde sie mir womöglich hinterherkommen.

Ich drehte mich um, trat direkt den Rückweg zur Leiter an und kehrte in die Zivilisation zurück. Hier unten mit diesen entstellten Bildern hielt ich es keine Sekunde länger aus. Ich kletterte hoch, immer weiter, griff mit rauen Händen frenetisch nach jeder Sprosse, bis ich endlich mein Zimmer erreichte. Dort schlug ich die Schranktür hinter mir zu und blockierte sie wieder mit dem Schreibtischstuhl, dann rollte ich mich im Bett zusammen und schlang mir die Arme um die Knie. Ich machte die Augen zu und konzentrierte mich auf meinen Herzschlag, den ich so weit beruhigen wollte, dass ich hier keinen Infarkt bekam. Als mir das endlich gelang, streckte ich die Hand aus und holte das gefürchtete Buch aus meinem Nachttisch.

Unter dem heutigen Datum fand ich auf einer neuen Seite diesen Eintrag:

Die Angst darf dich nicht davon abhalten, nach Antworten zu suchen. Du weißt, wohin du gehen musst. Vertrau deinen Augen und Ohren. Wenn dir etwas nicht logisch erscheint, heißt das einfach nur, dass dir noch ein Puzzleteil fehlt. Sei vorsichtig und klug, aber mutig.

Ich schloss das Buch und legte es wieder an seinen Platz. Dieses Rätsel konnte nur eins bedeuten: Ich musste nach den beiden fehlenden Bildern Ausschau halten, und zwar jetzt sofort. Jetzt hieß es also, den Ort aufzusuchen, vor dem mich mein Bauchgefühl warnte: Es ging zurück in den Tunnel, der mich zu Aurelias Büro führte.

Es war anstrengend, aber nicht allzu sehr – beim Krabbeln taten mir die Muskeln weh und mir brannten die Knie, bis der Gang endlich so hoch wurde, dass ich mich aufrichten konnte, aber dann stand ich endlich vor den Gucklöchern. Inzwischen war es nach acht Uhr abends, und der Raum lag verlassen und dunkel da, abgesehen vom schwachen, butterigen Schein der Jugendstillampe auf dem Schreibtisch. Es war immer abgeschlossen, wenn Aurelia nicht da war. Aber ich musste da irgendwie rein, so einfach war das.

Ich schaltete die Taschenlampe wieder ein und leuchtete mit einer Hand um mich herum, erhellte meine modrige kleine Ecke. Mit der anderen befühlte ich die Wände, klopfte die rissigen Balken an der Seite und den seltsamen rauen Stein vor mir ab. Und dann stießen meine Finger auf eine Kante – einen merkwürdigen waagerechten Schnitt mitten durch das Gestein, und zwar auf Höhe meines Kinns. So etwas hatte ich in meinem Schrank schon einmal gesehen, also wickelte ich mir die Schlaufe der Taschenlampe ums Handgelenk und schob mit beiden Händen und aller Kraft. Und tatsächlich gab die Wand langsam nach. Ich stellte mich breitbeinig hin, stemmte mich mit dem ganzen Körper dagegen und drückte noch fester. Es erklang ein Knacken, als sich etwas löste, das jahrelang nicht benutzt worden war. Sanft rieselte Staub und Mörtel herab, und eine Luke von der Dicke eines Telefonbuchs begann sich zu bewegen. Jetzt übte ich nur noch leichten Druck aus, und sie schwang nach außen auf. Es handelte sich um eine schmale Tür mit Scharnieren auf der linken Seite. Ich reckte den Hals in den Raum, so gut es ging: Ich befand mich direkt über Aurelias Schreibtisch, und der Flachbildschirm bedeckte die Rückseite der Tür. Nachdem ich mehrmals vergeblich versucht hatte, mich am Sims hochzuziehen, nahm ich schließlich Anlauf.

Ich stapfte den dünnen Boden entlang, rannte auf die Wand zu, stieß mich mit dem Fuß ab und drückte mich mit den Händen auf der Kante hoch. Ich flog durch die Öffnung, landete in Aurelias Büro auf dem Boden und knallte mit dem Kopf gegen die Wand. Im Nacken schien ich augenblicklich eine mindestens dattelgroße Beule zu entwickeln, aber ich war drin.

Jetzt musste ich mich an die Arbeit machen. Ich stellte mich auf den Stuhl und griff nach meiner Taschenlampe, die ich mir vorher zurechtgelegt hatte, dann sah ich mich im Zimmer nach einem Versteck um, das geräumig genug war, um ein Foto in der Größe von Aurelias Porträt zu beherbergen. Zunächst versuchte ich es mit den üblichen Verdächtigen: im Garderobenschrank in der Ecke neben der Tür (nichts, noch nicht einmal Anzeichen für einen Tunnel wie in meinem Zimmer), hinter den Bildern über der Couch. Boden und Wände untersuchte ich auf irgendwelche Ritzen, hinter denen sich noch mehr Gänge oder geheime Kammern verbargen. Ich ging den ganzen Raum ab und fuhr dabei mit den Fingern über die Vertäfelung aus Holz, falls dort irgendetwas nicht stimmen sollte.

Schließlich stand ich vor dem eingebauten Bücherregal. Ich hatte in den Geschichtsbüchern gelesen, dass während der Prohibition alle möglichen Sünden in ausgehöhlten Büchern oder hinter falschen Buchrücken versteckt wurden. Da war es doch völlig logisch, dass sich in so einem Hotel voller geheimer Ecken, Nischen und Tunnel etwas hinter dieser literarischen Sammlung verbarg. Ich begann, gegen einige Bücher zu klopfen oder zu drücken und rüttelte an den Regalbrettern, um zu sehen, ob sich vielleicht irgendetwas öffnete. In alten Filmen funktionierte das doch immer, aber jetzt kam es mir albern und planlos vor. Also trat ich einen Schritt zurück und leuchtete mit der Taschenlampe, und da entdeckte ich sie: eine runde Scheibe von der Größe eines Vierteldollars, die am Rand in das hölzerne Möbelstück eingelassen war. Als ich näher herantrat, entdeckte ich darauf das gleiche Pentagramm-Design, das ich auch schon an der geheimnisvollen Tür unten im Gang gesehen hatte. Das wiederholte Auftauchen des Symbols war ein klares Zeichen dafür, dass hier böse Mächte am Werk waren.

Ich suchte Aurelias Schreibtisch ab und entdeckte unter einigen Papieren einen Schlüsselring: Daran hing ein Trio aus pentagrammförmigen Zylindern. Ich versuchte es zuerst mit dem mittleren – er hatte etwa die Länge einer weißen Klaviertaste. Langsam schob ich ihn in die Öffnung der Scheibe, und tatsächlich, es erklang ein Klicken und dann ein Knirschen. In der Mitte der Bücherwand taten sich zwei Paneele auf, die jetzt vorstanden wie lockere Zähne und nur darauf warteten, gezogen zu werden. Ich zerrte daran und hatte eigentlich erwartet, dass sich das ganze Regal öffnen würde, aber es blieb bei diesem Fenster auf Hüfthöhe. Also lehnte ich mich vor, leuchtete mit der Taschenlampe hinein und entdeckte einen kleinen Raum, in dem zwei mit Samt abgedeckte Bilder an den hölzernen Balken der Wand lehnten.

Ich schob mich hinein, so als würde ich über einen Zaun klettern. Als mich der Raum umfing, herrschte darin unheimliche Grabesstille, und es war bis auf das Licht meiner Lampe stockduster. Die Dunkelheit hier war lebendig und gierig und verstärkte damit nur noch die Stille, die die Kammer so vollständig ausfüllte, dass man das Gefühl hatte, selbst ein Schrei würde hier augenblicklich verschluckt. Es war eine Zelle, eine Isolationskammer. Ich wollte hier so schnell wie möglich wieder raus.

Also verlor ich keine Zeit und schlug die Abdeckung zurück. Seite an Seite starrten mich zwei Fotos an. Ich bekam ganz weiche Knie, während ich bei Aurelias Porträt die furchtbaren Veränderungen auf mich wirken ließ. Die kleinen Makel, die ich vor ein paar Tagen entdeckt hatte, waren nämlich noch gar nichts gewesen – sie waren zu einer ganz neuen Art allumfassenden, Brechreiz hervorrufenden Ekels erblüht. Jetzt zerschmolzen ihre sinnlichen Glieder wie glänzendes Plastik in der Sonne und sickerten zu Boden. Die knochigen Finger mit gelben Nägeln suchten nach dem Auge, das seine Höhle verlassen hatte und nur noch an einer einzigen Ader baumelte. Ihr zarter Nacken war aufgeschlitzt und eiterte in verschiedenen Rot-, Gelb- und Grüntönen, die zu den Schnitten und Wunden am restlichen Körper passten. Aurelia sah jetzt nicht viel anders aus als Calliope, die einst so schöne junge Frau, die auf der Gala und in meinen Träumen als verkohltes, zerfallenes Monster aufgetaucht war.

Dann fiel mein Blick auf mein eigenes Bild, das ich hier endlich aufgespürt hatte. Warum hatte sie das vom Rest getrennt und hier verstaut?

Mit Ausnahme meiner Narben war ich von der grausigen Entstellung verschont geblieben, die Aurelias Bild befallen hatte – und da diese Striemen die hässliche Wahrheit waren, sie ganz allein mir gehörten, konnte ich mich darüber nicht einmal groß aufregen. Nein, mit meinem Porträt war etwas ganz anderes passiert. Meine komplette Haltung hatte sich verändert, ich lag jetzt auf dem Rücken, und etwas Glänzendes umgab mein Haupt. Ich lehnte mich vor, richtete die Taschenlampe darauf und streckte die Hand aus, um das Foto zu berühren. Wenn ich mich nicht völlig irrte, dann sah das so aus, als hätte sich um meinen Kopf ein Heiligenschein gebildet. Konnte das denn stimmen? Das ergab doch überhaupt keinen Sinn! Wie konnte es denn zu so etwas kommen? Ich war so in Gedanken verloren, dass ich das Rasseln zunächst gar nicht mitbekam. Aber dann hallte es in meinen Ohren wider, und ich erstarrte.

Die Tür. Die Tür zum Büro bewegte sich, und es erklangen leise Stimmen. Ich sprang auf.

Natürlich, natürlich, natürlich: Das Licht war an gewesen, und die Schlüssel hatten draußen herumgelegen. Aurelia hätte ihr Arbeitszimmer doch nie so zurückgelassen, wenn sie nicht vorhatte, bald zurückzukehren. Irgendetwas übernahm plötzlich die Kontrolle über meinen Körper, und statt zu denken, trat ich einfach die Flucht an. Ich deckte nicht einmal die Fotos wieder ab. Mit der Taschenlampe in der Hand hetzte ich einfach hinaus und warf wilde Lichtblitze durch den Raum, als ich das Regal wieder zuschob. Dann sprintete ich zum Schreibtisch hinüber, durchquerte den Raum mit nur drei langen Laufschritten, warf die Schlüssel auf den Tisch, sprang auf den Stuhl und schleuderte die Taschenlampe in die Wandöffnung. Ich hätte nie gedacht, dass ich so einen großen Satz machen konnte, aber es gelang mir, und ich zog mich mit Armen in die Öffnung, die sich plötzlich anfühlten, als könnte ich damit Berge versetzen. Mit einem dumpfen Schlag kam ich hart auf dem Boden auf, aber das Adrenalin in meinen Adern stellte sicher, dass ich nicht das kleinste bisschen Schmerz empfand. Stattdessen sprang ich wieder auf die Füße und brachte genug Kraft zusammen, um die Luke genau in dem Moment wieder zuzuziehen, als das Büro betreten wurde.

Aurelia kam mit Lucian im Schlepptau herein, der die Tür hinter sich zuwarf. Sie sprach in harschem Tonfall mit ihm, mit der Stimme, die sie normalerweise bei mir benutzte. Ich umfing meinen Kopf mit schweißnassen Händen und lehnte mich zitternd gegen die Balken. Dann schloss ich die Augen und versuchte mich zu beruhigen. *Konzentrier dich jetzt, du musst zuhören*. Ich blickte durch das Guckloch.

»Irgendwie bin ich heute nicht ganz ich selbst«, erklärte Aurelia, während sie in gefährlicher Nähe zu mir ihren Platz hinter dem Schreibtisch einnahm. »Diese … *Situation* … in der Galerie und das alles. Oh, da sind sie ja«, unterbrach sie sich selbst und wedelte mit dem Schlüsselbund herum. »Die braucht Beckett nachher.« Sie reichte Lucian die Schlüssel mit spitzen Fingern und nahm dann auf dem Stuhl Platz. Ich hoffte nur, dass ich darauf keine Fußabdrücke hinterlassen hatte. Lucian saß mit gelangweilter Miene auf dem Sofa und rückte sich die Hemdaufschläge, die aus den Ärmeln des Jacketts herausschauten, zurecht. Er berührte seine Manschettenknöpfe, um zu sehen, ob sie auch richtig saßen. »Auf jeden Fall bin ich konsterniert, weil ich wirklich gedacht habe, dass wir für unsere Arbeit viel mehr Zeit zur Verfügung haben. Ich begreife einfach nicht, wie sie in so kurzer Zeit so mächtig werden konnte.«

»Na ja, so ist das doch wohl am Anfang.« Er sah sie bei diesen Worten immer noch nicht an, so als ob er ihr diese Genugtuung nicht gönnen wollte. Aurelia sah aus, als würde sie gleich in die Luft gehen. »So wie ich das verstanden habe, gibt es doch zunächst solche Schübe und Anfälle – unglaubliche Veränderungen und unheimliche Fortschritte, und dann wieder für einige Zeit nichts. Ich denke, so war es auch bei uns, bevor, du weißt schon ...« Er verstummte.

»Also bitte«, fuhr sie ihn an, dann wurde ihr Tonfall jedoch sanfter. »Davon will ich nichts hören. Wenn du deine Aufgabe kompetent erledigen würdest, dann hätten wir dieses Problem jetzt nicht. Sie wäre unter Kontrolle. So langsam habe ich die Nase voll von dieser *Haven*, und deine Unfähigkeit ist der Grund dafür, dass es überhaupt so weit gekommen ist.«

Mir rutschte das Herz in die Hose und riss dabei gleich Hals, Lunge und Magen, einfach alles mit.

»Offensichtlich hast du ein Problem mit mir, also rück doch damit raus«, erwiderte Lucian tonlos und streckte jetzt ein Bein aus, um seinen Schuh unter die Lupe zu nehmen. Ihre Laune hätte ihn nicht weniger scheren können.

»Ich verstehe. Jetzt bist du auf einmal gegen mich. Aber ich habe darüber schon mit dem Fürsten gesprochen. Warte nur, bis er herkommt, und dann wirst du ihn auf Knien um eine letzte Chance anflehen.«

»Ich flehe nicht.«

»Das wirst du schon noch. Hast du etwa vergessen, wie er arbeitet? Ich kann dich verbannen lassen, wann immer ich will. Bist du wirklich bereit, nach da unten zurückzukehren? Wir könnten deine Rolle bei der Rekrutierung und der Revolution dramatisch zurückschrauben, dich sogar völlig davon ausschließen.«

»So langsam begreife ich«, sagte er völlig ruhig, fast charmant, und sah sie endlich an. »Hier geht es gar nicht so sehr um meine Leistung, sondern vielmehr um deine Eifersucht.«

Auf einmal wirkte sie verkrampft und spannte die Muskeln im Nacken an.

War das denn möglich? War Aurelia etwa auf mich eifersüchtig?

Selbst Lucian musste lachen. »Wie niedlich.«

Aurelia schien ihn jetzt zu ignorieren. Sie stand auf und lehnte sich vorn an den Tisch. Dann deutete sie mit dem Zeigefinger auf den Fußboden und konzentrierte sich. Plötzlich loderte aus dem Nichts eine kleine Flamme auf und begann genau an dieser Stelle zu flackern und brennen. Entsetzen durchfuhr meinen Körper und ließ mich eine ganz neue Dimension der Angst erfahren. Die Striemen auf meiner Brust spürten es auch, sie kribbelten und stachen. Ich strich über die Narben, griff dann nach dem Anhänger an meiner Kette, drehte ihn nervös immer wieder hin und her und spielte daran herum. Mit ausgestrecktem Finger malte Aurelia in der Luft einen unsichtbaren Kreis, und das Feuer folgte der Bewegung, bis auf dem Boden ein niedriger Flammenring flackerte und knisterte. Als sie damit fertig war, starrte sie Lucian an. Sie holte aus wie auf dem Spielfeld und schleuderte ihm eine baseballgroße Feuerkugel entgegen. Er zuckte kaum mit der Wimper und lehnte sich lediglich ein paar Zentimeter zur Seite, um nicht getroffen zu werden. So etwas erlebte er offensichtlich nicht zum ersten Mal. Ein Funke loderte zu seinen Füßen auf, doch er trat ihn einfach aus.

»Normalerweise bist du ja ganz entzückend, wenn du wütend wirst«, erklärte er kühl. »Aber das ist jetzt wirklich unpassend.«

»So lasse ich nicht mit mir reden und schon gar nicht von dir. Ich nehme diese Kränkungen nur hin, weil ich davon ausgehe, dass man dich schon bald in deine Schranken verweist.«

In diesem Moment brausten die Lohen auf, und im Feuerring erschien aus der Dunkelheit heraus der Fürst.

»Störe ich gerade?«, fragte er und blickte von Aurelia zu Lucian und wieder zurück. Seine Stimme war so ruhig und honigsüß, wie man es sich nur vorstellen konnte. Die Flammen brannten jetzt wieder niedriger und erloschen völlig und spurlos, sobald er aus dem Ring getreten war. Der Fürst nahm den Platz hinter Aurelias Schreibtisch ein, so dass sie sich gezwungen sah, sich neben Lucian aufs Sofa zu setzen. Mit vor der Brust verschränkten Armen hockte sie sich auf die Lehne, so weit weg von ihm wie möglich.

»Lucian wollte uns gerade erklären, warum es ihm immer noch nicht gelungen ist, die Seele des Mädchens für uns zu gewinnen«, erläuterte sie. Sie streckte die Hand nach dem Kandelaber auf der Kommode hinter sich aus und entzündete die Dochte mit den Fingerspitzen.

»Oh, gut«, antwortete der Neuankömmling und lehnte sich im Stuhl zurück. Jetzt richtete sich sein stechender Blick auf Lucian. »Dann sprich doch bitte weiter.«

Mit einem Mal veränderte sich Lucians ganzes Wesen. Mit ernster Miene richtete er sich auf der Couch auf, und im Raum schien eine subtile Machtverschiebung stattzufinden. Aurelia stand mit verschränkten Armen auf. Auch der Fürst erhob sich und ging im Raum auf und ab, warf einen Blick auf die Bücher im Regal und sah dann zum Bildschirm hinüber. Ich fragte mich, ob er mich wohl hier hinter der Wand sehen konnte. War ihm klar, dass ich hier stand? Ich hatte mir die Stelle ja von seiner Seite aus angesehen und wusste, dass man mich nicht entdecken konnte, weil die Gucklöcher hinter dem dunklen Rahmen des Monitors lagen. Aber das waren schließlich keine richtigen Menschen, oder? Wer wusste schon, was die alles konnten oder sahen?

»Ja, ich habe Fortschritte gemacht.«

»Ich habe gesehen und gehört, dass du dieser Haven wohl gefällst.« Der Fürst drehte sich zu Lucian um. Der saß kerzengerade, steif und unsicher da. »Und deine Aufgabe ist ja nun wirklich nicht unangenehm.«

»Nein, Sir. Überhaupt nicht. Die Kleine ist … zauberhaft«, sagte er schließlich. Und obwohl ich doch vom Kopf her wusste, dass ich diesen Menschen fürchten und nicht lieben sollte, konnte ich nicht anders: Einen Moment lang schmolz ich dahin, bevor endlich der Verstand einsetzte. *Pass gut auf dein Herz auf, Haven. In Wirklichkeit bist du ihm völlig egal.*

»Ganz zauberhaft, ohne Zweifel«, meinte der Fürst in verständnisvollem Tonfall. »Aber wir haben hier einiges zu erledigen, und du bist dir sicher dessen bewusst, dass die Zeit drängt.«

»Ja, ich weiß«, antwortete Lucian. Er klang jetzt niedergeschlagen.

»Ich kann davon ausgehen, dass du die Fotos gesehen hast?«

»Ja, habe ich.« Beschämt ließ er den Kopf hängen.

»Ihre seelenerhellenden Kräfte sind längst stärker als erwartet.« Jetzt ging der Fürst wieder auf und ab. Was sollte das überhaupt heißen? »So langsam … mache ich mir Sorgen … über ihre schnellen Fortschritte. Ich weiß, dass es sich nie um eine konstante Entwicklung handelt, und rechne deshalb damit, dass ihr Tempo bald nachlässt, aber es gibt mir trotzdem zu denken.«

Ich musste mir immer wieder ins Gedächtnis rufen, dass diese Person, über die sie da sprachen, ja *ich* war. Was hier in solchem Tempo auf mich einprasselte, konnte ich nicht einmal ansatzweise verarbeiten. Die glaubten also, dass ich diese Fotos irgendwie verändert hatte? Lag das wirklich an Kräften, die ich angeblich hatte, hatte *ich* die Seelen der Fotografierten zum Vorschein gebracht? Hatte ich das so richtig verstanden? Ich dachte zurück ans Krankenhaus, an die Fotocollage und meine Lieblingspatientin Jenny, die nur meine Bilder von sich mochte. Vielleicht war da ja doch etwas dran. Aber woher hatten diese Leute bloß all diese Kenntnisse über mich, wenn ich es doch nicht einmal selber wusste?

»Ja, äußerst beunruhigend«, bestätigte Lucian mit nervösem Nicken. So unsicher hatte ich ihn noch nie gesehen. Ich hätte doch eigentlich wütend sein sollen, stattdessen tat er mir leid.

In der Ecke brodelte es bei Aurelia still vor sich hin, bis sie sich schließlich nicht mehr beherrschen konnte. »Mein Gott, jetzt verführ sie doch endlich!«, brach es aus ihr heraus. Lucians Blick fuhr zu ihr herum. Über die Züge des Fürsten huschte das amüsierte Lächeln eines Herrchens, das seinen Tierchen beim Kämpfen zusieht. »Was soll denn daran so schwierig sein«, fauchte Aurelia, »wenn sie dich doch mit diesen riesigen Kulleraugen anstarrt!« Aurelia klimperte demonstrativ mit den Wimpern und rollte dann angewidert mit den Augen. Lucians Ausdruck verhärtete sich, als hätte man ihn über Nacht in den Brennofen gestellt.

»So einfach ist das nicht.« Seine Stimme klang wie ein unterdrücktes Knurren. Er blickte auf seine Hände, die er mehrmals zur Faust schloss und wieder öffnete, um sich zu beruhigen. »Irgendwie widerstrebt ihr das Ganze.«

»Oder vielleicht widerstrebt dir ja auch nur diese Aufgabe«, feuerte sie zurück.

»Es läuft einfach nicht so wie bei den anderen.«

»Natürlich nicht«, warf der Fürst lässig ein und setzte sich wieder auf den Schreibtischstuhl. »Offensichtlich werden sich diese aufkeimenden, unterschwelligen Kräfte zu einer ganz besonderen Macht entwickeln; darum geht es doch gerade. Deshalb wollen wir ja, dass sie für uns und nicht gegen uns arbeitet. Als Gegnerin wäre sie eine Bedrohung, eine echte Gefahr.« Dies erklärte er mit der leichtfertigen Selbstsicherheit eines Menschen, der sich überhaupt nicht bedroht fühlte. Ich ließ mir das durch den Kopf gehen: Ich, eine Bedrohung? Das war ja lächerlich.

»Ich bin mir nicht sicher, ob es möglich ist, sie …«

»Jetzt reicht es mir aber mit deinen Ausreden! Erledige es einfach!«, ging Aurelia auf ihn los.

Dann wandte sie den Blick ab und versuchte, sich wieder unter Kontrolle zu bringen.

»Aurelia!«, rügte sie der Fürst.

»Es tut mir leid, mein Gebieter. Aber«, flüsterte sie, »Ihr habt das Bild ja gesehen. Uns läuft die Zeit davon.«

»Lucian.« Der Fürst wandte sich wieder an ihn. »Ich fürchte, Aurelia hat recht. Wenn wir sie nicht bald für uns gewinnen, wird das weder ein gutes noch ein schönes Ende nehmen.«

»Ja, ich weiß. Aber ich muss Euch trotzdem warnen. Womöglich ist das Ganze … unrealistisch. Sie scheint einen … ganz eigenen Willen zu haben. Sie ist nicht geneigt, sich einfach mitreißen zu lassen wie die anderen.«

»Das verstehe ich nicht. Du hast sie doch gefüttert«, wandte Aurelia ein.

»Sie ist jetzt schon gegen das Gift immun. Aber ich tue wirklich alles, was in meiner Macht steht. Jetzt versuche ich einfach … die Erwartungen ein bisschen runterzuschrauben, das ist alles.«

»Im Moment ist das noch nicht mein Problem.« Der Fürst sprach jetzt ganz langsam, um sicherzugehen, dass auch jedes seiner Worte genau verstanden wurde. »Und ich hoffe wirklich, dass ihr eine Lösung findet, bevor ich mich womöglich doch noch selbst darum kümmern muss.«

»Ja, Sir«, flüsterte Lucian mit hängendem Kopf.

»Vielleicht«, wandte sich der Fürst jetzt an Aurelia, »sollten wir auch hier einige der Neuerungen einführen, die in unserer Niederlassung in New Orleans so gut funktionieren.«

»Ihr wisst, dass das nicht mein Stil ist.« Jetzt ging Aurelia in die Defensive und drückte die Schultern durch. »Wie dort gearbeitet wird, finde ich riskant und töricht.«

»Dein *Stil* sollte sein, was auch immer Resultate erzielt«, rügte sie der Fürst. Jetzt wechselte er das Thema: »Was ist mit ihren Kollegen?«

»Lance ist noch nicht komplett immun«, erklärte Lucian mit gequältem Gesichtsausdruck. Offensichtlich wollte er das Treffen und diese Angelegenheit so schnell wie möglich abschließen. Er war nicht voll und ganz bei der Sache. »Heute ist er krank geworden, aber die Sache funktioniert irgendwie nicht. Das Gift wirkt bei ihm nicht wie geplant.«

Ich dachte an den armen Lance, der jetzt krank im Bett lag. Sie hatten also versucht, uns zu vergiften und durch unsere Nahrung gefügig zu machen. Das war es, was sie mit den Leuten anstellten. Und warum waren wir dagegen resistent? Zumindest erklärte das, warum ich gestern so benommen gewesen war, und auch an meinem ersten Abend hier.

»Wenn wir das Mädchen haben, kriegen wir auch ihre Kompagnons«, erklärte Aurelia. Meine Kompagnons? Damit machten sie mich wichtiger, als ich mich fühlte, so viel war klar. »Das mit dem Küchenjungen ist das reinste Kinderspiel, unser Chefkoch hat diesen Dante völlig betört. Offensichtlich hat das Gift da seine Wirkung getan, und es ist Etan schon gelungen, ihn zu kodieren – sobald der Junge der Verlockung nicht länger widerstehen kann und Etans Code ausführt, ist seine Seele reif und kann gepflückt werden.«

»Wissen wir, worin der Code besteht?«, erkundigte sich der Fürst. »Das ist hier ja so ein nettes kleines Gesellschaftsspiel.«

»Angeblich wird er sich den Schädel rasieren, das ist das Zeichen. Etan fand es amüsant, ihn nach seinem eigenen Vorbild zu formen. Er ist ja so ein Spaßvogel.« Noch immer ein leises Lächeln auf den Lippen drehte sie sich zu Lucian um. »Er amüsiert sich, tut aber trotzdem seine Pflicht. Davon kannst du dir mal eine Scheibe abschneiden.« Lucian sah sie nicht einmal an.

»Wunderbar!«, befand der Fürst. »Aber was ist mit dem anderen?«

»Mit ihm wird es ganz einfach, sobald wir erst einmal Haven haben. In der Zwischenzeit kümmert sich Raphaella um ihn.« Sie verstummte und überlegte wohl, ob sie fortfahren sollte. Schließlich sprach sie zögerlich weiter: »Er zeigt zwar kein großes Interesse, wird aber wie gesagt folgen, sobald sich Haven uns anschließt. Ich kann ihm ansehen, dass er tun wird, was sie von ihm verlangt.«

Der Fürst nickte. »Haltet mich darüber auf dem Laufenden. Vermutlich müssen wir bald drastischere Maßnahmen ergreifen, aber versucht doch im Moment noch, dass sie aus freien Stücken zu uns kommt.« Mit düsterer Miene verbeugte sich Lucian in seine Richtung. Der Fürst stand auf, knöpfte sich die Jacke zu und signalisierte damit offensichtlich, dass sein Besuch beendet war. »Also, was denkt ihr, für wen geht heute die Zeit hier oben zu Ende?« Jetzt klang er völlig sorglos, beinahe schon aufgeregt. »Ich freue mich darauf, wieder jemanden bei mir willkommen zu heißen. Natürlich nur, falls es nicht wieder irgendwelche Zwischenfälle gibt.«

»Der Vorfall mit Calliope war eine Ausnahme«, verteidigte sich Aurelia mit leiser Stimme. »So etwas wird nicht wieder vorkommen, das kann ich Euch versprechen.«

»Das kannst du und wirst du und musst du.« Es war eine Warnung.

Damit kehrte er an die Stelle zurück, an der der Flammenkreis gebrannt hatte. Aus dem Nichts loderte das Feuer nun wieder auf und schloss erneut den Ring. Genauso schnell war der Fürst auch wieder verschwunden und die Glut heruntergebrannt. Meine Narben kitzelten, aber ich verspürte jetzt, wo er endlich fort war, auch am ganzen Körper die Erleichterung.

Mehrere Minuten saßen Lucian und Aurelia schweigend, wie versteinert, da. Schließlich stand die Hotelchefin auf und nahm ihren Platz hinter dem Schreibtisch wieder ein. Sie starrte Lucian an und verkündete: »Wir sehen uns um halb vier. Ich gehe davon aus, dass im Tresor dann alles vorbereitet ist. Wie du weißt, wird dieses Mal eine sehr große Klasse eingeführt.«

»Natürlich«, antwortete er. Er erhob sich und ging zum Schreibtisch hinüber, dann lehnte er sich vor, beide Hände auf der Tischplatte abgestützt, und sah ihr direkt in die Augen. Sie versuchte, den Blick abzuwenden, aber er packte sie hart am Kinn. »Eifersucht steht dir nicht.«

»Und dir steht diese Gefühlsduselei nicht«, schnurrte sie.

Er ließ mit einem kleinen Ruck ihr Kinn los und stürmte zur Tür hinaus. Aurelia schaute ihm nicht hinterher, stattdessen konzentrierte sie sich auf die Papiere, die vor ihr lagen, und tat so, als wäre ihr das alles völlig egal. Aber sobald die Tür zuflog, starrte sie wieder ins Leere und berührte mit der Hand ihr Kinn. Ich wartete noch ein paar Minuten, sah aber wenig Sinn darin, ewig hierzubleiben. Bis zu dieser Veranstaltung im Tresor, worum auch immer es sich dabei handeln mochte, blieben nur noch wenige Stunden.

Während ich vom Guckloch wegschlich, fühlte ich mich auf einmal so erschöpft wie noch nie zuvor. Ich sehnte mich nach meinem Bett – nicht dem hier im Hotel, sondern nach meinem eigenen Bett zu Hause, in meinem Zimmer direkt neben Joans. Ich wollte dort unter die Decke kriechen, es mir gemütlich machen und mir über nichts anderes mehr Sorgen machen als über die Tests in der Schule und darüber, wie ich meinen Weg in diesem Meer von Mitschülern fand, die mich keines Blickes würdigten. Hier geschah zum ersten Mal das genaue Gegenteil. Ich wurde nicht ignoriert, sondern beobachtet und überwacht. Ich war diesen Leuten wichtig. Aber aus den falschen Gründen – ich war wichtig, weil sie etwas von mir wollten, und im Notfall würden sie mir deshalb auch wehtun. Das Gewicht dieser Verantwortung lastete schwer auf meinen Schultern. Plötzlich ließ man mich nicht mehr nur von der Seitenlinie aus zusehen.

21

Die Einführung

Es wurde viel schneller halb vier als erwartet. Ich versuchte zwar, für ein paar Stunden die Augen zuzumachen, konnte aber nicht einschlafen – dafür hatte ich viel zu viel Angst. Mich ein bisschen hinzulegen füllte aber wenigstens meine Energiereserven wieder auf. Während sich mein Körper ausruhte, arbeitete mein Verstand weiter, und ich ging die wenigen Möglichkeiten durch, heute Nacht das Geschehen im Tresor zu beobachten. Schließlich entschied ich mich für den einzig realistischen Weg: Ich musste mich in dem Tunnel verstecken, der zur Feuerwand führte. Hoffentlich würde ich von dort aus zugucken können, ohne entdeckt zu werden.

Also kletterte ich hinab und stellte mich innerlich schon mal darauf ein, möglicherweise einem Syndikatmitglied oder, schlimmer noch, Aurelia, Lucian oder dem Fürsten in die Arme zu laufen. Im Vergleich zum Fürsten kamen mir die anderen beiden jetzt fast harmlos vor. Aber nur fast. Mit leisen, langsamen Schritten ging ich den stockfinsteren Tunnel zum Tresor entlang und hielt dann einen Moment inne. Irgendetwas stimmte nicht. Was war bloß anders als sonst? Und dann wurde es mir klar: die Stille. In dieser schrecklichen, ohrenbetäubenden Stille, die alles erfüllte, erzeugten selbst meine gedämpften Schritte ein Echo. Ich hörte das Murmeln von Stimmen, die ich nicht erkannte, aber das war alles. Der Club schloss um zwei Uhr morgens, also war die Musik jetzt verstummt, und die Leute waren längst verschwunden. Ohne den alles übertönenden pulsierenden Beat fühlte ich mich noch schutzloser, so als würde ich hier nur darauf warten, erwischt zu werden. Aber was sollte ich denn machen?

Ich versuchte, so lautlos wie möglich voranzuschleichen, und wagte es nicht, die Taschenlampe anzumachen. Stattdessen tastete ich mich an der felsigen, unebenen Wand entlang, bis ich das warme, korallenrote Leuchten der Feuerwand sah. Die Stimmen waren jetzt näher gerückt, erklangen lauter – aber völlig emotions- und leblos. Ich konnte schon fast einzelne Worte ausmachen. Einer sagte: »Nach rechts« und der andere: »Es muss perfekt werden.« Dann hörte ich wieder den Ersten: »Das wird es – es gibt keine Alternative.«

Die Alternativen gingen mir langsam auch aus. Ich hatte mich der flammenden Wand jetzt weit genug genähert, um die beiden zu erkennen – zwei kräftige, muskelbepackte Syndikat-Typen –, die im Feuerring eine Art Podest aufstellten. Es hatte etwa den Umfang eines Traktorreifens und war ungefähr einen Meter hoch. Einer der Männer stellte sich gerade probeweise darauf. Der andere nickte mit verschränkten Armen. Meine Schritte verlangsamten sich – konnte ich noch weitergehen, oder würde man mich dann hier im Schatten entdecken?

Meine Finger streiften etwas Kaltes, Glattes an der Wand. Ich blieb stehen und befühlte es mit beiden Händen: Es war eine waagerechte Metallstange, fast so lang und dick wie ein Fahrradlenker. Ich fuhr die Wand darüber und darunter entlang. Da waren Metallstreben in die Wand eingelassen und bildeten eine Leiter. Es war nicht hell genug, um zu sehen, wohin die führte. Ich konnte entweder das Risiko eingehen, hinaufzuklettern und dort oben etwas oder jemand Unheimliches anzutreffen, oder ich konnte bleiben, wo ich war und riskieren, entdeckt zu werden, falls jemand anders diesen Tunnel benutzen würde. Ich stieg hinauf ins Unbekannte.

Das tat ich ganz langsam, Sprosse für Sprosse, und war froh, dass ich unter mir nur einen dunklen Abgrund sah, statt den kalten, harten Fußboden.

Trotzdem begannen meine Handflächen zu schwitzen. Endlich erreichten meine Finger ein Sims aus Ziegeln, und der Lichtschein der Feuerwand erhellte, was ich nun vor mir hatte: einen schmalen Steg von der Breite eines Sprungbretts und mit einer hüfthohen Brüstung, von dem aus man den ganzen Club beobachten konnte. Es handelte sich um eine Metallkonstruktion, die an einer Stelle von diesem Sims ausging und an der auf dieser Seite des Clubs die farbigen Lichter befestigt waren. Ich schob mich auf diese Metallbrücke und duckte mich hinter dem niedrigen Geländer. Hier thronte ich hoch oben, über der Flammenwand, und hatte klare Sicht.

Unter mir eilten Syndikat-Mitglieder herbei und fanden sich anmutig zu einem Kreis rund um den Feuerring zusammen, so als sei dort jedem ein bestimmter Platz zugewiesen. Es war gerade eben so dunkel, dass ich nicht entdeckt werden konnte, wenn ich mich hinkniete und über den Rand der Brüstung spähte. Ich machte es mir bequem und stellte mich auf eine lange Nacht ein.

Um genau halb vier wurden die Lichter zu dem für den Tresor typischen roten Glühen heruntergefahren. Die Syndikat-Mitglieder im Kreis trugen alle ihre Uniform – sie standen inzwischen seit mehr als einer halben Stunde still und wortlos da. Direkt unter mir erklangen nun leise Schritte. Eine Gruppe in schwarzen Kleidern und Anzügen und mit ernstem Gesichtsausdruck kam herein. Selbst von hier oben konnte ich mit Sicherheit sagen, dass ich diese Leute nicht kannte. Unter ihnen waren etwa genauso viele Männer wie Frauen, und alle waren schlank und schön. Beim groben Durchzählen kam ich auf 20.

Sie bildeten nun einen zweiten Ring in dem Kreis der Syndikat-Mitglieder, alle nahmen ihre Plätze ein und starrten den Feuerring an. So wie ich schaute jeder reglos zu und wartete darauf, dass etwas Wichtiges geschah. Endlich leuchtete im graffitigeschmückten Tunnel am Eingang des Clubs ein Scheinwerfer auf, und Lucian marschierte mit Etan herein. In einer einzigen Bewegung drehten sich alle zu ihnen um und sahen zu, wie sie sich dem Feuerring näherten. Die beiden gingen die Wendeltreppe hinauf und stellten sich neben dem neu installierten Podest auf, die Hände hinter dem Rücken verschränkt. Sie sahen nicht zu mir herüber, sondern in die andere Richtung, und ich fragte mich, wonach sie wohl Ausschau hielten. Der Schweinwerfer erlosch und ging wieder an – dieses Mal erhellte er das Podest. Abgesehen von der Flammenwand handelte es sich um das einzige Licht im Raum, selbst der Feuerring war erloschen.

Langsam öffnete sich das Podest, klappte auf wie ein Kiefer, und ein vertrautes, makelloses Gesicht erschien und dann ihr ganzer Körper in einem bodenlangen Abendkleid mit tiefem Dekolleté. Aurelia glühte, ihre Alabasterhaut und ihr seidiges, blondes Haar fingen jeden einzelnen Lichtstrahl auf und warfen ihn zurück. Ihre raue Stimme wurde durch einen Lautsprecher verstärkt: »Willkommen, meine Lämmchen.«

Ein gedämpftes »Hallo« ertönte als Antwort aus der Gruppe.

»Es ist mir eine große Freude, euch an diesem Abend hier willkommen zu heißen, an dem ihr ins Reich der Metamorphose übertretet. Wie ihr wisst, handelt es sich dabei um ein seltenes Privileg, das nur den Verdientesten zuteilwird, und ich möchte euch dazu gratulieren, dass man euch in diese hochgeschätzte, exklusive Kaste aufnimmt. In den nächsten Tagen werdet ihr euch sowohl mit euren neuen Aufgaben als auch mit euren neuen Vorzügen vertraut machen. Jedem von euch wird zum Dank für eure Dienste ein großer Wunsch erfüllt. Bald wird euer erhabenstes Sehnen Wirklichkeit. Stellt euch auf Großes ein, meine Tierchen!«

Sie verneigte sich, richtete sich dann wieder auf und streckte die Hand aus, um am Rande der Plattform einen Funken sprühen zu lassen. Mit abgespreiztem Finger drehte sich Aurelia langsam um ihre eigene Achse und entzündete dabei ringsumher Flammen, bis der Ring komplett brannte. Mich schauderte es, und ich stellte fest, dass mir der kalte Schweiß ausgebrochen war. Mit langsamen Schritten stieg Aurelia vom Podest hinunter und ging den Ring einmal komplett ab. Ihre Untergebenen ließen sie dabei nicht aus den Augen. Zu hören war nur das Knistern der Flammen.

Dann fuhr sie fort: »Was genau ist die Metamorphose, werdet ihr euch vielleicht fragen. Darauf gebe ich jeder Klasse dieselbe Antwort: Hier wird Macht geboren. Es handelt sich um einen Bereich des Daseins, von dem viele Menschen nie erfahren werden. Ihr habt sicher eine Vorstellung vom Inferno – der Hölle, dem Spielplatz des Teufels, wie wir sie gerne nennen – und dem Limbo des Fegefeuers, in dem viele ihre Zeit absitzen, bevor sie dann ihren Weg in die Hölle oder in die andere Richtung fortsetzen.« Sie machte eine abschätzige Handbewegung. »Und dann gibt es da noch das dumpfe Paradies – wenige würden sich danach sehnen, wenn sie wüssten, welch Überdruss dort herrscht.« Diese Bemerkung wurde vom Syndikat mit Glucksen und Kichern aufgenommen. »Ja, das sind altbekannte Territorien. Aber die Metamorphose ist etwas viel Größeres, eine spirituelle Brücke zwischen der Wirklichkeit und dem Leben danach. Dieser Bereich wurde seit Urzeiten geheim gehalten. Nur wenige Glückliche bekamen Zugang zu dieser großen und machtvollen Armee, wurden auserwählt, um die Mission unseres Anführers, des Fürsten der Finsternis, Satan selbst, auszuführen. Wir ziehen nun die Besten und Klügsten für dieses ehrgeizige Projekt, diese Revolution, wenn man so will, zusammen.« Den letzten Worten verlieh sie besonderes Gewicht, sprach sie langsam und bedächtig. »In den nächsten Monaten wird unsere Anzahl stark steigen. Noch muss unsere Mission reifen, doch am Ende werden wir allmächtig sein.«

Sie lief den Kreis ab und betrachtete die großen, leeren Augen ihrer Anhänger. Lucian trat inzwischen zurück und setzte sich auf eine der Bänke rund um den Feuerring. Links und rechts von ihm entdeckte ich etwas, das nach samtbezogenen Zigarrenschachteln und einem ordentlichen Stapel Karteikarten aussah.

»Aber ich will nicht vorgreifen.« Ein leichtes Lächeln umspielte Aurelias Mundwinkel. »Wir sind heute hier zusammengekommen, um die neue Klasse von Syndikat-Mitgliedern einzuführen. Und dieser Klasse möchte ich dies mit auf den Weg geben: Vergesst nie, dass ihr heute eine ganz neue Ebene der Macht erreicht. Es gibt auf der ganzen Welt Enklaven wie diese, aber keine ist so exklusiv wie unsere. Wenn die Revolution beginnt, werdet ihr an vorderster Front agieren – das werden glorreiche Zeiten!« Mit diesen Worten ging sie zurück zum Podest, auf dem nun als Pult eine silberne Säule von unten aufstieg.

»Wir beginnen mit der wichtigsten Ehrung des Abends. Beckett, tritt bitte vor.«

Unten löste sich der Muskelprotz aus dem Kreis und eilte leichtfüßig die Stufen hinauf. Lucian trat mit einer der Samtschachteln vor. Er öffnete sie und zeigte allen das Lederarmband mit Silberverzierungen darin. Ich konnte von hier oben nicht erkennen, was sie darstellten, aber das war wohl die Manschette mit Schädel und gekreuzten Knochen, die ich bei anderen Syndikat-Typen gesehen hatte. Aurelia griff nach dem Armband und schlang es Beckett ums Handgelenk. Dort, wo sich normalerweise ein Verschluss befinden würde, sah ich nur zwei lange Silberstreifen. Statt etwas einzuhaken oder sich mit irgendeinem anderen Schließmechanismus herumzuschlagen, legte Aurelia einfach nur die Hände um die Manschette: Unter ihren Fingern erglühte sie rot, und dann waren die beiden Silberstreifen zusammengelötet, um Becketts Arm festgeschweißt.

»Heute Abend ehren wir dich für außergewöhnliche Dienste und nehmen dich in unsere höchsten Ränge auf«, verkündete sie ihm und ließ seinen Arm los. Er betrachtete sein neuestes Accessoire und blickte dann wieder Aurelia an. »Es war mir ein Vergnügen, deinen kometenhaften Aufstieg mit anzusehen, und deine Tatkraft angesichts kürzlicher …«, sie suchte nach dem richtigen Wort, »… Tragödien hat uns sowohl deine Führungsqualitäten als auch deinen unerschütterlichen Glauben an unsere Sache gezeigt. Dafür danke ich dir und freue mich auf deine weiteren Erfolge im Rahmen unseres Programms.« Die beiden verneigten sich voreinander. »Unmittelbarer bevor steht nun deine Rolle bei der Einführung unserer neuesten Mitglieder – ein Privileg, das nur unseren vielversprechendsten Jüngern zuteilwird.«

Er dankte ihr, nickte und nahm dann neben Lucian einen Platz im Hintergrund ein. Als Nächstes wurden zwei Syndikat-Frauen, die ich aus dem Hotel kannte, mit den Amethystketten belohnt, die ich schon so oft gesehen hatte – auch die wurden von Aurelia festgeschweißt, indem sie zwei schmale Silberstreifen permanent miteinander verband. Als die beiden Frauen die Bühne verlassen hatten und wieder unten ihre Position einnahmen, wandte sich Aurelia erneut an die Gruppe.

»Gut, es sieht so aus, als sei nun endlich der Moment für das wichtigste Ereignis heute Abend gekommen. Der Augenblick, auf den wir alle gewartet haben: die Einführung unserer neuen Rekruten. Damit euch diese große Ehre zuteilwird, müsst ihr zwei unterschiedliche Prozesse durchlaufen.

Zunächst gilt es, den Vertrag zu unterschreiben. Heute überreiche ich euch das Dokument, und Raphaella übernimmt den Schnitt.«

Mich überkam ein Schauder. Den Schnitt? Jetzt ging Raphaella die Treppe hinauf und nahm ihren Platz zu Füßen des Podests ein. Aurelia fuhr fort und unterwies die Gruppe. Ich hörte gut zu und versuchte mir so viel wie möglich zu merken.

»Nachdem ihr den Vertrag in Empfang genommen habt, geht bitte zum Podium weiter, wo ihr ihn mit dem Zeigefinger unterschreibt. Dann reicht ihn Lucian, der euch den Eid abnehmen wird, während Beckett die zweite Phase, die Markierung, übernimmt. Wie ihr wisst, reinigt dieses Ritual die Wunde und säubert sie von allen Giften darin. Damit ist der Verkauf dann abgeschlossen.« Sie schwieg kurz, um einen Blick auf die gierigen, angespannten Gesichter da unten zu werfen, dann trat sie mit einem Stapel gelblicher Pergamente in der Hand vor. »Perfekt. Lasst uns beginnen.« Sie rief den ersten Namen auf: »Alistair …«

Direkt neben der Treppe setzte sich nun ein Adonis mit olivfarbenem Teint in Bewegung. Er stieg die Stufen hinauf, erreichte Aurelia und schüttelte ihr die Hand, während sie ihm eins der Blätter reichte. Mir fiel auf, dass Raphaella nun ein verschnörkeltes kleines Instrument in der Hand hielt. Es war aus Gold und etwa so groß wie ein Stift. Alistair streckte ihr die rechte Hand mit der Handfläche nach oben entgegen, und sie schnitt ihm rasch in den Zeigefinger. Selbst von hier oben konnte ich sehen, wie augenblicklich ein Blutstropfen hervorquoll. Die beiden nickten einander zu, und dann kletterte er die Stufen zum Podest hinauf, legte die Hand auf das Pult, schrieb mit blutendem Finger seinen Namen auf das Papier und trat dann zur Seite, wo Lucian und Beckett auf ihn warteten, während weitere Anwärter ausgerufen wurden.

Ich hatte eigentlich kein Problem mit Blut, weil es im Krankenhaus ja an der Tagesordnung war, aber bei diesem Anblick wurde mir dann doch übel. Das war alles so furchtbar unhygienisch. Wie konnten die so was bloß machen? Offensichtlich war Keimfreiheit aber ihre geringste Sorge. *Diese Leute verkaufen da gerade ihre Seele an den Teufel. Aurelia und Lucian haben sich mit dem Fürsten verbündet, er ist ihr Anführer. Der ist der Teufel in Person, Haven, du lebst hier inmitten des absoluten Bösen.* Jetzt kristallisierte sich alles heraus, aber im Moment musste ich das einfach schlucken und nicht über diese neuen Erkenntnisse nachdenken, denn ich begann jetzt schon, ein wenig zu geräuschvoll zu atmen. Ich befürchtete, dass ich nicht den Mut aufbringen würde, meinen Ausguck je wieder zu verlassen. Die vereinte Macht all dieser Menschen, all des Bösen, schien mich zu erdrücken. Das alles würde sich nun gegen mich richten. Was hatte ich bloß getan, um das zu verdienen? Wie sollte ich nur dagegen ankommen?

Ich konzentrierte mich wieder auf Alistair, der jetzt auf der Bank neben Beckett saß. Er hatte sein Jackett ausgezogen und sich den Ärmel fast bis zur Schulter hochgekrempelt. Er sah nervös aus – seine Miene blieb zwar gefasst, aber der Blick wurde unstet. Beckett beugte sich über ihn und drückte ein spielkartengroßes Papier gegen den Bizeps des jungen Rekruten, strich es glatt und hielt es dann fest. Alistair biss die Zähne zusammen, als Rauchschwaden von seiner goldenen Haut aufstiegen. Langsam löste sich das Papier auf, und eine Zeichnung begann Formen anzunehmen. Um den Schmerz zu ertragen, presste Alistair die Lider aufeinander, als Beckett die Hand wegnahm und das Symbol allein weiterwuchs, sich in Alistairs Haut brannte und ein Design zeigte, das ich schon mal gesehen hatte: Es handelte sich um das Auge mit der pentagrammförmigen Pupille. Der junge Mann ballte die Hände zu Fäusten und schüttelte sie wieder aus, bis sich schließlich sein ganzer Körper entspannte und er tief durchatmete. Beckett legte ihm tröstend die Hand auf die Schulter, Alistair sah zu ihm auf, nickte und erhob sich. Das Jackett in der Hand kehrte er zu seinem Platz im Ring zurück. Diejenigen, denen das Ritual noch bevorstand, starrten ihn in stiller Ehrfurcht an.

So ging es weiter, bis alle Rekruten diesen Prozess durchlaufen hatten. Der einzige Unterschied bestand darin, wie gut oder schlecht jeder Einzelne mit dem Schmerz umging (einige weinten, andere schrien qualvoll auf), und darin, wo sie die Markierung trugen – einige entschieden sich für ein Schulterblatt, andere für den Unterarm oder Knöchel. Als die Gruppe fertig war, trat Aurelia wieder ans Pult.

»Herzlichen Glückwunsch euch allen. Euch erwartet Großes.«

Der äußere Ring der älteren Syndikat-Mitglieder applaudierte, und die neuen Mitglieder sahen sowohl stolz als auch gequält aus, viele mussten nach dem Markierungsritual vor Schmerzen noch immer die Zähne zusammenbeißen. Aurelia hielt eine Hand hoch, um den Applaus zum Schweigen zu bringen. Ihr Gesichtsausdruck war jetzt noch stoischer als sonst.

»Dies ist ein bittersüßer Moment, denn so, wie wir heute viele neue Mitglieder in unserer Mitte willkommen heißen, müssen uns auch einige wieder verlassen. Das ist der natürliche Kreislauf in unserer Welt. Wenn neue Seelen in die Metamorphose eintreten, muss eine in die Hölle zurückkehren. Am Tag deiner Aufnahme wird auch deine Lebenserwartung hier bestimmt: Nachdem deine Tage hier gezählt sind, wirst du offiziell der Unterwelt übergeben. Das ist der Handel, dem du zugestimmt hast. Die Bedingungen sind bei jedem anders, keiner weiß, wie viel Zeit ihm hier bleibt, nur dass sie nicht unbegrenzt ist.« Sie verstummte kurz und sah auf ihre Hände hinunter, als ob sie darin nach einem Hinweis darauf suchen würde, wie sie nun fortfahren sollte.

Endlich erklärte sie mit sanfter Stimme: »Ich möchte es

nicht versäumen, die Tragödie unserer lieben, fehlgeleiteten Calliope anzusprechen.« Ich konnte spüren, wie sich jeder im Raum zu ihr vorlehnte, um zu hören, was sie über das Schicksal dieser schönen jungen Frau zu sagen hatte. »Wie ihr alle wisst, hat sie uns mit großem Einsatz gedient und war eines der herausragendsten Mitglieder. Tatsächlich wurden viele wichtige Figuren in unseren Reihen von ihr angeworben.« Ihr Blick wanderte zu Beckett hinüber, der den Kopf hängen ließ. »Wie alle hier verstand Calliope, was von ihr erwartet wurde, und war mit den Gegebenheiten ihrer … Situation … bestens vertraut. Sie hat uns ihre Seele überschrieben, und im Gegenzug haben wir aus ihr eine große, berühmte und allseits verehrte Künstlerin gemacht. Aber als ihre Zeit abgelaufen war, wollte sie sich nicht willig in ihr Los fügen. Stattdessen lief sie davon. Sie hat sich dieser Verantwortung entzogen, ihr Wort gebrochen und damit eine Situation geschaffen, die uns alle in große Gefahr gebracht hat. Unser lieber Beckett«, sie sah nun zu ihm hinüber, und er erwiderte ihren Blick, »hat uns dabei geholfen, sie zurückzuholen, die Geschichte hat aber ein äußerst unglückliches und leider auch öffentliches Ende gefunden.«

Sie richtete sich wieder kerzengerade auf und nahm ihre Kraft zusammen. »So etwas darf natürlich nie wieder geschehen.« Jetzt nahm ihre Stimme einen neuen, scharfen Tonfall an. Es war, als sei jeder Buchstabe mit Dornen versehen, als sie nun »Vergebt mir, innerer Kreis!« rief. Mit ausgestreckten Armen ballte sie die Hände zu Fäusten und schloss die Augen, woraufhin die ältesten Mitglieder des Syndikats zu wimmern begannen und sich wanden. Die Frauen griffen nach ihrer Halskette, so als würde diese sie würgen, die Männer packten ihre Ledermanschetten, so als hätte man ihnen dort einen Stich versetzt. Die neu Eingeführten sahen keuchend zu. »Vergebt mir«, fuhr Aurelia fort. »Aber bis auf weiteres ist das Ehrensystem außer Kraft gesetzt. Bisher lief hier alles ganz zivilisiert ab, jetzt müssen wir jedoch sichergehen, dass keiner von euch es Calliope gleichtun und sich davonmachen kann. Dieser Umschlag«, sie hielt ein cremefarbenes Kuvert mit dickem wächsernen Siegel hoch, »enthält den Namen der Person, deren Einsatz in der Metamorphose heute Abend zu Ende geht.«

Sie öffnete den Umschlag und atmete einmal tief durch. Mir kam es nicht wie echtes Bedauern, sondern eher wie ein Showeffekt vor, um die Qual ihrer Untergebenen in dieser dramatischen Situation noch zu verlängern. Schließlich las sie: »Raphaella.« Dann machte sie eine zackige Handbewegung, und auf einmal hörten bis auf Raphaella alle auf, an ihren Ketten und Armbändern zu zerren. Allgemeines Keuchen war zu vernehmen, als die Gruppe endlich wieder frei atmen konnte. Raphaella umklammerte immer noch ihre Kette und trat ans Podest, während sie versuchte, die Tränen zurückzuhalten. Trotzdem schritt sie hocherhobenen Hauptes voran. Aurelia ging auf sie zu und küsste sie auf die Stirn. »Ich danke dir für deine treuen Dienste im Reich der Metamorphose. Du trittst jetzt in die Unterwelt über.«

Mit einer Hand wischte sich Raphaella die Tränen ab, während sie mit der anderen weiterhin an ihrer Halskette zog. Sie nickte und akzeptierte ihr Schicksal. Lucian erschien an ihrer Seite, Aurelia stellte sich hinter sie und griff nach dem verschmolzenen Silberstreifen an dem Schmuckstück. Unter ihren Fingern stieg Rauch auf, das Metall begann zu schmelzen, tropfte ihr in die Hand und wurde genauso schnell zu Staub, den Aurelia einfach abschüttelte. Den Überrest der Kette gab sie an Lucian weiter, der Raphaella die Stufen des Podestes hinaufführte. Dort standen sie dann zusammen und sanken langsam in die Tiefe, bis sie komplett aus dem Blickfeld verschwunden, verschluckt worden waren. Wohin ging es jetzt mit ihnen? Gab es da wirklich eine direkte Verbindung zur Hölle?

Aurelia sprach jetzt wieder, und ich musste mich dazu zwingen, mich zu konzentrieren. »Damit schließen wir die heutige Zeremonie ab. Ich möchte euch wirklich inständig bitten, so viele neue Mitglieder wie möglich zu werben, und hoffe, dass wir diese Veranstaltungen bald jede Woche und mit doppelt so vielen neuen Gesichtern abhalten können. Denkt daran, wer in unserer Organisation vorankommen will, erreicht das am schnellsten über die Rekrutierung. Geht hin und erobert, meine Lämmchen.«

Sie nahm ein letztes Mal den Platz oben auf dem Podest ein, verschwand dann ebenfalls in die Tiefe und ließ die Gruppe allein. Als sie schließlich nicht mehr zu sehen war und der Scheinwerfer, der sie angestrahlt hatte, erlosch, bildete sich aus den beiden Kreisen eine einzige lange Schlange, die sich zum Haupteingang des Clubs hinauswand.

Ich wartete, bis auch der Letzte gegangen war, und harrte noch etwas länger aus, weil ich befürchtete, dass jetzt jemand zurückkommen, das Podest abbauen und den Feuerring löschen würde. Mir kam es vor, als hätte sich seit meinem Aufstieg die ganze Welt verändert.

Als ich schließlich die Metallstreben in die Dunkelheit hinunterkletterte, hatte ich das Gefühl, nun an einer ganz neuen Horrorshow teilzunehmen. Wie sollte ich denn jetzt noch hierbleiben, nachdem ich das alles miterlebt hatte? Ich musste zurück in mein Zimmer und wieder in dieses Buch schauen. Es musste einfach eine Nachricht für mich bereithalten, mir auch nur einen einzigen guten Grund nennen, warum ich jetzt nicht einfach Reißaus nehmen, mit einem Taxi nach Hause fahren und das alles vergessen sollte. Ich könnte sogar die Polizei rufen – aber das wäre doch albern, oder? Wer würde mir überhaupt glauben? Und was sollte ich denn sagen? *Ich habe den Teufel und seine Anhänger gesehen, und die werben Leute an und kaufen dann ihre Seelen?* Würde ich damit nicht eher in der Klapse landen?

Ich suchte mit dem Fuß nach einer weiteren Sprosse und berührte stattdessen den Fußboden. Dann taumelte ich mit ausgestreckter Hand an der Wand entlang durch die Dunkelheit, bis ich endlich den Durchgang zum matt erleuchteten unterirdischen Labyrinth fand. Ich marschierte stramm voran, aber dann hörte ich es irgendwann: ein leises Klicken, das Rasseln von Metall auf Metall und das Geräusch einer Tür, die geöffnet wurde. Es kam aus der Richtung des Raumes, in dem die Fotos aufbewahrt wurden. Ich fuhr herum und suchte nach einem Versteck. Zuerst probierte ich zwei Türklinken – verschlossen und verschlossen – dann schob ich mich durch eine Öffnung, in der es überhaupt keine Tür mehr gab, aber das musste in dieser Dunkelheit reichen. Es handelte sich um ein Kämmerchen, das nicht größer als ein Schrank war. Darin stand nur ein hölzernes Regal mit Einschusslöchern, in dem ich eine einzelne leere Flasche entdeckte. Ich hörte eine Stimme und drückte mich gegen die Wand.

»Du hast mich erschreckt«, sagte Lucian ruhig.

»Komisch, ich hätte dich nicht für so schreckhaft gehalten«, gurrte Aurelia zurück.

»Kann ich irgendwas für dich tun, Aurelia?« Jetzt klang er ungeduldig. Das Metall rasselte wieder.

Sie ging nicht auf seine Frage ein und sprach einfach weiter: »Wie ist es gelaufen? Hat sie sich gesträubt?«

»Nicht im Geringsten.«

»Diese Raphaella hat eben Klasse.«

Ich hörte noch ein Rasseln und dann das Quietschen eines Scharniers – das musste wohl die Tür sein, die Beckett geöffnet hatte, diese Tür mit Pentagramm-Schlüsselloch, die so siedend heiß gewesen war. Verbarg sich dahinter etwa der Weg in die Unterwelt? War das denn möglich?

Ich erschauderte und verschränkte die Arme vor der Brust, um nicht zu zittern. Lucian hatte Raphaella nach unten begleitet. Das war seine Aufgabe. Wahrscheinlich hatte er das schon unzählige Male erledigt. Wenn er Seelen kaufte, dann wusste er, dass er sie eines Tages persönlich in ihren furchtbarsten Albtraum entlassen würde, sie in diese Unterwelt bringen musste, in der ewige Folter und wer weiß was noch alles auf sie warteten. Warum bloß hatte sich ein Teil von mir je nach ihm gesehnt? Wie konnte mein Herz solchen Verrat begehen? Warum hatte ich ignoriert, dass meine Narben in seiner Nähe jedes Mal wie Feuer gebrannt hatten? Aber die Antwort darauf kannte ich natürlich längst – ich hatte es einfach nicht wahrhaben wollen. Es war mir egal gewesen, dass er vielleicht nicht gut für mich war und ob er meine blinde Verehrung überhaupt verdiente. Ich hatte Lucian einfach nur gewollt, so sehr, wie ich mich noch nie zuvor nach jemandem verzehrt hatte. Meine Schwärmereien in der Schule kamen mir im Vergleich dazu jetzt so albern und lachhaft unschuldig vor. Ich war diesem Monster verfallen. Jetzt wurde dieses Tor ohne Wiederkehr zugeschlagen, und Lucian zückte vermutlich wieder den Schlüssel.

»Nicht so schnell, mein Lieber«, knurrte Aurelia. »Überbringst du das noch unserem geliebten Herrn?« Ich hörte Papier knistern und dann langes Schweigen. »Ich glaube, die Antwort lautet ›Ja‹«, soufflierte sie schließlich.

»Ja, natürlich«, erwiderte er mit nur einer Spur von Sarkasmus.

»Danke, mein Lamm. Tut mir leid, aber es ist dringend.« Das klang überhaupt nicht so, als würde es ihr leidtun.

»Ist das dann alles?«

»Ja.« Jetzt war sanftes Schmatzen zu hören, und ich lehnte mich unwillkürlich vor, so dass ich einen kurzen Blick auf die beiden erhaschen konnte. Genug, um zu erkennen, dass sie ihn auf die Lippen küsste, er den Kuss aber nicht erwiderte. Er stand einfach nur still und gleichgültig da. »Bis später«, verabschiedete sie sich und verharrte einen Moment so nah an seiner Seite, wie es irgend möglich war, ohne ihn dabei zu berühren. Dann trat sie einen Schritt von ihm weg, und ich fuhr zurück in mein Schlupfloch. Ihre Schritte wurden lauter, das helle Klappern ihrer Absätze auf dem Zementboden kam näher. Ich drückte mich in meiner Ecke flach gegen die Wand und hoffte, dass die dunklen Schatten reichten, um mich hier zu verbergen. Sie marschierte zackig an mir vorbei und schien dann, so hörte es sich an, durch den Tunnel noch einmal den Weg zum Tresor einzuschlagen. Als ihre Schritte seit langen Sekunden verstummt waren, kroch ich zurück. Auf halbem Wege zurück zum Raum erreichte ich die Stelle, an der ich über hüfthohen Schutt hinweg einen Blick in das verfallene Zimmer werfen konnte.

Lucian war immer noch da. Ich erstarrte.

Mit dem Rücken zu mir hatte er sich über die Fotos gebeugt. Meine Reflexe setzten ein und führten mich schon zu der Stelle, an der ich Beckett beobachtet hatte, bevor ich noch groß darüber nachdenken konnte. Ich schlich so leise wie möglich und hielt den Atem an. Zusammengekauert lugte ich dort zwischen den Holzbalken hindurch und beobachtete Lucian. Er hatte ganz langsam die Abdeckung aus Samt zurückgezogen und kniete jetzt vor seinem Porträt. Er streckte die Hand aus, um das Glas zu berühren, zuckte dann aber zurück und stieß einen tiefen, mitleiderregenden Seufzer aus. Kopfschüttelnd stand er auf, deckte die Bilder wieder zu und schloss die große Tür auf.

Sobald sie hinter ihm zugefallen war, rannte ich los. Es kümmerte mich nicht mehr, ob mich irgendjemand hörte, ich musste hier einfach nur raus.

Wieder oben angekommen hämmerte ich gegen Lance' und Dantes Tür, mir war egal, wie spät es war. Sie wurde aufgerissen, und dahinter versuchte Lance krampfhaft, sich die Brille auf die Nase zu schieben.

»Komme ich zu spät? Ist schon morgen? Habe ich den ganzen Tag verschlafen? Wie spät ist es denn?«

Ich war so glücklich, ihn zu sehen, dass ich mich ihm am liebsten hier und jetzt in die Arme geworfen hätte – bildlich gesprochen.

»Nein, Lance, sorry. Es ist zwar morgens, aber noch ganz früh. Du solltest dich wieder hinlegen.«

Er sah verwirrt aus, und das konnte ich ihm nicht verdenken. »Warum … hast du mich dann geweckt?«

»Ich weiß, tut mir leid, ich …«

»Oh!« Auch wenn er noch ganz verschlafen war, kam ihm plötzlich etwas in den Sinn. »Das ist wirklich nett, aber es geht mir schon besser. Ein bisschen Schlaf wirkt ja manchmal Wunder.« Hinter den Brillengläsern fielen ihm fast die Augen zu, aber er sprach trotzdem weiter: »Vielleicht war das ja eine von diesen berühmten 24-Stunden-Grippen. Ich habe das ja immer für ein Märchen gehalten, für nicht erkannte Lebensmittelvergiftungen. Aber jetzt hab ich's geschnallt, das gibt es wirklich. So eine Art 24-stündiges Pfeiffer'sches Drüsenfieber. Aber jetzt ist wieder alles okay.«

»Ich weiß nicht. Ich glaube nicht, dass es daran lag«, meinte ich. Mein Einspruch schien ihn zu erstaunen. »Egal, wir reden später darüber.« Bei einem Blick über seine Schulter bemerkte ich, dass Dantes Bett ordentlich gemacht war. Das entging Lance nicht.

»Den habe ich noch gar nicht gesehen, der ist schon wieder die ganze Nacht weg.«

Bei diesen Worten wurde mir ganz schwer ums Herz. Ich dachte an Etan, der heute Abend neben Lucian gestanden hatte, und machte mir Sorgen, fragte mich, was das wohl für meinen Freund bedeutete.

»Danke«, sagte ich schließlich. Ich beschloss, dass ich Lance jetzt nicht alles erzählen konnte. Er war ja noch im Halbschlaf und hätte mich bestimmt für verrückt erklärt. »Schön, dass es dir besser geht. Und tut mir leid, dass ich dich geweckt habe.«

»Danke, dass du nach mir gesehen hast.« Er gähnte und winkte. Dass er mich für so selbstlos hielt, fand ich rührend. Und ich freute mich für ihn, weil er jetzt zurück ins Bett gehen konnte und keine Ahnung hatte, dass ich einfach nur aus Angst und dem egoistischen Bedürfnis nach Trost an seine Tür gehämmert hatte. Ich hatte nämlich völlig vergessen, dass er vorhin so krank gewesen war. Tatsächlich erinnerte ich mich an nichts mehr, was vor diesem Ritual passiert war. Alles in meinem Kopf drehte sich und wirbelte herum. Warum war ich bloß hier gelandet? Ich gehörte doch gar nicht hierher. Aber das war jetzt nicht der richtige Zeitpunkt, um Lance danach zu fragen. Ich sah ihm in die verschlafenen Augen.

»Sicher«, meinte ich. »Wir sehen uns morgen!«

»Bis dann!« Gähnend schloss er sanft die Tür. Ich stand noch länger als geplant im Flur herum und ging dann endlich zurück in mein Zimmer. Dort setzte ich mich aufs Bett und zog das Buch hervor. Ich blätterte es von der ersten Seite an durch und suchte nach etwas, das mir Stärke verleihen würde. Als ich schließlich den letzten Eintrag erreichte, fand ich dort noch etwas Neues.

Unter dem heutigen Datum stand:

Du hast nun von der Metamorphose gehört. Was du gesehen hast, ist aber nur ein Teil der Geschichte. Da ist noch viel mehr. Fakt ist: Im Reich der Metamorphose lernen Hilfsteufel ihr Handwerk und versuchen sich unter den aufmerksamen Blicken ihrer Lehrer an Tod und Zerstörung. Dir bietet sich hier jedoch ein Übungsgelände ganz anderer Art. Du kannst nicht erwarten, bei mir für alles eine Erklärung zu finden, hast jetzt aber genug Rüstzeug, um die Dinge selbst zu ergründen. Such auch weiter nach Antworten und fahr mit deinem körperli-

chen Training fort. Verlass dich auf deine eigenen Schlussfolgerungen.

Und noch eine letzte Warnung: Überleg dir gut, wem du vertrauen kannst.

Sei stark. Jetzt mehr als je zuvor.

22

Unerwarteter Besuch

Dieses Mal hallte das Stampfen in meinen Ohren wider, erfüllte meinen Schädel und ging mir durch Mark und Bein. Laut, lauter, ohrenbetäubend. Wieder einmal öffnete ich die Tür in der Hoffnung, das Geräusch zum Schweigen zu bringen. Calliope führte sie an, die ganze Bande – jedes einzelne Syndikat-Mitglied und die neu eingeführten Rekruten marschierten auf mein Zimmer zu, um mich zu ergreifen. Während sie langsam näher rückten, alterten sie mit jedem Schritt und verfielen, ihre Haut knitterte wie verkohltes Papier und ging kräuselnd in Flammen auf. Ihre Gliedmaßen fielen zu Boden wie verrottete Äste, Arme und Beine übersäten den Flur und krochen allein weiter auf mich zu, dann rollten Köpfe und kamen näher. Aber ich verrammelte mich nicht hinter meiner Zimmertür – denn da war gar keine Tür mehr. Da gab es nur noch mich, ich stand hier ganz schutzlos und war diesen Kreaturen allein ausgeliefert. Ohne Waffen und Schild hätte ich am liebsten laut geschrien, durfte meine Angst aber nicht zeigen, obwohl mir der kalte Schweiß herunterlief und die angespannten Nerven meine Haut vor Entsetzen zucken ließen …

Und dann schlug ich die Augen auf. Ich fuhr zur Tür herum – ja, sie war noch da, zu und abgeschlossen. Aber der Rhythmus regelmäßigen Klopfens erklang noch immer. *Bum, bum, bum …* unerbittlich. Ich schüttelte mich, um wach zu werden, versuchte, den Klang loszuwerden, aber er suchte mich weiter heim, zerrte an meinem Verstand und bettelte um meine Aufmerksamkeit. Ich fuhr mir mit der Hand übers verschmierte Gesicht und das feuchte Haar. Dann hielt ich mir die Ohren zu, aber das Geräusch hörte nicht auf.

Es wurde an der Tür gerüttelt, die es fast nicht mehr in den Angeln hielt. Ich atmete tief durch, legte die Hand auf den Knauf und zog daran, während ich mich auf alles gefasst machte.

Und dann schrie ich, ich konnte nicht anders. Er stand direkt vor mir.

»Whoa, guten Morgen«, sagte Lance. Er trug seine Uniform, war offensichtlich hellwach und startklar für den Tag.

»Sorry«, keuchte ich.

»Ich klopfe schon seit Ewigkeiten. Fast habe ich gedacht, ich hätte dich verpasst.« Er sah mich an, als hätte ich den Verstand verloren. »Hast du mit jemand anderem gerechnet?«

»Hm, nein, tut mir leid. Wie spät ist es denn?«

»Kurz vor sieben. Wahrscheinlich bin ich zu früh dran, aber es geht mir schon viel besser, und ich dachte, ich könnte jetzt die Fotos hochladen, wenn es dir passt. Es tat mir so leid, dass ich dich gestern hängen lassen musste.«

»Fotos?« Ich konnte das alles noch gar nicht verarbeiten, ich war absolut fertig, und er sprach viel zu schnell. Ehrlich gesagt konnte ich nicht fassen, dass ich überhaupt geschlafen hatte. Wie erschöpft musste ich gewesen sein, wenn mir nach den Erlebnissen der gestrigen Nacht die Augen zugefallen waren! Ich erschauderte, und ein nervöses Zucken überlief meinen Körper wie ein Ameisenschwarm, was Lance nicht entging.

»Die Fotos aus dem Tresor! Ist mit dir alles in Ordnung?«

»Ah ja. Danke. Ich zieh mich nur eben an.«

»Sicher. Oh, und hast du heute im Morgengrauen zufällig bei mir vorbeigeschaut, oder hab ich mir das nur eingebildet?

Nicht dass du mir ständig im Kopf rumspuken würdest, aber ich habe hier echt komische Träume!« Er schob sich die Brille hoch, während sein Blick hin und her sauste.

»Ja, nein, das war ich. Ich war noch spät wach … ich habe gelesen und dachte einfach, ich sehe mal nach dir.«

»Danke, alles in Ordnung bei mir.«

Am liebsten hätte ich ausgerufen: *Bei mir aber nicht, ich bin völlig fertig, ich muss dir unbedingt erzählen, was ich gestern Nacht gesehen habe, das ist Wahnsinn und macht mir Angst, und ich weiß absolut nicht, wie wir hier gelandet sind oder hier wieder rauskommen.* Aber ich dachte an die Warnung des Buches und konnte mich einfach nicht dazu durchringen, jetzt auszupacken, also hielt ich lieber den Mund.

»Super«, antwortete ich stattdessen nicht sehr überzeugend. »Gibst du mir 20 Minuten?«

Er nickte, sah mich neugierig an und verschwand dann wieder in seinem Zimmer.

Ich duschte in Windeseile und schlüpfte in meine Uniform, war für Lance aber offensichtlich immer noch nicht schnell genug. Als ich aus dem Zimmer kam, marschierte er wie ein Wachhund vor meiner Tür auf und ab – allerdings kein besonders guter. Als ich heraustrat, zuckte er nämlich erschrocken zusammen. Ich war froh, dass ich hier nicht als Einzige so empfindlich war, er tat jedoch so, als wäre gar nichts geschehen.

»Fertig?« Er lief bereits den Flur entlang.

»Da hat's aber jemand eilig.«

»Immerhin war ich gestern den ganzen Tag in meinem Zimmer eingesperrt. Es ist einfach toll, wieder unter den Lebenden zu sein.«

»Stimmt.« Ich erschauderte erneut.

In unserem Büro in der Galerie lud er die Fotos, die ich ausgesucht hatte, auf den Computer und bastelte dann an seiner

Slideshow: Er ordnete die Bilder und spielte mit den verschiedenen Effekten, so dass manche Aufnahmen herangezoomt wurden, während andere nur rasch aufblitzten. Als er fertig war, speicherte er das Ganze und machte sich dann auf den Weg zum Computer an der Rezeption. Ich beneidete ihn nicht um seine Aufgabe – am Empfang arbeiteten nämlich einige der neuen Rekruten, und ihr Blick war jetzt schon ausdrucksloser als am Abend zuvor. Ich hatte sie mir vorhin im Vorübergehen angeschaut und das verräterische Tattoo unter einigen Ärmeln hervorblitzen sehen. Lance war gerade gegangen, und ich machte mich an die tägliche Suche nach Artikeln über das Hotel – das Restaurant hatte gute Kritiken und drei sogenannte Michelin-Sterne bekommen, was offenbar eine große Sache war. Und da hörte ich plötzlich, ohne jede Vorwarnung, die dunkle Reibeisenstimme: »Haven.«

Ich keuchte und fuhr herum, während es mir kalt über den Rücken lief.

»Ja … hallo, Aurelia.« Ich gab mein Bestes, um nicht allzu mitgenommen zu klingen.

»Tut mir leid, dass ich dich erschreckt habe«, behauptete sie mit hinterhältigem Lächeln, »aber da ist eine Joan für dich!«

»Joan? Hier?« Das passte doch überhaupt nicht zusammen. Joan war im Hotel? Jetzt, in diesem Moment? Augenblicklich brach mir der kalte Schweiß aus, und das Herz rutschte mir in die Hose. »Was macht die denn hier?« Das war mir so herausgerutscht, plötzlich wusste ich gar nicht mehr, was ich nun sagte oder nur dachte. *Sie darf nicht hier sein, nicht bei diesen Leuten.*

»Sie ist offensichtlich zu einer Behandlung im Spa hier.«

»Sie ist im Spa? Jetzt im Moment?« Warum hatte sie mir nicht Bescheid gesagt? Das hatte ich nun davon, dass ich nicht oft genug zu Hause anrief.

»Wir werden für sie den roten Teppich ausrollen und uns

ganz besonders um deinen Ehrengast kümmern.« Leider war das jetzt wohl ernst gemeint.

»Ich, äh, gehe dann wohl mal und sage hallo. Ich denke, ich, ja, ich schaue jetzt gleich mal unten vorbei.« Als ich auf die Füße sprang, blockierte Aurelia jedoch immer noch die Tür. »Das geht auch ganz schnell, also, wenn Sie nichts dagegen haben …«

»Überhaupt nicht«, behauptete sie. »Ich freue mich, dass sie miterleben kann, was wir hier alles zu bieten haben.« Ich wartete, bis sie den Durchgang freigab, stürzte dann aus der Galerie und marschierte so schnell zum Spa hinunter, wie es irgend ging, ohne wirklich zu rennen.

»Joan?« Das leise Säuseln entspannender Instrumentalmusik erfüllte die Luft, zusammen mit einem süßen, sauberen Geruch.

»Überraschung, mein Schatz!«, rief die komplett eingepackte Figur auf der Liege lächelnd. Über ihr thronte eine Reihe Duschköpfe an einem langen Arm, die im Moment noch kein Wasser ausspuckten, aber für den passenden Augenblick bereit waren.

»Habe ich irgendeine E-Mail übersehen oder so?« Ich war dankbar für die Gurkenscheiben auf Joans Augen. Wenn sie mich gesehen hätte, wäre ihr nämlich sofort klar gewesen, dass da irgendetwas nicht stimmte. Aber so sprudelte sie einfach in atemberaubendem Tempo los.

»Ich überrumpele dich ja nur ungern, aber Michelle hielt es für so eine süße Idee, an meinem freien Tag hier vorbeizuschauen. Von ihr habe ich auch den Gutschein für die Anwendungen. Das war wirklich lieb von ihr. Hast du in den Nachrichten das mit dem Schulbusunglück gesehen? Die Opfer haben sie bei uns eingeliefert. Es war furchtbar, aber zum Glück sind jetzt alle über den Berg. Diese Michelle ist eine echte Superfrau, aber ich habe auch fast drei Schichten hintereinander übernommen, und dafür wollte sie sich bei mir bedanken. Ich fand es schön, dich zu besuchen – und über das Spa habe ich in der *Trib* ja so tolle Sachen gelesen. Ich hoffe, das ist okay?«

»Hm, ja, es ist toll, dich zu sehen.« Ich überlegte fieberhaft. Wie konnte ich sie hier bloß so schnell wie möglich wieder rausbugsieren?

»Ich weiß ja, dass du viel zu tun hast. Diese jungen Mädchen an der Rezeption – die sehen einfach umwerfend aus und sind auch noch so hilfsbereit und nett – sie haben mir schon gesagt, dass sie dir sofort Bescheid geben, dich aber erst noch suchen müssen, weil du ja immer in irgendwelchen Meetings und so steckst. Deshalb hab ich schon mal angefangen.« Joans Verhalten rief mir wieder diese eine Weihnachtsfeier ins Gedächtnis, bei der sie ein bisschen zu tief ins Glas geschaut hatte.

»Also, was ist das alles überhaupt?«, erkundigte ich mich. Sie sah aus wie ein Burrito, war in eine Art Folie eingewickelt und darunter komplett mit Cremes und Lotions bedeckt. Ich konnte nicht anders, als das Schlimmste anzunehmen und mir auszumalen, was da wohl alles drin war. Wie schaffte ich sie hier wieder raus?

»Tja, das ist die Milch-Honig-und-Sesam-Packung mit Algenwickel«, verkündete sie stolz.

»Wow.« Ich versuchte, mich so locker wie möglich zu geben. »Klingt eher nach einem Snack.«

»Auf jeden Fall ist es was ganz Besonderes, das kann ich dir sagen. Wenn ich mir so was nur jeden Tag gönnen könnte, dann wäre ich ein ganz anderer Mensch. Aaah.« Bei dem Gedanken schüttelte ich mich unwillkürlich. Joan wirkte überglücklich, und ich war völlig panisch. Am liebsten hätte ich die Dusche angestellt und dem Ganzen augenblicklich ein Ende gemacht. »Aber wo wir gerade dabei sind – ja, könnten wir nicht zusammen essen gehen? Ich bin fast fertig, und dieses Restaurant hier sieht doch einfach entzückend ...«

»Nein!«, fuhr ich sie ziemlich ungehobelt an, aber das war

mir jetzt egal. Sie durfte hier auf gar keinen Fall irgendetwas zu sich nehmen. Ich musste sie so schnell wie möglich aus dem Lexington befördern, an mehr konnte ich jetzt nicht denken. Ich durfte nicht zulassen, dass ihr irgendetwas zustieß. Ihre Lippen verrieten mir, dass sie jetzt die Stirn runzelte. »Nein. Ich meine …«, jetzt tat ich wirklich mein Bestes, um so normal wie möglich zu klingen. »Ich habe heute einen total verrückten Tag und unheimlich viel zu tun. Da will ich meine Arbeit natürlich gut machen und nicht einfach so eine lange Pause dazwischenschieben. Aber vielleicht ein andermal, auf jeden Fall bald, okay? Heute ist einfach nur, du weißt schon, einer von diesen Tagen.«

»Oh, da ist aber jemand beschäftigt, was? Ich bin so stolz auf mein fleißiges Lieschen!« Sie strahlte. »Dieses Hotel ist einfach so schick und unglaublich, Hav. Und ich kann dir wohl kaum Vorwürfe machen, weil du ein Workaholic bist. Ich muss dir sagen, ich platze fast vor Stolz!«

Jetzt erschien eine Frau in einer weißen Version der Hoteluniform, eine Angestellte, die ich nicht kannte. Ich konnte nur hoffen, dass sie kein eingeführtes Syndikat-Mitglied war. »Zeit zum Abspülen, Miss Terra.«

»Das bin ich!«, rief Joan. »Dabei könnte ich hier ewig liegen bleiben.«

»Ich warte noch auf dich, Joan, und bringe dich dann raus und so.«

Ich saß im Empfangsbereich des Spas, einem japanischen Gärtchen mit tröpfelndem Wasserfall, der auf mich aber keine sehr beruhigende Wirkung hatte. Nervös zappelte ich mit den Beinen. Gar nicht auszudenken, was wohl in dem Zeug gewesen war, mit dem sie Joan da bestrichen hatten, mit Sicherheit Stimmungsaufheller, um ihr vorzugaukeln, dass in der seltsamen Welt dieses Hotels alles in Ordnung war. Ich hörte, wie sie jemandem überschwänglich dankte, und dann trat sie mit schwarzer Hose und Pullover hinter dem Wasserfall hervor. Reflexartig stand ich auf, wie ein Angehöriger, der im Krankenhaus auf Neuigkeiten über einen geliebten Menschen wartete.

Die Syndikats-Rezeptionistin des Spas, die mir nicht die geringste Aufmerksamkeit geschenkt hatte, zeigte alle Zähne, als sie Joan anstrahlte und verkündete: »Sie sehen um Jahre jünger aus! Einen schönen Tag noch, und beehren Sie uns doch wieder!«

»Oh, danke, natürlich. Ich kann es kaum erwarten.«

»Fertig?« Ich ging bereits auf den Lift zu. »Können wir los?«

Joan blieb stehen. »Hallo, schöne Frau!«, staunte sie, griff nach meiner Hand und betrachtete mich einmal von Kopf bis Fuß. »Mein Gott, sieh dich nur an!«

Ich schaute an mir herunter. »Das ist unsere Uniform.«

»Wunderschön, du siehst wirklich wunderschön aus. Und so erwachsen!«

»Danke, Joan.« Ich setzte mich wieder in Bewegung. »Also, wie geht es dir?«

»Ich fühle mich toll, wirklich fantastisch.« Ihre Augen hatten einen gewissen Glanz, und sie konnte gar nicht aufhören zu lächeln. »Hattest du schon mal so eine Anwendung?«

»Äh, nein.« Ich drückte auf den Aufzugknopf. *Komm schon, komm schon, rauf mit uns.* »Dazu sind wir nicht befugt. Und wir arbeiten ja auch die meiste Zeit.« Der Aufzug kam endlich, und ich schob Joan geradezu hinein. Dann drückte ich auf den Knopf für die Lobby und auf den, der die Türen schloss. Damit machte ich sie jemand anderem direkt vor der Nase zu, aber das war mir ganz egal.

»Das würde dir auf jeden Fall guttun, Haven. Du arbeitest viel zu viel, das sehe ich doch.« Die Türen gingen wieder auf, und wir waren in der Hotelhalle. »Aber hier ist es einfach toll!« Joan sah zur Decke hoch, ließ all die Pracht auf sich wirken. »Ich kann nicht fassen, dass du jetzt hier zu Hause bist.«

»Ich bin hier nicht zu Hause!«, knurrte ich. Sie schien die Härte in meiner Stimme gar nicht zu bemerken. Wahrscheinlich war sie immer noch high.

»Du weißt doch, wie ich das meine, Dummerchen. Du bist jetzt mittendrin in dieser glamourösen Welt. Wie viele Highschool-Schüler können das schon von sich behaupten? Ich bin so stolz auf dich! Jetzt guck dir nur dieses Oberlicht an! Grandios!«

»Danke, Joan.« Es klang resignierter als beabsichtigt. Joan ließ sich auf der Ottomane nieder, griff nach meiner Hand und zog mich zu sich heran. Um uns herum eilten Gäste hin und her. Zwei Syndikat-Mitglieder beobachteten uns vom Empfang aus. »Das mit dem Essen tut mir wirklich leid.«

»Guck mal, du trägst ja die Kette.« Sie berührte den Anhänger.

»Ja, die ist wirklich wunderschön. Ich nehme sie eigentlich nie ab.«

»Du bist plötzlich eine richtig feine Dame geworden, was?«

»Rufst du mich an, wenn du wieder zu Hause bist? Bist du mit dem Auto da?«

»Nein, ich habe die L genommen. Ich wollte noch ein bisschen einkaufen und mir keine Gedanken um den Verkehr und die Parkplatzsuche und so machen müssen. Außerdem wollte ich auch mal sehen, wie schnell ich bei dir sein kann – das geht ganz fix. Ich muss wirklich öfter kommen.« Sie zwinkerte mir zu. »Aber keine Sorge, nächstes Mal ruf ich vorher an.«

»Ja, gut.« Ich würde sie nie wieder einen Fuß in das Hotel setzen lassen. Nie wieder. »Melde dich nachher kurz, okay?« Ich stand auf, und sie tat es mir zum Glück gleich. Wir traten aus dem Gebäude. »Beim nächsten Mal nehme ich mir den Nachmittag frei, und wir treffen uns irgendwo in der Stadt. Hier hänge ich schon genug rum.« Es klang fast glaubhaft, ich konnte aber nicht verhindern, dass sich meine Stirn in Falten legte.

»Natürlich, mein Schatz, das wäre super.« Sie drückte mich ganz fest. Ich erwiderte die Umarmung und wünschte mir so sehr, jetzt mit ihr zu fahren und nie wieder an diese Welt denken zu müssen, in die ich da geraten war. Aber das ging natürlich nicht. »Ich bin einfach nur stolz auf dich. Du schlägst dich so gut. Ich kann es gar nicht erwarten, bei den Kolleginnen im Krankenhaus mit dir anzugeben!« Sie ließ mich los, dann fiel ihr aber noch etwas ein: »Und mein Gott, diese Aurelia sieht wahnsinnig toll aus, und sie hat ja so eine hohe Meinung von dir!«

»Was?«

»Ich habe sie nur ganz kurz getroffen, aber sie meinte, dass ihr beiden aus dem gleichen Holz geschnitzt seid und sie von deiner Arbeit wirklich begeistert ist. Weiter so, Liebes!« Das fühlte sich an wie ein Schlag in die Magengrube.

»Oh, super, du hast sie also getroffen.« Es kam mir vor, als hätte man meine kleine Welt besudelt und mit Füßen getreten. *Bitte versprich mir, dass mit Joan alles wieder in Ordnung kommt. Was mit mir passiert, ist ganz egal, solange sie nur in Sicherheit ist.*

»Okay, gut, dann gehe ich wohl mal shoppen.«

Eine weitere Umarmung und ein Kuss, dann schlenderte Joan in Richtung L davon. Erst jetzt fiel mir auf, wie kalt es draußen war, aber ich blieb trotzdem stehen und sah ihr nach, bis sie verschwunden war. Auf dem Weg zurück ins Hotel schaute ich zu den jungen Syndikat-Frauen am Empfangstresen rüber. Die beiden schienen völlig in irgendetwas auf dem Computerbildschirm vertieft zu sein, sobald ich ihnen den Rücken zudrehte, spürte ich jedoch ihre Blicke im Nacken.

Vor der Galerie wartete Neil Marlinson auf mich. Als er mich sah, grinste er breit und strahlend. Ich riss mich zusammen und winkte.

»Hallo, Mr Marlinson.«

»Neil, bitte«, bat er herzlich. »Ich wollte Ihnen nur für die

Kopie des Fotos danken, Haven, die Sie mir vorbeigebracht haben. Sie können sich gar nicht vorstellen, wie viel sie mir bedeutet. Allein dafür …«, er hielt den Ausdruck hoch – darauf war die Version des Porträts aus der Galerie zu sehen, nicht die Horrorvariante, die in Aurelias Büro versteckt war. »… hat sich meine Reise hierher schon gelohnt.« Er presste sich das Foto an die Brust.

»Freut mich, dass ich helfen konnte«, erwiderte ich, obwohl ich das ganze Aufhebens um die Sache fast ein bisschen übertrieben fand.

»Sie müssen mich ja für unheimlich verschroben halten, weil ich davon so besessen bin.« Er betrachtete das Bild noch einmal. »Aber diese Ähnlichkeit ist fast schon unheimlich. Na ja, eines Tages werden Sie das sicher auch verstehen, seine erste Liebe vergisst man eben nie. Wie es auch endet, sie ist immer präsent.« Ihm fiel selbst auf, wie wehmütig er jetzt klang. »Tut mir leid. Ich weiß gar nicht, warum ich Sie damit belästige.« Er schüttelte den Kopf. Dann kam ihm plötzlich eine Idee, und seine Augen funkelten. »Zum Dank möchte ich Ihnen etwas abkaufen, irgendetwas.«

Theoretisch war die Galerie für die Gäste immer noch geschlossen, aber Aurelia hatte mich ja ermutigt, Marlinson etwas anderes anzubieten, also war es vermutlich in Ordnung, wenn ich ihn reinließ.

»Dann kommen Sie doch bitte mit«, forderte ich ihn auf, zog die Schlüsselkarte durch und öffnete die Tür. »Sehen Sie sich einfach um und sagen Sie Bescheid, wenn ich Ihnen mit irgendwas helfen kann.« Ich lächelte, trat diskret beiseite und ließ ihn allein durch die Ausstellung schlendern.

»Irgendeine Empfehlung?«, rief er zurück, während er sich langsam entfernte und die Wand mit den Fotos des alten Lexington entlanglief.

»Die finde ich schön«, erklärte ich. Ich ging zu dem Bereich hinüber und beugte mich zu einem der Schildchen vor. »Das hier wurde nicht lange nach der Eröffnung aufgenommen, 1908«, las ich auf der Plakette. »Ja, das war noch in jungen Jahren des Hotels, da war es 16, würde ich mal sagen. Eröffnet wurde es ja 1892.« Jetzt hatte ich wenigstens Gelegenheit, mein angelesenes Wissen vom Stapel zu lassen. »Jetzt ist ja alles renoviert und modernisiert worden, aber ich finde es schön, wie es damals aussah. Irgendwie romantisch.« Ich studierte die Bilderreihe. »Das war noch, bevor hier die Gangster einzogen.« Ich lachte. »Capone hat erst im Jahre 28 die Bildfläche betreten. So sah das Lexington also aus, bevor es berühmt-berüchtigt wurde, aber irgendwie hat es für mich trotzdem etwas Magisches.«

Neil Marlinson nickte nur und starrte die Fotos an, als würde darin eine tiefere Weisheit liegen. Ich beschloss, ihn nicht länger mit meinem Geplapper zu stören und ließ ihn sich noch eine Weile umsehen.

»Die erinnern mich an sie, sie sind so unschuldig«, murmelte er schließlich, und ich fragte mich, ob er wohl mit sich selbst sprach oder gern wollte, dass ich da nachhakte. Er sah aus, als wäre er jetzt ganz woanders. »Vielleicht dieses hier?« Gemeint war eine schlichte, zwölf mal 18 Zentimeter große gerahmte Schwarzweißaufnahme von der Hotelfassade.

»Eine gute Wahl«, befand ich. »Ich müsste zunächst mit der Besitzerin sprechen, die noch an der Preisliste feilt, aber ich weiß, dass sie Ihnen gerne ein gutes …«

»Ich biete ihr dafür 10000 Dollar. Wie wäre das?«

»Wow, äh, okay.« Ich hatte keine Ahnung, was die Dinger kosten sollten, aber das kam mir unglaublich viel vor.

»Nein, im Ernst, wie wäre das? Glauben Sie, dass das reicht, um die Besitzerin auf mich aufmerksam zu machen?«

»Ich denke schon.«

»Gut. Also dann …« Er zog ein Scheckbuch und einen Stift hervor, notierte den Betrag, riss dann das Papier geräuschvoll an der perforierten Linie heraus und reichte es mir. »Nehmen Sie den mit und lassen Sie mich wissen, was sie dazu gesagt hat.«

»Sicher.« Ich umklammerte das Dokument ganz fest, aus Angst, es würde sich womöglich in Luft auflösen oder davonfliegen.

»Danke, Haven. Vielen, vielen Dank.«

»Selbstverständlich.«

»Sie wissen ja, wo Sie mich finden.« Er klopfte mir auf die Schulter, ließ die Hand dort einen Moment ruhen, so als wollte er noch etwas hinzufügen, wiederholte dann aber nur die Klopfbewegung und verließ schließlich die Galerie.

Ich traf Lance in der Parlor-Küche an, wo er gerade ein Glas Orangensaft trank.

»Hey, ich hab schon wieder diesen Typen gesehen. Hat er dich in der Galerie gefunden?«, fragte er. Die Mikrowelle war an. »Ist dir schon aufgefallen, dass hier plötzlich tausend neue Leute arbeiten? Wo kommen die bloß alle her?« Ich nahm ihm das Glas aus der Hand und schüttete den Inhalt in die Spüle.

»Hey!«

»Ich muss dir was sagen …«

Er unterbrach mich: »Hiervon kriegst du dann aber auch nichts ab.« Er las mir eine Nachricht vor: »Hi, Haven und Lance, Brie-Krabben-Omelett mit Möhrenmuffins, Würstchen und Speck. Für eineinhalb Minuten in die Mikrowelle. Alles Liebe, Dante.« Ich griff nach dem Zettel, aber er sprach weiter und knabberte jetzt an einer Gabel: »Weißt du, ich hätte ja nicht gedacht, dass ich je wieder Appetit haben werde, aber – lecker!« Die Mikrowelle piepste, ich sauste an ihm vorbei und riss sie auf.

»Kann ich dir irgendwie helfen?«, fragte er und nahm die Gabel wie eine Pfeife aus dem Mund.

»Das klingt jetzt wahrscheinlich verrückt, aber …« Mit einer schwungvollen Bewegung packte ich den Teller und beförderte seinen Inhalt – der übrigens köstlich roch – in den Mülleimer.

»Hey!«

»Wir bleiben bei den Frühstücksflocken. Wegen gestern.«

»Im Ernst?«

Ich nahm eine Schachtel Lucky Charms herunter und holte uns zwei Schüsseln.

»Du brichst mir das Herz«, klagte er.

»Ich weiß, aber hm, guck dir doch mal die leckeren Flocken an, die da auf uns warten. Glaub mir, später wirst du es mir danken.« Mit gequältem Gesichtsausdruck nahm Lance auf dem Hocker neben mir Platz, während ich erst seine, dann meine Schale großzügig füllte. »Hier, da ich dir mit dem Omelettopfer das Herz gebrochen habe, kriegst du auch all meine Herzchen.« Ich fischte die wenigen Marshmallow-Herzen aus meiner Schüssel und warf sie in seine.

»Wie zuvorkommend. Damit habe ich dir praktisch schon wieder vergeben.«

So wie Lance aß auch ich drei Riesenportionen. Ich schlang das Zeug einfach runter, so schnell und hastig, als hätte ich seit Wochen nichts gegessen. Irgendwann sah ich hoch und bemerkte, dass Lance mit dem Löffel in der Luft innehielt und mich einfach nur anstarrte. Aber je mehr ich aß, desto größeren Hunger bekam ich. Letzte Nacht war Adrenalin mein Treibstoff gewesen, aber jetzt war ich an einem Tiefpunkt angelangt und musste unbedingt meine Reserven auffüllen.

»Ich glaube, im Tresor ist heute Völlerei angesagt«, witzelte Lance.

»Aha.« Ich war viel zu sehr mit meinem zweiten Nachschlag beschäftigt, um ihm richtig zuzuhören.

»Meine Güte, ich habe noch nie ein Mädchen so reinhauen sehen«, erklärte er andächtig. »Ich meine, mal abgesehen von meiner Tante Linda, und die hat dir ungefähr 100 Kilo voraus.«

Ich entschuldigte mich nicht. Dafür war mein Mund sowieso zu voll, also versuchte ich einfach nur zu lächeln und erklärte schließlich achselzuckend: »Ich hab eben Hunger.«

»Das habe ich mir schon gedacht.«

Wir aßen auf und gingen dann getrennter Wege. Lance fuhr zum Tresor runter, um nach Lucian Ausschau zu halten, und ich holte mir die Zeitungsausschnitte, die ich für Aurelia ausgedruckt hatte, und die Fotos aus dem Club, die Lance schon auf den Flachbildschirm geladen hatte. Unterwegs zu ihrem Büro überflog ich einige der Artikel. Dante wurde in einer ausführlichen Kritik erwähnt, man nannte ihn einen »fähigen, aufstrebenden Stellvertreter des Küchenchefs« und »jemanden, den man im Auge behalten sollte«. Verschiedene andere Schreiber, die sich auf diesen Text bezogen und über die drei Sterne berichteten, brachten ihn ebenfalls zur Sprache. Über Nacht war er fast so etwas wie eine Berühmtheit geworden. Und das nicht nur in Chicago – die *New York Times* brachte einen kurzen Abschnitt über die Bewertung und nannte Dante Etans »Protegé«.

Mein erster Gedanke war, dass ich zu hart zu ihm gewesen war, er musste ja völlig erschöpft sein, und da hatte ihm der Streit mit mir gerade noch gefehlt. Offenbar hatte er wirklich geschuftet, viel mehr, als ich gedacht hatte – um diesen Restauranttester anzulocken, waren all die langen Abende und die endlosen Vorbereitungen wohl unumgänglich gewesen. Aber es hatte sich ja ausgezahlt.

Trotzdem hatte der gestrige Abend meine Sicht auf die Dinge verändert, und jetzt schlugen meine Gedanken plötzlich eine ganz neue Richtung ein. Ich sah mit einem Mal all die »neuen Rekruten« vor mir, wie sie genannt wurden, und so viele von ihnen hatten zum Küchenpersonal gehört. Dante war nicht unter ihnen gewesen, aber hatten die ihn bereits umgarnt? Er war doch sicher zu schlau, um auf so etwas hereinzufallen, oder?

Andererseits hatte ich mich selbst ja auch für ach so clever gehalten und trotzdem Lucian angeschmachtet. Und Lance war Raphaella auch nicht völlig gleichgültig gewesen. *Raphaella*. Sie war also fort? Unglaublich, dass man eine Bienenkönigin einfach so entsorgen konnte. Aber so funktionierten diese Menschen, diese Kreaturen, eben. Warum sollten sie Dante also verschonen? Ob er wohl bei der nächsten Einführung dabei sein würde? Mir wurde schon bei der Vorstellung schlecht. Was ich gestern Abend in Aurelias Büro belauscht hatte, war mir allerdings ein kleiner Trost: Sie hatten für unsere Rekrutierung offensichtlich einen Plan und würden sich um die anderen erst kümmern, wenn meine Situation geklärt war. Es lief mir kalt über den Rücken.

Eins war klar, ich musste unbedingt mit Dante reden. Jetzt blickte ich zum Capone hinüber. Dort war alles mit Ballons und Blumen dekoriert, und es strömten lachende Stammkunden, überwiegend in Bürokleidung, hinaus. Ich hatte nicht als Einzige Wind von der guten Presse bekommen. Am besten knöpfte ich mir Dante so schnell wie möglich vor, ich musste irgendwie an ihn herankommen.

Aurelia bat mich bereits beim ersten Klopfen herein. Ich atmete einmal tief durch und versuchte zu vergessen, dass sie bei der gestrigen Horrorshow die Zeremonienmeisterin gewesen war. Trotzdem rechnete ich irgendwie damit, dass heute alles anders laufen würde. Ich befürchtete fast, sie würde auf mich losgehen, mich quälen, mir hier und jetzt die Seele stehlen – wie auch immer das funktionierte – und dieser Farce der angeblichen Mentorin-Schützling-Beziehung ein Ende machen. Trotzdem versuchte ich angestrengt, nicht allzu panisch auszusehen.

»Setz dich«, forderte sie mich streng wie immer auf, wirkte aber trotzdem etwas heiterer als sonst, man konnte fast von guter Laune sprechen. »Wie du hoffentlich gelesen hast, wurde das Capone als einziges Restaurant in Chicago vom Guide

Michelin als Dreisternerestaurant ausgezeichnet. Dies ist bisher nur wenigen Lokalen im Land gelungen, es handelt sich also um eine unglaubliche Leistung. Wir sprechen hier von den Oscars der Gastronomie. Stell dich daher in den nächsten Tagen auf eine wahre Flut von Artikeln in der Presse ein.« Ich nickte und hielt den Stapel hoch, den ich bereits für sie ausgedruckt hatte. Bevor ich dazu etwas sagen konnte, sprach sie jedoch bereits weiter.

»Der Restaurantkritiker soll ja eigentlich anonym bleiben«, verkündete sie in einem Tonfall, der mir zu verstehen geben sollte, dass sie seinen Namen natürlich trotzdem kannte, »deshalb stellen wir einen Geschenkkorb zusammen, um ihn ins Hauptbüro des Guide Michelin zu schicken. Den kannst du im Laufe des Morgens bei Etan abholen. Diese Art von kleinen Aufmerksamkeiten kurbelt das Geschäft an. Um die Auszeichnung zu feiern, werden wir im nächsten Monat ein Menü zu einem Festpreis anbieten, und heute Abend gibt es eine Party.« Sie reichte mir eine Schachtel. »Hier sind die Einladungen dazu, überreicht sie heute den VIPs persönlich, zusammen mit den Pralinen. Natürlich muss das sofort erledigt werden.«

Ich griff nach dem Karton und öffnete den Deckel, um einen Blick hineinzuwerfen: Darin lagen etwa zwanzig goldverzierte Karten in kleinen Umschlägen mit dem Hotellogo. Um sie zu öffnen, brauchte man Fähigkeiten in der hohen Kunst des Origami. Joan hatte mal dem Planungskomitee der Eröffnungsgala für die neue Kinderkrebsstation im Krankenhaus angehört, damals hatten sie die Einladungen Monate im Voraus bestellen müssen. Das waren natürlich viel mehr gewesen, aber trotzdem. War es überhaupt möglich, dass sie die erst heute Morgen bestellt hatten und sie jetzt schon fertig waren?

»Toll, danke. Das sind ja aufregende Neuigkeiten«, antwortete ich und schickte mich bereits zum Gehen an, sie sprach jedoch weiter, also sank ich wieder auf den Stuhl zurück.

»Noch eine Sache zum Thema Öffentlichkeitsarbeit.«

»Ja?«

»Wie bereits besprochen organisierst du ja mit deinem Kollegen zusammen die Abschlussbälle von fünf Highschools aus der Gegend, unter anderem auch deiner eigenen. Die Veranstaltungen beginnen im Mai und ziehen sich bis Anfang Juni hin. Bei diesem Projekt übernimmt Lucian die Leitung. Er wird euch Ansprechpartner in den verschiedenen Schulen nennen und Auswahllisten für Verpflegung, Dekoration, Musik und so weiter zur Verfügung stellen. Das ist für uns sehr wichtig – in gewisser Hinsicht sogar wichtiger als die Michelinsterne, die hier Geschichte schreiben –, weil wir damit junge Menschen ansprechen können, die vielleicht schon bald unsere Gäste sind, den Club und die Restaurants hier besuchen oder uns auch in Zukunft zur Eventplanung heranziehen. Durch diese Feiern haben wir die Chance, eine treue Anhängerschaft schon früh an uns zu binden.«

»Verstanden.« Ich wollte nur noch weg, und die Sache mit dem Abschlussball machte es nicht besser.

»Das ist im Moment alles.«

»Ich kümmere mich sofort darum«, versprach ich und stand mit der Schachtel und dem mitgebrachten Material in der Hand auf. »Das hier sind die Artikel über das Capone.« Ich legte die Ausdrucke auf den Schreibtisch. »Und die Fotos aus dem Tresor wurden schon auf den Bildschirm im Eingangsbereich geladen.«

»Sehr gut, danke.«

Dann fiel mir wieder ein, was ich da in der Tasche hatte. Ich holte den Scheck hervor und schob ihn ihr ebenfalls entgegen. »Und wir haben ein Bild aus der Galerie verkauft. Die 12 x 18-Fotografie von 1908. Ich habe dem Kunden erklärt, dass ich wegen des Preises noch mit Ihnen sprechen muss. Sind 10000 Dollar angemessen?«

Während ich schon auf dem Weg nach draußen war, warf sie einen Blick auf den Scheck.

»Ich denke … schon.« Dann erstarrte sie, als sie den Namen auf dem Papier entdeckte. »Warum hast du mir nicht gesagt, dass er schon wieder da war?«, fauchte sie. Ihr hitziger Zorn jagte mir kalte Schauder über den Rücken. Als ich mich zu ihr umdrehte, starrte sie mich aus bleiernen Augen an, und die Muskeln in ihrem Nacken waren zu dicken Tauen angespannt.

»Das … das mache ich doch gerade«, erwiderte ich so ruhig und selbstsicher, wie ich konnte. Offensichtlich versuchte sie jetzt, sich am Riemen zu reißen.

»In Ordnung«, stieß sie mit erstickter Stimme hervor. »Geh!« Sie war so eiskalt, dass ich einen Moment lang wie festgefroren dastand, aber dann kam ich wieder zu mir und hastete hinaus, während sie den Scheck auf den Schreibtisch sinken ließ und mit demselben toten Blick ihre Papiere anstarrte.

23

Nicht menschlich, sondern teuflisch

Lance und ich arbeiteten schweigend in unserem Büro in der Galerie. Er nahm den Computer in Beschlag und bereitete E-Mail-Einladungen vor, während ich mich am anderen Ende des Tisches daranmachte, die Umschläge per Hand zu adressieren. Wir hörten sie nicht hereinkommen, sondern spürten ihre Anwesenheit vielmehr. Irgendwann lag eine gewisse Anspannung in der Luft, und da stand sie auch schon in der Tür. Sie widmete Lance nur einen flüchtigen Blick – lang genug, um ihn nervös zu machen – und richtete ihre Worte dann an mich.

»Haven, ich möchte gerne, dass du Mr Marlinson das Foto persönlich überreichst. Bei so einem großzügigen Angebot finde ich ein kleines Dankeschön angemessen. Überbring ihm bitte diese Nachricht zusammen mit dem Bild, Erdbeeren mit Schokoladenüberzug und einer Flasche Champagner.« Ihre Hand zitterte nur ganz kurz, als sie mir einen verschlossenen Umschlag reichte.

»Natürlich.« Ich stand vom Stuhl auf und griff danach.

Sie marschierte hinaus, drehte sich dann aber noch einmal um und verkündete: »Und zwar so schnell wie möglich.«

Sobald sie verschwunden war, warf Lance mir einen Blick zu, in dem *Wie schafft die das bloß, sich so anzuschleichen?* geschrieben stand, und schüttelte den Kopf.

»Das erledige ich besser sofort.«

Er nickte nur, denn dazu gab es nichts mehr zu sagen.

Meine Aufgabe führte mich in die Küche des Capone, das den Zimmerservice übernahm, und somit in Dantes Nähe. Vielleicht konnte ich jetzt kurz mit ihm sprechen, auch wenn im anliegenden Lokal viel los war und ich wusste, dass das Personal jetzt zur Frühstückzeit alle Hände voll zu tun hatte.

Ich grüßte die anderen Küchenhilfen herzlich, obwohl sie mich ignorierten und stattdessen weiter hackten, würfelten, schnitten und anrichteten. Auf den Herden war jede einzelne Platte mit Omeletts in verschiedenen Phasen ihrer Entstehung belegt. Überall wurde gebrutzelt, getoastet, gemixt und geschlagen. Für eine so einfache Bestellung würde ich hier niemanden belästigen, vor allem deshalb, weil ich die Anweisung ein wenig abändern wollte – ich würde Mr Marlinson keine Erdbeeren mit Schokolade mitbringen, nichts, an dem man hier womöglich rumgepfuscht hatte. Ein Koch half mir, den passenden Champagner auszusuchen – die ungeöffnete Flasche einer bekannten Marke hielt ich für unverdächtig. Ich stellte sie in einen Eiskübel, griff nach einem Sektkelch und einer Servierglocke, mit der ich das Bild abdecken konnte. Dann holte ich mir einen Rollwagen mit schwarzer Tischdecke – wie den, mit dem Dante uns vor so vielen Wochen im Keller überrascht hatte – und brachte damit alles zum Lift.

Während ich in dem wackeligen alten Lastenaufzug hinaufzuckelte, starrte ich auf die Nachricht in dem Briefumschlag, der an der Abdeckhaube lehnte. Das Leuchtsignal über der Tür zeigte an, dass mir noch fünf Stockwerke blieben. Ich griff nach dem weichen, baumwollartigen Kuvert, und während meine Finger es aufrissen, konnte ich kaum fassen, was ich da gerade machte. Mir blieben höchstens noch ein, zwei Minuten, aber ich musste mir das einfach ansehen. Das Buch hatte mich doch schon vor Wochen ermahnt, nach Antworten zu suchen. Und das tat ich jetzt. Ich zog die makellose Karte heraus und las darauf diese Zeilen in Aurelias Handschrift:

Du hast mich also gefunden.
Aber ich bin nicht mehr die, die ich mal war.
Damals habe ich dich geliebt.
Jetzt solltest du mich lieber vergessen.

Die Zeilen schienen mir den Boden unter den Füßen wegzuziehen, und ich musste mich anlehnen. Ich begriff es nicht, und das nagte an mir. Aurelia und Mr Marlinson waren also mal ein Paar gewesen? Konnte das denn stimmen? Er war doch so viel älter als sie. Das ergab überhaupt keinen Sinn. Dieser Neil war ein guter Mensch und so verletzlich. Natürlich kannte ich nicht die ganze Geschichte, aber das musste ihm ja das Herz brechen. Jetzt wünschte ich mir, ich hätte die Nachricht nie gelesen. Kann denn jemand derart Böses tatsächlich lieben? Und wusste er, was sie wirklich war? Nur noch ein Stockwerk. Der Umschlag war nicht mehr zu retten, also faltete ich ihn zusammen und schob ihn mir in die Uniformtasche. Die Nachricht legte ich unter der Servierglocke auf das Foto. Dann öffneten sich die Lifttüren, und ich schob den Wagen hinaus.

Neil antwortete sofort auf mein Klopfen.

»Hallo, Haven, kommen Sie doch herein.« Er klang erstaunt, machte die Tür aber weit auf.

»Ihr Foto – und Champagner als kleines Dankeschön der Besitzerin. Offenbar haben Sie erfolgreich auf sich aufmerksam gemacht.« Ich versuchte zu lächeln, kam mir dabei aber falsch und hinterhältig vor.

»Das ist sehr nett, danke«, erwiderte er. Ich konnte es hinter seiner Stirn rattern sehen, er fragte sich wohl, was das zu bedeuten hatte.

»Ist es okay, wenn ich das hier abstelle?« Ich schob den Wagen zu Fernseher und Sofa hinüber. Neil hatte eines der eleganteren Zimmer, eine vornehme, riesige Suite mit einem dieser Erkerfenster, die ich so toll fand.

»Perfekt«, befand er, aber seine Stimme klang zögerlich.

»Viel Spaß damit!« Ich machte mich auf den Weg zur Tür.

»Danke«, sagte er, rührte sich aber nicht. Und dann kam: »Haven?«

Ich drehte mich um.

»Hat sie zufällig irgendwas gesagt?« In seinen Augen stand jetzt so viel Hoffnung. Er war viel zu gut für sie. Ich kannte ihn ja kaum, aber dessen war ich mir sicher.

»Sie weiß Ihre Großzügigkeit wirklich zu schätzen«, behauptete ich, aber es tat mir in der Seele weh. Ich wusste nicht, ob ich erwähnen sollte, dass unter der Abdeckhaube eine Nachricht lag. Früher oder später würde er sie lesen und sich dann wünschen, es nie getan zu haben. Jetzt wirkte er enttäuscht. Ich wollte nur ungern einfach verschwinden, konnte aber auch nichts tun, um ihm zu helfen. Also schickte ich mich zum Gehen an, er hielt mich aber wieder zurück: »Darf ich Sie noch etwas fragen?«

»Natürlich.«

»Ihr Name – ist nicht wirklich Aurelia Brown, oder?« Sein Blick flehte mich an, jetzt das Richtige zu sagen.

»Es tut mir leid«, erwiderte ich in meinem tröstlichsten Tonfall, »ich habe keine Ahnung. Ich wünschte, ich wüsste es. Es gibt so vieles, über das ich nicht im Bilde bin.« Mein Bedauern war echt, ich mochte diesen Mann.

»Ja, natürlich.« Er schüttelte den Kopf und riss sich jetzt zusammen. »Es tut mir leid, ich sollte Ihnen wirklich nicht all diese albernen Fragen stellen. Aber an dem Abend, als wir uns im Aufzug begegnet sind, da haben Sie doch ein Goldarmband getragen. Ich frage mich, woher das wohl stammte.«

»Das war ihres«, erklärte ich. Ich dachte einen Moment nach und fügte dann noch hinzu: »Und sie hat erwähnt, dass sie sehr daran hängt.«

»Danke. Dafür möchte ich Ihnen wirklich danken«, erklärte er von ganzem Herzen.

»Ich wünschte, ich könnte mehr für Sie tun.«

»Das haben Sie schon, wirklich.«

»Na, sagen Sie mir einfach Bescheid, wenn es noch etwas gibt. Sie wissen ja, wo Sie mich finden.« Lächelnd verließ ich sein Zimmer.

Als ich aus dem Lastenaufzug trat und auf die Galerie zuhielt, rief jemand meinen Namen. Bei dieser Stimme bekam ich immer noch ganz weiche Knie, wenn ich nicht aufpasste. Ich verlangsamte meinen Schritt, zog aber in Erwägung, einfach so zu tun, als hätte ich ihn nicht gehört. Da war es jedoch schon wieder, er rief mich sanft, aber ein bisschen lauter, gerade so laut, dass ich ihn nicht länger ignorieren konnte.

»Haaaaven.«

Ich atmete tief durch, drehte mich dann um und trat Lucian gegenüber.

»Haven, hast du mich denn gar nicht gehört?« Er griff mit seiner warmen Pranke nach meiner Hand und zog mich behutsam zur Treppe hinüber, wo wir vor den Blicken der Gäste in der Lobby geschützt waren.

»Tut mir leid, ich glaube, ich war gerade ganz in Gedanken«, behauptete ich in der Hoffnung, das reiche ihm als Erklärung.

»Wo hast du denn gestern Abend gesteckt?« Er griff nach einer Strähne, die sich aus meinem Knoten gelöst hatte, wickelte sie sich um den Finger und schob sie mir dann hinters Ohr. »Ich dachte, wir würden uns noch sehen.«

»Oh.« Ich musste mich so normal wie möglich geben, als hätte ich in der letzten Nacht nicht all diese schrecklichen Szenen miterlebt. »Waren wir fest verabredet? Ich hab das mehr so für eine Idee gehalten, und als gestern so viel los war, dachte ich eben, du hättest viel zu tun.« Ich zuckte mit den Achseln. Cooler hätte ich kaum tun können.

»Falsch gedacht«, flüsterte er und kam näher. Wenn er direkt vor mir stand und mir wieder so hemmungslos schöne Augen machte, war einfach schwer zu glauben, dass man ihn auf mich angesetzt hatte, er mich kontrollieren, verletzen, unterwerfen sollte. Es war alles Show, für ihn war es nur ein Spiel. Natürlich konnte ich ihm schlecht sagen, dass ich im Bilde war, und es lag auch eine gewisse Macht darin, mich so ahnungslos zu geben. »Ich habe bei dir vorbeigeschaut, aber du warst gar nicht da.«

»Da habe ich wohl schon geschlafen. Ich bin beim Lesen eingedöst.« Er fuhr mit warmen Fingern über meine Lippen, um sie zum Schweigen zu bringen. Vor Tagen noch wäre ich unter seiner Berührung freudig erbebt, heute erfüllte sie mich mit Furcht. Sein durchdringender, schwärmerischer Blick wollte mir wohl sagen, dass er meine kühle Fassade durchschaut hatte und ich schon bald am Haken zappeln würde. Er überlegte wohl nur noch, wie er das am besten anstellte.

»Nein«, meinte er schließlich sanft, »das glaube ich nicht.« Er lehnte sich vor, legte mir den Arm um die Schultern und hauchte mir ins Ohr: »Schon verstanden, du willst dich rar machen. Aber ich habe das Gefühl, dass ich dich trotzdem kriege.« Dann ging er und schenkte mir noch ein letztes Lächeln mit einem Blick, der als verträumte Flirterei durchgegangen wäre, wenn ich es nicht besser gewusst hätte. Ich wünschte mir wirklich, es wäre so. Minutenlang stand ich allein da und versuchte, wieder einen klaren Kopf zu bekommen, bis seine Schritte endlich verklungen waren.

Ich musste unbedingt mit Dante reden. Jetzt sofort. Ich brauchte meinen Freund, brauchte jemanden zum Reden, der mir half, das alles zu entwirren. Außerdem wollte ich mich auch vergewissern, dass es ihm gut ging. Ich musste ihn einfach sehen. Also marschierte ich zurück in die Capone-Küche, in der noch immer alles auf Hochtouren lief, holte mir 20 von den Pralinenschachteln für die Lieferung und packte sie in einen größeren Karton, den ich im Kühlraum gefunden hatte. Als ich wieder herauskam, traf ich auf Etan. Sein Anblick versetzte mir einen Stich.

»Ah, hallo, Haven. Heute stehen wohl noch mehr Pralinenlieferungen an, was?«

Meine Narben standen in Flammen. »Ja, die gehen mit den Einladungen für die Party heute Abend raus. Herzlichen Glückwunsch zu den drei Sternen. Sie müssen ja wirklich stolz auf sich sein.«

»Das sind wir. Danke«, erklärte er mit kühler Stimme. Dante hatte ihm wohl erzählt, dass wir über ihn geredet hatten.

»Wird dieser Geschenkkorb …«

»Ja, der ist noch nicht fertig. Nach diesem Artikel ist hier heute Morgen so einiges los.« Sein Tonfall klang fast, als hätte ihn der Kritiker verrissen. Ich war Etan offenbar nicht sehr sympathisch, also hatte ich auch nichts zu verlieren.

»Hey, ich habe mich gefragt, ob ich hier wohl Dante irgendwo finde?« Ich stellte mich auf Zehenspitzen, um in den vorderen Bereich der Küche zu spähen, entdeckte meinen Freund aber nirgends. »Ich muss ihn unbedingt sprechen, es ist sehr wichtig.«

»Das hat sicher noch Zeit, Dante wird hier nämlich gebraucht«, erklärte der Chefkoch mit Nachdruck. So langsam nervte mich die ganze Sache, also beschloss ich, aufs Ganze zu gehen: »Kein Problem, ich weiß ja, wie viel hier alle zu tun haben. Eine Frage hätte ich aber noch – was war das eigentlich für eine Pflanze, die Sie Dante für mich mitgegeben haben? Mit der ist nämlich was total Verrücktes passiert, und ich wollte mir ganz gern noch so eine besorgen.«

»Tut mir leid, ich weiß nicht, wovon du redest. Und jetzt muss ich mich um unsere Frühstücksgäste kümmern.« Er stolzierte davon und ließ mich mit meinen Pralinen und einem immer übleren Gefühl in der Magengrube einfach stehen. Ich setzte die Schachteln ab und lief ihm hinterher.

»Wenn ich einfach nur kurz Dante sehen …«

Etan fuhr herum und baute sich mit verschränkten Armen vor mir auf. »Ich habe dir doch gesagt, dass er beschäftigt ist.« Jetzt bemerkte ich, dass einige der anderen Köche aufschauten. Der eine oder andere trat sogar einen Schritt vor und wollte mich wohl notfalls am Weitergehen hindern.

»Okay, gut, dann probiere ich es eben später noch mal. Sagen Sie ihm doch bitte, dass ich hier war.« Ich wusste natürlich genau, dass er meine Nachricht nicht weitergeben würde. Wer konnte schon sagen, was er Dante stattdessen über mich erzählte?

Als ich im Souvenirshop die Tüten für die Lieferung holen wollte, brodelte es noch immer in mir, und ich hatte so gar keine Lust, mich zu beruhigen. Am liebsten hätte ich mich mitten in die Lobby gestellt und laut geschrien, hätte alle wachgerüttelt und sie dazu gezwungen, mir zuzuhören und endlich die Wahrheit zu sehen. Aber dafür fehlte mir der Mut. Ich konnte nur nach und nach ein kleines bisschen an der Fassade kratzen und all die Fragen stellen, die mir unter den Nägeln brannten.

Die Angestellte hinter der Kasse erkannte ich als Seraphina wieder, eine der neuen Rekruten.

»Hi, ich glaube, wir kennen uns noch nicht. Ich bin Haven.« Als sie nicht nach meiner ausgestreckten Hand griff, zog ich die Finger eben wieder zurück. Wütend und streitlustig, wie ich gerade war, hatte ich sowieso nur ihre Reaktion austesten wollen, um zu sehen, wie komplett ihre Verwandlung bereits war. Und auch diese Bemerkung konnte ich mir nicht verkneifen: »Hey, ich wollte Raphaella etwas fragen. Haben Sie sie heute schon gesehen?«

Sie sah mich nur mit leerem Blick an und lächelte.

Ich holte mir die benötigten Beutel aus dem Materialschrank und verschwand ohne ein weiteres Wort.

Als ich endlich wieder ins Büro kam, hatte Lance die elektronischen Einladungen längst verschickt, also stellten wir gemeinsam die Geschenktüten zusammen. Obwohl wir beide in Gedanken versunken waren, hatte ich auf einmal schon wieder so ein komisches Gefühl, wie bei Aurelias plötzlichem Auftauchen. Ich sah zu Lance hinüber, dem schien aber nichts aufzufallen, also wandte ich mich wieder meiner Aufgabe zu. Doch irgendwann spürte ich seinen Blick. Ich schaute wieder hoch.

»Hörst du das?«, fragte er.

»Ja, irgendwas ist da.«

»Das klingt wie eine Sirene, oder? Ich weiß auch nicht, irgendwie bin ich heute ganz kribbelig.«

»Geht mir genauso.«

Wir standen auf und verließen unser abgelegenes Büro. Sobald wir aus dem Eingang der Galerie traten, konnten wir Stimmen hören. Wir liefen in die Hotelhalle und schlossen uns den anderen Uniformierten und Gästen an, die an den zentralen Aufzugsbatterien zusammenströmten. Tatsächlich ertönten nun Sirenen, als ein Krankenwagen eintraf – ein Feuerwehrauto parkte bereits vor dem Hotel. Zwei Sanitäter kamen hereingerannt. Lance und ich standen einfach nur da und versuchten, aus all dem schlau zu werden, als Feuerwehrmänner ins Funkgerät an ihrer Uniform sprachen und eine Liege an unserem Grüppchen vorbeischoben. Der Körper darauf war zwar mit einem weißen Laken abgedeckt, der Kopf schaute jedoch noch heraus. Lance hörte mich keuchen und legte mir unwillkürlich die Hand auf die Schulter.

Es war Neil Marlinson. Sein rechter Arm hing von der Trage herunter, und die bleichen, toten Finger umklammerten einen Fetzen verbranntes Papier. Selbst aus dieser Entfernung war mir klar, dass es sich um Aurelias Nachricht handeln musste. Einer der Sanitäter bedeckte nun Neils Gesicht und schob den Arm unter das Laken. Ich schlug die Hand vor den Mund und stolperte langsam rückwärts davon, während ich mit den Tränen kämpfte. Dann taumelte ich schneller und immer schneller davon, bis ich endlich die Galerie erreichte.

In der Ecke des Büros lehnte ich mich an die Wand und ließ mich langsam zu Boden sinken. Aber selbst dort waren die Sirenen immer noch zu hören. Panik setzte ein, und ich konnte dieses schreckliche Gefühl nicht abschütteln: Das war meine Schuld. Neil Marlinson war tot. Wie konnte er denn nur tot sein? Ich hatte doch gerade erst mit ihm gesprochen, war eben noch bei ihm gewesen.

Ich hatte die Hände vors Gesicht geschlagen, hockte auf dem kalten Fußboden und bekam den Anblick nicht mehr aus dem Kopf. Das mit Calliope und Raphaella hatte mich mitgenommen, aber Mr Marlinsons Tod schien mich zu zermalmen. Wie hatte das nur passieren können? Was war denn hier bloß los? Ein vertrautes Schlurfen verriet mir, dass Lance mir gefolgt war. Er kam zur Tür herein und blieb dann stehen. Aber solange ich nicht auch die letzte Träne vergossen hatte, war ich noch nicht bereit, der Welt wieder gegenüberzutreten.

»Alles klar? Ich weiß, das ist jetzt eine blöde Frage, aber … geht's dir gut?«, fragte Lance behutsam.

»Wahrscheinlich war ich die Letzte, die ihn lebend gesehen hat. Ich war doch gerade noch bei ihm. Wie konnte das nur …?« Ich war nicht dazu in der Lage, den Gedanken auszuführen oder irgendetwas zu artikulieren, das einen Sinn ergab. »Ich habe doch nur …« Ich wischte mir mit den Händen übers Gesicht und sah endlich auf. Es kam mir so vor, als wäre ich in tausend Scherben zerbrochen, die ich nun wieder zusammensetzen musste.

Lance war im Türrahmen erstarrt, er stand mit hängenden Armen da, mit versteinertem Gesichtsausdruck. Schließlich ließ er sich auf den Schreibtischstuhl sinken.

»Also, es wird erzählt, dass er einen Herzinfarkt hatte oder so. Er war augenblicklich tot. Eins der Zimmermädchen hat ihn gefunden. Aber für so was kam er mir eigentlich zu jung vor – ich weiß auch nicht, du bist schließlich die angehende Ärztin.«

»Ja. Aber das ist es auch gar nicht«, erklärte ich. Jetzt war mir alles egal, ich würde ihm die komplette Geschichte erzählen, alles, was ich wusste.

»Und irgendwas ist in seinem Zimmer in Flammen aufgegangen – keine Ahnung, was. Die Details sind ziemlich vage, aber das wird sich bestimmt alles klären.«

Ruckartig stand ich auf und warf die verbliebenen Pralinenschachteln mit den Einladungen in die entsprechenden Beutel.

»Wir müssen hier raus, und zwar sofort.« Ich griff nach so vielen Tüten, wie ich tragen konnte, marschierte aus dem Büro hinaus und in die Galerie.

»Warte, draußen ist es eiskalt!«

»Das ist mir egal, ich muss hier weg!«

»Und ich komme mit, aber lass mich doch eben unsere Jacken holen, es bringt ja nichts, wenn wir draußen erfrieren. Gib mir mal deine Schlüsselkarte.« Er streckte die Hand aus. Während ich mit der Linken die Beutel festhielt, versuchte ich, mit der Rechten die Karte aus meiner Tasche zu fischen. Schließlich holte er sie selbst heraus.

»Wir sehen uns draußen.«

»Du bist ja verrückt!«, rief er mir nach und nahm die restlichen Beutel an sich. »Warte aber auf mich, ich bin in fünf Minuten da.«

Ich konnte nicht einmal klar denken – sie waren zu weit gegangen, und ich musste das jetzt endlich loswerden, all die ätzenden, giftigen Informationen, die sich schon viel zu lange in mir aufstauten, mussten jetzt einfach raus. Und ich wollte unbedingt an die frische Luft, mir war egal, wie kalt es war. Ich schob mich in der Lobby durch die Menge und marschierte zum Haupteingang hinaus, am Krankenwagen, der Feuerwehr und Polizei vorbei.

In kürzester Zeit tauchte auch Lance auf und entdeckte mich mit all meinen Geschenktüten neben dem Gebäude. Er trug jetzt seinen Parka und hielt meinen in der Hand. Der Wind ging uns durch Mark und Bein, als er mir die Beutel abnahm und mir stattdessen Jacke und Schlüsselkarte reichte. Dann teilten wir die Tüten wieder unter uns auf und machten uns auf den Weg zur L.

»Ich war die Letzte, die ihn lebend gesehen hat. Ich habe ihm noch Champagner und diese Nachricht hochgebracht. War das irgendwie meine Schuld?« Mir war gar nicht klar, dass ich die Worte laut ausgesprochen hatte, bis Lance mir schließlich antwortete.

»Du bist ja verrückt, das kannst gar nicht du gewesen sein. Ich weiß überhaupt nicht, wovon du da redest …« Ich bekam mit, dass er sprach, aber nicht, was er sagte. Natürlich wollte er mich trösten, aber ich war viel zu sehr damit beschäftigt, in Gedanken alles immer wieder durchzugehen, um mich auf seine Worte zu konzentrieren. Dieses Buch hatte mich ermahnt, gut zu überlegen, wem ich vertrauen konnte. Aber dieses Risiko musste ich jetzt einfach eingehen, ich würde mit Lance reden, denn allein hielt ich das nicht länger aus. Und auch wenn es mich fertigmachte, fiel Dante im Moment einfach flach.

»Warte mal.« Lance hielt inne. »Was denn für eine Nachricht?«

Wir erreichten die L und traten auf den Bahnsteig hinaus, auf dem uns der Wind noch heftiger um die Ohren pfiff. Gerade kam eine Bahn, und wir sprangen hinein. Der Waggon war praktisch leer und zum Glück schön warm. Lance wollte sich einen Platz direkt neben der Tür suchen, ich ging jedoch weiter bis ganz nach hinten, wo uns niemand belauschen konnte. Dort setzte Lance sich neben mich. Unsere Daunenjacken umfingen uns wie Luftkissen, und die vielen Geschenkbeutel auf unserem Schoß wirkten noch einmal wie ein zusätzlicher Schutzschild. All die leeren Sitze, und wir quetschten uns hier so eng zusammen und kamen gar nicht auf die Idee, ein bisschen wegzurücken. Ich glaube, wir waren beide so erleichtert, das Lexington hinter uns zu lassen, dass wir an nichts anderes mehr denken konnten. In diesem lauten, klapprigen Zug fühlte ich mich zum ersten Mal seit langem wieder richtig wohl.

»Ich muss dir was erzählen – und zwar so einiges, eine ziemlich wirre Geschichte – aber könntest du einfach nur zuhören und mich nicht gleich für verrückt erklären?«

Er atmete tief durch. »Nach den Vorkommnissen der letzten Tage bin ich auf einiges gefasst.« Ich horchte auf. »Und mit den Lucky Charms hast du mir heute Morgen vielleicht das Leben gerettet. Also, leg los.«

Das musste er mir nicht zweimal sagen. »Erstens: Sobald wir da sind, wandern diese Pralinen in den Müll. Wir behalten die Schachteln, müssen aber einen Supermarkt oder so was finden und neue Schokolade kaufen, um die hier zu ersetzen.« Er widersprach nicht und stellte auch keine Fragen, sondern nickte einfach nur. »Zweitens: Wir schweben in Gefahr, und die Sache ist ernst, sogar lebensbedrohlich.« Ich hielt inne, um zu sehen, wie er das aufnahm. Eindringlich starrte er mich an.

»Das Gefühl habe ich in letzter Zeit auch.« Nervös schob er sich die Brille hoch, dann nahm er sie ganz ab und putzte sie sich mit dem Handschuh, bevor er sie wieder aufsetzte. Wir lagen hier offenbar auf einer Wellenlänge. Also legte ich los und erzählte ihm einfach alles: dass wir hier unter Teufeln lebten, der Fürst Satan höchstpersönlich war und Aurelia, Lucian und Etan so was wie sein Beirat. Ich erklärte ihm, dass die Mitglieder des Syndikats Missionare waren, die neue Anhänger rekrutierten, dass sie alle ihre Seele verkauft hatten und jetzt versuchten, noch mehr zu erwerben, weil da eine Art Revolution im Gange war. Ich berichtete auch von der Einführung. »Das klingt wie eine Ehrenverbindung«, erklärte er, »allerdings ohne die Ehre.« Nur eins ließ ich bei meiner Erzählung aus – dass ich angeblich die Macht hatte, das alles zu stoppen.

Als ich geendet hatte, saßen wir minutenlang schweigend da. Ich konnte sehen, wie es hinter seiner Stirn ratterte. Die trockene Bemerkung, die dann kam, fand ich irgendwie tröstlich: »Du willst also behaupten, dass Raphaella nicht wegen meines Charmes und meines unglaublich guten Aussehens hinter mir her war?«

Ich war froh, endlich wieder einen Grund zum Lächeln zu haben. »Das habe ich nicht gesagt. Ich habe lediglich erklärt, dass Lucian jedenfalls nicht wegen *meines* Charmes und unglaublich guten Aussehens hinter *mir* her war.«

»Na ja, das ist sein Problem.« Wie süß und galant von ihm.

»Warum lassen wir uns bloß von solchen Typen blenden?«, murmelte ich. Es war eher eine rhetorische Frage, aber dabei ging es wenigstens nicht um Leben oder Tod.

»Wahrscheinlich wollen wir oft genau das, was wir nicht haben können. Ist das nicht eine grundlegende Eigenschaft der menschlichen Natur? Schwärmt ihr Mädchen nicht genau deshalb immer für die bösen Buben?«

»Nein danke, lass mich bei deinen Verallgemeinerungen bitte aus dem Spiel. Nur fürs Protokoll – böse Buben haben mich noch nie interessiert. Ich war ja selber ganz schockiert über Lucians Sympathiebekundungen. Außerdem wusste ich ja gar nicht, dass er zu den Bösen gehört, bis er für Satan meine Seele stehlen wollte.«

»Wenn du es sagst.«

»Vielleicht sollten wir lieber mal darüber sprechen, warum ihr Kerle denn auf die kalten, glamourösen Mädchen abfahrt, auf die Nachkommen von Giraffen und Sanduhren, die immer ach so viel Haut zeigen.«

»Du hast ja recht. Aber so wie du würde ich auch gern anführen, dass die Sache mit Raphaella wirklich nicht normal war.«

»Wo wir gerade dabei sind: Hat sie dir vielleicht irgendwas erzählt, das uns helfen könnte …«

»Geredet haben wir ehrlich gesagt nicht so viel«, unterbrach er mich.

»Oooh.«

»Nein. Nein, *so* war das jetzt nicht gemeint«, stellte er hastig klar. »Leider. Ich wollte damit nur sagen, dass hinter dieser Giraffen-Sanduhr-Fassade nicht viel steckte …« Er verstummte und sah jetzt an mir vorbei aus dem Fenster.

Ich wollte noch über so vieles mit ihm sprechen, aber er sah völlig erschöpft aus. Immerhin hatte ich viel mehr Zeit gehabt, um das alles zu verdauen. Also gönnte ich ihm eine Verschnaufpause, bevor ich ihn mit noch mehr Informationen bombardierte. Jetzt hieß es geduldig sein.

24

Das war ein … unglücklicher Vorfall

Lance und ich machten uns ans Werk, warfen die Pralinen weg und ersetzten sie durch weniger hübsche, aber auch weniger giftige aus dem Laden. Dann begannen wir unsere Tour, fuhren mit der L hin und her und lieferten die Geschenkbeutel mit den Einladungen ab. Ich überließ es Lance, den Beutel beim Bürgermeister abzugeben, weil ich wusste, wie viel ihm das bedeutete. (Leider traf er ihn dann nicht persönlich, aber nicht weil wir nur kleine Praktikanten waren, sondern weil der Mann gerade beim Mittagessen war. Sonst hätte er uns bestimmt in sein Büro gebeten, denn er war Aurelia ja genauso verfallen wie der Rest der Stadt. Ihr Name öffnete Türen, die Normalsterblichen sonst verschlossen blieben.)

Unseren letzten Präsentbeutel lieferten wir in Belmont ab – er war für den Produzenten einer wöchentlichen Lifestyle-Show im Lokalfernsehen bestimmt. In diesem Viertel war ich noch nie gewesen, hatte aber in der Schule gehört, dass andere dort zu Konzerten gingen oder sich mit falschen Ausweisen in Kneipen schlichen – so eine Gegend war das. Musiklokale, zwielichtige Bars und Vintage-Läden säumten die Straßen. Hier sahen alle viel zu cool für uns aus, daran waren Lance und ich nach Monaten im Schatten des Syndikats jedoch längst gewöhnt.

Seit der letzten Lieferung hatten sich unsere Schritte immer mehr verlangsamt, und selbst der harsche Rückenwind konnte gegen unser Schneckentempo nicht viel ausrichten. Wir bogen um eine Ecke und waren jetzt nur noch wenige Meter von der Treppe zum Bahnsteig entfernt. Lance blieb als Erster stehen. Mit den Händen in den Taschen kam er mitten auf dem Gehweg einfach so zum Stehen. Er sah aus, als wollte er etwas sagen, aber stattdessen machte ich den Mund auf: »Ich finde eigentlich, wir sollten noch nicht wieder zurückfahren.«

»Gut. Im Moment will ich da nämlich so gar nicht hin.« Er seufzte erleichtert. »Nicht dass es irgendjemandem auffallen würde. Die müssen ja eine Leiche verschwinden lassen und eine Party organisieren.« Wieder versteckte er seine Angst hinter logischen Schlüssen.

»Was wäre denn überhaupt unsere Aufgabe?«

»Den blöden Abschlussball organisieren?«

»Der blöde Abschlussball kann warten«, lächelte ich.

Er nickte. »Also, was nun?«

»Ich weiß auch nicht. Hast du Hunger?«

Er schüttelte den Kopf. »Im Moment habe ich eher das Gefühl, dass ich gleich kotzen muss.«

»Ich weiß, was du meinst.«

»Wie wär's denn damit?« Die Hand noch immer in der Jackentasche deutete er zu den Secondhandläden auf der anderen Straßenseite hinüber. Wir überquerten die Fahrbahn und betraten den ersten Shop voll antikem Krimskrams, schrulligen alten Kuckucksuhren, entenförmigen Telefonen und Butterbrotdosen mit Fotos von früheren Fernsehserien, die ich nur aus Joans altem Trivial-Pursuit-Spiel kannte. Lance und ich standen vor ein paar Bücherregalen, ich sah aber, dass er genauso wenig bei der Sache war wie ich. Wir machten uns nicht einmal die Mühe, einen Band herauszuziehen und hineinzuschauen, sondern ließen lediglich den Blick über die Buchrücken wandern.

Dann schlenderten wir weiter und versuchten es mit dem Geschäft an der Ecke, einem chaotischen dreistöckigen Kaufhaus, in dem die Eindrücke nur so auf uns einprasselten. Hier spielte laute Musik, es gab reihenweise Ständer mit Vintage-Klamotten, Schuhen und Accessoires aus jedem beliebigen Zeitraum zwischen 1920 und heute. Lance machte sich auf den Weg in die Herrenabteilung, und ich betrat das weitläufige Reich der benutzten und abgetragenen Jeans. In die würde Dante mich nur zu gern stecken – die hatten mit Sicherheit mehr Persönlichkeit als meine jetzige Garderobe. Ich stöberte herum, war aber eigentlich nicht in der Stimmung, etwas anzuprobieren. Dann stellte ich mich auf Zehenspitzen, um über einen Kleiderständer hinweg nach Lance Ausschau zu halten, der erstaunlich fasziniert eine Wand mit alten T-Shirts anstarrte. Er sah nicht aus, als hätte er es eilig, also ließ ich mir ebenfalls Zeit.

Ich schlenderte die Gänge entlang und fuhr mit den Fingern über die Kleider, während die Musik im Hintergrund wummerte. Dann blieb ich bei einer Auslage mit Accessoires – Hüten, Gürteln, Sonnenbrillen und Schultertaschen – stehen und nahm alles unter die Lupe. Vielleicht würde ich ja irgendwas für Dante finden, um ihn nach unserem Streit zu besänftigen und ihn daran zu erinnern, wie viel er mir bedeutete. Er musste wissen, dass ich für ihn da war, auch wenn ihm etwas anderes eingeflüstert wurde. Wenn ich nur daran dachte, wie Etan mir heute in der Küche den Weg zu ihm versperrt hatte, lief es mir kalt über den Rücken. Ich musste Dante erwischen, bevor *sie* es taten. Aber das ging in diesem Moment eben nicht. Jetzt konnte ich nur versuchen, etwas ganz Besonderes für den Freund zu finden, der mir am Herzen lag – und dem ich so gerne all das erzählen wollte, was ich Lance anvertraut hatte. Vielleicht sollte ich ihm einen Gürtel mitbringen, da ich mir seinen doch ständig auslieh. Ich fand genau den richtigen: schwarzes

Leder mit roten und orangefarbenen Flammen. Eigentlich war das ja zu viel des Guten – und würde Dante genau deshalb gefallen. Ein tolles Friedensangebot. Ich kaufte den Gürtel und fand dann direkt am Eingang, zwischen Stapeln von alten Ausgaben einer alternativen Wochenzeitung, einen behaglichen alten Sessel, eins von diesen zurückklappbaren Modellen. Dort machte ich es mir gemütlich, begann zu lesen und wartete auf Lance.

Der hopste irgendwann mit einer Plastiktüte in der Hand die Treppe runter und ließ sich in den geblümten Sessel neben meinem sinken.

»Ich hätte ja nicht gedacht, dass du gern einkaufen gehst«, bemerkte ich und deutete auf seine Tüte.

»Frustshoppen eben«, antwortete er achselzuckend.

»Was hast du denn gefunden?«

»Die hatten ein paar alte Tour-Shirts.« Er zog ein abgetragenes graues Nirvana-T-Shirt hervor und hielt es hoch.

»Echt cool«, nickte ich.

»Und dann die hier. Die fand ich irgendwie gut.« Er hielt die geballte Faust hoch. Sein Handgelenk zierten zwei dünne Bändchen aus Rohleder und eine abgewetzte braune Ledermanschette mit zwei Druckknöpfen. Als er die Manschette drehte, blitzte etwas Goldenes auf. Ich lehnte mich vor, um mir das mal genauer anzusehen, und berührte das eingelassene Element aus mattem, kühlem Metall: Genau wie der Anhänger meiner Kette war es wie ein Flügel geformt.

»Wo hast du das denn gefunden?«

»Da oben in einem riesigen Behälter mit allem möglichen Zeug.« Er deutete auf die Treppe und schlüpfte wieder in seine Jacke. »Davon hatten sie nur eine, glaube ich. Es gab aber jede Menge anderen Kram, wenn du noch gucken willst.«

»Okay, nein, das frage ich nur, weil ...« Ich machte den Reißverschluss meiner Jacke auf und fingerte am Ausschnitt der Uniform herum, wo er hängen geblieben war. Dann zog ich die Kette hervor. »Weil ich das hier eigentlich jeden Tag trage.«

»Hm.« Er studierte den Anhänger.

»Euch Männern fällt so was vermutlich nicht auf.« Ich ließ die Kette wieder unter meinen Parka gleiten.

»Wahrscheinlich, aber vielleicht war ja die unterschwellige Motivation für den Kauf, dass ich den ganzen Tag auf so was Ähnliches starre«, überlegte er. »Komisch. Jetzt gehen wir quasi im Partnerlook.«

»Offensichtlich haben wir beide einen guten Geschmack.«

Er lachte. »Eindeutig.«

Wir machten uns zurück auf den Weg ins Hotel, wanderten die klirrend kalten Straßen entlang zur L, stiegen erneut in den klapprigen Zug ein und schließlich wieder aus. Dieses Mal sprachen wir kaum ein Wort, wurden aber von unserer ganz eigenen, gemütlichen Form von Stille umfangen. Ich fand, dass man eine Freundschaft ganz gut danach beurteilen konnte, wie angenehm das Schweigen mit diesem Menschen war. Denn in diesem Moment war man völlig man selbst.

Als wir in der Dämmerung langsam auf das Lexington zugingen, begann mein Puls vor Nervosität zu rasen. Lance seufzte an meiner Seite, teilte also unwissentlich meine Angst. Ich ging im Geiste durch, ob ich ihm noch irgendetwas sagen musste, bevor wir wieder im Hotel festsaßen – denn da hatten die Wände womöglich Ohren.

»Ich würde ganz gern was von dir wissen, es ist aber etwas seltsam«, sagte ich. Er bedeutete mir fortzufahren. »Warum glaubst du mir eigentlich? Also, dieses ganze Zeug?«

»Im Ernst?«

Ich nickte, weil ich mich nämlich fragte, ob ich das alles wohl genauso problemlos akzeptiert hätte, wenn es umgekehrt gewesen wäre.

»Ich denke, vielleicht, weil, na ja …« Er vergrub die Hände wieder in den Taschen und sah auf seine Füße hinunter, während wir weiterliefen. »Es ist jetzt nicht so, als wären wir Freunde wie Dante und du oder so, aber irgendwie ähneln wir uns – ich verstehe dich. Du bist clever, und du bist meistens ruhig, außer wenn du wirklich was zu sagen hast. Ich habe das Gefühl, als würden wir die Dinge ähnlich sehen. Wir betrachten alles aus jedem nur erdenklichen Blickwinkel, grübeln vielleicht sogar zu viel. Wir lassen uns … nicht einfach so mitreißen. Verstehst du, was ich meine?«

»Ja, allerdings.«

»Ich frage mich schon lange, was hier eigentlich los ist. Die zahlen uns für unsere Praktikantendienste nämlich viel zu viel«, sinnierte er. »Und was sie uns alles erlauben – wir dürfen in den Club und da sogar was trinken –, dafür könnten sie ihre Schanklizenz verlieren. Und irgendwie sind hier alle so merkwürdig, ich bin nur heilfroh, dass ich nicht der Einzige bin, der diesen Eindruck hat. Sonst sind doch angeblich alle anderen immer so normal, und ich bin der komische Vogel«, schloss er schulterzuckend.

»Ich weiß, was du meinst.« Mehr brauchte ich nicht zu sagen, er hatte den Nagel nämlich absolut auf den Kopf getroffen. So erging es mir auch meistens.

»Also, ein Teil von mir wusste eigentlich schon die ganze Zeit, dass das irgendwie nicht passt«, fuhr Lance fort. »Und deshalb bin ich erleichtert, dass ich jetzt eine Erklärung dafür habe … selbst wenn es *so eine* ist. Ich wünschte, ich würde nicht alles überanalysieren, aber so bin ich nun mal. Wäre das Leben nicht einfacher, wenn wir ein bisschen dümmer wären?«

Jetzt musste ich lächeln. »Ja, die Dummen sehen immer so aus, als hätten sie jede Menge Spaß.«

»Wem sagst du das!«

»Also bist du auch nicht zum Spaßhaben geboren, hm?«

»Ich weiß nicht«, murmelte er. Jetzt war es ihm peinlich. »Vermutlich nicht.«

»Keine Ahnung, warum, aber irgendwie käme es mir nie in den Sinn, irgendwas einfach nur zu genießen. Ich denke immer Tage und Jahre im Voraus. Ab und zu rede ich mir zum Beispiel ein, dass ich es jetzt mal ruhiger angehen lasse und dann wieder reinhaue, wenn ich aufs College gehe, aber ich weiß genau, dass ich es dann doch nicht mache – stattdessen arbeite ich eher noch härter.«

»Ja, manchmal wünschte ich mir, ich könnte einfach einen Schalter umlegen und das abstellen.«

»Ich habe einfach Angst, dass plötzlich alles über mir zusammenbricht, wenn ich mich gehen lasse. Und natürlich habe ich auch immer das Gefühl, in Joans Schuld zu stehen, denn wer weiß, wo oder wer ich jetzt ohne sie wäre … also bin ich es ihr schuldig, mich am Riemen zu reißen. Geht dir das auch so?«

»Ja. Das ist wohl das Gegenteil von einem Freifahrtschein.«

Jetzt schwiegen wir beide, starrten ins Leere und hingen jeder seinen eigenen Gedanken nach.

»Wow«, seufzte ich schließlich, »wir sind ganz schön verkorkst, was?«

»Nein, wir sind einfach nur, du weißt schon, 16. Und jetzt leben wir eben in so einem Höllenzirkel und dienen entweder Satan oder werden aus dem Weg geräumt.« Sein trockener Spruch war nur zum Teil Spaß.

»Ja, das ist die andere Sache …« Ich konnte nicht anders, da musste ich noch mal einhaken: »Übrigens ist es gar kein Höllenzirkel – sondern eher eine weitere Ebene des Jenseits, die parallel zu unserer Wirklichkeit existiert.«

»Wie bitte?«

»Erinnerst du dich noch an unser Wandbild? Da gab es doch einen dritten Bereich, die Metamorphose.«

»Klar.«

»Das ist diese Übergangsebene mit dem Syndikat.«

Er schwieg kurz und schüttelte dann den Kopf. Inzwischen war die Markise des Hotels in Sichtweite. »Wird das ab jetzt immer so laufen?«, fragte er. »Wir reden über irgendwas, dann erschlägst du mich plötzlich mit so einer unglaublichen neuen Information, wir diskutieren die Sache durch und kehren dann wieder zu unseren Alltagsthemen zurück?«

»Ja, so sieht's wohl aus.«

»Wenigstens kommt bei uns keine Langeweile auf.«

Lance und ich gingen der Party aus dem Weg, die in der Lobby in vollem Gange war, als wir das Hotel erreichten. Es war noch früh, erst kurz nach sieben, aber ich musste mich unbedingt hinlegen. Zunächst rief ich aber Joan an, um herauszufinden, wie es ihr nach dem Besuch im Spa ergangen war. Der Stimme nach war sie wieder ganz die Alte, aber immer noch völlig begeistert von Aurelia und dem Lexington. Nach unserer Unterhaltung ging ich in mein Zimmer, machte das Licht aus, fiel ins Bett und schloss die Augen. Ich begann gerade einzudösen, der Schlaf übermannte meine schlaffen Glieder, als ein Brummen mich zusammenfahren ließ. Ich riss die Augen wieder auf.

»Du verpasst hier eine tolle Party!« Lucians Stimme erfüllte den Raum und ließ jedes einzelne Wort mit milchiger Präzision erklingen. Es hätte sich um ein Schlaflied handeln können, wenn es mich nicht so erschreckt hätte. Ich setzte mich im Bett auf und schaltete das Licht an. Hörte ich etwa Stimmen im Schlaf? Aber nein, das war der Kasten hinter dem Vorhang, Lucian meldete sich über die Gegensprechanlage. »Haaaaven«, gurrte er. »Ich weiß, dass du da bist. Ich habe dich vorhin reinkommen sehen.« Seine Stimme war so süß und verführerisch, dass ich mich wirklich am Riemen reißen musste. Ich atmete tief durch und ging zögernd ein paar Schritte auf den kleinen Kasten zu. »Haaaven …«, erklang es wieder. Ich drückte den Sprechen-Knopf.

»Lucian. Hi, ich bin hier. Tut mir leid, ich bin gerade erst reingekommen. Was ist denn?« Das war mein Versuch, lockerflockig zu klingen, der meine Anspannung aber sicher kaum übertönen konnte.

»Gut – bleib, wo du bist. Ich schau kurz bei dir vorbei.«

Meine Hand fuhr zu den Narben auf meiner Brust, die mit einem Mal heftig brannten. Die auf dem Rücken stachen auch. »Oh, ich wollte eigentlich gerade …«

»Du wolltest gar nichts. Rühr dich nicht vom Fleck.« Der Apparat knackte, und Lucian war nicht mehr da.

Wenn ich jetzt zu fliehen versuchte, würde das nur unnötig Aufmerksamkeit erregen, und er würde mich ja doch finden. Er blieb hartnäckig – denn so lauteten seine Anweisungen. Verzweifelt wandte ich mich an das Buch, fand aber keinen neuen Eintrag. Ich war ganz auf mich selbst gestellt. Viel früher als erwartet wurde am Türknauf gerüttelt, und dann klopfte Lucian dreimal beherzt an. Jeder Schlag hallte in meiner Brust wider. Hastig ließ ich den Blick durch den Raum wandern, stopfte das Buch zurück in die Nachttischschublade und zog den Stuhl vom Schrank weg. Dann ging ich zur Zimmertür, um Lucian reinzulassen, und bemerkte, wie der Knauf erzitterte. Der Anblick erfüllte mich mit Schrecken, trotzdem atmete ich einmal tief durch und machte auf.

»Hi, ich wollte gerade …«

»Ich möchte nur kurz mit dir reden, wenn es dir nichts ausmacht.«

Ungefragt marschierte er ins Zimmer und schloss die Tür hinter sich. Seine Stimme klang nicht so aalglatt wie sonst, ein leichtes Beben lag darin. Die frühen Anzeichen eines Sturms, der die Oberfläche eines Sees in Aufruhr versetzt. Er schlenderte lässig durchs Zimmer und lehnte sich an den Schreibtisch, so als wolle er sich darauf setzen.

»Alles in Ordnung?«, fragte ich, obwohl ich bezweifelte, dass ich selbst wie die Ruhe in Person wirkte.

»Ja, ich wollte nur sehen, wie es dir nach der, äh, ganzen Aufregung heute Morgen geht.«

»Aufregung, klar.« Das schien hier der bevorzugte Euphemismus für Tod und allgemeinen Schrecken zu sein.

»So wie ich das verstanden habe, kanntest du den Mann?«

»Na ja, er ist in die Galerie gekommen und hat ein Foto gekauft, das ist eigentlich schon alles. Ich habe es ihm hochgebracht, kurz bevor …« Dabei beließ ich es, mehr brauchte ich nicht zu sagen.

Lucian trat näher heran, baute sich direkt vor mir auf und starrte mir in die Augen, versank darin, als suche er dort etwas. Aber ich hatte dichtgemacht – er konnte ihre Tiefen nicht mehr ausloten, mich nicht mehr ganz schwindelig machen. Stattdessen hielt ich seinem Blick stand und bedeutete ihm klar, dass ich ihn auf Distanz halten wollte, auch wenn ich mir wünschte, es wäre anders. Dieses Mal berührte er nicht einmal mein Haar.

»Ich mag dich, Haven«, verkündete er plötzlich und sah dabei so aus, als quäle ihn der Gedanke. »Ist das so schwer zu glauben?« Ich erwiderte nichts, darauf wollte ich nicht antworten. Er fuhr fort, sprach aber eher mit sich selbst: »Vielleicht ist es das wirklich.« Dann wandte er für eine Sekunde den Blick ab. »Aber ich möchte mich gern weiter mit dir treffen. Es ist wichtig für mich. Das mag für dich im Moment alles keinen Sinn ergeben, aber du liegst mir wirklich am Herzen.«

Ein Knistern löste die Anspannung. Wir zuckten beide zusammen und fuhren zu dem kleinen Kasten an der Wand herum.

»Haven.« Aurelias dunkle Stimme erklang zischend und versetzte mich derart in Panik, dass ich mich augenblicklich auf den Lautsprecher stürzte, Lucian packte mich aber am Arm. Er sah mich mit gerunzelter Stirn an. Scheinbar wollte er nicht, dass ich ihr antwortete; zwischen den beiden Übeln wählte ich jedoch das größere, das mich von ihm wegführte. »Ja, hallo, Aurelia, ich bin da«, sprach ich in die Anlage, während ich immer noch zu Lucian rübersah. Der setzte sich aufs Bett und fuhr mit dem Finger über die Blüte auf dem Nachttisch: die Blume, die er mir geschenkt hatte und die noch immer nicht verwelkt war.

»Ist Lucian zufällig bei dir?«

Unsere Blicke trafen sich. Er trug keinerlei Emotionen zur Schau, sein Gesicht war wie eine Maske. Da er mir nichts Gegenteiliges signalisierte, antwortete ich wahrheitsgemäß: »Ja, er ist hier, er hat gerade vorbeigeschaut.«

»Wunderbar, dann schick ihn doch bitte hoch in mein Büro. Ich habe ein paar dringende Angelegenheiten mit ihm zu besprechen und möchte ihn ein paar Leuten vorstellen.« Lucian ließ seufzend den Kopf hängen und gab sich geschlagen, wie ein Ausbrecher, der kurz vor dem Tor gepackt wird.

»Natürlich, Aurelia.«

»Und bitte schnell.« Damit war ihre Stimme verschwunden, das Rauschen verstummt.

Wieder sahen wir uns an, und er ließ erneut den Kopf hängen. Offensichtlich wollte er da nicht hin.

»Ich glaube, du musst dann mal los«, sagte ich sanft.

Er stand auf, fuhr sich mit beiden Händen durchs Haar und ließ sie auf seinem Scheitel ruhen.

»Ja, allerdings«, murmelte er. »Ich habe dir noch so viel zu sagen, Haven.« Diese Bemerkung klang so gar nicht kokett, stattdessen schwang irgendwas anderes darin mit – etwa Besorgnis? »Aber jetzt muss ich los. Ich sollte wirklich gehen.« Er verließ mein Zimmer.

Sobald er draußen war, zögerte ich noch einen Moment und schloss dann hinter ihm ab. Zum Umziehen blieb keine Zeit, also kletterte ich in Uniform und mit Stöckelschuhen die Leiter im Schrank hinauf und krabbelte durch den klaustrophobischen Tunnel. Zunächst versuchte ich noch, mir keine Laufmaschen zu holen, gab es aber nach den ersten Metern auf. Als der Gang endlich weiter wurde und ich mich aufrichten konnte, fühlten sich meine Knie rau an und brannten. Ich hastete trotzdem voran, ließ mich durch nichts aufhalten und erreichte mein Guckloch genau in dem Moment, in dem Lucian Aurelias Büro betrat.

»Anklopfen tust du jetzt wohl nicht mehr?«, bemerkte Aurelia ruhig, ohne ihn anzusehen. Er marschierte herein und ließ sich aufs Sofa sinken. Wie er sich dort ausstreckte, machte nur zu deutlich, dass ihn Manieren und Etikette nun wirklich nicht mehr interessierten. Er sagte kein Wort. »Es ist unhöflich, einfach so zu verschwinden, wenn man Gäste hat«, fuhr Aurelia fort. »Muss ich dich etwa daran erinnern, dass sich halb Chicago – und zwar die wichtigere Hälfte – jetzt gerade im Capone befindet und du ebenfalls dort sein solltest?« Er musterte seinen Schlips und sah sie immer noch nicht an. »Kannst du mir das bitte erklären? Muss ich mir um deine Loyalität Sorgen machen?«

»Du weißt doch, wo ich war«, erklärte er.

»Ja, das stimmt. Und ich hoffe, dass du dort wenigstens Fortschritte gemacht hast.« Aurelia klang wütend.

»Tja, wenn es irgendwelche Fortschritte gab, hast du sie gerade zunichtegemacht.«

»Und, war dem so?«

»Das werden wir jetzt nie erfahren.«

»Das fasse ich mal als Nein auf. Spiel keine Spielchen mit mir.«

»Du bist doch die mit den Spielchen. Nach deiner Nummer

heute Morgen ist die Chance, sie je für uns zu gewinnen, ziemlich gering. Jetzt ist sie nämlich völlig panisch, falls du es nicht bemerkt haben solltest, und so misstrauisch, dass sie wohl kaum auf mich reinfällt.«

Aurelia lehnte sich in ihrem Stuhl zurück. Als sie schließlich langsam zu sprechen begann, wählte sie jedes einzelne Wort sorgfältig aus: »Das heute war … in vielerlei Hinsicht ein unglücklicher Vorfall.«

»Das kann man wohl sagen«, schoss er verbittert zurück.

»Aber auch … notwendig.« Sie schwieg einen Moment, so als gäbe sie sich Gedanken hin, denen sie sich eigentlich nicht stellen wollte. »Vielleicht habe ich unterschätzt, wie sehr die Geschichte mit …« Sie konnte nicht einmal seinen Namen aussprechen und ruderte deshalb zurück: »… wie sehr Geschichten wie diese unsere sensible Beute verschrecken können.«

»Ja, das hast du. Die Sache ist entgleist, und das weißt du. Offensichtlich wolltest du hier irgendwem was beweisen.«

»Das reicht jetzt.«

»Sie hat jetzt jedenfalls Angst. Ich glaube, *ich* mache ihr Angst. Sie ist hin- und hergerissen. Einerseits fühlt sie sich noch zu mir hingezogen, tut aber andererseits alles, um mir zu widerstehen. Ich will nicht behaupten, dass wir sie völlig verloren haben, aber …«

»Ist das deine offizielle Einschätzung? Dass wir sie nicht auf unsere Seite ziehen können und werden?«

Er zögerte und wägte die einzelnen Aspekte ab. »Ja, ich fürchte, so ist es.«

»Du weißt, was das heißt.«

»Allerdings.« Seine Antwort klang schleppend. Für mich wurde es ab jetzt also noch gefährlicher.

Mit einem Grinsen taxierte sie ihn, sah ihn abschätzig an. Diese Unterhaltung über mich hätte mich in Panik versetzen, tausend Ängste auslösen sollen. Stattdessen regte sich in mir etwas anderes, nämlich Wut. Zorn. Mein Blut geriet langsam in Wallung. Was hatte ich nur getan, dass sie sich so gegen mich verschworen? Und warum glaubte eigentlich jeder, mich so leicht manipulieren zu können? Wieso taten sie jetzt so schockiert, als sich herausstellte, dass ich meinen eigenen Kopf hatte? Ich war auch eine Kämpfernatur. Ich hatte schon so einiges überstanden.

»Völlig überzeugt mich das nicht«, erklärte Aurelia schließlich. »Zieh dich vorerst zurück. Lass uns vor der Massenrekrutierung noch mal darüber reden.« Mit stechendem Blick starrte er sie an: »Du willst mir wehtun.«

»Vielleicht.« Sie lächelte und arrangierte die Stapel auf ihrem Tisch neu. »Aber man hatte dir eine Aufgabe übertragen, und solange du sie nicht angemessen erfüllst, kannst du nicht einfach aufgeben.« Dann fügte sie in anklagendem Tonfall hinzu: »Du magst sie.«

Er antwortete nicht.

»Das ist schon in Ordnung, sag nichts, ich sehe es auch so. Aber es dürfte dich nicht überraschen, dass es mir egal ist. Ihre Seele ist für uns wichtig, und zwar mehr als alle anderen. Wir stehen hier an der Schwelle zu etwas Neuem, und sie ist das Puzzleteil, das uns noch fehlt. Hast du dir dein Foto noch mal angeschaut? Die Porträts werden von Tag zu Tag schlimmer. Im Tresor hat sie auch üble Bilder geschossen – diese furchtbaren Aufnahmen musste ich am Empfang entfernen. Ihre seelenerhellenden Kräfte werden täglich größer, und ich habe keine Ahnung, wie es mit ihrer körperlichen Verfassung aussieht.« Wenn sie so etwas sagte, hatte ich immer noch das Gefühl, dass sie da über jemand anderen sprach. Ich kam mir nicht viel stärker vor. Meine Arme und Beine hatten sich vielleicht an die ganze Kletterei gewöhnt, und mein Lauftempo nahm zu, aber nicht in extremem Maße. »Es wäre alles um so viel einfacher, wenn es nicht zur Schlacht kommt. Also werden wir zunächst einmal ihr Vertrauen zurückgewinnen und dann über die nächsten Schritte entscheiden.«

»Schön.« Er klang angewidert. »Kann ich jetzt gehen?«

Sie entließ ihn mit einer Geste, rief ihm dann aber hinterher: »Wir sehen uns draußen. Geh nicht zu weit weg.«

Aber Lucian war bereits hinausgestampft und schlug die Tür hinter sich zu.

25

Wir müssen irgendwas mit Dante machen

Ich hatte eine Veränderung durchgemacht, und plötzlich waren Angst und Entsetzen zu rasendem Zorn umgeschlagen, mit dem nicht zu spaßen war. Vielleicht fühlte ich mich so verwegen und unbesiegbar, weil ich eigentlich furchtbar müde war, aber ich konnte es nicht ertragen, einfach dazustehen und mir anzuhören, wie sie mit mir umspringen wollten. Ich würde niemals zulassen, dass sie mit Dante, Lance oder mir das Gleiche machten, was sie dem armen Neil angetan hatten. Also kroch ich zurück in mein Zimmer, zog die zerrissene Strumpfhose aus, um wenigstens minimal den Anstand zu wahren, schlüpfte dann wieder in meine angeschlagenen Schuhe und unternahm einen letzten Ausflug nach oben.

So hektisch und voll hatte ich die Capone-Küche noch nie gesehen. Eigentlich durfte ich um diese Zeit gar nicht hier sein, aber ich schoss hinein und hielt schnurstracks auf Dantes Arbeitsbereich ganz vorn zu. Auf meinem Weg dorthin fuhren die Köpfe herum, und ich hörte die Köche »Etan! Etan!« rufen. Als ich schließlich nahe genug dran war, um Dantes Dreadlocks unter seinem rosafarbenen Bandanatuch zu erkennen, stand der Küchenchef dann plötzlich vor mir, packte mich am Ellbogen und zerrte mich rücksichtslos mit, dorthin, woher ich gekommen war. »Dante!«, brüllte ich aus vollem Halse. Er drehte sich um, und ringsumher erstarrten alle. Ich hatte das Gefühl, dass mich im Restaurant jeder gehört haben musste, aber das war mir jetzt egal. Dantes Blick war voller Furcht, aber ich wusste nicht, ob er um mich Angst hatte oder um sich selbst. Und dann kehrte alles wieder zur Normalität zurück. Er wandte sich ab, die Köche widmeten sich wieder ihren Töpfen, und Etan packte mich noch fester.

»Ich fürchte, jetzt ist kein guter Zeitpunkt, um mit deinem Freund zu plaudern. Vielleicht beim nächsten Mal«, erklärte er mit Nachdruck und schleifte mich viel brutaler aus der Küche, als eigentlich nötig gewesen wäre. Während er mich mit einer Hand festhielt, schwang er in der anderen ein riesiges Fleischerbeil. Ich leistete nicht länger Widerstand und ließ mich von ihm hinausbugsieren. Mit einem letzten Stoß landete ich vor der Hintertür der Küche.

Ich trat in die Lobby hinaus und entdeckte Lance, der auf mich zukam. Seine Schritte wurden langsamer, als ich mich näherte, und wir trafen uns vor dem Empfang.

»Warst du das? Ist alles in Ordnung?«

»Was meinst du denn?«

»Das Gebrüll?«

»Das hast du gehört?«

»Ich glaube, das haben alle mitgekriegt.«

Ich wollte gerade den Mund aufmachen, als er mich unterbrach: »Hör mal, die Frühstücksflocken sind weg.«

»Was?«

»Die Lucky Charms. Sie sind alle weg, jede einzelne Schachtel, selbst die Paletten im Lager.«

»Auch hinten neben dem Kühlraum?«

»Genau.«

»Wie kann das denn sein?«

»Keine Ahnung. Ich weiß nur, dass im Kühlschrank noch mehr hausgemachte Mahlzeiten auf uns warten, aber die rühre ich nicht an.«

»Auf keinen Fall! Wer weiß, was da drin ist.«

»Aber ich habe so einen Kohldampf. Ich bin am Verhungern.«

»Ich habe noch ein paar Proteinriegel, und außerdem kommt mir da eine Idee«, erklärte ich und machte mich auf den Weg zum Lift. Lance folgte mir. »Hol deine Jacke, wir drehen draußen eine Runde.«

»Was hat denn um diese Uhrzeit noch auf, außer den Restaurants im Hotel?«

Ich führte Lance die menschenleere Straße entlang. Hier war nach Einbruch der Dunkelheit wirklich nichts mehr los. Keine Ahnung, ob ich mich wegen meiner neuesten Erkenntnisse über das Lexington so gruselte, oder ob es wirklich an der üblen Gegend lag. Nur wenige Laternen erhellten die weißen Wölkchen, die wir beim Atmen ausstießen, und meine nackten Beine waren inzwischen völlig taub. Nachdem wir einmal fast komplett um den Block marschiert waren, fand ich die Spelunke, die ich vom Tunnel unter dem Hotel aus entdeckt hatte.

Im Inneren wurde uns augenblicklich warm. Rauchschwaden zogen durch das Lokal, umfingen alles von den Billardtischen in der Ecke bis zur Theke ganz vorn. Ich entdeckte Körbchen mit Erdnüssen; von denen hätte ich mir jetzt tausende reinschieben können. Aber wir hatten noch nicht einmal versucht, uns an einen der klebrigen, nach Bier riechenden Tische zu setzen, als der kahlköpfige Kellner mittleren Alters, der eine ordentliche Wampe vor sich hertrug, uns nach unseren Ausweisen fragte, die Hand ausstreckte und ungeduldig mit den Fingern wackelte.

»Könnten wir nicht einfach nur was zu essen bestellen?«, fragte ich und versuchte, Aurelias Lächeln zu imitieren, falls uns das weiterhalf.

»Nicht, wenn ihr noch nicht 21 seid«, erklärte er.

»Ach, kommen Sie schon, wir sehen doch wie 21 aus«, probierte es Lance.

»Ihr seht noch nicht mal wie 18 aus«, erwiderte der Mann.

»Aber wir haben solchen Hunger«, bettelte Lance.

»Und wir werden erstaunlich gut bezahlt«, fügte ich hinzu.

»Tut mir leid. Und jetzt raus mit euch, los, los!«

Wir flehten ihn noch länger erfolglos an und gaben es schließlich auf. Mich überkam schon wieder dieses Gefühl, in meinen Adern begann es zu brodeln, bis ich den Eindruck hatte, ich würde gleich in die Luft gehen. Ich fühlte mich, als könnte ich ein Fenster aus dem Rahmen boxen. Jetzt war ich wütend, wieder mal wütend, und ich hatte es satt, um alles kämpfen zu müssen: um Essen, das mir nicht schaden würde, um Zeit mit meinem besten Freund, um mein Leben. Mit hängendem Kopf und knurrendem Magen kehrten wir schließlich ins Hotel zurück. Ich holte für jeden einen Proteinriegel hervor. Lance ließ sich auf meinem Bett nieder, riss die Verpackung auf und schlang das Ding herunter.

»Das war echt schlau von dir, ein paar Snacks mitzubringen. Warum habe ich nicht an so was gedacht?«

»Weil du wohl davon ausgegangen bist, dass wir hier was Ungiftiges zu essen bekommen.«

»Vermutlich.«

Ich biss in meinen eigenen Riegel, schüttelte mir die Schuhe von den Füßen und stellte sie in den Schrank. Da fiel mir etwas ein. »Zieh die Uniform aus!«

»Wie bitte?«, fragte er schockiert und verwirrt. Offensichtlich dachte er, dass ich ihn anmachen wollte.

»Nein, ich meine, schlüpf in was Bequemes und komm dann wieder rüber.«

»Wozu?« Er stand auf und schlurfte zur Tür.

»Wir gehen auf Beutezug.«

Als er in Jeans und Sweatshirt zurückkehrte, trug ich bereits ein ähnliches Outfit, hatte die Taschenlampe in der Hand und trug meinen leeren Rucksack auf dem Rücken. Ich hatte die Luke im Fußboden des Schranks geöffnet, die Leiter zusammengeklappt und sie draußen an die Wand gelehnt, damit wir mehr Platz hatten. Lance griff nach seiner Jacke, aber die nahm ich ihm direkt wieder ab und warf sie aufs Bett.

»Die brauchst du nicht.«

»Hast du die immer noch hier?« Er legte die Hand an die Leiter.

»Dazu kommen wir später. Eins habe ich dir vorhin nämlich verschwiegen: Erinnerst du dich noch an die Bücher über Chicago, in denen von Geheimgängen aus der Zeit der Prohibition die Rede war?«

»Klar.« Er zuckte mit den Achseln. Ich machte die Schranktür weit auf und deutete mit einer Kopfbewegung darauf. Er ging hinüber, schaute hinein und sah mich dann fragend wieder an: »Im Ernst?« Ich nickte. Beeindruckt nickte er zurück.

Ich wies ihn an, sich Zeit zu lassen und sich gut festzuhalten, da man leicht abrutschen konnte. Schließlich stiegen wir im Schein meiner Taschenlampe hinunter. Ich musste wohl noch so eine besorgen. Dann führte ich Lance meinen üblichen Weg entlang und deutete auf die Abzweigung, die zum Tresor führte.

»Ich habe auch ein Geheimnis«, erklärte er da ein wenig nervös.

»Oh?«

»Den Gang kenne ich schon – der führt zur Feuerwand, oder?« Ich konnte meine Überraschung nicht verbergen und blieb sogar einen Moment stehen, um ihn fragend anzusehen. »Den habe ich entdeckt, als ich da mal für Lucian etwas erledigen musste, aber ich hab's nicht weit geschafft und bin schnell wieder zurück. Wir sind allerdings nicht die Einzigen, die die Tunnel benutzen, das Syndikat …«

»Ja, ich weiß.«

»Wir sollten einfach vorsichtig sein, das ist alles.« Er wurde ganz nervös, als er an seinen letzten Besuch hier unten dachte.

»Hat dich da jemand gesehen?«

»Nein, ich hab die Beine in die Hand genommen und mich aus dem Staub gemacht. Und du?«

»Ich habe mich versteckt.«

»Mutig«, befand er voller Bewunderung.

»Ich hatte keine Wahl«, erwiderte ich. Meine panische Angst musste ich ja nicht unbedingt erwähnen.

»Na ja, nur fürs Protokoll, wenn das heute Abend wieder passiert, dann nehm ich aber Reißaus.«

»Ehrlich gesagt war es genau hier«, erklärte ich und deutete auf den Raum, der in Ruinen dalag.

»Bei mir auch. Was ist denn da drin?« Wir blickten gemeinsam durch die verfallenen Wände.

»Das erzähle ich dir später, damit du nicht schon vor dem Essen die Flucht ergreifst.«

»Gute Idee.«

Zusammen marschierten wir die warmen, modrigen Gänge entlang. Lance studierte die Umgebung genau und rief sich offenbar die Straßenführung in Erinnerung, um sich zu orientieren. Er rollte sich die Ärmel hoch, öffnete dann den Reißverschluss seines Kapuzenpullis und zog ihn schließlich ganz aus. Er trug seine neue Ledermanschette – die sah gut aus, als würde sie an sein Handgelenk gehören, obwohl ich ihn eigentlich nicht für einen Rockertypen gehalten hatte.

Ich zog ebenfalls das Sweatshirt aus – heute war es hier unten besonders warm. Endlich hörten wir schwache Musik und erreichten den Zugang zum Lagerraum. Wir sahen uns an und pressten das Ohr gegen das Brett, das man zur Seite schieben konnte. Drinnen war nichts zu hören, also signalisierten wir mit Blicken »Los!«, und dann kroch ich langsam durch die Öffnung, die die Bohle ächzend, nur widerwillig freigab. Lance folgte mir.

Über uns waren Schritte, der Lärm und das Gläserklirren einer Kneipe zu hören.

Lance zeigte zur Treppe. »Ist das das Lokal? Das, in dem wir gerade waren?«

»Genau. Die werden es noch bereuen, uns weggeschickt zu haben. Komm, wir decken uns mit Vorräten ein.«

Die Regale waren prall gefüllt, und da ich sie beim letzten Mal nicht komplett untersucht hatte, wurde ich jetzt angenehm überrascht – hier gab es viel mehr für uns als erwartet. Die meisten Kalorien waren hier zwar in alkoholischer Form gelagert, und auch der Rest war vom ernährungswissenschaftlichen Standpunkt aus nicht sehr wertvoll, aber Lance und ich gingen trotzdem alles durch und statteten uns mit Chips, Salsa und Pitabrot aus. Das war kein schicker Laden, und es gab beim Essen auch keine große Auswahl; es handelte sich vor allem um ein paar fettige Klassiker für die Mikrowelle. Die Gefriertruhe war randvoll mit Mozzarella-Sticks, Zwiebelringen und Fritten, wir sahen aber nichts, womit wir das alles aufwärmen konnten. Im Kühlschrank entdeckten wir dann doch noch ein paar kleine Schätze und griffen zu Hummus, Cheddarkäse und Diätcola. Das musste reichen. Dann diskutierten wir lange hin und her, ob wie für die Sachen, die wir mitnahmen, Geld dalassen sollten. Einerseits waren wir immer noch sauer, weil man uns oben abgewiesen hatte, andererseits konnten wir wirklich kein schlechtes Karma gebrauchen. Also leistete Lance einen kleinen Beitrag und schob zehn Dollar unter eine Chipstüte – einfach nur, um nett zu sein.

Am liebsten wären wir mit unserer Beute ja in mein Zimmer zurückgekehrt, der Hunger war aber zu groß. Also beschlossen wir, uns vor dem Aufstieg zu stärken und arrangierten am Rande des dunklen Tunnels ein Picknick, dort, wohin noch immer etwas Licht aus dem breiten Gang fiel. Ein paar Minuten lang stopften wir die Sachen schweigend in uns hinein. Als das Hungergefühl nachließ, aßen wir aber langsamer weiter und konnten uns dabei wieder unterhalten. Nachdem ich jetzt endlich jemandem davon erzählt hatte, was hier vor sich ging, konnte ich gar nicht mehr aufhören. Es war so befreiend, das alles mit jemandem zu teilen. Ich fühlte mich nicht mehr so allein und hatte weniger Angst. Also berichtete ich Lance von dem nächsten geheimen Ort, den er sehen musste, vom Tunnel zu Aurelias Büro. Ich schilderte auch die Einführung, die ich von meinem Ausguck aus hoch oben im Tresor miterlebt hatte. Nachdem ich eine halbe Ewigkeit geredet hatte, unterbrach er mich mitten im Satz: »Bevor du weitermachst, bin ich neugierig. Du hast mich vorhin gefragt, warum ich dir glaube. Warum vertraust du mir eigentlich?«

Ich dachte an den heutigen Morgen, an Neils Tod und daran, wie unerreichbar Dante war. Aber ich hatte mich Lance gegenüber nicht nur aus reiner Verzweiflung geöffnet, da war noch etwas anderes. Ich versuchte, es in Worte zu fassen: »Irgendwie habe ich das Gefühl, dass wir uns ähnlich sind.«

»Du hast gerade meinen Grund abgekupfert. Was Besseres fällt dir nicht ein?«

»Ich kann es schlecht beschreiben, das ist ganz intuitiv. Und auf mein Bauchgefühl sollte ich besser hören, sonst gerate ich doch nur in Schwierigkeiten.«

Für einen Moment sah ich Lucian vor mir.

»In deinen Augen bin ich für einen Doppelagenten einfach nicht cool genug, oder?«

»Nicht unbe-«

»Du hast ja recht, in dem Job wäre ich lausig.«

»Coolness wird überbewertet – auch wenn man manchmal etwas länger braucht, um das zu verstehen.« Wir mussten beide lachen.

Als wir fertig gegessen hatten, packten wir die Reste sowie die leeren Verpackungen und Chipstüten in meinen Rucksack, um sie in mein Zimmer mit hochzunehmen – wir wollten nun wirklich keine Ratten oder andere unliebsame Kreaturen anlocken, die die Tunnel noch unheimlicher machten. Ich hatte versprochen, Lance noch eine letzte Sache zu zeigen, bevor wir wieder hochstiegen, und dahin machten wir uns jetzt auf den Weg.

Zusammen zogen wir die samtene Abdeckung der Fotos beiseite.

»Whoa!«, keuchte er und ließ die Bilder auf sich wirken. Mehr brachte er nicht heraus. Wir gingen die Porträts durch, um seins zu suchen. Als wir auf Lucians stießen, fiel mir auf, dass es nicht mehr ganz so zerfallen und verwest wirkte wie beim letzten Mal. Seine Augen waren wieder graublau, und man konnte erkennen, dass es sich um ihn handelte und nicht um irgendeinen schrecklichen, anonymen, verkohlten Leichnam. Ich sah mir noch einmal die anderen an, bis Lance einen Laut ausstieß. Er hatte sein Foto gefunden, kniete sich nun davor und betrachtete es ganz genau.

»Ich hab mich gar nicht schlecht gehalten«, befand er.

Aber ich hörte ihn kaum, inzwischen war ich nämlich bei Dantes Bild angekommen, und mein Herz setzte für eine Sekunde aus. Ich beugte mich hinunter, um ganz sicherzugehen, und berührte die Makel auf seinen Zügen. Es lief mir kalt über den Rücken. Auf der einen Seite war sein Mundwinkel ein wenig nach unten gezogen, und sein Blick hatte an Leuchtkraft eingebüßt – auch wenn man ihn sehr gut kennen musste, um das zu bemerken. Viel offensichtlicher waren jedoch die roten Pusteln, die sein Gesicht übersäten. So hatte es bei Aurelias Porträt auch angefangen.

»Wir müssen irgendwas mit Dante machen«, bemerkte ich, die Augen noch immer auf das Bild geheftet. Die tonlose Stimme zeugte von meiner Erschöpfung. Lance stand auf und sah mir über die Schulter. »Die haben ihn in der Mangel, und langsam geht es bei ihm los«, setzte ich hinzu.

»Das machen wir. Auf jeden Fall«, versprach Lance. Seine Stimme klang genauso belegt wie meine, er hatte Angst, musste erst einmal alles verarbeiten.

Wir deckten die Rahmen wieder zu und machten uns langsam, leise auf den Weg zurück in mein Zimmer. Dann verabredeten wir, uns am nächsten Abend wieder zu treffen, damit Lance sich mit dem Tunnel über meinem Schrank vertraut machen konnte.

»Nacht!«, sagte er, als er ging. Nach dem langen Tag rieb er sich hinter seiner Brille müde die Augen. Ich blickte auf seine Narbe. Wir waren uns wirklich so ähnlich – irgendwie war das komisch. »Das kriegen wir schon auf die Reihe.« Er seufzte. Ich nickte nur.

Das Buch lag auf meinem Kopfkissen, als ich ins Bett ging, sonst hätte ich da gar nicht mehr reingeschaut. Mein ganzer Körper sehnte sich nach Schlaf. Ich war mir nicht einmal sicher, wie ich es überhaupt die Leiter im Schacht hochgeschafft hatte. Das hatte wohl am Essen und an Lance' Begleitung gelegen. Es war so eine Erleichterung, nicht länger allein zu sein.

Ich hatte meinen Kittel angezogen, legte mich nun ins Bett, schob das Buch neben mich und stützte den Ellbogen auf. Dann blätterte ich in dem Büchlein, bis ich das heutige Datum und einen neuen Eintrag fand:

Dein Feuer, deine Aggressivität und dein Mut im Angesicht des Schreckens sind lobenswert. Fürchte dich nicht vor diesem Zorn, er ist für dich nun sicherer als Angst und wird dich motivieren. Versuche jedoch, ihn in kluge, gut durchdachte Handlungen zu verwandeln, das hilft allen weiter. Courage ist wichtig, doch arbeite besser im Verborgenen. Du musst deine Gefühle unter Kontrolle haben, so dass du sie im Notfall verbergen kannst und dich niemand durchschaut.

Es lief mir kalt über den Rücken, als hier von den Kräften die Rede war, über die ich angeblich verfügte, die ich aber so gar nicht spürte. Es ging noch weiter:

Erhalte die Illusion aufrecht, dass du von den Vorgängen hier nichts mitbekommst, nichts Ungewöhnliches bemerkt und keinen Verdacht geschöpft hast. Wer dich beobachtet, soll eine Praktikantin vor sich sehen, die hart arbeitet, Befehle entgegennimmt und ihre Aufgaben mit der üblichen Sorgfalt und Qualität erledigt. Insgeheim wirst du dein körperliches Training intensiv fortsetzen und mit scharfem Blick weitere Informationen sammeln. Wenn die Zeit gekommen ist, wirst du zur Tat schreiten und dich nicht länger damit aufhalten, den Schein zu wahren. Du wirst wissen, wann es so weit ist, dann wirst du in die Schlacht ziehen und danach streben, sie zu gewinnen.

Als ich hier umblätterte, wurde die Schrift größer, eine neue Dringlichkeit schien darin mitzuschwingen.

Du hast in deiner Entwicklung nun einen Wendepunkt erreicht. Es gibt kein Zurück mehr, und das heißt für dich jetzt vor allem, dass du den Geschehnissen nicht den Rücken kehren kannst. Deine Pflicht und Verantwortung würde dir nun überallhin folgen, dein Aufstieg bringt aber auch die Chance auf große Taten mit sich. Ich muss dir nun eine schwere Nachricht übermitteln, du hast jedoch das Recht davon zu erfahren und musst die Information als großes Geheimnis hüten:

Haven, am 27. Mai wirst du deinen letzten sterblichen Atemzug tun.

In diesem Moment glitt mir das Buch aus der Hand, und ich fuhr im Bett hoch. Ich hatte die Seite verloren, fand sie aber mit schnellen Fingern wieder und las diese Zeile ein ums andere Mal. Ich konnte es nicht fassen, es war mir einfach unbegreiflich, und ich starrte auf die Worte, die Rundungen der Buchstaben, bis das überhaupt nicht mehr aussah wie eine bekannte Sprache. In mir drohte ein Schwindelgefühl aufzusteigen, das Herz pochte in meiner Brust, mein Verstand raste und überschlug, wie viel Zeit mir bis zu diesem Datum noch blieb: drei Monate. Nur noch drei Monate. Nein!

Ich hatte die Nase längst voll von all den Andeutungen darüber, dass mir irgendetwas zustoßen würde –, und jetzt das noch – mir aber niemand sagte, was ich dagegen unternehmen konnte. Ich war es leid, auf meine angebliche Kraft zu vertrauen und auf diese Befehle zu hören, als würde das irgendwie dazu beitragen, dass ich jemand Besonderes wurde, der auf seinem Weg alles meistern konnte. Warum passierte das ausgerechnet mir? Und wann würde dieses furchtbare Buch mir endlich ein paar Antworten liefern? Als ich weiterlas, hatte es meinen Ärger und meine Einwände wieder einmal vorhergesehen, was mich nur noch wütender und streitlustiger machte.

Nun fragst du dich mit Sicherheit mehr als je zuvor, wer ich eigentlich bin und warum ich dir das alles erzähle, wenn ich dir dann doch keine Hilfe bin. Ich werde mich nicht ewig verstecken, aber im Moment kann ich dir nur so viel sagen: Ich bin nicht körperlich in deiner Nähe anwesend. Ich bin niemand, dem du auf dem Flur begegnest oder mit dem du Zeit verbringst. Ich bin nur im Geiste und durch diese Worte anwesend. Aber du und ich werden uns eines Tages gegenüberstehen; in gewisser Weise sind wir uns schon oft begegnet. Ich biete dir meinen Rat, um gegen diese Dämonen anzugehen, auch wenn ich dabei nicht an deiner Seite kämpfen kann. Aber schöpfe

Mut, denn ich kenne dich besser als jeder andere. Und ich weiß, dass du die Fähigkeiten erwirbst, die du brauchst.

In gewisser Weise sind wir uns schon oft begegnet?, dachte ich.

Halt dich also in nächster Zeit zurück, pass dich an und gib ihnen keinen Grund, an dir zu zweifeln. Viele Leben stehen auf dem Spiel und setzen ihre Hoffnung in dich. Sei stark, Himmelsbotin.

Das war es, damit endete diese furchtbare, grässliche Nachricht. Unwillkürlich schleuderte ich das Buch aus dem Bett, und es fiel polternd zu Boden. Dieses Datum ließ mich jedoch nicht mehr los, es tanzte in meinem Kopf herum und verhöhnte mich. Die Narbe über meinem Herzen verwandelte sich in ein flammendes Biest und die beiden auf meinem Rücken, die doch normalerweise stillhielten, brannten wie Zunder.

Ich rollte mich zusammen, machte die Augen zu, schlang die Arme um den Kopf und versuchte, das alles verschwinden zu lassen. Ich presste die Lider so fest zusammen, dass ich Sterne sah. Mein Atem hallte im Kopf wider und prallte von meinem Körper ab. Wenn ich nicht so lange die Augen zugekniffen hätte, während die Minuten und Stunden verstrichen, wäre ich womöglich nie eingeschlafen, schließlich spürte ich aber, wie ich wegdämmerte. Mein Körper hatte keine Wahl, denn meine schmerzenden Knochen und Muskeln, selbst mein rasender Verstand hatten sich noch nie so sehr nach Ruhe gesehnt.

Aber mir war kein Frieden vergönnt: Sobald ich eingedöst war, begann ich zu träumen. Mich suchte wieder derselbe Albtraum heim, die Syndikat-Mitglieder marschierten den Flur entlang und zerfielen auf dem Weg nach und nach. Aber dieses Mal wurden sie von Lucian angeführt, der sich zwischen dem welkenden Porträt in dem Rahmen und der zauberhaften Kreatur, in die ich mich einst verliebt hatte, hin und her verwandelte.

Es hätte mich irgendwie getröstet, wenn am nächsten Morgen alle Medien über den Tod von Neil Marlinson berichtet hätten und darüber, dass niemand die offizielle Version mit dem Herzinfarkt glaubte. Aber der arme Mann wurde kaum am Rande erwähnt. Alle waren viel zu sehr damit beschäftigt, das Capone und die Feier der Drei-Sterne-Auszeichnung zu rühmen. Nur auf einem einzigen Blog wurde ausführlicher über Neil als über die Party berichtet – den Namen des Autors erkannte ich von unserer gestrigen Lieferung wieder –, also druckte ich diesen Artikel zusammen mit den anderen aus und schob ihn als dritten von oben in den Stapel für Aurelia. Ich fand, solche Sticheleien waren erlaubt, um meinen neu erwachten Tatendrang zu befriedigen, während es gleichzeitig so aussah, als würde ich nur meine Arbeit machen.

Neils Tod schien auch die Hotelgäste nicht zu beunruhigen, zumindest nicht für lange. Man hatte Interesse gezeigt, Aurelia war es aber geschickt gelungen, sowohl ihr Bedauern auszudrücken als auch die Sache gleichzeitig mit Bemerkungen wie »Solche Dinge geschehen nun mal« und »Wir haben alles Notwendige getan« herunterzuspielen, und nach ihrer Meinungsmache schien das Ganze kaum eine Randnotiz wert. Als ich auf dem Weg zu unserem üblichen Meeting durch die Lobby ging, wurde ich sogar von drei Gästen angesprochen, die in der Nähe des Capone auf einen Tisch fürs Frühstück warteten.

»Entschuldigen Sie, Miss?«, rief die Frau zu mir herüber.

»Guten Morgen«, begrüßte ich die Gruppe. »Was kann ich für Sie tun?«

»Stimmt es?«, brach es aus einem ihrer Begleiter heraus.

»Hat der Geist von Al Capone diesen Typen umgebracht?«, fragte der andere mit aufgeregt glänzenden Augen.

»Spukt es hier im Hotel wirklich?«

Ich unterdrückte ein Schaudern, lächelte dann aber und erlaubte mir ein wenig Dreistigkeit: »Wenn es nur das wäre.« Sie grinste nervös und verstand natürlich überhaupt nichts. »Einen schönen Tag noch.«

Als ich davonging, hörte ich die Frau begeistert »Ich wusste es!« quietschen.

Trotz der furchtbaren Neuigkeiten war ich heute Morgen fest entschlossen, mich nicht ängstlich und zerbrechlich zu zeigen. Mein Verstand schien Purzelbäume zu schlagen – er war so mit Bildern und Informationen weit außerhalb seines Erkenntnisvermögens überfrachtet, dass er mit Kurzschlussreaktionen dagegen vorging und auf alles seltsam reagierte. Ich musste ständig an das Gemälde im Art Institute denken. Es fühlte sich so vertraut an, als hätte ich damit eine eigene, verschüttete Erinnerung ausgegraben. Es lief mir kalt über den Rücken, als mir in den Sinn kam, dass ich genauso enden konnte. Die Mächte, denen ich mich hier stellen musste, würden mich aus dem Weg schaffen, tot und seelenlos zurücklassen. Aber das Mädchen auf dem Bild hatte auch etwas Starkes, Mächtiges an sich. Man spürte, dass sie sich nicht kampflos ergeben hatte. Und das hatte ich auch nicht vor, diese Schlacht war unumgänglich.

Heute Morgen betrat ich Aurelias Büro nicht so verschüchtert wie sonst. Sie imponierte mir nicht, als ich vor ihr Platz nahm und ihr die Presseausschnitte reichte. Ich hatte jetzt ein Geheimnis, und zwar ein großes, und wusste immerhin, dass sie mir heute nichts anhaben konnte.

Während sie die Blätter durchsah, konnte ich mir eine Bemerkung nicht verkneifen: »Gestern war ja ziemlich viel los, wenn auch nicht nur Erfreuliches.«

»Ja, das Fest war ein großer Erfolg, aber es ist wirklich schade um unseren netten Kunstliebhaber. Solche Sachen passieren nun mal, leider«, erklärte sie kühl, ging dann zur Tagesordnung über und erläuterte meine weiteren Pflichten. Ich schweifte in Gedanken ein wenig ab, während sie über die Pralinen und

Grußkarten sprach, die ausgeliefert werden mussten, und ein neues Kunstwerk für die leere Wand in der Galerie erwähnte, an dem ein Syndikat-Mitglied arbeitete, damit bald wieder eröffnet werden konnte. Dann ging es um den Abschlussball, der von nun an unsere wichtigste Aufgabe sein würde. In meinem Kopf schwirrten allerdings ganz andere Dinge herum, als ich jählings in die Gegenwart zurückgeholt wurde.

»… eure Schule, die Evanston Highschool, hat dafür den 27. Mai gewählt. Das ist damit der erste der fünf Bälle.«

Ich keuchte. Dieses Datum laut zu hören war für mich ein harter Schlag. Es hatte sich in meinen Verstand eingegraben, hatte für mich nun eine ganz neue Bedeutung.

»Oh, tut mir leid, Miss Terra, haben Sie da vielleicht schon andere Pläne? Passt Ihnen der Tag nicht?« Aurelias Stimme troff nur so vor Herablassung.

»Nein, natürlich nicht. Ich meinte nur … das ist ja schon so bald.«

»Allerdings. Du und der andere …«

»Lance?«

»Genau, Lance, ihr werdet euch heute mit dem Planungskomitee in Verbindung setzen und die Sache ins Rollen bringen. Um alles rechtzeitig zu bestellen und vorzubereiten, brauchen wir jetzt schnelle Entscheidungen.«

Ich nickte nur und versuchte, mich zusammenzureißen. Bevor ich ging, stellte ich meine Nerven aber noch ein letztes Mal auf die Probe. Denn wäre ich nicht in all diese Geheimnisse eingeweiht, hätte ich das doch bestimmt angesprochen.

»Eins noch«, sagte ich deshalb auf dem Weg nach draußen, »ich wollte Ihnen nur Bescheid geben, dass ich heute Abend wieder im Tresor Fotos schieße, da Sie vorn am Empfang ja immer aktuelle Bilder …«

»NEIN!«, brach es aus ihr heraus, bevor sie wieder zu ihrem üblichen Gleichmut zurückkehrte. Diese Reaktion hatte ich erwartet, und es war mir ein Vergnügen, sie rot anlaufen zu sehen. Es kam mir vor, als würde Aurelia jetzt am liebsten toben und rumbrüllen, aber das ging natürlich nicht. »Ich glaube, das ist nicht mehr nötig. Der Monitor war mir zu unruhig geworden, deshalb haben wir die Slideshow ziemlich reduziert.«

»Oh, okay, alles klar«, erwiderte ich ganz unschuldig. Solche kleinen Triumphe würden mir von nun an lichte Momente in diesen dunklen Tagen verschaffen.

Als Lance und ich uns im Büro in der Galerie trafen, besprach ich mit ihm meine neue Strategie, nach außen hin möglichst den Schein zu wahren. Er war mit allem einverstanden. Über dieses schreckliche Datum – mein Ablaufdatum – ließ ich jedoch kein Wort verlauten. Stattdessen hoffte ich einfach, er würde mich nicht erschaudern oder zittern sehen, als wir uns an die Vorbereitungen für den Abschlussball machten. Wir beschlossen, dass sich jeder von uns um zwei Schulen kümmern sollte, die Bürde unserer geliebten Evanston High würden wir jedoch gemeinsam tragen. Lucian hatte Lance alle Namen und Zahlen gegeben, und jetzt wollten diese magischen Abende irgendwie organisiert werden. Lance blätterte die Unterlagen rasch durch und knurrte.

Ich sah von meinen Papieren auf: »Was denn?«

»Rate mal, wer dem Planungsausschuss vorsitzt!«

»Ich lasse mich jetzt bestimmt auf kein Quiz ein, wenn die richtige Antwort dann doch nur zum Kotzen ist.«

»Dummerchen Courtney Samuels.«

»Brr. Gut, dass wir die zusammen übernehmen, allein würde ich das nicht durchstehen.«

Wir schüttelten beide den Kopf.

Den Rest des Tages verbrachten wir damit, die Schulunterlagen durchzugehen und uns mit den verschiedenen Angeboten für den Abschlussball vertraut zu machen, von alkoholfreien Cocktails bis hin zum Hauptgericht.

Bevor wir Schluss machten, schaute ich noch in das Schubfach, in dem sonst die Kamera gelegen hatte – sie war tatsächlich nicht mehr da, und man hatte auch alle Fotos im Computer gelöscht. Aber das Schlimmste von allem: Als ich in meinem Zimmer nach meinem Fotoapparat sah, meiner eigenen alten Kamera von zu Hause, war sie aus meinem Rucksack verschwunden. Ich hatte sie seit meiner Ankunft hier nicht in der Hand gehabt. Jemand hatte sie mir weggenommen.

Lance und ich gehörten zu den Menschen, die selbst inmitten von lebensbedrohlichem Chaos eine gewisse Ordnung schätzten, und verfielen deshalb bald in eine einfache, verlässliche Routine. Jeden Morgen aßen wir auf unseren Zimmern Proteinriegel und trockene Frühstücksflocken, die wir mit Wasser aus der Flasche und Gatorade runterschütteten. Dann brachen wir zu unserem jeweiligen Treffen mit Aurelia und Lucian auf und lieferten Grußkarten und Pralinenschachteln aus, bei denen wir die Schokolade durch Pralinen aus dem Laden ersetzten. Bevor wir dann ins Hotel zurückkehrten, gönnten wir uns draußen in der Zivilisation ein ausgiebiges Mittagsmahl, das einem Kohlenhydrate schaufelnden Marathonläufer zur Ehre gereicht hätte. Das Restaurant suchten wir abwechselnd aus, obwohl Lance sich eigentlich fast immer für eine Calzone bei Giordano's entschied. Nachmittags erledigten wir Telefonate, mailten unseren Altersgenossen an den fünf Schulen, deren Bälle wir planten, schickten ihnen die nötigen Informationen über mögliche DJs, Menüs, Farben, Blumen sowie Gastgeschenke und notierten, wofür sie sich entschieden hatten.

Die wirkliche Arbeit begann jedoch danach: Jeden Abend liefen wir zusammen durch die Tunnel. Wir rannten hin und her, spornten uns gegenseitig an und feilten an unserem Tempo. Manchmal kletterten wir nur zur Übung sogar die hölzernen Streben unter meinem Schrank ein paarmal rauf und runter. Es half, dass wir uns dabei stets zu übertrumpfen versuchten, wie mit den Chicago-Infos am Anfang des Praktikums.

Die Wochen verstrichen, und ich spürte, dass ich immer fitter wurde, meine Arme und Beine wurden kräftiger, und ich kam nicht mehr so schnell aus der Puste. Als ich noch allein trainiert hatte, waren meine Fortschritte nicht so offensichtlich gewesen. Außerdem war es angenehm, in den leeren Korridoren noch andere Schritte außer meinen zu hören. Wir gönnten uns sogar kleine Belohnungen – die Sitzung endete stets mit einem Mahl, für das wir das Lager unserer Lieblingskneipe plünderten –, wir hamsterten aber immer nur so viel, dass es nicht auffiel. Dafür brachten wir Rucksäcke mit und füllten sie mit herzhaften Leckereien, die wir auf dem Fußboden meines Zimmers schweigend in uns hineinstopften, erschöpft, aber stolz.

Wenn Lance und ich unser Training in den Tiefen unter dem Hotel beendet hatten, kletterten wir hinauf in das Tunnelsystem, das durch seine Wände führte. Manchmal gab es in Aurelias Büro nichts zu sehen, aber oft kamen wir genau im richtigen Moment, um ein Treffen mit dem Fürsten oder die Planung einer neuen Einführung zu belauschen. Lance kroch im Tresor hinauf auf das Sims über der Feuerwand und war wie gebannt, als er dieses Ritual zum ersten Mal miterlebte. Danach blieben wir bis zum Morgengrauen auf und sprachen darüber, was er da gesehen hatte – oder er sprach vielmehr, und ich hörte zu. Ich hatte das Gefühl, dass schlicht zu viele Eindrücke auf ihn eingeprasselt waren und er deshalb alles noch einmal durchgehen musste: all den Pomp und Prunk, den Schnitt in den Finger, die Unterschrift auf dem Vertrag und das Opfer eines Mitglieds aus den eigenen Reihen, das in die Unterwelt geleitet wurde. Damit hatte er zweifellos so einiges zu verdauen. Dass ihn die Sache genauso mitgenommen hatte wie mich, tröstete mich ein wenig.

Und im Laufe der Zeit wuchs unsere Angst, denn das Syndikat breitete sich aus wie Schimmel. Es gab unter ihnen so viele neue Seelen, dass wir sie gar nicht mehr auseinanderhalten konnten. Eine junge Frau hatte man offensichtlich als Ersatz für Calliope angeheuert. Sie hieß Mirabelle und produzierte in den ersten zwei Wochen nach ihrer Einführung nicht weniger als zwölf Gemälde, in Dunkelheit daliegende, verwaiste Wahrzeichen von Chicago, mondbeschienene Gärten, die von schattenhaften Figuren heimgesucht wurden, Boote mit unheimlichen Lichtern auf dem Fluss. Alle Bilder hatten eine schaurige, geheimnisvolle Note und fügten sich damit nahtlos in die Galerie ein. Sie zierten nun die Wand, an der einst meine Fotos gehangen hatten, und damit wurde der Ausstellungsraum wieder für das Publikum geöffnet, das in Scharen kam und sich in Beifall erging. Schon bald wurde Mirabelle mit Rezensionen in der *Tribune*, lokalen Illustrierten und auf Kunst-Blogs gepuscht. Und wenn eins ihrer Gemälde verkauft wurde, war bereits am nächsten Tag ein neues fertig. Ihre Produktivität war sowohl atemberaubend als auch außerhalb des Menschenmöglichen.

Lucian war seit jenem Abend in meinem Zimmer auf Abstand gegangen. Ab und an merkte ich, dass er zu mir rübersah, wenn ich die Hotelhalle durchquerte, und er kam auch manchmal zu uns in die Galerie, um uns ein paar Papiere vorbeizubringen, die mit der Abschlussballplanung zu tun hatten, ansonsten ging er mir aber aus dem Weg. Allerdings wäre es gelogen gewesen zu behaupten, dass ich nicht jedes Mal die Ohren spitzte, wenn irgendwo seine Stimme erklang – bis auch dieser Reflex nachließ, würde es wohl eine Weile dauern.

Das größte Rätsel gab mir jedoch Dante auf. Er war bei der letzten Einführung nicht dabei gewesen, was ich mit Erleichterung registriert hatte, und hatte sich auch noch nicht die Haare geschnitten, um seine Bereitschaft zum Beitritt zu zeigen, aber das schien nur noch eine Frage der Zeit zu sein. Sein einziger Versuch, mit Lance und mir zu kommunizieren, bestand in all dem Essen, das er für uns im Kühlschrank in der Parlor-Küche hinterließ, und zwar täglich für drei volle Mahlzeiten. Wir schauten abwechselnd dort vorbei, holten die Teller heraus, stocherten in deren Inhalt herum und taten vor dem Küchenpersonal so, als würden wir essen, schütteten das Zeug aber anschließend in die Spüle oder vergruben es im Müll, wenn niemand hinsah. Wir wussten, dass das nicht unser Dante war, der uns da schaden wollte. Es war eine vergiftete Version von ihm, aber tief in seinem Inneren steckte hoffentlich immer noch unser Freund – wir mussten ihn nur finden und da rausholen.

Ich versuchte weiterhin, mit ihm zu sprechen. Einmal am Tag probierte ich es in der Küche des Capone, und einmal am Tag wurde ich von den anderen Köchen aufgegriffen und rausgeworfen. Dabei sagten sie nie ein Wort. Jedes Mal sah Etan von seinem Arbeitsplatz rüber und rief: »Er ist beschäftigt, komm später noch mal wieder.« Dann packten mich ein paar der Küchenhelfer mit grimmiger Miene an beiden Armen – die nun ständig mit blauen Flecken übersät waren –, hoben mich hoch und schafften mich davon. Ich zappelte mit den Beinen, aber ich hatte nicht einmal Zeit, hier wirklich Theater zu machen. Falls Dante mitbekam, was da vor sich ging, ließ er es sich jedenfalls nicht anmerken. Egal, ob ich mich von hinten in die Küche schlich oder dreist durch die Restauranttür hereinspazierte, er sah nicht einmal auf. Es war, als würde er in seiner eigenen kleinen Isolierstation stecken, wo er nur eins tun konnte: nämlich brillant zu kochen und für die Gäste eine Show hinzulegen. Lance und ich hatten keine Ahnung, wo er steckte, wenn er sich nicht in der Küche aufhielt, vermuteten aber, dass er bei Etan war.

So verging die Zeit, es waren lange Monate, in denen wir zu einer seltsamen, unheimlichen Normalität fanden. In dieser Zeit meldete sich das Buch nicht wieder, ich bekam keine neuen Anweisungen, keine Warnungen. Inzwischen rief ich Joan jede Woche an und schrieb ihr auch Mails, um den Anschein zu wahren, dass alles in Ordnung war, aber manchmal wurde es fast noch schlimmer, wenn ich ihre Stimme hörte – das schien die Uhr nur lauter und schneller ticken zu lassen. In meinem Kopf war kaum noch Platz für etwas anderes. Ich lebte am Rande des Abgrunds und wusste, dass man mich bald hinunterstoßen würde.

Teil Drei

26

Du bist ja ein ganz neuer Mensch

Es war ein Samstag Ende April, und der eisige Frost, der Erde und Luft seit Monaten fest im Griff hatte, begann jetzt nachzulassen. Langsam rückte der Frühling näher und mit ihm das mir prophezeite Grauen. Ich stand auf dem Bürgersteig vor dem Hotel und wartete auf Joan. Seit jenem fürchterlichen Überraschungsbesuch war sie unglaublich geduldig gewesen, aber nachdem ich sie so lange wie möglich hingehalten hatte, musste ich mich jetzt all ihren Fragen und der typischen Elternneugier stellen und eine überzeugende Vorstellung liefern. Nun hieß es, ganz locker zu wirken.

Lance leistete mir beim Warten Gesellschaft und betrieb Smalltalk, während ich nach unserem geliebten, klapprigen Camry Ausschau hielt. Aurelia hatte mir den Nachmittag mit argwöhnischem Blick freigegeben, als ich ihr erzählt hatte, dass ich mit Joan verabredet war. Lance war von der Idee, den ganzen Nachmittag allein im Hotel zu hocken, gar nicht begeistert gewesen, und hatte ebenfalls um Erlaubnis gebeten, seine Mutter besuchen zu dürfen.

»Erinnere mich daran, dass ich dir Courtneys letzte E-Mail zeige«, sagte er jetzt und trat nach einem Steinchen auf dem Gehweg. »Du kannst dir gar nicht vorstellen, wie viele verschiedene Möglichkeiten es gibt, ›Hors d'oeuvre‹ in einem einzigen Absatz falsch zu schreiben.«

»Meinen Namen kann sie auch nicht buchstabieren.« Das stimmte. Und manchmal nannte sie mich sogar Holly. Plötzlich war ich froh darüber, dass ich die letzten Monate nicht in die Schule gemusst hatte. Auch wenn das hier ebenfalls die Hölle war, und zwar fast wortwörtlich.

»Wie ist die nur in Englisch für Fortgeschrittene gelandet?«

»Keine Ahnung. Mich wundert, dass sie überhaupt lesen kann.«

»Heutzutage lassen sie da echt jeden rein.«

»Da kommt sie«, sagte ich beinahe zu mir selbst, als Joan an den Straßenrand fuhr und fröhlich, heftig winkte. Ich winkte zurück.

»Also, dann bist du so um acht zurück?«, fragte Lance und trat ein paar Schritte zurück. Er rückte seine Brille zurecht – die Geste verriet mir, dass er nervös war.

»Wahrscheinlich. Du auch?«

Er nickte.

»Bist du sicher, dass wir dich nicht zur L mitnehmen sollen?«

»Nein, das passt schon«, winkte er ab. Ich öffnete die Autotür. Lance war zwar schüchtern, aber höflich, also lehnte er sich gerade weit genug vor, um in den Wagen hineinzuschauen, und hob zur Begrüßung die Hand. »Hallo!«, sagte er.

Joan legte ein atemberaubendes Tempo vor: »Oh, hallo! Du musst Lance sein, schön, dich kennenzulernen. Du bist natürlich auch eingeladen. Wir wollten rüber ins Einkaufszentrum.« Ich rollte mit den Augen. Wenn es um meine Freunde ging, war sie immer übereifrig. Lance bedankte sich nur schüchtern, trat dann ein paar Schritte zurück und ging schließlich in Richtung Station davon.

»Bis später!«, rief ich ihm hinterher, als er den Blick abwandte und die Hände in den Taschen versenkte.

Sobald die Tür zu war, umarmte Joan mich stürmisch.

»Komm mal her, du. Oh, ich hab dich so vermisst!« Sie küsste mich auf die Wange. »Also, fahren wir zum Water Tower Place? Da haben sie bestimmt eine tolle Auswahl.«

»Wie du möchtest!« Ich versuchte, begeistert zu klingen. Seit Wochen lag sie mir damit in den Ohren, dass wir so bald wie möglich ein Kleid für den Abschlussball kaufen mussten, bevor die guten alle weg waren. Irgendwann hatte ich nachgegeben, warum denn auch nicht? Ich konnte an diesem Tag genauso gut was Hübsches tragen. Die Fragen prasselten auf mich ein, während wir die geschäftigen, sonnenbeschienenen Straßen entlangfuhren.

»Also, du musst mir alles erzählen! Wie ist die Arbeit? Isst du auch vernünftig? Schläfst du genug? Du siehst irgendwie anders aus. Oh, es kommt mir vor wie eine Ewigkeit. Ich habe ja versucht, dir deinen Freiraum zu lassen, aber ich war so oft drauf und dran, ins Auto zu springen und dich noch mal zu überraschen – diese Spa-Anwendung war einfach göttlich. Und es hat mir gar nicht gefallen, wie du dich angehört hast. Du solltest nicht so müde sein.«

»Oh, wow.« Das war ganz schön viel auf einmal.

»Also, wie geht es Dante?« Plötzlich war mit der Fragerei Schluss, und ich hatte jede Menge Zeit zu antworten. Leider.

»Äh, er macht sich wirklich gut, denke ich. Für seine Arbeit im Restaurant bekommt er viel Aufmerksamkeit. Er ist da quasi eine große Nummer«, antwortete ich vorsichtig. Ich wollte nicht lügen, aber die Wahrheit konnte ich ihr auch schlecht erzählen. »Unsere Arbeitszeiten sind so unterschiedlich, und er hat jede Menge neue Freunde, also bekomme ich ihn in letzter Zeit nur selten zu Gesicht. Er arbeitet wirklich viel.«

»Gut für ihn.« Joan bemerkte meine finstere Miene und meinte: »Oh Haven, komm schon. Du weißt, wie wichtig du ihm bist. Lass ihm ruhig ein bisschen Spaß. Ruthie sagt, er amüsiert sich köstlich – freu dich doch für ihn.«

»Oh, du hast also mit ihr gesprochen?«

»Wir sind uns letztens im Supermarkt über den Weg gelaufen«, erklärte sie, während sie ins Parkhaus abbog. »Ich hoffe, wir müssen nicht wieder bis ganz unten fahren. Warum müssen eigentlich all diese Leute so früh schon …«

»Was hat sie gesagt?«, unterbrach ich sie. »Also, Ruthie.«

»Oh ja, dass er total begeistert ist und jede Menge nette Leute kennenlernt. Er klingt wirklich glücklich. Oh, guck mal!« Sie fuhr in eine freie Lücke.

Vermutlich sollte es mich beruhigen, dass Dante trotz seines Zustands noch in der Lage war, seine Mutter anzurufen. Aber ich wünschte mir trotzdem, er würde auch mit mir reden. Wir schlossen den Wagen ab und gingen los. Joan legte mir einen Arm um die Schulter, während wir auf den Lift zuhielten.

»Ich weiß, ich weiß, eigentlich interessiert dich das gar nicht, aber los, das macht sicher Spaß! Macy's, wir kommen!«

»Das gefällt mir wirklich gut, Schatz.« Joan saß vor der Umkleidekabine neben dem Dreifachspiegel, vor dem ich mich im bodenlangen fuchsienfarbenen Kleid drehte. Es überzeugte mich nicht so richtig.

»Irgendwie erkenne ich mich darin gar nicht wieder.«

»Du wirst dich in keinem von denen wiedererkennen, weil du eben keine Kleider trägst.«

»Im Moment trage ich doch jeden Tag eins.«

»Oh, stimmt, deine Uniform! Die ist einfach superschick. Ich hab dich bei meinem Besuch ja fast nicht wiedererkannt.«

»Ja, sie ist nicht schlecht. Kann ich das jetzt wieder ausziehen?«

»Das ist so oh là là.« Es war als Kompliment gemeint. »Guck dir nur mal deine Figur an! Ich glaube, du kriegst richtige Kurven.« Sie klang beeindruckt und befühlte meinen Bizeps. »Gibt es im Hotel ein Fitness-Studio? Oder musst du etwa Koffer schleppen?«

»Nein.« Ich zupfte an dem Stoff herum. Bisher hatte mich mein Spiegelbild in all den Kleidern verblüfft. Irgendwie ertrank ich darin nicht mehr so wie früher, sondern füllte den Stoff aus, wie ich es gar nicht kannte. Vermutlich waren mir all die Veränderungen gar nicht so aufgefallen, weil sie nach und nach passiert waren. Aber die Stellen, die sich früher entweder weich oder knochig angefühlt hatten, waren jetzt fest und stramm, und darunter lagen kräftige, runde kleine Muskeln. Ich sah ja kaum noch aus wie ich selbst.

»Okay, okay«, gab Joan nach. »Ich merke doch, dass du dich darin nicht wohlfühlst.«

Joan war in den Laden gekommen und hatte sich einfach von jedem Modell eins geschnappt – Kleider in leuchtenden, kräftigen Farben oder sexy in Schwarz, lange Kleider, kurze Kleider – während ich hinter ihr hergestolpert war und vage, ausweichend auf ihre Fragen nach der Farbe und Form, die mir vorschwebten, geantwortet hatte. Völlig verloren watete ich nun durch die See von Kleidern jeder Schattierung in meiner Umkleidekabine. Die Hälfte davon hatte ich bereits anprobiert und verworfen.

»Es muss hier doch irgendwas geben, das dir gefällt«, rief Joan durch die Tür der Kabine. Ich zwängte mich in das nächste und warf einen kurzen Blick darauf, bevor ich die Umkleide verließ. Na, das sah doch gar nicht so schlecht aus. Ich machte die Tür auf und ging zu dem großen Spiegel rüber.

»Ja, das ist mein kleiner Engel!« Joan schlug die Hände zusammen. »Wunderschön, Liebes, es schmeichelt deinem Teint. Das finde ich toll!«

Ich legte den Kopf zur Seite und überlegte. Das wäre keine schlechte Wahl, obwohl ich nicht gedacht hätte, dass es mir gefallen würde. Als ich es glattstrich, entdeckte ich auch noch, dass es Taschen hatte. Ich schob die Hände hinein und betrachtete mich im Spiegel. Es war in einem schimmernden, metallischen Perlenton gehalten, war tailliert und hatte einen knielangen Glockenrock. Oh, und einen Herzausschnitt, aber keine Träger. Was Joan nicht entging. Sie fragte sich anscheinend, ob sie das wohl erwähnen sollte oder lieber nicht.

»Ich finde es schön, dass es Taschen hat«, meinte ich. »Es gefällt mir ganz gut.« Auch wenn damit jeder meine Narben direkt vor der Nase hatte.

»Das sollte es auch, damit siehst du nämlich umwerfend aus!«, sagte sie, während es hinter ihrer Stirn immer noch ratterte, dann fügte sie sanft hinzu: »Stört dich der Ausschnitt? Ich weiß ja, wie sehr dich die …« Sie verstummte.

»Nein, ehrlich gesagt nicht.« Ich sah mich wieder an. Plötzlich war das gar nicht mehr so wichtig. Am 27. Mai würde ich ganz andere Sorgen haben. Diese Narbe hier vorn war nicht gerade mein bevorzugtes Merkmal, und die zwei auf meinem Rücken fand ich auch nicht besonders, aber das Kleid sah toll aus, und so langsam sollte ich mir wohl nicht mehr über Dinge den Kopf zerbrechen, die ich sowieso nicht ändern konnte. Wenn es die Leute störte, dann konnten sie ja weggucken. Ich würde niemals perfekt sein. Ich würde nie ein Syndikat-Mitglied werden, aber ich sah fantastisch aus. »Ich finde es super.«

Joan nickte. Sie sah mich an und war offensichtlich gespannt auf meine Begründung, wollte aber auch nicht zu viel Aufhebens darum machen. »Gut.« Sie stand auf und drückte mir einen Kuss auf den Scheitel. »Dann nehmen wir es.«

Das taten wir auch und kauften dazu noch ein Paar Stöckelschuhe mit Riemchen. Joan war beeindruckt, dass ich darin laufen konnte. »Haven, du bist ja ein ganz neuer Mensch!«, staunte sie. »Du hast Schuhe mit Absätzen, gehst zum Abschlussball und trägst sogar die Kette, die ich dir geschenkt habe.« Ich griff danach. »Das muss wohl der Einfluss deiner glamourösen Chefin sein oder so. Richte ihr doch bitte meinen Dank aus.«

»Mach ich«, behauptete ich wenig überzeugend.

Den Rest des Tages verbrachten wir im Restaurant – wo mich Joan über den Klatsch und Tratsch in der Klinik auf den neuesten Stand brachte – und schlenderten dann die Michigan Avenue entlang, schauten uns die Schaufenster an und stöberten in Geschäften herum, bis ich schließlich zurück ins Lexington musste. Dort holte Joan meine Einkaufstaschen aus dem Kofferraum, nahm mich in den Arm und mahnte, ich sollte beim Abschlussball auch ja Fotos machen. Ich erwähnte nicht, dass ich nicht einmal mehr Zugang zu einer Kamera hatte. Stattdessen meinte ich, dass wir uns ja auf jeden Fall vorher noch sehen würden und ich mich bald melden würde. Dann umarmte ich sie noch einmal, ganz fest, und hätte sie am liebsten nie wieder losgelassen. Ich bekam feuchte Augen, versuchte die Tränen aber runterzuschlucken.

»Du weißt, dass es völlig in Ordnung ist, Heimweh zu haben«, tröstete mich Joan sanft. »Das bedeutet nicht, dass mit dir irgendwas nicht stimmt. Ich weiß ja, dass du so was immer gern als Schwäche deutest, aber es ist wirklich okay.« Sie hob die Hände und trat zurück. »Gut, und das war's auch schon. Manchmal müssen Erziehungsberechtigte eben diese Elternnummer durchziehen.«

»Ich hab dich lieb, Joan, danke für alles«, brachte ich schließlich hervor und schluckte die Tränen herunter.

»Ich hab dich auch lieb, Süße. Das war ein toller Shoppingausflug. So was müssen wir unbedingt noch mal machen, wenn du hier nicht mehr so viel zu tun hast. Und jetzt ist ja auch bald Sommer. Freu dich auf Strandtage am See!«

Ich nickte, lächelte und hoffte. Ich hoffte so sehr, dass ich die noch miterleben würde.

Dann schaute ich ihr nach, bis ihre Rücklichter nicht mehr zu sehen waren, stand draußen in der kühlen Abendluft und redete mir ein, dass das mit dem 27. Mai schon in Ordnung gehen würde, weil es einfach so sein musste. Ich würde überleben und dieses Buch Lügen strafen. Ich würde tun, was nötig war, und mich jedem Gegner stellen. Dieses Spiel hier musste ich einfach gewinnen.

Als ich langsam taube Hände und Füße bekam, folgte ich den Scharen, die fürs Abendessen und einen Drink ins Lexington strömten. Sie kamen freiwillig her, für mich war es jedoch ein Gefängnis. Ich schritt durch die Lobby mit ihrer trällernden Musik und wünschte mir, die Zeit zurückdrehen und alles vergessen zu können. In dem Moment spürte ich seinen Blick. Ich erlaubte mir, kurz rüberzusehen, als ich am Gang neben dem Capone vorbeikam, aus dem ich nach unserem gemeinsamen Abendessen herausgeschwebt war. Dort stand Lucian mit einem Ordner in der Hand im Schatten und wirkte auf einmal seltsam verloren. Er stand einfach nur da und schaute zu mir herüber. Ich wandte den Blick ab und ging mit schnellen Schritten auf den Lift zu. Ich vermisste den guten Lucian, den Typen, mit dem ich ein Date gehabt und geflirtet hatte und bei dem ich mich wie etwas ganz Besonderes gefühlt hatte, selbst wenn alles nur Show gewesen war. Aber darauf achtet das Herz eben nicht. Meins wusste nur, dass ich ihn gerngehabt hatte und wie weh die Erkenntnis tat, dass er und seine Gefühle gar nicht echt waren. Ich war erleichtert, als der Aufzug mich endlich verschluckte.

Und einsam.

Ein Blick auf die Uhr tröstete mich jedoch. 19.55 Uhr. Lance war bestimmt schon wieder zurück.

Nach all den unerwarteten und bizarren Vorfällen der letzten Monate hätte ich doch auf alles gefasst sein müssen. Was geschah, als der Abschlussball und dieses schreckliche Datum näher rückten, traf mich trotzdem unvorbereitet. Das wurde mir eine Woche vor dem schicksalshaften Datum klar. Als ich an diesem Morgen aufwachte, mich nur noch sieben Tage vom

Schreckgespenst meines möglichen Todes trennten, ging in mir eine seismische Veränderung vor. Ich schlug die Lider viel wacher und lebendiger als sonst auf, war hellhöriger als je zuvor und sah alles mit ganz neuen Augen. Jeder meiner Sinne schien erneuert, geschärft und übermittelte mir selbst die subtilsten Informationen: das köstliche, buttrige, schmackhafte Gift, das aus Etans Küche im Capone waberte, als ich versuchte, mit Dante zu sprechen, die verschnörkelten Töne einer Trompete, die über die Tonanlage der Lobby eine beschwingte Jazzmelodie spielte, die Liebkosung des Samtvorhangs, durch den ich in die Galerie schlüpfte, der Geschmack der stibitzten Chips mit Salsa und die stille Zufriedenheit, die Lance und ich empfanden, als wir uns nach einer weiteren Trainingseinheit im Lagerraum der Kneipe mit Proviant eindeckten.

Ich fand es seltsam, mich so mutig und stark zu fühlen und mir gleichzeitig bewusst zu sein, dass mir so wenig Zeit blieb. Erstaunlicherweise erdrückte mich die Last dieses Wissens aber nicht, stattdessen wurde der Wunsch zu überleben von Tag zu Tag stärker. Die Minuten waren randvoll gepackt, ich war produktiv und scharfsinnig, alles sah anders aus, fühlte sich anders an. Mir war klar, dass mir etwas bevorstand, ich wusste aber, dass ich so gut vorbereitet war wie irgend möglich, so stark wie noch nie zuvor, sowohl körperlich als auch geistig. Jetzt würde ich einfach weiterarbeiten, bis der Moment kam, an dem ich eine Möglichkeit fand, das alles aufzuhalten.

Lance und ich hatten heute mit einem Erkundungsgang zum Guckloch begonnen, da es aber offensichtlich nichts zu belauschen gab, drehten wir jetzt unten unsere Runden. Wir waren schnell, rasten Kopf an Kopf in halsbrecherischem Tempo voran. Es erstaunte mich immer wieder, dass man bei jeder Aktivität, in die man Zeit investierte, irgendwann erste Resultate sah und für seine Anstrengung belohnt wurde. Schließlich kletterten wir mit unseren Snacks wieder nach oben und gingen ein paar Details der Abschlussballplanung durch.

»Ich kann immer noch nicht fassen, dass Courtney und die ganze Bande sich ›Heiß auf dich – Der Große Brand von Chicago‹ als Thema ausgesucht haben«, stöhnte ich.

Lance zuckte mit den Achseln. »Das stand ja immerhin auf unserer Liste.«

»Ja, aber das haben wir uns doch nur zum Spaß ausgedacht.«

»Tja, die Angeschmierten sind jetzt wohl die. Ich hätte gewettet, dass sie die wilden Zwanziger nehmen. Drei von fünf Schulen bevorzugen die wilden Zwanziger.«

»Ich weiß. Ich meine, hallo?« Ich schüttelte den Kopf. »Wenigstens müssen wir keine echte Kuh besorgen.«

»Soweit ich weiß, ist doch die Theorie mit der Kuh als Brandstifterin längst überholt.«

»Ich glaube, die wollen einfach nur flambierte Drinks, oder?«

»Wahrscheinlich.«

Wir schwiegen einen Moment. Ihm ging jetzt bestimmt dasselbe durch den Kopf wie mir. »Jetzt aber mal im Ernst«, begann er mit düsterer Stimme. Ich wusste auch ohne Worte, was er sagen wollte: Durch die ganze Lauscherei und das Herumschnüffeln hatten wir herausgefunden, dass Aurelia & Co bei diesen Abschlussbällen Seelen in großem Stil kaufen wollten und dafür vor nichts zurückschrecken würden. Essen und Getränke würden wohl vergiftet sein, und das Syndikat würde den Service übernehmen. Egal, was wir von unseren Schulkameraden hielten, das konnten wir einfach nicht zulassen. Und von der Todeswarnung hatte ich Lance gar nichts erzählt. Ich wusste nicht, worauf ich noch wartete, aber ich wollte wohl einfach nicht, dass er mich plötzlich mit Samthandschuhen anfasste. Was gar nicht nötig war, weil ich mich noch nie so stark gefühlt hatte. Falls ich es ihm überhaupt sagen musste, würde ich damit bis zum letzten Moment warten.

»Ich weiß. Uns bleibt nicht mehr viel Zeit. Wir haben fast alle Teile des Puzzles, wissen aber nicht, wie sie zusammenpassen und wie wir das Ganze stoppen können.« Ich klaubte ein paar Krümel vom Teppich und sammelte unsere leeren Chipstüten, die Pita-Verpackungen und Dip-Gläser ein. Wir sahen uns an.

»Noch ein Versuch?«, fragte er, stand auf und wischte sich über die Hose.

»Jap.«

Und dann stiegen wir wieder die Leiter hinauf. Das war ein neues Element unserer Routine – wenn wir beim ersten Durchgang keinen Erfolg gehabt hatten, dann sahen wir noch einmal nach, bevor wir Feierabend machten. Manchmal teilten wir uns die Arbeit sogar auf. Lance war besonders gründlich und verschwand hin und wieder unglaublich lange da oben. Es war schön, nicht alles allein machen zu müssen.

Dieses Mal hatten wir oben mehr Erfolg. Aurelia und Lucian hatten im Büro ihre üblichen Plätze eingenommen: sie hinter dem Schreibtisch, er auf dem Sofa. Aber anstatt sich dort lässig auszustrecken, so als wäre ihm alles egal, saß er dieses Mal kerzengerade da. Und kurz darauf wurde klar, warum – als nämlich der Fürst ins Blickfeld trat. Er hatte an der Wand mit den Gucklöchern gelehnt und marschierte nun auf und ab.

»Gut, uns bleibt also noch eine Woche, aber ich muss Euch warnen – sie sind mit jedem neuen Tag schwieriger zu beherrschen. Ich … ich weiß nicht, wozu sie alles fähig sind«, stammelte Aurelia fast.

»Nun, nun, mein Lämmchen, regen wir uns doch nicht so auf«, beruhigte sie der Fürst.

»Natürlich, mein Gebieter, aber diese Fotos sehen immer schlimmer aus. Ich kann es einfach nicht ertragen.« Aurelias Tonfall ließ Verzweiflung durchscheinen, und sie hob frustriert die Hände.

»Dann sieh sie dir eben nicht mehr an. Oder hör zumindest auf, dir deins anzuschauen, denn das ist ja das Einzige, was dich wirklich interessiert«, warf Lucian kühl, beinahe im Flüsterton, ein. Sie ignorierte ihn.

»Das ist ein Zeichen. Ihre seelenerhellenden Kräfte werden stärker.«

»Oder du könntest das Foto auch einfach zerstören. Obwohl das natürlich Selbstmord wäre.«

»Lucian.« Der Fürst wandte sich zu ihm um, und der Name fuhr heraus wie eine Schlangenzunge. »Ich weiß nicht, was über dich gekommen ist. Vergiss nicht, wo du hier stehst!« Lucian senkte den Blick, während der Fürst wieder Aurelia ansah. »Ihr kennt die einzigartigen Bedingungen ihrer Gabe. Die Seelenerleuchterin ist der Schlüssel. Ihre Bilder zu zerstören bedeutet für die Porträtierten den sicheren Tod. Wenn wir die Fotos loswerden wollen, müssen wir sie aus dem Weg schaffen oder ihre Seele für uns gewinnen.«

Aurelia nahm sich wieder zusammen, sie saß jetzt aufrecht und mit professioneller Miene da. »Lucian hat zur Genüge bewiesen, dass er nichts erreichen kann. Ich schlage vor, ihn von dieser Aufgabe zurückzuziehen«, sagte sie.

»Ich bin mir einfach nicht sicher, ob sie sich überhaupt beeinflussen lässt«, wandte Lucian ein. Er sprach langsam und wägte dabei jedes Wort ab.

»Gut, dann ist es das Aus für sie«, beschloss der Fürst leichthin.

Ich schlug mir die Hand vor den Mund, um ein Keuchen zu unterdrücken. Lance sah mich mit großen, besorgten Augen an. »Entweder schließt sie sich uns an, oder wir töten sie. So einfach ist das.«

»Mein Gebieter«, begann Aurelia, »sie ist zu wertvoll für uns. Ich denke, sie weiß vielleicht noch gar nicht, was sie ist. Vielleicht müssen wir ganz direkt mit ihr sprechen, ihr die Möglichkeiten offenlegen, sie von unserer Art zu leben überzeugen. Ich will es noch ein letztes Mal versuchen, und danach können wir weitere Schritte einleiten, wenn es nötig ist. Über das Schicksal der anderen beiden sprechen wir dann, wenn wir ihretwegen eine Entscheidung getroffen haben.«

»Also gut«, stimmte der Fürst zu. »Wenn du bei ihr scheiterst, Lucian, dann will ich bei der Massenrekrutierung aber größeren Einsatz von dir sehen.«

»Genau«, warf Aurelia triumphierend ein. »Mir scheint nämlich, dass du in letzter Zeit überhaupt wenig Erfolg hast. Unsere Anzahl steigt zwar exponentiell an, aber den Großteil der Arbeit leisten Etan, Beckett und Mirabelle.«

»Ich versichere dir, dass ich meine Anstrengungen verdoppeln werde«, erklärte der Angesprochene. Seine Stimme klang scharf, war aber beinahe ein Flüstern.

»Ja, das wirst du«, bestätigte der Fürst ungerührt. Und dann verschwand er mit einem Nicken, ein Feuerring loderte um ihn auf und erlosch genauso schnell wieder. Bevor Aurelia noch irgendetwas sagen konnte, sprang Lucian auf, stürmte aus dem Zimmer und knallte die Tür mit solcher Wucht hinter sich zu, dass Lance und ich zusammenzuckten. Wir krochen zurück. Das reichte für heute wirklich.

An diesem Abend hatte mir das Buch wieder etwas zu sagen. Zum ersten Mal seit Wochen sah ich hinein und entdeckte einen Eintrag mit dem heutigen Datum. Ich wusste nicht, ob ich mich auf neue Hinweise freuen oder mir vielmehr Sorgen machen sollte – wenn das Buch mir eine seiner Weisheiten mit auf den Weg gab, dann brauchte ich sie wohl dringend. Ich rollte mich im Bett zusammen und begann zu lesen.

Stell dich darauf ein, mutig und furchtlos zu handeln. Du hast jetzt nichts mehr zu verlieren, und es ist an der Zeit, deine Stärke zu zeigen. Lass deine Gegner wissen, dass sie mit dir rechnen müssen.

Behaupte dich, sei standhaft, sei stark und vertrau auf dich selbst. Die Zeit ist reif.

Am liebsten wäre es mir ja gewesen, wenn man mir hier jeden einzelnen Schritt vorgeschrieben hätte. Komischerweise war mir das Buch trotzdem ein Trost, obwohl es so gar keine Einzelheiten preisgab. Es war einfach schön, ab und zu daran erinnert zu werden, dass mir in diesem Universum jemand den Rücken stärkte und an mich glaubte. Ich konnte jede Unterstützung brauchen, egal, woher sie stammte.

27

Ich muss mit dir reden

Am nächsten Morgen öffnete Aurelia mir selbst die Bürotür und erklärte: »Komm mit, es ist Zeit für deine Beurteilung.« Nach der Unterhaltung, die wir am Vortag belauscht hatten, wunderte mich das nicht. Sie zog die Tür hinter sich zu und marschierte mit zackigen, langen Schritten zum Parlor. Dabei presste sie sich eine Mappe gegen die Brust – ich fragte mich, was da wohl drin war. Ich hastete hinterher, holte sie dann schließlich ein und imitierte ihren Schritt. So schnell ließ ich mich nicht mehr einschüchtern.

Im Restaurant war ein Tisch für uns gedeckt – und zwar der gleiche wie an dem Morgen kurz nach meiner Ankunft. Wir setzten uns auf dieselben Stühle wie damals. Die Küchentür ging auf, und es erschien eine junge Frau mit Halskette. Als ich zum ersten Mal eine Einführung beobachtet hatte, war sie unter den Rekruten gewesen. Und neben ihr stand … Dante. Er trug ein Tablett mit zwei kleinen Teekannen und -tassen, und die Frau brachte uns eine Auswahl an allen möglichen Süßigkeiten und Gebäck. Während Aurelia damit beschäftigt war, dem Syndikat-Mitglied Anweisungen für den Tag zu geben, bediente Dante mich. Als er die Tasse vor mir abstellte, sah er mich direkt an. Und das waren die Augen, die ich kannte und die ich so vermisst hatte, sie funkelten und tanzten.

»Ich hoffe, es fällt alles zu Ihrer Zufriedenheit aus«, sagte die junge Frau zu uns. Dante stand schweigend neben ihr, und dann verschwanden beide wieder durch die Küchentür. Aurelia begann, sich Tee einzuschenken, und ich griff gerade nach meiner Kanne, als ich plötzlich etwas in meiner Tasse entdeckte. Es war eine Nachricht aus Honig, aber so exakt und klar geschrieben, als hätte Dante dafür einen Zahnstocher benutzt: *Bibliothek morgen Abend um zehn*. Mein Blick fuhr in Richtung Küchentür, aber er war längst verschwunden. Ich versuchte, mir nichts anmerken zu lassen, war aber hellauf begeistert. Keine Ahnung, was da passiert war, aber offensichtlich bekam ich meinen Freund zurück. Jetzt goss ich erst einmal Tee in die Tasse und verwischte damit jede Spur von der Nachricht. Der Gedanke daran wärmte mir aber das Herz und gab mir zusätzlich Kraft, um diese Besprechung durchzustehen. Und was auch immer mir bevorstand.

Aurelia nippte an ihrer Tasse. Dampf stieg daraus auf, aber ich wusste ja inzwischen, warum sie ihren Tee so heiß mochte. »Bevor wir anfangen, möchte ich dir das hier zeigen.« Sie zog eine Zeitschrift aus der Mappe und reichte sie mir. Vom Titelblatt der *Chicago* aus, der Ausgabe des folgenden Monats, blickte mich Aurelia mit verschränkten Armen an. Neben ihr war eine Silhouette des Hotels zu erkennen, allerdings war sie aus zahllosen kleineren Fotos zusammengestellt, die den Umriss des Lexington nachempfanden. Ich schaute mir die Bilder an und erkannte viele vertraute Gesichter: Dante, Lance, Etan und zahllose Syndikat-Vertreter. Dazwischen hatte man ein paar Schnappschüsse aus dem Tresor eingestreut. Im oberen Bereich entdeckte ich eine Aufnahme von Lucian, aber an der Spitze des Ganzen … thronte ich. Auf dem Bild trug ich meine Uniform und ging die Lobby entlang. Ich hatte keine Ahnung, von wann die Aufnahmen stammten. In den letzten Monaten waren zu verschiedenen Anlässen gelegentlich professionelle Fotografen dagewesen – immer öfter seit der Eröffnung (und seit ich von meinen Aufgaben als Chronistin befreit war). Dieses Porträt von mir sah gar nicht schlecht aus. Unten auf der Seite las ich: »Ein Wahrzeichen wird neu belebt.«

»Wow!« Ich konnte nicht anders, es war mir einfach rausgerutscht. Dann blätterte ich zu dem Artikel vor und fand im Inneren der Illustrierten noch mehr Bilder: Einige zeigten die Clubgäste im Tresor, dann gab es da einen Schnappschuss von mir und Lucian, mit Aurelia am Abend der Eröffnung, und da standen sogar Lance und ich auf unseren Leitern und arbeiteten an dem Wandbild. »Das ist … wirklich nett«, sagte ich und versuchte, meinen Enthusiasmus zu drosseln. Aurelia wirkte äußerst zufrieden mit sich selbst. Meine Narben glühten inzwischen wie die Teekanne.

»Du wirst sehen, dass wir in dem Artikel nur Gutes über dich zu sagen haben. Das Exemplar kannst du gerne behalten.« Sie schenkte mir ein warmes, breites Lächeln.

»Danke.« Ich legte die Zeitschrift auf den Tisch. »Ich freue mich schon darauf, das zu lesen.« In Wirklichkeit war die ganze Sache zum Aus-der-Haut-Fahren.

»Gut. Nun, du weißt sicher, dass sich deine Zeit bei uns mit den anstehenden Abschlussbällen langsam dem Ende neigt.«

»Natürlich.« Mein Verstand versuchte, die wahre Bedeutung ihrer Worte zu erfassen. Wusste sie etwa, wie sehr ich dieses eine Datum fürchtete? *Beruhig dich*, schalt ich mich selbst. *Gib dich ganz gelassen so wie sie. Das zeigt Stärke.* »Wenn etwas Spaß macht, vergeht die Zeit eben wie im Fluge«, fügte ich also hinzu. Mein Mangel an Begeisterung ließ die Bemerkung zwar nicht sehr glaubhaft wirken, aber es lag eine neue Stärke darin. Kein Wischiwaschi, kein mädchenhaftes Lächeln. Ich machte Fortschritte.

»Ja, und daher fand ich es nur angemessen, unsere Abschlussbesprechung für heute anzusetzen.«

»In Ordnung«, nickte ich.

»Zunächst möchte ich einmal sagen, dass du deine Aufgaben hier sehr gut erledigt hast. Ich denke, das weißt du bereits.«

»Vielen Dank.«

»In der Galerie hast du eine tolle Leistung erbracht. Deine Fotografien sind«, sie korrigierte sich, »waren zauberhaft, bevor, du weißt schon …« Jetzt schien sie es zu bereuen, überhaupt damit angefangen zu haben. »Du hast Kunden und Medienvertreter ganz wunderbar betreut und mich auf dem Laufenden gehalten, was über uns geschrieben wurde und so weiter. Und auch bei der Abschlussballplanung ist deine Arbeit ja ausgezeichnet, wie ich höre.«

»Danke.«

Ich konnte sehen, wie sie die Muskeln im Nacken anspannte. Das lief für sie offenbar nicht wie erwartet. Sie hatte wohl damit gerechnet, dass ich mich übereifrig und beflissen zeigen würde, wie bei unserer letzten Besprechung an derselben Stelle. Aber sie fuhr fort.

»Ich habe das schon einmal gesagt und werde mit diesen Worten auch in dem Artikel zitiert: Ich sehe dich als meinen Schützling und prophezeie dir für die Zukunft eine wichtige Rolle in unserer Organisation.«

Darauf erwiderte ich nichts und starrte sie nur mit ernstem Blick an. Sie studierte mich lange, und schließlich veränderte sich an ihrem Gesichtsausdruck etwas. Mit weniger starren Schultern als sonst lehnte sie sich jetzt zu mir vor.

»Vielleicht hast du den Eindruck, dass du noch nicht so ganz begreifst, was hier vor sich geht. Wahrscheinlich glaubst du … mich noch nicht so ganz zu verstehen.« Sie sprach jetzt langsam, mit so weicher Stimme, dass mich dieser Wandel ganz aus dem Konzept brachte. »Aber ich verstehe dich, Haven.« Sie verstummte, so als überlege sie, wie viel sie vor mir preisgeben wollte. »Ich war du. Einst war ich in jeder Hinsicht so wie du.« Als wir uns zum ersten Mal an diesem Tisch gegenübergesessen hatten, hatte sie auch etwas in der Art gesagt, aber damals war es mir eher wie Prahlerei vorgekommen. Jetzt lag eine gewisse Schwermut und Verletzlichkeit darin. Ich wollte ihr nicht glauben, ihre Worte nicht an mich, mein Herz oder meinen Verstand heranlassen, aber sie hatte mich mit dieser neuen Seite an sich völlig überrumpelt.

»Ich war wie du: zielstrebig, nachdenklich, ernst und unsicher. Ich hatte große Pläne und befürchtete, in meinem Streben übersehen zu werden, so wie man mich in vielen anderen Bereichen des Lebens übersah.« Sie lehnte sich auf ihrem Stuhl zurück, blickte über meine Schulter hinweg ins Leere und dachte nach. Ich versuchte, mir einen Reim darauf zu machen – erzählte sie da die Wahrheit, oder war das alles nur Show? Diese zwiespältige Figur konnte ich kaum mit der Frau in Einklang bringen, die in ihrem Büro so gefährlichen Männern die Stirn bot. Ich war völlig durcheinander. Diese Aurelia kannte ich noch nicht, und ich war auf sie nicht vorbereitet gewesen.

»Ich wollte Macht, Einfluss und ein Zuhause, sehnte mich nach einem Ort, der mir ganz allein gehörte und den Menschen gern aufsuchen wollten. Menschen wie du und ich sind nirgendwo wirklich daheim«, behauptete sie, und ich war mir nicht sicher, was sie damit meinte. Aber vermutlich hieß das nur, dass es in ihrem Leben keine Joan gegeben hatte. »Ich hatte genug davon, mir ständig die Nase an den Scheiben platt zu drücken und das perfekte Leben der anderen zu bewundern. Stattdessen wollte ich, dass die Menschen *mich* so anschauten. Ich wollte nicht unsichtbar sein, so wie du vermutlich auch nicht.« Ich reagierte nicht.

Ungerührt fuhr sie fort: »Ich habe auch nicht dazugehört. Menschen werden in Schubladen gesteckt und sortiert, und dabei bleiben manche von uns eben auf der Strecke. Also habe ich mich in die Welt der Kunst, Musik und Geschichte geflüchtet, sie war mein Rückzugsort. Ich träumte davon, dass man sich eines Tages nicht mehr über meine Interessen lustig machen würde und ich stattdessen für meinen erlesenen Geschmack gerühmt würde. Irgendwann würde jeder ein Teil meiner Welt sein wollen. Jungen können herzlos sein, Mädchen aber wirklich grausam, wenn sie das Gefühl haben, dass du nicht wie sie oder ihnen womöglich sogar überlegen bist. Ich nehme an, das alles muss ich dir nicht erklären.« Ich wandte nur für einen Moment den Blick ab. »Und als mir eines Tages ein großer dunkler Fremder diese Möglichkeiten eröffnete, da war mir klar, dass ich mich nicht allein völlig neu erfinden konnte. Ich hatte nicht die Kraft, aufs College zu gehen und zu hoffen, dass ich dort endlich Menschen finden würde, die mich mochten. Ich wollte diese Veränderung sofort. Und ich habe es nie bereut …« Sie verstummte und fügte dann noch hinzu: »Zumindest kaum. Natürlich kann jeder Pfad manchmal steinig sein.« Sie atmete tief durch und setzte dann wieder an: »Und für so eine Entscheidung ist es manchmal notwendig, dass gewisse … Menschen … in den Hintergrund treten. Aber so ist das Leben.« Nein, so ist es eben nicht. Sie dachte offensichtlich an Neil.

Jetzt lehnte sie sich wieder zu mir vor und senkte die Stimme, um sich meiner Aufmerksamkeit zu versichern: »Auch ich habe die … Zeichen getragen, wenn du verstehst, was ich meine.« Obwohl sie sich mir gegenüber noch nie so sanft gezeigt hatte, fuhr ich bei diesen Worten zusammen. »Für uns ist kein Weg einfach – das solltest du wissen. Es gibt keine leichte, saubere, gute Alternative, für die man keine Opfer bringen muss. Also sollten wir doch die wählen, die es uns erlaubt, uns zu unserem vollen Potenzial zu entfalten. Alles hat seine Vor- und Nachteile.«

Jetzt konnte ich nicht länger den Mund halten. »Einige davon sind jedoch größer als andere«, wandte ich leise und ebenso behutsam ein. Sie schaute weg.

»Natürlich. Und mein Weg war mit Sicherheit nicht perfekt. Aber wenn man nach Großem strebt, einfach alles will, dann muss man eben Opfer bringen, wird im Gegenzug jedoch reich belohnt. Und das haben wir verdient.« Sie tippte mit dem Finger auf die Zeitschrift. »Das weißt du doch sicher.«

»Vermutlich.« Sie hatte mich völlig aus dem Konzept gebracht. Aurelia war nie betörender gewesen. Plötzlich zeigte sie sich so verletzlich und gewährte mir diesen seltenen Einblick in ihre Vergangenheit. So etwas hätte niemanden kaltgelassen.

»Und deshalb möchte ich dir vorschlagen, dem Syndikat beizutreten, Haven. Und ich hoffe wirklich, dass du die Einladung annimmst.«

Mir fehlten die Worte. Besorgt runzelte ich die Stirn. Schließlich sprach sie in demselben offenen, innigen Tonfall weiter, redete mit mir wie mit einer Ebenbürtigen: »Du wärst unser jüngster Neuzugang und würdest innerhalb kürzester Zeit zu unserem mächtigsten Mitglied aufsteigen. So einfach ist das.«

Bevor ich auch nur den Mund aufmachen konnte, stand sie geräuschlos auf.

»Ich brauche nicht jetzt sofort eine Antwort von dir. Sag mir einfach am Tag vor dem Abschlussball Bescheid. Denk gut darüber nach.« Sie strich ihr Kleid glatt und machte sich auf den Weg hinaus, blieb dann aber direkt hinter dem Stuhl stehen, auf dem ich so still und verwirrt saß. Sie beugte sich zu mir hinunter und legte die Hände genau auf die Stelle, an der meine Narben brannten. »Haven«, flüsterte sie, »denk bitte sehr, sehr sorgfältig nach.«

Sobald sie fort war, stand ich vom Tisch auf und rannte den ganzen Weg zur Galerie hinüber, wo ich Lance in unserem Büro antraf und ihm in allen Einzelheiten von unserem Gespräch berichtete.

Ich hatte damit angefangen, jeden Abend zwischen der Praktikumsarbeit und unseren nächtlichen Abenteuern in den Tunneln und Wänden des Hotels noch einmal Wort für Wort alle Einträge in dem Buch durchzugehen. Um zehn Uhr klopfte dann unweigerlich Lance an meine Tür. Ich ließ ihn herein, holte für jeden von uns einen Powerriegel aus unserem häufig aufgefüllten Vorrat, und dann kletterten wir entweder nach oben oder nach unten.

Aber heute erklang das Klopfen früher – es war noch nicht einmal neun –, und das schreckte mich so auf, dass ich zunächst durch den Spion sah. Es war gar nicht Lance, es war Lucian. Plötzlich war ich völlig starr und taub. Dort stand er nun in seinem perfekten Anzug und sah über seine Schulter, so als befürchtete er, es sei ihm jemand gefolgt. Er trommelte mit dem Fuß nervös auf dem Boden herum, und seine Finger zuckten. Ich hielt den Atem an und fragte mich, was wohl wäre, wenn ich einfach nicht aufmachte. Ich konnte vielleicht so tun, als wäre ich nicht da, bis er wieder ging. Mir kam noch einmal das Gespräch mit Aurelia in den Sinn. Warum war er hier? Hatte man ihn geschickt, damit er mich erledigte? Jetzt erklang draußen mein Name, nicht im üblichen verführerischen Tonfall, sondern viel weicher, er hörte sich fast wie ein Flüstern an: »Haven.« Ich schwieg, entfernte mich langsam von der Tür und versuchte dabei, so leise wie möglich zu sein. Lucian rüttelte am Türknauf. Mehr war gar nicht nötig: Meine Beine ergriffen die Flucht, ich raste zum Schrank und warf mich in den Schacht unter der Luke, kletterte so blitzschnell hinunter, dass mein Herz zu rasen begann. Aber obwohl mir das Blut in den Ohren dröhnte, übertönte es trotzdem nicht das Klicken des Schlosses und das Ächzen der Tür, die oben geöffnet wurde. Dann waren eindeutig fremde Schritte in meinem Zimmer zu hören, und wieder rief diese Stimme meinen Namen: »Haaaven?« Erneut war ich wie erstarrt und hing nun auf halber Höhe im Schacht.

Es überkam mich siedend heiß, und ich konnte mich schon wieder nicht rühren. »Wenn du da bist, hab bitte keine Angst. Ich will dir nicht wehtun. Aber ich muss mit dir reden.«

Ich rief mir die Szene vor Augen, die ich da oben hinterlassen hatte. Die Schranktür hatte ich zwar hinter mir zugezogen, die Luke aber nicht zugemacht. Die ließ ich bei meinen Ausflügen eigentlich immer auf, weil ich Angst hatte, dass sie vielleicht einrastete und ich dort unten gefangen war. Sollte ich jetzt wieder hochkriechen und sie schließen? Das erschien mir zu riskant. Ich konnte mich nicht überwinden, nach oben zu steigen, also zwang ich meine Füße weiter hinunter, kletterte so leise wie möglich voran.

Lucians Schritte konnte ich jedoch noch immer hören. Ich hatte gehofft, er würde es aufgeben und verschwinden, aber dann blieb er stehen. Ein Lichtstrahl fiel in den dunklen Schacht hinunter. Mir entfuhr ein Keuchen. »Haven, ich weiß, dass du da unten bist! Kannst du mir nicht wenigstens eine Minute zuhören?« Hastig setzte ich meinen Abstieg fort, meine Füße rutschten die Streben hinunter, meine Finger krallten sich ins Holz. Oben hörte ich nun ein Knacken und dann eine Art Rascheln. Ich verlangsamte meine Bewegung so weit, dass ich kurz hochgucken konnte, und entdeckte Lucian, der so schnell und leichtfüßig zu mir herunterkam, als würde er die Sprossen kaum berühren. Und er holte mich ein. Meine Füße schlugen hart auf dem Boden auf, ich stolperte und dann schloss sich ein eiserner Griff schmerzhaft um meinen Oberarm. Die Angst packte mich – ich war gefangen. Lucian schlang den anderen Arm um meinen Körper und hielt mich mit dem Rücken zu ihm fest, während sein heißer Atem mein Ohr berührte.

»Ich werde dir nicht wehtun. Kannst du mir bitte vertrauen? Dazu hast du nun wirklich keinen Grund, das ist mir schon klar. Aber lauf bitte, bitte nicht weg.« Ich nickte, es war ein nervöses Nicken, und er löste seine Umklammerung ein wenig. Dieser kleine Freiraum reichte mir, und ich konnte den Arm weit genug lockern, um Lucian den Ellbogen rasch in die Brust zu rammen.

»Au!«, stöhnte er, krümmte sich und ließ mich dabei los. Ich war frei, entfernte mich aber nur ein paar Schritte von ihm, weit genug, bis ich den Durchgang zu dem Gang erreichte, von dem aus der Schein nackter Glühbirnen uns in trübes Licht tauchte. Und dann blieb ich stehen. Weil es sein musste. Ich lehnte mich gegen die bröckelnde Wand und erlaubte mir, einen kurzen Moment zu verschnaufen. Lucian stand vornübergebeugt da, stützte die Hände auf den Knien auf und sah mich an. »Nicht schlecht«, stöhnte er.

»Danke.«

Langsam richtete er sich auf und reckte sich. »Das hab ich wohl verdient.«

»Was willst du?«, fragte ich. Die Antwort machte mir zwar Angst, aber ich wollte das jetzt so schnell wie möglich hinter mich bringen.

»Ich will nur mit dir reden. Tut mir leid, dass ich einfach so eingedrungen bin …« Er zeigte mir die Karte in seiner Brusttasche, die wohl ein Generalschlüssel sein musste, und schob sie dann wieder zurück. »Aber ich habe befürchtet, dass du mich sonst nicht reinlässt, und ich musste dich unbedingt heute noch sehen.« Scheinbar besorgt kniff er die Augen zusammen und trat dann, den Blick auf mich geheftet, ein paar Schritte vor.

»Warum?« Meine Worte ließen ihn wie angewurzelt stehen bleiben. »Was hast du mir denn so Wichtiges zu sagen?«

»Es geht um deine Unterhaltung heute mit Aurelia«, begann er. »Ich weiß, dass sie dich zum Beitritt überreden will und dass du vermutlich ablehnen wirst.«

»Du kannst mich nicht umstimmen.«

»Das ist mir schon lange klar. Deshalb habe ich dir ja auch …

deinen Freiraum gegeben.« Er war immer leiser geworden, und seine Stimme stockte. Gram und Kummer lagen darin. Das konnte ich hören, aber nicht glauben.

»Was willst du dann?«, fauchte ich ihn beinahe an. Er sollte mich jetzt endlich in Ruhe lassen. Ich wollte zurück in mein Zimmer und allein sein. Und nicht mit ihm hier unten in der Falle sitzen. Inzwischen war ich rasend vor Wut, sah in ihm nur noch den Schönling, auf den ich hereingefallen war und der mich manipuliert hatte. In den letzten Monaten hatte ich versucht, ihm möglichst aus dem Weg zu gehen, und getan, als gäbe es ihn gar nicht, obwohl das gar nicht einfach war. Selbst in so einem großen Hotel lief man sich doch täglich über den Weg. Es tat mir weh, ihn anzusehen, denn selbst jetzt erinnerte sich mein Herz noch immer an den Kuss am Abend der Gala, an jede einzelne Sekunde davon. Das waren die besten Minuten meiner ganzen Zeit hier gewesen. Und es machte mich krank, dass ich sie ausgerechnet mit ihm erlebt hatte.

»Du musst mir zuhören«, erklärte er langsam. »Glaub mir doch bitte, was ich dir sage. Sie werden dich umbringen, Haven. Sobald du offiziell nein gesagt hast, werden sie hinter dir her sein. Halt sie so lange hin wie irgend möglich. Den genauen Zeitpunkt kenne ich nicht, ich weiß nur, dass sie dich töten wollen und du wirklich vorsichtig sein musst«, drängte er mit angsterfüllter Stimme.

»Ich weiß«, erwiderte ich so standhaft, wie ich nur konnte. Ich wollte ihm zeigen, dass ich damit auch allein klarkam.

Verwirrt sah er mich an. Dann betrachtete er seine Umgebung, diesen schäbigen Eingang zum unterirdischen Labyrinth.

»Tja«, murmelte er schließlich und ließ den Kopf beschämt, schuldbewusst hängen. »Du hast vermutlich schon so einiges allein rausbekommen, oder?« Ich nickte kühl. »Ich habe dir so viel zu sagen, Haven, so viel.«

»Warum sollte ich dir vertrauen?«

»Eine gute Frage. Und ich weiß leider nicht, ob ich darauf eine zufriedenstellende Antwort finde.«

»Wenn sie dich geschickt haben, um mich umzubringen, dann kannst du dich aber auf was gefasst machen. Glaub nicht, dass ich mich kampflos ergebe. Und wenn du gewinnst, dann wird es dir ewig auf dem Gewissen liegen.« Ich verstummte eine Weile. »Aber du hast wahrscheinlich gar kein richtiges Gewissen, oder?« Es war fast schon witzig, aber nur fast. »Na, dann tut es mir leid für dich.«

»Du hast jedes Recht, wütend zu sein.«

»Ja, vielen Dank auch. Das habe ich.«

»Dir steht noch eine Entschuldigung zu und so viel mehr.« Er trat wieder einen Schritt vor, weiter hinein in das dumpfe Leuchten, und starrte dann in die Dunkelheit, so als überlege er, wo er am besten anfangen sollte.

Ich beschloss, die Karten auf den Tisch zu legen. Schließlich hatte ich nichts zu verlieren. »Nur für den Fall, dass du es dir noch einmal überlegen und mich doch nicht umbringen solltest ...«

»Deswegen bin ich doch gar nicht hier.« Er verzog gequält das Gesicht, meine Worte hatten ihn wohl wirklich verletzt.

»Gut, dann kann ich es dir ja auch genauso gut sagen. Ich hatte mich wirklich in dich verliebt.« Das versuchte ich so sachlich und emotionslos wie möglich vorzubringen. Mir fiel auf, dass meine Finger plötzlich nichts mehr mit sich anzufangen wussten. Ich zupfte mit nervöser Energie an meiner Nagelhaut herum und konnte gar nicht mehr aufhören. Lucian sah mir in die Augen, ich wandte aber den Blick ab und fixierte einen Punkt direkt neben ihm, das war viel einfacher. »Dass ich für dich nur eine Aufgabe war, ist ganz schön demütigend.«

»Das stimmt doch gar nicht.«

»Wie du meinst«, knurrte ich. »Ich höre mir deine Lügen jedenfalls nicht länger an.«

»Okay, vielleicht war es so … zumindest am Anfang … bevor du herkamst. Ich sollte mich um dich kümmern. Etan und Raphaella hatten ebenfalls ihre Zielobjekte. Aber ob du mir das nun glaubst oder nicht, es stimmt: Du hast mich … verzaubert.« Er sprach jetzt langsam und suchte nach den richtigen Worten. »Ich war … ich bin von dir ganz verzaubert.« Er ließ diese Feststellung im Raum stehen, bevor er fortfuhr.

»Das kann ich mir kaum vorstellen, wenn man sich anschaut, wen du hier so den ganzen Tag um dich hast«, warf ich ein.

»Nein, das stimmt wirklich. Du solltest mal sehen, mit welchen Augen du deine Umgebung und die ganze Welt betrachtest, so als ob alles eine tiefere Bedeutung hätte. In deinem Blick liegt so ein Funkeln. Wenn du jemanden anschaust, hat er plötzlich das Gefühl, im Leben so vieles nicht zu verstehen, es aber unbedingt lernen zu wollen. Du guckst jeden so an, als wäre er der Einzige im Raum. Ich bin nicht daran gewöhnt, dass jemand so bei der Sache ist. Ich meine, du hast die Leute vom Syndikat ja gesehen. Sie mögen schön sein, aber die meisten von ihnen sind wie Roboter, denen man das Leben aus den Adern gesaugt hat. Aber du bist echt, und wenn es auch anders angefangen hat, waren meine Gefühle letztlich ebenso echt. Du hast mich einfach überrumpelt, Haven Terra.« Er senkte wieder die Stimme, und seine grauen Augen blickten in die Ferne. »Deinetwegen habe ich angefangen, alles zu bereuen, zu hinterfragen, was ich hier tue, was ich getan habe.« Er schüttelte den Kopf. »Und hier sind wir nun. Warum du mir vertrauen sollst? Da ich dich nicht haben kann, du mich nicht willst, werde ich wenigstens alles in meiner Macht Stehende tun, um dir bei deinem Kampf zu helfen, auch wenn es mich das Leben kostet.«

28

Ich will, dass du gewinnst

Lucian verstummte, wohl damit ich erst einmal verarbeiten konnte, was er mir da gerade eröffnet hatte. Ich ging die Sache in Gedanken noch mal durch: Er wusste also, dass er mich nicht von einem Beitritt zum Syndikat überzeugen konnte und dass dies der reinste Selbstmord war. Opferte er sich wirklich für mich auf? »Damit will ich alles wiedergutmachen, das ist mein Geschenk an dich, und ich bitte dich, diese Gabe und meine Entschuldigung anzunehmen. Vergib mir, oder ich lasse dich nie wieder gehen.« Das hatte ich schon einmal von ihm gehört. Damals hatte er diesen Satz so leicht dahingesagt, es war um nichts gegangen. Jetzt hatten seine Worte so viel Gewicht, und es brach mir das Herz, als ihm Tränen in die Augen stiegen.

»Ich vergebe dir. Wirklich«, erklärte ich sanft.

Ein Seufzer der Erleichterung entfuhr seiner Brust. »Können wir noch einmal ganz von vorn anfangen?« Als er mir die Hand reichen wollte, stellte ich fest, dass ich die Arme noch immer vor der Brust verschränkt hatte. Ich warf ihm einen letzten Ist-das-auch-kein-Trick?-Blick zu, aber er wirkte glaubhaft. Und dann fiel mir auch noch auf, dass meine Narben dieses Mal schwiegen. Mit festem Griff schüttelte ich ihm die Hand. »Danke«, sagte er. Ich nickte. »Also, wenn du möchtest, und wenn du dich in diesen glamourösen Gemächern hier wohlfühlst …« Er schaute mich an, um zu sehen, ob sein Witz Wirkung zeigte, ich verzog jedoch keine Miene. »Dann machen wir das direkt hier. Das ist vielleicht gar keine schlechte Idee.« Damit begann er, sein Jackett aufzuknöpfen. »Aurelia hasst diese Gänge – wenn sie gewusst hätte, dass dein Zimmer einen Zugang hat, hätte sie dich hier übrigens nie untergebracht.« Er zog die Anzugjacke aus und breitete sie neben mir auf dem Boden aus. »Allen anderen gewährt sie nur bei besonderen Aufgaben Zutritt, hier müssten wir also ungestört sein.« Er ließ sich auf dem Betonfußboden nieder und bedeutete mir, mich auf das Seerosenblatt zu setzen, das er da für mich arrangiert hatte. »Bitte.« Widerwillig nahm ich meinen Platz auf dem Boden ein, und dort hockten wir nun und sahen uns an, als würden wir in einer Kommandozentrale einen Krieg planen. »Wie sollen wir es machen?«, fragte er. »Du hast sicher viele Fragen. Ich erzähle dir vielleicht erst einmal, was ich über die unmittelbar bevorstehende Gefahr weiß, und dann kannst du loslegen. Okay?«

»Okay.« Ich betrachtete ihn und stellte mich darauf ein, jedes einzelne Wort aufzunehmen und es in meinem Gedächtnis zu verankern. Ich würde jede noch so kleine Information, die mir weiterhelfen konnte, aus ihm herauskitzeln.

»Es passiert wahrscheinlich um die Abschlussbälle herum, obwohl man ja eigentlich erwarten sollte, dass sie bis nach den Feiern warten, weil wir von diesen Veranstaltungen unglaublich profitieren. Aurelia ist aber ungeduldig, und sie trifft oft Entscheidungen, die auf Gefühlen und nicht auf Strategien beruhen. Das ist ihre große Schwäche. Wenn du ihr erst offiziell mitgeteilt hast, dass du dem Syndikat nicht beitrittst, dann wird sie wütend und gekränkt sein. Sie leidet an Größenwahn und ist daran gewöhnt, ihren Willen immer zu bekommen, also klammert sie sich weiter an die Hoffnung, dass du aus irgendeinem Grund deine Meinung änderst. Und deshalb wird sie schließlich rasch handeln, selbst wenn das für sie nicht klug ist. Ich denke, du weißt von den Fotos, oder?«

Ich nickte.

»Sie verändern sich, weil deine Kräfte sich gerade erst entwickeln. Außer dir selbst kann niemand wissen, in was du dich einst verwandelst, wir halten dich jedoch für eine sogenannte ›Seelenerleuchterin‹. Du kannst die wahre Natur der Menschen zum Vorschein bringen. Im Moment bedeutet das für dich, dass du deinem Instinkt folgen solltest, weil er immer recht hat.«

Da fiel mir etwas ein, und ich unterbrach ihn: »Hast du mir den Fotoapparat weggenommen? Die Kamera, die ich mitgebracht hatte?«

Er wandte den Blick ab, was mir als Antwort genügte. »Tut mir leid. Aurelia hatte dazu eigentlich jemanden vom Syndikat abkommandiert, aber ich habe dabei wenigstens versucht, deine Privatsphäre zu respektieren.«

»Klar, ein viel netterer Diebstahl«, murmelte ich, aber die Worte waren vor allem für mich selbst bestimmt. »Woher wusste sie überhaupt …«

»Aurelia hat deine Sachen am Tag der Ankunft durchsuchen lassen.«

»Natürlich.« Ich seufzte.

»Aber das war noch, bevor sie von deinen Fähigkeiten wusste, damals hatte sie keine Ahnung, wonach sie Ausschau halten musste. Es war klar, dass du über besondere Kräfte verfügst, aber sie hat nicht einmal geahnt, dass du eine Seelenerleuchterin bist.« Er sah gequält drein. »Kann ich das vielleicht mit weiteren Geheimnissen wiedergutmachen?«, bot er an.

»Sicher«, gab ich nach. »Ich habe eine Frage: Mein Bild verändert sich ja auch. Was hat es damit auf sich?«

»Das verrät dir wohl etwas über dich selbst, darüber, wer du bist.«

»Und dein Porträt? Ich habe es gesehen, und …«

»Es sieht nicht mehr ganz so schlimm aus, oder?«

»Genau.« Das verstand ich nicht.

»Das ist mir auch aufgefallen. Ich hätte nicht gedacht, dass so etwas möglich ist. Ob du es nun glaubst oder nicht, das liegt an deinem Einfluss auf mich. Ich habe schon seit Wochen keine Seele mehr angeworben. Deinetwegen will ich ein besserer Mensch werden. Und das Bild zeigt nun meine Reue …« Er klang dankbar, als hätte ich wirklich aktiv dazu beigetragen. »Die Bilder fangen die wahre Seele des Menschen ein, deshalb sind sie so entstellt. Wenn du diese Seele zerstörst, schickst du den Menschen damit zurück in die Hölle. Also musst du die Aufnahmen verbrennen oder sie anderweitig vernichten, und damit verletzt du auch die porträtierten Personen auf dem Bild.«

»Dann mache ich das jetzt sofort. Worauf warten wir noch?«, brach es trotz meiner Angst aus mir heraus.

»Das geht nicht. Da gibt es nämlich ein Problem: Das kannst du nur in einem kleinen Zeitfenster und nur, wenn sie dich zuerst angegriffen haben.«

»Wer hat sich denn das bloß ausgedacht?«, fuhr ich ihn wütend an.

»Niemand, so funktioniert das eben. So wie der Himmel nun mal blau ist. Du könntest jetzt losmarschieren und ein Messer in jedes einzelne Foto rammen, und es würde nichts geschehen.«

»Okay, nachdem sie mich angegriffen haben, zerschneide ich die Fotos also, aber was ist mit den Bildern von Lance oder Dante? Und was wäre, wenn jemand mit unseren Porträts genau das Gleiche macht?«

»Solange sie ihre Seelen nicht an uns verkauft haben, kann man sie, also euch, nur auf die klassische Art und Weise töten.«

»Wie beruhigend.«

»Wenn eure Kräfte sich erst einmal voll entwickelt haben, wird es immer schwieriger werden, euch in den Tod zu schicken, aber wir wissen einfach noch nicht, wie stark ihr schon seid. Und du?«

Ich wollte nicht zu viel preisgeben, also antwortete ich unverbindlich: »Ich auch nicht«, was ja gewissermaßen auch stimmte.

»Tja, ich fürchte, das finden wir noch früh genug heraus«, erklärte er mit echtem Bedauern.

»Also werden all diese Menschen sterben.« Das wollte ich nicht. Ich wollte nicht für ihren Tod verantwortlich sein, egal, was für Monster sie waren.

»Die waren schon in dem Moment tot, in dem sie ihre Seele verkauft haben. Wenn du jemanden vom Syndikat oder von … uns umbringst …« Das »uns« brachte er kaum über die Lippen. »Dann sterben wir nicht wirklich, wir steigen nur in die Hölle ab. Wir gehören hier alle der Oberschicht der Unterwelt an – deshalb dürfen wir überhaupt hier sein, im Übergangsreich der Metamorphose. Es handelt sich um ein echtes Privileg. Aber wenn wir hier versagen und ›getötet‹ werden, dann werden wir in die Unterwelt verbannt, müssen dort unsere Zeit absitzen und verschiedene Phasen der Bestrafung durchlaufen. Und der Fürst – den kennst du doch, oder? Er ist wirklich der, für den du ihn hältst.«

»Ich weiß.«

»Er entscheidet dann, ob wir noch einmal eine Chance bekommen, unsere Arbeit hier oben fortzusetzen.«

Er hielt einen Moment inne. Ich dachte plötzlich, ich hätte meinen Namen gehört, glaubte dann aber, mir das nur einzubilden. Das Kratzen von Turnschuhen auf den Holzstreben ließ uns jedoch beide aufschrecken, und ich konnte nicht länger ignorieren, dass da jemand die gleiche abgestandene Luft einatmete.

»Wie spät ist es?«, wollte ich wissen.

Lucian sah auf die Uhr: »Fünf nach zehn, warum?«

Ich stand auf. »Lance«, wisperte ich.

»Vielleicht geht er ja einfach wieder«, meinte Lucian.

»Nein, und das will ich auch gar nicht«, flüsterte ich zurück. »Gib mir eine Minute.«

Ich schlich durch die Dunkelheit zu der Stelle, an der die Leiter den Boden erreichte.

»Lance? Ich bin's«, rief ich hinauf. In dem wenigen Licht, das aus dem Schacht hinunterfiel, sah ich seinen Umriss näher kommen und dann plötzlich verharren.

»Haven?« Der Schein einer Taschenlampe leuchtete zu mir herunter.

»Hi!«, sagte ich und blinzelte in der dumpfen Luft.

»Alles klar bei dir?«

»Ja, ich ...«

Jetzt bewegte er sich wieder in meine Richtung, die noch immer leuchtende Taschenlampe baumelte an seinem Handgelenk. »Ich habe geklopft, aber es hat niemand aufgemacht, also dachte ich ...« Er erreichte die letzte Sprosse, und ich trat einen Schritt beiseite. »Ich dachte, ich sehe mal besser nach. Wusstest du, dass deine Tür nicht verschlossen ist?«

»Tut mir leid!«, rief Lucian jetzt aus der Dunkelheit. »Das war meine Schuld.«

Jetzt schien mir die Taschenlampe wie einer von diesen Strahlern bei Polizeiverhören ins Gesicht.

»Alles klar?« Dieses Mal sprach er die Worte nicht aus, sondern bildete sie lautlos mit den Lippen. In seinen Augen stand der Schock geschrieben.

»Alles in Ordnung«, flüsterte ich ruhig zurück.

»Sollte ich dir jetzt Geiselfragen stellen?«

»Nein, es geht schon. Versprochen. Aber vielleicht könnten wir uns nachher noch kurz sehen.« Ich sprach jetzt so leise wie möglich. »Ich hole nämlich Informationen für uns ein.«

Skeptisch rückte er sich die Brille zurecht. »Ach, nennt man das heutzutage so?«

»Das meine ich ernst«, erwiderte ich ein wenig eingeschnappt. Langsam entspannte er sich.

»Bist du sicher, dass das in Ordnung geht?«

»Ich schwöre.«

»Dann komm nachher noch bei mir vorbei, okay? Damit ich im Bilde bin. Egal, wie spät es wird. Weißt du, in letzter Zeit schlafe ich sowieso nicht besonders viel.«

»Das mache ich, versprochen. Dann bis später?«

Er nickte und begann mit einem letzten Blick in Lucians Richtung den Aufstieg.

Als ich zurückkam, war Lucian aufgestanden und holte gerade etwas aus seiner Sakkotasche. Er sah hoch, legte das Jackett wieder auf den Boden und zeigte mir, was er in der Hand hielt.

»Sorry, die wollte ich eigentlich noch entsorgen. Die habe ich eben in deinem Zimmer eingesteckt.« In seiner Hand lag die schwarze Blüte vom Valentinstag, die immer noch nicht verwelkt war. »Sie ist reines Gift«, erklärte er verlegen und schleuderte sie mit einer lockeren Handbewegung in den Tunnel.

»Ich weiß.«

»Und du hattest sie trotzdem noch?«

»Was auch immer sie bewirken sollte, hat ja offenbar nicht funktioniert.«

»Ja, deine Immunität hat schneller eingesetzt als erwartet.« Er deutete in die Richtung, in die Lance verschwunden war. »Er ist ein guter Mensch, ihr habt vieles gemeinsam.«

»Das weiß ich.« Und das stimmte. Es fühlte sich an, als würde er zu mir gehören.

»Weißt du, ich habe ihn heute gefragt, ob er dem Syndikat beitreten will.« Lucian setzte sich wieder, und auch ich nahm erneut meinen Platz auf der Jacke ein.

»Und, was hat er gesagt?«, fragte ich, obwohl das gar nicht nötig war.

»Was glaubst du denn? Er hat mir gedankt und erklärt, dass

er darüber nachdenken will, um mir bald Bescheid zu geben, aber das war natürlich nicht ernst gemeint. Er ist schlau und versucht, Zeit zu schinden.«

Lucian und ich saßen bis zum frühen Morgen zusammen und redeten, wir merkten kaum, wie die Stunden verflogen. Es kam mir so vor, als wären die Uhren stehen geblieben und die Nacht sei plötzlich aus Kaugummi. Sie dehnte sich immer weiter aus, um mir Zeit zu geben, so viel wie möglich herauszufinden.

Lucian hielt Wort und beantwortete all meine Fragen. Und das waren so einige. *Wie waren wir überhaupt hier gelandet?* Einer von ihnen, ein Vertreter der Unterwelt, saß im Kultusministerium. So ein Programm gab es in jedem Bezirk, und uns hatte man als Erste rekrutiert, weil wir für sie besonders interessant waren – denn in uns dreien schlummerten Kräfte, die sich langsam zu zeigen begannen. *Was war das für eine Revolution, für die sie da die Leute anwarben?* Es handelte sich um eine Untergrundbewegung, durch die man hier oben Fuß fassen wollte. Das Syndikat sollte auf Erden das Kommando übernehmen und frei sein, Chaos zu stiften – denn damit waren diese Wesen glücklich und in ihrem Element. Tod, Zerstörung, Krieg, Wahnsinn, danach dürstete es sie, das war alles, was sie wollten. »Inzwischen fange ich wieder an, etwas zu empfinden«, erklärte Lucian. »Und mir ist jetzt klar, wie das für dich klingen muss. Aber wenn man der Unterwelt angehört, dann wird man umgepolt und erfreut sich plötzlich an Dingen, von denen man das am wenigsten erwartet hätte. Man sehnt sich danach, man braucht das.«

Er war beeindruckt, dass ich eine Einführung miterlebt hatte und klärte mich über deren Elemente auf: Die Tätowierung enthielt Blut des Fürsten, verdarb die Körper der Syndikat-Vertreter und machte sie innerlich zu Teufeln. Die Halsketten und Manschetten wurden später verteilt, wenn die Mitglieder sich verdient gemacht hatten, und standen für größere Verantwortung, ermöglichten Aurelia und dem Fürsten jedoch auch größere Kontrolle. Über die Schmuckstücke konnten sie nachverfolgen, wo sich die Träger befanden, und ihre Untergebenen im Notfall auch vernichten.

»Diese Vorsichtsmaßnahmen sind nötig, wenn unsere Mitglieder sich im Reich der Metamorphose befinden, aber nicht, wenn sie nach unten zurückgekehrt sind.«

»Und was ist dann mit Calliope passiert?«

»Sie ist genau in dem Moment geflohen, in dem die Kette ihre Macht über sie verloren hat – als sie eigentlich in die Unterwelt zurückkehren sollte. Stattdessen hat sie die Flucht ergriffen. Schwer zu glauben, aber das ist wirklich zum ersten Mal passiert. Normalerweise reguliert die Kette den Fluss des Teufelsblutes aus der Tätowierung und verhindert eine Überdosis. Aber als Beckett sie ihr abgenommen hatte, ging ihr Zerfall rasend schnell voran. Und sie wusste, dass es so kommen würde – sie hatte wohl geplant, so dramatisch auf den Stufen des Hotels zu sterben. Um damit ein Zeichen zu setzen.« Er schüttelte den Kopf, als würde er ihren Tod wirklich bedauern. »Hüte dich vor Beckett. Der ist jetzt hinter meinem Job her, und ich befürchte, er gehört bald ihm …« Lucian verstummte.

Mehr brauchte er auch gar nicht zu sagen. Mir war schon klar, dass er mit jedem einzelnen Wort sein Schicksal endgültiger besiegelte. Am meisten verwirrte mich die Frage, wie eine Seele überhaupt gekauft und verkauft werden konnte. Er lachte leise, als ich danach fragte, was mich vermuten ließ, dass ihn meine Naivität amüsierte – denn scheinbar war das ja wohl ein triebhafter, lüsterner Akt, und davon hatte ich herzlich wenig Ahnung.

»Du brauchst dich gar nicht lustig zu machen«, knurrte ich.

»Ich lache ja nur, weil das so viel einfacher ist, als die Leute sich das vorstellen. Das läuft bei jeder Seele anders, aber ehrlich gesagt genügt schon eine mündliche Vereinbarung.«

»Oh«, sagte ich. Wie peinlich.

»Wer hat hier denn nun die schmutzige Fantasie?«, fragte er verschmitzt. »Ausreichend ist schon ein zum Ausdruck gebrachter tiefer Wunsch, egal was für einer, und dann die Bereitschaft, alles dafür aufzugeben. So einfach ist das. Wir können niemandem gegen seinen Willen die Seele nehmen, der Betreffende muss zustimmen. Man muss aus freien Stücken zur dunklen Seite übertreten. Und sobald du das tust, sobald du laut aussprichst, dass du für die Erfüllung deines Traumes alles geben würdest, egal was, dann ist die Sache schon fast erledigt. Es gibt einen Prozess, der ›Kodierung‹ genannt wird, und er zeigt uns an, dass eine Seele dazu bereit ist, von uns übernommen zu werden. Dann wird alles mit Blut und der Tätowierung besiegelt. Von dem Punkt an wird man komplett kontrolliert. Keine zwei Seelen werden zum gleichen Preis verkauft, es handelt sich jedes Mal um eine ganz neue Abmachung. Deinem Vorrat da oben zufolge«, erklärte er mit schuldbewusster Stimme, »weißt du wohl schon, dass das Essen und Trinken hier mit gewissen Verstärkern durchsetzt wird, die das Urteilsvermögen trüben. Selbst die Blumen in der Lobby tragen ihren Teil bei und brechen den Widerstand. Und«, bei diesen Worten wandte er den Blick ab, »ich kann nicht abstreiten, dass wir manchmal mit gewissen … Sympathiebekundungen nachhelfen, aber das ist nur ein zusätzlicher Anreiz und für den Verkauf nicht erforderlich.«

»Also lag ich damit doch nicht so ganz falsch«, erwiderte ich kühl.

»Die Sache ist aber nicht endgültig, solange der Vertrag nicht unterzeichnet ist. Erst damit wird das Schicksal besiegelt.«

»Wie … zivilisiert.«

Ihm entging nicht, dass ich langsam die Geduld verlor und wieder Wut in mir aufstieg. Und es stimmte schon, ich steckte in einem Teufelskreis. Einerseits wollte ich einfach alles hören, andererseits wurde ich dabei ständig von Emotionen überwältigt, die ich nicht unter Kontrolle hatte.

»Ich habe auch eine Frage für dich«, sagte Lucian mit weicher Stimme, um meinen brodelnden Zorn zu besänftigen. »Weißt du eigentlich, was du bist?«

»Ich denke schon. Auch wenn ich es kaum fassen kann.«

»Und trotzdem stimmt es, Haven.« Er beugte sich vor und suchte im dämmrigen Licht meinen Blick. »Du lernst zwar immer noch dein Handwerk, aber du bist ein Engel, und zwar im wahrsten Sinne des Wortes.« Lucian schwieg einen Moment. Als sie nun endlich laut ausgesprochen wurden, lag so viel Gewissheit in diesen Worten. In meinem Kopf ergaben sie zwar immer noch keinen Sinn, aber ich konnte sie jetzt trotzdem akzeptieren. Ich würde sie als Wahrheit hinnehmen, als fehlendes Puzzleteil, das all die seltsamen Dinge in meinem Leben vereinte, die bislang nicht zusammengepasst hatten. »Und deshalb trägst du auf dem Rücken und über dem Herzen auch diese Zeichen.«

»Woher weißt du denn davon?« Die Narbe auf der Brust hatte ja mein Foto gezeigt, aber die auf dem Rücken war immer bedeckt gewesen.

»Das liegt daran, dass ich selber mal welche hatte.« Diese Gemeinsamkeit war schon schockierend genug. Dass er von den Narben in der Vergangenheit sprach, wunderte mich aber, und das sah er mir wohl an. »Vor ein paar Jahren war ich wie du. Ich war auserwählt, Gutes zu tun, und hätte diesen Weg einschlagen können, war aber zu schwach. Deshalb bin ich in Aurelias Fänge geraten. Und jetzt bin ich hier. Wenn du dieselben Entscheidungen triffst wie ich, dann verschwinden die Narben. Äußerlich ist man dann ohne Makel, innerlich beginnt man aber zu faulen und diesen Fotos zu ähneln. Aurelia war auch auserkoren.«

»Das hat sie mir erzählt.« Es stimmte also.

»Daher unser schneller Aufstieg. Wer diese Narben trägt, hat Macht und ist zum Anführer auserkoren. Man steht weit über dem Syndikat. Aber du entscheidest selbst über dein Schicksal – Engel oder Teufel. Aurelia hat der Fürst schon vor langer, langer Zeit angeworben. Und dann hat sie mich geholt. Vor zwei Jahren habe ich noch meinen Abschluss in Des Moines gemacht«, erklärte er. Offensichtlich erstaunte es ihn selbst, wie viel seitdem passiert war.

»Und wie kam das alles?«

»Ich bin da einfach irgendwie hineingeraten. Wahrscheinlich war ich so eine Art Wunderkind. Ich habe meinen Abschluss sehr früh gemacht und gleichzeitig schon ein paar Seminare an der Uni belegt. Mit meinen Noten aus den ganzen Fortgeschrittenenkursen und so weiter konnte ich dann am College ein halbes Jahr überspringen.«

»Wow!«

»So toll war das auch nicht. Auf der Highschool habe ich irgendwie nie richtig dazugehört. Ich war ein ziemlicher Außenseiter, und auf dem College sah es dann so aus, als würde es wieder genauso laufen. Ich hockte meistens allein in der Bibliothek. Apropos – hier in der Hotelbibliothek gehören die meisten Bücher mir.« Ich riss unwillkürlich die Augen auf, er sprach aber schon weiter. »Also tauchte Aurelia auf und …« Er unterbrach sich selbst: »Bist du sicher, dass du dir das antun willst?«

»Ja, ich denke, es wäre gut für mich.« Ich musste die ganze Geschichte hören, auch wenn sie mir nicht gefallen würde.

»Man hatte sie natürlich auf mich angesetzt. Ich traf sie auf einem Fest, einer der wenigen Partys, die ich je besucht habe. Ich hatte dort zwanzig Minuten herumgestanden und mit niemandem geredet und dann …«

»Wie soll das denn gehen?«, fiel ich ihm ins Wort, denn das konnte ich mir einfach nicht vorstellen. »Wie kann denn jemand wie du auf einer Party erscheinen und dort niemanden zum Reden finden?«

»Darum geht es ja eben. Ich war nicht so, wie du mich jetzt vor dir siehst. Das war ich ohne die tollen Klamotten und das Selbstbewusstsein und Ansehen. Das alles war eben nicht da.«

»Sprich weiter.« Mir fiel es trotzdem schwer, mir das vorzustellen.

»Sie hat mich also angemacht. Das war für mich eine ganz neue Erfahrung, und ich habe mich einfach mitreißen lassen. Sie schien da eine Methode zu kennen, mich in eine fantastische, mächtige Person zu verwandeln, und schwärmte mir vom Syndikat vor. Und da gab es nur, na ja, diesen winzig kleinen Haken. Aber da war es für mich längst zu spät – ich hatte schon zu viel von diesem neuen, aufregenden Leben gekostet, war süchtig nach der Macht und der ganzen schnellen Befriedigung. Vorher hatte ich mich einfach unsichtbar gefühlt. Wenn man den dunklen Pfad einschlägt, so wie Aurelia und ich, dann kehrt man seinem alten Leben bald den Rücken zu. Man bekommt einen neuen Namen, eine neue Identität.«

»Aber fragen sich die Leute denn nicht, wo du steckst? Hat nie jemand versucht, dich zu finden?«

»Der Grundstein wird lange vor der Einführung gelegt, man distanziert die Anwärter langsam von ihrer Familie. Es werden vorzugsweise junge Leute rekrutiert, die bald wegziehen, um aufs College zu gehen, oder die bereits auf eigenen Beinen stehen. Das Endziel besteht darin, die Reichen und Mächtigen der Stadt in ihren Bann zu ziehen, aber im Moment wird erst einmal versucht, die Mitgliederzahl zu erhöhen. Oft lässt man die Angehörigen in dem Glauben, die betreffende Person sei gestorben. Von all dem bekommen die Rekruten allerdings nichts mit – sie gehen viel zu sehr in ihrem neuen Leben auf.«

»Also hat man ihnen eine Gehirnwäsche verpasst.«

»So in etwa.«

»Wie in einer Sekte.«

»Mehr oder weniger. So läuft das für die breite Masse – mit der Zeit werden sie von diesem neuen Leben verschluckt und tauchen dann nie wieder auf. Die Auserwählten unter uns – Aurelia, Etan und ich – sind stärker und natürlich nicht so abgestumpft, wir verwandeln uns nicht in Drohnen. Wir erinnern uns noch daran, wo wir herkamen, haben aber meistens nicht viel, das wir vermissen könnten.«

»Aber dieser Mann, Neil, der hat Aurelia doch gefunden?«

»Er hat seit Jahrzehnten nach ihr gesucht. Wir wissen immer noch nicht genau, wie er sie ausfindig gemacht hat.«

»Seit Jahrzehnten?«

»Die beiden waren zusammen, als sie ungefähr 16, 17 waren. In einer kleinen Stadt im Westen, mitten im Nirgendwo. Aurelia müsste jetzt etwa Ende 40 sein«, erklärte er. Ich erlaubte mir ein winziges Lächeln, das ihm nicht entging. »Was denn?«

»Dann warst du ja quasi ihr jugendlicher Gespiele.«

Er grinste zurück. »Stimmt, so hab ich das noch gar nicht gesehen.«

Im darauf folgenden Schweigen ging ich das, was er mir erzählt hatte, im Geiste noch einmal durch, beleuchtete es von allen Seiten, es war aber immer noch zu viel für mich. »Also, was soll ich denn jetzt tun? Ich finde es unvorstellbar, dass ich, also ich allein, sie alle …« Das Wort »umbringen« kam mir nicht über die Lippen, aber er verstand mich auch so.

»Also weißt du, du bist viel stärker als jeder Einzelne von ihnen, und stärker, als wir es damals waren. Und ich kann dir auch sagen, seit wann wir das wissen: Seit dem Abend der Eröffnung, dem Stromausfall.«

»Was meinst du?«

»Da sind Gut und Böse aufeinandergeprallt. Deine Kräfte haben sich zum ersten Mal offenbart und waren wie ein unfreiwilliges Warnsignal. Wenn sich jemand wie du gegen uns stellt, kann das verheerende Folgen haben.«

»Na, gut zu wissen. Und kannst du mir noch mal verraten, warum du mir das eigentlich alles erzählst?«, erkundigte ich mich erneut. Mit dieser Frage hatte unsere Nacht begonnen, und jetzt ging draußen vermutlich schon die Sonne auf. An die Wand gelehnt fläzten wir uns auf dem Fußboden, als lägen wir auf einer Wiese unter dem Sternenhimmel – und ich war inzwischen viel zu müde, um das unbequem zu finden. Eigentlich hatte die Situation nichts Friedliches an sich, und dennoch kam sie mir so vor. Ich fühlte mich seltsam, erfrischend sicher. Lucian hatte längst die Krawatte abgenommen, sein Hemd aufgeknöpft und die Ärmel hochgekrempelt. Meine Augenlider waren schwer, und ich stützte den Kopf auf dem Ellbogen ab.

»Ich will, dass du gewinnst«, erklärte er, wie schon zuvor. Und dann fügte er mit Bestimmtheit hinzu: »Für mich ist es nämlich zu spät.«

So einfach ließ ich ihn dieses Mal nicht damit davonkommen: »Vielleicht ja auch nicht. Kannst du dich nicht einfach von ihnen lossagen oder so?« Ich griff nach seiner Hand und schob den Ärmel hoch. »Du hast keine von diesen Manschetten, das ist nicht wie bei Calliope. Du könntest einfach gehen.«

»Es ist viel komplizierter. Ich trage keine Manschette, weil ich durch so viel mehr an diese Leute gebunden bin. Im Moment kann ich nur eines tun, nämlich dir helfen.«

»Aber was passiert dann mit dir?«

Er stieß einen tiefen Seufzer aus. »Wenn der Zeitpunkt gekommen ist, wirst du mich verbannen müssen, Haven. Es besteht die Chance, dass ich vielleicht hierher zurückkehren darf, aber ich will dieses Leben nicht mehr.«

»Es muss doch einen Weg geben, zu fliehen, zu bereuen und dem allen abzuschwören.«

»Dafür müsste ich mich beiden, Aurelia und dem Fürsten stellen, und wer weiß wie vielen anderen noch. Ich glaube nicht, dass ich das überleben würde. Wenn man wie ich der herrschenden Klasse angehört und aussteigen will, dann muss man auf völlig anderer Ebene darum kämpfen. Ich denke nicht, dass ich das jetzt durchstehen würde.«

»Ich kann dir helfen. Das schaffst du. Wir kriegen dich hier raus.«

»Das liebe ich so an dir«, sagte er leise und bewundernd. Das war süß von ihm, seine tonlose Stimme machte der Diskussion jedoch ein Ende. »Du hältst immer alles für möglich. Aber zerbrich dir meinetwegen nicht den Kopf. Rette dich selbst, das ist jetzt das Wichtigste. Ich wünschte wirklich, ich hätte dich getroffen, bevor ich an das alles hier … gekettet war.«

Darauf erwiderte ich nichts, ich wusste einfach nicht, was ich noch sagen sollte. Wir schwiegen lange. Ich lag auf dem Rücken, starrte die bröckelnde Decke an und ging alles durch, worüber wir gesprochen hatten, ließ es sacken. Endlich sprach er wieder: »Kannst du mir tatsächlich verzeihen? Wirst du mich wohl je wieder so ansehen wie damals, bevor du von meinen schrecklichen Taten wusstest? Von all den Seelen, die ich in die Unterwelt geschickt habe?«

»Ein jeder von uns trägt Himmel und Hölle in sich – das habe ich mal gelesen.«

»Vielleicht. Aber bei dir liegen die Proportionen vermutlich bei 99 Prozent Himmel und einem Prozent Hölle. Und bei mir ist es wohl eher umgekehrt.« Er lächelte kopfschüttelnd. Und ich musste auch lächeln. Dann warf er einen Blick auf die Uhr, stand auf und klopfte sich den Staub ab. »Wow, ich fürchte, jetzt muss ich aber los.«

»Ich auch«, antwortete ich, obwohl es mir durchaus recht gewesen wäre, für immer hier unten zu bleiben, während langsam die Stunden verstrichen. Es hatte sich die ganze Zeit über so angefühlt, als würden wir da über irgendwelche Fremden sprechen und nicht über den Schrecken, dem ich jetzt gegenübertreten musste. Auch ich erhob mich und schüttelte sein zerknautschtes Sakko aus, das ich am liebsten als Erinnerung an diese Nacht behalten hätte. Stattdessen reichte ich es ihm aber dankend.

»Ist es okay, wenn ich dich da allein hochklettern lasse? Ich denke, ich gehe durch den Tresor zurück …« Er verstummte, machte aber keine Anstalten, sich in Bewegung zu setzen. Ich nickte nur. Dann wandte er sich ab, fuhr aber noch einmal herum und griff nach meinem Arm. »Du musst es einfach schaffen, damit du wiedergutmachen kannst, was ich verbrochen habe.«

»Das werde ich.«

»Ich weiß.«

Er sah mir ein letztes Mal in die Augen und drückte mir einen Kuss auf die Stirn. Seine Lippen verharrten dort, dann strich er mir durchs Haar und ließ von mir ab.

Er ging ganz langsam auf den Tresor zu, so als wollte er dort am liebsten niemals ankommen. Ich sah ihm hinterher und konnte mich nicht eher abwenden, bis er im gewundenen Gang zum Club verschwunden war. Noch immer tat mir das Herz weh, weil ich wusste, dass der Typ, von dem ich mich da gerade verabschiedet hatte, nicht der Richtige für mich war.

29

Treffen in der Bibliothek

Lance und ich beschlossen, unsere Unterhaltung heute im Büro ganz auf Berufliches zu beschränken, aber bis wir losmussten, redeten und redeten wir. Andächtig hörte er zu, während ich ihm von Anfang bis Ende alles erzählte, jeden einzelnen bizarren Fakt, den Lucian mir anvertraut hatte.

Nachdem er mich mit tausend Fragen gelöchert hatte, meinte Lance: »Das ist echt unglaublich, oder?«

»Ja.« Ich musste ihm zustimmen. Daran hatten wir ordentlich zu knabbern.

»Und du bist sicher, dass das alles so stimmt?«

»Vermutlich schon.«

Diese Frage konnte ich ihm nicht verübeln. Die hätte ich vermutlich auch gestellt, aber ich war ihm durch das Buch bereits einen Schritt voraus. Zurück in meinem Zimmer hatte ich dort nämlich einen Blick hineingeworfen, und es hatte mir Lucians Worte bestätigt.

Was du gehört hast, trifft zu. Du bist ein Engel in der Ausbildung. Es handelt sich dabei um eine mächtige, kraftvolle Position, der du alle Ehre machen solltest. Du bist jetzt hier, weil man dich auf die Probe stellt. Das Gute kann man nur prüfen, indem man es mit Bösem umgibt und so dazu zwingt, wieder die Oberhand zu gewinnen. Vertrau in das Wissen, das man dir mitgegeben hat, und strebe nach neuen Erkenntnissen.

Von dieser ganzen Engelgeschichte erzählte ich Lance nichts. Das musste ich selbst erst einmal verdauen. Aber ich machte mir schon Gedanken. Immerhin verfügte er ebenfalls über irgendwelche Kräfte, worin auch immer die bestanden. Unsere Narben und unsere Kindheit gaben mir natürlich zu denken. Im Moment behielt ich das einfach mal im Hinterkopf. Vorläufig wollte ich aber von einer seiner weniger mystischen Fähigkeiten Gebrauch machen.

»Hey, ich habe da übrigens ein Projekt für dich. Ich weiß zwar nicht, ob das möglich ist, aber wenn es einer hinkriegt, dann du.«

»Ich bin gespannt«, sagte er. »Schieß los.«

Bei Einbruch der Dunkelheit stand ich gerade an der Rezeption, um die Speisekarten für den Abschlussball abzuholen, als ich sie sah. Sie durchschritt die Lobby vom Aufzug her, der zum Tresor führte. Zuerst dachte ich, dass ich es mir vielleicht nur einbildete, aber nein, das war wirklich Michelle, hier im Lexington Hotel. Erleichterung überkam mich, wie jedes Mal, wenn einem ein Freund genau in dem Moment über den Weg läuft, in dem man ihn braucht. Vielleicht konnte ich sie dazu überreden, mich draußen irgendwo in ein Restaurant einzuladen. Denn hier durfte sie auf gar keinen Fall etwas essen. Was machte sie überhaupt hier? Für den Tresor war es doch noch viel zu früh. Jetzt fiel mir auf, dass sie von Mirabelle begleitet wurde und ein schwarzes Cocktailkleid trug. Ohne groß darüber nachzudenken ging ich auf sie zu und rief: »Michelle! Frau Doktor!« Nur Mirabelle sah auf, Michelle schien mich hingegen nicht zu hören. Schließlich trafen wir uns unter dem großen Kronleuchter. »Hi!« Ich drückte sie ganz fest, merkte aber, dass sie die Umarmung gar nicht erwiderte. Vielleicht war ich überschwänglicher gewesen als sonst, aber das war mir jetzt egal. »Was machen Sie denn hier? Mal wieder ein wilder Frauenabend im Club? Wow, Sie sehen toll aus, wunderschön!« Sie trug meterhohe Absätze und ihr Haar, das sie sonst zum Pferdeschwanz zusammenband, fiel ihr nun in sanften Wellen auf die Schultern. »Wie läuft denn alles so? Joan hat mich vor kurzem besucht und mir erzählt, dass Sie die große Heldin des Schulbusunfalls waren!« Ich konnte nicht an mich halten und plapperte einfach weiter, aber als ich dann endlich verstummte, sah ich ihn: diesen Blick. Michelle starrte mich mit demselben leeren Blick an wie alle anderen hier. Ich schaute direkt in sie hinein, durch die toten Augen hindurch, und suchte nach einem Lebenszeichen. In meiner Magengrube zog sich alles zusammen, und das Blut gefror mir in den Adern. »Michelle?«

Sie lächelte, aber es war ein hohles Lächeln. »Es tut mir leid«, erklärte sie nun in honigsüßem, aber völlig ausdruckslosem Ton, »du musst mich wohl mit jemandem verwechselt haben.«

Ich machte den Mund auf, um etwas zu erwidern, aber mir fehlten die Worte. Mirabelle umfasste ihre Schultern, als würde sie ihr ein Tuch umlegen. »Komm, Evangeline«, sagte sie nun.

Wie erstarrt stand ich da, während sie davongingen.

Die Sache hatte mich furchtbar mitgenommen, aber ich versuchte den Rest des Tages, mich lieber auf das Angenehme zu konzentrieren, das vor mir lag, nämlich auf das Treffen mit Dante. Wir waren bereits eine gute halbe Stunde vor der vereinbarten Zeit da. Bei unserer Ankunft hatte sich nur ein einziger Gast in der Bibliothek umgeschaut, und bald waren wir ganz allein. Um fünf nach zehn hörten wir auf dem Marmorfußboden im Flur, der nicht mit Teppich ausgelegt war, das Quietschen von Turnschuhen. Ich sah zur Tür hinaus und sah Dante in Kochuniform auf mich zukommen, er rannte so schnell wie nie zuvor, schoss direkt auf uns zu. Der gequälte Ausdruck in seinen Augen und die Grimasse, die er zog, verrieten mir, dass er vor irgendetwas, irgendjemandem davonlief. Er blickte über seine Schulter zurück, während er von der Lobby aus herhetzte.

Ein paar Schritte von der Tür entfernt … brach er zusammen. Er schlug mit einem dumpfen Knall auf, als jeder Teil seines Körpers gleichzeitig zu versagen schien. Ich erreichte den Boden fast im selben Moment wie er, hörte mich seinen Namen schreien, brüllte, es solle doch jemand einen Krankenwagen rufen. Ich fühlte seinen Puls, und er raste.

Dantes Lider flatterten, und bevor er ohnmächtig wurde, keuchte er noch: »Dielen unter unserem Bett, eine Schachtel … such die … bitte. Hab euch so viel zu sagen.« Und dann verlor er das Bewusstsein.

Zwei Sanitäter hoben ihn auf eine Trage und brachten ihn durch den Haupteingang hinaus, was einiges Aufsehen erregte. Lance und ich folgten ihnen, und ich hielt auf dem Weg zum Krankenwagen Dantes leblose Hand. Nachdem man ihn hineingehievt hatte, fuhr uns der männliche Sanitäter an: »Ihr müsst jetzt gehen, da drin ist kein Platz für euch.«

»Bitte, ich kann ihn auf keinen Fall allein lassen!«

»Das ist schon okay«, meinte seine weibliche Kollegin. »Einer von euch darf mitfahren.«

»Geh du«, ließ mir Lance den Vortritt. »Aber ruf mich an, wenn es was Neues gibt, okay?«

Da ich kein Wort herausbrachte, nickte ich nur.

Ich kletterte hinten mit den Rettungssanitätern in den Wagen. Sobald die Sirenen ertönten, brach es aus mir heraus: »Wie geht es ihm?«

Der Mann nahm Dante Blut ab, während die Frau einen Tropf vorbereitete.

»Sein Zustand ist stabil«, erklärte sie. »Jetzt bekommt er erst einmal Flüssigkeit, und dann werden wir ein paar Tests mit ihm machen.«

»Er hält also durch? Ich weiß, dass es etwas abseits liegt, aber glauben Sie, Sie könnten uns möglicherweise zum Evanston General bringen?«, bat ich. »Ich weiß, dass der Weg weiter ist, aber da arbeitet meine Mutter ... die ist Krankenschwester. Bitte, ginge das vielleicht? Bitte?« Ich spürte, dass mir Tränen in die Augen traten.

»Das halte ich für keine gute Idee«, knurrte der Mann.

»Ach, ich weiß nicht«, widersprach die Frau. »Hey, Lou, glaubst du, dass wir ihn ins Evanston GH bringen könnten?«, rief sie zu dem Fahrer hinüber.

Ich sah nach vorn und bemerkte den Blick des Mannes im Rückspiegel. Er schien meine Tränen bemerkt zu haben.

»Klar, wenn das für dich okay ist.«

»Danke sehr, vielen, vielen Dank!«, rief ich.

Sobald wir die Notaufnahme erreichten, ließ ich Joan rufen. Ich hockte neben Dante – der das Bewusstsein immer noch nicht wiedererlangt hatte –, als sie hereinkam.

»Schatz, was ist denn passiert? Was ist bloß los?« Sie wirkte völlig hysterisch – was sie bei der Arbeit sonst nie war. Ich stand auf, und sie schloss mich in die Arme, wandte den Blick aber nicht von Dante ab.

»Hoffentlich ist es nichts Schlimmes. Joe hat mir schon versichert, dass sein Zustand stabil ist, aber ich wollte gerne, dass du ihn dir mal ansiehst, nur um sicherzugehen, dass alles in Ordnung ist.« Was sollte ich ihr bloß sagen? Die Wahrheit konnte ich ihr ja schlecht erzählen.

»Aber Haven, was ist denn nur passiert?«

»Ich weiß es nicht.« Das stimmte ja zumindest. »Er ist ... er hat einfach zu hart gearbeitet, ich denke, er ist völlig erschöpft. Und deshalb ist er plötzlich zusammengeklappt.«

Sie sah mich skeptisch an, nickte aber trotzdem.

»Ich schaue ihn mir mal an.«

»Ich warte so lange da vorn.« Bevor ich ging, drückte ich Dante noch die Hand. Und eines wollte ich unbedingt wissen, jetzt spürte ich aber wieder die Angst in mir aufsteigen: »Hey, arbeitet Michelle eigentlich heute? Dann könnte ich vielleicht kurz hallo sagen.«

Joan schaute sich gerade Dantes Kurvenblatt an und hörte kaum zu.

»Oh, Schatz, ich dachte, das hätte ich dir erzählt – sie hat eine Stelle in einer Klinik in Oregon angenommen. Da hat sie Familie oder so, und sie hat wohl schon lange darauf gewartet, dass was daraus wird. Und dann ging es auf einmal ganz schnell. Sie hat eigentlich gesagt, dass sie dir eine E-Mail schicken wollte, um sich von dir zu verabschieden. Die Arme war so überarbeitet, am Ende war sie der reinste Zombie.«

»Danke.« Mehr brachte ich nicht heraus. Als ich mich entfernte, sprach Joan gerade mit Dante, als ob er wach wäre.

»Also, Mr Dennis, ich habe Ihre Mutter vor kurzem ja noch getroffen. Das hier wird ihr gar nicht gefallen.« Sie schloss den Vorhang vor dem Bett.

Jetzt hatte ich ein paar Minuten Zeit und ging zur Pädiatrie hoch. Dort ließ ich den Blick über die Fotowand wandern und fand schnell, was ich suchte, obwohl in der Zwischenzeit so viele andere Porträts darübergepinnt worden waren. Sie stand am Rande der Aufnahme von Jenny. Michelle hatte den Arm um die kleine Patientin gelegt und war nicht ganz mit drauf, aber ich konnte trotzdem erkennen, dass sich ihr Gesicht verändert hatte. Die Haut wirkte schuppig und hatte eine grünliche Farbe angenommen, und ihre Gesichtszüge hingen schlaff herunter, als würden sie ihr bald von den Knochen gleiten. Ich riss das Foto von der Wand, faltete es zusammen und schob es mir in die Tasche.

»Er wird also wieder?« Inzwischen war es nach drei Uhr morgens, und man hatte Dante grünes Licht gegeben – sobald er aufwachte, durfte er nach Hause. Ruthie war gekommen und saß an seinem Bett, während Joan mir im Wartebereich Gesellschaft leistete – sie hatte einen Becher Kaffee in der Hand, ich einen mit Kakao.

»Alles kommt wieder in Ordnung, Schatz. Ich bin so froh, dass sie euch hierhergebracht haben, das war eine gute Idee.« Ich lehnte den Kopf an ihre Schulter und gähnte. »Er ist ziemlich schwach. War er wirklich nicht krank, ist dir gar nichts aufgefallen? Seine Werte sind völlig daneben.«

Am liebsten hätte ich ihr jetzt alles erzählt, aber das ging natürlich nicht. Damit würde ich sie vermutlich auch in Gefahr bringen, und das durfte ich auf keinen Fall. Wenn ihr irgendetwas zustieß, könnte ich mir das nie verzeihen.

»Nicht dass ich wüsste, aber er ist schließlich hart im Nehmen. Er beklagt sich nicht gerne, also hat er vielleicht einfach nichts gesagt.« Das klang zumindest plausibel.

»Liebes, ist alles in Ordnung? Schuftest du vielleicht zu viel? Ich weiß ja, wie du dich manchmal in die Sachen reinsteigerst. Selbst wenn das alles so aufregend ist und ich dieses Hotel liebe, muss ich dich das fragen.«

»Nein, es geht mir gut, alles super.« Ich nickte und lächelte. »Es ist wirklich … toll. Nach heute bin ich eben fertig, das ist alles.«

Sie drückte mir einen Kuss auf die Stirn. »Natürlich, mein Schatz.«

Ich döste im Warteraum neben Joan ein, und als Dante um sieben Uhr morgens endlich aufwachte, wollte ich noch kurz hallo sagen und mich verabschieden, bevor ich mich wieder auf den Weg ins Lexington machte. Als Dante mich sah, tat er sein Bestes, um mir unter schweren Lidern seinen üblichen strahlenden Blick zuzuwerfen, aber er war immer noch groggy. »Alles Gute zum Geburtstag, Haven!«, sagte er lächelnd. Verwirrt schaute ich Ruthie an.

»Er scheint sich nicht mehr an die letzten Monate und das Praktikum zu erinnern«, erklärte sie kopfschüttelnd. »Die sagen, dass das nur vorübergehend ist, aber ich weiß nicht. Wir nehmen ihn lieber mit nach Hause. Du wirst uns doch besuchen, oder, Haven? Vielleicht hilft ihm das.«

»Ich schaue morgen vorbei. Versprochen.«

Sie umarmte mich.

Joan fuhr mich zum Lexington. Als ich ankam, hörte ich mich um und fand schließlich »Evangeline« im Spa, wo sie Handtücher faltete.

»Hey!«, rief ich, als ich näher kam. Sie sah mit leerem Blick auf. »Wenn du auch nur IRGENDWAS mit Joan oder den Kindern im Krankenhaus gemacht hast – oder je tust, dann …« Mehr brachte ich nicht heraus. »Halt dich von meinen Freunden und meiner Familie fern.« Ich konnte mich nicht beherrschen und warf mit einer raschen Bewegung den Stapel Handtücher um, den sie gerade gefaltet hatte. Sie sagte kein Wort, und ich stürmte hinaus.

Dann machte ich mich auf den Weg zu Lance. Er schien die Tür aufzureißen, noch bevor ich überhaupt geklopft hatte. Inzwischen hatte er Dantes Anweisungen befolgt und unter ihrem Hochbett die Dielen angehoben. Dort hatte er eine der Pralinenschachteln von unseren Lieferungen gefunden und sie geöffnet. Sie war leer gewesen, bis auf eine Handvoll krümeliger roter Sterne, die die Textur von Zimt hatten und etwa so groß waren wie eine Vierteldollarmünze, ein paar getrocknete, glockenförmige Blüten und türkisfarbene Schoten, die wie Vanillestangen aussahen. Ein Rezept in Dantes Handschrift auf dem Briefpapier des Lexington drängte: »Im Notfall eins von jedem zerstoßen, in Wasser auflösen und trinken.«

Am nächsten Tag schmuggelten Lance und ich die Schachtel bei unserer üblichen Pralinenlieferung aus dem Hotel. Nachdem wir unsere Runde gedreht hatten, fuhren wir mit der L raus bis zur Endstation in Evanston, um Dante zu besuchen. Er empfing uns mit einem warmen Lächeln und herzlich wie immer, war aber längst noch nicht wiederhergestellt.

»Wie geht es dir?« Ich hatte mich neben ihm auf dem Bett niedergelassen. Lance saß auf dem Schreibtischstuhl.

Dante schüttelte den Kopf. »Es fühlt sich an, als wäre ich unter einen LKW geraten. Das ist mir zwar noch nie passiert, aber der Effekt dürfte der gleiche sein. Mir tut einfach alles weh, und ich bin wie erschlagen.«

Ich befühlte seine Stirn. »Du hast immer noch Fieber, Dante. Das gefällt mir gar nicht.«

»Ja, mir auch nicht. Ich bin ständig so kaputt. Deshalb hab ich die ganze Zeit nur rumgehangen und habe mir Wiederholungen der übelsten Fernsehsendungen angeschaut, die ich finden konnte.«

»Wenigstens in der Hinsicht ist alles wieder normal.« Ich lächelte, und er stieß mir mit dem Ellbogen in die Rippen. Aber ich konnte sehen, dass ihn etwas beschäftigte.

»Hm, erklärt mir das doch noch mal«, bat er nun. »Ich war also Koch im Lexington Hotel?« Er erinnerte sich weiterhin an nichts, was nach meinem Geburtstag passiert war.

Wir berichteten noch einmal von allem, was wir erlebt und über das Hotel erfahren hatten, weil wir hofften, dass es seinem Gedächtnis auf die Sprünge helfen würde, aber es war einfach zu viel – er wusste nicht einmal mehr, wer Etan war. Und wer konnte es ihm bei dieser ganzen verrückten Geschichte schon verübeln? Endlich zog Lance die Pralinenpackung aus seiner Tasche. »Daran erinnerst du dich vermutlich auch nicht mehr, aber du hast uns gesagt, dass wir das hier suchen sollten.« Lance reichte ihm die Schachtel, und Dante griff mit zittrigen

Händen danach. Er öffnete den Deckel, berührte die seltsamen Früchte darin, als würde er sie zum ersten Mal sehen, hielt sie einzeln hoch und studierte sie genau. Lance und ich warfen uns besorgte Blicke zu. Er fragte sich bestimmt wie ich, ob unser Freund wohl je wieder der Alte werden würde.

Ich griff nach dem Zettel in der Schachtel.

»Dan, weißt du vielleicht noch, ob du dieses Rezept aufgeschrieben hast?« Er nahm es mir aus der Hand und las es, während er verneinte. Er war völlig geknickt.

»Das ist so ätzend, Leute. Es kommt mir vor, als würde das alles einem Fremden gehören. Ich erkenne meine Handschrift wieder, aber ansonsten habe ich ein völliges Blackout.«

Lance spielte mit dem Mousepad auf Dantes Schreibtisch herum. »Na ja, da steht ›im Notfall‹«, begann er nun vorsichtig. »Damit wild rumzuexperimentieren behagt mir zwar auch nicht, aber das ist doch eindeutig ein Notfall. Was meint ihr?«

»Da hast du wohl recht«, pflichtete Dante ihm bei.

»Wirklich, D?« Ich war nicht völlig überzeugt.

»Aber es stimmt doch, was er sagt, Hav. Ich meine, ich habe nicht die geringste Erinnerung an mehrere Monate meines Lebens. Im Moment habe ich keine Ahnung, was die mir gegeben haben, um mich so umzuhauen. So langsam traue ich keinem mehr über den Weg, aber mir selbst schon. Wenn ich das geschrieben und diese Sachen gesammelt habe, dann gab es dafür bestimmt einen Grund.«

»Ich hole Wasser«, bot Lance an und stand auf.

»Bist du sicher?«, fragte ich, nachdem er das Zimmer verlassen hatte.

»Ganz sicher, Hav, Hand drauf. Von diesem Zustand habe ich die Nase jedenfalls voll. Ich weiß, dass in meinem Kopf irgendwo Informationen rumschwirren, die uns weiterhelfen können. Ich muss da nur irgendwie rankommen.«

Lance kehrte zurück, und Dante befolgte seine eigenen Anweisungen, nahm von jeder der seltsamen Zutaten eine, zerrieb sie zwischen den Händen und gab das Pulver ins Wasser. Dann hob er mit einem »Prost!« das Glas und trank den Inhalt auf ex. Nur Sekunden später nahmen seine Augen plötzlich einen verwirrten Ausdruck an. »Whoa!«, rief er schließlich gedehnt aus. »In Ordnung, ich leg mich jetzt ein bisschen hin, aber das ist okay, alles ist gut. Ich bin gleich wieder da. Ganz bestimmt. Wir werden sehen ...« Langsam verstummte er und wurde vom Schlaf übermannt. Zum Glück fühlte sich sein Puls normal an.

Wir blieben bei ihm, bis Ruthie nach Hause kam, und baten sie dann, uns anzurufen, sobald Dante wieder aufwachte.

Auf dem Weg zur L bemerkten wir eine atemberaubende Kreatur – einen jungen Mann mit den Zügen eines Models und einer Sportlerfigur –, die uns ein paar Blocks folgte, dann mit uns in den Zug stieg und sich auf dem Weg zum Hotel in unserer Nähe hielt. Wir redeten über nichts Wichtiges und übertrieben in Bezug auf Dante bei einigen Punkten lautstark – »Unfassbar, dass er sich an gar nichts erinnert!«, »Der erkennt ja nicht mal uns wieder!« –, aber trotz unserer recht glaubhaften Vorstellung hatten wir panische Angst. Unser Verfolger gehörte dem Syndikat an, und er sollte uns offensichtlich daran erinnern, dass es wirklich kein Entkommen gab.

30

Du bist als Nächstes dran

Zurück im Hotel wollte Lance mir unbedingt die Fortschritte seines kleinen Projektes zeigen. Wie bereits vermutet besaß er nicht nur ein wesentlich schickeres Handy als ich – eins von diesen ganz dünnen mit allem möglichen Schnickschnack –, er wusste auch, wie man es auseinandernahm und wieder zusammenbaute. Zunächst bat er mich, den verhassten kurzärmeligen Rolli, den Joan mir aufgeschwatzt hatte, und die Jeans anzuziehen, die ich für unser Vorhaben geopfert hatte. An beiden hatte er entscheidende Veränderungen vorgenommen. Zunächst einmal hatte er für den Kragen aus einem alten T-Shirt eine Innentasche genäht, in die das Mobiltelefon passte.

»Also, das Handy ist jetzt hier.« Ganz geschäftsmäßig schob er mir die Hand in den Rollkragen. »Und für die Linse der Kamera hab ich hier vorn ein Loch in den Stoff geschnitten – sorry!«

»Nein, also bitte. So lange wie jetzt gerade hatte ich diesen Pullover noch nie an.«

»Innen verläuft ein Kabel bis zu deiner rechten Jeanstasche. Wenn du da mal die Hand reinsteckst …«

Ich tat, wie mir geheißen. »Wow!« Im Inneren befühlten meine Finger eine Vorrichtung, die etwa so lang wie ein Kaugummistreifen war und über eine Art Klingelknopf verfügte.

»Das ist dein Auslöser.«

»Aber wie …?«
»Sie haben die Kamera aus dem Büro mitgenommen, aber das Zubehör haben sie dagelassen«, erklärte er. »Jetzt musst du also einfach nur drauflosknipsen.«
»Echt?« Ich betätigte den Knopf ein paar Mal. »Das ist so cool!«
»Ja. Dann mailst du mir die Bilder, ich drucke sie aus und lösche sie dann wieder vom Galeriecomputer.«
»Das ist der helle Wahnsinn, Lance. Im Ernst, du bist das reinste Genie!«
»Danke«, antwortete er stolz. »Ich gebe mir alle Mühe.«
»Also, sollen wir es gleich mal probieren?«
Wir drückten uns weniger als eine halbe Stunde im Tresor herum und taten so, als würden wir dort einfach nur abhängen, konnten in diesem Zeitraum jedoch mehrere Gruppenfotos von neuen Syndikat-Mitgliedern schießen. Wir beendeten die Aktion mit einer Runde in der Lobby, wo uns Aufnahmen der neuen Rezeptionistinnen gelangen. Wir würden eine ganze Sammlung dieser Bilder zusammentragen, und dann würde ich sie zum gegebenen Zeitpunkt zerstören.

Während der nächsten zwei Tage meldeten wir uns regelmäßig bei Ruthie, unsere Anrufe versetzten sie aber nur noch in größere Sorge. Die ersten beiden Male schlief Dante noch. Inzwischen war er seit etwa sechzehn Stunden k. o. Beim dritten Anruf schien er sich zu unserer Erleichterung endlich zu rühren. Beim vierten Mal baten wir sie, ihn nach dem heutigen Datum zu fragen. »Heute hat Haven Geburtstag, oder?«, hörten wir am anderen Ende der Leitung. Uns wurde schwer ums Herz. Am nächsten Tag gab es immer noch keine guten Nachrichten: »Er scheint weiterhin keine Ahnung zu haben, was das Lexington ist«, erklärte seine Mutter. »Und er schläft die ganze Zeit. Das ist doch nicht normal! Ich weiß wirklich nicht, was ich tun soll.« Wir auch nicht. Lance und ich diskutierten endlos hin und her, ob man Dante nicht besser zurück ins Krankenhaus bringen sollte, auch wenn ich nicht glaubte, dass man dort viel für ihn tun konnte.

Der Abschlussball würde in zwei Tagen stattfinden, abgesehen von unseren nächtlichen Lauschangriffen bekamen wir Lucian und Aurelia aber erstaunlich selten zu Gesicht. Als wir jetzt unser Galeriebüro betraten, entdeckten wir auf dem Schreibtisch einen Zettel mit Aurelias zarter Handschrift. Bei dem Anblick lief es mir kalt über den Rücken:

Haven und Lance,
findet euch bitte im Ballsaal ein, um für die Feier am Samstag bei der Dekoration zu helfen.
Eure Aurelia

Als wir dort erschienen, waren bereits mindestens zwei Dutzend Syndikat-Vertreter damit beschäftigt, die Beleuchtung und das DJ-Pult aufzubauen und eine glitzernde Skyline aufzuhängen, die das Chicago von 1871 zeigen sollte. Selbst die lebensgroße Kuhfigur, die wir bestellt hatten, stand schon da. Ich musste an all die lächerlichen Fotos denken, die am Samstag hier geschossen werden würden. Das arme Ding tat mir jetzt schon leid.

Beckett stolzierte mit einem Klemmbrett herum, knurrte seinen Lakaien Befehle zu und kam schließlich zu uns herüber.

»Du kannst dich um die Tische kümmern«, er deutete auf mich, »und du die Lampen aufhängen.« Das war für Lance bestimmt. Dann wandte er sich wieder ab. So viel hatte er noch nie mit uns geredet. Lance ging gerade vermutlich dasselbe durch den Kopf wie mir – wir waren absolut in der Unterzahl. Es wimmelte nur so von Syndikat-Mitgliedern, und trotzdem herrschte fast völlige Stille. Niemand erging sich hier in

Plaudereien, die die Zeit schneller verstreichen ließen, aber alle starrten uns aus dem Augenwinkel an.

Lance und ich marschierten in entgegengesetzte Richtungen davon und machten uns an die Arbeit. Ich faltete das flammenfarbene Tischtuch auseinander, während er auf der anderen Seite des Raumes eine riesige Leiter hinaufstieg, vor der wir noch vor einiger Zeit furchtbaren Respekt gehabt hätten, die uns nach all dem nächtlichen Training jedoch nicht mehr so einschüchternd erschien. In den letzten Monaten hatte sich eben einiges verändert.

Ich hatte gerade das letzte Gastgeschenk platziert, als ich es hörte – ein lautes Krachen und zersplitterndes Glas.

Lance jaulte auf, und ich fuhr zu ihm herum. Die Leiter war leer, und er lag auf dem Boden. Während ich zu ihm rannte, rührte sich sonst niemand vom Fleck. Jedes einzelne Syndikat-Mitglied fuhr schweigend mit seiner Arbeit fort und sah nicht einmal zu Lance hinüber.

Als ich ihn erreichte, wischte er sich gerade einige Scherben vom Ärmel. Um ihn herum lagen zerbrochene Leuchten.

»Vorsicht, da oben verliert man schnell das Gleichgewicht«, bemerkte Beckett im Vorübergehen. Lance hatte bestimmt nicht danebengetreten, wir kletterten doch jede Nacht weitaus steilere Leitern hinauf. Er war mit Sicherheit nicht einfach so abgerutscht. Sein Blick bestätigte mir das.

»Alles klar?«, flüsterte ich. »Glaubst du, du kannst aufstehen?«

»Ja, alles in Ordnung«, erklärte er und erhob sich langsam. Dabei rieselte es Scherben und Holzsplitter. Er hatte sich im Fall gedreht und war auf dem Bauch aufgekommen, deshalb hatten sich einige der scharfkantigen Fragmente durch seine Weste und das Hemd gebohrt. Ich fragte mich, wie tief die Schnitte am Oberkörper wohl waren.

»Dich hat es ganz schön erwischt, was?«

»Ein wenig«, ächzte er und versuchte, einen Schmerzenslaut zu unterdrücken.

»Schaffst du es bis nach unten? Wenn es nicht allzu schlimm ist, kann ich dich verarzten.«

»Ja, danke.« Sein Blick spiegelte wider, wie sehr die Wunden brennen mussten.

Gemeinsam erreichten wir mein Zimmer, und ich stürzte mich auf meinen Erste-Hilfe-Kasten und die zusätzlichen Mullbinden. »Glaubst du, dass das vielleicht genäht werden muss?«, fragte ich, während ich das Material auf dem Tisch ausbreitete.

»Ich weiß auch nicht«, stöhnte er. »Aber lieber nicht, wenn es nicht sein muss.«

»Dein Vertrauen in meine Fähigkeiten ehrt mich ja, aber dafür müsstest du dann doch ins Krankenhaus.«

»Oh. Nein, ich glaube, das ist nicht nötig.«

»Komm her, lass mal sehen. Zieh das erst einmal aus.« Ich deutete auf das Hemd und die Weste, schraubte den Deckel vom Desinfektionsmittel ab und legte eine ganze Auswahl an Verbandsmaterial in verschiedener Stärke und Breite bereit. Dann machte ich einen sauberen Waschlappen nass und gab etwas desinfizierende Seife darauf.

»Du musst aufpassen«, bemerkte Lance mit gequälter Stimme. »Erst Dante, jetzt ich. Du bist als Nächstes dran, Haven.«

»Ich weiß«, murmelte ich. Jetzt war ich fertig und kehrte aus dem Bad zurück, aber Lance fummelte immer noch an seinen Hemdknöpfen herum. »Brauchst du Hilfe? Kannst du die Finger nicht bewegen?« Eigentlich war seine Hand nur leicht zerkratzt und sah nicht schlimm aus, jetzt befürchtete ich aber einen Nervenschaden. »Drück mir mal die Hand.« Das konnte er ohne Probleme.

»Es geht mir gut.« Langsam knöpfte er das Hemd weiter auf. Er legte Weste und Hemd ab, trug darunter aber noch ein weißes T-Shirt. Wieder hielt er inne. So langsam dämmerte es mir, und ich schlug einen sanfteren Tonfall an: »Das ist jetzt natürlich komisch, aber du weißt schon, dass ich praktisch im Krankenhaus aufgewachsen bin, oder? Da habe ich schon so einiges gesehen, das ist jetzt also nicht der richtige Zeitpunkt für übertriebenes Schamgefühl. Für mich ist das ein Tag wie jeder andere.«

Er sah mich an, als wolle er etwas erwidern, gab es dann aber auf und schüttelte nur den Kopf. Endlich zog er sich das T-Shirt über den Kopf. Durch mein jahrelanges Training in der Klinik wanderte mein Blick zuerst zu den Verletzungen: eine klaffende Wunde mit ausgefransten Rändern, aus der Blut sickerte. Dann ließ die Professionalität auf einmal nach, und ich nahm den Rest von ihm in Augenschein: kräftige Arme, an denen sich unter der Haut die Muskeln wölbten, und breite Schultern. Seine Brust erinnerte mich an die gewellte Oberfläche eines Sees, auf dem man Steine tanzen ließ.

»Äh, das ganze Laufen und Klettern hat sich ja offensichtlich ausgezahlt«, stammelte ich.

»Danke«, erwiderte er so schüchtern, dass seine Stimme kaum zu hören war. Plötzlich verstand ich den Spruch, dass manche Menschen ohne Kleider besser aussahen als angezogen. Und ich fragte mich mit einem Mal, wie ich bei diesem Vergleich wohl abschneiden würde. Ich hatte noch nie so viel nackte Haut aus nächster Nähe gesehen. Was meine Erfahrung aus der Klinik anging, hatte ich nämlich ein wenig übertrieben: Die lange Reihe der Kranken und Verwundeten dort war etwas ganz anderes, und ehrlich gesagt hatte ich, von gelegentlichen kurzen Einblicken ausgenommen, dort hauptsächlich Arme und Beine zu Gesicht bekommen, und zwar vor allem von Kindern und alten Leuten. Das waren keine Freunde von mir, es war nicht … wie das hier. Das hier gehörte in eine ganz andere Kategorie.

Mit raschen Handgriffen säuberte ich schweigend die Wunde, desinfizierte sie und brachte den Verband an. Dann kümmerte ich mich um Lance' Unterarme und Hände, wobei ich sorgfältig darauf achtete, auch ja keinen Splitter zu übersehen. Seine Ledermanschette hatte er jeden Tag getragen, und jetzt zog ich ihm direkt neben dem goldenen Flügel eine Scherbe aus der Haut. Seit wir uns kennengelernt hatten, fühlte sich das Schweigen zwischen uns zum ersten Mal … seltsam an. Ich wünschte mir so sehr, diese Stille zu durchbrechen, wusste aber nicht, was ich sagen sollte. So wollte ich mich in Lance' Gesellschaft nicht fühlen.

»Hier bin ich fertig«, erklärte ich schließlich. »War es das? Oder hast du noch irgendwelche Kratzer?«

»Nein, und danke.« Er griff bereits nach seinem T-Shirt.

»Ich geb dir ein paar davon mit«, murmelte ich und suchte ein paar Mullbinden für ihn zusammen. »Na ja, und du solltest vielleicht deine Klamotten …« Mit einer Handbewegung warf ich die offene Flasche Desinfektionsmittel um, nach der er sich unwillkürlich bückte. Ich sah zu ihm rüber und sog scharf den Atem ein.

Auf Lance' nackten Schultern entdeckte ich dieselben Narben, die ich auch trug.

Er bemerkte meine Reaktion und erstarrte. Dann richtete er sich ganz, ganz langsam wieder auf, bis er mir in die Augen sah. Er reichte mir die Flasche, die ich auf den Schreibtisch stellte, ohne den Blick von ihm abzuwenden. *Das* wollte er also vor mir verbergen. Mehr brauchte ich nicht, um es zu begreifen: Er war wie ich. So musste es einfach sein. Sollte ich es ihm sagen? Dann setzten wir beide gleichzeitig zum Sprechen an, und ich ließ ihm schließlich den Vortritt.

»Es gibt da ein paar Sachen, die du nicht über mich weißt.« Er zuckte mit den Achseln und suchte nach den richtigen Worten. »Und die verstehe ich ja nicht einmal selbst.«

»Die Narben habe ich schon mal gesehen.« An meiner Uniform mochte ich ja normalerweise gerade, dass sie die Striemen auf meiner Haut so gut verdeckte, aber jetzt hätte ich sie Lance gerne gezeigt.

»Hast du?« Er sah verwirrt aus und fragte sich, wann er sie möglicherweise vor mir entblößt hatte.

»Bei mir selbst.«

Lance riss die Augen auf, und ihm klappte der Unterkiefer herunter. »Weißt du ... weißt du, was sie bedeuten?«, stammelte er und sah sich mit einem Mal um, so als wolle er sichergehen, dass uns niemand belauschte.

Ich nickte. »Ja. Und du?«

Er bestätigte es ebenfalls mit einer Kopfbewegung. »Wenn auch noch nicht lange.«

Wir seufzten beide.

»Vielleicht sollten wir besser mal alle unsere Infos zusammentragen«, murmelte ich.

»Ja, das ist wohl der Schwachpunkt in unserer Lerngruppe.«

»Okay, gibt es noch andere Geheimnisse, über die ich im Bilde sein sollte?«

Seine Antwort kam zögerlich, was ich als Bestätigung auffasste. Er ließ die Schultern hängen und beschloss dann wohl endlich, mich einzuweihen. Mit einer Geste forderte er mich auf, ihm zu folgen, und ging zur Tür.

In seinem Zimmer öffnete er die Schreibtischschublade, holte einen Stapel Postkarten hervor und reichte sie mir. Ich schaute sie durch – jede zeigte ein anderes Bild von Chicago und Wahrzeichen der Stadt, und bei allen handelte es sich um alte Aufnahmen. Ich drehte sie um, aber sie waren unbeschrieben.

»Ich weiß, das klingt jetzt verrückt, aber wenn keiner da ist und ich allein bin, stehen da Nachrichten drauf. Sie erscheinen einfach so. Und immer ohne Unterschrift.«

»Was für Nachrichten?«

»Ach, du weißt schon, das Übliche: *Ich wünschte, du wärst hier; du bist in Gefahr; du bist kein gewöhnlicher Außenseiter, du bist irgend so ein verdammter Engel.* Und dann heißt es meistens, dass ich den Ball flach halten und mich an dir orientieren soll. Du bist quasi die Anführerin oder so.«

»Echt jetzt?«

»Ja. Und komischerweise stand da auch, dass ich dieses Ding nicht gefunden habe, sondern dass es *mich* gefunden hat.« Er hielt seine Manschette hoch.

»So war das mit dem Anhänger angeblich auch.« Ich zog meine Kette hervor.

»Das ist vermutlich unsere Mitgliedskarte für den Club.«

»Wo hast du die denn her?« Ich hielt den Stapel Postkarten hoch.

»Sie lagen in der gleichen Kiste wie dein Buch, und es stand mein Name drauf.«

»Ja, dieses Buch ...« Ich dachte kurz darüber nach. »Das wäre jetzt vielleicht ein guter Zeitpunkt, das mal zu erwähnen: Darin erscheinen nämlich Nachrichten für mich, wie auf deinen Postkarten.«

»Wie bitte?«

»Ja. Ich dachte, du würdest mich für verrückt halten, deshalb habe ich bis jetzt nichts gesagt.«

»Das kommt mir bekannt vor«, seufzte er und tat die Sache dann mit einer Handbewegung ab. »Und, stand da irgendwas Interessantes drin?«

Das wäre wohl der perfekte Moment, um es zu erwähnen: »Na ja, der zentrale Punkt ist anscheinend ...« Jetzt brach es einfach aus mir heraus: »Dass sie mich am Tag des Abschlussballs umbringen werden. Ich weiß nicht, wie, man hat mir nur das Datum genannt, der 27. Mai. Aber eigentlich wollte ich dir das gar nicht erzählen.« Als ich es jetzt laut aussprach, klang es genauso absurd und schaurig wie in dem Moment, als ich es zum ersten Mal gelesen hatte. Aber jetzt stand dieser Tag so kurz bevor, und mir wurde ganz schwindelig bei dem Gedanken.

»Du wolltest es mir eigentlich nicht erzählen?«, fauchte Lance.

»Irgendwie hab ich darin keinen Sinn gesehen.«

Er schüttelte den Kopf, nahm seine Brille ab und putzte sie heftig an seinem T-Shirt. »Ich weiß gar nicht, wo ich da anfangen soll.«

»Ich meine, natürlich lasse ich das nicht so einfach zu, aber warum sollte ich denn alle beunruhigen?«

»Das ist doch völlig albern. Aber ich will es dir mal nicht nachtragen.« Er stieß einen gestressten Seufzer aus und lehnte sich mit verschränkten Armen an seinen Schreibtisch. »Als ob wir noch einen weiteren Grund gebraucht hätten, diesen Abschlussball zu hassen.«

»Ich weiß.«

Dann fing er sich wieder: »Tut mir leid, das war nicht witzig.«

»Irgendwie doch.«

»Nein, war es nicht, aber … ehrlich gesagt drehe ich gerade völlig durch. Ich weiß, dass das nicht sehr cool ist … aber es macht mich total fertig.«

»Ja, das ist schon okay, da bist du in guter Gesellschaft.«

»Warum nur?«, fragte er schließlich leise. »Wieso wir? Warum muss das ausgerechnet uns passieren?« Dieses Wort – *uns* – das traf mich mitten ins Herz und wärmte mich. Es klang sicher und tröstlich.

»Na ja, ich denke, vielleicht …«, begann ich, obwohl ich keine Ahnung hatte, was ich eigentlich sagen würde, aber er kam mir zu Hilfe und deutete mit ganz professioneller Miene auf mich.

»Ich weiß schon. Weil wir das hinkriegen. Uns passieren solche Sachen, weil wir damit umgehen können.«

»Wow«, hauchte ich. »Gute Antwort.«

Wir kehrten nicht mehr in den Ballsaal zurück. Was hatte das jetzt noch für einen Sinn? Stattdessen riefen wir Dante an, der gute Nachrichten für uns hatte.

Er kam gleich zur Sache: »Oh mein Gott, ich muss UNBEDINGT mit euch reden!«

»Dante?« Unwillkürlich musste ich lächeln. Er klang endlich wieder wie er selbst.

»Wie schnell könnt ihr herkommen?« Er lief auf Hochtouren, aber im besten Sinne des Wortes. »Ich hab euch so viel zu erzählen, das ist echt total verrückt!« Lance beobachtete mich und versuchte, meinen Gesichtsausdruck zu deuten. Ich hob den Daumen in seine Richtung.

»Das ist super, D, wir machen uns gleich auf den Weg zum Zug.«

»Könnt ihr mir einen Gefallen tun?«

»Was auch immer du willst«, antwortete ich.

»Ich werde dich ewig lieben, wenn du mir eine Pizza mitbringst! Nach dem giftigen Zeug und dem gesunden Fraß meiner Mutter sehne ich mich nach was Vernünftigem.«

Ich musste lachen. »Darauf würde ich wetten. Bis nachher!«

Innerhalb kürzester Zeit präsentierte uns Dante nicht nur die Informationen, die wir bereits kannten – wie seinen Namen, seine Adresse und dass er im Lexington ein Praktikum gemacht hatte –, sondern auch ganz neue Erkenntnisse. Auf dem Fußboden seines Zimmers hockten wir im Kreis um die Pizzaschachtel herum.

»Es gibt unten bei Alcatraz einen dunklen Raum voll mit diesen Pflanzen, und die benutzen das Zeug für absolut alles.

Das meiste sind Aphrodisiaka, Stimmungsaufheller und so Sachen zur Gedankenkontrolle und Gehirnwäsche. Aber einige sind sogar tödlich«, erklärte Dante zwischen zwei Bissen Pizza. »Gott, ist die lecker! Es kommt mir vor, als wäre ich aus dem Koma erwacht.«

»An dem Abend haben sie dir irgendwas eingeflößt«, fuhr ich fort. »Sie müssen gewusst haben, dass du auf dem Weg zu mir warst. Wieso hast du das Treffen überhaupt vorgeschlagen?«

»Ich weiß auch nicht, bei irgendeinem Mittel wurde wohl die Konzentration geändert, und plötzlich war ich wieder klar im Kopf. Ich habe gesehen, dass du ins Capone kamst und sie dich rausgeschmissen haben. Jetzt weiß ich auch wieder, dass ich Etan darauf angesprochen habe und er furchtbar wütend wurde. Deshalb habe ich irgendwann keine Fragen mehr gestellt. Ich habe einfach so getan, als wäre ich wieder wie vorher, und angefangen alles zu beobachten und herauszufinden, was da läuft. Und dann habe ich dir die Nachricht in der Teetasse gebracht, aber das müssen die irgendwie mitgekriegt haben.«

»Und was hast du dir da vor ein paar Tagen zusammengemixt? Das, was dich so umgehauen hat?«

»Als ich angefangen habe, mit Etan zu arbeiten, hat er mir diese Gewürze gezeigt und sie als ›Triumvirat‹ bezeichnet. Sie sind anders als alles, was ich bisher gesehen habe. Er muss extra losgehen, um sie zu holen, aber ich habe keine Ahnung, woher. Aus dem Garten jedenfalls nicht.«

»Ich könnte wetten, dass wir da mehr wissen«, warf Lance ein.

Dante sah verwirrt aus.

»Wir müssen dir auch noch so einiges erzählen. Dazu aber später mehr.« Jetzt, wo sein Gedächtnis endlich wieder funktionierte, wollte ich ihn auf keinen Fall unterbrechen.

»Also«, fuhr er fort, »dieses Dreigespann wirkt dem Gift entgegen, falls eine Überdosis verabreicht wurde, das kommt wohl schon mal vor. Es ist eine Art Antidot. Ich habe in den letzten Tagen heimlich was davon abgezweigt, bevor sie mich dann außer Gefecht gesetzt haben.«

»Aber wo warst du denn nur, wenn du nicht gearbeitet hast?«, fragte ich. Inzwischen war ich ungeduldig, ich wollte alles wissen, sicher sein, dass mein Freund wieder ganz der Alte war.

»Ich habe keine Ahnung, tut mir leid«, erklärte er verzweifelt. »Ich wünschte, ich könnte es euch sagen. Wahrscheinlich habe ich viel Zeit im Capone verbracht, und die Nächte haben wir wohl oft einfach durchgearbeitet. Und dann blitzen auch noch andere Bilder auf, aber ich weiß nicht, wo ich da war, ich erkenne nichts wieder.«

»Ich wette, das kommt nach und nach alles zurück. Das hat bestimmt was mit posttraumatischem Stress zu tun«, tröstete ihn Lance.

»Vielleicht hast du recht«, überlegte Dante. »Also, was habe ich verpasst? Was habt ihr zwei denn so getrieben?«

Lance und ich sahen uns an und setzten beide den gleichen Gesichtsausdruck auf. Wo sollten wir da nur anfangen? In den letzten Tagen war alles, was wir Dante erzählt hatten, zum einen Ohr rein- und zum anderen wieder rausgegangen, aber so würde es dieses Mal nicht laufen. Wir schüttelten beide den Kopf, weil es eine Mammutaufgabe war, ihn in alles einzuweihen.

»Wir? Nichts Besonderes«, witzelte ich.

»Genau«, nickte Lance. »Es war eigentlich eher langweilig.«

Da Dante nun dafür bereit schien, erzählten wir ihm alles. Einfach alles. Wir saßen zusammen, bis Ruthie nach Hause kam und es langsam dunkel wurde. Lance und ich wechselten uns dabei ab, unsere gemeinsame Geschichte vorzutragen, warfen ergänzend etwas ein oder lieferten fehlende Details nach. Komisch – wenn man mit einer Person so viel Zeit verbringt, sieht man sie irgendwann mit ganz anderen Augen. Irgendwann ist man mit ihr so vertraut, ihren Ticks, ihren Gesichtszügen, der Art, wie sie bei bestimmten Wörtern die Lippen kräuselt. Die kleinste Einzelheit wird mit einem Mal interessant. Manchmal trifft es einen ganz unvorbereitet, ganz plötzlich bemerkt man, wie viel man in den endlosen Stunden mit diesem anderen Menschen über ihn gelernt hat – Stunden, die unbemerkt verstrichen sind –, und dann kennt man den anderen plötzlich genauso gut wie den besten Freund. Du weißt ganz genau, wann er sich die Brille zurechtrücken oder die Hände in die Taschen schieben wird, oder wann er dich immer noch anguckt, obwohl du längst weggeschaut hast.

Als Lance und ich uns an diesem Abend auf den Weg zum Hotel machten, mussten wir die Illusion aufrechterhalten, dass es Dante immer noch nicht besser ging. Er war allerdings gar nicht davon begeistert, uns allein ziehen zu lassen. »Ich finde, ich sollte dabei sein. Ich kann euch doch nicht einfach in die Höhle des Löwen zurückschicken. Ihr braucht doch meinen Beistand«, bettelte er.

Sein Flehen stieß jedoch auf taube Ohren. »Nein, Dan«, versetzte ich mit Bestimmtheit. »Das ist einfach nicht sicher für dich.« Also kehrten Lance und ich zurück und trainierten wie üblich, nach dem Besuch bei Dante war unser Schritt jedoch besonders beschwingt.

Als es endlich Zeit war, ins Bett zu gehen, war ich todmüde und emotional ausgelaugt. Ich kuschelte mich unter die Decke, bevor ich die Augen zumachen konnte, zog ich jedoch noch das Buch hervor. Es hatte mir Folgendes zu sagen:

Hab keine Angst. Und fürchte niemals zu versagen. Lass dich durch dieses Gefühl von nichts abhalten. Dieser Befürchtung musst du dich stellen, denn du bist stärker als sie. Eine Niederlage darfst du nicht einmal in Erwägung ziehen, vertrau trotz aller Widrig-

keiten auf dich selbst. Und vertrau denen, die du liebst. Hör auf deine Instinkte und stell dich selbst nicht in Frage. Denk immer daran, wie weit du bereits gekommen bist. Und wenn du nach vorn schaust, dann wird es für dich auch vorangehen, egal, was sich dir in den Weg stellt.

Dass hier ausgerechnet jetzt, so kurz vor dem entscheidenden Datum, von »versagen« die Rede war, passte mir gar nicht, aber ich versuchte, mich auf die positiven Aspekte des Eintrags zu konzentrieren. Sobald ich das Buch in den Nachttisch geschoben hatte, fielen mir auch schon die Augen zu, und ich schlief endlich ein.

Es kam mir so echt vor. So grauenhaft, markerschütternd echt. Wie jedes Mal hatte ich bei dem Pochen und Schaben die Tür geöffnet und diese Gestalten vor mir gesehen. Das ganze Syndikat, neue und alte Mitglieder, marschierte den Flur entlang, um mich zu holen. Während sie näher kamen, zerfielen sie immer weiter, wie tote Tiere, die in der Wüste auf die Geier warteten. Gliedmaßen und Köpfe sanken zu Boden und säumten ihren Weg. Dieses Mal führte Aurelia die Meute persönlich an und streckte mir knochige, kalkweiße Finger entgegen, Tentakel, die nun nach mir griffen. »Warum gibst du uns nicht deine Seele?«, säuselte sie auf ihrem Weg durch den Gang zuckersüß.

Dieses Mal machte der Traum nicht an meiner Zimmertür Halt. Ich rannte zum Bett hinüber, die Kreaturen kamen mir hinterher und verharrten in einiger Entfernung, während diese groteske Version von Aurelia sich über mich beugte. Ihr Auge war aus seiner Höhle gerollt und hing jetzt nur noch am zarten Nerv. »Wenn du dich uns nicht anschließt, stellst du dich damit gegen uns«, erklärte ihre süße Stimme. »Und das wirst du mit dem Leben bezahlen. Täusch dich nicht, du wirst sterben.« Sie streckte ihre dürren Finger nach mir aus und zerrte an meinen Armen. Ihre Berührung brannte wie Feuer. Während die anderen johlten, versuchte ich mich aus ihrer Umklammerung zu befreien.

Ihr lodernder Griff wanderte nun nach unten, packte meinen Flügelanhänger und zog meinen ganzen Körper daran hoch. Obwohl sie daran zerrte und zerrte, zerriss die Kette nicht. Ich hatte das Gefühl, dass mein Kopf in der Schlinge steckte. Schließlich hielt Aurelia eine Hand mit ausgestrecktem Zeigefinger hoch, und direkt darüber erschien eine Flamme, wie bei einer Kerze. Das Feuer tanzte und wurde dann zu einer dünnen, scharfen Linie. Sie hielt die Kette von meinem Körper weg und durchtrennte sie mit diesem dünnen Strahl. Er brannte so heiß auf meiner Haut, dass ich befürchtete, sie habe mir stattdessen die Kehle durchgeschnitten.

»Ich stutze dir die Flügel«, fauchte sie und reichte Etan an ihrer Seite meinen Schmuck. »Und das ist noch nicht alles.« Dann griff sie so heftig nach einer dicken Strähne meiner langen Haare, dass ich dachte, sie wollte sie mir ausreißen. Stattdessen schwang sie wieder ihren feurigen Strahl, während ich aus vollem Halse schrie und mich aufbäumte. Sie packte erneut eine Handvoll Haar und säbelte es ab, dann ließ sie mich mit einem Stoß los, so dass ich aufs Bett stürzte.

Und das war alles, der Albtraum war vorbei. Das Syndikat war nicht mehr da, auch Aurelia war verschwunden, und ich keuchte völlig nass geschwitzt. Ich machte das Licht an und wartete darauf, dass meine Augen sich an die Helligkeit gewöhnten. Dann versuchte ich, wieder zu Atem zu kommen und ließ die Luft ganz bewusst in meine Lunge strömen. Als ich endlich ruhiger wurde, wischte ich mir den Schweiß von der Stirn und fuhr mir mit den Fingern durchs Haar.

Es war weg.

Ich suchte mit beiden Händen danach, aber von meiner Mähne waren nur noch Fetzen übrig. Ein schriller, langer, durchdringender Schrei entfuhr meiner Kehle. Ich konnte einfach nicht aufhören zu schreien. Ich sprang vom Bett auf, warf den Stuhl vor der Schranktür um und schaute mich im Spiegel an. Das Haar hing mir in unebenen Strähnen vom Schädel. Die Zimmertür flog auf und Lance stürzte kampfbereit herein, erstarrte jedoch, als er mein Spiegelbild entdeckte. Er sagte kein Wort. Langsam drehte ich mich um. Mein Gesicht war heiß und verschwitzt, mir standen Tränen in den Augen.

»Ich dachte, es wäre ein Traum«, murmelte ich, immer noch benommen. »Aber das war es nicht. Von Anfang an. Es war die ganze Zeit echt.«

Er kam langsam auf mich zu und berührte mein Haar, schaute sich die abgehackten Büschel an und sah mir dann in die Augen.

»Wir packen das«, beteuerte er. »Wir schaffen es.« Und nach einer kurzen Pause fügte er betont heiter hinzu: »Weißt du, wer dir helfen könnte?« Er hielt eine der Strähnen hoch. »Dante. Ich glaube, so was kriegt der sogar im Schlaf hin.« Ich versuchte zu lächeln, war aber nicht wirklich überzeugt. Selbst Dante konnte nichts gegen meine weitaus größere Sorge ausrichten: Das war nur die Warnung gewesen, ein kleines Aufflackern, welches dem weitaus größeren Feuer voranging, dem ich mich bald stellen musste.

»Und sie hat auch meine Halskette«, erklärte ich mit monotoner Stimme. »Die hat sie mir einfach abgeschnitten.« Ich sah auf Lance' Manschette, er folgte meinem Blick. Dann verschränkte er die Arme vor der Brust und dachte nach, grübelte immer weiter.

»Bleib hier«, forderte er mich schließlich fest entschlossen auf. »Jetzt kommen sie sicher nicht mehr zurück. Aber vielleicht sind sie ja jetzt in Aurelias Büro, und ich kann was rausfinden.« Er kletterte bereits die Leiter hoch.

»Warte«, bat ich. Er hielt inne. »Weißt du was, das ist eine gute Idee. Aber ich komme mit.« Obwohl es ehrlich gesagt das

Letzte war, was ich mir im Moment wünschte; jetzt wollte ich eigentlich keinem von denen zu nahe kommen. Ich hatte ja gerade erst aufgehört, am ganzen Körper zu zittern.

Lance musterte mich von oben bis unten. »Nein«, entschied er mit erstaunlichem Nachdruck. »Ich meine, du solltest wirklich besser hierbleiben.«

»Ich gehe mit«, verkündete ich wieder. Jetzt stand ich direkt hinter ihm und hatte schon einen Fuß auf der Leiter.

Lance stieß einen Seufzer aus. »Davon kann ich dich wohl nicht abbringen, oder?«

»Vermutlich nicht.«

Er gab nach. »Dann mal los.«

Ich folgte ihm die Leiter hinauf und kroch hinter ihm den schmalen Gang entlang, bis wir uns endlich aufrichten konnten. Dann marschierten wir durch die Dunkelheit, bis wir unser übliches Guckloch erreichten. Aurelias Büro war leer, das Licht brannte jedoch, und eine Kerze flackerte. Mir fielen die Bücherregale auf – zwischen ihnen war ein offener Spalt zu sehen.

»Sie ist da drin«, flüsterte ich Lance zu. »Lass uns warten.«

Und das taten wir, während Minute um Minute verstrich. Es dauerte mit Sicherheit eine halbe Stunde, bis endlich Lucian hereinkam und die Tür geräuschvoll hinter sich zuschlug. Er schlenderte zum Schreibtisch hinüber und ließ den Blick darüber wandern, berührte einige der Stapel und blätterte die Papiere durch. Als er die Wand mit unserem Guckloch ansah, fragte ich mich, ob er wohl um unsere Anwesenheit wusste. Schließlich machte er den Mund auf.

»Deine Eitelkeit wird langsam zu einem echten Problem«, sagte er mit gelangweiltem Tonfall in Richtung Bücherregal. »Wir haben für so was keine Zeit, Aurelia.«

Bei diesen Worten schob sich die Angesprochene elegant aus der schmalen Öffnung. Jetzt war sie wieder die schöne Aurelia und nicht das Monster, das mich angegriffen hatte. Sie drehte den pentagrammförmigen Schlüssel im Schloss um und versiegelte damit die Kammer.

»Dein Tonfall gefällt mir ganz und gar nicht«, rügte sie und ließ sich auf dem Schreibtischstuhl nieder. »Aber ich weiß ja, dass du alles wiedergutmachen wirst.« Sie hielt kurz inne. »Andererseits hast schließlich du dieses Meeting einberufen, nicht wahr? Na, dann fang mal an.«

Lucian schien kein Interesse daran zu haben, hier mehr Zeit als nötig zu verbringen. Er kam gleich zur Sache: »Überleg dir noch mal, ob du die Pläne wirklich dieses Wochenende durchführen willst. Vielleicht sollten wir die letzte Feier abwarten, bis wir unser Ziel anvisieren. So kommen wir wenigstens bei der Rekrutierung weiter. Wenn wir damit jetzt anfangen, und irgendetwas geht schief, dann bringen wir womöglich das ganze Projekt in Gefahr.«

»Das wäre ja zu schade. Sonst noch was?«

Er seufzte. »Nein, das wäre alles, Aurelia.«

»Jetzt setz dich doch endlich, du machst mich ja ganz nervös«, blaffte sie. »Natürlich muss die ganze Sache ruhig über die Bühne gehen und möglichst gegen Ende des Abends, damit wir genug Zeit haben, neue Mitglieder anzuwerben. Das Küchenpersonal wird besonders effektive Rezepturen zusammenstellen, um unser Bestreben zu unterstützen, und beim Tanz wird die alte Garde des Syndikats dabei sein, nur unsere besten Leute. Schick die neuen Rekruten stattdessen in den Tresor. Wir wollen keine Amateure.«

Er nickte.

»Ich habe gehört, dass eventuell noch die Möglichkeit besteht, Etans Jungen für uns zu gewinnen«, fuhr sie fort. »Meine Spione haben mir berichtet, dass sein Gedächtnis immer noch nicht funktioniert, aber wenn Etans Gift so wirkt wie geplant, dann müsste er zum Abschlussball wieder hier sein, und auch die Kodierung sollte dann in Kraft treten. Ich glaube ja weiterhin, dass auch Haven und Lance zur Vernunft kommen und unser großzügiges Angebot annehmen werden, wenn ihnen erst die Zeit davonläuft.«

Ich spürte Lance an meiner Seite erstarren. Bestürzt packte ich ihn ganz unwillkürlich am Arm, und zwar so fest, dass er sich zu mir umdrehte und lautlos »Au!« hauchte. »Sorry«, hauchte ich zurück und ließ ihn los.

»Aber nun zu meiner brillanten Idee«, sagte Aurelia zu Lucian. Sie sah äußerst zufrieden aus. »Unsere liebe, dumme Haven. Wenn sie uns nicht beitritt, dann wird sie es noch bereuen, es sich selbst so schwer gemacht zu haben. Da du an dieser Aufgabe hoffnungslos gescheitert bist, ist es nun an dir, die Situation zu bereinigen.«

»Was soll das heißen, Aurelia?«, fragte er mit versteinerter Miene.

»Du wirst sie ausschalten«, erklärte sie schlicht und gedehnt mit einem triumphierenden Lächeln. Sie griff nach einem Brieföffner und liebkoste seine scharfe Spitze, während sie auf und ab ging. »Und dabei wirst du überwacht. Wenn du versagst, steht bereits jemand anders bereit, und dann schaust du eben dabei zu, wie sich einer unserer weniger zimperlichen Mitstreiter um sie kümmert. Dich übergeben wir dann dem Fürsten.«

Lucian zuckte zusammen. Ich schlug mir die Hand vor den Mund, um ein Keuchen zu unterdrücken, es war aber trotzdem noch zu hören. Auch Lance hielt mir den Mund zu, und wir standen wie angewurzelt da.

Aurelia fuhr zu uns herum. In einem Stoßgebet bat ich darum, sie möge das Geräusch für eine Reaktion von Lucian halten.

Der meldete sich jetzt zu Wort: »Ich dachte, ich sollte an dem Abend die Aufsicht übernehmen, für die Rekrutierung Paare zusammenstellen und mich um Lance kümmern«, entgegnete er in einem feindseligen Tonfall, den er kaum verhehlen konnte.

Sie reckte den Zeigefinger in die Luft und schloss die Augen wie eine Bestie, die ihre Beute aufspürte. Dann schlug sie die Lider wieder auf, starrte ihn an und erklärte seelenruhig: »Pläne können sich ändern. Und ich rate dir, dich besser anzupassen.« Mit einer raschen Bewegung schleuderte sie den Brieföffner in Richtung Flachbildschirm. Er bohrte sich nur Zentimeter von Lance' Kopf entfernt in den Monitor. Funken sprühten, Rauch stieg auf, wir nahmen die Beine in die Hand und machten uns durch den Gang davon. Als wir die Stelle erreichten, an der wir krabbeln mussten, robbten wir so schnell voran, dass mir die rauen Bodenbretter die Handflächen zerschnitten. Keuchend erreichten wir die Leiter und stiegen in mein Zimmer hinunter.

Also würde Lucian das übernehmen. Meine Gedanken rasten, um diese neue Wendung zu verarbeiten. Konnte er mich wirklich umbringen? Aber er hatte ja gar keine Wahl, wenn er es nicht tat, dann eben jemand anders.

»Wir finden schon eine Lösung«, versprach Lance schließlich. Wir hockten auf meinem Bett und versuchten immer noch zu begreifen, was wir da gehört hatten. »Wir haben ja noch den ganzen Tag Zeit.« Es war kurz nach sechs Uhr morgens, und mehr konnten wir über die Pläne des Feindes jetzt wohl nicht mehr erfahren. Nun mussten wir überlegen, wie wir die Informationen zu unserem Vorteil nutzen konnten, um unser Leben zu retten. »Mal angenommen«, begann Lance, »dass wir Dante wieder herholen. Wie können wir ihn sicher ins Hotel schmuggeln?«

»Ist das dein Ernst? Ich will ihn nicht hierhaben. Gar nicht auszudenken, was die mit ihm anstellen werden.«

»Ich weiß, aber mal ganz hypothetisch gesprochen. Könnte man ihn irgendwie reinschleusen, damit er uns helfen kann, ohne dass sie ihn …« – er suchte nach dem richtigen Wort, irgendetwas anderes als »umbringen« – »... kriegen, sobald er auch nur einen Fuß ins Gebäude setzt?«

»Na ja, wir können kaum mit ihm an der Rezeption vorbeimarschieren, er ist ja wohl ein wichtiges Zielobjekt. Wir könnten es ja wie diese Typen im Geschichtsunterricht machen und ihn in ein trojanisches Pferd stecken. Ansonsten bin ich ratlos.«

»Das stammt aus der griechischen Mythologie. Das Pferd war nach einer Schlacht ein Geschenk an die Trojaner, in Wirklichkeit hockten aber griechische Krieger darin, die schließlich ausschwärmten, um die Stadt zu zerstören«, überlegte er laut. »Das wäre vielleicht eine Idee.«

31

Zeit für Veränderungen

Etwa eine Stunde später hatte ich gerade die Uniform angelegt und rubbelte mir mit dem Handtuch durch die nassen – und fürchterlichen – Haare, als es an der Tür klopfte. Es war Lance, der bereits umgezogen war und eine große Tüte mit Pralinenschachteln sowie die kurze Liste ihrer Empfänger dabeihatte. »Die hier haben sie uns in der Galerie hinterlegt, das sind nur ein paar Stationen. Und ich bin sicher, dass uns jemand folgen wird«, meinte er, während er ungefragt ins Zimmer trat. »Ich habe mit Dante gesprochen. Die Lieferungen übernehme ich, und du schaust in der Zwischenzeit bei ihm vorbei, damit er sich um deine Haare kümmern kann. Und gib ihm das hier.« Er reichte mir einen zweiten Beutel mit einer einzigen Pralinenschachtel. »Da ist alles drin, was er braucht. Jetzt weihe ich dich erst einmal in die Details der Operation ›Trojanisches Pferd‹ ein. Oder vielmehr ›Trojanische Kuh‹.«

Dante wartete bereits mit gezückter Schere auf mich, um loszulegen, sobald ich eintraf. Ich hatte das zottelige Desaster hochgesteckt und unter einer Mütze versteckt, und als ich die jetzt abnahm, konnte mein Freund sein Entsetzen kaum verbergen. »Das kommt schon wieder in Ordnung«, tröstete er mich und berührte mich sanft am Kopf, während er auf den Schreibtischstuhl deutete, den er in seinem Zimmer vor den Spiegel gestellt hatte. »Und dafür kriegen wir sie. Seelen zu stehlen ist das eine, aber so was mit einer Frisur anzustellen, das ist unverzeihlich.« Er versuchte, heiter zu klingen, aber seine Stimme war angeschlagen. Dann fuhr er mit den Fingern durch meine abgehackten Strähnen und schüttelte sie aus. »Damit kann ich arbeiten«, erklärte er, »versprochen.«

»Dafür bin ich dir echt was schuldig.« Jetzt ging es mir schon viel besser.

»Äh, du hast mir quasi das Leben gerettet, also sind wir jetzt wohl quitt, Schätzchen.« Er holte einen Kamm aus seiner Tasche und fuhr mir damit durch den struppigen Schopf. Wir schwiegen, während er mich erst begutachtete und dann zu schnippeln begann.

Als ich es schließlich nicht länger aushielt, fragte ich zögernd: »Dan, ich habe das Gefühl, als Freundin versagt zu haben. Ich habe dich im Stich gelassen, oder? Das tut mir so leid.« Das brannte mir jetzt schon länger unter den Nägeln, ich hatte mit der Entschuldigung jedoch gewartet, bis es ihm besser ging. Jetzt war er wieder fit, aber ich wusste inzwischen nicht mehr, ob ich seiner Reaktion gewachsen war. Die Schere hielt kurz inne, und er blickte ernst drein. Dann wandte er sich an mein Spiegelbild.

»Das lag doch nicht an dir, Hav.« Er schüttelte den Kopf. »Weißt du, ich habe mich einfach mitreißen lassen. Also, Etan, der hat mich eben verstanden.«

»Ich verstehe dich doch auch«, warf ich ein.

»Nein, mein Schatz, du bist zwar lieb, aber du verstehst eben nicht, wie das so ist, wenn man sich als sechzehnjähriger Schwuler geoutet hat, während die anderen in der Schule das noch gar nicht auf die Reihe kriegen. Ich meine, bist du ein schwuler Kerl, der gerne kocht?«

»Wohl eher nicht«, murmelte ich enttäuscht.

»Ich war so blöd«, meinte Dante und lächelte jetzt in sich hinein, »aber weißt du, ich hab mich so nach Liebe gesehnt!« Jetzt blitzte in seinen Augen wieder der Funke, den ich in den letzten Monaten vermisst hatte.

»Du warst immer schon ein Romantiker. Frauenfilme guckst du ja lieber als ich.« Er versetzte mir einen spielerischen Stoß und fuhr dann mit seiner Arbeit fort.

»Es gibt hier einfach niemanden, in den ich mich je verlieben könnte. Ich komme mir vor, als säße ich auf einer einsamen Insel und würde auf all die heißen Kerle warten, aber es kann mir niemand sagen, wo die stecken oder wie ich da hinkomme.«

»Aber das ändert sich doch irgendwann, und das sind dann nicht solche Typen wie Etan.«

»Ja, und ich weiß ja, dass der mich nur reingelegt hat.«

»Das ist okay, das ist uns allen passiert.«

»Und dann hatte er da noch diese ganze spirituelle Schiene, hat mir augenblicklichen Erfolg, Schönheit und ewige Jugend in Aussicht gestellt. Weißt du, für mich sah das so aus, als hätten er und alle anderen da es absolut raus. Als würden sie das perfekte Leben führen.«

»Ich weiß, glaub mir. Hey«, wandte ich ein, denn jetzt ging es um Wichtigeres. »Aurelia scheint zu glauben, dass sie dich immer noch auf ihre Seite ziehen kann.«

»Oh, ich gehe nicht kampflos. Und ich habe große Pläne für diese Typen. Du kannst mich nicht abhalten.« Er hörte mit dem Schneiden auf. »Hast du nicht noch was für mich? Von Lance? Der wollte mir doch streng geheime Informationen schicken. Ich bin bereit!«

»Bis du denn sicher, dass du mit zurückmöchtest? Ich will nämlich wirklich nicht, dass du dich verpflichtet fühlst. Das ist echt okay, du hast schon so viel mitgemacht.«

Er unterbrach mich. »Her damit!« Ich hüpfte vom Stuhl, wühlte in meinen Sachen herum und zog die Pralinenschachtel hervor, die Lance mir mitgegeben hatte. Pralinen waren da allerdings keine drin. Dante riss den Deckel auf und fand darin seine Küchenuniform und einen Zettel mit der Adresse, an der er sich an diesem Abend um sechs mit Lance treffen sollte.

»Ausgezeichnet.« Er legte die Schachtel und ihren Inhalt aufs Bett, schnippte mit den Fingern und deutete wieder auf den Stuhl. »Und dann wird eingekauft.«

»Wie bitte?«

»Ich habe eine Liste mit all den Pflanzen, Kräutern und Sachen, die ich mir aus diesem Garten besorgen muss. Morgen Abend mische ich die Rezepte von denen mal ein bisschen auf.«

»Also kommst du ganz offiziell zurück?«

Er stöpselte den Föhn ein: »Und wenn ich es nur wegen dieses Haarmassakers tue.«

Ich musste lächeln, obwohl ich mir doch solche Sorgen machte. »Wie ritterlich von dir«, meinte ich. »Aber wir müssen da immer noch ein paar Dinge besprechen: Über die Sache mit der Kodierung weißt du Bescheid, oder?«

»Behalt das mal im Hinterkopf«, bat er und warf den Haartrockner an. Er zog eine Bürste aus seiner Gesäßtasche und machte sich daran, meinen Schopf zu frisieren. Als er fertig war, lehnte er sich zu mir vor, legte mir den Arm um die Schulter und betrachtete unser Spiegelbild. Er hatte meine abgehackte Mähne in einen seidigen, kinnlangen Bob verwandelt.

»Das sieht toll aus«, befand er und drückte mir einen raschen Kuss auf die Wange. »Bei deinem Gesicht kannst du das zum Glück tragen, so was steht nicht jedem.«

Ich wäre nie auf die Idee gekommen, mir die Haare derart kurz zu schneiden, aber als ich mich jetzt so betrachtete – mit dieser forschen, frechen Frisur – sah es gar nicht schlecht aus. Ich kam mir vor wie eine ganz neue Ausgabe von mir selbst. Vielleicht war das ja meine Kriegerversion, die Rolle, die mir dabei helfen würde, morgen den Tag und die anstehende

Schlacht zu überstehen. Dante hatte mich wieder einmal aufgemuntert, und jetzt fühlte ich mich richtig gut.

»Danke, Dante, wirklich.« Ich drehte mich zu ihm um. »Ich wüsste nicht, was ich ohne dich anfangen sollte.«

»Dante ist wieder da!«, verkündete er stolz. Ich war ihm so unendlich dankbar.

Nach dem Haareschneiden machten wir uns in der Küche breit, knabberten an den Plätzchen, die Dante am Vortag gebacken hatte (er war tatsächlich wieder ganz der Alte), und diskutierten die Strategie für später.

Der Plan sah vor, dass Ruthie Dante am Nachmittag in die Stadt fuhr, und zwar zu einem Requisitenverleih, wo er sich unter dem Vorwand mit Lance treffen würde, eine neue Kuh für den Abschlussball auszusuchen. Es gab dort jede Menge Plastikrinder von einem Kunstprojekt, das vor Jahren Straßenecken und Wahrzeichen der Stadt mit Kühen dekoriert hatte. Während Lance sich dort umsah, würde Dante in den Bauch einer Kuh klettern – die waren hohl und hatten unten eine Luke –, die dann später ins Hotel geliefert und gegen die andere ausgetauscht werden würde. Dort musste er dann warten, bis es für ihn an der Zeit war, sich hinauszuschleichen und sich auf den Weg in die Küche zu machen, wo er das Gegenmittel über das Essen für die Festlichkeiten streuen würde. Der Plan war schon ganz gut, es fehlte aber noch ein letzter Punkt.

Wir waren wieder in Dantes Zimmer, dieses Mal hatte *er* jedoch auf dem Stuhl Platz genommen, und *ich* schwang die Schere. Ich schnitt die erste Dreadlock ab und gab ihm dann einen Moment Zeit.

»Also, weißt du, eigentlich bist du doch nur neidisch und willst auch unbedingt einen neuen Look«, neckte ich ihn liebevoll.

»Das wächst ja wieder nach«, erklärte er feierlich, wie ein

Soldat, der in die Schlacht reitet. »Zeit für Veränderungen.« Ich machte weiter und schnippelte, bis keine einzige Strähne mehr geblieben war.

»Bist du sicher, dass das in Ordnung ist? Du weißt schon, dass du damit zum Köder wirst, oder?«, fragte ich, bevor ich ihm mit dem Elektrorasierer zu Leibe rückte. Wir hatten beschlossen, dass wir die Bande damit auf eine falsche Fährte locken würden, falls man Dante in der Küche entdeckte. So würde jeder glauben, dass er endlich bereit war, seine Seele zu verkaufen, und nur deshalb zurückgekehrt war.

»Das ist schon okay, es ist ja für einen guten Zweck«, behauptete er, sein unsteter Blick verriet mir jedoch, wie nervös er war. Wir schwiegen einige Minuten, bis er sich wohl ablenken wollte und sich mit einer Frage an mich wandte, die mich ganz unvorbereitet traf: »Also, was ist das mit dir und Lance?«

»Ich weiß auch nicht.« Ich wollte nicht allzu überrascht klingen, aber es hörte sich so an, als müsste ich mich verteidigen. »Du warst schließlich der reinste Zombie. Mit irgendwem musste ich ja abhängen.«

»Das war ja nur eine Frage.«

»Guck mich bloß nicht so an«, knurrte ich.

»Auf jeden Fall ist er ein absoluter Clark Kent«, flüsterte er. Das war unser Codewort für Typen, die eigentlich total gut aussahen, aber keine Ahnung davon hatten – besser ging es kaum.

»Ich weiß, das habe ich in letzter Zeit auch gedacht.«

Ich wischte Dante ein paar Härchen von Schultern und Gesicht und betrachtete ihn im Spiegel. Gar nicht schlecht. Nachdem er bei mir Friseur gespielt hatte, hatte ich ihm den Gefallen nun angemessen erwidert.

Der Abschied war gekommen, ich umarmte ihn mit der Mahnung, auch ja vorsichtig zu sein, und wollte lieber nicht daran denken, was ihn jetzt erwartete.

Ich traf Lance in unserem Büro an, wo er gerade seiner Mutter eine E-Mail schickte. Eigentlich hätte ich ja Joan anrufen müssen, aber der Gedanke daran widerstrebte mir – ich war mir einfach nicht sicher, ob ich das durchstehen würde, ohne die Fassung zu verlieren. Lance sah auf, als er mich hereinkommen hörte.

»Hey!«, grüßte er und deutete dann auf meine Haare. »War das Dante?«

»Ja, verrückt, nicht?« So ohne lange Haare, hinter denen ich mich verstecken konnte, fühlte ich mich ziemlich nackt.

»Der Mann hat wirklich Talent. Das sieht toll aus.« Er schob sich die Brille hoch.

»Danke. Was gibt es hier Neues?«

»Nichts.« Er schloss das Fenster an seinem Computer. »Ich schlage bis zu unserem Treffen mit Courtney die Zeit tot.«

»Brr, stimmt ja.« Bei all der Aufregung hatte ich ganz vergessen, dass sie heute mit ein paar anderen Mitgliedern des Planungsausschusses anrücken würde, um die Dekoration des Ballsaals abzusegnen.

»Das lässt du mich aber nicht allein machen!«

»Nein. Ich weiß nur nicht, was schlimmer ist – die hier heute rumzuführen oder uns überlegen zu müssen, wie wir am besten dem Tod von der Schippe springen.«

Als Courtney und zwei ihrer geklonten Helferinnen schließlich eintrafen, begrüßten wir sie mit einem formellen Händedruck, so als wollten wir unsere Amtsgewalt hier im Hotel hervorheben. Mich musterte Courtney von oben bis unten, so als wüsste sie nicht so recht, wo sie mich eigentlich hinstecken sollte. Ich lächelte einfach nur. Dann zeigten wir ihnen den Ballsaal und wiesen dabei auf alle wichtigen Punkte hin. Eine Handvoll Syndikat-Mitglieder war dort immer noch beschäftigt, sie kümmerten sich um die Beleuchtung und sahen nach, ob alles an seinem Platz war. Sie ignorierten uns völlig, selbst als

Courtney ein bisschen zu laut verkündete: »Wow, hier sind alle so superheiß.«

Die drei Mädchen schritten langsam den kompletten Saal ab und flüsterten dabei wie in einem Museum. Nachdem wir nun so viel Zeit mit Aurelia und dem Syndikat verbracht hatten, die uns echten Schaden zufügen konnten, schüchterten mich Courtney und Konsorten viel weniger ein. Was hatten sie denn schon für Macht? Es gab keinen Grund für ihre Vorherrschaft. Inzwischen hatte ich echten Schrecken kennengelernt, und daran kamen die nicht heran. Sie waren nichts. Lance und ich hielten uns im Hintergrund und ließen die drei allein eine Runde drehen, bis sie schließlich zu uns zurückkehrten.

»Das ist so alles in Ordnung«, erklärte Courtney.

Was jetzt kam, hatten Lance und ich geprobt: »Da sind wir ja froh. Heute kamen uns aber noch Zweifel wegen der Kuh«, erklärte ich, während wir alle zu dem beigefarbenen Vieh hinübersahen.

»Hm?«

»Was richtig ›knallen‹ würde«, fiel Lance ein, »um mal ein Stichwort aus euren vielen Mails aufzugreifen, wäre ... eine gefleckte Kuh.«

Mit ernstem Blick musterten die drei das Rind noch einmal. Dann wurde so heftig geflüstert, als ginge es hier um einen drohenden Atomkrieg. Schließlich wandten sie sich wieder an uns.

»Ja, gefleckte Kühe sind der Hammer«, erklärte Courtney. »Gott sei Dank ist es noch nicht zu spät.«

»Ich weiß. Puh!«, atmete ich auf. »Also, die wird heute Abend noch geliefert, und dann ist für morgen alles klar.«

»Gut«, nickte sie. Sie griff in ihre Tasche und holte einen Scheck der Evanston High hervor. Und damit waren die drei verschwunden.

Als Lance und ich auf dem Weg zur Galerie am Empfang vorbeikamen, rief eine Rezeptionistin vom Syndikat »Miss Terra?« zu mir herüber. Ich blieb stehen. Warum auf einmal so förmlich? Auch Lance sah mich befremdet an.

»Ja, hi.«

»Miss Brown möchte Sie gerne sehen.« Einen Moment stockte mir der Atem. Lance und ich tauschten besorgte Blicke.

»Natürlich«, antwortete ich.

»Wir sehen uns dann später«, meinte Lance und versuchte, so normal wie möglich zu klingen. »Hey, überlässt du mir so lange deine Schlüsselkarte? Ich muss noch mein Buch aus deinem Zimmer holen.« Ich wusste, was er vorhatte: Er wollte aus dem Versteck hinter der Wand ein Auge auf mich haben. Also reichte ich ihm die Karte.

Aurelia verlor kein Wort über meine neue Frisur, starrte mich nur an und machte sich gar nicht erst die Mühe, ihr triumphierendes Lächeln zu verbergen. Jetzt saß hier eine ganz andere Person vor mir als die Frau, die mir im Parlor von den schweren Entscheidungen in ihrem Leben erzählt hatte. Ich hockte auf dem vertrauten Stuhl, hatte einen Kloß im Hals und fragte mich, was jetzt wohl kommen würde. Das war für mich wirklich der Anfang vom Ende. Ohne meine Kette fühlte ich mich Aurelia gegenüber irgendwie schutzlos. Zumindest war es mir ein schwacher Trost, dass Lance hinter der Wand über mich wachte. Das verlieh mir Kraft.

»Es gibt da eine kleine Angelegenheit, um die wir uns noch kümmern müssen«, erklärte meine Chefin frostig, während sie auf ihrem Tisch einige Papiere ordnete. »Wie ich dir kürzlich in unserem Gespräch dargelegt habe, liegen meiner Meinung nach große Taten vor dir. Aber dazu bedarf es noch einer letzten Formalität.« Sie griff in die Schublade, um etwas herauszuziehen, hielt aber inne, als ich mir mit einem Einwand Zeit zu erkaufen versuchte.

Ich nahm allen Mut zusammen und fragte: »Ja, aber was genau sehen Sie denn da? In meiner Zukunft?« Am liebsten hätte ich noch mehr hinzugefügt, zum Beispiel *Wenn ich am Schluss ja doch in der Hölle lande, hab ich nämlich gar kein Interesse.*

»Nun, ich bin froh, dass du das fragst. Was schwebt dir denn so vor? Was auch immer du dir wünschst, kann in Erfüllung gehen.«

»Einfach so?«

»Einfach so«, wiederholte sie.

»Na ja, ich habe immer davon geträumt, Ärztin zu werden«, erklärte ich. Sie nickte, als wollte sie sagen *Kein Problem, das kriegen wir hin.* »Aber deren Devise lautet ja bekanntlich ›Füg niemandem ein Leid zu‹. Ich glaube kaum, dass man diesen Leitspruch hier beherzigt.«

Sie starrte mich an, sprach aber in lockerem Tonfall weiter: »Vielleicht ist das Problem einfach, dass du noch ein paar Fragen hast.« Ihre gespitzten Lippen und der angespannte Nacken verrieten mir, dass sie langsam die Geduld verlor. Ich setzte mich noch aufrechter hin und sagte kein Wort.

Sie fuhr fort: »Haven, ehrlich gesagt bin ich es langsam leid. Ich werde dich nicht anflehen. Irgendwann hat dich die Vorstellung einer perfekten Version von dir selbst doch sicher mal angesprochen. Ich war so dumm zu glauben, dass du dich mit dem Gedanken anfreunden würdest. Nicht auszudenken, dass du dich endlich mal in deiner Haut wohlfühlen, glücklich und erfolgreich sein und dafür beachtet und bewundert werden könntest, statt dir ständig darüber Sorgen zu machen, was die anderen wohl über dich denken! Du hast hier einen kleinen Einblick in ein solches Leben bekommen, das sollte doch eigentlich Grund genug sein.«

»Na ja …«, begann ich, sie hob jedoch die Hand.

»Wie dem auch sei, falls das noch nicht klar sein sollte – die Geschehnisse der letzten Nacht waren nur ein Vorgeschmack auf das, was dich bei einer Absage erwartet. Das wird nicht gut für dich ausgehen.«

»Aber ich habe doch gesehen, was mit diesen Leuten vom Syndikat passiert«, erklärte ich jetzt mit so viel Nachdruck, wie ich nur aufbringen konnte. »Warum sollte ich denn eine perfekte Hülle werden wollen, die innerlich völlig tot ist? Diese Kreaturen haben scheinbar alles, aber keine Wünsche oder Gefühle, keine Leidenschaft oder sonst irgendetwas!«

»Aber begreifst du es denn nicht? Du würdest niemals so werden. Diese Menschen haben sich nach nichtigem Tand gesehnt, und den haben sie bekommen.« Sie waren ihr offenbar völlig egal. »Ihre Seelen waren leicht zu ergreifen, weil ihnen kaum etwas wichtig war.« Aurelia lehnte sich vor, und jetzt lockte ihre Stimme verführerisch: »Du hingegen bist für Großes auserwählt, Haven. Du wärst eine echte Bereicherung für uns und würdest deshalb auch fürstlich belohnt. All deine Wünsche würden bald in Erfüllung gehen. Du wärst mit mehr Stolz und Schönheit gesegnet, als du es dir je erträumt hast. Frauen werden dich beneiden, Männer sich nach dir verzehren. Und du würdest großen Erfolg haben, es ohne jede Anstrengung weit bringen. Du müsstest dich nicht mehr gegen andere durchsetzen und dir den Kopf darüber zerbrechen, ob sich all die Arbeit auch wirklich lohnt!«

»Wissen Sie, es ist eigentlich ein ganz gutes Gefühl, für seinen Erfolg auch was getan zu haben.«

»Glaub mir, darüber kommst du schnell hinweg.«

»Und was genau sind die Bedingungen?«

»Na ja, du erreichst in Rekordzeit alles, was du dir wünschst. In deinem Fall könnte das vielleicht so aussehen, dass du im Grundstudium als Klassenbeste abschneidest, dann auf eine tolle medizinische Fakultät gehst und deine Ausbildung in einem Top-Krankenhaus machst. Auch dein neues Aussehen wird sich natürlich in jeder Hinsicht positiv auswirken. Wir würden einen Vertrag mit den einzelnen Punkten aufsetzen …«

»Und irgendwann müsste ich dann anderen ihr Leben und ihre Seele nehmen«, unterbrach ich sie.

»Wir nennen es Rekrutierung, und es ist die Gegenleistung für das, was wir dir bieten.«

»Ich könnte also, sagen wir mal, den Krebs besiegen, würde im Gegenzug aber mehr Menschen umbringen, als ich damit rette. Denn so sieht die Rechnung doch aus, oder?«

»Ich weiß gar nicht, warum du dich nur auf das Negative konzentrierst.«

»Ich verstehe einfach nicht, was für mich dabei rausspringt.«

»Denk doch nur an all die Macht! So etwas hast du bis jetzt noch nie verspürt. Es ist einfach berauschend! Und durch deine Herkunft würdest du natürlich über dem Rest des Syndikats stehen.«

»Danke, aber ...«

Sie hob wieder die Hand, um mich zum Schweigen zu bringen. »Ich bin mir nicht sicher, ob du die Konsequenzen eines Neins voll erfasst. Du wirst dich uns entweder anschließen, oder wir stehen auf unterschiedlichen Seiten. Und das kann ich einfach nicht akzeptieren.« Ihre Augen glühten nun, ihr Blick ließ mich erschaudern. Sie stand mit einer eleganten Bewegung vom Stuhl auf und stieß ihn dennoch mit dem Absatz mehrere Meter vom Tisch weg. Ich sprang auf die Füße. Dann stolzierte sie um den Schreibtisch herum und blieb vor mir stehen. Als sie sprach, war ihre Stimme eine Oktave tiefer und klang jetzt mit voller Absicht so lässig und aalglatt, dass mir ganz übel wurde.

»Lass mich dir einen Gefallen tun«, erklärte sie. »Ich akzeptiere deine Antwort jetzt noch nicht, sondern gebe dir noch 24 Stunden Zeit, um zur Vernunft zu kommen. Dann wirst du entweder zustimmen, oder dein Leben ist verwirkt.«

Ich erwiderte nichts und verließ das Büro, so schnell ich konnte.

32

Uns bleibt immer noch die Metamorphose

Am Abend machte sich Lance auf den Weg zum Requisitenverleih, und ich wartete angespannt, bis er schließlich wieder vor der Galerietür erschien und erklärte, dass alles glattgegangen war. Dann fanden wir uns zum vereinbarten Zeitpunkt im Ballsaal ein, um den großen Kuhtausch zu überwachen. Das ganze Theater entging Beckett und einigen Syndikat-Mitgliedern nicht, die sich im Raum herumdrückten.

»Was soll das?«, blaffte Beckett uns an, als zwei kräftige Typen eine Kuh herein- und die andere wieder hinausrollten.

»Eine Änderung in letzter Minute«, erklärte Lance.

»Das Planungskomitee hat sich jetzt doch für eine gefleckte Kuh entschieden«, fügte ich hinzu. »Was wir zum Glück noch arrangieren konnten.«

»Dann macht aber schnell.«

Lance und ich nickten, während er mit seinen Kumpanen den Saal verließ. Ich sah die gefleckte Kuh an. Mir vorzustellen, wie Dante darin zusammengequetscht war, tat mir in der Seele weh, aber wir hatten ja keine Wahl.

Als wir endlich allein waren, schalteten wir im Ballsaal alle Lichter aus, öffneten die Luke und halfen Dante heraus.

»Ich bin ein echter Schlangenmensch!«, flüsterte er seufzend.

Ich wünschte ihm viel Glück und machte die Tür hinter ihm zu.

Um halb vier morgens, als das ganze Hotel schlief, drückten wir die Daumen und machten uns an den letzten Schritt unseres Plans. Ich blieb in meinem Zimmer und wartete, während Lance zum Ballsaal hochschlich und den Servierwagen hinten aus der Küche holte. Mit etwas Glück würde Dante darauf unter dem Abdecktuch hocken. Lance würde ihn mit dem Aufzug nach unten bringen, an der Rezeption vorbeirollen und ihn in der leeren Capone-Küche abstellen. Dort hatte Dante für seine Aufgabe zwanzig Minuten Zeit, dann musste er sich wieder in den Wagen verkriechen, den ich schließlich zu uns runterfahren würde.

Als schließlich der Moment gekommen war, schaute ich in der Küche auf die Uhr und stellte dann die Gourmet-Sandwiches, die ich im Kühlschrank des Capone entdeckt hatte, auf den Wagen. Falls uns jemand fragte, war das einfach nur ein später Imbiss für Lance und mich. Mit einem Stoffbeutel voller Zutaten rannte Dante vom Alcatraz-Aufzug herbei und schlüpfte unter das Tischtuch. Ich schob mit aller Kraft und brachte ihn in sein altes Zimmer.

Erst dort, in Sicherheit, kam Dante wieder aus seinem Versteck.

»Mission erfüllt!«, verkündete er. Ich drückte ihn, und Lance klopfte ihm auf die Schulter.

»Hast du irgendwen gesehen?«, fragte ich. »Etan? Oder bist du in der Küche jemandem begegnet?«

»Negativ!«, erklärte Dante stolz. »Ich habe das zeitlich perfekt abgepasst. Um diese Zeit ist Etan bei seinen Meetings, oder wohin auch immer er verschwindet, und kümmert sich um die tägliche Ernte.«

»Sucht in der Hölle Zutaten zusammen und wer weiß was noch alles«, fügte Lance hinzu.

»Genau. Also gab es überhaupt keine Probleme. Vor fünf Uhr treten die anderen nämlich nicht an. Die geben dieses Zeug ja über alles, also habe ich die Giftstreuer genommen und mit dem Gegenmittel gefüllt. Und das kam dann auch noch über die Sachen, die da so rumstanden – Teigwaren, Getränke, was auch immer.«

»Gute Arbeit, Mann!«, lobte Lance.

»Danke.« Dantes Blick wanderte durch den Raum. »Schon komisch, wieder hier zu sein. Aber eins kann ich euch sagen, diese Kuh war nicht besonders bequem. Mein Rücken bringt mich um.« Jetzt zog er die Küchenuniform aus.

»Du hast ja auch furchtbar lange darin gesteckt«, bemerkte ich tröstend.

Dante reckte und streckte sich, während Lance mit den Snacks aus der Kneipe ein Festmahl für uns vorbereitete.

»Du hast doch bestimmt einen Mordshunger«, meinte er und schlug die Zähne in ein Pitabrot. Er reichte Dante auch ein Stück.

»Danke. Du, Haven, ich hab da mal eine medizinische Frage.«

»Schieß los.«

»Können Narben sich eigentlich stark verändern?«

»Was meinst du?«

»Na ja, ich bin doch als Kind mal vom Baum gefallen und hatte all diese schlimmen Schrammen.«

»Ich weiß.«

Er drehte sich um, schob sein T-Shirt hoch und zeigte uns seinen nackten Rücken. »Das ist total verrückt, aber die Narben sind plötzlich alle weg, bis auf die an meinem Arm und die beiden hier.« Das stimmte: Die Haut, die von dem Sturz auf Äste und Geröll einst von Striemen übersät gewesen war, war nun fast völlig glatt. Wir hatten hier jemanden vor uns, der zum Schwimmen im Lake Michigan immer ein T-Shirt getragen hatte. Jetzt sah man nur noch zwei tiefe Kerben auf seinen Schulterblättern, und zwar die gleichen wie bei Lance und bei mir. Er war einer von uns. Ich sah Lance an, und der hörte auf zu kauen.

»Wow, ich glaube, es gibt da noch etwas, das du wissen solltest.«

Nach dem heutigen Tag war es eigentlich unmöglich, den Anschein von Normalität aufrechtzuerhalten, aber es fühlte sich beinahe normal an, als wir dort zusammen auf dem Fußboden hockten, unsere Essensbeute vertilgten und Dante mit den Informationen versorgten, die wir noch ausgelassen hatten. Dann feilten wir an unserem Plan, zu dem jeder etwas beitrug. Unser Ziel war es, den Verkauf von möglichst vielen Seelen zu verhindern, das Syndikat zu zerstören und natürlich selbst am Leben zu bleiben. Dante hatte das Gegengift ja schon in die Küche geschmuggelt und würde noch mehr bei sich tragen, um es den Leuten notfalls während der Veranstaltung zu verabreichen. Unser zukünftiger Architekt Lance hatte bereits unglaublich detaillierte Karten von allen Gängen und Tunneln angefertigt und die kürzesten Wege für jeden von uns ausgewählt, damit wir im Laufe des Abends unsere verschiedenen Einsatzorte möglichst schnell erreichten. Er hatte einen Katastrophenplan und verschiedene Fluchtmöglichkeiten für alle Räume und Situationen ausgearbeitet und legte außerdem eine komplette Liste all dessen vor, was am nächsten Tag geplant war und in welcher Reihenfolge. Ich hatte blindes Vertrauen und ein paar scharfe Messer.

Und so saßen wir bis in die frühen Morgenstunden da, zettelten unsere Verschwörung an und woben ein harmonisches Netz unserer sich kreuzenden Wege. Plötzlich kam mir in den Sinn, dass wir die letzten Monate vielleicht so verbracht hätten, wenn unser Praktikum wie erwartet gelaufen wäre: Dante, Lance und ich hätten am Freitagabend hier zusammengesessen, etwas geknabbert und geredet. Das wäre wirklich schön gewesen.

Als wir uns schließlich so gut vorbereitet fühlten wie irgend möglich, beendeten wir unser Treffen. Es war bereits nach fünf Uhr morgens, und wir wussten, dass wir unbedingt noch ein bisschen schlafen sollten. Aber es war keinem von uns wirklich wohl dabei, jetzt die Augen zuzumachen und damit womöglich die Dämonen heraufzubeschwören, die mich in der Nacht zuvor angegriffen hatten. Also wechselten wir uns ab. Immer zwei von uns dösten eine Runde, während der dritte die Wache übernahm. Da ich nun wirklich nicht in meinem Zimmer allein sein wollte, blieben wir einfach zusammen hier, und die Stunden verstrichen ohne Zwischenfall.

Der Samstag verlief seltsam ereignislos, aber es fühlte sich eher an wie die Ruhe vor dem Sturm. Von Aurelia und Lucian keine Spur, am Nachmittag entdeckten wir jedoch vertraute Gesichter aus der Schule am Empfang. Lance' Mutter brachte ihm seinen geliehenen Smoking vorbei und hatte auch den von Dante in dieselbe Kleiderhülle gestopft (wir wollten auf keinen Fall, dass Ruthie vorbeikam, falls man uns beobachtete). Ich wünschte wirklich, ich hätte einen guten Vorwand, um Joan noch einmal zu sehen. Stattdessen rief ich sie an, befürchtete aber, dass sie bald fragen würde, was denn eigentlich mit mir los war. Das Handy ans Ohr gepresst stand ich draußen auf dem Gehsteig und dachte an den Tag, an dem sie mich genau hier abgesetzt hatte. Damals hatte ich noch keine Ahnung gehabt, was mich hier erwartete, und war trotzdem so nervös gewesen. Darüber konnte ich jetzt nur lachen.

»Bist du schon aufgeregt? In diesem Kleid wirst du wunderschön aussehen. Schieß auf jeden Fall ein paar Fotos!«, mahnte Joan.

»Danke, klar, versprochen.«

»Noch ein paar Wochen, dann ist Sommer und du kommst endlich wieder nach Hause. Unglaublich, oder?«

»Ich weiß.« Aber ich konnte es wirklich nicht glauben.

»Im Krankenhaus freuen sich schon alle. Ohne dich ist es einfach nicht dasselbe. Wir brauchen dich doch, um uns jung zu halten!«

»Ich tue mein Bestes!«

»Also, mein Schatz, ich wünsche dir für heute Abend ganz viel Spaß, und morgen erzählst du mir dann alles, okay?«

»Klar.«

»Grüß Dante schön von mir. Ich bin ja so froh, dass es ihm wieder besser geht. Und diesen Lance auch.«

»Das mache ich … Ich hab dich lieb, Joan. Danke, für, na ja, du weißt schon, eben für alles.« Das klang ziemlich dürftig, aber was sollte ich denn sonst zu ihr sagen, ohne sie misstrauisch zu machen? Inzwischen standen mir Schweißperlen auf der Stirn, es musste so um die dreißig Grad sein.

»Haven, Liebes, mach dir doch um diesen blöden Ball keine Sorgen. Ich weiß, dass das eigentlich nicht dein Ding ist, aber du amüsierst dich bestimmt trotzdem. Vielleicht überraschst du dich ja sogar selbst.«

»Danke.«

»Ich hab dich lieb, mein Schatz.«

»Ich dich auch.«

»Wir reden morgen.«

Hoffentlich.

Lance und Dante würden mich um sieben abholen. Zwei Quasidates beim Abschlussball? Das gehörte zu der immer länger werdenden Liste von Dingen, mit denen ich nie im Leben gerechnet hätte, bevor ich in dieses Hotel gezogen war. Um fünf vor sieben saß ich im Kleid auf dem Bett. Ich trug bereits meine Stöckelschuhe, war mit Frisur und Make-up – minimalem Make-up, aber immerhin – fertig und starrte das Buch an. Es war mir gelungen, es den ganzen Tag über zu ignorieren, als ob diese selige Unwissenheit mir das Leben retten könnte. Aber es wäre einfach unverantwortlich, nicht doch noch einen Blick hineinzuwerfen. Es war fast ganz vollgeschrieben, am Ende blieben nur noch ein oder zwei leere Seiten. Viel konnte es mir also nicht mehr zu sagen haben. Tatsächlich fand ich einen neuen Eintrag:

Vergiss alle Daten oder Ultimaten und was auch immer man dir für heute prophezeit hat, und handle so, wie es dir und deinem zukünftigen Status angemessen ist. Du verfügst über das nötige Handwerkszeug, um den heutigen Tag zu überstehen. Sei klug, sei stark und verlier niemals den Glauben an dich selbst.

Diesen Kreaturen bist du ebenbürtiger, als du vielleicht glaubst. Mach dir diese Überzeugung zu eigen, und nutz sie für dich, um diese Wesen zu beherrschen. Du wirst all deine Kraft brauchen, um sie zu besiegen. Wie die Schlacht auch enden wird, ich kann dir sagen, dass es weitaus mehr Blutvergießen und Zerstörung gibt, wenn du nicht mit vollem Einsatz kämpfst. Erheb dich, Himmelsbotin, es ist an der Zeit.

Dieses Ding drückte sich immer noch nicht klar aus. Vielleicht war das ja nur eine nette Art und Weise, mich vor meinem sicheren Tod zu warnen, oder eine weniger nette, mich daran zu erinnern, dass ich doch nichts zu verlieren hatte.

Zum Glück klopfte jemand dreimal kurz an die Tür und riss mich aus meinen Gedanken.

Als ich aufmachte, stand Dante mit einem schwarzen Filzhut auf dem frischrasierten Schädel vor mir.

»Alles Gute zum Abschlussball!«, rief er und tat ganz aufgeregt.

»Lass uns hoffen, er geht wirklich gut aus«, erwiderte ich und küsste ihn auf die Wange.

Dann reichte er mir eine Blume, die er aus einem Bogen Briefpapier mit Hotellogo gefaltet hatte. »Und die brauchst du nicht einmal zu gießen«, feixte er. Ich kicherte.

»Danke, das ist wirklich lieb.« Ich legte sie auf meinen Nachttisch, an dieselbe Stelle, an der einst Lucians niemals welkende Blüte gestanden hatte. »Da fällt mir gerade etwas ein, ich habe ja auch noch was für dich.«

»Echt? Ach, hör doch auf!« Dante warf sich auf mein Bett.

Ich suchte in der Kommode herum und zog den kleinen Plastikbeutel aus dem Secondhandshop in Belmont hervor. »Versetzt Lance uns etwa?«

»Der Typ macht sich *immer noch* fertig.«

»Im Ernst?«

»Ich muss aber zu seiner Verteidigung sagen, dass ich den Spiegel stundenlang in Beschlag genommen habe.«

»Das wundert mich nicht. Na ja, in der Zwischenzeit …« Ich reichte ihm die Tüte. »Der gibt deinem Look noch den letzten Schliff.«

Er zog den Flammengürtel hervor und fing an zu lachen.

»Der ist super! Den leg ich gleich mal um!« Er stand auf.

»Nur ein kleines Andenken an unsere Zeit hier. Uns bleibt immer noch die Metamorphose.«

»Du sagst es, Schwester.« Er löste die Schnalle an seinem Gürtel. »Übrigens, äh, hallo, du siehst absolut umwerfend aus, Hav. Lass dich mal anschauen.« Verlegen drehte ich mich um meine eigene Achse. Er wurde einen Moment ernst. »Eine gewagte Wahl«, kommentierte er das Kleid. »Ich bin stolz auf dich.«

»Danke. Ich dachte, wenn nicht jetzt, wann soll ich denn sonst etwas wagen?«

Er lächelte und fädelte den Gürtel durch die Schlaufen. Da wurde wieder an die Tür geklopft.

»Komm rein!«, rief Dante.

Lance steckte den Kopf zur Tür herein. »Hi.« Er stand im Türrahmen und sah gleichzeitig perfekt und völlig verwirrt aus, weil er gerade einen Smoking trug.

»Du siehst … wunderschön aus«, stammelte er. »Du natürlich auch, Dante«, fügte er hinzu.

»Danke, du auch, also – du siehst gut aus«, stotterte ich ebenso.

»Danke. Guck mal!« Dante hielt seine Jacke auf und präsentierte seinen neuen Gürtel.

»Cool«, befand Lance.

»Also, was meint ihr? Legen wir los?«, schlug Dante vor, und hinter seiner schwungvollen Art schien nur ein kleines bisschen Nervosität durch.

Ich griff nach meinem Handtäschchen. Dass es so leicht war, erinnerte mich eben gerade an die Bedeutsamkeit und Gewichtigkeit des heutigen Abends. Darin nahm ich nämlich nur eins mit: ausgerechnet ein Schweizer Taschenmesser.

»Hey, eins noch, bevor wir gehen.« Die Jungen drehten sich zu mir um. »Ich, äh, ich weiß wirklich nicht so genau, wie das heute Abend laufen wird. Und ich wollte euch einfach nur für alles danken und euch sagen, dass ihr …«

»Nein!«, entfuhr es Dante. Wir sahen ihn an. »Spar dir das. Erzähl es uns morgen.«

»Aber …«

»Erzähl es uns morgen«, wiederholte er und sprach jedes Wort überdeutlich aus, damit ich ihn auch ja verstand. »Okay?«

»Okay.« Ich nickte mit so viel Zuversicht, wie ich nur aufbringen konnte.

»Weißt du was?« Lance trat vor, schob sich den Ärmel hoch und löste sein Lederarmband. »Ich finde, das solltest du lieber tragen.« Er griff nach meiner Hand und legte mir die Manschette um wie den typischen Abschlussball-Blumenschmuck.

»Aber …«

»Nein. Bitte. Heute Abend kannst du keine gestutzten Flügel gebrauchen«, sagte er und hielt mein Handgelenk fest.

»Na gut, wenn du sicher bist.«

»Bin ich.«

»Danke.« Ich berührte den darin eingelassenen goldenen Flügel, der dem Anhänger meiner Kette glich. »Den bekommst du auf jeden Fall zurück, sobald ich meinen wiederhabe.«

»Ich werde dich daran erinnern«, versprach er.

Sobald wir die Lobby erreichten, mussten wir erst einmal stehen bleiben, um das alles in uns aufzunehmen. Draußen fuhren Limousinen vor, und unsere Klassenkameraden, die wir schon so lange nicht mehr gesehen hatten, schlenderten umher, begrüßten sich gegenseitig und stiegen in Gruppen die breite Freitreppe hinauf. Sie mit großen Augen so aufgeregt hereinströmen zu sehen, erinnerte uns an unseren ersten Tag hier im Lexington. Die Mädchen umarmten einander, die Jungen stießen mit der Faust an, und alle – selbst diejenigen, die sich für so etwas eigentlich zu cool hielten – bestaunten die Pracht des Hotels. Sie sahen, zeigten teilweise sogar zum Kronleuchter hinauf, der heute noch mehr glitzerte als sonst. Sie reckten die Hälse, um zu schauen, was sich hinter jeder Ecke befand, und gingen zum Lift hinüber, der sie zum Tresor bringen würde – Gesprächsfetzen konnten wir entnehmen, dass sich wohl jeder unbedingt den Club anschauen wollte. Und sie hatten Glück: Heute Abend wurden dort auch Besucher unter 21 eingelassen, sofern sie nur die fluoreszierenden Armbänder trugen, die man ihnen am Eingang anlegte. Nachdem wir hier seit Monaten ein und aus gegangen waren, fand ich es seltsam, welche Faszination dieser Ort auf andere ausübte.

»Machen euch unsere Mitschüler eigentlich auch so nervös wie die drohende Todesgefahr?«, fragte Dante, als wir inmitten der Menschenmenge die Treppe hinaufstiegen.

»Ich bin froh, dass ich da nicht die Einzige bin«, gab ich zu. Es war erdrückend, ein absoluter Schock, uns plötzlich wieder von Gleichaltrigen umringt zu sehen, von all diesen Leuten, die uns nie groß Beachtung geschenkt hatten, die aber wenigstens, das musste man ihnen zugutehalten, keine Teufel waren, die uns vernichten wollten. Die hatten ja keine Ahnung, wie anders wir waren.

Ihre größte Sorge bestand darin, den perfekten Schnappschuss mit der Kuh hinzubekommen. Vor dem Plastikrind posierte gerade eine Gruppe Cheerleader mit untadeliger Frisur, bei der jedes Härchen saß, während einer ihrer Begleiter drauflosknipste. Wenn ich sie mir so anschaute, kam es mir vor, als würde ich da Exemplare einer anderen Spezies betrachten.

Die Party war in vollem Gange: Musik dröhnte, Lichter blitzten, unsere Mitschüler quiekten vergnügt, nippten an ihren angeblich alkoholfreien flambierten Getränken und mampften edle Canapés, die von den wichtigsten Syndikat-Mitgliedern serviert wurden. Wir standen in einer Ecke und überwachten alles in Hörweite einer Truppe Zwölftklässler – einer wohlbekannten Clique aus der Schule. Die Jungen kippten ihre Drinks und standen mit den Händen in den Taschen lässig da. Die Mädchen konnten gar nicht von ihnen ablassen und sahen fast so aus, als würden sie hierhergehören. Zwei Blondinen mit paillettenbesetzten Kleidern und makellosem Make-up hatten die gegenüberliegende Bar im Blick, wo zwei scheinbar einem Hochglanzmagazin entsprungene Syndikat-Mitglieder Glas um Glas an strahlende Mädchen und ihre eingeschüchterten Begleiter verteilten.

»Wir müssen unbedingt da rüber, der Typ ist so scharf. Der andere aber auch. Mir wären eigentlich beide recht«, erklärte die eine.

»Ich wette, die sind Models«, überlegte die andere.

»Ja, Unterwäsche-Models.«

»Irgendwann machen die doch auch mal 'ne Pause.«

»Ja, aber mein Gott, die haben bestimmt was mit ALL diesen total heißen Tussis am Laufen. Wie ich die hasse!« Die beiden starrten wütend zu den weiblichen Syndikat-Vertretern im Saal rüber. Ich musste lächeln. Als ich ihrem Blick folgte, wurde mir klar, dass sie gerade Mirabelle musterten. Lance' und Dantes Grinsen und Kopfschütteln verrieten mir, dass sie auch gelauscht hatten. Vermutlich dachten sie genau wie ich *Wenn die nur wüssten!*

»Also, ich habe gehört, dass nachher alle runter in den Club gehen«, verkündete der Begleiter der einen Blondine, den ich als den Quarterback des Footballteams wiedererkannte. »Seid ihr dabei?«

»Natürlich!«, nickte die erste Blonde.

»Ich kann's kaum erwarten!«, quiekte die zweite. »Aber jetzt brauchen wir erst mal was zu trinken, ich bin gleich wieder da. Komm, Stace!« Arm in Arm rauschten sie zur Theke hinüber. Mit all diesen Gleichaltrigen hatte ich noch nie ein Wort gesprochen, aber ich wusste, wer sie waren, und empfand ihre Nähe zum ersten Mal als seltsam tröstlich: Für kurze Zeit boten sie mir ein wenig Ablenkung. Die hatten ja keine Ahnung, was heute Abend passieren würde. Wenn es mir doch nur genauso ginge.

Die Außenseiterrolle war für mich ja normal, heute aber aus völlig neuen Gründen. Ich wusste Dinge, die sie nicht wussten – mir war klar, dass sie hier in Gefahr schwebten und dass es ausgerechnet unsere Aufgabe war, für ihre Sicherheit zu sorgen. Diese Erkenntnis ging mir unter die Haut – meine so offen zur Schau gestellten Narben begannen aus Furcht und Protest zu brennen. Wie sollte ich hier denn keine Angst vorm Versagen haben? Das ergab doch alles gar keinen Sinn. Ich fragte mich, ob Dante und Lance jetzt wohl das Gleiche empfanden.

Dante beobachtete die Kellner, die ihn genau in diesem Moment zu bemerken schienen. Er ließ sie nicht aus den Augen, und ich konnte seine Unruhe spüren.

»Ich denke, ich fange jetzt mal an, meine Runden zu drehen. Ist das okay?«, fragte er Lance.

Lance war für den Zeitplan verantwortlich. Gestern Abend hatte er erklärt: »Ihr beiden bringt eure Gabe ein, und ich bin eben der ›Architekt‹ des Ganzen.« Er hatte sogar die Anführungsstriche mit den Fingern gezeigt. »Was sollen denn die Gänsefüßchen?«, hatte ich wissen wollen. Das war ihm peinlich gewesen: »Das hat auf der Postkarte gestanden – ich bin der ›Architekt‹.« »Na, dann bau mal los, Baby!«, hatte Dante gemeint. Wir waren uns also einig gewesen, was für Dante und mich eine Erleichterung war, da wir keine Ahnung hatten, wie wir das alles koordinieren sollten.

Dante würde im Ballsaal stationiert sein, an vorderster Front im Kampf um neu zu erwerbende Seelen. Er würde die Partygäste überwachen, nach Anzeichen dafür Ausschau halten, dass doch noch vergiftete Lebensmittel im Umlauf waren, und den Betroffenen dann das Antidot unterjubeln, indem er ihre Getränke mit den Mittelchen und Gewürzen aus seiner Smokingtasche versetzte. Leider wurde er damit auch zur Zielscheibe – Etan konnte ihn jeden Augenblick entdecken und versuchen, hier und jetzt seine Seele an sich zu reißen. Uns blieb jedoch keine Wahl.

Ich musste das Foto von Aurelia zerstören und damit auch sie selbst. Während ich mich in ihr Büro schlich, würde Lance Lucian im Auge behalten, damit er mir nicht folgte. Dann würde er sich auf den Weg nach unten machen, wo wir die anderen Syndikat-Fotos aufbewahrten, inklusive unserer Handyaufnahmen. Bei Aurelias Porträt ging das ja leider nicht, aber bei den anderen hatten wir für einen schnelleren Zugriff das Glas aus den Rahmen entfernt, die Bilder warteten also nur noch auf uns. Lance würde sie bis zu meinem Eintreffen bewachen, und dann würde ich sie zerschneiden, weil ich die Einzige war, die das übernehmen konnte. Angeblich kehrten dann ja alle in die Hölle zurück, und wir wären sicher. Wenn ich daran dachte, was heute Abend noch alles geschehen sollte, wurde mir ganz schlecht.

Lance nickte Dante zu und schickte ihn los.

»Da waren's nur noch zwei«, murmelte ich.

»Jap.« Lance wirkte nervös. Ich wünschte mir nur, er würde nicht exakt so aussehen, wie ich mich gerade fühlte. Anscheinend war ihm das klar, denn er setzte jetzt einen viel entschiedeneren Blick auf. »Hast du gesehen, wer alles vom Syndikat da ist? Lauter Schwergewichte. Ich denke, wir bleiben noch ein paar Minuten und gehen dann auf Erkundungstour.«

Ich nickte. »Vielleicht sollten wir uns an ein paar Gläsern festhalten?«

»Requisiten – eine gute Idee. Bleib, wo du bist.« Er machte sich auf die Suche nach etwas Zubehör. Während um uns herum getanzt wurde, zählte ich die Minuten bis zu meinem Einsatz. Der nächste Teil unseres Plans würde noch viel furchtbarer sein als das hier. Eine Syndikat-Schönheit schwebte mit einem Tablett herbei und wurde augenblicklich von einer Horde Jungen umringt, die nach etwas griffen, das wie Würstchen im Schlafrock aussah. Ein zottelhaariger Typ mit schiefem Grinsen versuchte sie anzumachen: »Du, äh, arbeitest also hier? Oder studierst du noch?« Ich versuchte, nicht im Weg zu stehen, war aber so von diesem Paarungstanz fasziniert, dass ich es kaum mitbekam, als ein anderer Typ aus der Gruppe mich ansprach.

»Hey. Hey!«, rief er, um sich bemerkbar zu machen. »Gehst du hier auf die Schule? Die Evanston?« Er gehörte zum Basketballteam.

»Ja«, erwiderte ich kühl.

»Hab ich dir doch gesagt«, warf ein anderer mit vollem Mund ein und leckte sich die Finger. Er löste sich aus dem Rudel – Jason Abington.

»Hi. Wir hatten zusammen Englisch«, erklärte ich schlicht. »Du hast so ungefähr 25 von meinen Stiften. Diese blauen durchsichtigen?«

»Oooh ... ja, du bist das.« Er schnippte mit den Fingern, weil er nun endlich wusste, wo er mich hinstecken sollte. »Du siehst irgendwie anders aus.«

»Ich hab mir die Haare geschnitten.«

Er betrachtete mich von oben bis unten. »Cool. Find ich gut.«

Courtney eilte herbei, schlang die Arme um Jasons Schulter und Nacken und dockte bei ihm an wie eine Klette. Sie sah ihm tief in die Augen, er wirkte jedoch ziemlich gleichgültig. Der Strubbelkopf und der Basketballstar wurden von Courtneys Mitplanerinnen in Beschlag genommen. Wie vorhersehbar, die passten ja alle so gut zusammen. Schön für sie.

»Komm, Jas, du musst dir unbedingt die Kuh angucken, die ich ausgesucht habe, die ist so niedlich!«, gurrte Courtney und warf mir einen vernichtenden Blick zu.

»Viel Spaß«, wünschte ich Jason und spürte dabei gar nicht das Bedauern, das ich früher empfunden hätte. Das alles interessierte mich einfach nicht mehr. Nach den Erlebnissen der letzten Monate und all den Menschen, denen ich begegnet war, erschien mir diese Truppe so oberflächlich. Selbst ihre Beziehungen, die in der Schule so spannend gewirkt hatten, waren aus der Nähe betrachtet eher langweilig. »Amüsier dich gut. Sie kennt eben ihre Rindviecher.«

Lance erschien mit unseren Getränken. »Lass mich raten, die haben versucht, dich für die Mathemeisterschaften anzuwerben.«

»Wie hast du das bloß erraten?« Ich griff nach dem flackernden Glas. »Danke. Oh Gott, dieses Zeug schon wieder.« Trotz Dantes Vorsichtsmaßnahmen würde ich das auf keinen Fall trinken. Es war nur zur Tarnung.

»Ich weiß.« Er schüttelte den Kopf. Dann baute er sich genau vor mir auf und erklärte: »Es ist jetzt zwar viel früher als abgesprochen, aber da hinten steht Lucian. Guck mal über meine linke Schulter und dann immer geradeaus.« Er sprach mit ruhiger Stimme, die Schärfe darin erinnerte mich jedoch daran, dass der Sensenmann nicht weit war. Jetzt ging's los. Ich sah kurz hin und schaute dann wieder Lance an.

»Dann sollte ich jetzt wohl besser gehen?«

»Genau«, bestätigte er. »Alles klar?«

Ich nickte. »Wir treffen uns dann unten nach meinem …« Es war nicht nötig, das näher auszuführen.

»Wenn du in zehn Minuten nicht da bist, gehe ich dich suchen. In der Zwischenzeit halte ich den hier in Schach«, erklärte er. »Bist du sicher, dass du das allein übernehmen willst?«

»Ja, behalt einfach nur Lucian im Auge.«

»Viel Glück, Haven. Du schaffst das!« Ich warf noch einen Blick über Lance' Schulter und hatte den Eindruck, dass Lucian mich jetzt entdeckt hatte. Dann ging ich mit schnellen Schritten hinaus und stellte vor der Tür mein Glas auf dem Tisch ab, an dem zwei Elftklässlerinnen aus dem Vorbereitungsteam die Karten kontrollierten.

»He!«, protestierten sie einstimmig.

Ich eilte die Freitreppe hinunter und schlängelte mich zwischen feurigen Pärchen hindurch, die Hand in Hand auf dem Weg zum Ballsaal waren und dort den Abend ihres Lebens verbringen wollten. Ich kannte meine Mitschüler nicht gut, hoffte aber trotzdem, dass heute keiner von ihnen in die Fänge der Gegner geraten würde. Wenn ich recht darüber nachdachte, dann wünschte ich mir wirklich, ich würde sie alle wiedersehen. Aber jetzt musste ich diese Gedanken erst einmal verdrängen, während ich mit sicheren, langen Schritten die geschäftige Hotelhalle durchquerte und auf Aurelias Büro zuhielt.

»Wir können genauso gut ganz oben anfangen«, hatte Lance

gemeint. »Denk daran, du musst sie reizen, damit sie auf dich losgeht. Wenn sie erst gestürzt ist, bleibt uns hoffentlich genug Zeit, die anderen zu erledigen, bevor sie dich kriegen.« Da hoffte er auf so einiges. Aber Hoffnung kann ja mächtig sein.

33

Du musst das einfach für mich tun

Während der Planung war Lance davon ausgegangen, dass Aurelia sich heute Abend in ihre Höhle zurückziehen würde, um ihr Porträt im Auge zu behalten. Es würde ihr über mein Schicksal Aufschluss geben: Wenn es sich zurückverwandelte, hieß das, dass ich tot war. Ich holte das Schweizer Messer aus meinem Handtäschchen und schob es in die dünne Tasche meines Kleides – es ruhte schwer und gewichtig darin. Als ich an der Rezeption vorbeihuschte und den Flur betrat, wappnete ich mich für das, was mir nun bevorstand, und in meinem Verstand war nur noch Platz für einen Gedanken, ein Bild: dieses Kunstwerk, *La Jeune Martyre*. Trotz des traurigen Endes war das Mädchen auf dem Gemälde tapfer, heldenhaft und stark gewesen. Sie hatte es verdient, für die Ewigkeit festgehalten zu werden. Mich hatte man als kleines Kind einst halbtot am Straßenrand aufgefunden, aber ich hatte es überlebt. Heute würde man mich vielleicht wieder abschreiben und für tot erklären, aber ich würde mich nicht in dieses Schicksal ergeben, ohne vorher etwas Nobles und Mutiges zu tun.

Endlich verlangsamten sich meine Schritte. Selbst im Dämmerlicht konnte ich die imposante Gestalt vor dem Büro problemlos erkennen. Mit so etwas hatte Lance schon gerechnet, und seine Vermutung hatte sich bewahrheitet. Wuchtig wie ein Felsblock stand Beckett mit verschränkten Armen vor Aurelias

Tür. Er sah zu mir herüber und sagte kein Wort. Etwa drei Meter vor ihm blieb ich stehen.

»Ich komme, um Aurelia meine Antwort zu geben«, erklärte ich mit beinahe lieblicher Stimme, deren Zittern ich zu unterdrücken versuchte. »Es ist allerdings eine Absage, und das wird ihr gar nicht gefallen.« Beckett verengte die Augen zu Schlitzen. »Also, wissen Sie, wenn Sie mich vor Lucian kriegen, dann wäre das wirklich gut für Ihre Karriere.« Ich konnte sehen, wie es hinter seiner Stirn ratterte. Zuerst rührte er sich nicht, dann verlagerte er das Gewicht langsam von einem Fuß auf den andern. »Fang mich!« Ich trat langsam einen Schritt zurück.

Mit einem Satz warf er sich auf mich.

Ich schleuderte ihm meine Handtasche entgegen und rannte los, und zwar schneller, als ich das mit Absätzen je für möglich gehalten hätte. Mit Beckett auf den Fersen erreichte ich die Lobby und die Rezeption. Er kam mir dabei wesentlich näher, als mir lieb war. Ich floh die Treppe zum Tresor hinunter, schoss an den beiden Türstehern vorbei, bevor sie wussten, wie ihnen geschah, und dann hinein in den Tunnel zum Club. Drinnen war bereits viel los, und es wimmelte nur so von Syndikat-Vertretern. Ich warf mich mitten ins Getümmel und schlängelte mich durch die ausgelassene Wochenendmeute. Für den Bruchteil einer Sekunde sah ich mich um – ich schien Beckett abgehängt, aber neue Verfolger gewonnen zu haben. Im Vorbeirennen schreckte ich die Mitglieder des Syndikats auf, sie setzten sich bei meinem Anblick wie von der Tarantel gestochen in Gang. Einer nach dem anderen folgte mir, und es bildete sich ein Rudel, das sich durch die Menge wand und schob. Ich zwang meine Beine zu höchstem Tempo und rannte jeden um, der sich mir in den Weg stellte. Dann lief ich stolpernd und schwankend durch den dunklen Gang hinter der Feuerwand und erreichte den Tunnel. Sobald ich mich dem halbverfallenen

Raum näherte, in dem Lance auf mich warten würde, begann ich zu brüllen: »Sie sind direkt hinter mir!«

Ich bog um die Ecke, und tatsächlich, da war Lance auch schon. Er stand direkt neben den Fotos, den ursprünglichen Porträts und unseren neuen Bildern, die wir ausgedruckt und auf Plakatkarton geklebt hatten, der jetzt neben den anderen lehnte. Lance streckte mir eine glänzende Klinge entgegen. Inzwischen war ich am ganzen Körper schweißüberströmt.

»Los geht's!«, rief er.

Ich war bereit und griff genau in dem Moment nach dem Messer, als die rasende Horde über uns hereinbrach. Jetzt waren sie da, strömten in den Raum. Etwa 30 von ihnen warfen sich in unsere Richtung.

Mit feuchten Händen umklammerte ich das Messer so fest wie möglich und säbelte los. Ich begann mit einem der Gruppenfotos, zerschlitzte es zunächst mit scharfen, langen Schnitten und stieß das Messer dann noch ein paarmal kreuzweise hinein, um auch wirklich jeden zu erwischen. Die Getroffenen fielen knisternd und schwelend zu Boden. Der Rest umzingelte uns, und Lance schlenkerte mit den Armen, verteilte rechts und links Schläge und hielt die Angreifer ab, so gut er konnte, während ich ihre Fotos zerfetzte. Es waren viel mehr, als ich erwartet hatte, einige von ihnen hatte ich oben beim Abschlussball gesehen – Beckett musste sie zusammengetrommelt haben, als ich ihn abgehängt hatte. Jetzt griff Lance nach einem der morschen Bretter, die er sich vorher zurechtgelegt hatte, ging auf das Syndikat los und versuchte es damit niederzumähen. Der Schlag traf sein Ziel mit solcher Wucht, dass ein scharfes Krachen erklang und unsere Gegner durch die Luft geschleudert wurden.

Wie ein rasender Bulle brach jetzt Beckett durch die Menge. Er versetzte Lance einen Faustschlag, der mir im Herzen widerhallte und meinen Freund zu Boden streckte. Beckett war stärker als der Rest des Syndikats zusammen, er knirschte mit den Zähnen, und seine Augen glühten vor Wut. Für ihn stand viel auf dem Spiel: Er kämpfte um seinen Status, wollte der neue Lucian werden. Für eine Millisekunde war ich abgelenkt, und in dem Augenblick schlug eine Frau mich nieder – es war Michelle, die Ärztin aus dem Krankenhaus. »Was ist denn aus dem hippokratischen Eid geworden?«, fauchte ich und stürzte mich auf sie. Aber sie hatte Verstärkung: So viele andere zerrten an meinen Haaren und schlugen ihre Klauen in meine Arme und mein Kleid. Um sie abzuschütteln schlug ich wild um mich.

Ich verteilte Fußtritte, rollte auf dem Boden herum, schnitt aber immer weiter und weiter, zerfetzte die Fotos, so schnell ich konnte, während diese Männer und Frauen, die ich doch einst so bewundert hatte, mich in Stücke reißen wollten. Sie warfen sich jetzt von allen Seiten auf mich, so dass ich mich nicht mehr aufrichten konnte und blind drauflosstach. Ich holte aus wie mit einer Spitzhacke, stach zu und nutzte den Schwung, um mich in Richtung des nächsten Bildes zu werfen. Jedes Mal, wenn Beckett mich erreichte – so fest an meinem Bein zerrte, als würde er es gleich ausrenken, oder mir den Arm hinter dem Rücken verdrehte, so dass ich mich fast selbst mit dem Messer erwischte –, war Lance augenblicklich zur Stelle, stürzte sich auf Beckett und riss die Bestie mit einer Kraft von mir weg, die ich niemals in ihm vermutet hätte.

Nach und nach wurden die Angreifer jedoch weniger. Die Syndikat-Mitglieder brachen einer nach dem anderen zusammen, verwandelten sich in die grauenhaften Gestalten auf den Fotos und verglühten dann zu Asche, bis nur noch Beckett übrig war. Sein Foto musste ich viel heftiger bearbeiten als die anderen. Ich hatte dem Porträt das Messer bereits ein paar Mal mitten ins Herz gebohrt, das reichte aber noch nicht aus, also stach ich weiter und weiter und weiter, bis er sich schließlich krümmte und zu Boden sank.

Keuchend lagen Lance und ich da, wir waren mit Wunden und Schrammen übersät und schmiegten die Wange an den warmen, schmierigen Fußboden. Zwischen uns verfielen die Überreste von Beckett langsam, bis sein Körper plötzlich ohne jede Vorwarnung zu glühen begann und zu einem knisternden Feuerball wurde. Lance und ich fuhren hoch und versuchten davonzukrabbeln, die Flamme zuckte jedoch und griff nach uns, versengte uns die Beine. Selbst in diesem Zustand sprach Beckett noch zu uns: »Bildet euch bloß nichts ein«, ertönte seine Stimme rau. »Ihr werdet die Nacht nämlich nicht überstehen.« Dann begann er zu verglühen, ganz langsam wurde jeder einzelne Zentimeter seiner Haut zu Asche. Offensichtlich brannten diese Wesen umso länger, je höher ihre Position in der Hierarchie der Unterwelt war. Lance und ich sagten kein Wort, wir lagen einfach nur da, während Beckett vor sich hin brannte. Bestimmt tat auch Lance alles weh, so wie mir. Ich hatte einfach keine Kraft mehr, um aufzustehen.

Aber selbst in dem Moment, als Becketts Überreste verglühten und verpufften, spürte ich, dass plötzlich eine Veränderung in der Luft lag, ein Kribbeln im Nacken verriet mir, dass ich jetzt auf der Hut sein musste. Ich spürte seine Nähe und fragte mich, ob Lance es wohl auch bemerkte. Und ich hoffte, dass ihm vielleicht mehr Kraft geblieben war als mir, da ich mir jetzt einfach nicht mehr vorstellen konnte, noch ein einziges mörderisches Wesen seiner Seele zu berauben, auch wenn es das tödlichste von allen war. Dass ich überhaupt noch am Leben war, glich einem Wunder, und das sollte doch gefeiert werden. Ich hatte mir wirklich eine Verschnaufpause verdient, bevor ich mich wieder in die Schlacht stürzte. Aber die Schritte kamen näher. *Hoch mit dir, Haven, steh jetzt auf*, redete ich mir gut zu. Zuerst sah ich seine Füße. Einer von ihnen trat hart und gnadenlos nach Becketts brennendem Umriss. Er zuckte nicht einmal mit der Wimper, als seine Schuhsohle zu brennen begann, er trat das Feuer einfach aus und versetzte dem fauchenden Beckett noch einen Stoß, um ihn umzudrehen.

»Du …«, durchfuhr Becketts keuchende Stimme die Luft.

»Ich«, erwiderte der Neuankömmling und zog einen klimpernden Schlüsselring aus den Überresten von Becketts Jacke. Ich kannte diese Schlüssel, wusste, was man damit öffnen konnte, zumindest mit dem einen: *die* Tür. Ich musste in die Gänge kommen, und zwar sofort. Ich musste jetzt aufstehen. Mit hängendem Kopf schob ich mich langsam auf Hände und Knie. Aber es war schon zu spät.

Lucian packte mich am Oberarm, mit festem, hartem Griff, und zog mich hoch. Ich schrie. »Wo ist mein Foto?«, fragte er kalt und ohne Emotionen. »Ich weiß, dass du es nicht zerstört hast.«

Ich brachte kein Wort heraus. Aus dem Augenwinkel sah ich, dass Lance sich auf die Seite rollte und aufzustehen versuchte. Er wollte mir helfen.

Lucian schüttelte meinen Arm. »Warum?!«, brüllte er mich an. »Weißt du denn nicht, wie viel einfacher das gewesen wäre?«

»Es steht da drüben«, würgte ich hervor, wand mich und deutete mit einer Kopfbewegung auf die Ecke des Raumes. Ich hatte Lance gebeten, Lucians Bild vorsichtshalber zur Seite zu stellen. Jetzt stampfte der Porträtierte hinüber und schleifte mich mit. Auf dem Weg dorthin beugte er sich hinunter und griff nach etwas Glänzendem, das am Boden lag – dem Messer. Er packte das Foto in seinem Rahmen und zog mich mit einer Hand mit, während er mit der anderen Bild, Schlüssel und Klinge umklammert hielt. Es ging in die Richtung, die ich schon befürchtet hatte: zurück zu der fürchterlichen Tür, die wie Feuer brannte und in die Unterwelt führte. Als wir langsam immer näher herankamen, stemmte ich die Fersen in den Boden und versuchte Lucian aufzuhalten, war aber zu geschwächt, um wirklich etwas auszurichten.

»Sag schon«, fuhr er mich wieder an und zerrte mich einfach weiter, als ich strauchelte. »Warum hast du mich nicht zerstört wie die anderen?«

»Das … das konnte ich einfach nicht. Ich wollte es nicht. Ich habe gehofft …«

»Ich weiß wirklich nicht, woher du bei allem, was hier vor sich geht, noch deine Hoffnung nimmst«, fauchte er, bevor er an der Tür zum Stehen kam. Ich spürte die Hitze, die dahinter erglühte. Lucian ließ das Foto fallen und fummelte an den Schlüsseln herum, die ihm beinahe auch heruntergefallen wären. Was mir zeigte, dass er zumindest nervös war. »Du hast noch eine letzte Chance«, erklärte er und schob den Schlüssel mit einem Klicken ins Schloss. Mit einer Hand schob er den Riegel beiseite und öffnete dann die riesige Tür. Glühende Hitze brandete auf und warf uns zurück. Ich hatte das Gefühl, am ganzen Körper zu glimmen, und schloss die Augen. Als ich sie wieder aufmachte, erkannte ich unter mir nur einen schwarzen Abgrund, an dessen Grund wilde, hungrige Flammen wirbelten. Wir standen nur Zentimeter von der Kante entfernt. Ich fühlte mich benommen und war drauf und dran, mich einfach fallen zu lassen. Dann wäre endlich alles vorbei. Doch dann versuchte ich wieder, mit den Füßen Halt zu finden, stemmte sie in den Boden und wandte mich vom Abgrund ab. Am besten nahm ich jetzt meine Energie zusammen und warf mich dann mit aller Kraft auf Lucian, weg von diesem Höllenschlund. Auf keinen Fall durfte ich dort unten landen.

Er schob mir den kühlen Griff des Messers in die Hand und zog mich mit ihm hinunter, so dass wir jetzt auf einer Höhe mit seinem Foto waren. Es drohte hinunterzufallen, die Ecke ragte ein wenig über den Rand hinaus. »Jetzt tu es doch einfach!«, brüllte Lucian und schüttelte mich. Ich konnte ihn nicht einmal ansehen. Bis jetzt, bis zu dem Moment, an dem ich vor den Toren der Hölle kniete, hatte ich noch gehofft, dass er sich Aurelia stellen würde. Sein Bild hatte sich schließlich von allein zurückverwandelt. Aber wenn er dazu imstande war, mich in dieses Höllenfeuer zu werfen, dann hatten meine Instinkte mich wohl furchtbar getäuscht. Er knurrte mich wieder an: »Würdest du jetzt einfach dieses Messer in mein Bild rammen? … Tu es doch, bitte!«

Dieses Mal war hinter seinen Worten Verzweiflung zu spüren, und deshalb erwiderte ich sanft, mit Tränen in den Augen: »Nein.«

Er löste die Finger von meinem Arm und ließ den Kopf hängen. Irgendwo hinter uns hörte ich Lance, der endlich wieder auf die Beine kam, grunzen.

Auch Lucian erhob sich, aber mit bleischweren Gliedern. Es sah aus, als würde er von innen heraus zerbrechen. »Dann war's das«, erklärte er. Plötzlich klang seine Stimme wehmütig, beinahe brüchig. »Das ist das Ende. Du musst mich jetzt hinunterstürzen.«

Lance wollte sich gerade auf ihn werfen, blieb dann aber mit quietschenden Turnschuhen wie angewurzelt stehen und fragte sich wohl, ob er da gerade richtig gehört hatte. Ich konnte es ja selbst kaum glauben. Mein Blick suchte Lucians, ich stand auf und ließ das Messer fallen.

»Was?«, brachte ich mühsam hervor.

»Du musst das einfach für mich tun.« Er drehte sich zu Lance um, der immer noch in einiger Entfernung verharrte, und warf ihm den Schlüsselring zu. »Mit dem einen kannst du hinter mir abschließen, der andere ist für die Tür in Alcatraz. Etan lässt Dante im Ballsaal umzingeln«, erklärte er. »Ich weiß, dass er gleich zuschlagen wird. Wahrscheinlich bringt er ihn da runter, und dann wird es für euch knapp.«

Nachdenklich nickte Lance und wandte dann ein: »Aber Haven hat sich doch um Etans Foto gekümmert, das liegt da vorn.« Er deutete auf die Fetzen, die überall herumflogen.

»Je größer die Entfernung, umso später setzt die Wirkung ein. Bei den anderen, die sich oben befinden, dauert es auch etwas länger. Was auch immer Etan mit Dante vorhat, ihm bleibt noch genug Zeit. Aber du kannst ihn aufhalten.«

»Verstanden«, erklärte Lance mit ernster Miene. Diese neue Aufgabe musste er erst einmal verdauen.

Nach kurzem Schweigen sprach Lucian weiter und wählte seine Worte jetzt besonders sorgfältig: »Und deshalb musst du das jetzt für mich tun.« Ich suchte seinen Blick. Er fuhr fort: »Sobald Aurelia herausfindet, dass ich mich gegen sie aufgelehnt habe, wird sie mich selbst zerstören, und das kann ich nicht zulassen. Ich muss von deiner Hand zurückgeschickt werden. Wenn mich einer von denen erwischt, habe ich nämlich nie wieder die Chance zurückzukehren. Es muss so aussehen, als hätten wir gekämpft, als hätte ich versucht …«

Fragend sah ich zu Lance hinüber, falls er eine bessere Idee hatte, aber der schüttelte nur bedauernd den Kopf. Das hatten wir bereits durchgesprochen: Ich hatte hier als Einzige die Macht, einen von denen zu verbannen.

»Willst du das wirklich?«, fragte ich zittrig.

»Sie ist hinter meinem Blut her, und das macht für mich alles nur noch schlimmer. Sie würde nämlich nur im Falle eines Verrats gegen mich vorgehen, und für so ein Verbrechen muss ich bis in alle Ewigkeit in der Hölle schmoren. Aber bei dir wäre es etwas anderes – dann würde ich als Strafe für mein Versagen da unten meine Zeit absitzen, aber es bestünde immer noch die Möglichkeit, dass sie mich wieder hier raufschicken, um weiter zu rekrutieren. Dann hätte ich mehr Freiheiten und könnte vielleicht eines Tages … entkommen.« Er sah mich an, als rechne er selbst nicht mit dieser zweiten Chance, versuche aber, uns beide zu überzeugen. »Es ist nicht sehr wahrscheinlich, aber möglich. Wenn ich je zurückkehre und beschließe, diese Dunkelheit hinter mir zu lassen, kann ich dann auf dich zählen, Haven? Wirst du dich mit mir gegen sie stellen? Wirst du mir dabei helfen, mich zu ändern und so zu werden wie du? Gut zu sein?«

Ich spürte die Tränen in mir aufsteigen, schluckte sie aber herunter. Ich konnte mir jetzt keine Schwäche erlauben, heute Abend lag noch so viel vor mir. »Jederzeit.« Es war nur ein Flüstern, aber es kam von Herzen. Wenn ich die Kraft hatte, ihm bei diesem Kampf beizustehen, dann würde ich es tun. Er war nicht wie die anderen.

»Sei vorsichtig, Haven. Sei stark … und bleib, wie du bist.«

Ich nickte.

»Pass gut auf sie auf!«, rief er zu Lance hinüber, der sich wohl nicht vom Fleck rühren würde, bis Lucian wirklich verschwunden war.

Nach einem Blick zu mir antwortete mein Mitpraktikant: »Nicht nötig, Haven kann ganz gut auf sich selbst aufpassen.«

Lucian lächelte. »Da hast du auch wieder recht.«

»Aber wir kümmern uns schon umeinander«, fügte Lance hinzu.

»Das ist gut«, nickte Lucian. Dann trat er näher an den Abgrund und sah mich erwartungsvoll an. »Bitte, Haven. Tu es jetzt!«

Ich machte den Mund auf, mir fehlten jedoch die Worte. Was ich auch sagen würde, ich würde doch nur zu weinen anfangen. Also hauchte ich einfach nur: »Bis bald.« Dann legte ich ihm die zitternden Finger aufs Herz und ließ sie dort verweilen. Ich brachte es einfach nicht über mich, ihn auch nur ganz leicht anzustoßen, um ihn dem tosenden Feuer da unten zu übergeben. Er griff direkt unter der Manschette nach meinem Handgelenk, küsste mir die Hand und legte sie dann wieder auf seine Brust. Ohne jede Vorwarnung und fast ohne mein Zutun warf er sich in den Abgrund.

Einen Sekundenbruchteil vor seinem Sturz in die Tiefe

schleuderte er den Fuß in die Luft und erwischte damit die Kante des Fotos, das nun mit ihm hinunterstürzte. Ich sah ihn fallen, aber es schien in Zeitlupe zu geschehen, wie bei einer Feder, die ganz langsam zu Boden sinkt. Sein Blick ließ den meinen nicht los, bis er schließlich, ganz plötzlich von den Feuern verschlungen wurde.

Wieder stiegen mir Tränen in die Augen. Ich wusste nicht, ob ich das Richtige getan hatte, ich wusste überhaupt nicht mehr, was richtig oder falsch war. Aber wenn er je zurückkehrte und dieser Dimension des Daseins entfliehen wollte, dann würde ich ihm helfen. Das hatte ich jetzt schon gewollt, aber er war eben noch nicht bereit gewesen.

Lance berührte mich am Arm und drückte ihn, so als wolle er wieder Leben in mich pumpen und mich daran erinnern, dass jetzt keine Zeit zum Trauern blieb. Er zog mich vom Abgrund weg und schlug die Tür zu, schob den Riegel vor und schloss ab. Die ganze Zeit stand ich völlig reglos da.

»Ich weiß, dass sich das jetzt falsch anfühlt«, versetzte er sanft, »aber es war das Richtige.« Ich nickte. »Und jetzt muss es weitergehen. Hast du dein Messer noch?«, fragte er und versuchte, uns wieder darauf einzustimmen, was in diesem Moment wichtig war. Ich konnte nicht sprechen, also nickte ich noch einmal. Langsam schob ich die Hand in die Tasche. Da war es. Lance klappte sein eigenes Messer zu. »Viel Glück, Haven. Du schaffst das.«

Dann gingen wir getrennter Wege, denn noch war es nicht überstanden. Vorher warf ich noch einen letzten Blick zurück zur großen Tür und schüttelte dann den Kopf, schüttelte Arme und Beine aus, um das alles von mir abzustreifen. Ich gab mein Bestes, um Lucian jetzt auch aus meinen Gedanken zu verbannen.

34

Eine Absage ohne jedes Bedauern

Zum Glück hatte Beckett wohl nicht mit der Möglichkeit gerechnet, dass ich seinen Angriff überleben würde. Als ich mich der Tür zu Aurelias Büro näherte, war sie nicht nur unbewacht, es stand nicht einmal jemand an der Rezeption. Das gab mir einen Kick – so unterschätzt zu werden, verschaffte mir einen weiteren Vorteil. Ich nahm all meine Kraft zusammen und versuchte, Schmerz, Müdigkeit und Angst zu verdrängen. *Denk doch nur daran, was du da gerade getan hast. Du hast alle besiegt, also kannst du auch das schaffen,* sagte ich mir.

Ich hob die Hand, klopfte um alter Zeiten willen an und öffnete dann einfach die unverschlossene Tür. Mit dem Rücken zu mir saß Aurelia am Tisch und betrachtete den Flachbildschirm an der Wand, der offensichtlich repariert worden war. Sie warf einen kurzen Blick über ihre Schulter und war verblüfft, mich zu sehen, bemühte sich aber, ihr Erstaunen zu verbergen.

»Haven?« Sie klang ein kleines bisschen alarmiert, aber fast schon wieder gefasst. »Mit dir hätte ich jetzt wirklich nicht gerechnet. Aber vielleicht würdest du dir das gerne mit mir anschauen, wenn du schon mal da bist.«

Ich bewahrte eine unbewegte Miene, als mein Blick auf den Monitor fiel – statt der Presseausschnitte und der üblichen Endlosschleife, die sonst über diesen Bildschirm flackerten, zeigte er nun Aufnahmen von Sicherheitskameras. In der oberen Hälfte war der Ballsaal zu sehen. Ich trat ein paar Schritte vor, aber es gab keinen Zweifel: Das war Dante, der gerade von Etan und einem seiner Spießgesellen, einem neuen Rekruten, aus dem Saal gezerrt wurde. Mir blieb fast das Herz stehen.

»Oh, diese Show wirst du lieben. Setz dich doch und leiste mir Gesellschaft«, schlug Aurelia vor. »Das wird ein Spaß! Ich bring dich kurz auf den neuesten Stand: Dass sie ihn rausführen, hat gerade für ziemliches Aufsehen gesorgt, aber es glauben anscheinend alle, er hätte unerlaubt getrunken. Du weißt ja, wie das läuft.«

»Was soll das? Was machen die mit ihm?« Die Fragen entfuhren mir unwillkürlich, ich erwartete aber keine Antwort.

Den Blick noch immer auf den Monitor geheftet lehnte Aurelia sich zurück. »Und gleich wird er einer von uns. Vor ein paar Tagen wurde Dante nach seiner kleinen – na ja, sagen wir mal, Lebensmittelvergiftung – Blut abgenommen. Zu schade. Jetzt kann ich dir ja ruhig verraten, dass einer der Sanitäter zu uns gehörte.« Mein Verstand versuchte fieberhaft, die Dimensionen dieser neuen Informationen zu erfassen. »Also wird es jetzt ganz einfach sein, ihn in unsere Reihen aufzunehmen. Sein Einverständnis hat er uns ja schon vor Wochen gegeben, und nachdem wir jetzt auch sein Blut haben, ist die Kodierung wohl perfekt.« Nun sah sie mich mit ihren harten, leuchtend blauen Augen an. Sie klickte mit der Maus, woraufhin die untere Bildschirmhälfte Alcatraz zeigte. Dante wehrte sich und trat um sich, wurde aber trotzdem von Etan und seinen Kumpanen über den Steg gezerrt, der zum Käfig in der Mitte des Raumes führte.

»Er wird niemals unterschreiben.« Aus dem Augenwinkel entdeckte ich Lance, der den dreien folgte.

»Glaub mir, wir haben da so unsere Methoden«, versicherte mir Aurelia. Sie drückte auf eine Taste, und die Szene füllte jetzt den ganzen Monitor aus: Inzwischen war Dante in der Zelle eingesperrt, und Etan saß ihm gegenüber. »Ja, sieh mal!« Meine Chefin wurde richtig aufgeregt. »Da kannst du das Fläschchen mit dem Blut erkennen und die schöne alte Feder, mit der dein kleiner Freund gleich unterschreibt. Obwohl das mit gefesselten Händen gar nicht so einfach wird.« Sie hatten Dante irgendwie an den Tisch gekettet. Lance schlich derweil um die Gitterstäbe herum und war in den dunklen Schatten noch nicht bemerkt worden, das Verhältnis von Teufeln zu Engeln in der Ausbildung passte mir aber gar nicht. Ich konnte die Befürchtung nicht abschütteln, dass wir aus diesem Kampf vielleicht nicht siegreich hervorgehen würden. »Aber es wird schon klappen, und zwar hoffentlich bald, sonst blasen wir die ganze Sache einfach ab, wenn du verstehst, was ich meine.« Aurelia klickte wieder, und die Hälfte des Bildschirms zeigte erneut den Abschlussball.

Ich brauchte jetzt einen klaren Kopf: Lance würde Dante schon helfen, ich musste ihm vertrauen. Ich hingegen musste mich nun darauf konzentrieren, was hier noch zu tun war. Es würde Aurelia nur in die Hände spielen, wenn ich nicht bei der Sache war. *Konzentrier dich, Haven, konzentrier dich. Lass dich nicht ablenken.*

»Ich will jetzt nicht mehr fernsehen«, erklärte ich mit fester Stimme. »Das ist sowieso egal. Selbst mit Dante als Neuzugang lichten sich Ihre Reihen.«

»Ach, tatsächlich? Ich lasse dich nur noch am Leben, weil die anderen gleich eintreffen. Keine Ahnung, wie du es an Beckett vorbei geschafft hast, aber er ist ein Meister darin, seine Truppen schnell und unauffällig zu formieren.« Aurelia war von den Geschehnissen im Ballsaal wohl so gebannt, dass sie sich die Aufnahmen aus dem Tresor gar nicht angeschaut hatte. Ich drückte die Schultern durch.

»Allerdings. Ich fürchte nur, das hat er heute längst getan, und jetzt sind er und die ganze Truppe … fort.« Langsam stieg Panik in ihr auf und ließ ihre Züge viel weicher wirken.

»Ich habe keine Ahnung, wovon du sprichst.« Sie schob ihren Stuhl millimeterweise zurück.

»Na, Sie wissen schon, die sind weg.«

»Ah, dann hat dein heiß geliebter Lucian also um deine Ehre gekämpft. Wirklich jammerschade, das wird er mir büßen.«

»Nein, Lucian«, es tat mir weh, seinen Namen auszusprechen, »Lucian ist auch fort.«

Jetzt ergriff Entsetzen von ihr Besitz. »Oh« war alles, was sie hervorbrachte.

»Also bleiben eigentlich nur noch Sie und ich.«

Langsam schritt ich vor ihr auf und ab, zeigte mich so beherrscht wie möglich und überlegte, wann und wie ich am besten zuschlagen sollte. Zunächst einmal ließ ich den Blick über den Schreibtisch wandern. Sie würde ahnen, dass ich nach dem Schlüssel zum Versteck Ausschau hielt. Leider war der nirgendwo zu sehen, genau wie Lance und ich vermutet und befürchtet hatten. Er hatte auch nicht wie sonst an Lucians Schlüsselbund gebaumelt und schien jetzt komplett verschwunden zu sein. Dann eben Plan B.

»Tja, es steht dir weiterhin frei, für ihn einzuspringen. Du weißt ja, dass ich immer noch deine Antwort auf mein großzügiges Angebot erwarte. Du könntest dem Syndikat beitreten und direkt eine führende Position übernehmen.«

Als ich näher an das Bücherregal herantrat, fuhr sie mit dem Stuhl herum, um mich im Auge zu behalten.

»Sehen Sie das als meine Absage an, und zwar ohne jedes Bedauern.«

»Ich dachte, nach unserer Abschlussbesprechung und meinem nächtlichen Besuch wäre meine Botschaft klar und deutlich gewesen. Erzähl, wie gefällt dir denn deine neue Frisur? Ich hoffe, dass diese Veränderung ebenso traumatisch wie dramatisch war. Muss ich dich etwa schon wieder daran erinnern, dass Schönheit die mächtigste Waffe von allen ist?«

»Komisch«, erklärte ich eiskalt. »Und ich dachte immer, das wäre Köpfchen.« Ich sah sie an und fuhr dann mit der Hand über den Teil des Bücherregals, hinter dem sich mein Foto verbarg. Damit war ich zu weit gegangen. Jetzt sprang Aurelia auf, und dann kam etwas mit voller Wucht auf mich zugeflogen: ein Briefbeschwerer. Ich duckte mich, und er zersprang in tausend Stücke. Mit klopfendem Herzen richtete ich mich inmitten der Scherben wieder auf und sah, dass sie mich aus wilden Augen anfunkelte, während sie langsam näher kam. Das war gut. Ich stichelte weiter. »Kein Wunder, dass Lucian mich lieber mochte. Ich bin nämlich nicht so aufbrausend.«

Das brachte das Fass zum Überlaufen. Sie holte aus und schleuderte einen Feuerball in meine Richtung. Ich warf mich zur Seite wie ein bestochener Fußballtorwart. Tatsächlich traf die glühende Kugel das Regal, welches sofort in Flammen aufging. Die Hitze stach, und ich hatte das Gefühl, dass ich mir die Haut versengen würde, wenn ich nicht genug Abstand hielt. Trotzdem rührte ich mich nicht von der Stelle. Ich musste sie noch einmal dazu kriegen, auf mich zu zielen.

»Haben Sie wirklich geglaubt, er würde mich töten?«, fragte ich. »Eigentlich komisch, ich brauchte sein Mitleid, seine Aufmerksamkeit und das alles gar nicht. Aber Sie schon, trotz all Ihrer Macht. Sie wollten ihn unbedingt um sich haben, oder? Sie wollten von ihm hören, dass Sie alles für ihn waren. Und ich hatte Sie für so stark gehalten. Da lag ich wohl falsch.«

Ihre Augen glühten jetzt, sie schleuderte den nächsten Feuerball in meine Richtung und dann noch einen. Ich duckte mich, ließ mich fallen und versuchte, in etwa an der gleichen Stelle zu verharren, obwohl die Flammen mir gefährlich nahe kamen. Die Bücherwand brannte jetzt schnell herunter, und das Loch darin würde bald groß genug für mich sein. Also blieb ich dran. »Vielleicht hat es ihm einfach nicht geschmeckt, dass Sie in Wirklichkeit so aussehen wie mein Porträt von Ihnen. Das ist Ihr wahres Gesicht. Da können Sie sich noch so schick anziehen, das sind und bleiben Sie.«

Wieder ging sie mit schnell abgefeuerten Glutbällen auf mich los. Um den Flammen zu entkommen, warf ich mich jetzt zu Boden, wo ich hart aufschlug und mir Hände und Knie zerschnitt.

»Weißt du, in den letzten Monaten habe ich dich beinahe beneidet«, erklärte sie und nahm mich weiter unter Beschuss. »Du mit deiner kuhäugigen Unschuld und deiner Tugendhaftigkeit. Aber jetzt tu nur nicht so, als hättest du nichts von mir gelernt. Selbst wenn du hier gewinnen solltest, was ich sehr bezweifle, dann hast du immer noch verloren, das ist dir doch klar, oder? Es stehen nämlich immer neue Schlachten an.« Ich stolperte auf allen vieren voran, krabbelte und rutschte, um den Funken zu entgehen, die nun immer rascher auf mich einregneten. Ich kam nicht auf die Füße. Und ich wusste, dass in ihren Worten ein Körnchen Wahrheit steckte, aber mir war klar, was sie da vorhatte. Sie wollte mich kleinkriegen, damit ich mir meinen Plan nicht mehr zutraute. Vom Boden aus brüllte ich zurück.

»Sie kommen mit Ihrer Rede zu spät. Ich bin schon lange ein ganz anderer Mensch als die Praktikantin, die hier mal angefangen hat. Der Schaden ist längst angerichtet, und das Unheil hat seinen Lauf genommen.«

»Okay, also gut«, erwiderte sie ganz langsam. Sie schleuderte eine weitere Feuerkugel in meine Richtung. Diese zerstob und loderte zu einer Flammenwand auf. Dann warf Aurelia sich auf mich. Nach und nach erfüllte das knisternde, tobende Feuer das Büro mit Rauch. Die Hitze, die mich umgab, ließ meine Haut brennen, und jetzt sonderte das Feuer eine neue Art von rauchigem Nebel ab. Ich kroch wieder auf das Bücherregal zu, das jetzt völlig heruntergebrannt war, so dass ich in das Versteck gelangen konnte, wenn ich es nur bis dorthin schaffte. Aber der Dunst umfing mich, erstickte und bremste mich. Ehe ich mich versah, hatte Aurelia sich auf mich gestürzt, drosselte und würgte mich. Ich versuchte sie abzuschütteln und krabbelte weiter auf die kleine Kammer zu. Nun musste ich mich gegen Aurelia zur Wehr setzen und auch noch den giftigen Rauch ertragen, der meine Lunge zu füllen drohte. Konnte ich es schaffen, bevor ich ohnmächtig wurde? Es fühlte sich an, als würden sich Aurelias Finger in meinen Hals bohren. Dennoch kroch ich auf Ellbogen und Knien Zentimeter um Zentimeter voran, und als ich näher kam, wurde etwas anderes viel bedeutsamer: Jetzt konnte ich die Öffnung bereits sehen, wenn ich es doch nur bis dahin schaffte! Ich robbte weiter, immer schneller und schneller. Mit Aurelia im Nacken durchquerte ich den brennenden Durchgang, in der jetzt auch die Flammen nach mir griffen. Und dort standen die beiden Fotos.

Immer dichterer Rauch umfing mich, als Aurelia mich fester packte und würgte. Wie ich mich auch drehte und wand, ich konnte sie einfach nicht mehr abschütteln. Nach einem Blick zu ihr begriff ich auch, warum. Sie hing in der Luft, schwebte über mir, ohne den Boden zu berühren. Ich keuchte, sammelte mich erneut und suchte in der Tasche nach meinem Messer. Es war nicht da! Mein Kopf fuhr herum, in die Richtung, aus der ich gekommen war. Es musste mir aus dem Kleid gerutscht sein, aber jetzt konnte ich nicht mehr zurück, um es zu holen.

Mit letzter Anstrengung richtete ich mich auf, widerstand Aurelias erdrückendem Griff und dem giftigen Rauch. Ich straffte die Schultern, lehnte mich zurück und holte Schwung. Und dann rammte ich mit aller Kraft den Absatz meines Stöckelschuhs in das Bild, mitten in Aurelias Herz. Das Glas zersprang, und ich durchbohrte das Foto. Als sich der Griff um meinen Hals lockerte, floss neue Leidenschaft durch meine

Adern und durchdrang jeden Muskel, jede Faser meines Körpers. Ich trat erneut zu und zog den Absatz dann von oben bis unten durch die Aufnahme, immer und immer wieder. Etwas Schweres sank hinter mir zu Boden und kam krachend auf. Ich fuhr zu Aurelia herum. Nun sah sie zunächst ihrem Alter entsprechend aus, sie hatte sich in eine Mittvierzigerin verwandelt, und dann wurde sie langsam zu dem Monster auf dem Porträt. Sie lag am Boden und zerfloss, während der ganze Raum in Flammen stand. Trotzdem zeigte sie noch mit dem Finger auf mich.

»Wir sehen uns wieder, mein Lämmchen. Und bis dahin gibt es da draußen so viele andere wie mich. Jemand Neues wird meinen Platz einnehmen, und dann stehst du wieder mit dem Rücken zur Wand. Es wird nicht gut für dich ausgehen. Irgendjemand wird immer hinter deiner Seele her sein, du bist nämlich zu mächtig, um nicht zerstört zu werden.«

Mit diesen Worten begann die verrottende, zerfallende Gestalt Funken zu sprühen und zu brennen. Meine furchtbare Tat lähmte mich, auch wenn sie gegen ein so niederträchtiges Wesen gerichtet war. Schließlich kam ich aber wieder zu mir – ich musste hier raus. Selbst das Foto begann jetzt zu zerlaufen. Ich hockte mich hin und entdeckte dabei etwas Glitzerndes. Meine Halskette hing am Rahmen meines eigenen Porträts. Ich griff danach – obwohl Aurelia die Kette doch zerschnitten hatte, war sie jetzt intakt, so als ob sie zusammengewachsen wäre. Sie wiedererlangt zu haben, weckte neue Kräfte in mir. Da ich keine Zeit hatte, mich mit dem Verschluss aufzuhalten, wickelte ich sie mir einfach ums Handgelenk. Dann aber lenkte mich etwas Beunruhigendes ab. Mein Foto sah überhaupt nicht mehr aus wie vorher. Mir entfuhr ein Schrei, als mein Blick darauf fiel: Ich sah aus wie eine Version der *Jeune Martyre*, nur dass auf diesem Bild eben *ich* mit einem Heiligenschein am Boden lag.

Im vorderen Teil des Büros brach in diesem Moment ein

Teil der Mauer ein. Ich rannte an den Überresten von Aurelia vorbei zum Schreibtisch und zerrte am Flachbildschirm, um den Zugang zum Tunnel zu öffnen. Der erschien mir nun am sichersten. Noch während ich mich an der Luke zu schaffen machte, bemerkte ich etwas auf dem Monitor. Die obere Hälfte zeigte weiterhin Alcatraz. Genau in diesem Augenblick kroch Lance mit einer geschmeidigen, flinken Bewegung vom Graben hoch – er musste im Wasser gelegen haben, um nicht entdeckt zu werden –, schloss, von Etan und seinem Gehilfen unbemerkt, die Tür auf und trat hinein. Bevor der wusste, wie ihm geschah, hielt Lance den Syndikat-Typen auch schon im Würgegriff und nahm ihm einen weiteren Schlüsselbund ab. Lance schleuderte den Mann zu Boden, duckte sich dann, tänzelte und wand sich, um Etans Fäusten auszuweichen, und warf schließlich das Fläschchen mit dem Blut um, das am Boden zerbrach und dabei auch den letzten Tropfen vergoss. Etan bückte sich nach den Scherben, um zu sehen, was noch zu retten war.

Dante hopste in der Zwischenzeit auf seinem Platz auf und ab, so als würde er Lance etwas zubrüllen. Der schien die Anweisungen zu befolgen, griff in Dantes Sakkotasche und zog ein scharfkantiges Blatt hervor, das er mit einer raschen Bewegung Etans Helfer in den Nacken rammte. Dann machte er sich an Dantes Fesseln zu schaffen, wurde aber von einem Schlag gegen den Kiefer zu Boden geschleudert. Dante holte ein weiteres Blatt aus seiner Brusttasche und stieß es Etan ins Herz. Der Chefkoch sank augenblicklich in sich zusammen. Unwillkürlich wandte ich den Blick ab. Stattdessen betrachtete ich jetzt den unteren Teil des Monitors. Selbst in dieser glühenden Hitze lief es mir bei dem Anblick eiskalt über den Rücken. Das sah zunächst aus wie eine Aufnahme aus Aurelias Büro, bis ich all die Menschen bemerkte. Sie rannten.

Der Ballsaal brannte!

Die eine Hälfte stand bereits in Flammen, und eine Kettenreaktion auf den Tischen entzündete den Rest: Nach und nach explodierte jedes Blumenarrangement, jedes Gesteck, und begann zu lodern. Trotzdem war der Saal immer noch zur Hälfte voller Menschen, die es nicht eilig zu haben schienen, dieses Chaos zu verlassen, selbst der DJ legte weiter auf. Schnell erkannte ich, warum: Er gehörte zum Syndikat. Die anwesenden Mitglieder servierten weiterhin Getränke und Häppchen und tanzten ausgelassen, als sei gar nichts geschehen. Deshalb blieben auch mehrere Dutzend unserer Klassenkameraden zurück, während der Rest auf die Notausgänge zuströmte. Die Feiernden fanden sich an der sichersten Stelle in der Mitte der Tanzfläche zusammen, während am Rande die Flammen flackerten. Es war, als würde dieses Feuerwerk einen besonders aufwändigen Teil der Dekoration darstellen. Jetzt loderte an anderer Stelle eine Stichflamme auf, und ich starrte sie an. Nein, das konnte doch nicht sein – das sah ja aus wie Mirabelle! Sie hatte sich in eine lebende Fackel verwandelt. Und dann passierte dasselbe mit diesem Typen, der uns zu Dante nach Hause gefolgt war. Einer nach dem anderen ging das Syndikat in Flammen auf, seine Vertreter verbrannten ohne jede Vorwarnung.

Jetzt stürzte hier im Büro ein Stück der Decke herab und schreckte mich auf. Ich zerrte ein letztes Mal am Bildschirm – vergebens, aber wenigstens sah ich nun, dass meine erfolgreicheren Kollegen, Lance und Dante, das Alcatraz verließen und Etan mit seinem Spießgesellen in der Zelle zurückließen, wo erste Funken sprühten und auch sie zu lodern begannen. Hitze und Rauch stiegen auf, der Raum knisterte und brutzelte nun um mich herum, und das Feuer breitete sich nach allen Seiten aus, geriet völlig außer Kontrolle. Mir wurde schwer ums Herz: Den Tunnel konnte ich vergessen, der Zugang ging einfach nicht auf. Vielleicht hatte Aurelia ihn entdeckt und versiegeln lassen, als der Fernseher ausgetauscht wurde. Aber das war jetzt auch egal – ich musste hier raus, bevor auch ich ein Opfer der Flammen wurde. Aurelias Überreste brannten jetzt lichterloh, die Feuersäule war mindestens einen Meter hoch, versperrte mir den Weg zur Tür und rückte langsam immer näher und näher. Die Feuersbrunst hatte schon fast die Tür des Büros erreicht, aber die war für mich jetzt der einzige Weg nach draußen. In ein paar Minuten würde ich hier eingeschlossen sein. Mir blieb also keine Wahl: Der Weg in die Freiheit führte über Aurelia hinweg.

Mir lief der Schweiß herunter, ich nahm noch einmal alle Kraft zusammen, lief die paar Schritte auf sie zu, die uns noch voneinander trennten, und stieß mich ab. Meine Beine mussten einen Sprung bewältigen, wie er ihnen nie zuvor gelungen war. Ich zog die Knie an, weil Aurelia die Krallen nach mir ausstreckte. Als sie meine Sohlen streifte, fühlte es sich an, als würde sich die Glut durch den Schuh fressen. Ich landete auf der anderen Seite, holte aus und traktierte mit Tritten, was das Feuer von der Tür noch übrig gelassen hatte. Endlich fielen die Überreste in sich zusammen, ich floh aus diesem Inferno und rettete mich keuchend und hustend in den relativ sicheren Flur.

35

Sei stark … und bleib du selbst

Ich hörte die Schreie bereits, bevor ich die Lobby erreichte – das Kreischen und Trampeln von Schuhen, das eine Massenflucht begleitet. Unsere Klassenkameraden flohen aus dem Ballsaal, und die anderen Hotelgäste mussten den Rauch ebenfalls gerochen haben, sie verließen nun ihre Räume und ergossen sich über die große Treppe.

Ich schaute hinauf zum Oberlicht und sah in allen Stockwerken Menschen hervorströmen, die an Türen klopften und sich gegenseitig warnten, da kein Feueralarm ausgelöst worden war. Aber in der Hotelhalle waren jetzt einfach zu viele Leute, die Menge drängte sich vor dem Haupteingang, der Menschenstrom tröpfelte aber nur sehr langsam auf den Gehsteig hinaus. Die allgemeine Panik führte nicht zu raschem Handeln, weil sich hier einfach zu viele Personen auf zu engem Raum befanden. Stattdessen schlängelten sie sich einer nach dem anderen durch die Eingangstüren, und es kam kaum Bewegung in die Sache. Die Menge staute sich so weit nach hinten, dass selbst auf der vollgestopften Freitreppe beinahe Stillstand herrschte, und die Leute sich auf dem Weg nach draußen nur Zentimeter für Zentimeter voranschoben.

Im Zwischengeschoss entdeckte ich einen hopsenden, winkenden Dante, der sich über das Geländer beugte. Er legte die Hände um den Mund und rief mich immer wieder, um bei all dem Trubel gehört zu werden: »HAVEN! HAVEN! HIER OBEN!« Mit beiden Armen winkte ich zurück, noch nie war ich so erleichtert gewesen, meinen Freund zu sehen. Ich schob mich bis zur Ottomane durch die Menge, setzte dabei schonungslos die Ellbogen ein und kletterte dann auf die Erhöhung in der Mitte des Sofas, um einen besseren Überblick zu bekommen und mich Dante so weit wie möglich zu nähern. »Hast du sie erwischt?«, wollte er wissen.

»Hab ich!«, rief ich zurück und hielt den Daumen hoch. Obwohl die Worte im Hals kratzten, hatte meine Stimme nie kraftvoller oder stolzer geklungen. Mein Herz klopfte nach meiner Großtat gegen Aurelia noch immer heftig, aber ich fühlte mich mit einem Mal unbesiegbar. Selbst inmitten dieser wogenden Masse erlaubte ich mir eine Sekunde lang, diese unglaubliche Wahrheit auszukosten: Irgendwie hatte ich die Schlacht gegen Aurelia überstanden und war als Siegerin daraus hervorgegangen. Der Gedanke verlieh mir Stärke, und ich vergaß beinahe meine schmerzenden Muskeln, meinen geschundenen, zerkratzten, wunden Körper. Es kam mir vor, als müsse das irgendjemand anders gewesen sein, aber nein, das hatte ich ganz allein bewältigt.

Dante reckte im Siegesjubel die Arme in die Luft. »Yeah!« Der Moment des Triumphs währte aber nicht lange.

»Brauchst du mich hier, oder soll ich besser im Tresor nachsehen?«

»Ich hab alles unter Kontrolle, probier's mal unten bei Lance. Hiermit kriegst du die Leute da raus.« Er hob die Hand und machte Anstalten, mir etwas zuzuwerfen. Ich stellte mich breitbeinig hin und schickte ein Stoßgebet zum Himmel, aber er hatte gut gezielt. Das Ding kam näher, und ich musste auf jeden Fall verhindern, dass es in meinem Gesicht explodierte. Ich streckte beide Hände aus, fing das Wurfgeschoss mit sicherem Griff und atmete erleichtert aus. Es sah aus wie eine höckerige grüne Südfrucht, stammte aber aus dem geheimen Garten. Am Vortag hatte Dante erklärt, dass er dort so viele seltsame Pflanzen wie möglich eingesammelt hatte. Diese hier musste man nur zu Boden schleudern, und sie würde beim Aufprall eine Art Tränengas freisetzen, das nicht nur die Leute auseinandertrieb, sondern auch giftige Dünste in der Luft neutralisierte.

»Sei vorsichtig!«, rief Dante.

»Du auch!«, erwiderte ich genau in dem Augenblick, als aus dem Ballsaal ohrenbetäubendes Getöse ertönte. Es klang, als sei ein Teil der Decke eingestürzt. Die Menge schrie auf, und eine Stampede fegte die Treppe hinunter.

Ich sprang von der Ottomane und verrenkte mir dabei den Knöchel. Mein Schuh gab ein leises Knirschen von sich, als ich aufkam. So langsam fühlte ich mich, als hätte ich Superkräfte. Ich griff nach unten, zog den kaputten Absatz vom Schuh und löste dann mit einem mächtigen Ruck auch den auf der anderen Seite. Jetzt trug ich eben flache Schuhe. Zum Glück hatte ich welche mit Riemchen genommen, das erwies sich nun als praktisch. Es fehlte nur noch ein letzter Schritt, und dann waren hoffentlich alle in Sicherheit. Ich atmete tief durch, das musste jetzt eben erledigt werden. Dann rannte ich los, eilte durch die Lobby und zur Treppe, die zum Tresor hinunterführte. Dort war ich ganz allein, was kein gutes Zeichen war: Offensichtlich wurde der Nachtclub noch nicht evakuiert.

Ich huschte durch den tunnelartigen Eingangsbereich, in dem Lichter blitzten, und blieb wie angewurzelt stehen, als ich den Saal erreichte. Er war gerammelt voll, der DJ legte immer noch auf, und die Musik wummerte. Alle tranken und tanzten. Ich fragte mich, wo Lance wohl steckte, und als hätte er meine Gedanken gelesen, ertönte in der anderen Ecke des Raumes plötzlich eine Explosion, gefolgt von einer Rauchwolke. Wie Dante versprochen hatte, schlugen sich die Partygäste dort die

Hand vor den Mund und stolperten hinaus. Direkt neben mir wurde gefragt: »Was ist das denn? Was ist da los?«

»Feuer!«, rief ich der Gruppe an meiner Seite zu, Schülern des Abschlussballs, die bis hier unten vorgedrungen waren. »Ihr müsst hier raus. Da lang!« Während sie auf den Ausgang zuhielten, schob ich mich in entgegengesetzter Richtung durch die Menge und lief auf die Feuerwand zu.

Ich wollte gerade meine Frucht zu Boden schleudern, als hinter mir eine Stimme erklang: »Also, Haven, oder?«

Als ich mich umdrehte, stand Jason Abington vor mir. Er hatte die Hände in den Taschen vergraben und wirkte mit einem Mal richtig schüchtern. Einen schlechteren Zeitpunkt hätte er sich kaum aussuchen können. Ich starrte ihn an.

»Kann ich dir vielleicht was zu trinken holen oder so?«, fuhr er fort.

»Jason, hi. Äh, echt? Ausgerechnet jetzt?« Ich schüttelte den Kopf. »Ich bin sozusagen gerade ziemlich beschäftigt, aber danke. Und versteh mich jetzt nicht falsch, aber du musst von hier verschwinden. Und zwar sofort. Glaub mir, du wirst es mir noch danken. Lauf!« Mit diesen Worten schleuderte ich Dantes Rauchbombe zu Boden, aus der eine stechende Qualmwolke hervordrang. Zu meiner großen Erleichterung begannen die Menschen um mich herum, auf den Ausgang zuzuströmen. In einiger Entfernung tat Lance es mir gleich und ließ noch eins von den Dingern hochgehen. Da spürte ich, wie jemand an meinem Rock zupfte. Vielleicht dachte er ja, ich würde mich einfach nur zieren?

»Jason, du musst jetzt wirklich …«, begann ich, während ich mich umdrehte. Aber es war nicht Jason. Glühend heiße Finger umklammerten mich und versengten mein Fleisch. Mit einem Schrei sank ich auf den klebrigen, schmierigen Fußboden. Dort wartete die verkohlte, noch immer glühende, sich windende Masse auf mich, die von Aurelia noch übrig war. In all dem Chaos war sie nach hier unten gewandert, war mir gefolgt, weil sie mich nicht gehen lassen wollte. Ich trat um mich und krabbelte von ihr weg, versuchte, mich aus ihrem Griff zu lösen, sie aber schleifte mich näher an die Feuerwand heran. Mir war klar, dass sie mich dort in die Flammen schleudern würde, wenn wir nur nah genug herankamen. Meine blutigen Hände, die nach dieser Schreckensnacht völlig zerfetzt waren, krallten und bohrten sich in den Fußboden, und ich trat aus, um Aurelia zu vertreiben. Wieder stieg ein Schrei in meiner Kehle auf, der aber von einer weiteren, feuerwerksartigen Explosion übertönt wurde. Dieses Geräusch kannte ich inzwischen.

Ich sah auf und bemerkte, dass eines der wenigen verbliebenen Syndikat-Mitglieder oben im Feuerring in Flammen aufging. Nun erklang ein primitiver Aufschrei aus vielen Kehlen, dann explodierte ein weiterer Körper, und schließlich begann auch der DJ zu lodern. Die Menschen oben auf der Plattform, etwa ein Dutzend, flohen die Wendeltreppe hinunter und schoben sich durch die Menge auf den Ausgang des Clubs zu. Hier wurde gedrängelt und gestoßen, so dass die Menschenmasse die Räumlichkeiten viel schneller und eiliger verließ als oben. Inzwischen war der ganze Saal voll von dickem, erstickendem Rauch. Man konnte kaum etwas erkennen. Und da war niemand, der mir helfen konnte.

Mir blieb nur eins, nämlich um mein Leben zu kämpfen. Mit Stößen und Tritten gelang es mir, mich für eine Sekunde von Aurelia zu lösen und auf die Beine zu kommen. Aber sie warf sich schon wieder auf mich, zog mich erneut hinunter und umfing meine Wade mit schwelendem Griff. Wild um mich schlagend versuchte ich mich zu befreien, und in genau dem Augenblick, als ich das Gefühl hatte, nicht länger durchhalten zu können, spürte ich es – ihre Umklammerung lockerte sich ein kleines bisschen. Sie wurde schwächer, ihr verkohlter, entstellter Körper zerfiel immer mehr. Schließlich versetzte ich ihr den entscheidenden Tritt. Sie schlitterte über die Tanzfläche und wurde zu knisternder, glühender Asche.

Eine starke Hand fasste mich am Arm, zog mich von ihr fort und half mir auf die Füße.

»Gut gemacht«, lobte Lance. Seine Smokingjacke und die Krawatte hatte er längst abgelegt, das Hemd hing ihm schmutzig und zerrissen aus der Hose. Inzwischen war er nach seinem Bad in Alcatraz schon fast wieder trocken, er sah jedoch genauso mitgenommen aus wie ich.

»Danke«, keuchte ich und kam auf die blutigen Beine. Trotz des Rauchs war mir klar, dass wir jetzt allein waren.

»Jagen wir das alles hier endlich zur Hölle?«, fragte Lance. Hinter ihm hatten sich die Flammen der verglühenden Syndikat-Mitglieder ausgebreitet und sich mit jenen des Feuerrings vereint. Die Plattform sah aus wie ein riesiger brennender Kessel. Ich erstarrte.

»Aber nur, wenn wir schnellstmöglich den nächsten Ausgang erreichen.« Lance folgte meinem Blick.

In diesem Moment stürzte die komplette Plattform als riesiger Feuerball in sich zusammen. Ein Blick reichte zur Verständigung zwischen uns, dann rannten wir los, zum Hinterausgang, hinein in die Tunnel. Wir liefen durch die Gänge wie in all den Nächten, in denen wir hier unten Dampf abgelassen und trainiert hatten. Wir hatten das Feuer auf den Fersen, das uns röhrend und dröhnend hinterherspie. Dichter Rauch hing wie ein Netz in der Luft, das uns einfangen wollte. Das Blut kochte in meinen Adern, und ich spürte übermenschliche Kräfte. Man hatte mich gestoßen, geschlagen und versengt, und trotzdem fühlte ich mich stärker als je zuvor. Wir fegten in einem Tempo voran, das ich niemals für möglich gehalten hätte, der Wind wehte uns um die Nase, als würden wir in einem Cabrio fahren.

Dennoch holte die Feuersbrunst uns ein, drohte uns zu überholen und in ihren glühenden Schlund zu reißen. Wir stiegen immer weiter auf, bis wir die Hintertür zum Lager der Kneipe erreichten, die wir jede Nacht geplündert hatten. Dort rasten wir die Treppe hoch, nahmen immer zwei Stufen auf einmal und kamen direkt hinter der Theke heraus, wo wir den Kellner umrannten, der uns einst rausgeworfen hatte, und ein komplettes Regal mit Flaschen mitrissen, die klirrend herunterfielen und zersprangen.

»Feuer! Feuer! Alle raus!«, brüllten wir, als wir uns durch die Menge der betrunkenen Stammkunden schoben, die sich ihre Samstagabenddröhnung gönnten. Sie knurrten uns an, als sei das nur ein blöder Streich, und rührten sich nicht von der Stelle.

Doch als wir schließlich durch die Tür ins Freie gelangt waren und die warme Abendluft uns umfing, hörten wir, wie auch die Meute das Lokal endlich panisch verließ.

Wir liefen die enge Gasse zwischen den heruntergekommenen Backsteinbauten entlang, rannten und rannten, während Sirenen die Nacht zerrissen.

Erst Minuten später wurde uns klar, dass wir es tatsächlich geschafft hatten. Lance und ich verlangsamten unseren Schritt nicht einmal, bis wir den Block fast ganz umrundet hatten und wieder das Hotel erreichten. Erst da schenkten wir unseren schmerzenden Muskeln und Knochen Beachtung und zogen plötzlich so langsam die Füße nach, dass wir praktisch gar nicht mehr vom Fleck kamen. Es kam mir vor, als würde ich gleich umkippen, einfach mitten auf der Straße zusammenklappen und dann tagelang nur noch schlafen und schlafen. Irgendwann wurde der Ton wieder eingeblendet und erinnerte uns daran, dass wir ja ein Teil dieser Welt waren: Das Murmeln von tausend nervösen Fremden erklang, die sich fragten, was da eigentlich passiert war, das verwirrte Scharren all dieser Menschen, die einfach dastanden und nur im Weg waren. Ein Krankenwagen ertönte grell und schrill, er rüttelte uns beide wach, als er kreischend die enge Gasse entlangfuhr. Lance griff nach meinem Handgelenk, torkelte zur Hauswand hinüber und zog mich mit sich, um dem klagenden Monster auszuweichen.

Wir schlugen gegen die Wand und stolperten übereinander, so erschöpft waren wir. Als wir endlich festen Boden unter den Füßen hatten, packte mich Lance und schob mich gegen die Mauer. Bevor ich wusste, wie mir geschah, fanden seine Lippen die meinen, er presste sich gegen mich und raubte mir den Atem. Plötzlich war mir angenehm schwindelig. Seine Arme umfingen mich wie Ranken, er zog mich ganz nah zu sich heran und fuhr mit den Fingern durch mein Haar. Ich spürte nicht einmal mehr die Backsteinwand im Rücken. Jetzt fühlte ich nichts mehr außer ihm.

Langsam löste er sich von mir, hielt mich aber noch immer umschlungen. Sobald er meinen Mund freigab, hauchte ich ehrfürchtig: »Du warst das also …«

Er schob sich die Brille hoch, und dieser nervöse Tick bestätigte mir, dass es stimmte.

»Du warst das im Tresor, am Abend der Gala. Und nicht Lucian.«

Jetzt fiel mir zum ersten Mal auf, dass wir vermutlich viel zu nah am Hotel waren. Überall hing Rauch in der Luft. Das Gebäude strahlte Hitze aus, und das Wasser, das unter höchstem Druck aus den Feuerwehrschläuchen schoss, prallte von den uralten Fassaden ab und verteilte sich als dünner Nebel in der Luft. Am Himmel tanzten Flammen. Müde lehnte Lance Kopf und Schulter an die Wand. Er war mir immer noch so nahe, dass ich mich fragte, ob ich vielleicht noch einen weiteren Kuss ergattern konnte, ohne mich dafür rühren zu müssen, aber zuerst einmal ließ ich ihn reden.

»Ja, ich bin euch beiden gefolgt. Diesem Lucian hab ich von Anfang an nicht über den Weg getraut – ich fand nie, dass er der

Richtige für dich war –, selbst bevor wir dann herausgefunden haben, *was* er war. Also bin ich euch aus der Galerie nachgeschlichen. Und als dann der Strom ausfiel und er einfach verschwunden ist, da … na, da habe ich meine Chance eben genutzt.«

»Und du glaubst gar nicht, wie glücklich mich das macht.«

»Und mich erst.« Das kam von ganzem Herzen.

Einen Moment lang starrten wir beide in die Ferne und gingen in Gedanken noch einmal alles durch, was in den aufregenden letzten Monaten bis hin zu den letzten Minuten alles passiert war.

»Also, deshalb heißt es immer, dass man den Abschlussball nie vergisst«, meinte ich schließlich.

»Aber wirklich«, murmelte Lance. »Und ich will ja nichts Falsches sagen, aber es ist schon nach Mitternacht, und du lebst immer noch!« Er zuckte mit den Achseln, als sei das keine große Sache.

Diese Neuigkeit fuhr mir wie ein Stromstoß in die Glieder.

»Du hast recht. Na, so was!« Ich ließ das erst einmal sacken. »Aber, ich meine, irgendwie fühle ich mich immer noch so sterblich. Sind wir jetzt Engel? Bin ich ein Engel? Fällt dir dazu auch noch irgendwas ein?«

»Na ja, ich habe da heute noch eine Postkarte bekommen …«

»Ach, tatsächlich? Und was stand da drauf? Jetzt erleuchte mich mal!« Ich strich mir übers Kleid. Es war mehr als schmutzig und am Saum ganz zerrissen. Ich sah aus, als hätte ich ein Kriegsgebiet durchquert – was ja in etwa auch zutraf.

»Also, es war eine Nachricht für dich – erlaube mir, es so auszudrücken: Wenn wir diese Nacht überleben, dann haben wir quasi den ersten Test auf dem Weg zum vollwertigen Engelsdasein bestanden.«

»Okay …«

»Und man wird uns offenbar informieren, wenn die nächste Prüfung ansteht.«

Das dämpfte meinen Übermut. »Oh, das geht jetzt so weiter? Na super.«

»Sieht so aus. Und ich soll dir außerdem noch sagen, dass deine ›mystischen Kräfte‹«, diese Worte rahmte er mit Anführungszeichen ein, »sich zwar gut entfalten, du aber noch Geduld haben musst, bis dein Körper da nachzieht.«

»Wie bitte?«

»Ja, ich weiß auch nicht so GENAU, was das heißen soll.«

»Äh, ich habe gerade eine Meute Teufel zerstört und bin einer Feuersbrunst davongelaufen!«

»Ja, dann würde ich mal sagen, das hast du ganz allein hingekriegt.«

»Wow.« Das musste ich erst mal sacken lassen. Selbst unbegründete Überzeugungen konnten wohl so einiges bewirken.

»Ich bin nicht sicher, ob es dir aufgefallen ist, aber wir haben immer noch keine Flügel.«

»Das sollte ich besser nicht vergessen.«

»Genau, denn beim nächsten ›Test‹ brauche ich dich an meiner Seite, und zwar in einem Stück.«

Es gefiel mir, wie er das sagte. So als wären wir ein Team. »Ich bin dabei.«

Dann sah ich hinüber zum Ende der Gasse. Den Hoteleingang hatte man inzwischen abgesperrt, und ich konnte ein Stück von einem Krankenwagen erkennen, in dem ein Sanitäter jemandem den Kopf verband. Als er beiseitetrat, erschien Dante in meinem Blickfeld. Er bemerkte mich, winkte lächelnd und zeigte auf die Mullbinde an seiner Schläfe.

Ich runzelte die Stirn, aber er schüttelte nur den Kopf, als wolle er mir sagen, dass alles in Ordnung sei. Dann deutete er auf den Rettungssanitäter, der jung und niedlich war und ihm in diesem Moment den Rücken zukehrte. Dantes Gesichtsausdruck sprach Bände, und ich nickte beifällig. Dann zog Lance mich am Handgelenk wieder zu sich und küsste mich. Im selben Moment regnete es um uns herum auf einmal felsbrockengroße Steine vom Gebäude. Ohne uns aus der Umarmung zu lösen, rückten wir ein paar Meter vom Hotel ab, um nicht getroffen zu werden. Aber ich sah lange genug hoch, um den Arm auszustrecken und eine der goldenen Scheiben der Fassade abzufangen, die auf uns zugesaust war.

»Au«, knurrte ich und schüttelte die Hand aus.

»Wow.« Lance sah hinauf. »Klasse Abwehr.«

»Danke.« Ich drehte die Scheibe in den Händen und reichte sie ihm: »Hier, zur Erinnerung.«

Er griff danach und studierte sie. Das runde Schild war angeschlagen, zerkratzt und verwittert, die LH-Insignien waren aber immer noch deutlich zu erkennen. »Das könnten wir sein, ich bin das L. Was meinst du?« Er zeigte mir die Buchstaben.

Den Blick auf die Initialen gerichtet nickte ich. Das gefiel mir. Und er war es wirklich, er war es die ganze Zeit gewesen. »L, ja.« Ich lächelte. Er küsste mich wieder und hielt mich fest im Arm. Die Sirenen, das Feuer und die ganzen Leute, das war mir jetzt völlig egal.

Aber es blieben immer noch ein paar Fragen, die nicht leicht zu beantworten waren. In den nächsten Tagen würde man wohl zu dem Schluss kommen, dass Aurelia, Lucian und die anderen Syndikat-Mitglieder, all die öffentlichen Figuren und bekannten Gesichter, bei dem Feuer ums Leben gekommen waren. Die Menschen, die sie bewundert und aus der Ferne angehimmelt hatten, würden diese Tatsache akzeptieren, weil sie genauso mystisch und rätselhaft war wie das Syndikat selbst. Aber es waren noch immer so viele Geheimnisse zu ergründen, und ich gab mich mit so einer einfachen Erklärung nicht zufrieden. Wie viele Seelen hatten wir heute Abend verloren? Und wie viele waren gerettet worden? Außerdem gab es irgendwo da draußen noch mehr von Aurelias Sorte, und ich hatte das ungute Gefühl, dass sie mich bald finden würden oder ich sie ausfindig machen musste. Welche Herausforderungen lagen noch vor mir? Und wann würde ich endlich etwas über meine Vergangenheit erfahren? Aber all diese Fragen mussten erst einmal warten. Noch ergab vieles keinen Sinn. Jetzt atmete ich beim Kreischen der Sirenen in all dem Rauch erst einmal tief durch. Lance' Herz klopfte dicht an meinem, und ich war glücklich, am Leben zu sein.

Danksagung

Es war wirklich ein Riesenglück, dass so viele tolle Leute meinem Buch dabei geholfen haben, flügge zu werden. Mein ganz besonderes Dankeschön geht an:

Meine wunderbare Agentin, Stéphanie Abou, für so viele Jahre voller Unterstützung und Freundschaft. Ich kann dir gar nicht genug dafür danken, dass du immer da warst, um mir zuzuhören, mein Material durchzugehen, mir deinen Rat anzubieten und auf meine Million Fragen zu antworten. Du bist einfach die Beste. Ebenfalls danke ich der wunderbaren Hannah Gordon und meinen Freunden bei Foundry Literary + Media.

Meiner unglaublichen Lektorin Julie Tibbott danke ich für ihren messerscharfen Blick und ihren unschätzbaren Beistand. Ich habe so viel von dir gelernt und bin dir so dankbar dafür, dass du *Erleuchtung* in dein Licht getaucht hast! Außerdem danke ich dem ganzen Team bei Houghton Mifflin Harcourt für seine Unterstützung und dafür, dass sie meinen Text so gehegt und gepflegt haben.

Dem fantastischen Stephen Moore danke ich für seinen wahnsinnigen Enthusiasmus und dafür, dass er den Roman einem größeren Publikum zugänglich gemacht hat.

Dem brillanten und inspirierenden Richard Ford danke ich dafür, dass er stets die passenden weisen Worte findet und mir geraten hat, immer weiter zu schreiben, egal was.

Meiner Familie danke ich dafür, dass ihr die beste Fankurve seid, die man sich nur vorstellen kann: meine liebevollen Eltern Bill und Risa (durch die ich als Kind all die tollen Bücher kennengelernt habe), meine großartige Schwester (und zuverlässige Erstleserin) Karen, die sich all meine frühen Entwürfe angeschaut hat, und meine fabelhafte Schwiegerfamilie – Steve, Ilene, Lauren, Dave, Jill und Josh.

Ich danke meinen Freunden, die mich so sehr unterstützt haben und die seit Jahren mein Gerede über dieses Buch mitanhören mussten. Besonders erwähnen möchte ich Sasha Issenberg, Jenny Laws, Ryan Lynch, Jessica Mehalic, Poornima Ravishankar, Anna Siri, Kate Stroup, Jennie Teitelbaum, Kate Zeller und Eric Andersson, Albert Lee, Kevin O'Leary, Jennifer O'Neill und meine Freunde bei der *US Weekly*.

Brian danke ich natürlich für, na, eben für alles: für deine unendliche Liebe und Geduld und dafür, dass du mich bei den endlosen Schreibmarathons für dieses Buch angefeuert hast.

Und schließlich danke ich euch, liebe Leser: Vielen Dank dafür, dass ihr euch für dieses Buch entschieden und einige Zeit in Haven Terras Welt verbracht habt. Ich hoffe, ihr hattet beim Lesen genauso viel Spaß wie ich beim Schreiben!